SOMMER VOLLER ANGST

GESAMTAUSGABE

ANA DEE

WIDMUNG

Für Eric & Natalie.
In Liebe.

ANMERKUNG

Alle Protagonisten, Institutionen und Handlungen in diesem Roman sind frei erfunden und Ähnlichkeiten mit realen Personen rein zufällig und nicht beabsichtigt. Wo tatsächlich existierende Orte erwähnt werden, geschieht das im Rahmen fiktiver Ereignisse. Die Firma MediTech entspringt meiner eigenen Fantasie.

PROLOG

Der Geruch der verwesenden Leiche bereitete ihr Übelkeit. Erneut begann ihr Magen zu pumpen und sie musste würgen. Hörte das denn nie auf?

Eisige Kälte umfing sie, zitternd rieb sie sich die Arme. Die entsetzliche Dunkelheit machte ihr zu schaffen, hüllte sie ein und beschränkte ihre Sinne. Ständig stieß sie mit Kopf und Armen an die Begrenzung ihres Gefängnisses aus Felsgestein. Der quälende Durst zwang sie in die Knie und vor ihren Augen blitzte es. Waren das die ersten Halluzinationen?

Rasend vor Wut begann sie, den Steinhaufen vor dem verschlossenen Eingang umzuschichten. Sie musste hier raus, unbedingt! Die scharfen Kanten der Gesteinsbrocken zerschnitten ihre Handflächen, doch sie achtete nicht auf den Schmerz. Ihre geliebte Tochter sollte nicht ohne Mutter aufwachsen, nur dafür kämpfte sie.

Das Geständnis dieses Wahnsinnigen machte sie wütend, dieses Komplott gegen sie. Wie raffgierig und krank musste man sein, um zu töten? Würde er zurückkommen, um sie zu erlösen?

Hier langsam zugrunde gehen, wäre die Hölle. Dann wählte sie doch lieber einen Gnadenschuss aus seiner Waffe. Doch was wurde dann aus ihrer Tochter? Und überhaupt: Warum ausgerechnet sie, die jedem Streit aus dem Weg ging?

KAPITEL 1

W*as zuvor geschah …*

Eine Feder kitzelte Hannas Fuß, der unter der Bettdecke hervorlugte und sie öffnete lachend die Augen. Lara stand am Bett und wartete ungeduldig darauf, dass ihre Eltern erwachten.

„Guten Morgen, mein Schatz, hast du gut geschlafen?"

„Ja Mami, und mir ist langweilig."

„Gut, mein Mäuschen, dann sagen wir der Langeweile jetzt den Kampf an."

Hanna warf einen Blick auf Alexander, der tief in seine Kissen vergraben leise neben ihr schnarchte. Er hatte wieder bis spät in die Nacht hinein über seinen Fällen gesessen und sie wollte ihn nicht wecken. Behutsam schlug sie die Decke zurück und schwang die Beine aus dem Bett. Dann fuhr sie mit ihrer Hand zärtlich durch Laras blonde Locken und küsste das Mädchen auf die Stirn.

„Na komm, lass uns Frühstück machen."

Während Lara eifrig den Tisch deckte, stellte sie die Kaffeemaschine und den Toaster an. Nachdem sie alle Vorbereitungen getroffen hatten, schlichen sie zurück ins Schlafzimmer und weckten Alexander. Er streckte sich wohlig grummelnd, zog Hanna und Lara zu sich ins Bett. Sie kuschelten ausgiebig, was in letzter Zeit viel zu selten geschah, bis sie sich zu dritt an den Frühstückstisch setzten.

Hanna musterte Alexander verstohlen. Wann würde er endlich wieder mehr Zeit mit der Familie verbringen? Doch die Enttäuschung folgte auf dem Fuß.

„Ich weiß, heut ist ein gemeinsamer Ausflug geplant, aber ich muss mich noch auf einen wichtigen Prozess vorbereiten. Können wir die Tour denn nicht verschieben?"

„Ach Papa", Lara zog enttäuscht einen Flunsch, „das sagst du immer wieder und dann fahre ich mit Mama doch allein."

„Lara, bitte. Wenn ich meine Karriere ankurbeln will, muss ich zurückstecken. Du kennst doch sicher das Sprichwort: ohne Fleiß, keinen Preis."

„Aber wir wären doch nur am Nachmittag unterwegs", warf Hanna ein. „Wir bekommen dich kaum noch zu Gesicht." Ihr vorwurfsvoller Blick sprach Bände.

„Himmelherrgott", auf seiner Stirn hatte sich eine steile Zornesfalte gebildet, „bei meinen Kollegen läuft es doch auch, ohne dass die Familie ständig so ein Theater macht."

Hanna zuckte resigniert mit den Schultern. Sie ärgerte sich über Alexanders Verhalten, wollte aber keinen Streit vom Zaun brechen. Wie oft hatte sie sich gewünscht, dass er ein wenig herzlicher und verständnisvoller wäre. Wann war er das letzte Mal mit Lara durch den Garten getobt oder hatte ihr eine Gutenachtgeschichte erzählt? Meist regelte er es über die finanzielle Schiene, um das Mädchen wieder zum Lachen zu bringen, wenn Urlaube oder Unternehmungen nicht stattfanden. Er bestellte kurzerhand etwas aus dem

Internet und hoffte, damit seine Vaterpflichten erfüllt zu haben. Aber dem war nicht so.

„Du verpasst die schönsten Momente im Leben deiner Tochter", wagte sie noch einen letzten Versuch und griff nach seiner Hand. Doch er zog sie hastig weg.

„Hanna, alles hat seinen Preis. Ihr könnt ein sorgenfreies Leben führen, bedeutet dir das denn gar nichts?" Sein abweisender Blick traf sie mitten ins Herz. „Außerdem hat der Wetterbericht für den Nachmittag eine Gewitterfront angekündigt, der Ausflug wäre so oder so ins Wasser gefallen."

Er schien insgeheim froh darüber zu sein, dass sich nun auch noch das Wetter gegen sie verschworen hatte. Hanna presste die Lippen fest zusammen, damit ihr ja kein falsches Wort herausrutschte, und räumte schweigend den Tisch ab. Alexander hatte sich inzwischen mit seinem Papierkram auf die Terrasse zurückgezogen.

Sie warf einen Blick aus dem Fenster und beobachtete ihn im Verborgenen. Alexander entsprach dem üblichen Klischee eines erfolgreichen Rechtsanwaltes – dynamisch, zielstrebig und im besten Alter. Eine hohe Stirn und markante Züge prägten sein Gesicht und trotz ansehnlicher Statur wirkte er etwas unsportlich und hager. Ständig auf Erfolg getrimmt reagierte er emotional meist unterkühlt. Nur hin und wieder brachte er seine fürsorgliche und liebevolle Seite zum Ausdruck. Viel zu selten in letzter Zeit, wie sie fand.

Hanna hingegen war durch und durch ein Familienmensch und litt unter der jetzigen Situation. Sein Desinteresse verletzte sie und auch Lara schien das zu spüren. Doch sie konnte ihn nicht zwingen, denn er liebte, was er tat. Obwohl es tief in ihr brodelte, beschloss sie, mit Lara allein ins Kino zu fahren.

Sie wandte sich ab und bereitete mit routinierten Handgriffen das Mittagessen zu. Anschließend deckte sie den

Tisch. „Lara, Alexander, dass Essen ist fertig!", hallte ihre Stimme durch das Haus.

Schweigsam saßen sie am Tisch und konzentrierten sich auf ihre Teller. Hanna vermied es, Alexander in die Augen zu sehen. Ihre gute Laune war verflogen und selbst Lara, aus der die Worte meist nur so heraussprudelten, führte still die Gabel zum Mund. Die Stimmung im Haus war unerträglich und Hanna mit ihrem Latein am Ende.

„Magst du nicht doch mitkommen?", fragte sie ihn ein allerletztes Mal.

Missbilligend runzelte er seine Stirn. „Du wusstest doch von Anfang an, wie wichtig mir meine Karriere ist. Außerdem bin ich froh, wenn ich ein paar Minuten in Ruhe arbeiten kann."

Das reichte. Wortlos stand sie auf, schluckte eine bissige Bemerkung hinunter und räumte das Geschirr in die Maschine. Nachdem sie sich umgezogen hatte, streifte sie Lara das geblümte Kleidchen über, das sie so sehr liebte. Dann schnappte sie sich ihre Tasche und ohne einen Abschiedsgruß verließen sie das Haus. Mit einem lauten Knall flog die Tür ins Schloss.

Ungeduldig und voller Vorfreude zog Lara ihre Mutter in das Kinofoyer, während in der Ferne die ersten Donner grollten. Auf ihrer Nase parkte eine viel zu große 3-D-Brille, die immer wieder herunterrutschte. Der Film nahm sie mit auf eine abenteuerliche Reise und das ergreifende Happy End rührte Lara zu Tränen. Hanna reichte ihr tröstend ein Taschentuch und war stolz darauf, dass ihre Tochter so ein sensibles Einfühlungsvermögen an den Tag legte.

Am Ende der Vorstellung schoben sie sich durch die Menschenmenge dem Ausgang entgegen und sahen, wie sich das Gewitter bereits mit aller Macht entlud. Der Regen prasselte auf das Pflaster und den Rasen. Hanna zog ihre Jacke aus und legte sie schützend über ihre Köpfe.

„Pass auf Lara, bei zwei rennen wir los, das Auto steht gleich um die Ecke. Eins, zwei … lauf!"

Die Sicht war durch das Kleidungsstück stark eingeschränkt und sie stürzten im Blindflug dem Fahrzeug entgegen. Dabei prallte Hanna versehentlich mit einem Mann zusammen.

„Hoppla, die Damen. So schnell unterwegs?", fragte der Fremde.

Hanna errötete und murmelte eine Entschuldigung, während sie ihn unauffällig musterte. Er war groß und stattlich und dunkle Locken umrahmten sein vom Wetter gebräuntes Gesicht. Auch sie konnte spüren, wie sein Blick auf ihr ruhte. Ein wohliger Schauer fuhr durch ihren Körper und auf eine seltsame Weise schien er ihr vertraut.

„Mama! Wir werden ganz nass", drängte Lara.

Hanna wandte sich hastig ab und mit schnellen Schritten liefen sie zum Wagen. Hanna glitt hinters Steuer und strich sich eine regennasse Strähne aus ihrer Stirn, bevor sie den Motor startete und aus der Parklücke scherte. Lara plapperte fröhlich, doch Hanna hörte ihr nur halbherzig zu. Ihre Gedanken wanderten ständig zu dem attraktiven Fremden, was sie ziemlich irritierte.

Alexander brütete noch immer über seinen Akten, als Hanna und Lara das Haus betraten.

„Und, wie war der Film?", fragte er, ohne von den Unterlagen aufzusehen.

„Interessiert dich das wirklich?", antwortete sie mit einer Gegenfrage. „Falls du mich suchst, ich bereite das Abendessen zu." Sie machte auf dem Absatz kehrt und verschwand in der Küche. Wenig später war der Tisch gedeckt und Alexander setzte sich zu ihr.

„Wo ist Lara?"

„In ihrem Zimmer. Sie hat sich mit Popcorn vollgestopft und keinen Hunger."

„Dann bleibt mehr für mich", frohlockte er und griff nach den Lachshäppchen, die er mit einem Glas gekühlten Weißwein hinunterspülte. Nachdem er gegessen hatte, erhob er sich.

„Bitte Alexander, bleib noch einen Moment sitzen", bat sie ihn.

Er war auf dem Sprung und sie konnte ihm ansehen, wie sehr er mit sich rang. Schließlich nahm er wieder Platz. „Was gibt es denn so Wichtiges?"

Nervös knetete sie ihre Hände. „So kann es mit uns nicht weitergehen. Ich weiß, dass du sehr ehrgeizig bist, aber genügt dir denn nicht, was du bisher erreicht hast? Du bist Teilhaber einer renommierten Kanzlei, wirst unter deinen Kollegen geschätzt und respektiert. Wäre es nicht an der Zeit, einen Gang zurückzuschalten?"

„Du bist wie ein Terrier, der sich regelrecht festgebissen hat. Warum musst du dieses Thema immer wieder zur Sprache bringen?"

„Ganz einfach: Weil ich mich allein gelassen fühle. Wir sind keine Familie mehr, alles dreht sich nur noch um deine Karriere. Wann hat der letzte Elternabend stattgefunden? Und kennst du überhaupt einen von Laras Freunden?" Sie sah ihn prüfend an.

„Jede gute Ehefrau hält ihrem Mann den Rücken frei, so sehe ich das. Du musst nicht in die Bibliothek fahren, niemand zwingt dich dazu. Wenn du mit der Situation überfordert bist, dann kündige."

Zornig schnappte sie nach Luft. „Du willst mich nicht verstehen?“

Er stand auf, drehte ihr wortlos den Rücken zu und verließ den Raum. Für ihn war die Diskussion damit beendet. Hanna kämpfte gegen ihren Frust an und schenkte sich ein weiteres Glas Wein nach, das sie in einem Zug hinunterstürzte. Dann stand sie auf, um Lara ins Bett zu bringen und ihr eine Gutenachtgeschichte vorzulesen.

„Schlaf gut, mein Mäuschen, Mama hat dich lieb“, flüsterte sie zärtlich und strich Lara eine widerspenstige Locke aus der Stirn. Behutsam schloss sie die Kinderzimmertür und ging wieder nach unten.

Alexander hatte es sich indes in einem Sessel bequem gemacht, natürlich *mit* seinen Akten. Hanna verspürte erneut einen Anflug von Zorn, war aber zu müde und abgespannt, um mit ihm zu streiten. Da sie an der abendlichen Situation sowieso nichts ändern konnte, entschied sie, zeitig ins Bett zu gehen und wünschte ihm demonstrativ eine gute Nacht.

„Ich komme gleich nach …“, rief er ihr hinterher, doch das interessierte sie nicht mehr.

Hanna zog einen Liebesroman aus dem Regal und kuschelte sich in die Kissen. Wie herrlich war es doch, in einer Bibliothek zu arbeiten – Bücher ohne Ende. Sie liebte es, in andere Welten abzutauchen, darin zu versinken, zu träumen, zu lachen und zu weinen. Gespannt auf die Geschichte begann sie zu lesen. Der Roman auf ihrem Kopfkissen bot ihr mehr Fülle an Fantasie und Leidenschaft, als es im Alltag möglich war.

Es lag schon eine Weile zurück, seit sie mit Alexander zum letzten Mal geschlafen hatte. Nach all den Jahren war es wohl mehr ein Akt der Pflicht, um sich der gegenseitigen Zuneigung noch sicher zu sein. Alexander liebte sie sehr sanft, was sie eigentlich auch mochte, aber es fehlte doch das Quäntchen Pfeffer und ein wenig auch das Verruchte.

Schlagartig fiel ihr der Fremde wieder ein. Bei dem Gedanken an ihn kribbelte es erneut in ihrem Bauch. Sie legte das Buch zur Seite und träumte vor sich hin, bis der Schlaf sie übermannte.

Kurze Zeit später suchte Alexander das Schlafzimmer auf. Er deckte Hanna zu und löschte das Licht. Zum Glück konnte er ihre Träume nicht einfangen.

~

Der Montagmorgen begann mit der üblichen Hektik. Nach dem gemeinsamen Frühstück brachte Hanna ihre Tochter in die Schule und fuhr weiter in die Stadtbibliothek, denn sie arbeitete seit zwei Jahren wieder als Bibliothekarin. Alexander war zwar anfangs dagegen gewesen und hatte gemeint, sein Gehalt reiche völlig aus. Doch nachdem Lara die erste Klasse der Grundschule besuchte, war es ihr tagsüber in dem großen Haus einfach zu still.

Am Wochenanfang war es in der Bibliothek meist sehr ruhig, bis auf ein paar Studenten, die im Bereich für Fachbücher stöberten. Die Kollegin hatte ihr einen ansehnlichen Stapel zurückgebrachter Literatur hinterlassen, den sie in die entsprechenden Regale einsortieren sollte.

Sie begab sich in das obere Stockwerk und stellte jedes Buch zurück an seinen angestammten Platz. Zwischendurch legte sie eine kurze Pause auf der Fensterbank ein. Die alte Kastanie gegenüber stand in voller Blüte und eine ältere Dame fütterte die Tauben.

Plötzlich stockte ihr der Atem. Der Fremde vom Kino stand vor der Bibliothek und starrte zum Fenster herauf. Erschrocken wich sie zurück. Wie war das möglich? Vorsichtig riskierte sie einen zweiten Blick, aber der Platz, an dem er vorher noch gestanden hatte, war leer. Spielte das eigene Wunschdenken ihr einen Streich? Kopfschüttelnd wandte sie sich ab und sortierte die restlichen Bücher in die Regale.

~

Während der letzten Tage war Alexander sehr wortkarg und gereizt, denn er hatte ein lukratives Angebot an Land gezogen. Die neu gegründete Pharmagruppe MediTech wollte ausgerechnet ihn im Team der Rechtsberatung. Jahrelang hatte er auf so eine Chance hingearbeitet, mit dem Ziel, so viel wie möglich in seiner beruflichen Laufbahn zu erreichen.

Gekonnt versuchte Hanna jeden Streit zu umschiffen, besonders in Laras Gegenwart, denn Alexander reagierte oft sehr unbeherrscht. Heute sollte der Presse das neue Team bei einem offiziellen Empfang vorgestellt werden.

„Es wäre toll, wenn du das cremefarbene Kleid anziehen könntest, das bringt deine Figur perfekt zur Geltung."

Mit einem fordernden Ton diktierte er seine Wünsche, ohne auf die ihren einzugehen. Hanna war klar, dass man bei all dem Erfolg wohl einen gewissen Preis zahlen müsse. Aber war sie wirklich bereit, seine unterkühlte und distanzierte Art auf Dauer zu ertragen?

Mit einem tiefen Seufzer schob sie die zermürbenden Gedanken beiseite, denn die Zeit drängte. Nachdem sie sich angekleidet und frisiert hatte, warf sie einen letzten prüfenden Blick in den Spiegel. Sie war zufrieden mit dem, was sie sah. Bevor sie das Haus verließ, gab sie der Babysitterin, einer jungen Studentin, letzte Anweisungen. Danach verabschiedete sie sich von ihrer Tochter.

„Du bist ein braves Mädchen und hörst auf Svenja, versprichst du mir das?" Lara nickte. „Fein, mein Mäuschen." Sie nahm Lara liebevoll in den Arm und küsste sie auf die

Stirn. Dann schnappte sie sich ihre Handtasche und folgte Alexander zum Taxi.

~

Im großzügigen Eingangsbereich von MediTech tummelte sich bereits eine ansehnliche Menschenmenge und gut bestückte Buffets standen an der Wand. Den Journalisten wurden ihre Plätze zugewiesen, wo sie sofort ihre Kameras auf die Stative bauten und geduldig auf den Beginn warteten. Champagner wurde gereicht und alle anwesenden Personen waren stilvoll und dem Anlass entsprechend gekleidet.

Im Angesicht von so viel Glas, Stahl und Beton erschauderte Hanna, Empfänge dieser Art waren ihr ein Graus. Sie fühlte sich in diesen Situationen unwohl und meist völlig deplatziert - eine kleine Bibliothekarin unter all den gebildeten Leuten.

Dabei hatte sie es gar nicht nötig, ihr eigenes Selbstwertgefühl zu untermauern. Sie war gerade Anfang dreißig, wirkte aber deutlich jünger. Die Friseurin hatte ihr brünettes Haar sehr vorteilhaft zu einem raffinierten klassischen Bob geschnitten. Die graublauen, warmen Augen hatte sie von ihrer Mutter geerbt, ebenso die hohen Wangenknochen. Ihre schlanken, wohlgeformten Beine steckten in Pumps. Sicher war sie keine klassische Schönheit in diesem Sinne, aber durchaus ansprechend mit ihrer zierlichen Figur.

Schließlich hatte auch sie das Abitur in der Tasche und nur ihrer Leidenschaft der Bücher wegen hatte sie den Berufsweg einer Bibliothekarin eingeschlagen. Sehr zum Leidwesen ihrer Eltern, die sie bereits an einer Hochschule Medizin studieren sahen.

~

Genau in diesem Moment rauschte die Vorstandsvorsitzende in das geräumige Foyer. Die Peters, eine unnahbare Person Mitte vierzig, steckte in einem grauen engsitzenden Kostüm. Auf dem Kopf thronte ein strenger Haarknoten und ihre Hände zierten korrekt manikürte, rot lackierte Fingernägel. Diese Dame hatte Haare auf den Zähnen und war alles andere als eine Sympathieträgerin. Mit strenger Hand führte sie das Team. Damals hatte sie Alexander geradezu umgarnt, in der Rechtsberatung des Unternehmens tätig zu werden.

Die Peters hielt die Eröffnungsrede, die mit einem tosenden Applaus endete. Das Team samt Alexander wurde vorgestellt und sie standen der Presse Rede und Antwort.

Der Abend verlief ziemlich zäh, mit viel Händeschütteln und Diskussionen, von denen Hanna selten ein Wort verstand. Sie blickte ständig auf die Uhr und wünschte sich zurück in ihr eigenes kleines Reich. Alexander war in ein angeregtes Gespräch vertieft, während sie etwas abseitsstand und sich langweilte. Niemand nahm von ihr Notiz und sie zog fröstelnd die Schultern hoch, weil die Klimaanlage des Gebäudekomplexes auf Hochtouren arbeitete. Ein stadtbekannter Architekt hatte das imposante gläserne Bauwerk mit seinem großzügigen Außenbereich entworfen. Es wirkte schrecklich modern und beinahe furchteinflößend.

Im Gegensatz zu ihr liebte Alexander jedoch diesen Stil und hatte ihn auch im gemeinsamen Haus durchgesetzt. Er zeigte gern und oft, wie er lebte und was er sich leisten konnte.

Nachdenklich drehte sie das Champagnerglas in ihrer Hand. Spiegelte das gemeinsame Zuhause auch den momentanen Zustand ihrer Ehe wider? Hanna hatte sich immer einen heimeligen Ort gewünscht, der viel Wärme und Wohlfühlatmosphäre ausstrahlte, doch die Räume, in denen sie wohnten, verströmten nur eine frostige Eleganz. Einzig das Zimmer ihrer Tochter - vollgestopft mit Kuscheltieren, weichen Teppichen und bunten Schränken - wirkte urgemütlich.

Je höher Alexander das Treppchen des Erfolges erklomm, desto stärker veränderte er sich. Eine Distanz baute sich zwischen ihnen auf, und das stimmte Hanna traurig. Konnten Macht und Ansehen einen Menschen tatsächlich so leicht formen?

Der Abend schien sich langsam dem Ende zu neigen, die ersten geladenen Gäste wurden bereits verabschiedet. Hanna wollte nur noch weg, raus aus dem engen Kleid und den entsetzlich hohen Schuhen. Für ein heißes Bad und ihr weiches Bett hätte sie alles gegeben.

Draußen vor der Tür wartete bereits das Taxi, das Alexander bestellt hatte. Entspannt lehnte sie sich zurück und ließ sich durch die Nacht chauffieren. Zu Hause schaute Hanna sofort nach ihrer Tochter, Lara schlief tief und fest und sie schloss behutsam die Tür. Im Schlafzimmer zwängte sie sich aus dem Kleid und feuerte die *Pumps* in eine Ecke. Total übermüdet kroch sie neben Alexander unter die Bettdecke und schlief auf der Stelle ein.

KAPITEL 2

Die nächsten Wochen verliefen in einem eintönigen Trott. Alexander war so eingespannt in seinem neuen Job, dass er meist erst mitten in der Nacht nach Hause kam, wenn Hanna und Lara bereits schliefen. Hanna fragte sich oft, wie es denn mit ihnen weitergehen sollte. Von einem geordneten Familienleben hatte sie wohl eine völlig andere Vorstellung als er.

Sie lebten keineswegs ärmlich, ganz im Gegenteil, und Hanna verstand nicht, warum er jetzt unbedingt in der Pharmaindustrie mitmischen musste. Die Abende verbrachte sie meist allein und an den Wochenenden stritt sie fast nur noch mit Alexander, der kein Einsehen hatte, wie einsam sie sich fühlte. Auch Tochter Lara vermisste ihren Papa sehr. Deshalb hatte Hanna beschlossen, dass sonnige Wetter zu nutzen, um mit Lara in das nahegelegene Schwimmbad zu fahren. Sorgsam packte sie den Picknickkorb, bevor sie sich auf den Weg machten.

Auf einem halbschattigen Fleckchen Wiese breitete sie die Decke aus. Lara bettelte, allein zum Spielplatz gehen zu dürfen. Lange hielt Hanna dem Drängen ihrer Tochter nicht stand und willigte ein. Wohlig streckte sie sich auf der Decke aus und der Geruch von Gras und Sonnencreme kitzelte ihre Nase. Während die Sonne sanft über ihren Rücken streichelte, döste sie ein, doch Laras Weinen holte sie abrupt aus dem sanften Schlummer. Verschlafen rieb sie sich die Augen und blickte verwundert auf. Sie hatte sofort den Fremden wiedererkannt, der Lara auf seinen Armen trug.

„Die junge Dame war in Nöten und ich musste kurz entschlossen handeln." Vorsichtig setzte er das Mädchen auf der Decke ab.

Lara schluchzte laut und zeigte auf das blutige Knie. „Mama, ich bin von der Kletterburg gefallen und es tut so schrecklich weh."

Hanna begutachtete das Knie von allen Seiten, wühlte in der Tasche nach einem Pflaster und klebte es auf die Wunde. Dann nahm sie Lara tröstend in den Arm. Es war ihr schon etwas peinlich, geschlafen und nicht auf das Kind aufgepasst zu haben. Der Fremde beobachtete amüsiert, wie sie vergeblich versuchte, aus ihrem Bikini ein bedeckendes Kleid zu zupfen.

„Wie kann ich Ihnen danken?", fragte sie schüchtern.

„Wie wäre es mit einem Kaffee?" Lässig reichte er ihr seine Hand. „Ich bin übrigens Mark. Schön, dass wir uns wiedersehen."

„Ähm … ich bin Hanna." Mark, brachte sie ganz schön durcheinander und sie überlegte fieberhaft, wie sie aus dieser Nummer wieder herauskam. „Ich denke, ich werde mit meiner Tochter doch lieber nach Hause fahren. Das mit dem Kaffee wird heut leider nichts."

„Kein Problem, ich kann Ihnen meine Karte geben. Und sollte Ihnen irgendwann doch nach einem Kaffee zumute sein, dann rufen Sie mich einfach an."

Er wandte sich ab und lief in die Richtung der Schließfächer, die sich ein paar Meter entfernt aneinanderreihten. Eines davon schloss er auf und kramte in einem olivgrünen Rucksack. Das war ihre Chance, ihn einer unauffälligen Musterung zu unterziehen. Dieser Mann schien über eine gehörige Portion Selbstbewusstsein zu verfügen, so selbstsicher wie er sich bewegte. Sonnengebräunt und drahtig übte er mit Sicherheit nicht den Beruf eines städtischen Busfahrers aus. Tja, und da kündigte es sich wieder an, dieses sehnsüchtige Ziehen und Kribbeln in ihrem Bauch.

Nachdem er zurückgekommen war, drückte er ihr seine Visitenkarte in die Hand und verabschiedete sich. Sie warf einen flüchtigen Blick auf die Karte. Von nun an hatte der Fremde einen Namen - Mark Clement.

Alexander zog sich immer mehr zurück und nahm am Familienleben kaum noch teil. Hanna fühlte sich einsamer denn je und so spukte Mark, der attraktive Fremde, ihr ständig im Kopf herum. Der Gedanke, wie er leicht bekleidet im Schwimmbad vor ihr gestanden hatte, sorgte so manches Mal für weiche Knie. Mehrere Tage rang Hanna mit sich, ob sie ihn anrufen sollte. Es war so gar nicht ihre Art, sich spontan mit einem Fremden zu treffen und sei es nur auf einen Kaffee. Aber bevor sie hier versauerte, warum eigentlich nicht?

Schließlich nahm sie all ihren Mut zusammen und rief ihn kurzerhand an. Er schien sich aufrichtig zu freuen und sie verabredeten sich in einem kleinen Café mitten im Grünen.

„Hallo Hanna, schön dich zu sehen." Gentlemanlike rückte er den Stuhl zur Seite. „Übrigens, du siehst fantastisch aus."

„Danke." Sie errötete leicht und nahm verlegen Platz.

„Ich bin wirklich froh über dieses Treffen. Wenn ich ehrlich bin, hatte ich schon die Befürchtung, dass du nicht anrufen würdest."

„Es ist mir wirklich nicht leicht gefallen, über meinen Schatten zu springen. Aber jetzt bin ich ja da."

„Was für ein Glück." Sein Blick ruhte auf ihr. „Was machst du eigentlich beruflich?"

Diese Frage irritierte sie und sie musste an den Moment zurückdenken, als sie ihn vor der Bibliothek gesehen hatte. „Nichts Besonderes, ich bin Bibliothekarin."

„Das wäre absolut nichts für mich, ein Job mit festen Arbeitszeiten. Ich liebe die Herausforderung."

Sie lachte. „Und womit verdienst du deine Brötchen, wenn ich fragen darf?"

„Ich arbeite als Schiffsmechaniker auf hoher See. Aber wie du siehst, Gegensätze ziehen sich an."

Er beugte sich leicht nach vorn und lächelte. Ein Schauer jagte durch ihren Körper, sie fühlte sich auf merkwürdige Weise von ihm angezogen. Wider Erwarten plauderten sie offen und es entstanden keine unangenehmen Pausen. Er flirtete ganz offensichtlich mit ihr und sie müsste lügen, wenn sie diese Art der Aufmerksamkeit nicht genoss. Die zwei Stunden vergingen wie im Flug und zum Abschied bat er um eine Wiederholung ihres Treffens. Diesmal war sie es, die ihm ihre Handynummer gab und erklärte, dass er sich melden solle. Im Nachhinein war sie erstaunt, wie bereitwillig sie einem zweiten Treffen zugestimmt hatte.

Von einem anhaltenden Hochgefühl begleitet fuhr sie nach Hause. Sie fühlte sich in ihre Teenagerzeit zurückversetzt, wo sie etwas Verbotenes, aber auch gleichzeitig etwas Wunderschönes tat. In den darauffolgenden Tagen war sie gutgelaunt, stritt seltener mit Alexander und vermisste ihn ein kleines bisschen weniger. Ihre Gedanken kreisten mehr und mehr um den attraktiven Mark. Doch dieser ließ nichts mehr von sich hören.

Drei Wochen waren inzwischen ins Land gegangen und mit Bedauern stellte Hanna fest, dass sich für Mark die Sache anscheinend erledigt hatte. Umso mehr überraschte es sie, als eines Tages das Handy klingelte und seine Nummer auf dem Display erschien. Natürlich versuchte sie, ihre Gefühle im Zaum zu halten und völlig gleichgültig zu klingen. Innerlich jubelte sie jedoch.

„Was hältst du davon, wenn du dir eine kleine Auszeit nimmst? Lass uns irgendwohin fahren und den Alltag vergessen."

„Hm, das ist kompliziert. Ich müsste erst einen Tag Urlaub einreichen und Lara für den Nachmittag bei einer Schulfreundin unterbringen", erwiderte sie zögerlich.

„Ach komm schon, riskier es einfach."

Sie wollte ihn nicht enttäuschen und sagte kurzerhand zu. Alexander gegenüber würde sie sich in Schweigen hüllen. Er fragte ja kaum noch, wie sie sich fühlte, und interessierte sich nicht im Geringsten für ihre Belange.

Voller Vorfreude hatte sie diesen Tag herbeigesehnt und eilte aus dem Haus, als Mark vorfuhr. Hoffentlich beobachtet mich kein Nachbar, dachte sie besorgt und ließ sich auf den Beifahrersitz fallen. Mark startete den Motor und fädelte sich in den Verkehr.

„Na, hat alles geklappt?", fragte er beiläufig.

„Wie du siehst."

„Gut, dann können wir ja durchstarten."

Er trat aufs Gas und fuhr raus aus der Großstadt und hinein ins Grüne. Nach einigen Kilometern bog er auf einen Waldweg ab, der sie ordentlich durchrüttelte. Am Zielort parkte er den Wagen unter einer großen Eiche und schulterte seinen Rucksack. Lachend schlenderten sie einen verwunschenen Pfad entlang und wie selbstverständlich griff er nach ihrer Hand. Anfangs nervös genoss sie inzwischen seine Nähe genauso wie die Stille des Waldes und die Sonne, die ihre Strahlen durch das dichte Blätterdach schickte.

„Ein wunderbarer Ort, fast wie im Märchen."

„Das stimmt, ich bin lange nicht mehr hier gewesen", antwortete er. „Man erkennt am Wachstum der Bäume, wie schnell doch die Zeit vergeht."

„Wohin entführst du mich eigentlich?", fragte Hanna.

„Lass dich überraschen, wir sind gleich da."

Auf einer kleinen Lichtung machten sie Rast. Moose und Gräser hatten sich wie ein samtenes Bett ausgebreitet und schienen nur darauf zu warten, dass die zwei sich niederließen. Mark zauberte aus seinem Rucksack Sekt, Trauben, Weißbrot und Käse.

„Wow, du hast wirklich an alles gedacht", sagte sie. Er hatte sich echt ins Zeug gelegt, um dem Picknick eine romantische Note zu verleihen.

„Ich weiß genau, was Frauen mögen", antwortete er und zwinkerte ihr verschmitzt zu. „Jetzt lang zu und zier dich nicht." Er schenkte ihr ein Glas Sekt ein und gemeinsam stießen sie an.

Danach legten sie sich auf eine Decke und blickten verträumt in den Himmel. Hanna spürte die Wärme seines Körpers und fühlte sich von ihm magisch angezogen. Mark schien dies zu spüren. Er zupfte einen Grashalm ab und ließ ihn spielerisch über ihren Hals gleiten. Der Sekt war Hanna bereits zu Kopf gestiegen und Mark hatte leichtes Spiel.

„Du scheinst es zu genießen“, flüsterte er mit rauer Stimme und sein heißer Atem streifte ihre Wange.

Sie schloss die Augen und genoss den Moment, als sie plötzlich seine weichen Lippen auf den ihren spürte. Mark küsste sie wild und fordernd und presste sich an sie. Hanna fühlte sich überrumpelt, war aber so überwältigt von ihren Gefühlen, dass sie seinen Kuss ebenso leidenschaftlich erwiderte.

Langsam, Stück für Stück, zog er sie aus und liebkoste ihren Körper. Erwartungsvoll sah sie ihn an und ließ es geschehen. Seine Augen fixierten sie und der Blickkontakt war ihr unangenehm. Scheu senkte sie ihre Lider.

Es war ihr fremd, mit welcher Sinnlichkeit Mark ihren Körper betrachtete, ihre kleinen festen Brüste und den sanften Hügel ihrer Scham. Sie hatte sich noch nie so begehrt gefühlt wie in diesem Augenblick. Sämtliche Gewissensbisse warf sie über Bord und wollte nur noch eines - sich ihm hingeben.

Er begann, die Konturen ihres Körpers nachzuzeichnen, erst sehr sanft und später immer fordernder. Sie fühlte sich ihm schutzlos ausgeliefert und wahnsinnig erregt zugleich. Nackt kniete er vor ihr nieder und küsste voller Begierde ihren Körper. Plötzlich griff er ihr volles Haar und bog ihren Kopf ruckartig nach hinten. Sie bäumte sich auf und wie ein Feuer loderte die pure Lust. Sie wand sich unter ihm und als er endlich hart in sie eindrang, schrie sie lustvoll auf. Er nahm sie schnell und leidenschaftlich, fast schon ein wenig rücksichtslos. Diese Art der Leidenschaft erlebte sie zum ersten Mal, war berauscht und wie von Sinnen.

Nur wenig später lagen sie nebeneinander und ihr Atem ging stoßweise. Hanna konnte noch immer nicht fassen, was da soeben geschehen war und Mark fand als erster die Sprache wieder.

„Es war wunderschön", flüsterte er und strich ihr zärtlich eine Strähne aus der Stirn.

Hanna jedoch brachte kein Wort über die Lippen. Hastig sprang sie auf, um ihre Sachen einzusammeln und sich anzuziehen.

„Was hast du?" Mark musterte sie mit ernstem Blick.

„Ach, nichts." Sie zog sich ihre Sommerbluse über und schlüpfte in die Sandaletten. „Können wir?" Fragend sah sie ihn an.

„Du willst wirklich schon los?"

„Bitte Mark, ich glaube, es ist besser so."

„Gut, wie du meinst."

Er streifte sich Jeans und Shirt über und verstaute das restliche Essen im Rucksack. Nur kurze Zeit später brachen sie auf und Hanna hatte während der Fahrt mit ihren Gefühlen zu kämpfen. Bevor er sie Zuhause absetzte, bat sie ihn, sie etwas abseits aussteigen zu lassen.

„Darf ich dich wieder anrufen?", fragte er hoffnungsvoll.

Ratlos zuckte sie mit den Schultern. „Darauf kann ich dir jetzt keine Antwort geben."

Sie umarmte ihn flüchtig und stieg aus dem Wagen. Die Erkenntnis musste erst einmal sacken, dass sie Alexander tatsächlich betrogen hatte. Ihr schlechtes Gewissen meldete sich augenblicklich zu Wort und sie befürchtete, dass man ihr den Ehebruch förmlich ansah. Den Liebesakt samt Lichtung verbannte sie sofort aus ihren Gedanken. Verstohlen huschte sie ins Haus und duschte lange, um die Spuren der Versuchung zu beseitigen.

Hanna blockierte Marks Anrufe. Sie wollte sich auf gar keinen Fall ein weiteres Mal mit ihm treffen, auch wenn sie den Ausflug mit ihm sehr genossen hatte und die Erinnerung daran immer wieder abrief. Mark hatte ihr das Gefühl gegeben, eine begehrenswerte Frau zu sein, gerade jetzt, wo Alexander sie sträflich vernachlässigte. Doch es lag außerhalb ihrer Vorstellungskraft, ihn und Lara je zu verlassen. Deshalb setzte sie alles daran, um das Familienleben nach ihrem Fehltritt wieder ins rechte Lot zu bringen.

Nachdem sie Lara vor der Schule abgesetzt hatte, fuhr sie auf direktem Wege in die Innenstadt. In einer Boutique erwarb sie ein elegantes, aber auch sündhaft teures Kleid, welches ihren Körper sanft umschmeichelte. Sie wollte sich Alexander behutsam annähern, und das war der erste Schritt.

Ein Blick auf die Uhr verriet, dass sie sich sputen musste. Beschwingt trat sie den Heimweg an und summte den Refrain von ihrem Lieblingslied. Den Wagen ließ sie mitten in der Einfahrt stehen und schloss die Haustür auf. Mit einem verwunderten Gesichtsausdruck trat sie ein.

„Warum bist du schon zu Hause? Ist etwas passiert?"

Alexander thronte in seinem Sessel, in der einen Hand hielt ein Glas Cognac und in der anderen einen Umschlag. Schwerfällig erhob er sich und schleuderte ihr den Umschlag vor die Füße. „Du hast alles zerstört, wirklich alles ..."

Irritiert bückte sie sich und hob das Kuvert auf. Vorsichtig öffnete sie den Umschlag und für eine Schrecksekunde setzte ihr Herzschlag aus. Der Boden unter ihren Füßen wankte und sie betrachtete mehrere Fotos, auf denen sie in wilden Posen mit Mark zu sehen war. Diese Bilder sprachen Bände und ließen keine Einzelheiten aus.

„Alexander ... lass es mich erklären", bat sie mit brüchiger Stimme.

„Was willst du da erklären? Deutlicher geht es wohl kaum!" Er spie ihr die Worte förmlich ins Gesicht.

„Bitte, so versteh doch, du warst nie da und ich habe mich schrecklich einsam gefühlt."

Verzweifelt klammerte sie sich an seinen Arm, doch Alexander stieß sie zur Seite.

„Pack sofort deine Sachen, du hast hier nichts mehr verloren."

Mit diesen Worten verließ er das Haus und die Tür fiel mit einem lauten Knall ins Schloss. Hanna sank schluchzend zu Boden. Wer hatte sie heimlich fotografiert? Und warum mussten diese Bilder ausgerechnet jetzt auftauchen? Ihr Fehltritt lag doch schon eine Weile zurück.

Genau in diesem Moment klingelte es an der Haustür. Hastig wischte sie sich die Tränen fort und setzte ein gequältes Lächeln auf. Oh Lara, mein Sonnenschein, dachte sie bestürzt, wie konnte ich es nur so weit kommen lassen?

Sie öffnete die Tür, umarmte Lara und drückte sie fest an sich. Sie beschloss, Alexander noch heute zu verlassen und in ein Hotel zu ziehen. Diesen Ausrutscher würde er ihr niemals verzeihen, das war so sicher wie das Amen in der Kirche.

„Deine Mama hat leider einen großen Fehler begangen", gestand sie ihr und dass der Papa jetzt zu Recht böse auf sie ist. „Deshalb musst du jetzt deine Sachen packen, weil wir vorübergehend in ein Hotel ziehen", erklärte sie ihrer Tochter die schreckliche Situation. „Aber ich verspreche dir hoch und heilig, dass ich alles wieder in Ordnung bringe."

Doch Lara zeigte wenig Verständnis und weigerte sich. „Ich will aber hierbleiben bei Papa und in meinem schönen Zimmer", schluchzte sie.

„Tut mir leid Liebes, aber ich habe keine andere Wahl."

Ein Leben ohne Lara war undenkbar und sie würde nur gemeinsam mit ihr das Haus verlassen. In aller Eile packte sie das Nötigste zusammen und hinterließ Alexander eine Nachricht, in welchem Hotel er sie finden konnte, falls er eine Aussprache wünschte. Dann belud sie den Kofferraum und fuhr zum Hotel.

Nachdem sie eingecheckt waren, parkte Hanna ihre Tochter vor dem Fernseher, um in der Bibliothek anzurufen und sich krank zu melden. Anschließend duschte sie abwechselnd heiß und kalt, doch das Wissen, alles zerstört zu haben, ließ sich einfach nicht abwaschen.

Am Abend kuschelten sie sich im großen Bett innig aneinander und Hanna tröstete das Mädchen erneut. Bevor ihr erschöpft die Augen zufielen, dachte sie noch: Solange ich Lara bei mir habe, wird alles wieder gut.

KAPITEL 3

Am nächsten Morgen klopfte es überraschend an die Zimmertür. Das ist mit Sicherheit Alexander, bangte Hanna. Bis jetzt hatte er sie weder aufgesucht noch einen Anruf getätigt. Nervös öffnete sie die Tür und musterte erstaunt das korpulente Pärchen, das im Flur stand. Die Dame wies sich als Sozialarbeiterin des Jugendamtes aus und bestand darauf, Lara mitzunehmen.

„Ihr Mann hat sie wegen Kindesentzug angezeigt. Ein Hotelzimmer ist wohl kaum geeignet, einer Achtjährigen das Zuhause zu ersetzen. Wir konnten uns jetzt davon überzeugen, wie Sie wohnen, und nehmen das Kind mit", erklärte sie mit einem schroffen Unterton.

Hanna fiel aus allen Wolken. Alexander hatte also seine Beziehungen spielen lassen und das Schriftstück, welches ihr die Frau unter die Nase hielt, ließ keine Zweifel aufkommen - er beantragte das alleinige Sorgerecht.

„Und wer passt auf meine Tochter auf? Mein Mann ist selten zu Hause anzutreffen", erwiderte sie aufgebracht.

„Ihr Gatte hat bereits ein Kindermädchen engagiert. Sie wird die gemeinsame Tochter betreuen, bis Herr Jahnke von seiner Tätigkeit als Rechtsanwalt nach Hause kommt." Sie hüstelte gekünstelt. „Er hat diesen Weg gewählt, um jeglichen Konfrontationen aus dem Weg zu gehen, zum Wohle des Kindes."

Hanna wusste nicht, wie ihr geschah, als die griesgrämige Dame vom Jugendamt sich ihre Tochter schnappte und das Mädchen zur Tür bugsierte. Sie protestierte lautstark. „Sie können meine Tochter nicht einfach so mitnehmen, verdammt noch einmal!"

„Und ob ich das kann!", folgte die prompte Antwort. „Entweder Sie lassen das Mädchen freiwillig gehen oder ich verständige die Polizei."

Hilflos musste Hanna mit zusehen, wie Lara das Hotelzimmer verließ. An der Tür drehte sich die füllige Frau noch einmal zu ihr um.

„Ich gebe Ihnen einen guten Rat: Suchen Sie sich einen entsprechenden Rechtsbeistand, mit dem Sie um das Sorgerecht streiten. Wir führen nur die Anweisungen des zuständigen Richters aus."

Mit aller Deutlichkeit wurde Hanna bewusst, dass sie einem knallharten Anwalt wie Alexander niemals das Wasser würde reichen können, er saß definitiv am längeren Hebel. Lara würde eine hässliche Schlammschlacht miterleben, wenn beide Elternteile um sie kämpften. Mit großer Wahrscheinlichkeit standen die Chancen gleich null, das Sorgerecht zu erhalten.

Trotzdem dachte sie nicht eine Sekunde daran, ihre Tochter aufzugeben. Lara war ihr Sonnenschein und sie brauchte ihr kleines Mädchen wie die Luft zum Atmen. Insgeheim hatte sie gehofft, dass gemeinsame Gespräche mit Alexander zu einer Lösung führen würden, denn sie war der festen Überzeugung, dass es einem Kind schadete, ohne Mutter aufzuwachsen. Doch Alexander hatte andere Pläne, er war auf Rache aus.

Frustriert rief sie die Auskunft an und ließ sich etliche Telefonnummern von Rechtsanwälten übermitteln, die sich auf Familienrecht spezialisiert hatten. Letztlich entschied sie sich für eine Rechtsanwältin, Frau Dr. Fehringer, und vereinbarte schnellstmöglich einen Termin.

Dann kauerte sie sich in den Sessel und dachte über das jähe Ende ihrer Ehe nach. Mit Wehmut erinnerte sie sich an den Tag, an dem sie Alexander zum ersten Mal in der Bibliothek begegnet war. Sie hatte gerade ihr Studium beendet, als er nach speziellen Fachbüchern fragte.

Für sie war es eher die Liebe auf den zweiten Blick, denn Alexander wirkte sehr kühl und distanziert. Doch er ließ nicht locker und lud sie zum Essen ein. Irgendwann willigte sie schließlich ein und verbrachte die Abende mit ihm. Alexander legte sich mächtig ins Zeug, sodass Hanna sich mit der Zeit verliebte. Bereits ein halbes Jahr später heirateten sie, er hatte nicht länger warten wollen.

Alexander arbeitete viel und sehr gewissenhaft und kurbelte seine Karriere immer wieder an. Letztlich wurde er Teilhaber einer renommierten Anwaltskanzlei. Darüber hinaus bot er ihr den Halt, den sie bei ihren Eltern stets vermisst hatte. Vielleicht war das auch der Grund dafür, dass sie sich in diesen sehr selbstbewussten, aber auch exzentrischen Mann verliebt hatte. Nach der Hochzeit warteten drei glückliche und sehr harmonische Jahre auf das junge Paar, bis sich Hannas größter Wunsch zu erfüllen schien – sie erwartete ein Kind.

Alexander behütete sie während der Schwangerschaft und schottete sie regelrecht von der Außenwelt ab. Er nutzte die Gunst der Stunde und vergraulte sogar ihre beste Freundin aus Kindertagen. Die hatte er noch nie gemocht. Hanna hingegen, vollgepumpt mit Glückshormonen und unbändiger Vorfreude auf das ungeborene Kind, ließ sie es mit sich geschehen und erhob keinen Widerspruch.

Schließlich erblickte die gemeinsame Tochter das Licht der Welt und das Glück schien perfekt. Lara wurde ihr kleiner Engel, ihr einzigartiger Sonnenschein und das Mädchen wuchs wohlbehütet heran.

Blonde Locken umspielen noch immer das rundliche Kindergesicht mit Stupsnase und winzigen Sommersprossen. Wie viele achtjährige Mädchen in diesem Alter liebte sie Pferde, mochte Rosa in allen Variationen, war aufgeschlossen und fröhlich.

Die Erinnerungen an glücklichere Zeiten versetzten Hanna einen schmerzhaften Stich und sie krümmte sich unter Tränen. Schluchzend bestellte sie sich eine Flasche Rotwein aufs Zimmer, legte sich auf das Bett, trank und weinte und trank, bis sie völlig benommen vom Schlaf übermannt wurde.

Am nächsten Morgen ließ Hanna das Frühstück wegen grässlicher Übelkeit und Kopfschmerzen ausfallen. Sie besorgte sich nur die aktuelle Tageszeitung an der Rezeption und igelte sich wieder im Hotelzimmer ein. Sie kroch zurück ins Bett und schlug die Zeitung auf. Auf der Vorderseite prangte in großen Lettern: *Tote im Eisbärengehege!*

„Ich bin wohl nicht die Einzige mit einer gehörigen Pechsträhne", murmelte sie und las den Artikel zu Ende. Sie betrachtete das Foto eingehender und erinnerte sich, dass Eva Storm eine ehemalige Klientin von Alexander gewesen war. Die Erbin eines gewinnbringenden Unternehmens hatte sich damals von ihm beraten lassen und ihn später als Notar in einer Erbschaftsangelegenheit engagiert. Die junge Frau soll unter Alkoholeinfluss gestanden haben, als der Unfall passierte. Die Bären attackierten die Ertrinkende und ließen sie nicht an das rettende Ufer. Ein hoher Wall aus Glas und

Beton auf der gegenüberliegenden Seite sorgte dafür, dass Eva Storm qualvoll ertrank.

Das schreckliche Ende eines wohl feucht fröhlichen Abends, dachte Hanna deprimiert. Unbehagen machte sich breit und sie legte die Zeitung zur Seite. Auf keinen Fall wollte sie so enden – betrunken und nicht mehr wissend, was um sie herum geschah. Angewidert schüttete sie den restlichen Rotwein in den Ausguss und schnappte sich die Autoschlüssel. Sie wollte nur noch weg, egal wohin.

Mit schnellen Schritten eilte sie zu ihrem Wagen, startete den Motor und ließ die Stadt hinter sich. Die Landschaft flog an ihr vorüber, doch sie hatte kaum ein Auge dafür. In einem schmucken Dörfchen hielt sie an, stellte den Wagen vor dem Gasthof ab und lief eine schmale Straße entlang in Richtung Wald. Der blühende Raps verströmte einen intensiven Duft und die Bienen summten im gelben Blütenmeer. Hanna fühlte sich seltsamerweise frei und losgelöst und ein winziger Hoffnungsschimmer keimte auf, dass doch noch alles gut werden würde.

Nach einem längeren Fußmarsch hatte sie den Waldrand erreicht, der ihr eine frische Brise entgegentrieb. Neugierig folgte sie dem verschlungenen Pfad und entdeckte nach einigen Metern ein unbewohntes Forsthaus.

Das Kellergeschoß bestand aus Backsteinen und das Obergeschoss war in der Fachwerkbauweise errichtet worden, dessen Giebelseiten wunderschöne Verzierungen schmückten. Kletterrosen umgarnten den überdachten Eingang und dahinter versteckt lag eine gemütliche Holzveranda.

Das in die Jahre gekommene Forsthaus wurde von einer Art Stallungen umgeben und der Bauerngarten mit seinem Staketenzaun sah ziemlich verwildert aus. Die Idylle wirkte verlassen und ungepflegt, ein Zeichen dafür, dass hier schon lange niemand mehr wohnte.

Das Grundstück grenzte an den Wald und durch das Blätterdach des Buschwerks schimmerte in einiger Entfernung das Wasser eines Weihers. Hanna konnte nicht genau sagen, was es war, aber sie fühlte sich von diesem Ort magisch angezogen. Um das Innere des Hauses genauer in Augenschein zu nehmen, presste sie ihre Stirn an die völlig verschmutzten Glasscheiben der Haustür. Der Eingangsbereich wirkte verwahrlost und Müll lag auf dem Boden, eine schnörkelige Holztreppe führte in das Obergeschoss.

Voller Neugier kletterte sie auf den schmalen Sims aus Backsteinen und spähte in die restlichen Räume im Erdgeschoß. Sie erblickte eine kleine urige Küche mit einem alten Kachelofen und daneben ein winziges Bad. Natürlich müsste man in das Forsthaus kräftig investieren und mit viel Aufwand renovieren. Aber die Mühe wäre es wert und die Abgeschiedenheit reizte Hanna besonders. Schade, dass dieses Gebäude sich selbst überlassen worden war und immer mehr verfiel.

Nach einem kurzen Abstecher zum Weiher, in dessen seichtem Uferbereich quirlige Kaulquappen umherschwammen, trat sie den Rückweg an. Der Wind hatte aufgefrischt und sie zog fröstelnd die Jacke über ihre Schultern. Es machte sie schwermütig, Gefühle und Erlebtes mit niemandem teilen zu können, und sie wäre gern an diesem Ort geblieben, um sich der Realität nicht stellen zu müssen. Das Leben erschien ihr unendlich einsam und trostlos.

Heute war Hannas erster Arbeitstag nach der Trennung von Alexander und mit gemischten Gefühlen fuhr sie in die Bibliothek. Herrmann Braune, ihr Vorgesetzter - klein, rundlich, mit Glatze und Brille - empfing sie mit einem säuerlichen Gesichtsausdruck und die Begrüßung fiel sehr unterkühlt aus.

„Kommen Sie doch bitte erst in mein Büro, es gibt dringenden Klärungsbedarf."

Mit fragendem Blick folgte sie ihm. Im Büro forderte er sie auf, sich zu setzen, und schob ihr einen Umschlag über den Schreibtisch zu.

„Ihr Privatleben geht mich wirklich nichts an, Frau Jahnke, aber ich muss doch sehr bitten. Dass *diese* Fotos direkt an uns geschickt wurden, zeugt doch davon, dass Ihr Leben anscheinend aus den Fugen geraten ist. Die Kolleginnen sind sehr schockiert. Sie verstehen sicherlich, dass mir nichts anderes übrig bleibt, als Ihnen die sofortige Kündigung auszusprechen."

„Das kann doch nicht Ihr Ernst sein?", erwiderte sie völlig irritiert.

„Doch, das ist mein voller Ernst. Wir achten sehr auf die Seriosität unserer Angestellten und diese Fotos da", er zeigte auf den Umschlag, „die sprechen nicht für Sie."

Fassungslos erhob sie sich, griff nach dem Umschlag und verließ das Büro. Vor der Tür öffnete sie das Kuvert und zog die Fotos heraus. Wollte Mark als verschmähter Liebhaber etwa systematisch ihr Leben ruinieren? Bis jetzt hatte sie noch keinen einzigen Gedanken daran verschwendet, wer dieses Tête-à-Tête überhaupt heimlich beobachtet und fotografiert haben könnte. Das Gedankenkarussell drehte sich unaufhörlich und sie beschloss, Mark unbedingt zur Rede zu stellen. Wenn er so weitermachte, zerstörte er ihr ganzes Leben.

Niedergeschlagen kehrte sie ins Hotelzimmer zurück und machte sich sofort über die Stellenanzeigen her, jedoch ohne Erfolg. Wütend pfefferte sie die Zeitung in eine Ecke und versuchte stattdessen Mark zu erreichen, doch dieser schien sie zu ignorieren. Um sie herum herrschte eine allgegenwärtige Lebendigkeit, aber in ihrem Zimmer blieb es fürchterlich still.

Fluchtartig verließ sie das Hotel, setzte sich ins Auto und fuhr ohne Ziel durch die Straßen. Unbewusst steuerte sie den Wagen in die Richtung ihres ehemaligen Zuhauses. Langsam rollte sie an Haus und Grundstück vorbei, immer in der Hoffnung, Lara irgendwo zu entdecken. Doch alles wirkte wie ausgestorben.

Die Sehnsucht trieb Hanna noch ein Stückchen weiter, vielleicht traf sie Lara auf dem Spielplatz an. Doch der lag verlassen vor ihr, nur die Schaukeln bewegten sich rhythmisch im Wind. Sie stieg aus, setzte sich auf eine Bank und kämpfte gegen die aufkommenden Tränen an. Erst das Klingeln ihres Smartphones riss sie aus ihrer Melancholie. Marks Nummer erschien im Display und sie nahm das Gespräch sofort an. Die Verbindung war extrem schlecht, es rauschte und knackte in der Leitung.

„Hallo Hanna. Warum hast du so oft versucht, mich zu erreichen? Ich dachte, zwischen uns wäre alles gesagt?“

Im ersten Moment wunderte sie sich über die Eiseskälte in seiner Stimme, doch dann kam sie ohne Umschweife auf das Thema zu sprechen. „Ich möchte von dir wissen, ob du das alles von Anfang an geplant hast?“

„Ich verstehe nicht ganz? Was soll ich geplant haben?“ Er wirkte irritiert.

„Es sind Fotos aufgetaucht, von unserem ...“, sie holte tief Luft, weil ihr schon übel wurde, wenn sie nur daran dachte. „Jemand hat uns im Wald beobachtet und heimlich Fotos geschossen, um sie postwendend an meinen Mann und an meine Arbeitsstelle zu senden.“

„Und was habe ich damit zu tun?“

„Jetzt stell dich nicht dumm.“ Zornig ballte sie die Hände zu Fäusten. „Gib doch einfach zu, dass du dahintersteckst. Alles war ein abgekartetes Spiel, um mich zu ruinieren.“

„Jetzt höre mir mal zu …“, Mark stieß geräuschvoll die Luft aus. „Ich fahre wieder zur See und kehre erst in ein paar Tagen nach Deutschland zurück. Ich habe weder die Fotos geschossen noch in Auftrag gegeben.“ Er klang verärgert. „Sobald ich wieder festen Boden unter den Füßen habe, melde ich mich. Dann können wir die Geschichte gemeinsam klären und meinetwegen auch aufarbeiten.“

Das klang vernünftig. Es entstand eine kurze Pause, in der beide schwiegen.

„Mach dir keine unnötigen Sorgen“, lauteten seine letzten Worte, bevor die Verbindung abbrach. Hanna spürte eine große Erleichterung, dass er nicht für diese Briefe verantwortlich war. Ein erster Schritt war getan, um ihr Leben neu zu ordnen.

KAPITEL 4

Der Wecker riss Hanna am frühen Morgen aus dem Schlaf und sie packte hastig ihre Sachen zusammen. Leichtfüßig eilte sie nach unten an die Rezeption, bezahlte das Zimmer und checkte aus. Nachdem sie ihre wenigen Habseligkeiten im Kofferraum verstaut hatte, glitt sie hinter das Steuer und scherte aus der Parklücke. Mit gemischten Gefühlen fuhr sie in Richtung Forsthaus, direkt in ihr neues Leben.

Innerhalb kürzester Zeit hatte sie die Strecke zurückgelegt und steckte voller Vorfreude den Schlüssel in das rostige Schloss. Sie musste sich einige Male kraftvoll gegen die alte Holztür stemmen, bis diese endlich leise knarrend nachgab. Abgestandene Luft strömte ihr entgegen und beim Eintreten knirschte der Schmutz unter ihren Füßen, was sie jedoch nicht im Geringsten störte. Sie öffnete kurzerhand die Fenster und ließ die warme Sommerluft ins Haus.

In Badezimmer und Küche drehte sie probehalber die Wasserhähne auf, aber es lief kein Wasser. Sekunden später traf sie der Geistesblitz, dass sie wahrscheinlich den Haupthahn finden und aufdrehen musste. Flugs lief sie die Stufen hinab in den Keller und ärgerte sich maßlos, keine Taschenlampe mitgenommen zu haben. Über Kisten stolpernd und den Rohren folgend fand sie endlich den Haupthahn und drehte ihn auf. Es zischte und rauschte, bis der Wasserhahn in der Küche eine rostige Brühe ausspie. Nur wenige Augenblicke später floss klares Wasser aus dem Hahn und Hanna drehte ihn zu.

Anschließend erkundete sie die obere Etage, die aus einem länglichen Flur und zwei kleineren Zimmern mit Dachschrägen bestand. Obwohl die vergilbte Tapete noch an den Wänden klebte und Spinnweben von der Decke hingen, richtete sie in Gedanken bereits die Räume ein. Lara würde das hintere Zimmer bewohnen und sie das vordere.

Jetzt war der Dachboden an der Reihe und sie kraxelte die wackelige Holzleiter hinauf. Dieser war nur in der Mitte begehbar und durch die Schrägen sehr beengt. Allerdings beherbergte er ein paar alte Schätzchen wie ein antikes Bett mit Schnitzereien und zwei gut erhaltene rustikale Kommoden. Über diesen Fund freute sie sich besonders, denn es handelte sich um schöne, alte Stücke, die sie wieder herrichten könnte.

Während sie durch das Haus stöberte, ließ sie die letzten Tage Revue passieren. Nachdem ihr vom zuständigen Richter ein vierzehntägiges Besuchsrecht für Lara zugesprochen wurde, hatte sie Hals über Kopf die Entscheidung getroffen und das Forsthaus gekauft. Ohne das Erbe ihrer Großmutter, die ihr einen Großteil des Vermögens hinterlassen hatte, wäre das nicht möglich gewesen. Aber so war sie finanziell unabhängig und frei in ihren Entscheidungen. Warum sie sich ausgerechnet hier niedergelassen hatte, konnte sie nicht genau sagen. Vielleicht spiegelte es einfach die Tatsache wider, dass sie hier nichts, aber auch gar nichts an Alexander erinnerte.

Sie räumte den Kofferraum leer und trug ihre sieben

Sachen ins Haus. Dann zog sie sich eine alte Jeans und ein löchriges Shirt über und begann mit dem Besen den Schutt und Unrat zusammenzukehren. Nach einer Stunde war der Boden im Haus vom gröbsten Schmutz befreit. Während einer kleinen Pause erstellte sie eine Liste, was als Erstes instand gesetzt werden musste. Der erste Schritt in die richtige Richtung war getan.

Den gesamten Nachmittag verbrachte sie damit, das Haus zu säubern, und zufrieden betrachtete sie ihr Tagewerk. Zum Abendessen gab es ein bescheidenes Menü aus der Dose. Das einfache Linsengericht erwärmte sie auf einem Campingkocher, den sie sich unterwegs besorgt hatte, und ließ es sich schmecken. Anschließend rollte sie im Wohnzimmer den Schlafsack aus und kroch hinein. Doch der erholsame Schlaf ließ auf sich warten.

Ihre Gedanken wanderten zu Lara, sie vermisste ihr geliebtes Mädchen so sehr. Sie wusste, dass Alexander ihr immer wieder Steine in den Weg legen würde, aber aufgeben kam nicht infrage.

Langsam senkte sich Dämmerung über den Wald herab und erst jetzt nahm Hanna die ungewohnten Geräusche wahr. So ganz allein am Waldrand wurde ihr doch ein wenig mulmig zumute, aber schließlich wusste ja niemand, dass sie hier wohnte. Die Taschenlampe legte sie dennoch griffbereit neben sich.

~

Ein immer wiederkehrendes Geräusch riss Hanna aus ihren Träumen und sie rieb sich schlaftrunken die Augen. Es brauchte ein paar Sekunden, bis sie begriff, woher dieses Geräusch stammte. Er hörte sich so an, als würde sich jemand immer wieder gegen die alte Tür stemmen, um sie zu öffnen. Hatte sich bei den Dorfbewohnern vielleicht noch nicht herumgesprochen, dass das Forsthaus den Eigentümer gewechselt hatte?

Verärgert kroch sie aus dem Schlafsack und schlich auf Zehenspitzen zum Fenster. Schade, von hier aus konnte sie die Holzveranda nicht einsehen. Lautlos huschte sie zurück und griff nach ihrem Smartphone, um notfalls die Polizei zu informieren. Zitternd näherte sie sich der Tür und die Angst wuchs mit jedem Schritt, dass das Schloss dem Druck nicht standhielt. Ängstlich lauschte sie den Geräuschen und wagte nicht, sich bemerkbar zu machen. Erst als die fremde Person vor der Tür versuchte, das Schloss zu manipulieren, löste sich ein heller Schrei von ihren Lippen.

„Wenn Sie nicht sofort verschwinden, dann rufe ich die Polizei!"

Ihre Drohung schien tatsächlich Wirkung zu zeigen, denn sie hörte, wie der Kies leise knirschte und sich die Schritte entfernten. Erleichtert ließ sich Hanna auf den alten Küchenstuhl fallen und warf einen Blick auf die Uhr. Es war kurz nach vier und sie bezweifelte, dass sie nach dem Schrecken überhaupt noch einmal einschlafen konnte. Also stellte sie kurzerhand den Wasserkocher an, um sich einen Kaffee zu kochen. Dann fischte sie ihren Laptop aus dem Koffer, steckte den Stick in den USB-Anschluss und surfte im Internet.

Sie klickte sich durch die Webseiten verschiedener Möbelhäuser und Baumärkte, bestellte hier und da geeignetes Mobiliar, Bodenbeläge und Tapeten. Das aufkommende Hungergefühl stillte sie nebenbei mit einem Müsliriegel. Das renovierungsbedürftige Forsthaus war genau die richtige Entscheidung gewesen, wenn man von dem ungebetenen Gast einmal absah. Hoffnung schlich sich in ihr Herz, während sie davon träumte, mit Lara hier gemeinsam zu leben.

Inzwischen hatte sie sich eingelebt und kam mit den Renovierungsarbeiten gut voran. Auch heut ging sie wieder tatkräftig ans Werk und weichte die vergilbten Tapeten ein. Es war sehr mühsam, diese mit dem Spachtel zu entfernen, und sie kam nur sehr langsam voran. Die Stille im Haus war bedrückend und auch wenn tagsüber die Klempnerfirma neue Rohre im Badezimmer verlegte, so fehlte ihr etwas, um das sie sich kümmern konnte. Das leere Wachtelgehege brachte sie auf eine Idee. Wenn sie sich ein paar Küken zulegte, würde Lara bestimmt begeistert sein. Sie könnte die Hühnerschar heranwachsen sehen und die frischen Eier waren auch nicht zu verachten. Je mehr Leben sich im alten Forsthaus tummelte, desto besser.

Nachdem Hanna den Flur von seiner alten Tapete befreit hatte, machte sie einen Abstecher zum Gasthof, um sich eine warme Mahlzeit zu gönnen. Da sie der einzige Gast war, setzte sich die rundliche Wirtin zu ihr. Die Frauen kamen ins Gespräch und Hanna berichtete voller Stolz, dass sie jetzt die neue Besitzerin des Forsthauses sei.

„Ist das für eine junge Frau nicht ein wenig zu einsam?“, fragte die Wirtin skeptisch.

„Mich hat die Abgeschiedenheit besonders gereizt und wer sollte sich schon dorthin verirren?“, antwortete Hanna souverän, obwohl in ihrem Hinterkopf noch immer der nächtliche Besucher herumspukte, den sie jedoch mit keinem Wort erwähnte.

„Nun, so gesehen haben Sie wohl recht. Vielleicht wäre ein Hund eine Option? Der könnte auf Sie aufpassen.“

„Das ist gar keine schlechte Idee, aber mir schwebt da etwas anderes vor. Kennen Sie vielleicht einen Bauern in der näheren Umgebung, der Junghennen abgibt? Das alte Wachtelgehege steht leer und ich würde gern auf Eigenversorgung umstellen, was die frischen Eier betrifft."

„Oh, dann werde ich wohl eine Kundin verlieren", schmunzelte die Wirtin. „Folgen Sie einfach die Hauptstraße entlang bis zum Ortsausgang. Der Bauer auf der linken Seite hat immer junge Hühnchen zum Verkauf."

„Prima, dann mache ich mich am besten gleich auf den Weg."

Hanna bedankte sich, zahlte und fuhr auf direktem Wege zum Bauernhof.

~

Mit einem Karton voller Leben kehrte Hanna in das alte Forsthaus zurück. Behutsam setzte sie die Küken, sechs Hennen und einen Hahn, in den Auslauf und das Federvieh kuschelte sich schreckhaft in einer Ecke zusammen. Hanna griff nach einem verstaubten Holzrechen, um den Auslauf zu säubern. Anschließend entrümpelte sie den Stall, damit die Jungtiere dort nachts Unterschlupf fanden, und suchte akribisch Schuppen und Auslauf nach Schlupflöchern ab, denn kein Fuchs sollte sich bei ihr sein Frühstück holen. Zum Schluss befüllte sie die Näpfe mit dem Aufzuchtfutter, das ihr der Bauer mitgegeben hatte. Nach einer Weile tauten die Küken auf, erforschten das neue Terrain und pickten hier und da. Glücklich und zufrieden beobachtete Hanna die Neuankömmlinge.

Am späten Nachmittag packten die Handwerker wieder ihre Sachen zusammen und auch Hanna beschloss, Feierabend zu machen. Neugierig warf sie einen Blick in das Badezimmer. Es erstrahlte in hellen Farben und der Mief der Siebzigerjahre war gebannt. Jetzt brauchte sie nur noch die Wände zu streichen und das Forsthaus würde seinen heimeligen Charme zurückerhalten.

Sie setzte sich mit ihrem Abendessen auf die Holzstufen der Veranda und beobachtete die Küken, die emsig im Gehege pickten. Was für ein friedlicher Augenblick, dachte sie mit einem Anflug von Melancholie und bedauerte erneut, ihn mit niemandem teilen zu können. Entgegen allen Befürchtungen vermisste sie Alexander nicht, insgeheim war sie sogar froh über die Trennung. Allerdings wäre sie niemals freiwillig ausgezogen, schon Lara zuliebe. Aber die Entscheidung war gefallen.

Ein trockener Zweig knackte ganz in der Nähe und Hanna fuhr erschrocken zusammen. Sie suchte mit ihren Blicken den Waldrand ab, konnte aber nichts Verdächtiges entdecken. Wahrscheinlich würde sie sich mit der Zeit an die Geräusche des Waldes gewöhnen. Sie stand auf und ging zurück ins Haus. Nach einer ausgiebigen Dusche im neuen Badezimmer schüttelte sie den Schlafsack auf, kontrollierte ein letztes Mal die Eingangstür und machte es sich auf dem Boden im Wohnzimmer bequem. Das leise Rauschen des Windes drang durch das offene Fenster und innerhalb weniger Minuten war sie eingeschlafen.

~

Schritte, das waren eindeutig Schritte! Hanna hörte das leise Knirschen von Kies und ihr Puls schnellte in die Höhe. War derjenige von gestern Nacht zurückgekehrt? Aber warum? Ihr Auto stand doch in der Einfahrt und alles deutete darauf hin, dass das Forsthaus wieder bewohnt war.

Sie schnappte sich die Taschenlampe und trat ans Fenster, doch die Leuchtkraft des Lichtkegels reichte nicht aus, um Genaueres zu erkennen. Enttäuscht wandte sie sich ab und kontrollierte ein weiteres Mal die Eingangstür, die nach wie vor fest verschlossen war. Hoffentlich wurde das nicht zur

Gewohnheit, dachte sie verunsichert und kroch zurück in den Schlafsack.

Sie lag noch lange wach und es fiel ihr schwer, zurück in den Schlaf zu finden. Hier und da knackte es im Gebälk und weil das Forsthaus leer stand, hallte jedes Geräusch besonders laut. Die Einsamkeit war kaum zu ertragen und Hanna beschloss, genau diesen Punkt in den nächsten Tagen zu ändern.

KAPITEL 5

Die Arbeit ging Hanna leichter von der Hand als erwartet und Stück für Stück erwachte das neue Heim aus seinem Dornröschenschlaf. Die meiste Zeit werkelte Hanna bis spät in die Nacht, so auch heute. Sie strich gerade die Küchenwände, als sie erneut scharrende Schritte vernahm. Draußen war es bereits stockdunkel und nur das Licht im Haus brannte, sie fühlte sich dadurch wie auf dem Präsentierteller.

Mit klopfendem Herzen löschte sie das Licht und ging zum Fenster, um das Areal rund um das Haus abzusuchen. Doch sie konnte niemanden entdecken. Ihr Blick wanderte wieder zum Stallgebäude auf der gegenüberliegenden Seite und nur mit Mühe unterdrückte sie einen Schrei. In einer dunklen Nische verbarg sich eine größere Gestalt, deren schemenhafter Schatten sich auf der Wand abzeichneten.

Hastig griff sie nach ihrer Taschenlampe, stieß dabei einen der Küchenstühle um und fluchte leise. Sie hatte die Haustür noch nicht abgeschlossen und drückte behutsam die Klinke herunter, doch im letzten Moment hielt sie inne.

Sollte sie jemals Hilfe benötigen, so war sie auf sich allein gestellt, niemand würde sie hier draußen hören. Bis zum jetzigen Zeitpunkt hatte sie noch keinen einzigen Gedanken an einen ernsthaften Notfall verschwendet.

Hastig drehte sie den Schlüssel im Schloss herum, lehnte sich mit dem Rücken an die Tür. Im Inneren des Hauses war sie mit Sicherheit besser aufgehoben. Einer Katze gleich schlich sie zurück zum Küchenfenster und starrte wiederholt in die Dunkelheit. Die Schattengestalt war nicht mehr als solche zu erkennen, vielleicht war es doch nur eine optische Täuschung gewesen.

Gleich morgen würde sie ins Obergeschoss umziehen, wo niemand die Fenster einsehen konnte. Das Wohnzimmer bekam leider einen Platz in der Renovierungswarteschleife zugewiesen.

Am nächsten Morgen belächelte Hanna ihr ängstliches Verhalten, Mut war ihr nun wirklich nicht in die Wiege gelegt worden. Mit einer Tasse Kaffee setzte sie sich an den Tisch und griff nach dem wöchentlichen Werbeblatt, um die Kleinanzeigen zu studieren. Eine davon hatte sofort ihre Aufmerksamkeit erregt.

Wunderschöne Malinoiswelpen aus dem Zwinger „Vom Land der Träume“ suchen ein liebevolles Zuhause.

Da sie noch keine Kontakte im Dorf geknüpft hatte und bis auf die Wirtin des Gasthofes niemanden kannte, beschloss sie, die Züchter einfach aufzusuchen. Immerhin kam sie so ins Gespräch und musste nicht allein im Forsthaus Trübsal blasen. Irgendwie brauchte sie jetzt dringend einen Tapetenwechsel und etwas Gesellschaft.

Also rief sie kurzerhand die Züchter an, die gegen einen spontanen Besuch nichts einzuwenden hatten, und notierte die Adresse. Hoffentlich fiel den Leuten nicht auf, dass sie keine ernsthaften Kaufabsichten hegte und nur den Vormittag nicht allein verbringen wollte. Obwohl sie noch eine Menge zu erledigen hatte, schnappte sie sich die Autoschlüssel und verließ das Haus. Morgen war schließlich auch noch ein Tag.

Sie startete den Motor und fuhr die kurze Strecke ins Dorf, wo sie auf Anhieb den Dreiseitenhof fand. Ein großes Holztor verschloss die Hofeinfahrt und als sie klingelte, erscholl lautes Gebell. Die Züchter, ein sympathisches Ehepaar mittleren Alters, öffneten das Tor und baten sie herein. Sie schritten über den kurzgeschnittenen Rasen zur Terrasse, wo sie sich an den Tisch setzten. Bevor Hanna die Welpen zu sehen bekam, löcherte die Züchterin sie mit einigen Fragen.

Ein wenig verdutzt, denn damit hatte sie überhaupt nicht gerechnet, erzählte Hanna die wichtigsten Details über sich. „Ich bin die neue Besitzerin des Forsthauses und möchte mich nach einem geeigneten Vierbeiner umsehen. Es ist oft recht einsam außerhalb des Dorfes."

„Na, das ist doch wunderbar", erklärte die Züchterin aufgeschlossen, „und solange Sie nicht neun Stunden am Stück berufstätig sind, wäre es das perfekte Zuhause für einen unserer Welpen."

Nachdem Hanna Rede und Antwort gestanden hatte, erhob sich der Mann und schritt zu einem kleinen Häuschen, in welchem die Mutterhündin mit ihren Zöglingen untergebracht war. Er öffnete die Tür und schon wuselte es ins

Freie. Zehn tapsige und freudig fiepende Welpen stürmten zur Terrasse, wobei einer knuffiger war als der andere. Hanna blieb vor Freude fast das Herz stehen und alle guten Vorsätze, nur einmal zu schauen, warf sie umgehend über Bord.

Sie setzte sich auf die Wiese und wurde sofort von den Welpen in Beschlag genommen. Die Kleinen zerrten am Hosenbein, öffneten die Schnürsenkel, sprangen auf den Schoß und schleckten ihr quer übers Gesicht. Einfach herrlich, diese quirligen Winzlinge zu knuddeln und zu beobachten. Irgendwann drängte sich das Muttertier dicht an Hanna und auch sie wurde mit Streicheleinheiten bedacht.

Die Hundekinder waren ausgesprochen freundlich und aufgeschlossen und die Mutterhündin gehorchte aufs Wort. Nach einer halben Stunde ausgelassenen Tobens ermüdeten die Welpen. Eine besonders kräftige Hündin rollte sich auf Hannas Schoß zusammen und schlief selig ein. Ach, das war Balsam für ihre einsame Seele und sie wagte kaum zu atmen, um dieses kleine Wesen ja nicht zu wecken.

Im Flüsterton ließ sie den hübschen Welpen auf ihrem Schoß reservieren, denn sie wollte dieses entzückende Wesen mit den großen, tapsigen Pfoten unbedingt in ihrem Leben haben.

„Das ist die kräftigste und pfiffigste Hündin aus dem Wurf und ihr Name ist Ophelia vom Land der Träume. Mit ihr treffen Sie garantiert die richtige Wahl“, erklärte der Züchter, der nebenbei genüsslich sein Pfeifchen paffte.

Hanna versprach, am nächsten Tag vorbeizuschauen, um den Welpen abzuholen. Dann verabschiedete sie sich und konnte ihre Vorfreude kaum bändigen. Sie brauchte Ophelia wie eine Ertrinkende den Rettungsring. Jeder Psychologe hätte wohl die Hände über dem Kopf zusammengeschlagen, einen Hund als Kind-Ersatz zu wählen. Aber wohin mit all ihrer Liebe? Die tägliche Einsamkeit war kaum zu ertragen und Hanna bereute nicht eine Sekunde lang ihre Entscheidung. Ja, sie malte sich bereits das Zusammenleben mit dieser knuffigen Hündin aus. Die Teilnahme an den Welpenspielstunden und einem Erziehungskurs in der Hundeschule hatte sie dem Züchterehepaar fest zugesagt. Sie wäre unter Gleichgesinnten und könnte neue Erfahrungen sammeln. Zum Glück besaß sie noch einen finanziellen Puffer, um sich genau zu überlegen, wie es beruflich für sie weitergehen würde.

Verträumt und von heimeligen Gedanken an die neue Mitbewohnerin umgeben bog sie in die Zufahrt des Forsthauses und brachte den Wagen neben dem Rosenspalier zum Stehen. Sie stieg aus und fischte den Schlüssel aus ihrer Tasche, als ein lauter Knall sie erschrocken zusammenfahren ließ. Die Tür zum Gehege stand offen und durch den Wind schwang sie auf und zu.

Nachdenklich hielt sie inne, war sie doch der festen Überzeugung gewesen, den Riegel zugeschoben zu haben. Mit schnellen Schritten eilte sie zum Gehege und suchte sämtliche Ecken und Winkel ab. Es fehlten zwei Küken, ausgerechnet Gustel und Oscar hatten sich aus dem Staub gemacht. Inzwischen konnte Hanna sehr gut am Gefieder erkennen, wer Hahn und Henne war. Verzweifelt durchkämmte sie das gesamte Grundstück und dehnte die Suche bis zum Waldrand aus. Dort entdeckte sie einige Stellen, an denen das hohe Gras platt getreten war.

Hoffentlich war kein Fuchs in der Nähe gewesen, dachte sie bestürzt. Sie versuchte, die Jungtiere anzulocken, aber zu ihrem Leidwesen blieb es totenstill. Nur die Bäume wisperten leise im Wind und wollten ihr Geheimnis nicht preisgeben. Wahrscheinlich waren die Küken nicht mehr zu retten, dachte Hanna enttäuscht. Warum hatte während ihrer Abwesenheit die Tür offen gestanden?

Plötzlich erklang ein zaghaftes Piepsen. Hanna brauchte einige Augenblicke, bis sie das leise Geräusch orten konnte, es kam direkt aus dem dichten Brombeergestrüpp. Sie lief in den Schuppen, um mit Handschuhen und einer Gartenschere bewaffnet zurückzukehren. Sie kämpfte sich durch den Wirrwarr der dornigen Zweige, bis sie Oscar und Gustel entdeckte, die auf dem Boden hockten.

Behutsam trug sie den jungen Hahn zum Gehege, während Gustel stiften ging. Flink huschte die Henne durch das Gras, aber letzten Endes konnte Hanna auch sie einfangen. Von nun an würde ein schweres Vorhängeschloss die Eingangstür sichern.

Erleichtert schritt Hanna zum Haus, wo die nächste böse Überraschung auf sie wartete. Die Eingangstür war nicht verschlossen, obwohl sie sich sicher gewesen war, den Schlüssel im Schloss herumgedreht zu haben. Trotz der sommerhaften Temperaturen fröstelte sie und betrat zögerlich das Haus.

Im ersten Moment schien alles unverändert. Sie inspizierte jedes Zimmer wie ein alter Gardeoffizier, doch nichts fehlte oder war durchwühlt worden. Trotzdem fühlte sie sich unwohl. Ein Grund mehr, sich auf Ophelia zu freuen. Sobald die Hündin ausgewachsen war, würde sie mit Sicherheit einen potenziellen Eindringling verscheuchen.

Hannas Hände zitterten leicht, als sie sich auf einen Stuhl setzte und ein Glas kühles Mineralwasser trank. Uneins mit sich und der Welt dachte sie immer wieder darüber nach, ob sie nicht doch vergessen hatte, abzuschließen.

Die letzte Nacht war ohne weitere Zwischenfälle verlaufen, was Hanna als gutes Zeichen sah. Gut gelaunt machte sie sich nach dem Frühstück auf den Weg, um Ophelia zu sich zu holen. Sie hob den restlichen Kaufbetrag vom Konto ab und parkte in freudiger Erwartung vor dem Dreiseitenhof.

Der Kauf selbst ging zügig vonstatten. Schwungvoll unterzeichnete sie den Kaufvertrag und trug den Welpen zum Auto, wo er seinen Platz in der nagelneuen Transportbox fand. Kaum hatte Hanna den Motor gestartet, wimmerte die junge Hündin leise.

„Ich weiß genau, wie du dich jetzt fühlst. Du vermisst deine Mama und die Geschwister", tröstete sie das kleine Fellbündel. „Glaube mir, ich kenne dieses Gefühl nur zu gut. Aber ich verspreche dir, dass wir garantiert ein gutes Team werden."

Nachdem sie die kurze Strecke zügig zurückgelegt hatten, erkundete Ophelia ihr neues Revier. Es dauerte nicht lange, da nahm sie das Körbchen im Wohnzimmer in Beschlag und schlief erschöpft ein.

Während der Welpe schlief, lief Hanna mit einem Eimer Farbe in die obere Etage, um die Wände zu streichen. Gerade als sie die Rolle in die Farbe tauchte, klingelte das Handy. Marks Nummer erschien im Display und sie nahm das Gespräch an.

„Hanna, Mark hier ... Ich werde ... voraussichtlich in zwei Tagen nach Deutschland zurückkehren ... wir können uns am darauffolgenden Wochenende treffen ..."

Die Verbindung war sehr schlecht und er konnte ihr gerade noch die Adresse der Pension mitteilen, wo er sich eingemietet hatte, dann brach die Verbindung ab.

Hanna schaute gedankenverloren aus dem Fenster. Wenn Mark nicht die Fotos in Auftrag gegeben hatte, wer dann und warum? Diese Frage würde sie noch eine Weile beschäftigen.

Zügig strich sie die Wände, bis sie Ophelias leises Fiepen hörte. Sie lief nach unten und öffnete die Tür, um die Hündin nach draußen zu lassen. Ophelia hockte sich brav auf die Wiese und drehte anschließend eine kleine Runde durch ihr neues Revier. Hanna ging das Herz auf, während sie den tapsigen Welpen beobachtete, und sie konnte es kaum erwarten, Lara die neue Mitbewohnerin vorzustellen.

~

Hanna schwebte auf Wolken, denn für achtundvierzig Stunden war das Glück zurückgekehrt. Immer wieder nahm sie Lara in den Arm, um sich zu vergewissern, dass das Mädchen tatsächlich bei ihr war.

Anfangs fremdelte Lara ein wenig und lief verschüchtert neben Hanna her, die ihr stolz das Forsthaus zeigte. Die Situation änderte sich jedoch schlagartig, als Ophelia erwachte und verspielt an Laras Schnürsenkel knabberte. Das Eis war in Sekundenschnelle gebrochen.

„Und, was meinst du?", fragte Hanna erwartungsvoll. „Gefällt es dir hier?"

„Wenn du die anderen Räume auch noch streichst, wird es toll. Aber am besten gefällt mir das Schlafzimmer."

Hanna freute sich über Laras Lob. Sie hatte sich ordentlich ins Zeug gelegt und von morgens bis abends geschuftet. Besonders beim Schlafzimmer hatte sie sich Mühe gegeben, es wirkte sehr einladend und behaglich. Hier würden sie auch die ersten Nächte gemeinsam verbringen, da das Kinderzimmer noch nicht fertig war.

Hanna hatte die Wände cremefarben gestrichen, weiße Schränke gekauft und aufgebaut. Ein wunderschöner Baldachin mit dem gleichen zarten Blumenmuster bedruckt wie die Vorhänge thronte über dem breiten Doppelbett. Aber auch Küche und Badezimmer hatten Form angenommen. Die Firma, die sie engagiert hatte, war vor zwei Tagen fertig geworden, und Hanna konnte es kaum erwarten, ein entspannendes Bad in der großen Wanne zu nehmen.

„Wollen wir mit Ophelia spazieren gehen? Hier gibt es ganz in der Nähe einen kleinen Weiher."

„Oh ja. Darf ich sie an der Leine führen?"

„Natürlich", antwortete Hanna lachend.

Behutsam führte Lara die Hündin zum nahegelegenen Weiher, wo sie gemeinsam im flachen Wasser planschten. Nach diesem ausgedehnten Spaziergang entfachten sie ein kleines Lagerfeuer. Lara hatte es sich unbedingt in den Kopf gesetzt, Stockbrot über den züngelnden Flammen zu backen, was ihnen auch nach mehreren Anläufen gelang. Es wurde ein wunderschöner Abend, sie sangen und Hanna erzählte lustige Geschichten. Erst als zu später Stunde ein Käuzchen in der Dämmerung schrie, gruselte sich Lara und flitzte schnell ins Haus. So ganz geheuer war ihr die Dunkelheit am Waldrand dann doch nicht. Genau wie ich ein Angsthase durch und durch, dachte Hanna amüsiert.

Während der Nacht schlief Lara eng an ihre Mutter geschmiegt, fühlte sich wohl und geborgen. Hanna wagte sich kaum zu rühren und lauschte den gleichmäßigen Atemzügen ihrer Tochter. Sie wollte diesen Augenblick bis zur Neige auskosten und zögerte den Schlaf hinaus. Es grenzte fast an ein Wunder, ihr kleines Mädchen wieder bei sich zu haben, und den bevorstehenden Abschied verdrängte sie konsequent.

Am Samstagmorgen fuhren sie gemeinsam in die zehn Kilometer entfernte Hundeschule, um an Ophelias erster

Welpenspielstunde teilzunehmen. Fast ein Dutzend Besitzer standen mit ihren Hunden auf dem Platz verteilt und begrüßten das Trio freundlich. Hanna gesellte sich zu einer jungen Frau, deren Tochter im gleichen Alter wie Lara war. Höflich reichte sie der Frau ihre Hand und stellte sich vor. Diese erwiderte den Handschlag und wirkte sehr offen und aufgeschlossen.

„Schön, dich kennenzulernen, Hanna. Ich bin übrigens Sarah."

Ein fröhliches Lächeln umspielte Sarahs Lippen und der blonde knabenhafte Kurzhaarschnitt unterstrich ihren Typ. Hanna fand die junge Frau auf Anhieb sympathisch.

Die Frauen unterhielten sich angeregt, während die Kinder und Hunde ausgelassen über die Wiese tobten. Sarah erzählte, dass sie die Kolumne eines Käseblatts betreute, wie sie es ironisch nannte. Sie arbeitete als freiberufliche Journalistin in der Redaktion, schrieb nur hin und wieder einen Artikel und verwaltete die Anzeigen. Schon immer hatte sie von einer großen Karriere geträumt, aber ihre drei Kinder hatten sie schnell wieder auf den Boden der Tatsachen zurückgeholt.

Sarah hatte eine erfrischende Art an sich und war durch und durch eine Optimistin. Hanna schätzte sich glücklich, sie kennengelernt und in ihr eine neue Vertraute gefunden zu haben. Endlich konnte sie sich öffnen, ohne verurteilt zu werden. Die neugewonnene Freundschaft tat ihr unglaublich gut.

Die Stunde ging viel zu schnell vorüber und die Hundebesitzer traten den Heimweg an. Hanna fühlte sich zum ersten Mal losgelöst von all den erdrückenden Sorgen und schöpfte neuen Mut.

Nachdem sie ins Forsthaus zurückgekehrt waren, versorgte Lara voller Begeisterung die Hühnerschar und tobte anschließend mit Ophelia außer Rand und Band über das Grundstück. Zufrieden beobachtete Hanna diese kleinen Momente des Glücks und genoss den Augenblick. Doch der Abschied nahte, egal wie sehr sie diesen auch verdrängt hatte. Die ganze Fahrt über kämpfte sie gegen die aufsteigenden Tränen an. Lara hatte sich vehement geweigert, in das Auto zu steigen, und nur mit viel Geduld und sanften Worten hatte sie ihre Tochter dazu bewegen können.

Kaum hatte der Wagen in der Einfahrt gehalten, bahnte sich eine kleine Tragödie an. Lara umklammerte ihre Mutter und brach in Tränen aus. Hanna trat an Alexander heran und legte ihre Hand auf seinen Arm.

„Ich bitte dich von Herzen, lass Lara entscheiden, wo sie wohnen möchte."

„Das könnte dir so passen." Er musterte sie abfällig. „Die Entscheidung ist doch längst gefallen, oder irre ich mich da?"

„Du hast mich praktisch vor die Tür gesetzt, Alexander", erwiderte sie mit leiser Stimme, um nicht den Anschein zu erwecken, dass sie stritten. „Ja, ich habe einen Fehler begangen", fuhr sie fort, „daran gibt es nichts zu rütteln. Aber schließlich bist du es doch gewesen, der sich von uns abgewandt und uns allein gelassen hat. Kannst du nicht vergeben und vergessen, zum Wohle unserer gemeinsamen Tochter?"

„Es ist besser, wenn du jetzt gehst", erwiderte er knapp und schob Lara in Richtung Haus.

Hanna fiel es außerordentlich schwer, sich zu beherrschen und Alexander keine Szene zu machen. Am liebsten wäre sie zu ihm gestürmt, hätte ihm Lara entrissen und wäre bis ans Ende der Welt gefahren. Aber sie wusste, dass sie damit alle Chancen verspielt hätte und ihre geliebte Tochter wohl nie wieder zu sich holen dürfte.

Dennoch konnte sie seine Verachtung nicht so recht nachvollziehen und so gefühlskalt, wie er sich aufführte, konnte und wollte sie Lara nicht bei ihm belassen. Ein Kind brauchte Wärme, ein starkes soziales Umfeld und viel

Einfühlungsvermögen. Ernsthafte Zweifel stiegen in ihr auf, dass Alexander der Erziehung eines Kindes nicht gewachsen war. Enttäuscht und frustriert startete sie den Motor, um den Heimweg anzutreten.

Auch während der Fahrt kreisten ihre Gedanken um Alexander. Hing seine Verbitterung mit der eher unschönen Kindheit zusammen? Nachdem seine mittellosen Eltern alle staatlichen Hilfen vertrunken hatten, sahen sie sich gezwungen, die gemeinsame Wohnung wegen einer Räumungsklage aufzugeben. Das Jugendamt nahm den Jungen in seine Obhut und steckte ihn in ein Kinderheim. Damals war für Alexander eine Welt zusammengebrochen. Später, in seiner Pflegefamilie, blühte er regelrecht auf und seine Noten verbesserten sich. Er meisterte das Abitur mit Bravour und studierte Jura. Niemand konnte ihn aufhalten und er strotzte vor lauter Ehrgeiz. Durch einen tragischen Unfall verlor Alexander seine Zieheltern, aber er kam über den Verlust hinweg. Dennoch fragte sich Hanna immer wieder, welche Narben auf seiner Seele zurückgeblieben waren.

~

Hanna bog auf den Hof und stellte den Wagen unter dem Carport ab. Wie entsetzlich still und einsam es ohne Lara war und ihr Herz zog sich schmerzhaft zusammen. Ophelia begrüßte Hanna überschwänglich und es war ein gutes Gefühl, nicht mehr in ein leeres Heim zurückkehren zu müssen.

Sie zog sich ins Schlafzimmer zurück und warf sich aufs Bett, um ihre Wunden zu lecken. Durch das Fenster drang das Rauschen der Bäume, denn der Wind hatte aufgefrischt, und es dauerte nicht mehr lange, bis sich das Gewitter mit einer gewaltigen Intensität entlud. Lautstark prasselte der Regen auf das Dach und an Schlaf war nicht zu denken, zumal Ophelia ängstlich fiepte. Hanna hob die Hündin kurzerhand aufs Bett und streichelte sie tröstend. Nachdem das Gewitter weitergezogen war, schloss sie müde die Augen.

Ein lautes Rumpeln auf dem Dachboden riss sie jedoch aus ihrem seichten Schlaf. Sie lauschte angestrengt, ob dem Poltern noch weitere Geräusche folgten, und augenblicklich fiel ihr der Schatten in der Nische wieder ein. Ein unangenehmer Schauer jagte über ihren Rücken und sie beschloss, die Sache nicht auf sich beruhen zu lassen. Hastig kleidete sie sich an und griff nach der Taschenlampe, die in der Schublade lag. Dann öffnete sie die Dachluke und zog die Holzleiter nach unten.

Wie ein dunkles Maul, das sie zu verschlingen drohte, lag der Dachboden über ihr. In ihrer Furcht rief sie Ophelia zu sich. Die Hündin setzte sich brav neben die Holzleiter und ließ ihr Frauchen keine Sekunde aus den Augen. Auch wenn der Welpe keinerlei Abschreckung auf einen Einbrecher gehabt hätte, so wirkte seine pure Anwesenheit beruhigend auf Hanna. Vorsichtig tastete sie sich die wackelige Holzleiter hinauf.

„Hallo, ist hier jemand?“, hallte ihre Stimme dumpf über den Dachboden.

Der Lichtkegel der Taschenlampe zerschnitt die Dunkelheit und glitt unruhig über das Inventar des Dachbodens. Die übereinandergestapelten Kartons waren umgefallen und eine alte Stehlampe hatte daran glauben müssen, die mit zerborstenem Glasschirm auf dem Boden lag. Jetzt blieb Hanna nichts anderes übrig, als sich dieser unangenehmen Situation zu stellen.

„Wenn Sie sich nicht zu erkennen geben, werde ich die Polizei verständigen“, rief sie mit fester Stimme.

Sie hörte im hinteren Bereich ein leises Rascheln und ihr stockte der Atem.

„Was soll der Blödsinn? Ich fordere Sie jetzt ein letztes Mal auf, mein Haus sofort zu verlassen."

Diesmal blieb alles still.

Noch einmal leuchtete sie mit der Taschenlampe jeden Winkel aus und meinte einen Schatten direkt hinter dem Schornstein gesehen zu haben. Himmel, was sollte sie nur tun?

Sie schlich, soweit das bei den knarrenden Dielen überhaupt möglich war, zum Schornstein. Jetzt konnte sie das Rascheln deutlich hören und schwenkte nach rechts, direkt zur Nische hinter dem Schornstein. Doch da war nichts.

Sie wollte sich gerade enttäuscht abwenden, als sie genau in diesem Moment einen seltsamen Laut hörte. Hastig drehte sie sich um und richtete den Strahl der Taschenlampe direkt auf den Boden. In Staub und Spinnweben gewickelt saß dort ein graues Kätzchen und blickte Hanna mit großen gelben Augen an.

„Na, wer bist du denn?", fragte sie den äußerst knuffigen Eindringling und lachte erleichtert auf. Das kleine Etwas war patschnass und zitterte. „Weißt du was, du kleiner Räuber? Ich kann dir zur Not etwas Hundefutter anbieten und dich trocken rubbeln. Magst du mit mir kommen?"

Glücklicherweise zeigte das winzige Kätzchen keinerlei Scheu, als sie es hochhob und mit ihm nach unten stieg. Sogleich wurde das Tierchen in ein Handtuch gepackt und wie versprochen trocken gerieben. Bei dieser Gelegenheit sah sie, dass es sich um ein kleines Katerchen handelte, und gab ihm spontan den Namen Benjamin. Allerdings verzichtete sie auf eine erneute Wassertaufe. Das putzige Kerlchen hatte wohl Schutz vor dem Gewitter gesucht und war über das Rosenspalier auf den Dachboden gelangt.

Kater Benjamin verdrückte das Hundefutter gierig bis auf den letzten Krümel. Hanna ließ sicherheitshalber das Küchenfenster einen Spalt offen, falls er wieder seiner Wege gehen wollte. So lieb und zahm wie er war, wurde er sicher schon vermisst. Aber der kleine Tiger dachte nicht daran, sich zu trollen. Als hätte er schon immer hier gewohnt, folgte er Hanna in das Schlafzimmer und kroch ein paar Minuten später an ihrem Nacken entlang unter die gemütlich warme Bettdecke.

„Na, wenn es denn unbedingt sein muss ...", murmelte sie im Halbschlaf und rückte ein Stückchen zur Seite.

Der neuen Mitbewohner quartierte sich wie selbstverständlich im Forsthaus ein. Am Morgen bettelte er laut maunzend um ein leckeres Frühstück und als wäre es nie anders gewesen, teilte er sich mit Ophelia das Körbchen. Hanna scherzte, dass mit ihren neuen Aufgaben auch ihre kleine Familie stetig wuchs.

Ausgerechnet heute hatte sie den Termin für ihre Anhörung und warf einen besorgten Blick aus dem Fenster. Graue Nebelschwaden hingen über den Feldern und ein leichter Nieselregen hatte sich festgesetzt. Ihre Stimmung war bedrückt und die Hoffnung gering, dass das Sorgerecht zu ihren Gunsten entschieden wurde. Mit einem unguten Gefühl stieg sie in den Wagen und startete den Motor. Die Strecke nach Hannover legte sie innerhalb kürzester Zeit zurück und ergatterte sogar einen Parkplatz ganz in der Nähe des Gerichtsgebäudes. Ein Blick auf die Uhr zeigte, dass sie viel zu zeitig losgefahren war.

Obwohl es immer noch regnete, hatte Hanna beschlossen, einen Abstecher zum Grab ihrer Großmutter zu machen. Sie öffnete den Schirm und eilte in das nächste Blumengeschäft. Dort kaufte sie einen großen Strauß Margeriten, die Lieblingsblumen von Oma Margarete.

Bis zum Friedhof war es nicht sehr weit und ihre

schnellen Schritte hallten über das Pflaster. Das Gelände selbst war menschenleer, nur Hannas Schirm wippte einsam zwischen den Sträuchern auf und ab. Der Regen war inzwischen stärker geworden und sie schlug den Kragen ihrer Jacke hoch. Immer wieder drehte sie sich suchend um, denn da war es wieder, dieses Gefühl, beobachtet zu werden, so als würde sich ein Augenpaar geradewegs in ihren Nacken bohren. Mehrmals bildete sie sich ein, Schritte hinter sich zu hören, doch sie konnte niemanden entdecken.

Als sie am Grab ihrer Großmutter angekommen war, angelte sie die Vase hinter dem Grabstein hervor. Dann schöpfte sie Wasser und stellte die Blumen hinein. Sie hatte eine sehr innige Beziehung zu ihrer Großmutter gepflegt und bedauerte zutiefst, dass Oma Margarete viel zu früh verstorben war. Mit leiser Stimme bedankte sie sich für die Erbschaft, die ihr einen so unkomplizierten Neuanfang ermöglicht hatte. Tränen liefen über ihre Wangen, als sie ihre Großmutter um Beistand bat.

„Ich komme bald wieder“, flüsterte sie zum Abschied und wandte sich ab.

Als sie wieder den Hauptweg erreicht hatte, entdeckte sie in dem vom Regen aufgeweichten Boden frische Fußabdrücke. Sie wusste aber ganz genau, dass diese Spuren auf dem Hinweg noch nicht vorhanden gewesen waren. Suchend schaute sie sich um, bevor sie hastig den Schirm zusammenklappte und losrannte. Der Regen peitschte ihr ins Gesicht und der schlammige Boden verschmutzte die Hosenbeine, doch inzwischen war ihr egal, wie sie im Gerichtssaal ankam. Hauptsache, nur weg von hier.

Atemlos erreichte sie die Hauptstraße und suchte ein Café in der Nähe auf. Sie bestellte sich eine heiße Schokolade und hoffte, dass die Kleidung in der Zwischenzeit etwas trocknete. Nachdem sie gezahlt hatte, schlüpfte sie noch rasch auf die Toilette und betrachtete ihr Spiegelbild. Ihr

Haar war völlig zerzaust und die feuchten Strähnen hingen in die Stirn. Sie zog ein Taschentuch aus der Packung, putzte notdürftig die Hose sauber und kämmte sich anschließend die Haare. Jetzt war sie bereit für den Weg ins Amtsgericht.

Alexander war bereits anwesend und sein Gesichtsausdruck schwankte zwischen Verachtung und Hochmut. Er war sich der Tatsache bewusst, die besseren Karten im Spiel zu besitzen. Zur Begrüßung reichte er ihr nicht einmal die Hand.

„Lara ist bei mir besser aufgehoben. Ich hoffe, du bist dir darüber im Klaren", sagte er und wandte sich ab.

Minuten später begann die Anhörung. Alexander war zu keinem Kompromiss bereit und wollte sich auf keinen Fall das Sorgerecht mit Hanna teilen. Wieder und wieder bezichtigte er sie der Untreue und beschuldigte sie mehrfach, eine unfähige Mutter zu sein. Eine Frau, die sich in amouröse Abenteuer stürzte und ihre Pflichten als Ehefrau und Mutter vernachlässigte.

Hannas Hoffnungen wurden mit einem Schlag zunichtegemacht. Immerhin erreichte Frau Dr. Fehringer, dass jemand vom Jugendamt das Forsthaus begutachten würde.

Am Boden zerstört verließ Hanna das Gerichtsgebäude. In zwei Tagen würde Mark zurückkehren und dann galt es zu klären, wer bei dieser vernichtenden Fotosession seine Hände mit im Spiel gehabt hatte.

~

Kaum war Hanna aus dem Wagen gestiegen, traf sie der Schlag. Jemand hatte die wunderschönen Rosenstöcke neben der Veranda verwüstet und die dunkelroten Blütenblätter bedeckten den schlichten Holzfußboden wie Blut.

Hatte Alexander jemanden beauftragt, um sie einzuschüchtern? Oder war sie in dem kleinen Dörfchen nicht erwünscht?

Verstört lief sie ins Haus, wo Ophelia und Benjamin ihr Frauchen schon sehnsüchtig erwarteten. Hanna war froh, die Tiere aufgenommen zu haben, so fühlte sie sich ein Stück weit sicherer. Sie konnte nur hoffen, dass diese merkwürdigen Begebenheiten endlich aufhörten.

KAPITEL 6

Hanna befand sich auf dem Weg zu Mark, um sich endlich Klarheit zu verschaffen. In den letzten Tagen war sie kaum zur Ruhe gekommen, ganz besonders nachts, wenn der Kies in der Einfahrt unter fremden Schritten leise knirschte. Ja, sie hatte sich sogar auf die Lauer gelegt, jedoch ohne Erfolg. Letztlich war sie erschöpft eingeschlafen. Aber auf Dauer konnte es so nicht weitergehen und sie hatte beschlossen, bei einer sich bietenden Gelegenheit Anzeige zu erstatten.

Die Pension lag etwas außerhalb der Stadt und Hannas Pulsschlag schnellte in die Höhe, als sie den Wagen davor abstellte. Das Gebäude machte einen verwahrlosten Eindruck, der sich auch im Inneren fortsetzte. Zögerlich klopfte sie an die Tür seines Apartments.

„Hallo, schön dich zu sehen."

Er öffnete ihr lächelnd und sie hatte völlig verdrängt, wie charismatisch er auf andere wirkte. Kein Wunder, dass sie damals seinem männlichen Charme erlegen und schwach geworden war.

„Hallo Mark."

Sie erwiderte seinen Gruß halbherzig und trat mit gespielter Selbstsicherheit ein. Das Zimmer, in dem er hauste, wirkte heruntergekommen und die Tapete hatte trotz des modernen Musters einen gräulich-gelben Ton.

„Setz dich doch." Er deutete auf einen wackligen Stuhl in Fensternähe. „Möchtest du etwas trinken?"

„Nein danke. Ich will nur klären, ob du etwas mit den Fotos zu schaffen hast oder vielleicht weißt, wer sie in Auftrag gegeben haben könnte."

Mark zuckte nur mit den Schultern und schob lässig seine Hände in die Hosentaschen. „Ich habe dir doch schon am Telefon gesagt, dass ich dir darauf keine Antwort geben kann. Wahrscheinlich hat sich jemand einen bösen Scherz erlaubt."

„Das nennst du einen Scherz? Mein ganzes Leben steht kopf", sagte sie fassungslos.

„Hanna, du weißt doch genau, wie ich das meine." Er trat von hinten an sie heran und legte seine Hände auf ihre Schultern. Sein warmer Atem kitzelte verführerisch ihren Hals. „Du bist eine starke Frau, du kannst das wieder geradebiegen."

„Ich denke, da irrst du dich. Jeder neue Morgen ohne meine Tochter ist eine Qual."

„Gib nicht auf", raunte er ihr ins Ohr. „Du bist eine Kämpferin, also kämpfe."

Sie würde ihm so gern Glauben schenken, doch Alexander war ein starker Kontrahent, er verlor selten. „Ich werde mein Bestes geben", versicherte sie.

„Genau die richtige Einstellung, immer nach vorn sehen."

Erneut spürte sie seinen warmen Atem an ihren Hals. Müsste er nicht intensiver nach Salz und Meer riechen, wunderte sie sich. Nur der aufdringliche Duft seines Aftershaves blieb in ihrer Nase hängen.

„Wie war es eigentlich auf hoher See?", wechselte sie spontan das Thema.

„Anstrengend und schön zugleich", antwortete er und wickelte sich eine ihrer Haarsträhnen um den Finger.

„Welche Route habt ihr nach Kapstadt genommen?" Sie drehte sich zu ihm um. „Ich wollte schon immer einmal dorthin."

Irritiert erwiderte er ihren Blick.

„Habe ich etwas Falsches gesagt?"

„Nein, nein, alles bestens. Hast du am Samstag eigentlich schon etwas vor?"

„Was sollte ich schon vorhaben?" Sie stieß frustriert die Luft aus.

„Ich würde dich gern zum Essen einladen."

„Hältst du das für eine gute Idee?"

„Warum nicht? Du bist frei und kannst tun und lassen, was du möchtest."

Sie stieß einen tiefen Seufzer aus. „Danke, dass du mich daran erinnerst."

„Jetzt komm schon, gib dir einen Ruck", drängte er sanft.

„In Ordnung", willigte sie kurzerhand ein.

„Na also, war doch gar nicht so schwer. Ich hole dich um sieben ab, wenn du mir verrätst, wo du wohnst."

Sie nannte ihm die Adresse, die er auf einen Notizblock kritzelte, und warf einen verstohlenen Blick auf die Uhr. „Tut mir leid Mark, aber ich habe noch einen dringenden Termin."

„Kein Problem. Wir sehen uns am Samstag?"

„Ich denke schon, falls nichts dazwischenkommt."

Sie verabschiedete sich hastig und eilte die Stufen hinunter. „Wie verzweifelt und unverbesserlich bist du eigentlich", schalt sie sich, als sie den Motor startete und aus der Parklücke scherte. Reichte es nicht, dass die kurze Liaison mit ihm ihr bisheriges Leben zerstört hatte? Andererseits würde sie dieses Wochenende ohne Lara verbringen und nur der Gedanke daran verursachte ihr Höllenqualen. Ein harmloses Essen, verdammt was war schon dabei?

Sie trat aufs Gaspedal und freute sich auf Ophelia, die ihr Frauchen mit Sicherheit schon schmerzlich vermisste.

~

Mark war am Samstagabend überpünktlich. Er hatte sich in Schale geschmissen und auf dem Weg zum Haus schaute er sich neugierig um.

„Nicht schlecht", nickte er anerkennend. „Aber ist das Haus nicht ein wenig zu abgelegen für eine junge Frau wie dich?"

„Nein, ganz und gar nicht. Ich liebe es, jeden Morgen vom Vogelgezwitscher geweckt zu werden", entgegnete sie.

„Eine Romantikerin durch und durch", lachte er.

„Na, du musst es ja wissen."

Sie stieg zu ihm auf den Beifahrersitz und lehnte sich entspannt zurück. Mark fuhr zu einem italienischen Restaurant am Rande der Stadt und parkte etwas abseits. Er half ihr beim Aussteigen und gab sich äußerst zuvorkommend und charmant. Dabei hatte Hanna das Gefühl, dass er sie schlicht und ergreifend um den Finger wickeln wollte.

„Und, was magst du bestellen?", fragte er.

„Ich denke, ich entscheide ich mich für Spaghetti carbonara und ein Glas Asti Spumante."

„Gute Wahl."

Er zwinkerte ihr verschmitzt zu und gab umgehend die Bestellung auf. Statt eines Glases orderte er jedoch gleich eine ganze Flasche des süßen Perlweins. Hanna fand Gefallen an dem süffigen Getränk und trank mehr, als sie vertragen konnte. Nach zwei Stunden hievte Mark sie völlig beschwipst in sein Auto. Keinen einzigen Tropfen des Weines hatte sie in der Flasche zurückgelassen.

„Ich bringe dich jetzt lieber nach Hause, du hast ja ordentlich getankt."

Er startete den Wagen und scherte aus der Parklücke. Während der Fahrt döste Hanna ein und wurde nicht einmal mehr wach, als Mark den Wagen vor dem Forsthaus abstellte.

Mit wahnsinnigen Kopfschmerzen erwachte sie am nächsten Morgen und konnte sich nicht einmal mehr daran erinnern, wie sie überhaupt ins Bett gekommen war. Sie hatten doch nicht etwa …? Oh nein, diesen unangenehmen Gedanken wollte sie gar nicht erst zu Ende spinnen.

Unten in der Küche pfiff Mark zu einer ihr unbekannten Melodie und das Geschirr klapperte leise. Mit fahrigen Bewegungen streifte sie sich den Bademantel über und wankte nach unten. Dabei hatte sie das Gefühl, dass ihr Kopf bei jedem Schritt zu explodieren schien. Hastig suchte sie im Badezimmer nach einer Kopfschmerztablette und trank dazu einen Schluck Leitungswasser. Mit schmerzverzerrter Miene setzte sie sich an den Küchentisch.

Sie musterte Mark verstohlen und stellte erstaunt fest, dass er sich hier wie zu Hause fühlte. Auf Anhieb fand er die Tassen und wusste genau, in welcher Schublade die Löffel lagen. Es ärgerte sie, dass er ohne ihr Einverständnis über Nacht geblieben war und in den eigenen vier Wänden hantierte, als wäre er der Herr des Hauses.

„Na, wie geht es dir", erkundigte er sich. „Wohl ein wenig zu tief ins Glas geschaut?"

„Mhm …", lautete ihre knappe Antwort. Welcher Teufel hatte sie bloß geritten, mit ihm auszugehen?

„Also wenn du Hilfe brauchst, ich stehe dir für die Renovierungsarbeiten gern zur Verfügung." Er sah sie abwartend an.

Erst wollte sie ihm absagen, aber dann fielen ihr schlagartig die beiden Kommoden auf dem Dachboden ein. Falls diese grässlichen Kopfschmerzen je verschwinden würden, könnte er ihr tatsächlich helfen, die schweren Möbelstücke nach unten zu tragen.

Plötzlich hörte sie ein Kratzen und Winseln an der Eingangstür. Himmel, sie hatte Ophelia völlig vergessen. Sie sprang hektisch auf und griff sich stöhnend an den Kopf. Mit behutsamen Schritten tappte sie zur Tür. Kaum hatte sie diese geöffnete, preschte Ophelia mit wedelnder Rute in den Flur und begrüßte ihr Frauchen stürmisch.

„Wieso hast du den Hund einfach vor die Tür gesetzt?", empörte sie sich. „Sie hätte weglaufen können." Auch von Kater Benjamin fehlte jede Spur, klagte er doch jeden Morgen lautstark sein Futter ein, so als stünde er geradewegs vor dem Hungertod.

„Der kleine Wolf wollte mich nicht ins Haus lassen und ich musste schließlich eine Entscheidung treffen. Oder wolltest du die Nacht im Freien verbringen?"

Während er mit ihr sprach, schaute er gelangweilt aus dem Fenster.

„War die Hündin etwa die ganze Nacht draußen?", fuhr sie ihn an. Statt einer Antwort zuckte Mark nur mit den Schultern. Sie war unglaublich wütend auf ihn, schluckte aber eine bissige Bemerkung hinunter. Schließlich war sie es gewesen, die zu viel getrunken hatte.

Mark schenkte den Kaffee ein und sie saßen sich schweigend am Küchentisch gegenüber. Hanna war nicht nach Reden und sie tätschelte Ophelias Kopf gedankenverloren. Nachdem sie ihre Tasse geleert hatte, verschwand sie im Badezimmer, damit eine anständige Dusche ihre Lebensgeister wieder erweckte. Abwechselnd ließ sie warmes und kaltes Wasser auf ihren Körper niederprasseln, um den Kreislauf wieder in Schwung zu bringen.

Im Schlafzimmer zog sie sich Jeans und Shirt über und warf einen verstohlenen Blick auf das zerwühlte Bett. So ein Blackout wie gestern Abend durfte ihr nicht noch einmal passieren. Sie war keinesfalls dazu bereit, Tisch und Bett mit Mark zu teilen.

„Alles in Ordnung?", fragte er mit gerunzelter Stirn, als sie wieder in der Küche erschien.

„Ich denke schon. War dein Angebot vorhin ernst gemeint?"

„Welches meinst du?" Er lachte.

„Du wolltest mir bei den Renovierungsarbeiten zur Hand gehen", erwiderte sie gereizt.

„Keine Sorge, ich halte meine Versprechen." Er warf ihr einen seltsamen Blick zu, den sie nicht so recht einordnen konnte.

„Fein. Was hältst du davon, wenn wir direkt anfangen?"

„Kein Problem, ich bin zu jeder Schandtat bereit."

Sie kletterten nacheinander die wackelige Holzleiter zum Dachboden hinauf.

„Willst du den ganzen Krempel entsorgen?"

„Nein, wo denkst du hin. Ich will die Kommoden aufarbeiten, sie passen perfekt ins Wohnzimmer."

„Na ja, über Geschmack lässt sich bekanntlich nicht streiten", entgegnete er.

Staub wirbelte auf, als sie die Möbelstücke mit vereinten Kräften an den Rand der Luke schoben und anschließend nach unten transportierten. Im Flur hatte Hanna bereits Zeitungen ausgebreitet, damit der Fußboden sauber blieb, während sie die alte Farbe mit Schleifpapier entfernten.

Mark zeigte sich wieder von seiner besten Seite, als hätte er einen Schalter umgelegt. Hanna beobachtete ihn unauffällig und zum ersten Mal überhaupt fiel ihr auf, wie feingliedrig und geschmeidig seine Finger wirkten. Waren die Hände der Seemänner nicht prinzipiell rau und rissig? Nachdenklich zog sie die Stirn kraus.

„Na, worüber denkst du so angestrengt nach?"

Sie fühlte sich ertappt und errötete leicht. „Du kennst doch meine Probleme."

„Und ob", antwortete er. „Du lässt mich ja immer daran teilhaben."

„Was willst du damit sagen?"

„Nichts. Wir sollten uns lieber ranhalten, wenn wir heute noch fertigwerden wollen."

~

Am frühen Abend betrachtete Hanna zufrieden das Tageswerk. „Für heute ist Schluss, ich möchte nur noch ins Bett", stöhnte sie leise, stemmte die Hände in die Hüfte und drückte den schmerzenden Rücken durch.

Inständig hoffte sie, dass Mark diesen Wink verstehen möge, doch er machte keinerlei Anstalten zu gehen. Stattdessen ließ er sich mit einem Seufzer auf die Couch fallen.

„Mark, sei mir bitte nicht böse, aber ich würde gern allein sein. Ich bin dir sehr dankbar für deine Hilfe und verspreche dir hoch und heilig, dich morgen anzurufen."

Er wirkte zerknirscht, verabschiedete sich aber rasch und bat Hanna, sich auch wirklich bei ihm zu melden. An der Tür hauchte er ihr einen Kuss auf die Wange.

„Also wenn du Hilfe brauchst, dann melde dich. Den Außenanstrich schaffst du mit Sicherheit nicht allein und vor dem Streichen solltest du dir einen Hochdruckreiniger im Baumarkt ausleihen, um den Putz zu reinigen. Sonst haftet der neue Farbanstrich nicht."

„Danke für den Tipp, das habe ich wirklich nicht gewusst“, gestand sie kleinlaut. „Wir sehen uns morgen.“

Sie sah seinem Wagen hinterher, bis er hinter der nächsten Kurve verschwunden war. Hin und wieder konnte man tatsächlich einen Mann gebrauchen, resümierte sie. Aber für den heutigen Tag hatte sie wirklich die Nase gestrichen voll.

Wie vereinbart meldete sie sich am nächsten Tag bei Mark. Er machte ihr den Vorschlag, den Hochdruckreiniger auszuleihen, was sie dankend annahm. Es dauerte keine Stunde, da kam er auf den Hof gefahren. Er musste geflogen sein. Ungewohnt liebevoll begrüßte er sie und nahm sie in den Arm. Hanna spürte seine warmen Hände unter ihrem Shirt und schubste ihn spielerisch zurück.

„Finger weg! Ich dachte, du bist zum Arbeiten hergekommen.“

„Wie man es nimmt“, scherzte er.

Ophelia drängte sich sofort zwischen Hanna und Mark, wobei dieser immer wieder versuchte, das störrische Tier mit dem Fuß beiseitezuschieben.

„Nun lass sie doch, sie ist halt eifersüchtig“, lachte Hanna.

Ophelia schien den Zuspruch ihres Frauchens zu spüren und begann leise zu knurren. Mark ignorierte die Hündin und stapfte missgelaunt in den Keller, um den Hochdruckreiniger anzuschließen. Hanna sperrte indes Ophelia in die Küche, damit sie draußen in Ruhe arbeiten konnten.

„Mark, alles klar? “, rief sie nach unten.

„Ja, ich komme gleich.“

Sie hörte, wie etwas polternd zu Boden fiel, und lief die Stufen hinab. Er hatte sie wohl nicht kommen hören und fuhr erschrocken herum, als sie hinter ihm stand.

„Was machst du da?", fragte sie erstaunt.

„Nichts, ich habe nur etwas gesucht", antwortete er.

„In meinen Umzugskisten?"

„Woher soll ich wissen, wo du dein Werkzeug versteckt hast?"

Sie deutete auf den Werkzeugkasten neben ihm. „Wie wäre es damit?"

„Tja, manchmal sehe ich den Wald vor lauter Bäumen nicht", erwiderte er und stapfte wieder nach oben.

Skeptisch warf sie einen Blick in den Karton. Mark schien alles hektisch durchwühlt zu haben, sehr zu ihrem Ärger. Wenn sie etwas überhaupt nicht leiden mochte, dann waren es neugierige Menschen, die in ihren Sachen schnüffelten. In Zukunft würde sie mehr auf Marks Aktivitäten rund ums Haus achten.

Sie gesellte sich wieder zu ihm und keine fünf Minuten später kam der Postbote auf den Hof gefahren. Der gute Mann drückte ihr reichlich Werbung und einen Brief in die Hand. Hastig öffnete sie das Kuvert und überflog die Zeilen. Bereits in der darauffolgenden Woche wollte das Jugendamt überprüfen, ob sich das Forsthaus als Wohnort für die gemeinsame Tochter eignen würde. Ihre Hand zitterte leicht, als sie Mark den Brief zeigte.

„Meinst du, ich habe eine echte Chance?", fragte sie mit klopfendem Herzen.

„Warum nicht? Immerhin wollen sie sich umschauen."

„Es ist nur ..." Sie zögerte.

„Was hältst du davon, wenn ich die Woche über einfach hierbleibe?", schlug er ihr vor. „Während die Wände nach dem Dampfstrahlen trocknen, können wir damit beginnen, die Balken vom Fachwerk zu streichen. Und du wirst sehen, bis zu dem genannten Termin erstrahlt dein altes Häuschen in neuem Gewand. Versprochen."

Sie brauchte seine Hilfe, gar keine Frage, aber gleichzeitig graute ihr davor, Ophelia ständig wegzusperren. Und dann musste sie ihm auch noch begreiflich machen, dass sie das Bett auf gar keinen Fall mit ihm teilen wollte.

Am Abend löste sich dieses Problem jedoch von selbst. Ophelia rebellierte lautstark, sodass Hanna gezwungen war, die Nacht mit ihr allein im Schlafzimmer zu verbringen, während Mark eine Etage tiefer im Schlafsack auf der Couch nächtigte. Er meinte, er wäre weitaus Schlimmeres gewohnt.

„Hauptsache, der Köter gibt endlich Ruhe."

Das nervtötende Klingeln des Weckers zerriss die morgendliche Stille. Gähnend strich sich Hanna über die Augen und tappte verschlafen ins Badezimmer. Nach einem minimalistisch angehauchten Frühstück, Mark trank morgens nur zwei Tassen Kaffee, bereiteten sie die Konservierung und den Anstrich der Balken vor. Die Farbe wurde gemischt, verschiedene Pinsel ausgewählt und die Leiter an der Hauswand platziert.

Der Putz der Fassade sah auch nach dem Dampfstrahlen grau und fleckig aus, aber das würde sich bald ändern. Mark legte sofort los und bewegte sich auf der Leiter geschickt wie ein Artist. Wahrscheinlich besaß er diesen guten Gleichgewichtssinn durch seine Arbeit auf hoher See. Schnell und präzise strich er das Fachwerk Schicht für Schicht, bis es in neuem Glanz erstrahlte. Hanna war beeindruckt, wie geschickt er sich dabei anstellte.

Nach Stunden anstrengender Arbeit läutete Hanna erschöpft, aber zufrieden den Feierabend ein. Sie wollten den Abend auf der Terrasse ausklingen lassen, doch Ophelia machte ihnen erneut einen Strich durch die Rechnung.

„Jetzt komm schon, Hanna, sperre endlich den Hund weg", beschwerte sich Mark und stieß Ophelia grob zur

Seite. Die Hündin revanchiert sich sofort und bleckte drohend die Lefzen.

„Ich mache ja schon Kompromisse", rechtfertigte sie sich gereizt, „aber du springst auch nicht gerade sanft mit ihr um."

„Warum musstest du auch unbedingt einen Hund anschaffen", blaffte er verärgert.

„Hör auf Mark, ich mag jetzt nicht streiten. Ich werde mit Ophelia nach oben gehen, dann hast du deine Ruhe. Gute Nacht."

Hanna rief Ophelia zu sich, machte auf dem Absatz kehrt und lief die Treppe hinauf. Seufzend warf sie sich auf das Bett und drehte sich auf den Rücken. Sie verschränkte die Arme hinter ihrem Kopf und starrte nachdenklich an die Zimmerdecke. Kater Benjamin hatte sich den ganzen Tag nicht blicken lassen und das beunruhigte sie. Die Tiere schienen eine starke Abneigung Mark gegenüber zu hegen. Sollte sie Ophelias Verhalten durchgehen lassen oder musste das Tier um jeden Preis gehorchen? Und hatten Beziehungen überhaupt eine Chance, wenn die Tiere den Partner nicht akzeptierten? Ihr schwirrte der Kopf von all den unbeantworteten Fragen und sie vertagte die Grübelei auf den nächsten Tag.

KAPITEL 7

Hanna und Mark hatten die Woche über hart gearbeitet und der weiße Anstrich der Fassade brachte das Haus förmlich zum Strahlen. Den Besuch der Hundeschule hatte Hanna ausfallen lassen und strich stattdessen hingebungsvoll die Fensterläden mit dunkelgrüner Farbe. Erst als sie das Motorengeräusch eines herannahenden Wagens hörte, unterbrach sie ihre Arbeit.

„Hallo Sarah, was treibt dich denn hierher?", rief sie überrascht.

„Da du nicht wie vereinbart zum Treffen gekommen bist, habe ich mir Sorgen gemacht."

„Oh, tut mir leid, das habe ich völlig vergessen." Hastig wischte Hanna die Hände an ihrer Hose ab. „Möchtest du auf einen Kaffee mit reinkommen?"

„Gern, warum nicht." Auf dem Weg zum Haus entdeckte Sarah Mark, der die zweite Farbschicht auftrug. „Kommen die Handwerker jetzt schon am Wochenende?"

„Tja, was soll ich sagen ...", Hanna errötete, „das ist Mark."

„Doch nicht etwa *der* Mark?" Sarah musterte sie irritiert.

„Lass uns ins Haus gehen, dann erkläre ich es dir."

Sie zupfte die Freundin am Ärmel und schritt voraus. Ophelia erkannte Sarahs Stimme sofort und eröffnete hinter verschlossenen Türen ein lautes Begrüßungskonzert.

„Warum ist die Hündin im Haus und nicht bei euch?"

„Bitte, lass uns drinnen weiterreden", drängte Hanna. Vor der Tür wandte sie sich an Mark. „Du kommst doch ein paar Minuten ohne mich klar?"

Er warf ihr einen missbilligenden Blick zu und schwieg. Wie es schien, kam ihm der Besuch ungelegen. Währenddessen sprang Ophelia ausgelassen an Sarah hoch und die Rute wirbelte wie ein Propeller.

„Also, was ist hier los?" Fragend lupfte Sarah eine Augenbraue.

„Mark hat seine Hilfe angeboten", seufzte Hanna, „und ich habe sie auch angenommen."

„Und das hat er so ganz ohne Hintergedanken getan?"

„Wahrscheinlich nicht, aber darum geht es auch gar nicht. Das Jugendamt hat sich überraschend angekündigt, sie wollen das Forsthaus unter die Lupe nehmen."

„Gut, das ist natürlich ein Argument. Liegt es an ihm, dass du Ophelia wegsperrst?"

Hanna sah betreten auf ihre Schuhspitzen. „Die beiden können nicht miteinander", gestand sie Sarah.

„Müssten da nicht deine Alarmglocken schrillen?"

„Ach Sarah, mit seiner Hilfe komme ich schneller voran, gerade jetzt."

„Das mag schon sein, aber alles hat seinen Preis."

„Erinnere mich nur nicht daran. Ich werde wohl Klartext mit ihm reden müssen."

„Du wirst die richtige Entscheidung treffen, da bin ich mir sicher. Hauptsache bei dir ist alles in Ordnung."

„Danke, dass du vorbeigeschaut hast. Nächste Woche bin ich wieder auf dem Hundeplatz, versprochen."

„Okay, dann will ich auch wieder weiter. Pass auf dich und wenn du Hilfe brauchst, dann melde dich."

„Alles klar, das werde ich machen."

Hanna brachte Sarah zum Wagen und verabschiedete sich. Von Mark fehlte jede Spur, er schien sich in Luft aufgelöst zu haben. Erst als Sarah vom Hof fuhr, trat er aus dem Schuppen, der an das Gehege grenzte.

„Hast du etwas gesucht?"

Er blieb ihr eine Antwort schuldig und ein Seitenblick genügte. Ein mürrischer, ja fast herrischer Ausdruck lag auf seinem Gesicht. Mark polarisierte. Manchmal fühlte sie sich von ihm magisch angezogen, um dann vor ihm zurückzuweichen, als hätte sie sich verbrannt. Schlussendlich ignorierte sie sein seltsames Verhalten und machte sich wieder an die Arbeit.

Hanna reinigte die Farbrollen und stapelte die leeren Farbeimer ineinander. Sie hatten es tatsächlich geschafft - das Forsthaus erstrahlte in seinem neuen Gewand. Mark war während der letzten Tage wieder offener und gelöster in ihrer Gegenwart. Beinahe zärtlich hatte er ihr die Farbreste von Haut und Haaren gewaschen und wann immer er sie berührte, kam ihr Körper unter seinen Händen zum Schwingen. Still und leise drängte sich der Gedanke in den Vordergrund, ihm in dieser Hinsicht fast schon hörig zu sein. Es kostete sie einige Anstrengungen, sich seiner Avancen zu erwehren, und sie fühlte sich auf eine gewisse Weise manipuliert. Trotz allem verlieh seine Anwesenheit ihr ein gewisses Sicherheitsgefühl, denn niemand schien mehr um das Haus zu schleichen.

Zunehmende Probleme bereiteten auch die Vierbeiner. Kater Benjamin tauchte sofort unter, sobald Mark auf der

Bildfläche erschien und Ophelia ging ihm aus dem Weg, indem sie ihn in einem großzügigen Radius umkreiste. So zuvorkommend Mark sich Hanna auch gegenüber verhielt, die Tiere behandelte er wie Luft. Und genau dieses Verhalten störte sie. Sie würde Klartext mit ihm reden müssen, hoffte aber insgeheim, dass er von selbst seine Sachen packte.

Sie griff nach dem Karton mit den Malerutensilien, um diesen in den Keller zu tragen und betrat das Haus. Im Obergeschoss knarrten die Dielen und sie wunderte sich. Was hatte Mark in ihrem Reich verloren? Am liebsten wäre sie nach oben gestürmt, um ihn zur Rede zu stellen, aber im letzten Moment überlegte sie es sich anders. Lautlos stellte sie die Sachen neben der Garderobe ab und zog sich die Schuhe aus. Auf Strümpfen huschte sie die Treppe hinauf und stieß schwungvoll die Tür auf.

„Was machst du da?“, rief sie aufgebracht.

Sie hatte ihr Sparbuch und die Unterlagen vom Hauskauf im Schlafzimmer versteckt, damit Mark sie nicht finden konnte. Doch das war wohl vergebene Liebesmüh gewesen. Betont lässig legte er das Sparbuch zurück in den kleinen Safe.

„Wie hast du ihn aufbekommen?“

Mark schloss den Safe und schlug demonstrativ mit der Faust dagegen. Das kleine Türchen sprang sofort wieder auf.

„Du solltest schon etwas mehr investieren, wenn du deine Papiere sicher unterbringen willst.“

„Das ist nicht das Thema, Mark. Ich will wissen, warum du in meinen Sachen wühlst?“ Ihre Augen blitzten zornig und sie verschränkte die Arme vor der Brust.

„Hattest du nicht gesagt, ich soll dir ein sauberes Shirt holen?“

„Bitte was? Und selbst wenn, du hattest kein Recht, den Safe zu öffnen und in meinen Unterlagen zu schnüffeln.“

„Ist ja schon gut, beruhige dich.“

Mark machte einen Schritt auf sie zu und ein spöttisches Lächeln umspielte seine Mundwinkel. Genau in diesem Moment wurde ihr klar, dass Welten sie trennten. Sie kannte weder seine Freunde, noch wusste sie, wo er aufgewachsen war? Hatte er schon einmal den Schritt vor den Traualtar gewagt oder lief er als Dauersingle durchs Leben? Er war ihr genauso fremd wie am ersten Tag, und das gab ihr zu denken.

„Ich halte es für besser, wenn du jetzt gehst. Diesen Vertrauensbruch kann ich nicht akzeptieren, ich muss erst einmal darüber nachdenken, wie es mit uns weitergeht."

„Aha, so denkst du also über mich. Meine Hilfe hast du mit Kusshand angenommen und jetzt werde ich wie ein räudiger Hund vom Hof gejagt. Sieh doch einfach zu, wie du allein mit allem fertig wirst."

„Mark, bitte, jetzt sei doch vernünftig. Warum kannst du nicht einsehen, dass du einen Fehler begangen hast?"

„Das ist nicht dein Ernst?" Er stieß geräuschvoll die Luft aus. „Ausgerechnet ich soll einen Fehler gemacht haben?"

„Was willst du damit andeuten?"

„Vielleicht solltest du erst einmal vor deiner eigenen Haustür kehren."

Er stürmte aus dem Zimmer, stopfte seine Kleidung in den betagten Seesack und warf sich diesen über die Schulter. Mit einem lauten Knall fiel die Haustür in Schloss. Er hatte Hanna ohne ein Wort des Abschieds verlassen und sie sah ihm fassungslos hinterher. Was war nur in ihn gefahren? Etwas mehr Feingefühl wäre doch zu erwarten gewesen.

Wie ein erzürnter Grizzlybär stapfte er zu seinem Wagen, stieg ein und rauschte vom Hof. Sie blieb ratlos zurück, obwohl sie sich eingestehen musste, dass es so die beste Lösung war.

~

Hanna erwachte erst am späten Vormittag und warf überrascht einen Blick auf den Wecker. Die Sonne stand schon hoch am Himmel und malte helle Quadrate auf den Boden. Hanna schlug hastig die Bettdecke zurück und schwang die Beine aus dem Bett. Ophelia hatte sich gar nicht bemerkbar gemacht. Sie lag zitternd auf der Decke im Hundebett und gab keinen Mucks von sich.

„Bist du krank, mein Mädchen?“

Hanna befühlte die Ohren der Hündin, doch diese hatten eine normale Temperatur. Erst jetzt wunderte sie sich über die ungewöhnliche Stille, die über dem Forsthaus lag. Wieso hatte Oscar sie nicht aufgeweckt? Der Hahn besaß inzwischen ein kräftiges Organ und war am Morgen kaum zu überhören. Auch Benjamin hätte schon längst um sein Futter betteln müssen. Hier stimmte etwas ganz und gar nicht.

Barfuß hastete sie die Treppe hinunter und schaute aus dem Küchenfenster.

„Oh Gott ... nein!“

Panisch riss sie die Haustür auf und rannte hinüber zum Gehege. Der Kies spickte in ihre nackten Fußsohlen, doch sie achtete nicht darauf. Wankend stand sie vor dem Gitter und klammerte sich daran fest.

Ein grausames Bild offenbarte sich ihr. Oscar und seine Hennen lagen leblos auf dem Boden, das einstmals schneeweiße Gefieder blutdurchtränkt. Die Köpfe der Hühner, regelrecht abgefetzt von den zarten Körpern waren im Gehege verstreut. Hanna sank schluchzend zu Boden und die Zeit schien stillzustehen.

Ophelia war ihr nach draußen gefolgt und sträubte das Nackenfell, während sie am Boden Witterung aufnahm. Dann hob sie den Kopf und bleckte die Lefzen. Aufgeregt pendelte sie zwischen Waldrand und Gehege hin und her, aber Hanna nahm davon keine Notiz. Erst als Ophelia sie mehrfach anstupste, kehrte sie in die grausige Gegenwart zurück.

Ihr war nicht bewusst, wie lange sie schon vor dem Gehege hockte, und erhob sich schwerfällig. Beim Auftreten spürte sie die winzigen Kieselsteine, die sich in ihren Fußsohlen eingenistet hatten. Einige wunde Stellen bluteten leicht. Mit schmerzverzerrtem Gesicht humpelte sie ins Forsthaus zurück, wo sie mit einer Pinzette vorsichtig die Steinchen entfernte. Anschließend klebte sie notdürftig ein paar Pflaster darüber und griff zum Telefon. Fassungslos und mit zitternden Händen wählte sie Sarahs Nummer.

„Entschuldige, dass ich dich bei der Arbeit störe, aber meine Hühner ..." Hanna brach erneut in Tränen aus.

Sarah verstand kaum etwas von dem, was die schluchzende Freundin in den Hörer stammelte. Immer wieder redete sie beruhigend auf Hanna ein und erklärte ihr, dass ein Fuchs oder Marder wahrscheinlich das Federvieh auf dem Gewissen hatte. Auch wenn das Forsthaus Hannas kleine Oase war, die Natur regelte alles nach ihren eigenen Gesetzen.

„Weißt du was, ich schicke dir einen guten Freund vorbei. Jan ist der zuständige Förster und kann dir mit Sicherheit genau erklären, welches Wildtier die Hühnchen so zugerichtet hat."

Für Hanna nur ein schwacher Trost, denn ihre Hühnerschar war weitaus mehr gewesen als nur ein billiger Eierlieferant. „Danke für deine Mühen", presste sie hervor und beendete das Gespräch.

Sie kochte sich einen starken Kaffee und schaute gedankenverloren aus dem Küchenfenster. Wie würde Lara auf diesen Verlust reagieren? Mit Begeisterung hatte sie an den Wochenenden die Hühner versorgt und sogar Lieblingshuhn Berta am Köpfchen kraulen dürfen. Auch Hanna würde das leise Gackern der Hennen sehr vermissen. Wann immer sie das Gehege betreten hatte, war ihr das Federvieh entgegengeeilt, um gierig das frische Grünzeug aus der Hand zu picken. Jetzt blieb ihr nur die Erinnerung und schon jetzt war die Stille auf dem Hof kaum zu ertragen.

Nach einer Stunde Wartezeit fuhr endlich ein dunkelgrüner Jeep auf den Hof und ein junger Mann schwang sich sportlich aus dem Fahrzeug. Mit einer linkischen Geste fuhr er sich durch sein blondes Haar, um es zu bändigen, und musterte sie mit wachen Augen.

„Guten Morgen, Sarah hat mich geschickt."

„Von einem guten Morgen kann leider nicht die Rede sein, davon bin ich meilenweit entfernt", seufzte sie und wischte sich verstohlen mit dem Handrücken über ihre Augen. „Ich bin übrigens Hanna."

Er streckte ihr die Hand entgegen. „Und ich bin Jan."

Jan schien etwas jünger zu sein als sie und wenn sie mit ihm sprach, musste sie zu ihm aufschauen. Er wirkte auf Anhieb sympathisch und strahlte eine gewisse innere Ruhe aus, die man bei Alexander oder Mark vergeblich suchte.

„So, dann will ich mir einmal anschauen, was der Missetäter angerichtet hat." Er lief mit großen Schritten zum Gehege und warf einen Blick hinein. „Das sieht ja wirklich übel aus. Schade ums Federvieh."

Mit Unbehagen öffnete Hanna das Gehege. Jan folgte ihr und begutachtete die Kadaver.

„Ein Fuchs verhält sich völlig anders, der scheidet aus. Eigentlich beißen die Marder nur die Kehle durch und wüten nicht so, dass die Köpfe in der Gegend verstreut liegen. Vielleicht handelt es sich um ein krankes, verwirrtes Tier im Blutrausch, dem die Sicherungen durchgebrannt sind. So etwas soll es ja auch im Tierreich geben."

Gemeinsam suchten sie jeden Winkel des Geheges ab, konnten aber keine undichte Stelle oder ein Loch im Maschendraht entdecken.

„Wer weiß, was für ein gewieftes Tier sich hier Zugang verschafft hat. Irgendwo muss es ja hereingekommen sein." Ratlos zuckte er mit den Schultern und klopfte sich den Staub von seinen Hosenbeinen.

Auch Hanna konnte sich keinen Reim darauf machen. Die Tür war mit einem Vorhängeschloss gesichert und der Schlüssel hing in der Küche, so wie immer.

„Bevor Sie sich wieder Hühner anschaffen, sollten Sie den Stall von innen abdichten. Manchmal reicht die kleinste Ritze, um einen Kleinräuber hereinzubitten."

„Ich glaube nicht, dass ich mir wieder Hühner anschaffen werde", antwortete sie. „Der Schock sitzt zu tief."

„Das kann ich gut verstehen. Wenn Sie mögen, kann ich die Tage noch einmal vorbeischauen, um nach dem Rechten zu sehen."

„Ja, gerne."

„Gut, dann mache ich mich mal wieder auf den Weg. Und passen Sie auf sich auf, ist ziemlich einsam hier draußen."

Er stieg in den Jeep und nur wenige Augenblicke später war dieser in einer Staubwolke verschwunden.

Hannas Augen füllten sich erneut mit Tränen, als sie begann, das Grab für ihre gefiederten Lieblinge auszuheben. Behutsam legte sie die geschundenen Körperchen hinein und schaufelte das Erdreich wieder darüber. Dann holte sie einen alten Weidenkorb aus dem Schuppen und sammelte am Feldrand kleinere Steine, um diese zu einem Grabhügel aufzuschichten.

Voller Wehmut und Trauer blickte sie hinüber zum leeren Wachtelgehege. Oscar und seine Hennen - für immer verstummt. Nie wieder würde sein fröhliches Krähen erklingen, nie wieder würde er mit geschwellter Brust vor seinen Hennen stolzieren. Endgültig aus und vorbei.

Warum? Warum passierte das immer nur ihr?

KAPITEL 8

Am Montagmorgen war es endlich so weit und Hanna brachte vor Aufregung keinen Bissen herunter. Ihre Hände zitterten leicht und sie war unglaublich nervös. Bereits kurz vor zehn fuhr der Wagen auf den Hof und wie sollte es auch anders sein, die unsympathischen Herrschaften, die Lara damals mitgenommen hatten, stiegen aus dem Fahrzeug. Hanna setzte ein freundliches Lächeln auf und begleitete die zwei ins Haus. Sie bot ihnen sogar einen Kaffee an, doch das schwergewichtige Duo lehnte dankend ab. Es folgte ein kurzer Rundgang durch die jeweiligen Räume und das Paar machte sich einige Notizen.

„Tja, Frau Jahnke, im Prinzip hätten wir jetzt alles gesehen. Ein bisschen weit weg vom Schuss liegt das Anwesen ja schon."

„Wie bitte?" Ernüchtert blickte Hanna von einem zum anderen. „Das ist alles, was Sie dazu zu sagen haben?"

„Sie wohnen in einer landschaftlich sehr reizvollen Gegend, gar keine Frage, aber das reicht bei Weitem nicht aus. Wir werden nicht dafür plädieren, dass Ihre gemeinsame Tochter aus dem gewohnten Umfeld herausgerissen wird."

„Das kann ich nicht akzeptieren!“, protestierte Hanna. „Wie viel? Wie viel hat er Ihnen für diese Ansage gezahlt? Oder sind Sie ihm noch einen Gefallen schuldig? Ein Kind braucht doch seine Mutter, wie können Sie nur! Lara hat sich in der Schule verschlechtert, sie ist oft allein. Zählt das gar nicht?“

„Frau Jahnke, ich bitte Sie. Diese Dinge hätten Sie sich vorher überlegen müssen. Für uns steht fest, zum Wohle des Kindes, dass es in seiner vertrauten Umgebung verbleibt. Bitte haben Sie Verständnis für unsere Entscheidung.“ Die Frau drehte sich in Richtung Tür. „Danke, wir finden schon allein hinaus.“

Hanna war wie erstarrt. Seit Wochen hatte sie alles gegeben, um die Renovierung des Forsthauses voranzutreiben. Und nun sollte alles umsonst gewesen sein?

Zornige ballte sie die Fäuste, lief nach draußen und schrie dem davonfahrenden Fahrzeug hinterher: „Ich hasse euch! Ich hasse euch alle!“

In völliger Verzweiflung ließ sie sich auf die Treppenstufen der Veranda sinken und Tränen der Enttäuschung bahnten sich einen Weg an die Oberfläche. Ophelia trottete zu ihrem Frauchen und setzte sich neben sie. Hanna schluchzte leise und vergrub ihr Gesicht im weichen Fell des Hundes. Das Leben konnte so grausam sein.

Nachdem sie sich ein wenig beruhigt hatte, lief sie ins Haus, um sich das vom Weinen gerötete Gesicht zu kühlen. Der Blick in den Spiegel zeigte ihr eine Frau, die uneins mit sich war. Frustriert wandte sie sich ab und begann nach einer Aufgabe zu suchen. Ablenkung war jetzt das Nonplusultra und der zugewachsene Bauerngarten kam gerade recht. Das Unkraut überwucherte bereits die Beete, denn sie hatte sich ausschließlich der Renovierung des Forsthauses gewidmet.

Der Staketenzaun rund um den Garten war noch einigermaßen in Schuss und auch wenn sie in diesem Jahr nicht mehr viel ernten würde, die neuen Beete könnte sie schon jetzt anlegen. Einen Teil des Gartens wollte sie mit bunt blühenden Stauden bepflanzen, die Lara so sehr liebte.

Spaten, Hacke und weitere Werkzeuge standen im Schuppen bereit, diese musste sie nur noch entstauben. Sie krempelte die Ärmel hoch, schob die trübsinnigen Gedanken beiseite und bearbeitete verbissen den Boden, während Ophelia friedlich im Schatten eines Johannisbeerstrauches döste. Plötzlich hob die Hündin den Kopf, spitzte die Ohren und witterte in Richtung Wald. Irgendwo in der Ferne knackte ein trockener Ast und ihr Nackenfell sträubte sich.

„Das ist sicher nur ein Reh", redete Hanna beruhigend auf die Hündin ein und vertiefte sich wieder in ihre Arbeit. Doch Ophelia erhob und schüttelte sich und trottete zum Gartentor. Mit der Vorderpfote kratzte sie am Pfosten und wollte hinaus.

„Okay, wenn es denn so dringend ist", seufzte Hanna und öffnete das Türchen, um Ophelia hinauszulassen.

Kaum war die Hündin draußen, jagte sie laut kläffend in den Wald. Sie schlug genau die Richtung ein, aus der das Knacken gekommen war. Ophelias Bellen entfernte sich zusehends und Hanna wurde nervös. Sie warf den Spaten auf den Boden und jagte mit schnellen Schritten der Hündin hinterher.

Zweige zerkratzten ihr Arme und Gesicht, das Shirt klebte verschwitzt am Rücken. Ob Ophelia wohl eine Horde Wildschweine verfolgte? Die könnten durchaus bedrohlich werden. Es musste einen triftigen Grund geben, warum die Hündin so reagierte, denn sie war bisher kein einziges Mal ausgebüxt.

Hanna rief verzweifelt nach Ophelia, aber sie kam nicht zurück. Im Gegenteil, das Bellen entfernte sich immer weiter. Wildschweinen gegenüber wäre die Hündin chancenlos, trotz des ordentlichen Wachstumsschubes der letzten

Wochen. Die Pfoten wirkten riesig im Gegensatz zu dem schlanken Körperbau und Ophelias Gang sah dadurch noch ein wenig unbeholfen aus.

Pausenlos schwirrten Hanna die Gedanken durch den Kopf, sie spürte förmlich, dass irgendwo Gefahr lauerte. Vielleicht fand eine Treibjagd statt und Ophelia lief genau vor die Flinte eines Grünrocks. Alles war möglich.

Dann erscholl ein gespenstisches Jaulen, das in ein leises Winseln überging und dann abrupt erstarb.

„Verdammt, Ophelia, wo bist du?"

Hanna konnte nicht orten, aus welcher Richtung das Geräusch gekommen war. Außerdem hatte sie völlig die Orientierung verloren.

Die plötzlich eingetretene Stille schien bedrohlich, kein Vogel zwitscherte mehr und die Zeit schien stillzustehen. Ein ungutes Gefühl beschlich Hanna. Meter für Meter kämpfte sie sich durch das Dickicht, bis sie ganz in ihrer Nähe ein leises Winseln vernahm.

„Ich bin gleich bei dir", rief sie Ophelia tröstend zu.

Endlich entdeckte sie die Hündin zwischen hellgrünen Farnwedeln und Blut tropfte aus einer Platzwunde am Kopf. Hanna musterte aufmerksam die Umgebung, nach einem Kampf mit Wildschweinen sah das jedenfalls nicht aus. Ein Ast hing quer im Gebüsch, als hätte ihn jemand weggeschleudert. Hanna untersuchte ihn genauer und stellte erstaunt fest, dass Blut an ihm haftete. Jemand hatte tatsächlich auf die Hündin eingeschlagen.

Ophelia war noch nicht einmal ausgewachsen, geschweige denn gefährlich und Hanna war außer sich vor Wut. Sie half der Hündin auf die Beine, die taumelnd aufstand und ihr winselnd folgte.

„Komm schon, wir schaffen das", munterte sie Ophelia auf.

Hanna orientierte sich am Stand der Sonne und suchte

nach einem begehbaren Weg zurück zum Forsthaus. Es wurde ein sehr kräftezehrender Rückweg. Meist trug sie die Hündin ein paar Meter und setzte dann das Tier erschöpft ab. Ihr Shirt war inzwischen blutverschmiert und zu allem Überfluss fühlte sie sich die ganze Zeit über beobachtet. Natürlich konnte es auch eine Überreaktion auf das Erlebte sein, dennoch hätte sie schwören können, dass jemand in der Nähe war.

Nach einer halben Ewigkeit hatten sie es tatsächlich geschafft. Der Wald lichtete sich und vor ihnen tauchte das Forsthaus auf. Hanna trug die Hündin zum Auto und fuhr auf dem schnellsten Weg in die Tierklinik, wo Ophelia sofort untersucht wurde. Der Tierarzt, ein älterer Herr im weißen Kittel, tastete die Hündin ab und witzelte, dass ein Spaziergänger sich wohl vor dem kleinen Wolf erschrocken habe. Hanna fand das überhaupt nicht witzig und schluckte eine bissige Bemerkung hinunter.

„Ich verabreiche unserem Wölfchen jetzt eine leichte Narkose und im Anschluss daran, werden wir die Schädeldecke röntgen. Und wenn sie tief und fest schläft, wird die Wunde auch gleich geklammert", dokumentierte der Tierarzt den Ablauf.

Nach einer Stunde war die Behandlung endlich abgeschlossen. Erleichtert, aber mindestens genauso erschöpft wie Ophelia trat Hanna den Heimweg an. Sie trug die Hündin ins Haus und legte sie in ihr Körbchen, wo sie ihren Narkoserausch ausschlief. Dann gönnte sie sich eine erfrischende Dusche und schlüpfte in saubere Kleidung. Kraftlos sank sie auf die Couch und ließ den Tag noch einmal Revue passieren.

Sie musste sich eingestehen, dass ihr das Alleinsein Schwierigkeiten bereitete. Seit Mark sich davongemacht hatte, schien sie wieder unter Beobachtung zu stehen. Mit Ophelia an ihrer Seite hatte sie sich stets sicher gefühlt, doch dieser Vorfall schürte erneut ihre Ängste. Was wäre passiert, wenn sie Ophelia nicht rechtzeitig gefolgt wäre? Hanna erschauderte.

Der Klingelton ihres Smartphones zerriss die Stille, Marks Nummer erschien auf dem Display.

„Hallo, was gibt's?“, meldete sie sich.

„Ich wollte mich bei dir entschuldigen“, sprach er mit leiser Stimme.

„In Ordnung, Entschuldigung angenommen“, erwiderte sie knapp, ihr war nicht nach Small Talk zumute.

„Bist du allein?“

„Wer sollte schon hier sein?“ Im Nachhinein ärgerte sie sich, das Gespräch überhaupt angenommen zu haben. „Warum fragst du?“

„Weil ich so gut wie vor deiner Tür stehe.“

Mit einem Satz war Hanna am Fenster und schaute hinaus. Tatsächlich, Mark stand mitten auf dem Hof und schwenkte eine Flasche Wein.

„Zur Versöhnung“, rief er ihr zu.

Mit einem Seufzen lief sie zur Tür und öffnete ihm.

~

Mark war über Nacht geblieben und bemühte sich sehr um sie. Er hatte anscheinend gemerkt, dass er beim letzten Streit weit über das Ziel hinausgeschossen war. Nur Ophelia mied ihn, wann immer sie konnte, knurrte oder fletschte sogar die Zähne, sobald er auch nur ansatzweise in ihre Nähe kam.

Mark hingegen beschwor Hanna regelrecht, die Hündin wieder abzugeben. Doch diese Option kam für sie nicht in Frage, zu sehr hatte sie sich an ihre vierbeinige Gefährtin gewöhnt. Insgeheim wunderte sie sich über das extreme Verhalten, welches Ophelia inzwischen an den Tag legte. Sie befand sich in einer emotionalen Zwickmühle - einerseits war sie froh, nicht mehr allein zu sein, und empfand Marks Hilfe als ausgesprochen angenehm, andererseits sendeten die tierischen Mitbewohner eindeutige Signale. Trotz allem konnte sie sich nicht mit dem Gedanken anfreunden, dass er länger blieb, wagte aber nicht, dieses Thema anzusprechen. Wenn Mark etwas nicht in den Kram passte, dann neigte er zu Jähzorn.

Das laute Motorengeräusch eines herannahenden Wagens riss Hanna aus den Gedanken. Jan war gerade aus seinem Jeep gestiegen und stapfte in Richtung Haus. Er hatte sein Versprechen gehalten und wollte noch einmal nach dem Rechten schauen. Hanna öffnete die Tür, begrüßte ihn lächelnd und tätschelte seinem Jagdhund den Kopf.

„Tja, da bin ich wieder. Ist bei Ihnen alles in Ordnung oder gab es noch einen weiteren Vorfall?"

„Nein, alles ruhig", erwiderte sie. „Der Übeltäter hat sich nicht mehr blicken lassen."

„Haben Sie schon mit dem Umbau des Stalles begonnen?", erkundigte er sich.

„Im Moment kann ich mir nicht vorstellen, je wieder Hühner zu halten. Ich muss das Erlebte erst einmal verarbeiten."

Plötzlich erschien Mark in der Tür und taxierte Jan mit einem abfälligen Blick. Der Deutsch Drahthaar begann drohend zu knurren.

„Sie sollten ihren Bodyguard lieber an die kurze Leine legen und dann vom Grundstück verschwinden!", blaffte er, bevor er mit einem mürrischen Gesichtsausdruck wieder im Inneren des Hauses verschwand.

Entsetzt sah Hanna ihm hinterher. Wie konnte er nur?

„Entschuldigen Sie bitte, er hat da sicher etwas missverstanden."

Beschämt senkte sie ihren Blick, Marks Verhalten war ihr

unglaublich peinlich. Er spielte sich auf, als wäre er der Hausbesitzer und der Grund und Boden sein Eigen.

„Ich werde dann mal wieder …", sagte Jan und trat den Rückzug an.

„Danke, dass Sie noch einmal vorbeigeschaut haben, es hat mich sehr gefreut." Sie reichte ihm die Hand, um mit dieser Geste ihre Worte zu unterstreichen.

„Alles klar."

Mit einem wissenden Blick stieg er in den Jeep und fuhr vom Hof. Hanna verschloss die Tür und ging in die Küche, wo Mark sie bereits erwartete.

„Was wird hier eigentlich gespielt?" Mark baute sich vor ihr auf. „Denkst du, ich bemerke nicht, wie du dich von mir zurückziehst? Erst betrügst du deinen Mann und jetzt soll ich herhalten? Nicht mit mir, Hanna, nicht mit mir!"

Er packte sie hart am Arm und schüttelte sie.

„Hör auf!", schrie Hanna erschrocken auf und blickte ihn mit weit aufgerissenen Augen an. Was zum Teufel war nur in ihn gefahren? Sie hatte doch keine Grenze überschritten, seine Eifersucht war völlig unbegründet.

Mark stieß sie weg, packte seinen Seesack und knallte die Tür hinter sich zu. Wie üblich ließ er sie ohne Erklärung stehen. Diesen Charakterzug kannte sie inzwischen, nur seine Aggressivität war ihr neu. Fassungslos setzte sie sich auf den Küchenstuhl und rieb sich den schmerzenden Arm. Ihr Leben war komplett aus den Fugen geraten, da gab es nichts mehr zu kitten.

KAPITEL 9

Hanna war gerade auf dem Weg nach Hannover, als das Smartphone summte. Sie fuhr rechts ran und ohne einen Blick auf die Nummer zu werfen, nahm sie das Gespräch an.

„Hallo Mark, was willst du?“ Sie konnte nicht glauben, dass er sich tatsächlich noch einmal meldete.

„Ich würde gern zu dir kommen, um die Situation zu klären. Es tut mir ausgesprochen leid.“

Ein Blick auf die blauen Flecken am Arm genügte - nein, sie wollte ihn auf keinen Fall sehen. Obwohl er mehrfach beteuerte, dass er seinen Ausrutscher zutiefst bereute, konnte und wollte sie ihm keinen Glauben schenken. Sie würde ihn niemals wieder in ihrer unmittelbaren Nähe dulden. Fieberhaft suchte sie nach einer Notlüge.

„Im Moment fühle ich mich überhaupt nicht wohl, wahrscheinlich habe ich mir eine Sommergrippe eingefangen. Können wir nicht in ein paar Tagen darüber reden?“

„Dann kann man es halt nicht ändern“, antwortete er zerknirscht. „Ruf mich an, wenn es dir besser geht.“

Kaum hatte er den Satz beendet, ertönte das Besetztzeichen. Er hatte ohne ein Wort des Abschieds einfach aufgelegt. Schulterzuckend trat sie aufs Gas und konzentrierte sich wieder auf den Verkehr.

Nachdem sie Hannover erreicht hatte, stellte sie den Wagen in einem Parkhaus in der Nähe ab und schlenderte gemächlich durch die Fußgängerzone in der Innenstadt. Hin und wieder verweilte sie vor einem Schaufenster oder beobachtete die Passanten. Vor einem Bistro stoppte sie ihre Schritte und ihr Puls schnellte in die Höhe, als sie einen Blick ins Innere warf. Dort saßen Alexander und Mark friedlich beieinander und unterhielten sich angeregt.

Hanna konnte nicht glauben, wie entspannt die einstigen Kontrahenten miteinander umgingen. Müsste Alexander nicht innerlich kochen vor lauter Zorn? Aufgewühlt beobachtete sie die zwei, bis ein junger Mann in Eile sie zur Seite stieß und ihre Hand versehentlich die Scheibe berührte.

„Pass doch gefälligst auf!“, zischte er verärgert.

Erschrocken wich sie zurück, aus Angst, entdeckt zu werden. Doch die Neugier siegte und sie näherte sich erneut der Scheibe. Alexander griff nach seinem Aktenkoffer, öffnete ihn und übergab Mark ein kleines Päckchen. Es sah beinahe so aus, als ob er ihn für irgendetwas bezahlte.

Hanna beschloss zu warten, bis die Männer das Bistro verlassen würden. Mark verabschiedete sich kurz nach dem Erhalt des Päckchens. Er griff nach seiner Jacke, verstaute es in der Innentasche und lief zum Ausgang. Schneller als erwartet erschien er an der Tür und Hanna blieb nur die Flucht hinter die nächstgelegene Werbetafel. Ihr Herz klopfte bis zum Hals und sie tat so, als vertiefe sie sich in die bunten Schriftzüge einer Werbekampagne.

Mark schaute sich suchend um und Hanna befürchtete,

dass ihre Deckung aufgeflogen war. Er steuerte geradewegs auf die Werbetafel zu, als ihn plötzlich ein Passant nach dem Weg fragte. Hanna nutzte die Gelegenheit und eilte mit schnellen Schritten in eine Boutique. Von dort aus beobachtete sie ihn durch die Schaufensterscheibe. Abermals wurde deutlich, wie wenig sie von ihm wusste.

Inzwischen war er vor einem Blumenladen stehen geblieben und griff nach zwei langstieligen roten Rosen, die in einem Eimer vor dem Eingang standen. Dann ging er hinein, um sie zu bezahlen. Er würde doch wohl nicht mit den Rosen zum Forsthaus fahren, um ihr einen Krankenbesuch abzustatten?

Hanna wollte unbedingt verhindern, dass er vor ihr das Forsthaus erreichte. Wenn sie die Abkürzung über die Feldwege wählte, könnte sie es schaffen, noch vor ihm dort zu sein. Sie verbarg sich in einem schützenden Hauseingang auf der gegenüberliegenden Straßenseite und wartete, bis er den Blumenladen verlassen hatte.

Er lief direkt zum Parkhaus, wo auch sie ihren Wagen abgestellt hatte. Sie folgte ihm so unauffällig wie möglich und hielt stets einen gewissen Abstand ein. Glücklicherweise benutzte Mark die Treppe, sodass sie den Aufzug nehmen konnte, was ihr einen kleinen Vorsprung verschaffte. Hastig löste sie das Parkticket und rannte zu ihrem Wagen. Mit fahrigen Bewegungen startete sie den Wagen und fuhr mit überhöhter Geschwindigkeit dem Ausgang entgegen. Sie war tatsächlich schneller als Mark und atmete erleichtert auf, als sie die Schranke passierte.

Doch das Glück währte nicht lange. An der nächsten Ampel entdeckte sie seinen Wagen direkt neben ihrer Spur. Warum bog er nach links ab? Waren die Rosen vielleicht gar nicht für sie?

Sie wendete in einer Seitenstraße und jagte ihm mit rasantem Tempo hinterher, um der Sache auf den Grund zu gehen. Damit er sie nicht bemerkte, hielt sie einen Sicherheitsabstand ein, bei dem immer ein bis zwei Fahrzeuge zwischen ihnen fuhren. Mit feuchten Händen umklammerte sie das Lenkrad und schaute konzentriert auf die Straße. Im Fernsehen sahen die Verfolgungsjagden deutlich einfacher aus.

Mark ließ die Stadt hinter sich und fuhr geradewegs zum alten Klinikum. In naher Zukunft sollten die verfallenen Gebäude abgerissen werden und Hanna fragte sich, was er dort wollte. Die roten Backsteingebäude waren Anfang des zwanzigsten Jahrhunderts als normales Krankenhaus genutzt geworden. Irgendwann wurde es für die Anforderungen einer Großstadt zu klein und beherbergte deshalb in den letzten vierzig Jahren eine Nervenheilanstalt. Vor circa zehn Jahren hatte man die Arbeit auf dem Klinikgelände komplett eingestellt und die Gebäude waren inzwischen dem Verfall preisgegeben. Irgendwie schade, sinnierte Hanna, dass alles im Leben so vergänglich war.

Sie nahm den Fuß vom Gas und entschied, ihr Auto in dem kleinen Wäldchen abzustellen, welches die Klinik umgab. Holpernd bog sie auf einen schmalen Pfad, wo sie das Fahrzeug versteckt hinter Wacholderbüschen parkte. So lautlos wie möglich bewegte sie sich in Richtung Klinik, wo Baugitter die Gebäude vor ungebetenen Gästen schützen sollten. Mark hatte den Wagen für jedermann sichtbar vor dem Bauzaun abgestellt und hielt die Rosen in der Hand.

Hanna verstand die Welt nicht mehr. Was wollte er mit diesem Grünzeug an solch einem Ort?

Bevor Mark sich dem Bauzaun näherte, blickte er prüfend in alle Richtungen. Hanna duckte sich erst im letzten Moment und hoffte, dass er sie nicht entdeckt hatte. Ob er vielleicht ahnte, dass ihm jemand folgte?

Mittlerweile hatte er den Bauzaun überwunden und war hinter dem Hauptgebäude verschwunden. Sie wartete geduldig, doch nichts passierte. Sie wollte sich gerade abwenden und zurückfahren, als Mark endlich auftauchte. Die Rosen hatte er nicht mehr dabei. Behände kletterte er über den Zaun, stieg in seinen Wagen und startete den Motor. Die Räder drehten durch und Kies wirbelte auf, als er davonfuhr.

Hanna war ziemlich aufgewühlt und zum ersten Mal nach all den Jahren sehnte sie sich nach einer Zigarette. Aber wahrscheinlich würde sie diese mit ihren zitternden Händen sowieso nicht anzünden können.

Das alte Laub vom Vorjahr raschelte unter ihren Füßen, als sie sich den verfallenen Gebäuden näherte. Düster und bedrohlich starrten die dunklen Fensterhöhlen auf sie herab. Das Areal der Klinik war riesig, so wie die Gebäude selbst. Obwohl sie keinen klaren Gedanken fassen konnte, wollte sie unbedingt wissen, wohin Mark mit den Rosen verschwunden war. Die gesamte Situation erschien ihr surreal.

Sanft strich der Wind durch das Blätterdach der Bäume und mit dem leisen Rauschen kehrte Hannas innere Ruhe zurück. Sie trat aus dem schützenden Wäldchen heraus und näherte sich dem Zaun. Mehrmals drehte sie sich suchend um und hielt nach Mark Ausschau. Nachdem sie sich davon überzeugt hatte, dass niemand sie beobachtete, zog sie sich am Bauzaun hoch und kletterte auf die andere Seite. Die erste Hürde hatte sie überwunden.

Der Kies knirschte unter ihren Sohlen, als sie das Gebäude umrundete und sie befürchtete, dass man den Hall ihrer Schritte meilenweit hören könnte. Immer wieder blieb sie stehen, um herauszufinden, welchen Weg Mark eingeschlagen haben könnte. Kraftvoll rüttelte sie an den großen Eingangstüren aus Holz, aber die waren entweder verschlossen oder mit Brettern zugesperrt. Die Fenster ebenso, wenn nicht sogar, wie hier im Erdgeschoss, teilweise zugemauert. Resigniert ließ sie die Schultern hängen. Wahrscheinlich war es das Beste, wenn sie zurückfuhr, um den Kopf freizubekommen.

Sie machte kehrt und entdeckte dabei einen schmalen Trampelpfad, der durch hohes Brennnesselgestrüpp führte und vor einer Kellertreppe endete. Die frischen Spuren verrieten, dass Mark diesen Weg genommen haben musste. Sie lief die Stufen in den Treppenschacht hinab und rüttelte an der Tür. Fehlanzeige, diese war ebenfalls verschlossen.

Ihr Blick wanderte zum Kellerfenster. Um den Einstieg durch unbefugte Personen zu verhindern, hatte man auch hier einige Bretter angebracht. Das mittlere Brett saß locker und wackelte - ihre einzige Chance. Hanna stemmte die Füße gegen das Mauerwerk und hängte sich mit ihrem Körpergewicht an besagtes Brett, um es herauszubrechen oder wenigstens die Nägel zu lösen. Mit dem Oberkörper holte sie wippend Schwung und spürte, wie sich die Holzsplitter schmerzhaft in ihre Handflächen bohrten.

Aber aufgeben kam nicht in Frage. Sie zerrte am Brett, bis es schließlich krachend nachgab und sie mit ihrem Oberkörper nach hinten schnellte. Mit voller Wucht stieß ihr Hinterkopf an die gegenüberliegende Kellermauer und sie war sofort bewusstlos.

Frösteld erwachte Hanna, ihr Kopf dröhnte und die Welt drehte sich. Sie lag merkwürdig verrenkt am Boden und das Brett auf ihren Beinen. Die Sonne versank bereits am Horizont, es mussten inzwischen Stunden vergangen sein. Aber immerhin klaffte jetzt ein Loch am Fenster, das groß genug war, um sich hindurchzuzwängen.

Obwohl sie sich ziemlich elend fühlte, entschied sie sich, den Plan durchzuziehen. Mark gab ihr immer wieder neue Rätsel auf und diese wollte sie lösen. Und bevor wieder jemand auf den Gedanken kam, die Öffnung zu verschließen, zwängte sie sich durch den Spalt und landete auf einem rostigen Bettgestell, das unter ihrem Gewicht leise quietschte. Schöner Wohnen sieht anders aus, dachte sie, während sie darauf wartete, dass sich ihre Augen langsam an die Dunkelheit gewöhnten. Schutt und Glassplitter knirschten unter ihren Füßen, als sie sich durch das Bettenlager bis zur Tür kämpfte. Energisch drückte sie die Klinke nach unten. Nichts. Wütend versetzte sie der Tür einen Stoß, die unvermittelt aufsprang.

Hanna atmete erleichtert auf und betrat zögerlich den Kellergang, der im Dämmerlicht vor ihr lag. Sie musste nicht lange darüber nachdenken, um sich der Gefahr bewusst zu werden. Wenn sich nun Obdachlose hier einquartiert hatten oder Mark zurückkam? Im schlimmsten Fall verbarg sich noch ein Patient in diesem unheimlichen Gemäuer. Ein dicker Kloß steckte in ihrem Hals und obwohl sie nicht an Gespenster glaubte, jagte ein unangenehmer Schauer über ihren Rücken.

Nimm die Beine in die Hand, warnte ihre innere Stimme und Hanna machte auf dem Absatz kehrt. Plötzlich vernahm sie ein leises Schluchzen, das aus einem anderen Kellergang zu kommen schien. Sie verharrte regungslos und wagte sich nicht zu rühren. Am liebsten wäre sie davongestürmt, aber vielleicht war das nur der Wind, der durch die offenen Ritzen heulte.

Mit unsicheren Schritten tastete sie sich voran, bis sie die sich kreuzenden Kellergänge erreicht hatte. Sie wartete einen Moment und horchte, ob sich das Geräusch wiederholte, doch alles blieb still.

Plötzlich streifte ein kalter Hauch ihre Wange und sie schrie leise auf. Inzwischen war ihr egal, was Mark hier getrieben hatte, Zeit für den Rückweg. Sie wollte sich gerade abwenden, als sie wiederholt ein Schluchzen hörte, diesmal in unmittelbarer Nähe. Sie warf alle Einwände über Bord und bog entschlossen in den nächsten Gang. Hier standen rostige Container und Stühle, auf denen sich die Bettpfannen stapelten.

Da sich die Dämmerung allmählich über die Gebäude und ihr Innenleben senkte, schaltete Hanna die Taschenlampenfunktion an ihrem Smartphone ein. Der helle Lichtkegel huschte über die Wände, von denen der Putz großflächig abblätterte. Aufmerksam lauschte sie den Geräuschen und wäre an den Rosen, die auf dem Boden lagen, beinahe vorbeigegangen.

Sie hockte sich auf den Boden, um herauszufinden, warum Mark die Rosen ausgerechnet an dieser Stelle abgelegt hatte, doch sie konnte dieses Rätsel nicht lösen. Anschließend klopfte sie sogar das Mauerwerk ab, aber auch das brachte nicht den ersehnten Erfolg. Ratlos starrte sie auf die Rosen und riss sie sich nur Sekunden später von diesem makabren Anblick los. Sie ahnte, dass mit Mark etwas nicht stimmte, und wollte nur noch weg.

Kopflos stürmte sie davon und irrte ziellos durch die verwinkelten Gänge. Nach einer Weile wurde ihr bewusst, dass sie sich verlaufen hatte, und rannte in Panik zurück. Unglücklicherweise blieb sie mit ihrem Fuß an einem Drahtgeflecht hängen und schlug der Länge nach hin. Schlagartig wurde es dunkel.

KAPITEL 10

Leise stöhnend kam Hanna wieder zu sich. Zwischen ihren Zähnen knirschte es und sie schmeckte Blut. Sie wurde von einer unheilvollen Totenstille umgeben und brauchte einige Augenblicke, um zu begreifen, dass sie sich noch immer in der Klinik befand. Durch die Bretter, die das Kellerfenster verschlossen, schimmerte das Sonnenlicht. Hatte sie etwa die gesamte Nacht hier unten verbracht?

Verwirrt versuchte sie ihre Gedanken zu ordnen. Was hatte Mark hier gewollt? Sie erhob sich schwerfällig und wankte orientierungslos durch den Kellergang, wie nach einer lang durchzechten Nacht. Irgendwann hatte sie den Gang erreicht, der zum Einstieg führte. Sie zwängte sich durch den Spalt nach draußen, verzweifelte fast am hohen Absperrgitter und strauchelte zum Wagen. Ihre Hände zitterten so stark, dass es ihr nicht gelang, den Schlüssel in das Türschloss zu stecken, und sie beschloss, sich ein Taxi zu rufen.

Um die Wartezeit zu verkürzen, setzte sie sich auf den schmalen Grasstreifen an der Zufahrtsstraße, lehnte sich mit dem Rücken an einen Ahornstamm und schloss erschöpft die

Augen. Nach zwanzig Minuten fuhr das Taxi vor und sie stieg schwankend ein.

„Na, junge Frau, wohl zu viel gefeiert?“, fragte der Taxifahrer mit einem Augenzwinkern. „Wer hat Sie denn in dieser gottverlassenen Gegend abgesetzt?“

Hanna murmelte etwas Unverständliches und nannte ihm die Adresse des Forsthauses. Hauptsache nur weg von hier.

„Das wird aber ein teurer Spaß“, brummte er.

Resigniert winkte sie ab. „Fahren Sie einfach los“, antwortete sie knapp. Eigentlich war das nicht ihre Art, aber sie wollte nur noch nach Hause, möglichst ohne große Diskussionen. Um dem Schwindelgefühl Einhalt zu gebieten, öffnete sie das Seitenfenster und ließ sich die kühle Morgenluft ins Gesicht wehen.

~

Nachdem der Taxifahrer sie vor dem Forsthaus abgesetzt hatte, schloss sie mit letzter Kraft die Eingangstür auf. Ophelia sprang freudig an ihr hoch, doch sie wehrte die Hündin ab und ließ sie kurz nach draußen. Sie hatte ein furchtbar schlechtes Gewissen dem Tier gegenüber und wischte im Flur die Hinterlassenschaften weg.

Noch immer kämpfte sie gegen die starke Übelkeit an und verkroch sich nach einer kurzen Dusche im Bett. Aber sobald sie die Augenlider schloss, drehte sich das Zimmer wie ein Karussell und an einen erholsamen Schlaf war nicht zu denken. Seufzend griff sie zum Telefon. Sie wählte die Nummer des im Nachbarort ansässigen Landarztes und bat die Sprechstundenhilfe eindringlich um einen Hausbesuch.

Dieser fuhr nach einer guten halben Stunde mit seinem Wagen vor. Hanna hatte sich bereits die Geschichte von einem Leitersturz zusammengereimt. Der Arzt war ein grauhaariger, sehr vornehm wirkender Herr, der eine leichte

Gehirnerschütterung diagnostizierte. Er legte mit geübten Handgriffen einen Venenzugang für die Infusion, um ihren Kreislauf wieder in Schwung zu bringen.

„Kann eine Gehirnerschütterung auch zu Halluzinationen führen? Ich habe seltsame Geräusche wahrgenommen."

Dr. Wehner nickte bestätigend. „Nach so einem Sturz können Wahrnehmungsstörungen als Begleiterscheinung durchaus dazugehören. Auch das Schwindelgefühl wird Ihnen leider für ein bis zwei Tage erhalten bleiben. Aber danach sollte es wieder bergauf gehen."

Mit einem gewissen Unwohlsein dachte sie an das Schluchzen und den kühlen Hauch auf ihrer Wange. Glücklicherweise gab es dafür jetzt eine Erklärung.

„Lassen Sie es ruhig angehen und schonen Sie sich die nächsten Tage", riet der Arzt und fügte mit leiser Stimme hinzu: „Sie erinnern mich sehr an meine Tochter, die besaß ein ähnliches Talent für prekäre Situationen."

Sein Blick wurde dunkel und er wandte sich hastig ab, um seine Tasche zu packen. Dann verabschiedete er sich und verließ das Forsthaus.

Eine Woge der Erschöpfung überrollte Hanna und noch bevor Dr. Wehner seinen Wagen gestartet hatte, war sie eingeschlafen.

~

Ein lautes Klopfen an der Tür riss Hanna aus ihren Träumen. In ihrem Kopf tobte ein Orkan und Stück für Stück kehrte die Erinnerung zurück. Leise stöhnend schwang sie die Beine aus dem Bett, zog sich den Bademantel über und tappte nach unten.

„Meine Güte, Hanna, du siehst ja schrecklich aus!", rief Sarah besorgt.

„Und genauso fühle ich mich auch. Möchtest du vielleicht reinkommen?“ Hanna machte einen Schritt zur Seite.

„Gern.“ Sarah ging an ihr vorbei und ließ sich im Wohnzimmer in den Sessel fallen. „Und jetzt raus mit der Sprache, was ist passiert?“

„Ich weiß gar nicht, wo ich anfangen soll“, antwortete Hanna.

„Ich habe sehr viel Zeit mitgebracht.“ Sarah nickte ihr aufmunternd zu.

„Du hast sicher schon davon gehört, dass Mark in Gegenwart von Jan die Contenance verloren hat.“

Sarah nickte. „Ja, Jan hat es beiläufig erwähnt.“

„Aber das war noch nicht alles. Gestern habe ich Mark und Alexander in der Stadt gesehen. Die zwei saßen friedlich vereint in einem Bistro.“

„Du willst mich auf den Arm nehmen?“ Sarah musterte sie ungläubig.

„Nein, ganz im Gegenteil. Alexander hat Mark am Ende des Treffens sogar ein Kuvert überreicht.“

„Das ist echt der Hammer. Ob Geld darin war?“

„Da bin ich überfragt. Vielleicht soll er sich von mir fernhalten, wer weiß.“

„Und was ist nach dem Treffen passiert?“ Sarah konnte ihre Neugier kaum zügeln.

„Ich bin Mark gefolgt. In einem Blumengeschäft hat er zwei langstielige Rosen gekauft und ich dachte tatsächlich in meinem jugendlichen Leichtsinn, dass er mir einen Besuch abstatten will. Aber weit gefehlt. Er ist in das stillgelegte Klinikum gefahren und hat dort in einem Kellergang die Rosen abgelegt.“

„Respekt Hanna, für deinen Mut. Ich kann für Mark nach wie vor keine Sympathie hegen und mich würde auch brennend interessieren, warum er die Rosen dort abgelegt hat.“

„Glaube mir, ich habe mich nicht mit Ruhm bekleckert,

ich wollte einfach nur noch weg. Bei meiner überstürzten Flucht bin ich unglücklich gestürzt und habe mir dabei eine leichte Gehirnerschütterung zugezogen."

„Soll ich dich zum Arzt fahren?"

„Nicht nötig, Dr. Wehner war schon hier und hat mich untersucht."

„Er nimmt sich viel Zeit für seine Patienten und hat immer ein offenes Ohr."

„Zum Glück", stimmte Hanna ihr zu.

„Ich bin mir nicht sicher, ob du es schon weißt", erklärte Sarah, „aber er hat vor nicht allzu langer Zeit seine Tochter Katharina verloren, sie ist spurlos verschwunden. Die Großtante hatte ihr ein beträchtliches Vermögen hinterlassen und man munkelt, dass Katharina mit ihrem sonderbaren Liebhaber durchgebrannt sei. Ich habe damals den Artikel über das Verschwinden der Arzttochter geschrieben."

„Oh, das ist natürlich sehr bedauerlich." Hanna dachte an das Gespräch mit dem Arzt zurück und verstand nun, warum er sich so hastig abgewandt hatte.

„Ja, manchmal geht das Schicksal schon seltsame Wege", sagte Sarah. „Aber das Wichtigste ist, dass du wieder auf die Beine kommst. Hast du genug zu essen im Haus oder soll ich für dich einkaufen fahren?"

„Keine Sorge, ich bin für die nächsten Tage versorgt und bis auf ein leichtes Schwindelgefühl ist so weit alles in Ordnung."

„Fein, dann werde ich mich wieder auf den Weg machen. Und denke bitte immer daran, du kannst auf uns zählen und zu jeder Tages- und Nachtzeit anrufen."

„Danke Sarah, das weiß ich sehr zu schätzen. Irgendwann wird es wieder bergauf gehen, da bin ich mir sicher, und in der Zwischenzeit werde ich mich um die Sache mit Mark und Alexander kümmern."

„Gute Idee und halt mich bitte auf dem Laufenden."

„Das werde ich machen."

Die Freundinnen umarmten zum Abschied einander und Hanna brachte Sarah zur Tür. Nachdem Sarahs Wagen hinter der nächsten Kurve verschwunden war, schloss sie die Haustür ab und ging ins Wohnzimmer.

Plötzlich hörte sie ein lautes Scheppern aus dem Stallgebäude und sie erstarrte in ihren Bewegungen. Ihre Schreckhaftigkeit hatte während der letzten Stunden deutlich zugenommen. Ein Blick aus dem Küchenfenster reichte leider nicht aus, um sich Klarheit zu verschaffen. Sie überlegte kurz, der Sache auf den Grund zu gehen, verwarf diesen Gedanken aber wieder. Stattdessen machte sie es sich auf der Couch bequem und war innerhalb weniger Minuten eingeschlafen.

Ein fürchterliches Geheul weckte Hanna und ihr Herz schlug doppelt so schnell. Hektisch sprang sie auf und stöhnte leise, als der Schmerz überhandnahm. Noch auf dem Weg zur Tür wiederholte sich das infernale Kreischen. Benjamin!

Draußen war es inzwischen dunkel geworden und Hanna lief in die Küche, um die Taschenlampe zu holen. Wild entschlossen eilte sie hinüber zum Stall und hoffte, dass dem Kater nichts passiert war. Sie riss die alte Holztür auf und rief in den dunklen Raum: „Lassen Sie sofort meine Katze los!"

Aus der hintersten Ecke drang ein drohendes Fauchen und Hanna lenkte den Strahl der Taschenlampe in diese Richtung. Gelbe eulenartige Augen fixierten sie. Nur wenige Sekunden später stieß der feiste graugetigerte Kater einen kehligen Schrei aus und stürmte an ihr vorbei zur Tür hinaus.

Gut, das hätten wir geklärt, dachte sie und schaute sich

suchend um. Benjamin hockte auf einem der Dachbalken und zitterte wie Espenlaub. Ein blutiges Ohr und eine zerschrammte Nase zeugten von einem ungleichen Kampf. Hanna pflückte den verstörten Kater vom Balken und sprach beruhigend auf ihn ein, während sie zum Haus zurückging. Ophelia lief indes mit gesträubtem Nackenfell aufgeregt vor der Veranda auf und ab. Sie hatte die Nase fest auf den Boden geheftet und wirkte sehr nervös.

„Alles klar, mein Mädchen?", fragte Hanna und wunderte sich über das Verhalten der Hündin. So wie diese sich verhielt, könnte man meinen, dass Mark zurückgekommen sei.

Sie setzte den Kater behutsam auf den Sessel und durchsuchte sicherheitshalber die gesamte Etage. Doch außer ihr und den Vierbeinern befand sich niemand im Haus. Nachdem sie Benjamin eine große Portion Futter in den Napf gefüllt hatte, säuberte sie seine Wunden. Anschließend zog sie sich ins Schlafzimmer zurück, für heute hatte sie wirklich genug.

KAPITEL 11

Hanna war zeitig aufgestanden und saß mit Ophelia im Zug nach Hannover. Die Hündin lag zu ihren Füßen und verschlief größtenteils ihre erste Bahnfahrt. Die sommerliche Landschaft zog am Fenster vorüber, doch Hanna nahm kaum Notiz davon. Das Treffen von Alexander und Mark beschäftigte sie noch immer und sie würde an der Sache dranbleiben.

Am Bahnhof rief sie sich ein Taxi und ließ sich durch die Stadt bis zum stillgelegten Klinikum chauffieren. Als Hanna aus dem Taxi stieg, überfiel sie eine gewisse Unruhe, die sich sofort auf Ophelia übertrug. Die baufälligen Gebäude mit ihren dunklen Fensterhöhlen jagten Hanna auch heute einen Schauer über den Rücken. Wie unheimlich diese Gegend doch wirkte.

„Auf geht's, Ophelia!", rief sie ihrer Hündin zu. Sie hatte geplant, sich auf dem Gelände noch einmal genauer umzusehen, und näherte sich dem Bauzaun. Immer wieder schaute sie sich besorgt um, aber es war weit und breit keine Menschenseele zu sehen. Dann hob sie eines der Gitter aus seiner Betonfassung, sodass sie bequem hindurchschlüpfen konnten. Ophelia folgte ihr brav, blieb aber mehrmals stehen, um Witterung aufzunehmen.

„Es ist alles okay", redete sie beruhigend auf die Hündin ein, obwohl auch sie sich unwohl fühlte.

Sie umrundeten das Gebäude und gelangten in den Innenhof. Hier war es noch schauriger als beim letzten Besuch. Hanna hatte sich damals ausschließlich auf die Suche von Mark konzentriert und kaum einen Blick auf das Gelände geworfen.

Obwohl die Sonne schien, fröstelte Hanna und das Gefühl, wieder beobachtet zu werden, nahm überhand. Sie drehte sich einmal um die eigene Achse und musterte die baufälligen Gebäude aufmerksam. Als es irgendwo im Inneren des Komplexes polterte, zuckte sie erschrocken zusammen, aber auch Ophelia zog drohend die Lefzen hoch und knurrte.

„Wahrscheinlich nur ein Tier", murmelte Hanna und straffte die Schultern.

Mit schnellen Schritten durchquerte sie den Innenhof, um zur Rückseite zu gelangen. Es gab nicht sonderlich viel zu entdecken, der einst so gepflegte Park war verwildert und die Natur holte ihn sich Stück für Stück zurück.

Hanna suchte auch hier nach Spuren, dachte darüber nach, was Mark dazu getrieben haben könnte, auf diesem abgeschiedenen Gelände zwei Rosen niederzulegen. Doch egal wie sehr sie es auch drehte und wendete, ihre Vermutungen ergaben alle keinen Sinn. Nach zwei Stunden brach sie die ergebnislose Suche ab und lief zum Auto zurück. Sie fühlte sich noch immer angeschlagen und wollte es nicht übertreiben.

Den gesamten Rückweg über zog und zerrte Ophelia an der Leine, was völlig untypisch für sie war.

„Schluss jetzt!", befahl Hanna genervt, weil sie es satthatte, dass die Hündin das Tempo bestimmte. Es waren nur noch wenige Meter bis zum Fahrzeug, als Ophelia plötzlich anschlug und sich wie eine Furie aufführte. Hanna beschleunigte ihre Schritte und schaute sich beunruhigt am.

Als sie schließlich vor dem Fahrzeug stand, traf sie der Schlag. Alle vier Reifen waren zerstochen und jemand hatte auf die Frontscheibe das Wort *verschwinde* mit blutroter Farbe gesprüht. Sie kochte innerlich vor Wut und rief die nächste Kfz-Werkstatt an, um den Wagen abschleppen zu lassen.

Es dauerte zwei geschlagene Stunden, bis endlich der Abschleppwagen eintraf, dafür waren der Reifenwechsel und die Reinigung der Frontscheibe innerhalb einer Stunde erledigt. Um einige hundert Euro leichter trat Hanna den Heimweg an. Nach und nach sackte die Erkenntnis, dass sie nicht allein auf dem Klinikgelände gewesen war. Alles deutete darauf hin, dass es sich um einen geplanten Einschüchterungsversuch gehandelt hatte.

Nachdem sie zum Forsthaus zurückgekehrt war, stellte Hanna den Wagen im Stall ab und verschloss die Tür. Sicher ist sicher. Sie versorgte Ophelia mit Futter und frischem Wasser und zog sich anschließend an den Schreibtisch zurück. Es gab nicht den geringsten Zweifel, die Lösung für Marks Verhalten musste in dieser Klinik zu finden sein. Es gab eine tiefere Verbindung zwischen den Männern, das konnte sie deutlich spüren und ihr würde wohl nichts anderes übrig bleiben, als dem alten Gemäuer einen weiteren Besuch abzustatten. Eine schaurige Vorstellung.

Mit gemischten Gefühlen öffnete sie den Laptop und fütterte das Suchportal mit der Adresse der ehemaligen psychiatrischen Klinik. Und siehe da, das Portal spuckte unzählige Informationen aus. Besonders interessant war ein Video. Dort hatten Jugendliche einen zehnminütigen Streifzug durch das verfallene Gemäuer aufgenommen.

Voller Neugier startete Hanna das Video und blickte gebannt auf die mit schauriger Musik untermalten Szenen.

Sie folgte den Bildern der laufenden Kamera und versuchte sich jeden Winkel genau einzuprägen. Im Hauptgebäude benutzten die Teenager eine marode Holztreppe. Sie liefen über den Schutt nach oben und kletterten eine weitere morsche Holztreppe den Dachboden hinauf. Hier und da fehlten die schützenden Dachziegel und die Sonnenstrahlen verbannten die Dunkelheit. Staubflöckchen tanzten im einfallenden Zwielicht. An einigen Stellen war der Boden eingebrochen, meist dort, wo sich das Regenwasser seit Jahren einen Weg ins Innere gebahnt hatte.

Die Kamera schwenkte und gab den Blick auf ausrangiertes Mobiliar frei, eine Reihe schief stehender Aktenschränke. Jemand musste bereits die Akten durchwühlt haben, denn vergilbte Papierfetzen und dünne Ordner verteilten sich über den Boden. Hannas Interesse war sofort geweckt. Mehrmals hintereinander sah sie sich diesen Ausschnitt an und versuchte einen Blick auf die Schränke zu erhaschen. Ob sich wohl die Mühe lohnte, auf den Dachboden zu klettern und in den Akten zu wühlen? Dieser Papierkram ließ ihr einfach keine Ruhe, er zog sie magisch an und sie beschloss, dem verfallenen Klinikum einen weiteren Besuch abzustatten.

Anschließend las sie noch etliche Artikel über die damalige Nutzung. Vor und nach dem Krieg hatten die Gebäude als Krankenhaus gedient und später wurden Patienten mit Persönlichkeitsstörungen behandelt. Es war schon weit nach Mitternacht, als Hanna sich erschöpft zurücklehnte. Rasch markierte sie noch die wichtigsten Seiten und fuhr den Laptop herunter. Bevor sie das Schlafzimmer aufsuchte, ließ sie Ophelia ein letztes Mal ins Freie. Fröstelnd stand sie auf der Veranda und starrte angestrengt in die Dunkelheit. Die unheimliche Silhouette des Waldes zeichnete sich vor dem sternenklaren Himmel ab und was Hanna früher als idyllisch eingestuft hatte, wirkte mit einem Mal bedrohlich. Woher kam nur dieses diffuse Gefühl, ständig unter Strom zu stehen?

Ophelia verhielt sich völlig normal und kehrte schwanzwedelnd zu ihr zurück. Hanna verschloss die Tür und beugte sich zu ihr hinunter. „Was bin ich froh, dich zu haben", flüsterte sie und kraulte die Hündin zärtlich hinter den Ohren.

Am nächsten Morgen fuhr Hanna schweißgebadet aus dem Schlaf. Sie hatte wirres, zusammenhangloses Zeug geträumt und brauchte ein paar Minuten, um sich zu sammeln. Barfuß tappte sie zum offenen Fenster, legte die Arme aufs Fensterbrett und ließ den Blick über die Landschaft schweifen.

Auf den Feldern hatte sich leichter Bodennebel ausgebreitet und am Horizont ging bereits die Sonne auf. Hanna hatte das Gefühl, sogar die Tautropfen in den Spinnennetzen erkennen zu können, so klar und rein war die Luft. Plötzlich blieb ihr Blick an einer Gestalt hängen, die unverwandt zum Haus herüberschaute.

„Hey, was machen Sie da?", rief sie aufgebracht.

Die fremde Person rührte sich jedoch keinen Zentimeter und blieb ihr eine Antwort schuldig. Hanna spürte Wut in sich aufsteigen, denn allmählich reichten ihr diese Spielchen. Sie hastete die Treppe hinunter und griff nach dem Fernglas, einem verstaubten Überbleibsel des Vorbesitzers. Es dauerte jedoch eine Weile, bis sie die richtige Sehschärfe eingestellt und das Fernglas auf die Stelle gerichtet hatte. Doch da war keine Menschenseele weit und breit zu sehen. Hatte sie sich vielleicht getäuscht?

Jetzt wollte sie es genauer wissen. Sie rief Ophelia zu sich, schlüpfte in die Gummistiefel neben der Garderobe, riss die Haustür auf und hetzte den Weg hinunter zum Feld. Das weite Nachthemd flatterte um ihre Waden, während sie mit den locker sitzenden Stiefeln über den Feldweg stolperte. Sie rang keuchend nach Luft, als sie die Stelle erreicht hatte.

Überall war das Gras niedergetrampelt und Ophelia nahm die Witterung am Boden auf. Die Nackenhaare aufgestellt schnellte nun auch ihre Rute nach oben. Sie hatte anscheinend eine Spur aufgenommen und folgte dieser zurück zum Haus. Neugierig schloss sich Hanna der Hündin an. Der Tau von den Gräsern hatte den Saum ihres Nachthemdes durchtränkt und die Nässe rann in das Stiefelinnere. Sie fröstelte.

Innerhalb kürzester Zeit hatten sie die Strecke zurückgelegt und auf der Veranda entdeckte Hanna feuchte Fußabdrücke, die von der Größe her von einem Mann stammen mussten. Verdammt, warum hatte sie in der Eile auch die Haustür offen gelassen.

Sie atmete tief durch und näherte sich zögerlich der Tür. Sie konnte auf keinen Fall unbewaffnet die Zimmer durchsuchen, solange sie nicht wusste, wer ihr da einen Besuch abgestattet hatte. Lautlos huschte sie in die Küche und zog ein Messer aus dem Block. Ophelia knurrte leise und über ihr knarrte eine Diele. Das Herz hämmerte wild in ihrer Brust, als sie das Untergeschoss durchsuchte, doch zum Glück war alles clean.

So geräuschlos wie möglich schlich sie die Treppe hinauf und drückte die Klinke herunter. Dann stieß sie schwungvoll die Tür zum Schlafzimmer auf, aber auch hier herrschte gähnende Leere. Hanna schaute sicherheitshalber unter das Bett und in den Schrank, bevor sie das Kinderzimmer untersuchte. Erleichterung stellte sich ein, aber die grenzenlose Wut war geblieben.

Wer versuchte sie ständig einzuschüchtern? Und vor allen Dingen warum?

Verärgert kickte sie die Stiefel von ihren Füßen, zog das vor Nässe triefende Nachthemd aus und wickelte sich in eine Decke. Die ständige Einsamkeit wurde ihr zu viel, sie fühlte sich alleingelassen. War es ein Fehler gewesen, sich in diese Abgeschiedenheit zurückzuziehen, damit die seelischen Wunden heilen konnten?

KAPITEL 12

Hanna war kein Mensch, der sich unvorbereitet in ein Abenteuer stürzte, und so hatte sie im Sportgeschäft ein Paar robuste Trekkingschuhe, eine wasserabweisende Jacke mit vielen Taschen einen großen Rucksack und ein Seil zu Sicherung erstanden. An der Kasse hatte sie die Zähne fest zusammengebissen, als die Kaufsumme im Display erschienen war. Aber es führte kein Weg daran vorbei, sie wollte unbedingt herausfinden, was Mark und Alexander vor ihr verbargen.

Sie entfernte die Preisschilder ihrer neuen Errungenschaften und packte sorgsam den nagelneuen Rucksack. Bei dieser Aktion durfte nichts schiefgehen und wahrscheinlich wäre es das Beste, wenn sie Sarah über ihren Ausflug informierte. Also wählte sie kurzerhand die Nummer der Redaktion und hatte Glück. Die Freundin war sofort am Apparat.

„Hallo Sarah, schön, dass ich dich erreiche." Ihre Stimme vibrierte leicht, denn sie war unglaublich nervös.

„Schieß los, was hast du auf dem Herzen."

„Wie du dir sicher denken kannst, lässt mir die Sache mit

Mark und Alexander keine Ruhe. Ich möchte der Klinik einen weiteren Besuch abstatten."

„Ist das nicht zu gefährlich, so ganz allein?"

„Ophelia wird mich begleiten und ich werde vorsichtig sein, versprochen. Sollte ich bis zum nächsten Morgen keine Entwarnung geben, dann schicke bitte jemanden dorthin, der nach mir sucht."

„Bist du dir wirklich sicher, dass du das tun möchtest?", fragte Sarah skeptisch. „Dein Trip ist nicht ganz ungefährlich. Was, wenn dich ein herabstürzender Balken oder ein Putzbrocken trifft? Außerdem ist das Betreten des abgesperrten Geländes illegal. Wenn du erwischt wirst, kannst du mit einer Anzeige rechnen und die fällt sicher nicht zugunsten deiner Sorgerechtsverhandlung aus." Sarah versuchte mit allen Mitteln, sie von diesem Vorhaben abzubringen.

„Ich weiß sehr zu schätzen, dass du dir Sorgen machst, aber ich muss der Sache auf den Grund gehen", erwiderte Hanna entschlossen. „Wirst du mir trotzdem helfen?"

„Natürlich helfe ich dir. Aber ich werde keine ruhige Minute finden und auf deinen erlösenden Anruf warten."

„Danke, Sarah, du bist ein Schatz! Drücke mir bitte die Daumen, dass alles klappt."

„Das mache ich doch sowieso", lachte Sarah. „Pass bitte auf dich auf", fügte sie mit ernster Stimme hinzu."

„Das werde ich ..."

Hanna kontrollierte noch einmal den Rucksack und ging in Gedanken den geplanten Besuch der Klinik durch. Der genaue zeitliche Ablauf ließ sich schlecht einschätzen, es konnte Stunden dauern, bis sie fündig wurde. Auch falls sie Hunger oder Durst verspürte, wollte sie gewappnet sein. Anschließend überprüfte sie bestimmt zum fünften Male die Taschenlampe auf ihre Funktionstüchtigkeit und legte sicherheitshalber noch ein rostiges Stemmeisen in den

Kofferraum. Man konnte schließlich nie wissen, was einen tatsächlich erwartete. Zufrieden betrachtete Hanna das Equipment. Wäre doch gelacht, wenn es ihr nicht gelingen würde, das Geheimnis der Männer zu lüften.

Der Wecker riss Hanna ohne Erbarmen um halb vier aus ihren Träumen. Verschlafen streifte sie sich die Kleidung über und lief in die Küche, um das Frühstück vorzubereiten. Ophelia bekam nur eine geringe Menge ihres Futters, damit sie während des Ausfluges nicht zu träge wurde.

Auch Hanna zwang sich einen Happen zu essen und spülte den trockenen Toast mit zwei Tassen Kaffee hinunter. Sie wollte wach und aufnahmebereit bleiben, damit alles wie am Schnürchen lief.

Auf dem Weg zum Auto warf sie mehrmals einen besorgten Blick über ihre Schulter, aber im diffusen Licht der Morgendämmerung konnte sie kaum etwas erkennen. Während der Fahrt verflüchtigten sich die Nebelschwaden über den Feldern, es würde ein klarer und sonniger Tag werden. Wie rein und unberührt die Natur doch an solch einem Morgen wirkte.

Sie trat das Gaspedal durch und hoffte, noch vor dem Berufsverkehr das Klinikgelände zu erreichen. Ihre Nervosität steigerte sich mit jedem zurückgelegten Kilometer und erst als das Klinikgelände vor ihr auftauchte, atmete sie durch.

Wie schon zuvor steuerte sie den Wagen über den holprigen Weg direkt in das Wäldchen. Diesmal fuhr sie noch ein Stückchen tiefer hinein und parkte das Auto, vor fremden Blicken geschützt, hinter hohen Wacholderbüschen. Sie zerrte den Rucksack aus dem Kofferraum und leinte Ophelia an. Flink bahnte sie sich einen Weg durch das Gestrüpp, bis sie den Bauzaun erreicht hatte.

Zögernd stand sie vor dem Gebäude und schaute empor. Der zugemauerte Haupteingang wirkte wie ein überdimensionales Maul und die dunklen Fensterhöhlen starrten bedrohlich auf sie herab. Ein Schauer jagte über ihren Rücken und sie vermeinte sogar, die hysterischen Schreie der ehemaligen Patienten zu hören.

Es erforderte ihren ganzen Mut, sich der Situation zu stellen, und schlagartig fielen ihr Sarahs Warnungen wieder ein. Doch irgendetwas zog sie wie ein Magnet direkt in das Gebäude, so als wäre dort die Wahrheit spielend leicht zu finden.

Sie öffnete den Zaun und schlüpfte mit Ophelia durch den schmalen Spalt. Der Kies knirschte unter ihren Füßen, als sie das Gebäude umrundete und nach einem geeigneten Eingang Ausschau hielt. Das schmale Kellerfenster kam schon wegen Ophelia nicht infrage. Nur wenig später hatte sie einen Nebeneingang entdeckt und setzte geschickt das Stemmeisen an. Mit nur wenigen Bewegungen löste sie das Brett. Skeptisch blickte sie durch die Öffnung und stellte fest, dass sich dahinter eine intakte Tür verbarg. Was nun? Sollte sie es woanders versuchen oder noch ein weiteres Brett entfernen, um auf eine Schwachstelle der Holztür zu hoffen?

Sie entschied, das Brett herauszuhebeln, was ihr einiges an Anstrengungen abverlangte. Die rostigen Nägel waren durch ihre raue Oberfläche fest mit dem Holzrahmen der Tür verbunden. Nach ungefähr zehn Minuten hatte sie es geschafft. Jetzt setzte sie das Stemmeisen direkt am Rahmen an und fiel beinahe in den Flur, als die Tür nach innen aufsprang. Diese hatte nur geklemmt und war durch die fehlende Pflege und den ständigen Witterungswechsel völlig verzogen.

Hanna rief Ophelia, die sich auf die sonnige Seite des Innenhofes verzogen hatte und im hohen Gras döste. Mit wenig Begeisterung trabte sie heran.

„Jetzt komm schon", ermunterte sie die Hündin und betrat das Gebäude. Muffig feuchte Luft schlug ihr entgegen und sie ließ den Blick neugierig durch den Flur schweifen. Dann nahm sie ein Stück Kreide aus der Seitentasche des Rucksacks und begann, die einzelnen Türen mit Kreuzen zu markieren, um sich in dem weitläufigen Komplex nicht zu verlaufen.

Ophelia lief voraus, die Nase fest auf den Boden geheftet. Aufgeregt schnüffelte sie zwischen dem Schutt und verfolgte anscheinend die Spuren von Ratten und Mäusen. Hanna warf einen liebevollen Blick auf ihre vierbeinige Mitbewohnerin. Nicht eine Sekunde lang hatte sie bereut, die Hündin in ihr Leben geholt zu haben. Ophelia verlieh ihr die nötige Sicherheit, und nicht nur in Situationen wie diesen.

Um zum Haupteingang zu gelangen, musste Hanna nach rechts abbiegen. Erst von dort aus konnten sie die Treppe erklimmen, die hinauf zum Dachboden führte. Die Taschenlampe blieb im Rucksack, denn die ersten Sonnenstrahlen eroberten das Innere des Gebäudes und tauchten es in ein schummriges Licht. In den oberen Stockwerken, wo die Fenster nicht mit Brettern verschlossen waren, würden die langen Gänge sicher weniger beklemmend wirken.

Inzwischen hatten sie den Eingangsbereich erreicht. Die Wände waren mit bunten Graffitis beschmiert und am ehemals mächtigen Tresen aus Eichenholz hatte jemand rohe Kräfte walten lassen. Auch vor dem kunstvoll gedrechselten Holzgeländer hatte der Vandalismus keinen Halt gemacht, einzelne Sprossen fehlten. Selbst die elegante Kassettenvertäfelung an den Wänden war nicht verschont geblieben und große Löcher klafften im dunklen Holz.

Hanna blieb einen Moment stehen, um die Umgebung

auf sich wirken zu lassen. Schade, dass der Verfall so um sich griff. Dann warf sie einen ernüchternden Blick die fünf Stockwerke hinauf, die Treppe war ihr alles andere als geheuer. Sie würde ganz dicht an der Wand die Stufen erklimmen und auf keinen Fall nach unten schauen.

Sie wischte sich den Angstschweiß von der Stirn und atmete noch einmal tief durch, bevor sie sich in Bewegung setzte. Die betagte Treppe ächzte unter dem Gewicht und die Trittflächen bogen sich besorgniserregend. Auch im Inneren des Hauses hatte sich die Feuchtigkeit ausgebreitet und großen Schaden angerichtet.

Hanna wippte vorsichtig auf und ab, aber die Treppe schien zu halten. Bis auf die einzelnen Trittflächen wackelte nichts. Sie ließ sich mit dem Aufstieg Zeit, nur Ophelia lief leichtfüßig voraus. Als sie den vierten Stock erreichte, war sie ganz schön außer Puste, und beschloss, eine kurze Pause einzulegen.

Sie bog in den linken Flügel, um nach einem geeigneten Platz zu suchen. Die Sonne erhellte die ehemaligen Krankenzimmer und nahm den Räumen jegliche Düsternis. Auch hier zierten hässliche Graffitis die Wände und vor den Fensterfronten lagen überall die Scherben der zersplitterten Scheiben. Hanna wählte ein Zimmer aus, in dem sich noch ein rostiges Bett auf Rollen und ein ebenso rostiger Nachtschrank befanden. Während ihr Blick durch den fast kahlen Raum wanderte, meinte sie, in der Ferne ein Motorengeräusch zu hören. War ihr eigenmächtiges Eindringen vielleicht nicht unbemerkt geblieben?

Sofort ging sie in die Hocke, aus Angst, man könnte sie im Zimmer erkennen. Geduckt schlich sie zum Fenster und zog sich am Sims hoch. Vorsichtig spähte sie nach unten und glaubte, das Motorengeräusch ganz deutlich zu hören. Leider verdeckten die dichten Baumkronen die Sicht. Kurz drauf herrschte wieder Stille und Hanna fragte sich, ob dort unten am Straßenrand eine Motorhaube in der Sonne glänzte.

Ihr Herz schlug einen Trommelwirbel und sie wartete gespannt darauf, wer sich wohl dem Bauzaun näherte. Doch da war niemand zu sehen. Wahrscheinlich hatte sie sich doch getäuscht. Sie setzte sich auf das rostige Bettgestell und trank einige Schlucke aus ihrer Wasserflasche. Ophelia bot sie ebenfalls ein paar Tropfen an. Sie kraulte die Hündin liebevoll hinter den Ohren und spürte, wie sich ihr Pulsschlag allmählich beruhigte.

Jetzt war sie bereit für Phase zwei und stieg jeden Schritt genau abwägend weiter die Treppe nach oben. Die Höhenangst machte ihr wiederholt zu schaffen und sie wagte nicht, einen Blick auf die unteren Etagen zu riskieren. Das Motorengeräusch ließ ihr nach wie vor keine Ruhe und sie nahm sich vor, auf Nummer sicher zu gehen. Vom obersten Stockwerk aus würde sie garantiert eine bessere Sicht haben.

Sie atmete befreit auf, als sie das letzte Stockwerk erreicht hatte. Hier oben pfiff der Wind durch die Ritzen und obwohl die Sonne schien, war es zugig und kalt. Hanna stellte den Rucksack ab und machte sich auf die Suche nach einem Raum, der ihr einen besseren Überblick auf die Zufahrtsstraße bot. Die ersten Zimmertüren waren verschlossen, aber ein paar Meter weiter hatte sie mehr Glück. Dort lag die zertrümmerte Tür direkt vor dem Eingang des Raumes. Sie kletterte über das kaputte Türblatt und huschte zum Fenster.

Was für ein Pech, auch hier verdeckten die Bäume die Sicht. Sie eilte über den Flur zurück ins Treppenhaus, bog in den Westflügel und öffnete die erste Tür. Irgendetwas schoss auf sie zu und sie fuchtelte wild mit den Händen, um sich zu schützen. Staub und Schmutz wirbelten durch die Luft und sie hatte das Gefühl, einer Ohnmacht nahe zu sein. Ihr Puls raste und sie rief verzweifelt nach Ophelia. Erst als der Kopf der Hündin neben ihr auftauchte, beruhigte sie sich.

Um sie herum flatterte und gurrte es. Die aufgescheuchten Tauben versuchten ihre junge Brut zu schützen, flogen immer wieder in Hannas Richtung und attackierten sie. Die Vögel hatten die offenen Regalfächer eines Schrankes genutzt und dort ihre Nester gebaut. Die offenen Fenster boten den Tauben zahlreiche Möglichkeiten, um sich hier anzusiedeln und in aller Ruhe zu brüten. Durch Hannas Ruhestörung waren sie jedoch völlig aus dem Häuschen.

Kopfschüttelnd trat sie den Rückzug an, zog die Tür behutsam ins Schloss und überließ den Tauben das Revier. Ihre Nerven waren zum Zerreißen gespannt, kein Wunder, dass sie so überreagiert hatte. Im Flur lehnte sie sich mit dem Rücken an die Wand, schloss für einen kurzen Moment die Augen, um tief durchzuatmen. Dann schulterte sie den Rucksack und suchte nach der steilen Treppe, die hinauf zum Dachboden führte. Orientierungslos irrte sie durch das Obergeschoss und konnte sich beim besten Willen nicht mehr an die Details aus dem Video erinnern.

Nach einer halben Stunde vergeudete Zeit wurde ihre Suche endlich von Erfolg gekrönt. Hinter einer großen Flügeltür verborgen befand sich ein schmales Treppenhaus, das direkt zum Dachboden führte. Hanna prüfte die wackelige Konstruktion der offenen Treppe und ihr war keineswegs wohl zumute, zwischen den Stufen nach unten blicken zu können. Auch Ophelia scheute sich und erst als Hanna ihr das Schinkenbrot unter die Nase hielt, folgte sie ihr willig. Oben angekommen, lobte sie die Hündin und überließ ihr das belegte Brot.

Der Dachboden wirkte genauso unheimlich wie der Rest des Gebäudes und der Wind fegte gespenstisch heulend zwischen den Dachsparren hindurch. Hanna zog fröstelnd die Schultern hoch und schaute sich suchend um. Wind und

Wetter hatten dem Speicher stark zugesetzt, überall klafften Löcher. Im hinteren Bereich entdeckte Hanna die Aktenschränke und sie bahnte sich vorsichtig einen Weg. Mit Argusaugen achtete sie dabei auf die Farbe des Holzes. Die Angst, in den Boden einzubrechen und sich dabei gefährlich zu verletzen, war ihr ständiger Begleiter.

Überall lagen verrottende Kartons, Taubenkot und Schutt. Hannas Blick wanderte über den Unrat und ihr Herzschlag setzte für eine Schrecksekunde aus. Drei schemenhafte Gestalten hockten im Dämmerlicht unter der Dachschräge verborgen. Warum hatte Ophelia nicht angeschlagen? Die Hündin saß seelenruhig unter einem größeren Loch des schadhaften Daches und ließ sich von der wärmenden Sonne bescheinen.

„Hallo? Ist da jemand?“

Ihr Ruf verhallte unbeantwortet und sie näherte sich der Dachschräge. Noch immer konnte sie nichts Genaueres erkennen und befürchtete das Schlimmste. Sie balancierte über zerborstene Dachziegel und zerfledderte Matratzen und war nur noch wenige Schritte entfernt. Jetzt sah sie, dass es sich um alte Leinensäcke handelte, und in Gedanken malte sie sich die grauenhaftesten Horrorszenarien aus: Ein Torso, dem Arme und Beine fehlten, oder abgetrennte Köpfe.

Mit zitternden Händen riss sie am verwitterten Gewebe, das den Blick auf fleckiges Bettzeug freigab und ihr befreites Lachen schallte über den Speicher. Die drei Gestalten waren im wahrsten Sinne des Wortes alte Säcke, die keiner Fliege mehr etwas zuleide taten. Aber jetzt sollte sie sich lieber um die Dinge kümmern, wegen der sie hergekommen war.

Die Aktenschränke hatten unter den Witterungseinflüssen gelitten und die Kennzeichnung der Schubladen war kaum noch zu erkennen. Hanna musste teilweise das Stemmeisen ansetzen, um die klemmenden Schubladen öffnen zu können.

Auch deren Inhalt war stark in Mitleidenschaft gezogen worden. Durch die hohe Luftfeuchtigkeit klebten die Papiere aneinander und Hanna musste sehr vorsichtig zu Werke gehen. Sie war gerade in die Suche nach dem Buchstaben C vertieft, als ein entferntes Poltern sie erschrocken aufhorchen ließ. Aus welchem Stockwerk war dieses Geräusch gekommen? Beunruhigt blickte sie zu Ophelia, die ihre Ohren gespitzt und den Kopf zur Treppe gerichtet hatte. Das Poltern war also keine Einbildung gewesen.

Mit einem Handzeichen forderte sie die Hündin auf, an Ort und Stelle zu verharren. Ophelia legte sich neben den Aktenschrank und blieb brav in dieser Position. Hanna schlich zurück und huschte lautlos die Bodentreppe hinunter. Die Angst schnürte ihr die Kehle zu, dass der knirschende Schutt unter den Füßen ihre Anwesenheit verraten könnte.

Kurz darauf hörte sie deutlich das Knarzen der Treppenstufen im unteren Bereich. Sie fasste sich ans Herz und schaute in den Treppenschacht. Sie entdeckte eine Hand auf dem Geländer, die sich kontinuierlich nach oben bewegte. Verdammt, das hatte ihr gerade noch gefehlt. Sie durfte sich auf keinen Fall erwischen lassen, sonst hatte sie eine Anzeige wegen Hausfriedensbruch am Hals.

Wie festgefroren stand sie da, bis sie sich endlich aus ihrer Starre löste. Panikartig stürmte sie davon und eilte die steile Treppe hinauf. Mit brachialer Gewalt hebelte sie die Schublade auf und entnahm die Akten CL - CM. Einige Blätter wirbelten auf den Fußboden, die sie gehetzt zusammenraffte und in den Rucksack stopfte.

Die Treppenstufen zum obersten Geschoss ächzten bereits unter dem Gewicht der fremden Person und ihr wurde bewusst, dass sie nach einem anderen Rückweg Ausschau halten musste. Hinter ihr befand sich ein Schornstein und genau daneben klaffte ein großes Loch im Fußboden. Ihre Rettung!

Hektisch riss sie die Seitentasche des Rucksackes auf, schlang das Seil um den Schornstein und ließ das Ende in den darunterliegenden Raum baumeln. Mehr schlecht als recht seilte sie sich ab und schürfte sie sich dabei die Handflächen auf. Adrenalin pulsierte durch ihre Adern und sie nahm den Schmerz der blutenden Hände kaum wahr. Sie musste Ophelia auf Gedeih und Verderb zu diesem gewagten Sprung animieren.

Sie schob ein altes Bettgestell unter die Öffnung und wuchtete eine zerschlissene Matratze darauf. Dann erteilte sie der Hündin das Kommando: „Spring!“

Ophelia stand jedoch winselnd am oberen Rand und konnte sich nicht zu diesem Sprung überwinden. Hanna vernahm deutlich die sich nähernden Schritte. In wenigen Sekunden würden die Umrisse einer fremden Person am Deckendurchbruch auftauchen und auf diese Konfrontation konnte sie getrost verzichten.

Sie mobilisierte ihre Kraftreserven und zerrte schweißüberströmt einen alten Bettcontainer heran. Dann hob sie das Bett auf einer Seite an, um es auf den Container stellen. Erneut ermunterte sie Ophelia zu einem Sprung. Die Hündin umrundete noch einige Male die Öffnung und sprang tatsächlich wenige Sekunden später.

Hanna lobte Ophelia und eilte zur Tür, die sich problemlos öffnen ließ. Dann jagte sie in einem rasanten Tempo die Treppe hinunter. Im Erdgeschoß fand sie auf Anhieb die Kreidemarkierungen und schlug den richtigen Weg ein. Sie durchquerten den endlos langen Flur, bis sie endlich den Ausgang erreicht hatten.

Panik machte sich breit, als sie spürte, wie ihre Kräfte schwanden und sie langsamer wurde. Die Ressourcen schienen aufgebraucht. Kaum war sie an der rettenden Tür nach draußen angekommen, schlüpfte sie hindurch und zog wieder das Tempo an. Während sie lief, schaute sie sich hastig um und entdeckte einen dunkel gekleideten Mann, der sich ebenfalls durch die Türöffnung gezwängt und an ihre Fersen geheftet hatte. Das würde verdammt knapp werden! Schon jetzt war sie völlig ausgelaugt und der Rucksack lastete schwer auf ihren Schultern.

Plötzlich drehte Ophelia ab und attackierte den vermummten Mann. Mehrmals sprang sie an ihm hoch und versuchte ihn zu beißen. Dabei wich sie äußerst geschickt seinen zahlreichen Tritten und Hieben aus. Anschließend umkreiste sie ihn, sodass ein Vorwärtskommen für ihn nahezu möglich war.

Hanna befand sich in einem emotionalen Zwiespalt und entschied aus dem Bauch heraus, einfach weiterzulaufen. Das würde eine dicke Anzeige und einen Wesenstest für die Hündin geben, wenn sie dieser brenzligen Situation nicht bald entkamen.

Endlich hatte sie den Zaun erreicht und warf einen besorgten Blick zurück. Ophelia hatte von dem Mann abgelassen und war bereits dicht hinter ihr. Hanna wartete, bis die Hündin durch den Zaun geschlüpft war, setzte das Stemmeisen an und verschloss die Lücke. Der Verfolger musste nun über den Zaun klettern und sie gewann dadurch kostbare Zeit.

Sie mobilisierte die letzten Kraftreserven und hetzte durch das Wäldchen. Zweige peitschten ihr ins Gesicht und ein Ast schrammte das Knie. Sie stöhnte schmerzvoll auf, jagte aber weiter. Der Schweiß rann ihr in Sturzbächen den Rücken herunter und sie rang keuchend nach Luft. Jetzt rächte sich bitter, dass sie ihr Versprechen, endlich mehr Sport zu treiben, einfach in den Wind geschlagen hatte. Aber die Hoffnung starb bekanntlich zuletzt.

Endlich stand sie vor dem Wagen und jetzt war Eile angesagt. Nervös durchsuchte sie die Jackentaschen, bis sie endlich den Schlüssel zu fassen bekam. Ihre Hände zitterten vor Anstrengung so sehr, dass sie mehrmals am Türschloss vorbeischrammte und zwei hässliche Kratzer im Lack hinterließ. Doch dann hatte sie es geschafft. Sie warf den Rucksack auf den Beifahrersitz und hob Ophelia kurzerhand auf die Rückbank. Die Hündin warf ihr einen verdutzten Blick zu, war sie es doch gewohnt, in der gemütlichen Transportbox samt Kuscheltier und flauschiger Decke zu residieren.

Zügig startete Hanna den Motor und trat aufs Gas. Die Räder drehten kurz durch, dann fuhr der Wagen zurück auf die Straße, wo Hanna das Gaspedal durchtrat und mit quietschenden Reifen davonjagte. Als die ersten Wohnhäuser vor ihr auftauchten, schickte sie ein Stoßgebet zum Himmel.

Was für eine grandiose Erfindung Autos doch waren, dachte sie und kuschelte sich behaglich in den Sitz. Immer wieder blickte sie in den Rückspiegel und war heilfroh, dass niemand sie verfolgte. An der nächsten Ampel fiel ein Großteil der Anspannung von ihr ab und sie wähnte sich in Sicherheit.

„Du bist unbezahlbar“, lobte sie Ophelia und es erfüllte sie mit Stolz, die Besitzerin dieses kraftvollen und intelligenten Tieres zu sein.

KAPITEL 13

Erleichtert bog Hanna auf den Hof und konnte es kaum erwarten, die Unterlagen zu sichten. Womit sie allerdings nicht gerechnet hatte, war Marks Wagen, den er in der Einfahrt abgestellt hatte. Was wollte er denn ausgerechnet jetzt von ihr? Hastig angelte sie die Decke vom Rücksitz und warf sie über den Rucksack.

Sie parkte neben seinem Wagen und nachdem sie ausgestiegen war, legte sie Ophelia sicherheitshalber an die Leine. Das war auch gut so. Die Hündin gebärdete sich wie wild und versuchte immer wieder, nach ihm zu schnappen.

„Hallo, was machst du denn hier?“, begrüßte Hanna ihn verwundert.

Er sah verschwitzt und abgekämpft aus und nur sein blütenweißes, frisch duftendes Shirt hielt Hanna davon ab, ihn für den Verfolger zu halten.

„Du hattest mir auf die Mailbox gesprochen, ich dachte, es sei wichtig“, erwiderte er.

„Aber das ist doch schon ein paar Tage her. Du hättest doch auch anrufen können.“

„Ich war gerade in der Gegend“, lautete seine knappe Antwort.

Sein plötzliches Auftauchen brachte sie völlig aus dem Konzept. Die Angst, dass er die Akten entdecken könnte, saß ihr im Nacken, und sie beschlich das ungute Gefühl, dass er ganz genau wusste, was hinter ihrer Stirn vor sich ging.

Er erhob sich und machte einen Schritt auf sie zu. „Willst du mich nicht hereinbitten? Ich habe schon eine ganze Weile auf dich gewartet.“

Dass dieser Satz nicht der Wahrheit entsprach, wusste sie nur zu gut. Im Vorbeigehen hatte sie deutlich die Hitze des Motorblocks gespürt, er musste erst kurz vor ihr angekommen sein. Aber jetzt wollte sie ihn nur weit weg von ihrem Auto und den Papieren wissen und bat ihn ins Haus. Sie lotste ihn in die Küche, kochte Kaffee und stellte die Tassen auf den Tisch. Dann entschuldigte sie sich.

„Ich möchte mich kurz frisch machen und umziehen, wenn du nichts dagegen hast. Bin gleich wieder da.“

Sie rief Ophelia zu sich und verschwand im Badezimmer, wo sie ihr Gesicht mit kaltem Wasser kühlte. Anschließend lief sie nach oben. Während sie sich umzog, dachte sie über sein plötzliches Auftauchen nach. Er musste Lunte gerochen haben und durfte auf keinen Fall herausfinden, wo sie sich herumgetrieben hatte. Sie schloss Ophelia im Schlafzimmer ein und ging wieder nach unten, um sich zu Mark an den Tisch zu setzen.

„Wo warst du eigentlich?“, fragte er und griff mit einem misstrauischen Blick nach ihrem Handgelenk. „Das sieht ganz schön übel aus. Woher stammen die Wunden?“

Sanft entzog sie ihm die Hand. „Ich bin beim Wandern einen Abhang hinuntergerutscht und als ich mich festhalten wollte, habe ich mir die Handflächen aufgeschürft“, tischte sie ihm die Notlüge auf.

„Ah ja?“

Er musterte sie abschätzend und sie schaute zur Seite. Sein forschender Blick war ihr unangenehm und sie dachte fieberhaft darüber nach, auf welchem Weg sie schnellstens die Akten in Sicherheit bringen könnte.

Mark erhob sich, ging um den Tisch herum und begann sanft ihre Schultern zu massieren. Wehmütig erinnerte sie sich, was für magische Hände er doch besaß und erschauderte unter seinen Berührungen. Doch seit sie Mark und Alexander im Bistro entdeckt hatte, lag es außerhalb ihrer Vorstellungskraft, wieder Nähe zuzulassen, weder körperliche noch seelische. Mark legte ein unkalkulierbares Verhalten an den Tag und seine Charakterzüge waren ihr fremdgeblieben.

Während die Gedanken hinter ihrer Stirn kreisten, fiel ihr siedend heiß ein, dass sie Sarah noch keine Entwarnung gegeben hatte. Am liebsten wäre sie sitzen geblieben und hätte sich der entspannenden Massage hingegeben, aber sie musste nicht nur den Anruf tätigen, sondern auch die Akten in Sicherheit bringen. Vielleicht ergab sich später noch eine günstige Gelegenheit, um die Daten auf Marks Smartphone zu checken. Sie rechnete fest damit, dort Alexanders Nummer vorzufinden.

„Ich könnte hier ewig sitzen und die Massage genießen, aber ich muss los. Der Arzt soll fix einen Blick auf meine Hände werfen."

„Und was ist mit mir? Soll ich wieder fahren?"

Hanna überlegte kurz. Wenn sie ihn wegschickte, kam sie nicht an die Daten seines Handys.

„Du kannst gern bleiben. Aber lass die Hündin bitte oben im Zimmer, sie reagiert immer noch sehr allergisch auf dich."

„Auf die Zweisamkeit mit diesem Fellmonster kann ich getrost verzichten", antwortete er mit spöttisch verzogenen Mundwinkeln.

Sofort meldete sich wieder ihr schlechtes Gewissen

zu Wort. War es richtig, Ophelia mit ihm allein zu lassen? Wiederum befand sich ihr Laptop im Schlafzimmer, auf dem sie die Unterlagen für den Ausflug gespeichert hatte. Dort oben waren sie sicher, denn die Hündin würde Mark garantiert nicht in das Zimmer lassen.

„Ich springe schnell unter die Dusche und falls du Hunger hast, der Kühlschrank ist gut gefüllt."

„Danke. Aber wäre es nicht besser, wenn ich dich zum Arzt fahre? Deine Hände müssen doch höllisch wehtun?"

„Ach was, ich bin doch nicht aus Zucker." Sie lächelte ihn an.

„Kein Problem, ich fahre gern", drängte Mark.

Seine Hartnäckigkeit hatte ihr gerade noch gefehlt. Ahnte er bereits, welch brisante Fracht sich auf dem Beifahrersitz ihres Wagens verbarg?

„Lass gut sein, Mark. Der Tag war anstrengend genug und das Wartezimmer ist mit Sicherheit überfüllt."

Mit diesen Worten wandte sie sich ab und suchte das Badezimmer auf. Sie streifte Reinigungshandschuhe über ihre Hände, damit die Seife nicht auf die abgeschürften Handflächen traf. Das warme Wasser löste einen Teil der Verspannungen im Nackenbereich und schon nach kurzer Zeit fühlte sie sich wie neugeboren. Hastig schlüpfte sie in saubere Kleidung, steckte Handy und Versichertenkarte in die Tasche und verabschiedete sich von Mark, der ihr einen argwöhnischen Blick zuwarf.

Sie glitt hinter das Steuer und fuhr auf dem schnellsten Wege zur Praxis. Nachdem sie den Wagen auf dem Parkplatz abgestellt hatte, rief sie Sarah an.

„Hallo Sarah, ich bin wieder zurück."

„Endlich, ich habe deinen erlösenden Anruf schon sehnsüchtig erwartet."

„Entschuldige, aber Mark ist überraschend aufgetaucht."

„Kein Problem, Hauptsache, du bist wohlbehalten zurück."

„Ich habe eine Bitte an dich: Dürfte ich nach dem Arztbesuch bei euch vorbeikommen?"

„Hanna, was ist passiert? Hattest du einen Unfall?"

„Nein, alles nur halb so wild, ich habe mir nur die Handflächen aufgeschürft. Aber ob du es glaubst oder nicht, ich habe tatsächlich Patientenakten gefunden. Und damit Mark die Papiere nicht in die Finger bekommt, wollte ich dich fragen, ob ich die Akten solange bei euch deponieren kann?"

„Selbstverständlich. Aber wäre es nicht besser, wenn du ihn wieder wegschickst?"

„Ich möchte unbedingt die Daten seines Handys checken. Ohne Lara ist das Leben sinnlos und ich will endlich wissen, was die beiden Männer hinter meinem Rücken treiben."

„Pass bitte auf, dass er dich nicht erwischt, ich habe bei diesem Mann kein gutes Gefühl."

„Keine Sorge, ich werde vorsichtig sein."

Nur wenige Minuten später lehnte Hanna am Tresen in der Arztpraxis und seufzte beim Anblick der vielen Patienten, die das Wartezimmer bevölkerten. Das würde dauern.

„Hallo Sarah. Danke, dass ich euch so spontan überfallen durfte."

„Komm rein und setz dich zu uns an den Tisch."

Hanna durchflutete ein warmes Gefühl, von Menschen umgeben zu sein, die ihr Rückhalt boten und sie unterstützten. Sie übergab Carsten, Sarahs Mann, den Autoschlüssel, damit er den schweren Rucksack aus dem Auto holte.

„Ich bin so froh, dass ich auf euch zählen kann. Vielleicht ist es besser, wenn ihr den Rucksack sicherheitshalber versteckt, man weiß ja nie. Ich will auf keinen Fall, dass

Mark die Akten in die Hände bekommt, und befürchte sowieso schon, dass er etwas ahnt."

„Aber Zeit für einen starken Kaffee hast du sicher noch, vorher lassen wir dich nicht fahren."

„Na gut, wenn du darauf bestehst ..."

Hanna lächelte müde und setzte sich zu ihnen an den Tisch. Der starke Kaffee belebte ihren Geist und verdrängte die bleierne Müdigkeit. Außerdem tat es gut, sich die Erlebnisse des Tages von der Seele zu reden.

Anschließend verabschiedete sie sich von Sarah mit einer innigen Umarmung.

„Es ist einfach großartig, wie du mir immer wieder den Rücken stärkst, dafür bin ich dir von Herzen dankbar. Und irgendwann kommt der Tag, an dem ich mich dafür revanchiere." Gerührt blinzelte sie ein paar Tränen weg.

„Es ist alles gut, ich bin gern für dich da", versicherte Sarah und Hanna trat erleichtert den Heimweg an. Die Akten waren in Sicherheit und sie konnte sich nun voll und ganz auf Mark konzentrieren.

Sie trat das Gaspedal durch und jagte über die Landstraßen. Die beginnende Dämmerung tauchte die Landschaft in ein diffuses Licht und als sie auf den Hof bog, lag das Forsthaus bereits im Halbdunkel vor ihr. Nirgends fiel ein Lichtschein durch die Fenster und auch von Marks Wagen fehlte jede Spur. Beunruhigt stieg sie aus und lief mit schnellen Schritten zum Haus. Oben aus dem Schlafzimmer klang das dumpfe Bellen von Ophelia und Hanna fragte sich, wieso Mark ohne ein Wort des Abschieds gefahren war.

Am Waldrand knackte ein vertrockneter Ast und sie zuckte erschrocken zusammen. Aufmerksam suchte sie die Umgebung ab, doch es war leider schon zu dunkel, um Genaueres zu erkennen. Sie wandte sich ab und fischte den Schlüssel aus der Tasche. Das leise Rascheln von Laub ließ sie erneut herumfahren und sie konnte deutlich die Anwesenheit einer weiteren Person spüren. Zögerlich machte sie einen Schritt in Richtung Waldrand.

„Mark, bist du das?“

Die Stille wirkte mit einem Mal bedrohlich und als erneut ein Zweig knackte, machte sie kehrt und rannte die letzten Meter zum Haus zurück. Auf der Veranda glitt ihr das Schlüsselbund aus der Hand und sie kroch auf allen vieren über den Holzboden, um es zu suchen. Sie konnte bereits das leise Scharren der Schritte vernehmen, als sie endlich die Schlüssel zu fassen bekam. Im Eiltempo schloss sie die Eingangstür auf und stürzte ins Innere des Hauses. Endlich in Sicherheit.

Sie lief sofort nach oben, um Ophelia zu erlösen. Dann unterzog sie jedes Zimmer einer genauen Musterung, weil sie die Befürchtung hegte, dass Mark in ihren Sachen gewühlt haben könnte. Doch alles war noch an seinem Platz und es fehlte nichts. Sie ärgerte sich über die vertane Chance, seine Handydaten zu durchforsten. Wieder einmal blieben ihre Fragen unbeantwortet und die Zweifel häuften sich.

Hatte Mark von Anfang an mit falschen Karten gespielt? Wer waren seine Eltern? Hatte er Geschwister? Wo war er aufgewachsen? Und wie viele Frauen hatte es vor ihr gegeben?

„Schluss jetzt“, rief sie energisch, um den Fluss ihrer Gedanken zu stoppen. Es wurde Zeit, dass sie sich Ruhe gönnte, um alles zu verarbeiten.

~

Am späten Vormittag kämpfte sich Hanna aus dem Bett und ließ Ophelia nach draußen. Der Blick zum Himmel verhieß nichts Gutes, inzwischen hatten sich die Wolken zu einer grauen Front zusammengeballt.

Sie ging in die Küche, um das Frühstück zuzubereiten.

Während sie das Rührei in der Pfanne wendete, wählte sie Marks Nummer. Er wollte sie anscheinend nicht sprechen und drückte den Anruf immer wieder weg. Sein ignorantes Verhalten schürte ihren Zorn und sie beschloss, ihn nach dem Frühstück zur Rede zu stellen.

Sie stellte das Geschirr in die Spüle, schnappte sie sich die Autoschlüssel und lief zum Wagen. Ihre Handflächen brannten höllisch, als sie das Lenkrad umfasste und am liebsten hätte sie sich nach dem gestrigen Tag eine Auszeit genommen. Aber genug war genug. Sie kochte innerlich vor Wut, wenn sie nur daran dachte, dass Mark und Alexander einander kannten und es vor ihr geheim gehalten hatten, aus welchen Gründen auch immer. Sie war verzweifelt über den Verlust ihrer geliebten Tochter, frustriert über die Kälte von Alexander und verärgert über Mark, der kam und ging, wie es ihm passte. Vom bestechlichen Jugendamt ganz zu schweigen.

Niemand besaß das Recht, sie so herablassend zu behandeln. Alexander konnte sich auf etwas gefasst machen und Mark würde sie sich gleich vorknöpfen. Sie hoffte inständig, ihn in der Pension anzutreffen, und fegte mit überhöhter Geschwindigkeit über die Landstraßen.

Endlich hatte sie die Pension erreicht und parkte den Wagen am Straßenrand. Mit einem lauten Knall flog die Autotür ins Schloss und sie stürmte die Treppen nach oben. Sie trommelte solange mit den Fäusten gegen die Appartementtür, bis Mark überrascht öffnete.

„Was denkst du dir eigentlich?“, fuhr sie ihn noch im Hausflur an und drängte sich an ihm vorbei ins Innere. Wie angewurzelt blieb sie in der Mitte des Raumes stehen und registrierte erstaunt die attraktive Blondine am Fenster, die sich genau in diesem Moment zu ihr herumdrehte. Mark hatte inzwischen die Tür geschlossen und stand neben ihr.

Hanna hatte es die Sprache verschlagen und ein peinliches Schweigen entstand.

„Meine Vermieterin", versuchte er die Situation aufzuklären.

Was für eine platte Ausrede, dachte sie verärgert. Hatte sie doch immer einen älteren Herrn in Erinnerung, dessen nicht mehr ganz so weißes Unterhemd sich über seinen nicht unerheblichen Bauchumfang spannte.

„Warum hast du dich ohne ein Wort zu sagen aus dem Staub gemacht? Ein Zettel hätte gereicht, aber auch ein Anruf wäre möglich gewesen."

Mit verschränkten Armen stand sie vor ihm und erwartete eine Antwort.

„Hanna, schalte bitte einen Gang runter. Ich mache uns jetzt erst einmal einen Kaffee."

„Mark, ich will nur eine Erklärung für dein unberechenbares Verhalten." Hanna versuchte ruhig zu bleiben und es kostete sie eine Menge Überwindung, ihr Wissen nicht preiszugeben.

Wortlos kehrte Mark ihr den Rücken zu und ging zur winzigen Küchenzeile neben dem Fenster, um Kaffee zu kochen. Hanna nutzte die Gunst der Stunde und sah sich suchend um. Sein Smartphone lag direkt neben einem Stapel alter CDs auf der Kommode. Unauffällig machte sie drei Schritte nach rechts und lehnte sich mit dem Rücken an das Möbelstück. Mit dem Ellenbogen schob sie den Stapel über die Kante, bis er scheppernd zu Boden fiel. Sie ließ sein Handy in ihrer Jackentasche verschwinden, noch bevor Mark sich umgedreht hatte.

„Sorry", murmelte sie entschuldigend und legte die CDs zurück auf die Kommode. Mark runzelte missbilligend die Stirn, schaltete die Kaffeemaschine ein und nahm am Tisch direkt neben der Blondine Platz.

„Dürfte ich kurz die Toilette benutzen, um mich frisch zu

machen?", fragte sie mit einer Unschuldsmiene und eilte, ohne seine Antwort abzuwarten, in das Badezimmer. Mark unterhielt sich leise mit der Wasserstoffschönheit, die mehrmals leise lachte. Obwohl Hanna angestrengt lauschte, konnte sie kein einziges Wort verstehen. Dann widmete sie ihre gesamte Aufmerksamkeit Marks Smartphone. Hastig drückte sie auf das Display und atmete erleichtert auf. Es war eingeschaltet. Zügig scrollte sie die Nummern durch, doch die vielen Zahlenreihen waren ihr unbekannt.

„Was machst du so lange?", rief er ungeduldig.

„Einen Moment noch, ich bin gleich fertig!", antwortete sie rasch.

Sie betätigte die Spülung und öffnete sein digitales Fotoalbum, um die Bilder zu überfliegen. Ihr Blick blieb an einem der Fotos hängen und sie konnte nicht fassen, was darauf zu sehen war. Es zeigte ihr Hühnergehege, jedoch erst nach dem Besuch des angeblichen Marders. Hanna rang verzweifelt nach Luft, denn es fühlte sich so an, als hätte ein durchtrainierter Boxer einen derben Hieb in ihrer Magengegend versenkt. Übelkeit stieg auf und sie übergab sich geräuschvoll.

„Alles klar bei dir?" Mark klang nervös.

„Ja", presste sie mühsam hervor.

Wie war er nur an dieses Foto gekommen? Oder hatte er sogar etwas mit dem Tod der Tiere zu tun?

Sie konnte keinen klaren Gedanken fassen und benetzte ihre glühenden Wangen mit kühlem Leitungswasser. Anschließend legte sie sein Handy neben den Handtuchstapel und öffnete die Tür. Es kostete sie eine Menge Selbstbeherrschung, nicht die Kontrolle zu verlieren. Der Kaffee dampfte inzwischen aus den Tassen und sie setzte sich wieder zu ihnen an den Tisch. Nicht eine Sekunde länger als nötig wollte sie sich mit Mark in einem Raum aufhalten und leerte die Tasse.

„Danke für den Kaffee, aber ich habe noch einen dringenden Termin."

Hastig eilte sie aus dem Zimmer und jagte wie betäubt die Treppe hinunter zum Wagen. Sie glitt hinter das Steuer, startete den Motor und wollte nur noch weg. Ihre Gedanken überschlugen sich während der Fahrt und obwohl sie sich auf den Verkehr zu konzentrieren versuchte, schob sich das grausige Foto immer wieder dazwischen. Sie beschloss, auf direktem Wege bei Sarah vorbeizufahren, um den Rucksack zu holen und die Akten zu sichten.

„Hanna, was ist passiert?", fragte Sarah verwundert, als sie die Tür öffnete.

„Ich war gerade bei Mark und konnte einen Blick auf seine Handydaten werfen."

„Erzähl schon, was hast du gefunden?"

„Er hatte ein Foto von den getöteten Hühnern abgespeichert."

„Dann war er das also, ich habe es schon geahnt."

Hanna schluckte. „Geht mir ganz genauso und ich frage mich, was noch alles an Tageslicht gelangt."

„Pass bitte auf dich auf, und das ist keine dahergesagte Floskel."

„Danke, Sarah, ich werde der Sache jetzt auf den Grund gehen."

Hanna schulterte den Rucksack und ging zum Wagen zurück. Sie hätte schwören können, dass jemand seinen Blick in ihren Nacken bohrte, doch sie konnte keine verdächtige Person entdecken. Lediglich ein paar Nachbarkinder spielten im Garten verstecken.

KAPITEL 14

Kater Benjamin rieb sein Köpfchen an Hannas Beinen, als sie aus dem Auto stieg. Sie hob ihn auf den Arm, schloss umständlich die Haustür auf und setzte ihn in der Küche auf den Boden. Liebevoll kraulte sie ihn zwischen den Ohren.

„So mein Freundchen, diese Nacht wirst du im Haus verbringen", sagte sie und füllte seinen Futternapf. „Mit der brisanten Fracht im Rucksack lasse ich über Nacht garantiert kein Fenster mehr offen. Und morgen kümmere ich mich endlich um einen Schreiner, der die Katzenklappe einbaut, damit du dich endlich frei und unabhängig bewegen kannst."

Benjamin schnurrte wissend. Wenn hier einer etwas verstand, dachte Hanna, dann der Kater.

Sie stellte den Rucksack neben den Sessel und räumte den Couchtisch frei. Dann teilte sie die Akten auf mehrere Stapel auf. Die losen Blätter legte sie auf den Boden, worüber sich der Kater besonders freute. Er schlug mit den Pfoten auf das raschelnde Papier, bis Hanna ihn aus dem Wohnzimmer verbannte. Dann begann sie mit der Sichtung der schmalen Ordner.

Calzareth, Cantow, Cehlius, Christoff, Clauß, Clemens, Clement - endlich hielt sie die gewünschte Akte in den Händen.

Der ganze Aufwand war also doch nicht vergebens gewesen, es existierte tatsächlich eine Akte über ihn. Doch mit Sicherheit verhieß das nichts Gutes. Behutsam versuchte sie, die einzelnen Blätter zu lösen, was leider nicht gelang. Dennoch konnte sie das Geburtsdatum und auch das Datum seiner stationären Aufnahme erkennen.

Nur wenige Sekunden später hatte sie die zündende Idee, die Blätter über Wasserdampf zu halten, und setzte kurzerhand einen Topf Wasser auf den Herd. Während sie auf den Siedepunkt des Wassers wartete, verglich sie die Daten und errechnete das Alter, in dem Mark zum ersten Mal psychiatrisch behandelt worden war. Gerade einmal zwei Jahre alt war er gewesen, fuhr es ihr durch den Kopf und sie bedauerte, mit ihm nie über seine Vergangenheit gesprochen zu haben.

Endlich hatte das Wasser die gewünschte Temperatur erreicht. Sie stellte den Topf auf den Küchentisch und hielt die Blätter vorsichtig über den Dampf. Leider fiel das gewünschte Ergebnis negativ aus. Die porösen Blätter weichten sofort auf und rissen ein, sobald sie versuchte, diese voneinander zu lösen.

Enttäuscht trocknete sie die Papiere mit dem Fön. Immerhin war ein Großteil der Akte mit der Schreibmaschine getippt worden, die handschriftlich niedergeschriebenen Notizen konnte sie hingegen nicht entziffern. Bei klassischer Ärzteschrift half auch keine Brille.

Hanna hockte sich in den Sessel und begann das Dokument zu lesen. Mark litt an einer narzisstischen Persönlichkeitsstörung, die sich bereits in jungen Jahren sehr stark ausgeprägt hatte. Schon als Kind neigte er zu Wutausbrüchen und Jähzorn und später kamen Gewaltfantasien hinzu, wenn er sich in die Enge getrieben fühlte. Bereits als früh pupertierender Jugendlicher setzte er gezielt seine Sexualität ein, insbesondere, um die weiblichen Erzieherinnen zu becircen. Außerdem wurde bei ihm eine soziale Inkompetenz, die von den fehlenden Entwicklungsmöglichkeiten im Kleinkindalter herrührte, diagnostiziert. Unter anderem war auch von Psychopathie die Rede. Medikationen und lebenslange Therapien seien unabwendbar, hieß es am Ende des Berichtes.

Diese Zeilen waren für sie ein Schock. Mit wem hatte sie sich da bloß eingelassen?

Allerdings blieb ungeklärt, warum Mark überhaupt in die Klinik eingewiesen worden war, wie lange seine Behandlung andauerte und ob reelle Heilungschancen bestanden. Einige der Fachbegriffe waren ihr fremd und sie würde - Google sei Dank - eine lange Nacht vor sich haben. Schließlich wollte sie diese Begriffe und ihre Bedeutung verstehen. Ob sie das Ganze überhaupt weiterbrachte, stand in den Sternen.

Sie verstaute die restlichen Ordner in einem Umzugskarton, hievte diesen die Treppe hinauf und öffnete die Dachluke, um ihn auf dem Dachboden zu verstauen. Sie schob ihn bis an das Ende der Dachschräge und versteckte ihn hinter dem Schornstein. Marks Akte steckte sie jedoch in eine Folie und lief damit in den Keller. Sie zog einen losen Ziegelstein aus der Wand und legte die brisanten Papiere in den Hohlraum. Dann schob sie den Stein wieder mittig an seinen Platz. Dieses Geheimversteck hatte sie durch Zufall im Keller entdeckt.

Anschließend kochte sie sich einen Tee und ging ins Wohnzimmer zurück. Fröstelnd wickelte sie sich eine Decke um ihre Beine und öffnete den Laptop auf dem Couchtisch. Sie hatte sich sämtliche Fachbegriffe auf einem Zettel notiert und tippte sie in die Suchmaske ein. Nacheinander bauten sich die Webseiten auf und Hanna erhielt umgehend einen Einblick in Marks Psyche und sein wahres Ich.

Die ständige Suche nach Bewunderung und Anerkennung ließ ihn meist ruhelos erscheinen und seinen Mitmenschen brachte er nur wenig echte Aufmerksamkeit entgegen. Bestimmte Gefühle und Emotionen waren bei ihm nicht vorhanden und wurden geschickt vorgegaukelt. Das war also auch der Grund für sein mangelndes Interesse an familiären Beziehungen und warum er sich gefühlsmäßig aufführte wie ein Elefant im Porzellanladen. Tiefe, menschliche Gefühle erschienen ihm fremd und viele seiner Charakterzüge waren aufgesetzt und unecht. Mit seiner stark ausgeprägten Sexualität manipulierte er etwaige Partnerinnen und diese Erkenntnis trieb ihr die Schamesröte ins Gesicht.

Sämtliche Artikel wiesen darauf hin, dass erkrankte Patienten nur selten Empathie empfanden und sich meist sehr rücksichtslos verhielten. Diese Verhaltensstruktur erklärte natürlich sein egozentrisches Wesen und seinen Jähzorn. Hanna schloss für einen kurzen Moment die Augen. Wieso hatte sie sich in ihrer grenzenlosen Naivität überhaupt mit ihm abgegeben?

Erneut widmete sie sich dem Text und konnte nicht glauben, was dort geschrieben stand:

Psychopathen wirken auf den ersten Blick ziemlich charmant und verstehen es, oberflächliche Beziehungen herzustellen. Um an ihr Ziel zu gelangen, gehen sie oft sehr manipulativ vor und das Schuldbewusstsein scheint ihnen gänzlich zu fehlen.

Die Zeilen lösten Ängste bei Hanna aus und sie erinnerte sich an die Worte von Förster Jan. Er hatte den Marder als ein ziemlich durchgeknalltes Exemplar bezeichnet, und genau das traf auch auf Mark zu. Wie hatte sie nur so blind gewesen sein können?

Mit diesem Mann war sie eine Beziehung eingegangen -

eine intime wohlgemerkt - und Ekel machte sich breit. Nie wieder würde sie ihn auch nur ansatzweise in die Nähe ihres Hauses oder ihrer Tochter lassen und sie musste unbedingt klären, woher Alexander ihn kannte.

Der Tee war inzwischen kalt und schmeckte fad und sie schüttete den Inhalt der Tasse in den Ausguss. Sie fühlte sich unwohl, so allein, und es wurde allmählich Zeit, dass sie für mehr Sicherheit im Haus sorgte. Und während sie darüber nachdachte, wurde ihr mit einem Schlag bewusst: Sie begann Mark zu fürchten!

Am nächsten Morgen rief sie sofort den Schreiner im Nachbarort an, doch das anschließende Telefonat holte sie rasch wieder auf den Boden der Tatsachen zurück. Für solch einen Kleinkram habe man in der Saison keine Zeit. Im Sommer herrsche Hochbetrieb, neue Aufträge trudelten stündlich ein. Frustriert versuchte Hanna dennoch, mit einer geballten Ladung Charme ihr Ziel zu erreichen, und bat darum, ob nicht doch ein Mitarbeiter nach Feierabend vorbeischauen könnte.

„Wissen Sie was?“, ihr Gegenüber schien sichtlich genervt. „Ich schicke Ihnen meinen Schwiegervater vorbei. Der ist zwar in Rente, freut sich aber über zusätzliche Aufgaben. Ich reiche ihm das Telefon weiter, dann können Sie ihm einfach sagen, was er anfertigen soll.“

Froh darüber, endlich erhört zu werden, schilderte sie dem sympathischen älteren Herrn am anderen Ende der Leitung ihr Katzenklappen- und Sicherheitsproblem. Sie vereinbarten einen Termin am späten Vormittag und bis dahin sollte Hanna das Schloss und zwei Katzenklappen ihrer Wahl besorgen.

Pünktlich auf die Minute fuhr ein weißer Kastenwagen auf den Hof.

„Guten Tag, junge Frau, Pieper mein Name“, wurde sie äußerst charmant begrüßt. „Was kann ich Ihnen denn Gutes tun?“

Höflich forderte sie Herrn Pieper auf, ihr in den Keller zu folgen. Der linke Fensterflügel sollte entfernt und durch eine Holzplatte mit Katzenklappe ersetzt werden.

„Darf ich Ihnen etwas zum Trinken anbieten?“, fragte Hanna.

„Gerne. Ein starker Kaffee mit Milch und Zucker wäre genau das Richtige um diese Tageszeit“, erwiderte er und zwinkerte ihr fröhlich zu.

„Den Hund können Sie ruhig hierlassen. Einer muss schließlich kontrollieren, dass ich die richtigen Maße nehme“, schmunzelte er, als sie Ophelia von ihm wegbringen wollte. Hanna mochte die aufgeschlossene Art des älteren Herrn und genoss seine Anwesenheit. Mit Vergnügen kochte sie ihm einen starken Kaffee und jonglierte das Tablett in den Keller. Sie setzte sich mit ihrer Tasse auf eine Holzstiege und verbrachte die Zeit schwatzend mit Herrn Pieper, der hin und wieder zu seinem Wagen stapfte, um das Werkzeug auszutauschen.

„Ich habe gerade gesehen, dass zwei der äußeren Fensterläden schief in den Angeln hängen. Wenn Sie die im Winter schließen, spart das eine Menge Heizenergie. Ich kann Ihnen im Anschluss gern die Läden richten und die schadhaften Holzleisten austauschen. Die Katzenklappen sind ja ruckzuck eingebaut“, erklärte er.

„Sehr gerne“, freute sich Hanna über sein Angebot.

„Wissen Sie, mit diesen Aufträgen bessere ich meine Rente auf, denn ich gehöre noch lange nicht zum alten Eisen.

Oder sind Sie da anderer Meinung?“ Er stemmte seine Fäuste in die Hüften und nickte ihr lachend zu.

„Aber nicht doch, Herr Pieper, nie und nimmer gehören Sie zum alten Eisen. Wer behauptet denn so etwas?“ Hanna gab sich gespielt entrüstet und stimmte in sein Lachen mit ein. Man sah ihm deutlich an, wie sehr er sich freute, dass sein Rat und seine Hilfe gebraucht wurden.

Voller Enthusiasmus machte er sich wieder an die Arbeit und hatte innerhalb kürzester Zeit auch die zweite Katzenklappe in der Kellertür und das Querriegelschloss an der Eingangstür montiert.

„Fertig, junge Dame, alles passt, wackelt und hat Luft. Nun können wir unsere volle Aufmerksamkeit den Fensterländen widmen.“

Herr Pieper stapfte mit Akkubohrer, Säge und Werkzeugkasten bewaffnet nach draußen. Als erfahrener Schreiner hatte er alles fest im Blick. Er schraubte den ersten Fensterladen ab, erneuerte eine verwitterte Holzleiste und tauschte die rostigen Scharniere gegen neue aus. Hanna blickte ihm neugierig über die Schulter und staunte über seine Fingerfertigkeit. Sie war handwerklich nicht unbegabt, wünschte sich aber, ebenso flink und geschickt arbeiten zu können.

Plötzlich hielt Herr Pieper inne. „Schauen Sie mal da hinten. Können Sie das Blinken erkennen?“

Tatsächlich, jetzt sah sie es ebenfalls. Immer wieder blitzten kleine Lichtkegel auf, die anschließend im Dickicht verschwanden. Sie fragte sich, was das sein könnte, eine schlüssige Erklärung hatte sie nicht parat.

„Haben Sie etwa einen hartnäckigen Verehrer?“, zog Herr Pieper sie auf und lachte.

„Ich? Nein, wo denken Sie hin.“

„Nun ja, weil jemand Sie mit dem Fernglas beobachtet. Die hellen Lichtreflexe entstehen durch die sich spiegelnden Sonnenstrahlen.“

„Wirklich?"

„Natürlich, junge Frau. Ich war früher im Jagdverein, aber jetzt schaue ich mir die Bambis lieber im Fernsehen an. Hoffentlich ist das kein Spanner, heutzutage weiß man ja nie. Passen Sie bloß auf sich auf, hier draußen ist es mächtig einsam."

Hanna schluckte und ein gehetzter Ausdruck huschte über ihr Gesicht. Herr Pieper wandte sich wieder den Fensterläden zu und arbeitete zügig weiter. Innerhalb von zwei Stunden hatte er die verschlissenen Teile durch neue ersetzt.

„Die Rechnung lasse ich Ihnen per Post zukommen. Meine Tochter macht die Buchhaltung, damit habe ich nichts am Hut. Wenn meine Hilfe wieder einmal von Nöten ist, dann rufen Sie mich einfach an."

Herr Pieper packte sein Werkzeug zusammen und riet ihr, die ausgetauschten Holzteile noch vor dem ersten Regen durch einen Anstrich zu schützen. Dann verabschiedete er sich und stapfte zum Wagen. Nur wenige Sekunden später tuckerte sein Bulli vom Hof und Hanna spürte die Einsamkeit deutlicher denn je. Angestrengt spähte sie zum Wald hinüber, konnte jedoch nichts Auffälliges entdecken. Herr Pieper hatte versprochen, sobald der Sicherheitsriegel für die Eingangstür geliefert worden war, diesen umgehend einzubauen. Erst dann würde sie wieder aufatmen können.

KAPITEL 15

Über Nacht hatte sich eine gewaltige Regenfront zusammengeballt und als im Haus eine Tür zuschlug, zuckte Hanna ängstlich zusammen. Ihre Schreckhaftigkeit hatte nicht nachgelassen, ganz im Gegenteil. Ständig fühlte sie sich beobachtet und kam selten zur Ruhe. Mehr als einmal versuchte sie sich einzureden, dass sie sich das alles nur einbildete - die knirschenden Schritte nachts in der Einfahrt und die Blicke, die sich ihr in den Rücken bohrten. Doch tief in ihrem Innersten wusste sie es besser …

Momentan drehte sich ihr gesamtes Dasein nur noch um die gemeinsamen Wochenenden mit Lara und jedem Hoch folgte ein zweiwöchiges Tief. Auf keinen Fall wollte sie so weiterleben. Sie hasste Alexander dafür, dass er nur seiner verletzten Eitelkeit wegen das Kind behielt und alles daran setzte, dass es auch so blieb.

Mit einer imaginären Handbewegung schob Hanna die unangenehmen Gedanken beiseite. Heute würde Lara endlich wieder bei ihr sein, und nur das zählte. Sie schnappte sich ihre Jacke und den Autoschlüssel und machte sich auf den Weg nach Hannover. Innerhalb kürzester Zeit hatte sie die Strecke zurückgelegt und einen Parkplatz ganz in der Nähe der Schule ergattert, wo sie ungeduldig auf ihre Tochter wartete. So wie die meisten Kinder auch freute sich Lara über schulfreie Tage und die anstehenden Sommerferien waren natürlich das Highlight schlechthin. Inzwischen hatte Hanna genügend Kleidung für Lara zum Wechseln gekauft, weshalb kein Grund mehr bestand, das Mädchen direkt von Alexander abzuholen. Seine Ignoranz blieb ihr auf diese Weise erspart.

Endlich schellte die Schulglocke und läutete das Wochenende ein. Die ersten Schüler rissen johlend die Türen auf und stürmten ins Freie. Lautes Lachen erscholl aus allen Richtungen, die Kinder waren aufgekratzt und fröhlich.

„Mami, Mami!", rief Lara freudestrahlend und lief direkt in Hannas ausgebreitete Arme.

„He, mein Mäuschen, ich habe dich so schrecklich vermisst!" Hanna drückte ihre Tochter fest an sich. Die blonden Locken des Mädchens kitzelten an ihrer Nase und verstohlen wischte sie sich eine Freudenträne weg. „Ich möchte dich am liebsten nie wieder loslassen."

Lara schlang die Ärmchen um den Hals ihrer Mutter „Ich dich auch nicht."

„Wenn du möchtest, können wir gleich ins Kino fahren. Sarah wird mit ihren Kindern auch dort sein."

„Echt?"

Hanna nickte.

„Nun komm schon, Mama, worauf warten wir?" Lara riss die Autotür auf und setzte sich auf die Rückbank. „Von mir aus kann es losgehen."

Auf den Straßen war nicht viel los und so hatten sie ihr Ziel innerhalb kürzester Zeit erreicht. Im Foyer des Kinos deckten sich alle mit Popcorn und Getränken ein, bevor sie nach den besten Plätzen Ausschau hielten. Der Film würde erst in ein paar Minuten beginnen und Hanna wollte die Gunst der Stunde nutzen, um sich frisch zu machen.

„Ich bin gleich wieder da,“, raunte sie Sarah zu.

Sie zwängte sich durch die Sitzreihe und eilte die Treppe hinunter. Im Vorraum des WCs drängten sich die wartenden Frauen in einer Schlange. Durch das nasskalte Regenwetter war das Kino gut besucht. Nachdem Hanna endlich an der Reihe war, schloss sie erleichtert die Kabinentür hinter sich. Plötzlich vernahm sie ein Wispern, das direkt von nebenan zu kommen schien. Irritiert lehnte sie den Kopf an die dünne Trennwand, die nur aus einer beschichteten Spanplatte bestand.

„Verschwinde, verschwinde, verschwinde ...“, echote es in ihrem Kopf.

Auf die erste Schrecksekunde folgte die Wut. Sie riss die Tür auf und schaute um die Ecke. Die andere Kabine war besetzt, aber gleich würde sie wissen, wer diese Spielchen mit ihr trieb. Lautstark klopfte sie gegen die Tür.

„Sofort aufmachen“, rief sie energisch.

Nichts rührte sich und Hanna erntete verwunderte Blicke. Sie ging in die Hocke und schaute unter der Wand hindurch in die andere Kabine, hoffte, wenigstens ein Paar Schuhe zu entdecken. Stattdessen gähnende Leere, nur ein paar lose Blätter Toilettenpapier lagen auf dem Boden verstreut.

„Das gibt es doch nicht“, murmelte sie frustriert. In der Zwischenzeit hatte sich eine längere Schlange bis zum Waschraum gebildet. Sie wandte sich an eine der wartenden Frauen. „Wären Sie bitte so freundlich, die Frau, die sich noch in der Kabine befindet, aufzuhalten?“

„Warum?“

„Weil meine Tasche fehlt“, log sie unverblümt. „Ich gehe jetzt jemanden holen, der die Kabinentür aufschließt.“

„Wurden Sie denn bestohlen?“, fragte eine ältere Dame.

„Ja, das könnte man so sagen. Ich muss diese Frau unbedingt sehen." Ohne eine Antwort abzuwarten, lief sie los. Im Foyer angekommen, bat sie eine Angestellte um Hilfe.

„Könnte bitte jemand die Kabinentür auf der Toilette öffnen, mir wurde soeben meine Tasche entwendet."

Hanna wurde misstrauisch beäugt und anschließend in das Büro geschickt. Der Kinopächter, ein älterer Herr, hörte sich Hannas Bitte an. Ächzend erhob er sich, fischte einen Vierkantschlüssel aus der Schublade und folgte ihr.

Die Damentoilette war inzwischen vollständig verstopft, alle wollten teilhaben am vermeintlichen Diebstahl. Der Pächter klopfte an die Tür und bat höflich darum, diese zu öffnen. Doch eine Reaktion blieb aus. Daraufhin hämmerte er schon etwas heftiger an die Tür. Als sich weiterhin nichts rührte, zückte er den Vierkantschlüssel und schloss auf. Die Kabine war leer und Hanna wich verstört zurück.

„War wohl wieder so ein Scherzbold", knurrte der Pächter und betätigte die Spülung. „Alles in bester Ordnung, die Toilette kann wieder benutzt werden." Schnaufend stapfte er zum Ausgang und ließ Hanna ratlos zurück.

„Es ist niemand herausgekommen", erklärte die ältere Dame mit Nachdruck.

„Vielen Dank."

Hanna zuckte ratlos mit den Schultern. Setzte ihr der Stress so zu, dass sie bereits unter Halluzinationen litt? Verwirrt lief sie zurück und suchte ihren Platz auf. Der Film hatte bereits begonnen und die Kinder in seinen Bann gezogen.

„Wo hast du nur so lange gesteckt?", wisperte Sarah.

„Erzähle ich dir später. Ich glaube, ich werde noch verrückt", flüsterte Hanna und versuchte sich auf den Film zu konzentrieren. Doch ihre Gedanken drifteten immer wieder ab. Die Kinder und Sarah verfolgten den Film mit

Begeisterung und verließen anschließend laut diskutierend das Kino.

„Was meinst du, sollen wir zum Ausklang des Tages den Kindern eine Pizza spendieren? Ich kenne einen guten und preiswerten Italiener drei Straßen weiter", schlug Sarah vor.

„Das ist eine gute Idee", stimmte Hanna ihr zu.

Die Kinder stürzten sich mit Heißhunger auf die Pizzen, während Hanna nur lustlos in ihrer Lasagne herumstocherte.

„Was ist denn los mit dir? Seit dem Kinobesuch bist du ja völlig verstört", erkundigte sich Sarah besorgt.

„Mir ist vorhin etwas Merkwürdiges passiert. Aus einer der Kabinen drang so ein seltsames Wispern. Ich Närrin wollte unbedingt wissen, wer sich dahinter verbirgt und habe die Tür vom Kinopächter öffnen lassen. Und siehe da - die Kabine war leer. Ich fühle mich schon seit geraumer Zeit beobachtet und befürchte, dass mich das Ganze mehr mitnimmt, als ich wahrhaben will."

Resigniert ließ Hanna die Schultern hängen. „Wir sollten jetzt aufbrechen. Ich bin dir wirklich dankbar für den schönen Nachmittag, aber ich brauche ein bisschen Ruhe. An den morgigen Abschied von Lara mag ich gar nicht denken. Die Zeit vergeht wie im Flug und nichts kann sie aufhalten."

Sarah nahm die Freundin in den Arm und drückte ihr zum Abschied einen Kuss auf die Wange. „Es wird alles wieder gut, ganz bestimmt. Wenn es jemand schafft, dann du."

~

Blinzelnd öffnete Hanna ihre Augen und warf einen Blick aus dem Fenster. Es hatte aufgehört zu regnen, aber der Himmel war noch immer wolkenverhangen. Behutsam schlug sie die Bettdecke zurück, um Lara nicht zu wecken.

Ihre Tochter lächelte im Schlaf und mit ihren rosigen Wangen sah sie wie ein kleiner Engel aus.

„Ich lasse dich nicht im Stich", flüsterte Hanna, bevor sie lautlos aus dem Zimmer huschte. Nachdem sie das Frühstück zubereitet hatte, lief sie nach oben und setzte sich auf die Bettkante. Zärtlich küsste sie ihre schlafende Tochter auf die Stirn.

„Guten Morgen, mein Schätzchen, das Frühstück ist fertig."

Lara schlug die Augen auf und räkelte sich wohlig. „Mami, können wir nicht im Bett frühstücken? Es ist noch so kuschelig warm."

„Aber nur ausnahmsweise, weil heut Sonntag ist. Dann erinnern mich die Krümel an deinen Besuch, wenn sie mir in der Nacht in den Rücken piksen", lachte Hanna.

Sie lief wieder in die Küche und kehrte mit dem vollbeladenen Tablett zurück. Nachdem sie Toast, Rührei, Kaffee und Kakao den Kampf angesagt hatten, alberten sie noch eine Weile im Bett herum.

„Mama, ich will nicht zu Papa zurück", gestand Lara flüsternd.

„Ich weiß, Liebes." Hanna schloss ihre Tochter tröstend in die Arme. „Aber ich habe leider keine andere Wahl."

„Und wenn ich ihn anrufe und es ihm selbst sage?", fragte Lara hoffnungsvoll. „Ich kann die neue Nanny nicht ausstehen. Ständig hängt sie bei Papa und kümmert sich überhaupt nicht um mich. Ich bin immer allein." Sie war den Tränen nahe.

„Sobald du zehn Jahre alt bist, kannst du selbst entscheiden, wo du wohnen möchtest. Bitte, mein Mäuschen, du musst noch ein wenig durchhalten."

Lara nickte tapfer und Hanna fühlte sich elend. Früher oder später wäre es mit Sicherheit zu einer Trennung von

Alexander gekommen, aber durch ihren Seitensprung war die gemeinsame Tochter zwischen die Fronten geraten.

Das Handy auf dem Nachtschränkchen vibrierte, eine Nachricht von Mark. Ausgerechnet jetzt bat er um eine Aussprache, dabei wusste sie schon gar nicht mehr, wo ihr der Kopf stand. Sie schaltete das Telefon kurzerhand ab und widmete ihre gesamte Aufmerksamkeit Lara. Wann bot sich ihr schon einmal die Gelegenheit, das Mädchen so richtig zu verwöhnen?

~

Laras Besuch neigte sich dem Ende zu und widerwillig stieg das Mädchen in den Wagen. Während der Fahrt blickte sie stumm aus dem Fenster und ignorierte Hannas Aufmunterungsversuche. Kaum hatte sie ihr Ziel erreicht, weigerte sich Lara, aus dem Fahrzeug zu steigen.

„Ach Mäuschen, mach es uns doch nicht so schwer", bat Hanna.

Zögerlich rutschte Lara vom Sitz, umarmte ihre Mutter und blickte betrübt zu ihrem Vater.

„Alexander, siehst du denn nicht, dass Lara mich braucht", flehte Hanna leise. „Sie ist unglücklich und einsam, lass sie doch bitte, bitte bei mir wohnen. Gib dir einen Ruck und deinem Herzen einen Stoß."

„Diese Option hast du dir als untreue Ehefrau zunichte gemacht", zischte er kalt.

Ohne ein weiteres Wort zu verlieren, drehte er sich um und zerrte Lara an der Hand ins Haus. Hanna blieb einsam zurück und Tränen der Verzweiflung strömten über ihr Gesicht. Eine Weile verharrte sie noch regungslos, bis sie verbittert in den Wagen stieg. Voller Wehmut startete sie den Motor und fuhr zurück in ein leeres Haus.

KAPITEL 16

Während der letzten Tage fühlte sich Hanna kraftloser und unglücklicher denn je. Es fiel ihr immer schwerer, mit dem Alleinsein fertigzuwerden und sie befürchtete ernsthaft, in eine schwere Depression hinabzugleiten. Glücklicherweise forderten Ophelia und Benjamin ihre Aufmerksamkeit ein und so war sie gezwungen, die endlosen und einsamen Tage in einen halbwegs normalen Alltag zu verwandeln.

Nachdem sie beschlossen hatte, den alten Kachelofen wieder in Betrieb zu nehmen, entrümpelte sie den Schuppen, um Platz für Holz zu schaffen. Das herannahende Motorengeräusch kündigte den Postboten an und sie lief auf den Hof. Ein schmaler Mann um die vierzig, mit dunklen Haaren und immer einem Lächeln auf den Lippen brachte ihr täglich die Post. Heute drückte er ihr neben einer Menge Werbung auch einen Brief in die Hand, bevor er wieder vom Hof fuhr.

Sie nutzte die willkommene Pause und schlenderte zum Haus, um sich auf der Veranda dem Brief zu widmen. Anschrift und Inhalt waren mit Schreibmaschine getippt worden, völlig untypisch in der heutigen Zeit. Nach den ersten Zeilen dämmerte ihr, dass der Brief von Mark stammen musste. Er bat sie um Verzeihung und zum Zeichen seiner Versöhnung lud er sie zu einem Ausflug ein. Wahrscheinlich war ihm ein Brief förmlicher erschienen und sollte seinem Anliegen mehr Nachdruck verleihen. Er hoffte anscheinend, dass sich seine Chancen erhöhten, damit sie einem Treffen zustimmte.

Wie recht er doch hatte. Sie wollte endlich wissen, woher die Männer sich kannten und diese Gelegenheit nicht ungenutzt verstreichen lassen. Trotzdem war ihr bei dem Gedanken an einen gemeinsamen Ausflug alles andere als wohl zumute. Zu ihrer eigenen Absicherung würde sie Mark gegenüber erwähnen, dass Sarah von dem geplanten Treffen wusste.

Schlussendlich schickte sie die Zusage ab und atmete tief durch. Die Angst war zur ständigen Begleiterin geworden, besonders nachdem Hanna seine Akte in den Händen gehalten hatte. Mit Unbehagen erinnerte sie sich an den Begriff Psychopath und ein kalter Schauer jagte über ihren Rücken.

Mark erschien pünktlich am frühen Vormittag. Seine Begrüßung fiel sehr verhalten aus und Hannas Anspannung wuchs von Minute zu Minute. Mit fester Stimme teilte sie ihm mit, dass Ophelia sie begleiten würde, damit er gar nicht erst auf den Gedanken kam, ihr eine Absage zu erteilen. Ophelia ging auf Abstand und beäugte ihn misstrauisch, knurrte aber nicht.

„Falls du dir Sorgen wegen der Hundehaare machst, wir können auch mit meinem Auto fahren“, schlug Hanna vor.

„Nein, lass ruhig. Wenn du den Köter unbedingt

mitnehmen möchtest, dann packe ihn halt auf den Rücksitz. Leg aber eine Decke darunter", brummte er.

Weder Mark noch Ophelia schienen von Hannas Idee begeistert.

Die Straße wand sich verschlungen durch die Landschaft vorbei an dichten Wäldern und sanften Hügeln. Ophelia rutschte in den Kurven von rechts nach links, war aber zum Glück mit einem Hundegeschirr gesichert. Kurz darauf setzte Mark den Blinker und fuhr eine schmale Schotterstraße entlang. Auf einem verwilderten Parkplatz stellte er den Wagen ab.

„Wir sind angekommen, ihr könnt aussteigen."

Von dichtem Wald umgeben und fernab der Straße fand Hanna diesen Ort doch recht einsam. Sie holte Ophelia aus dem Wagen und leinte sie an.

„Wenn wir den Weg entlanglaufen, gelangen wir zu einer rustikalen Waldgaststätte. Dort können wir das Mittagessen einnehmen, bevor wir den Ausflug starten. Einverstanden?"

Hanna nickte zustimmend und sie setzten sich in Bewegung. Nach ein paar Minuten tauchten die ersten Wanderer auf. Eine kleinere Gruppe, bestehend aus älteren Damen, kam ihnen laut schwatzend entgegen. Sie grüßten höflich im Vorbeigehen und entschwanden in Richtung Parkplatz. Hanna stand die Erleichterung ins Gesicht geschrieben.

Schweigend trotteten sie nebeneinander her. Mark gab sich weiterhin verschlossen und Hanna wartete vergebens darauf, dass er die Initiative ergriff und das Gespräch eröffnete. Auf die angekündigte Entschuldigung wartete sie vergebens. Er blieb stumm wie ein Fisch und schritt energisch voraus.

„Mark, warum hetzt du uns so?", rief sie sich völlig außer Atem. „Wir sind schließlich nicht auf der Flucht."

Mit einem spöttischen Grinsen drehte er sich um und wartete darauf, dass sie zu ihm aufschloss.

„Ich will mich ja nicht beschweren“, fuhr sie fort, „aber *du* hattest schließlich um eine Aussprache gebeten. Also, warum sprichst du nicht mit mir?“

„Lass uns doch erst einmal in aller Ruhe zu Mittag essen, danach haben wir noch jede Menge Zeit.“

„Gut, wie du meinst“, willigte sie zerknirscht ein. Tief in ihr brodelte es bereits.

Die letzten Meter legten sie wieder schweigend zurück und es war fast schon eine Erlösung, als das rustikale Holzhaus vor ihnen auftauchte. Diesmal war es Hanna, die ihre Schritte beschleunigte. Eine große Terrasse mit Ausblick auf das malerische Tal, umgab den hinteren Teil des Hauses. Davor lag ein Parkplatz für Gäste, die den Fußmarsch nicht mehr bewältigen konnten. Hanna lief zur Terrasse und lehnte sich an die Mauer, um den weitläufigen Blick zu genießen.

„Was für ein wunderschönes Fleckchen Erde“, seufzte sie. Dann setzte sie sich an einen der freien Tische, um den Blick nochmals in die Ferne schweifen zu lassen. „Es ist dir doch recht, wenn wir hier sitzen bleiben?“, fragte sie nach.

„Von mir aus“, erwiderte er schroff.

Die Kellnerin ließ auf sich warten und eine unangenehme Stille entstand.

„Mark“, unterbrach Hanna das Schweigen, „was ist eigentlich los mit dir? Warum bist du so abweisend?“

„Wie kommst du denn darauf?“

„Du behandelst mich wie Luft, obwohl ich gehofft hatte, dass du dich für dein Verhalten entschuldigst. Wozu diese Einladung und der ganze Aufwand, wenn du mir doch nichts zu sagen hast?“

„Ich soll mich entschuldigen? Bei einer Ehebrecherin?“

Darauf mochte sie nichts mehr antworten und zog sich in ihr Schneckenhaus zurück. Es gelang ihr einfach nicht, zu ihm vorzudringen, und so distanziert wie heute hatte sie ihn selten erlebt. Wahrscheinlich wäre es das Beste gewesen, den Ausflug abzusagen. Aber dafür war es bereits zu spät.

Die Kellnerin unterbrach die unfreiwilligen Schweigeminuten und nahm die Bestellungen entgegen. Mark orderte Hirschgulasch und Hanna entschied sich für eine Tomatencremesuppe. Ihr war mittlerweile der Appetit vergangen.

„Wenn du nichts dagegen hast, mache ich mich kurz frisch. Bin gleich wieder da."

Sie befahl Ophelia neben dem Tisch liegen zu bleiben und steuerte die Toiletten an. Endlich hatte sie die Gelegenheit, Sarah eine Nachricht zukommen zu lassen, dass alles in Ordnung war. Dann warf sie einen prüfenden Blick in den Spiegel. Ihre Wangen glühten und auf der Stirn hatte sich eine steile Falte gebildet. Sobald sie zornig wurde, sah man ihr das leider auch an. Sie kühlte das Gesicht mit kaltem Leitungswasser und zupfte einige Haarsträhnen zurecht. Bevor sie ins Freie trat, atmete sie noch einmal tief durch. Geduld war wirklich nicht ihre Stärke.

Mark führte gerade ein sehr angeregtes Telefonat und seinem Gesichtsausdruck nach zu urteilen, war er wütend. Hanna lehnte sich an die Hauswand und beobachtete ihn aus der Ferne. Er schien zu spüren, wie ihr Blick auf ihm ruhte, und schaute auf. Mit gerunzelter Stirn beendete er das Gespräch.

„Schlechte Nachrichten?", hakte sie nach, als sie sich wieder zu ihm an den Tisch setzte.

„Das geht dich nichts an." Seine schlechte Laune hatte ihren Tiefpunkt erreicht.

Genau in diesem Moment wurde das Essen serviert und Hanna konzentrierte sich auf ihren Teller. Ab und zu musterte sie ihn verstohlen. Er gab sich kühl und distanziert, wobei ihr eine gewisse Nervosität an ihm auffiel.

Nachdem sie gegessen hatten, winkte er der Kellnerin zu und zahlte. Auf dem Rückweg warf Hanna ein Stöckchen, welches Ophelia freudig apportierte. Wenigstens die Hündin sollte an diesem verkorksten Ausflug ihre Freude haben.

Nachdem sie am Wagen angekommen waren, gurtete Hanna die Hündin fest und wandte sich an Mark. „Ich halte es für das Beste, wenn wir gleich zurückfahren", schlug sie vor. Auf die anschließende Wanderung konnte sie getrost verzichten.

„Warum? Ich habe dich eingeladen, also ziehen wir das auch durch."

„Ehrlich gesagt ist mir nicht nach wandern."

„Und das fällt dir erst jetzt ein?"

„Mark, bitte ..."

„Steig ein", befahl er schroff und schien keinen Widerspruch zu dulden. Schulterzuckend gab sie nach.

Er legte ein, zwei Kilometer zurück, bevor er den Wagen auf einer menschenleeren Lichtung abstellte. Außer einer von der Witterung zerfressenen Bank, die einsam neben einem windschiefen Papierkorb stand, gab es nichts zu entdecken. Ophelia weigerte sich, das Auto zu verlassen, und blieb hechelnd auf der Rückbank sitzen. Erst als Hanna ein scharfes Kommando erteilte, sprang die Hündin heraus und setzte sich brav neben sie.

„Können wir?", fragte Mark ungeduldig und lief, ohne eine Antwort abzuwarten, voraus.

Hanna versuchte mit ihm Schritt zu halten, während er sich erneut in eisiges Schweigen hüllte. Der Baumbestand wurde dichter und die Luft merklich kühler. Der Weg war kaum noch als solcher zu erkennen, die Natur hatte ihn vollends zurückerobert. Zweige verfingen sich in ihren Haaren oder zerrten an ihrem Shirt.

„Mark, du hattest mich zu diesem Ausflug eingeladen, damit wir uns aussprechen", startete sie einen letzten Versuch in der Hoffnung, ihn doch noch zu einem Gespräch bewegen zu können. „Bitte, rede endlich mit mir!"

„Hanna, ich mag es nicht, wenn man mich bedrängt. Gib mir doch einfach die Zeit, die ich brauche."

„Wozu? Wenn du nicht reden willst, können wir den Ausflug auch abbrechen."

Ophelia hatte die Nase fest auf den Boden geheftet und driftete immer tiefer in das Unterholz. Hanna achtete jedoch nicht auf die Hündin. Stattdessen taxierte sie Mark, der nicht auf ihre Bitte reagierte.

„Mark, ich möchte auf der Stelle zurück!", forderte sie ihn mit Nachdruck auf.

„Ich soll mit dir reden, dabei bist du doch diejenige, die hier ständig Unfrieden stiftet. Schau dir doch dein Leben an, ein einziger Scherbenhaufen."

„Was willst du damit sagen?" Sie machte einen Schritt auf ihn zu und ihre Augen funkelten zornig.

Genau in diesem Moment tauchte Ophelia aus dem Dickicht wieder auf. Sie trug etwas im Maul und schüttelte ihre Beute. Hanna konnte nicht erkennen, welche Trophäe sich in der Hundeschnauze verbarg, und sie lockte Ophelia zu sich heran.

„Komm her, mein Mädchen. So ist's brav!"

Erst jetzt sah sie, was Ophelia angeschleppt hatte - eine zerschlissene Lederhandtasche. Behutsam nahm Hanna die Tasche an sich und genau in dem Moment, in dem sie voller Neugier den Reißverschluss öffnen wollte, riss Mark ihr die Tasche aus den Händen. Er schleuderte sie kraftvoll ins Unterholz zurück, wo sie am Stamm einer stattlichen Buche abprallte und im dichten Brombeergestrüpp landete.

„Bist du jetzt völlig übergeschnappt?", rief sie überrascht. „Jemand wird die Tasche vermissen und es wäre unsere Pflicht gewesen, sie ins Fundbüro zu bringen."

Sie schüttelte den Kopf und machte sich auf in Richtung Brombeergestrüpp. Plötzlich packte Mark sie am Arm und zerrte sie zurück.

„Lass uns weitergehen“, fuhr er sie an.

Wütend riss sich Hanna los, die Situation schien außer Kontrolle zu geraten. „Ich kehre jetzt um. Und wage ja nicht, mich davon abzuhalten.“

Sie war fertig mit ihm, ein für alle Mal. Es machte keinen Sinn, sich weiter mit ihm auseinanderzusetzen, und sie würde auf einem anderen Weg herausfinden müssen, woher er und Alexander sich kannten.

Mit schnellen Schritten strebte sie voran und Ophelia folgte ihr. Am Parkplatz angekommen, setzte sie sich auf die verwitterte Bank und wartete ungeduldig auf Mark, der sich für den Rückweg besonders viel Zeit zu nehmen schien. Als er endlich zwischen den Bäumen auftauchte, lief sie zum Wagen, den er kommentarlos aufschloss. Es herrschte eine eisige Stille während der Fahrt, die Hanna erst durchbrach, nachdem er sie auf dem Hof abgesetzt hatte.

„Ich hoffe, dass sich unsere Wege nie wieder kreuzen“, sagte sie wütend und knallte die Autotür zu. Für heute hatte sie wirklich genug.

Ophelia stürmte, wieder auf vertrautem Terrain, fröhlich kläffend voraus. Doch vor der Veranda stoppte die Hündin abrupt und begann drohend die Lefzen nach oben zu ziehen.

„He, es ist alles okay“, redete sie beruhigend auf die Hündin ein und schaute sich suchend um. Alles schien, soweit sie es auf den ersten Blick erkennen konnte, in bester Ordnung.

Aber kaum hatte sie die Eingangstür aufschlossen, bemerkte sie, dass etwas nicht stimmte. „Hallo, ist da jemand?“, rief sie zaghaft in die Stille des Hauses hinein.

Ophelia nahm sofort Witterung auf und lief unruhig durch die Räume. Hanna folgte ihr und augenblicklich traf sie der Schlag: Sämtliche Schranktüren und Schubladen waren aufgerissen, und deren Inhalt lag wahllos über den Boden verstreut. Egal welches Zimmer sie auch aufsuchte, überall bot sich das gleiche chaotische Bild. Als sie das Service ihrer Großmutter zerschlagen auf dem Fußboden erblickte, brach sie in Tränen aus. An diesem Erbstück hatte sie besonders gehangen.

Von der Verzweiflung angetrieben, eilte sie die Treppe nach oben. Sie öffnete die Luke zum Dachboden und zog die Holzleiter herunter. Dann kroch sie unter die Dachsparren und hielt nach der Kiste mit den Akten Ausschau. Doch diese war verschwunden. An einen Zufall konnte sie nicht mehr glauben, Mark hatte sie ganz bewusst vom Forsthaus weggelockt.

Besorgt lief sie in den Keller, löste den Stein aus der Wand und ertastete mit ihren Fingerspitzen die Akte von Mark, die sich noch an ihrem Platz befand. Jetzt kam es darauf an, dass sie den Brief von ihm fand, um Anzeige erstatten zu können. Hektisch wühlte sie im Chaos, jedoch ohne Erfolg.

Sie brauchte ein paar Minuten, um sich zu beruhigen, dann griff sie zum Handy und schickte Sarah eine Nachricht, dass sie wohlbehalten im Forsthaus angekommen sei. Den Einbruch erwähnte sie mit keiner Silbe. Anschließend wählte sie die Nummer vom nächsten Polizeirevier.

Nach dem Telefonat lehnte sie erschöpft ihren Kopf an die Rückenlehne des Sofas und wartete auf die Beamten. Bei dem Gedanken an das verwüstete Kinderzimmer begann sie erneut zu weinen, fühlte sich verspottet und beschmutzt. Während sie mit Mark unterwegs gewesen war, hatte jemand in aller Seelenruhe das Haus auf den Kopf gestellt. Aber dafür würde er büßen, das schwor sie sich.

Keine Stunde später hielt ein Wagen in der Einfahrt und zwei Männer stiegen mit ihren Köfferchen aus. Die Kriminaltechniker machten sich sofort an die Arbeit, fotografierten das Chaos, untersuchten das Schloss und bepinselten die glatten Oberflächen. Zwischendurch scannten sie Hannas Fingerabdrücke für einen Abgleich. Wie in Trance ließ sie das Procedere über sich ergehen und atmete auf, als es vorbei war.

„Tja, das Leben ist kein Ponyhof", brummte der ältere der beiden Beamten. Für ihn gehörten Einbrüche zum Alltag und er ging sehr nüchtern mit der Situation um. „Wir sind so weit fertig und melden uns, sobald die Ergebnisse vorliegen." Innerhalb weniger Minuten hatten sie die gesamte Ausrüstung verstaut und fuhren vom Hof.

Die darauffolgende Stille war für Hanna unerträglich und hastig verschloss sie die Eingangstür. Verstört lief sie von Raum zu Raum und rüttelte an den Fenstern, ob diese auch wirklich verschlossen waren. Anschließend rief sie Sarah an. Unter Tränen berichtete sie von dem Zustand ihres Hauses.

„Mach dir keine Sorgen, Hanna. Wir bringen vorher noch die Kinder zu den Großeltern und in einer halben Stunde sind wir bei dir", versprach Sarah.

„Danke, ich weiß gar nicht, was ich sagen soll ..."

„Ist schon in Ordnung."

Nachdem sie das Gespräch beendet hatte, begann Hanna im Wohnzimmer die Dinge auf dem Fußboden zu sortieren. Sobald sie ein Häufchen zusammengetragen hatte, legte sie die Sachen zurück in den Schrank. Ständig hielt sie nach Marks Brief Ausschau, um ihn den Beamten übergeben zu können, aber er blieb verschwunden. Mark und Alexander sollten nicht ungeschoren davonkommen, das hatte sie sich geschworen.

Sie hörte ein Fahrzeug auf den Hof fahren und öffnete die Tür. Schluchzend fiel sie Sarah um den Hals und konnte sich kaum beruhigen.

„Es tut mir so leid, Hanna. Hoffentlich finden sie den

Mistkerl, der dafür verantwortlich ist.“ Sarah strich ihr tröstend übers Haar. „Aber zuerst koche ich uns einen starken Kaffee. Es wird Stunden dauern, bis wir dieses Chaos beseitigt haben.“ Sie bahnte sich einen Weg in die Küche und stellte die Kaffeemaschine an.

Zu dritt saßen sie am Küchentisch, die dampfenden Tassen vor sich. Sie diskutierten eine Weile, waren sich aber letztendlich einig, dass für diese Tat nur Mark in Frage kam. Wahrscheinlich hatte er eine zwielichtige Person beauftragt, das Haus während Hannas Abwesenheit zu durchwühlen.

Sarah erhob sich und beendete die Diskussion. „Auf in den Kampf, wir haben noch jede Menge vor uns.“

Nach mehreren Stunden mühsamen Schaffens sah das Haus wieder einigermaßen bewohnbar aus und Sarah und Carsten verabschiedeten sich von Hanna. Nachdem Hanna die Haustür verschlossen hatte, stopfte sie die ersten Kleidungsstücke in die Waschmaschine. Sie wollte sich gar nicht erst vorstellen, was der Fremde alles berührt haben könnte. Anschließend spülte sie in der Küche das Geschirr und wischte sämtliche Oberflächen ab.

Es war schon weit nach Mitternacht, als sie sich kraftlos auf die Couch fallen ließ. Fröstelnd wickelte sie sich die Decke um die Beine. Den Kopf auf das weiche Polster gebettet dachte sie zum ersten Mal daran, das Forsthaus wieder zu verkaufen.

KAPITEL 17

Nachdem Hanna die letzten Spuren des Einbruchs beseitigt hatte, setzte sie sich an den Küchentisch, um sich eine Pause zu gönnen. Sie nippte abwesend an ihrer Kaffeetasse, als ein sich näherndes Motorengeräusch sie aus ihren Gedanken riss. Neugierig lief sie ans Fenster und sah bald darauf den Jeep des Försters. Prüfend blickte sie an sich herunter, sie trug einen verwaschenen Jogginganzug und ihre Füße steckten in ausgetretenen Schlappen. Zum Umziehen war es leider zu spät. Jan stieg bereits aus dem Jeep und winkte ihr freundlich zu.

„Was machen Sie denn für Sachen? Sie ziehen ja das Unglück an, wie die Motten das Licht", rief er bedauernd aus. „Jetzt habe ich wirklich ein schlechtes Gewissen, weil ich mich so selten habe blicken lassen." Betreten starrte er auf seine Schuhspitzen.

„Ach was", wiegelte sie ab, „schließlich sind Sie Förster und kein Polizeibeamter."

„Trotzdem tut es mir leid und ich fühle mich irgendwie verantwortlich. Haben Sie denn schon einen Verdacht?" Er wusste von Sarah, dass Hanna sich getrennt hatte, erwähnte es jedoch nicht.

„Ich könnte mir vorstellen, dass mein ehemaliger Partner dahinter steckt", gab sie offen zu. „Es wäre aber nett, wenn Sie diese Information für sich behielten. Wahrscheinlich wird im Dorf schon genug über mich geredet."

„Natürlich ist so ein Einbruch für die Dorfbewohner spannend, es passiert ja auch nicht alle Tage. Außerdem sind Sie eine Zugezogene, da wird man intensiver beäugt. Aber lassen Sie sich davon nicht unterkriegen, in ein paar Tagen tratschen die Leute wieder über ein anderes Thema."

Er versuchte sie aufzumuntern und man sah ihm an, dass er es ehrlich meinte. Ein großer, kräftiger Kerl, der in einer verwaschenen Jeans und einem karierten Hemd steckte und niemandem etwas beweisen musste.

„Wissen Sie was?", fuhr er fort, „ich lasse Ihnen meine Karte da und wenn es wieder einmal brenzlig wird, dann rufen Sie mich an. Nur keine Scheu, ich helfe gern."

Er brachte ein schüchternes Lächeln zustande und reichte ihr zum Abschied seine Visitenkarte. Dann machte er auf dem Absatz kehrt, stieg in seinen Jeep und brauste davon. Hanna sah ihm nachdenklich hinterher, sie würde seine Karte auf jeden Fall griffbereit aufbewahren.

~

Ophelia kratzte ungeduldig an der Tür und forderte ihre tägliche Runde ein. Ein prüfender Blick zum Himmel verhieß jedoch nichts Gutes und trieb Hanna zur Eile. Rötlich schimmernde Kumuluswolken bedeckten den Himmel zuhauf und die Luft war drückend und schwül.

In der Küche würfelte Hanna kleine Käsestückchen und füllte diese in eine Dose. Nachdem sie rund um das Forsthaus eine Fährte ausgelegt hatte, streifte sie Ophelia das Fährtengeschirr über und hakte die Laufleine ein. Die Hündin lief vom Arbeitseifer angetrieben freudig voraus. Hanna hatte die Route am Waldrand gewählt und etwas später erreichten sie eine Stelle, an der das Gras niedergetrampelt war. Sie musterte aufmerksam die Umgebung und stellte fest, dass man von hier aus einen perfekten Blick zum Forsthaus hatte. Wer mochte hier gestanden haben, ging es ihr durch den Kopf.

Zwischen den Grasbüscheln lugte etwas Helles hervor und Hanna bückte sich, um es aufzuheben. Neugierig strich sie den zerknüllten Papierfetzen glatt, bei dem es sich um einen ganz normalen Kassenzettel handelte. Doch das Interessante daran war, dass er von einem Supermarkt in der Nähe von Marks Pension stammte.

Allmählich fügte sich ein Bild zusammen, Mark schien also derjenige zu sein, der ihr nachstellte. Aber warum tat er das? Hatte ihn Alexander dazu angestiftet?

Ophelia lief nervös auf und ab und Hanna überlegte, ob die Hündin wohl schon in der Lage wäre, einer richtigen Spur zu folgen. Versuchsweise hielt sie den Papierfetzen vor die Hundenase und gab das Kommando: „Such, Ophelia, such!"

Doch Ophelia hob nur den Kopf und stupste mit der feuchten Nase die Dose mit den Käsewürfeln an.

„So viel dazu", murmelte Hanna, „wie fortgeschritten du mit dem Training bist." Zärtlich kraulte sie Ophelia hinter den Ohren. „Ach Mädchen, gerade jetzt hätte ich dein Talent als Spürnase gebraucht. Kehren wir lieber um, bevor das Wetter umschlägt."

Der Wind hatte aufgefrischt und schob eine dicke Front dunkler Wolken vor sich her. In der Ferne grollten bereits die ersten Donner. Hanna beschleunigte ihre Schritte und atmete auf, als sie den Hof erreicht hatte. Auf dem Weg zur Veranda schnappte sie sich den Kater und eilte ins Haus. Sie verriegelte sofort die Katzenklappe, damit Benjamin bei dem aufziehenden Unwetter nicht im Freien herumstreunte. Anschließend schlüpfte sie in bequemere Kleidung und setzte sich mit einem Buch auf die Couch.

Das Gewitter war jetzt direkt über dem Forsthaus. Die ersten schweren Tropfen trommelten gegen die Fensterscheiben und der Himmel verdunkelte sich zusehends. Die Blitze erhellten das Zimmer im Sekundentakt und schlugen in unmittelbarer Nähe ein.

Na, das ist mal kein Kindergeburtstag, dachte Hanna nervös. Schützend schlang sie die Arme um ihren Oberkörper, als sie aus dem Fenster schaute. Staub wirbelte auf, Blätter und Zweige wurden von den Bäumen gerissen und die schweren Äste neigten sich bedrohlich im Wind. Eine heftige Bö fegte über den Hof und die hölzernen Fensterläden klapperten. Inzwischen war ihr ziemlich mulmig zumute, so ganz allein. Sie zog die Vorhänge zu und schaltete das Licht ein. Sobald das Unwetter weitergezogen wäre, würde sie eine Kleinigkeit zu Abend essen. Aber jetzt blieb sie wie erstarrt auf der Couch sitzen und horchte dem Toben des Unwetters. Es war ein diffuses Gefühl von Angst, das sich in ihr Innerstes geschlichen hatte und sie lähmte.

Wumm!

Ein dumpfer Schlag ließ sie zusammenfahren. Erschrocken neigte sie den Kopf zur Seite und lauschte angestrengt jedem Laut. Ein Blitz schlug ganz in der Nähe ein und der laute Knall ließ das Forsthaus erzittern. Der Regen rauschte heftig und nur wenige Augenblicke später ertönte das Geräusch erneut.

Wumm! Wumm!

Es hörte sich beinahe so an, als würde jemand mit dem Vorschlaghammer gegen eine Wand schlagen. Zitternd löschte Hanna das Licht und auch der nächste Donner ließ das Haus erbeben. Hanna huschte sie zum Fenster und schob vorsichtig die Gardine zur Seite.

Der Regen strömte unablässig vom Himmel und schränkte die Sicht ein. Trotzdem konnte sie die Ursache für dieses Geräusch erkennen, als ein greller Blitz das düstere Szenario erhellte. Die Tür zur Waschküche war offen und schwang auf und zu. Hanna hätte schwören können, die Tür mit dem Vorhängeschloss gesichert zu haben. Aber es nützte nichts, so wie es stürmte, würde die Tür garantiert Schaden nehmen, wenn sie weiterhin mit solcher Wucht gegen Rahmen und Hauswand krachte. Hanna angelte die Regenjacke von der Flurgarderobe, schnappte sich die Taschenlampe und lief nach draußen. Ophelia stand knurrend neben ihr.

„Ich flitze nur fix rüber, schließe die Tür und komme sofort zurück“, beruhigte sie die Hündin.

Erneut schlug ein Blitz am Waldrand ein und entlud seine geballte Energie mit einem ohrenbetäubenden Knall. Für Hanna war es das Startsignal. Sie sprintete durch den Regen, stolperte über einen Stein und landete der längelang auf dem durchweichten Boden.

„Verdammt noch einmal ...“, fluchte sie ungehalten. Mühsam rappelte sie sich wieder auf und richtete den Strahl der Taschenlampe auf den Stein, der den Sturz verursacht hatte. Der Stolperstein war ein Ziegel, der vorher noch auf dem Stapel hinter dem Stall gelegen hatte, und es sah ganz danach aus, als ob ihn jemand absichtlich an dieser Stelle platziert hätte. Ophelia kläffte gegen den Sturm an und gebärdete sich wie wild, folgte ihr aber nicht.

Mit schmerzverzerrtem Gesicht humpelte Hanna weiter, es waren nur noch wenige Meter bis zum Ziel. Die Jacke bot kaum Schutz vor dem sintflutartigen Wolkenbruch und Hanna war inzwischen durchnässt bis auf die Haut. Es kostete sie einige Anstrengungen, die Tür zu bändigen und ins Schloss zu drücken. Ophelias Bellen klang gedämpft, warum auch immer.

Hektisch bemühte sich Hanna, den Bügel ins Schloss zu drücken, aber dieser wollte einfach nicht einrasten. Frustriert gab sie auf und hängte das Schloss lose ein. Das würde sicher ausreichen, um das erneute Aufspringen der Tür zu verhindern. Erleichtert wandte sie sich ab und blickte irritiert zum Haus. Wann bitte, war die Eingangstür zugefallen? Ihr Herz hämmerte ein wildes Stakkato und sie spürte die Panik aufsteigen. Irgendetwas stimmte hier nicht!

Sie ignorierte den stechenden Schmerz und hastete zurück. Mit schlammverkrusteten Schuhen jagte sie die Holzstufen zur Veranda hinauf und rutschte aus. Sie prallte mit dem Oberkörper auf das Holz und ihr blieb die Luft weg, als sich die Kanten der Stufen zwischen ihre Rippenbögen bohrten.

Mit letzter Kraft raffte sie sich auf und drückte die Klinke herunter, doch die Eingangstür ließ sich nicht öffnen. „Warum geht diese verdammte Tür nicht auf?“, rief sie wütend. Mit ihren Fäusten trommelte sie so lange gegen das Holz, bis sie begriff, dass die Tür abgeschlossen worden war.

Wumm!

Das Geräusch ließ sie erneut zusammenfahren. Die Tür zur Waschküche schwang wieder auf und zu. Die Erkenntnis traf sie wie ein Faustschlag. Sie befand sich nicht allein auf dem Grundstück und war bewusst von Ophelia getrennt worden. Niemand würde sie hören und ihr zu Hilfe eilen. Mit dem Rücken zur Eingangstür musterte sie das gesamte Areal. In das Haus konnte sie nicht zurück. Ihre Minifestung war zu gut gesichert, dafür hatte sie persönlich gesorgt.

Mit der Taschenlampe leuchtete sie über den Hof. „Was willst du von mir? Komm endlich raus, du Feigling, und zeig dich!“, schrie sie gegen das Unwetter an. Doch der Donner verschluckte ihre Worte.

Allmählich begriff sie den Ernst der Lage und überlegte fieberhaft, wo sie sich verbergen könnte. Sollte sie auf gut Glück in den Wald rennen oder hinüber ins Dorf, um Hilfe zu holen? Aber bei diesem heftigen Gewitter ungeschützt über die Felder ins Dorf zu laufen, erschien ihr zu riskant. Schnell wurde ihr bewusst, dass sie handeln musste und als sie glaubte, sich nähernde Schritte zu hören, stürmte sie los. Panikartig flüchtete sie in den Wald. Sie vernahm das Knacken von Zweigen und sah das Licht einer Taschenlampe aufblitzen. Mit schnellen Schritten umrundete sie das Grundstück, um über die Zufahrtsstraße zurück zum Forsthaus zu gelangen. Atemlos hastete sie zur Stirnseite des Stallgebäudes und die offene Luke, die zum Spitzboden führte, erschien ihr wie ein Wink des Schicksals.

Hanna zerrte eine leere Regentonne unter die Öffnung und stellte diese auf den Kopf. Mit letzter Kraft hangelte sie sich zur Luke hinauf und kletterte in das Innere. Blind tastete sie den Boden ab und fand tatsächlich eine alte Forke, mit der sie die Tonne umstieß. Dann grub sie sich in der hintersten Ecke ein Loch in den Heuhaufen und robbte ganz dicht unter die Dachschrägen.

Nur Sekunden später hörte sie schon, wie sich jemand an der Regentonne zu schaffen machte und zur Luke hinaufkletterte. Der Lichtkegel einer Taschenlampe huschte über den Boden und sie wagte kaum zu atmen. War das Mark, der sie jagte?

Inzwischen begann ihr Verfolger mit der Heugabel gezielt im Heu herumzustochern. Hanna unterdrückte einen Schrei, als sie die Schläge spürte. Mit dieser Methode würde er sie garantiert aufstöbern. Sie biss in die Faust und versuchte das Zittern ihres Körpers zu kontrollieren, um sich nicht zu verraten. Wie ein Kaninchen in Todesangst presste sie sich auf den Boden und atmete nur noch ganz flach.

Ein Schlag traf sie überraschend am Kopf und wurde vom

Heu kaum abgefedert. Helle Funken blitzten vor ihren Augen, so intensiv war der Schmerz. Nur einen Atemzug später rammte der Mann ihr die stumpfen Zinken in die Rippenbögen. Nicht schreien, um Himmelswillen nicht schreien, echoten die Worte hinter ihrer Stirn.

Er hatte wohl bemerkt, dass er auf einen Widerstand gestoßen war, und sie hörte, wie er ausholte, um die Forke erneut kraftvoll ins Heu zu stoßen. Ganz langsam machte sie einen Katzenbuckel und hielt den Atem an. Die Heugabel schoss unter ihrem Bauch hindurch und stieß geräuschvoll gegen die Dachpfannen. Eine Pfanne löste sich und fiel scheppernd hinunter auf den Hof.

Erneut wanderte der Strahl der Taschenlampe durch den Raum, bis der Fremde begann, wütend auf den Heuhaufen einzudreschen. Hanna wagte nicht, ihren Körper wieder abzusenken, und ertrug die äußerst schmerzhaften Schläge.

„Dich kriege ich noch, du Biest. Ich kann warten ...“, murmelte er.

Fluchend pfefferte er die Heugabel in die hinterste Ecke und sprang von der Luke aus in die Tiefe. Lautlos wie eine Katze kroch Hanna zu dem entstandenen Loch und blickte in den Hof. Er hatte die Taschenlampe wieder eingeschaltet und suchte den Hof nach ihr ab. Ophelia erhob erneut ihre Stimme und gebärdete sich wie wild.

„Schnauze, du Aas!“, zischte der Kerl und Hanna glaubte Marks Stimme erkannt zu haben.

Das Gewitter war inzwischen weitergezogen, aber es goss noch immer wie aus Kübeln. Der Lichtkegel der Taschenlampe verschwand kurz darauf im Wald und Hanna verbarg sich wieder im Heuhaufen. Sie betete inbrünstig, dass er sie nicht entdeckte, und wollte sich gar nicht erst ausmalen, was dann passieren könnte. Die Kirchturmuhr des Dorfes schlug Mitternacht und sie zählte die einzelnen Schläge. Bis zum

Sonnenaufgang würde es noch Stunden dauern, wie sollte sie nur so lange durchhalten?

Ophelia schlug jetzt leisere Töne an und jaulte beständig und Hanna wünschte sich, dass der Spuk endlich vorbei wäre. Doch ständig tauchte der Lichtstrahl wie aus dem Nichts auf und huschte über den Hof, um dann wieder im Wald zu verschwinden. Stunde für Stunde verging und Hanna begann in der feuchten Kleidung zu frieren. Die Rippen schmerzten bei jedem Atemzug, der Zeh pochte und ihr Rücken brannte höllisch von den Schlägen.

Warum zum Teufel hatte sie nur ihre kleine Festung verlassen? Dieser Mistkerl hatte sie mit einem simplen Trick aus dem Haus gelockt und sie war darauf reingefallen. Dass sie um ihr Leben fürchten musste, konnte sie jetzt nicht mehr leugnen, wahrscheinlich wollte er es bei diesem Wetter wie einen Unfall aussehen lassen. Blieb nur die Frage nach dem Warum?

Zitternd vor Kälte und Panik hing sie ihren Gedanken nach. Der Lichtkegel der Taschenlampe war schon seit einer Weile nicht mehr aufgetaucht, der neue Tag erwachte allmählich zum Leben. Die ersten Hähne krähten und der Verkehr rauschte in der Ferne. Die alltäglichen Geräusche verkündeten Hanna, dass es für heut vorbei war.

~

Obwohl inzwischen mehrere Stunden vergangen waren, wagte sich Hanna noch immer nicht aus ihrem Versteck. Die Kleidung war mit der Zeit getrocknet und das Heu ließ ihre Körperwärme zurückströmen. Die Erschöpfung machte sie schläfrig, aber die Angst, entdeckt zu werden, hielt sie wach.

Plötzlich vernahm sie ein Motorengeräusch. Vorsichtig lugte sie zwischen den Dachpfannen auf den Hof und erkannte das Postauto. Der junge Mann in seiner blauen

Uniform warf die Briefe durch den Türschlitz und lief mit schnellen Schritten zum Wagen zurück.

„Halt!“, rief sie verzweifelt hinunter. „Bitte warten Sie!“

Suchend sah sich der Postbote um.

„Ich bin hier oben, einen Moment bitte.“

Vorsichtig kletterte sie aus der Luke und ließ sich nach unten fallen. Der Schmerz, der durch ihren Körper jagte, ließ sie nach Luft schnappen. Hastig humpelte sie um die Ecke des Stallgebäudes und brachte ein schmerzverzerrtes Lächeln zustande.

„Entschuldigung, aber ich habe mich leider ausgesperrt und musste die Nacht auf dem Heuboden verbringen. Dürfte ich wohl ihr Handy benutzen, um Hilfe zu holen?“

„Was? Sie haben die Nacht bei diesem Wetter im Freien verbracht?“

„Mehr oder weniger ...“

Der Postbote griff in seine linke Hosentasche und reichte ihr das Handy. Hanna tippte in rascher Folge die Zahlen ein und schickte ein Stoßgebet zum Himmel. Sie musste erhört worden sein, denn Sarah meldete sich sofort.

„Kannst du mir einen Gefallen tun?“, sprudelte es aus ihr heraus. „Versuche doch bitte den Seniorchef der Schreinerei Pieper zu erreichen, er soll umgehend zum Forsthaus kommen. Ich habe mich leider ausgesperrt und er muss das Schloss öffnen.“

„Wie konnte das denn passieren?“

„Bitte frag nicht“, bat Hanna, „schicke ihn einfach her.“

„Mach ich, wird sofort erledigt“, erwiderte Sarah und beendete das Gespräch.

Hanna gab dem bereits ungeduldig wartenden Postboten das Telefon zurück.

„Vielen Dank, ich werde das Gespräch morgen bezahlen.“

„Nichts für ungut“, erwiderte dieser lächelnd, stieg in sein gelbes Auto und fuhr vom Hof.

Fröstelnd rieb sie sich über die Oberarme, hoffentlich musste sie nicht allzu lange warten. Sie humpelte zur Veranda, setzte sich auf den Boden und sprach beruhigend auf Ophelia ein.

„Gleich mein Mädchen, gleich werden wir erlöst und dann ist es vorbei."

Hin und wieder warf sie einen ängstlichen Blick hinüber zum Waldrand und kämpfte vergebens gegen die bleierne Müdigkeit an. Ihre Gedanken schienen wie blockiert, der fehlende Schlaf und der enorme Stress hatten ihr stark zugesetzt. Mit dem Rücken an die Haustür gelehnt, schlief sie völlig erschöpft ein.

~

„Hallo, junge Frau, geht es Ihnen gut?"

Hanna schreckte aus dem Schlaf und sprang mit weit aufgerissen Augen auf. Als sie Herrn Pieper erkannte, brachte sie nur ein verwirrtes Nicken zustande.

„Ist mit Ihnen auch wirklich alles in Ordnung?", fragte er besorgt. „War ja ein ordentliches Gewitter gestern Nacht. Im Dorf ist eine hundertjährige Linde auf ein Auto gefallen, zum Glück kam niemand zu Schaden." Herr Pieper räumte bereits sein Werkzeug aus dem Kastenwagen. „Wie konnten Sie sich überhaupt aussperren? Sie hätten doch nur die Klinke herunterdrücken müssen?" Er rüttelte an der Tür und zuckte ratlos mit den Schultern.

„Die Tür zur Waschküche stand noch offen, als es stürmte, und ich wollte sie schließen. Ich habe durch das Unwetter einfach nicht bemerkt, wie sich jemand hinter mir an der Eingangstür zu schaffen gemacht hat."

„Hm, dieser Jemand musste sich sehr gut ausgekannt haben, wenn er einen Schlüssel besaß."

„Ich habe wirklich keine Ahnung, wie das passieren konnte …", murmelte sie.

„Tja, dann bleibt mir nichts anderes übrig, als das Schloss aufzubohren. Aber wie komme ich an eine Steckdose?"

„In der alten Waschküche ist ein Stromanschluss, vorausgesetzt Sie haben ein Verlängerungskabel dabei."

„Keine Sorge, ich habe immer eine Kabeltrommel im Wagen", sprach Herr Pieper und zwinkerte ihr aufmunternd zu. Nach nur wenigen Minuten sprang die Haustür auf und Ophelia stürmte ins Freie.

„Komm her, mein feines Mädchen", lobte Hanna die Hündin und küsste sie zwischen den Ohren. Dann humpelte sie in die Küche und riss den Kühlschrank auf. Sie leerte die Wasserflasche Zug um Zug und wischte sich mit dem Ärmel die Tropfen vom Kinn.

„Macht es Ihnen etwas aus, wenn ich uns einen Kaffee aufsetze und danach kurz unter die Dusche springe?", fragte sie.

„Nein, ganz und gar nicht. Ich bin mit Sicherheit noch eine Weile mit dem Einbau des neuen Schlosses beschäftigt."

Hanna brachte ein schiefes Lächeln zustande und schaltete in der Küche die Kaffeemaschine ein. Sie lief ins Schlafzimmer, schnappte sich frische Wäsche und verschwand im Bad. Das warme Wasser löste ihre Muskelverspannungen und nachdem sie sich abgetrocknet hatte, betrachtete sie ihren malträtierten Körper im Spiegel. An den Rippenbögen und auf dem Rücken zeichneten sich deutlich die ersten Blutergüsse ab und der Zeh war geschwollen. Die körperlichen Verletzungen würden wieder heilen, aber Hanna befürchtete, dass ihre Seele Schaden genommen haben könnte.

In der Küche öffnete sie eine Packung Waffeln und goss den dampfenden Kaffee in die Tassen. Dann griff sie nach dem Tablett und stellte es auf das kleine Tischchen auf der Holzveranda.

„Hm, wie köstlich das duftet! Also Kaffee kochen können Sie ja, der schmeckt wie immer hervorragend. Vielleicht bekomme ich demnächst ein selbstgebackenes Stück Kuchen serviert? Schließlich soll ich doch Ihr Lieblingsschreiner bleiben, nicht wahr?"

„Irgendwann, Herr Pieper, wenn mein Leben wieder in geregelteren Bahnen verläuft, dann bekommen Sie auch Ihren Kuchen. Fest versprochen."

Eigentlich war ihr nicht nach Small Talk zumute, aber Herr Pieper gab sich solche Mühe, sie aufzumuntern, und war immer zur Stelle, wenn Not herrschte. Und zurzeit passierte ihr das öfter, als ihr lieb war.

„Das neue Schloss passt und schließt perfekt. Wenn Sie weiter so einen Verbrauch an Türschlössern haben, räumt Ihnen der Händler bestimmt einen ordentlichen Rabatt ein."

Sie stöhnte leise auf. „Ich hoffe doch nicht. Diesmal werde ich einen Zweitschlüssel auf dem Grundstück verstecken, nur für alle Fälle. Ich danke Ihnen für Ihre schnelle Hilfe."

„Passen Sie gut auf sich auf, junge Frau. Es ist schon recht ärgerlich, was man mit Ihnen macht."

Er stieg in seinen Kastenwagen, winkte ihr noch einmal zu und fuhr vom Hof. Schlagartig wurde Hanna sich wieder ihrer Einsamkeit bewusst und die Panik kehrte zurück. Obwohl es erst früher Nachmittag war, begann sie, die Fensterläden im Untergeschoss zu schließen, um sich für die nächste Nacht zu wappnen. Anschließend deponierte sie den Zweitschlüssel in der alten Waschküche und hoffte, dass niemand sie dabei beobachtete.

Drinnen klingelte das Telefon und sie eilte ins Haus. Sorgfältig verschloss sie die Haustür, bevor sie zum Hörer griff. Sarah meldete sich am anderen Ende der Leitung.

„Tut mir leid, wenn ich störe, aber ich habe es einfach

nicht mehr ausgehalten. Was zum Teufel ist eigentlich passiert?"

Hanna zögerte. Konnte sie Sarah das Erlebte auch glaubhaft schildern?

„Ich bin heut Nacht aus dem Haus gelockt worden", berichtete sie stockend, „und ich befürchte, dass es jemand auf mich abgesehen hat."

„Was ist passiert? War es Mark?"

„Ich kann es dir nicht genau sagen, ich bin immer noch völlig durcheinander. Ich wurde aus dem Haus gelockt, verfolgt und habe mich auf dem Heuboden versteckt. Keine Ahnung, was geschehen wäre, wenn er mich entdeckt hätte."

„Wirst du Anzeige erstatten? Und wie soll es jetzt überhaupt weitergehen?"

„Ehrlich gesagt, ich weiß es nicht."

„Ich habe da eine Idee, Hanna. Jan schuldet mir noch einen Gefallen und ich werde ihn darum bitten, dass er die nächsten Nächte bei dir bleibt."

„Bitte Sarah, das ist mir unangenehmen. Ich brauche keinen Aufpasser, ich komme schon klar."

„Nichts da, ich habe keine ruhige Minute mehr. Außerdem bleibt er doch nur ein paar Tage."

Sarah meinte es gut und im Prinzip hatte sie recht. Notgedrungen willigte Hanna ein.

~

Jan hatte seinen Jeep direkt neben der Veranda abgestellt. Während sein Deutsch Drahthaarrüde Duke neugierig das Grundstück erkundete, drückte er auf den Klingelknopf. Ophelia gebärdete sich wie wild und schoss sofort zur Tür hinaus, nachdem Hanna diese geöffnet hatte. Sie preschte zu Duke und warf den überraschten Rüden auf den Rücken. Mehr als deutlich machte sie ihm verständlich, dass er hier nicht nach Herzenslust markieren und herumspazieren durfte. Als die Fronten geklärt waren, trabte sie mit wedelnder Rute zu Hanna zurück.

„Na, die junge Dame hat ja ordentlich Temperament", lachte Jan und reichte Hanna die Hand. „Tja, da wäre ich nun."

„Kommen Sie rein."

Hanna lief voraus in die Küche, wo sie sich an den Tisch setzten.

„Möchten Sie vielleicht einen Kaffee?"

„Klar, warum nicht. Aber können wir das alberne Siezen nicht endlich lassen?"

„Okay. Ich bin Hanna."

„Jan."

Er lächelte schüchtern, aber sie konnte ihm deutlich ansehen, dass er sich in der Rolle des Beschützers unwohl fühlte. Sie waren einander völlig fremd und hatten nur kurz ein paar Worte gewechselt. Wenn sie an Marks peinlichen Auftritt zurückdachte, würde sie am liebsten im Erdboden versinken. Deshalb ging sie sofort in die Offensive.

„Eigentlich kann ich ganz gut auf mich selbst aufpassen, aber Sarah hat keine Ruhe gegeben", erklärte sie.

„Das mit dem Aufpassen scheint aber nicht so gut geklappt zu haben", erwiderte Jan. „Sarah klang sehr besorgt und sie würde mich nie um einen Gefallen bitten, wenn es nicht nötig gewesen wäre."

„Das mag schon sein, aber du musst nicht bleiben, nur um ihr einen Gefallen zu tun."

„Ich wäre nicht gekommen, wenn ich keinen Sinn darin gesehen hätte", antwortete er. „Willst du mir nicht erzählen, was genau passiert ist?"

Hanna schenkte den Kaffee in die Tassen und setzte sich Jan gegenüber.

„Ich weiß nicht so recht …", zögerte sie.

Dann begann sie aber doch, Stück für Stück ihre Erinnerungen an diese schreckliche Nacht preiszugeben. Erst sah sie die Verwunderung in seinem Gesicht und dann die Ungläubigkeit. „Das mag sehr surreal klingen, aber es ist die Wahrheit."

„Und warum gehst du nicht zur Polizei?", fragte Jan.

„Aus dem gleichen Grund, aus dem du mich gerade so irritiert angesehen hast."

Er lächelte schüchtern. „Aber du musst zugeben, dass deine Geschichte schon sehr dick aufgetragen klingt."

„Das mag schon sein. Ich frage mich ja selbst, ob ich zu viel hineininterpretiert habe."

„Deine Verletzungen sprechen eine mehr als deutliche Sprache." Jan trank einen großen Schluck. „Und du solltest das Ganze nicht auf die leichte Schulter nehmen."

„Ich weiß", seufzte Hanna, „ich werde mich der Situation endlich stellen müssen. Wahrscheinlich läuft es auf den Verkauf des Forsthauses hinaus."

„Es wäre wirklich schade, wenn du es verkaufen müsstest. Du hast eine Menge Arbeit und Geld hineingesteckt."

„Ja, aber es liegt leider viel zu abgeschieden." Hanna sah gedankenverloren aus dem Fenster.

„Was hältst du davon, wenn wir einen Spaziergang mit den Hunden machen. Vorausgesetzt, du fühlst dazu imstande."

„Klar, warum nicht. Ophelia ist sicher dankbar."

Hanna zog sich ihre Jacke und Schuhe über und folgte Jan, der in Richtung Waldrand lief.

„Bitte nicht bewegen", raunte Jan und blieb unvermittelt stehen.

„Was hast du?", fragte sie besorgt.

Er legte den Zeigefinger auf seine Lippen und ging in die Hocke. Als Hanna immer noch nicht begriff, was er vorhatte, zog er sie sanft am Ärmel herunter.

„Sieh mal, da vorn ...“, flüsterte er ihr ins Ohr.

Sie spürte seinen warmen Atem auf ihrer Haut und die feinen Härchen auf ihren Armen richteten sich. Dann entdeckte sie die stolze Ricke, die mit ihren zwei Sprösslingen gemächlich aus dem Wald herausschritt. Ihre Ohren spielten im Wind, immer auf der Hut, um ja kein Geräusch zu verpassen. Die niedlichen Kitze tollten ausgelassen um die Mutter herum und machten drollige Luftsprünge. Nur wenige Augenblicke später zupften die drei genüsslich am saftigen Grün.

„Lass uns umkehren“, wisperte Jan.

„Was für ein unvergesslicher Moment“, schwärmte Hanna, nachdem sie sich weit genug entfernt hatten. „Meine Tochter und ich haben die Rehe leider nur aus weiter Ferne beobachten können.“

„Dieser Augenblick hat Seltenheitswert“, bestätigte Jan.

Den Rest des Weges legten sie schweigend zurück. Sie genossen die Stille des Waldes und es bedurfte keiner großen Worte. Bevor Hanna die Eingangstür aufschloss, sah sie sich noch einmal suchend um. Obwohl niemand zu sehen war, hätte sie schwören können, dass sie nicht allein waren.

„Alles in Ordnung?“, fragte Jan.

„Ich fühle mich ständig beobachtet, aber wahrscheinlich wird das nach den letzten Tagen noch zur Paranoia.“

„Das braucht alles seine Zeit“, antwortete Jan mitfühlend. „Wahrscheinlich wäre es das Beste, wenn du Beweise sammelst, damit die Polizei etwas dagegen unternehmen kann.“

„Du weißt doch genauso gut wie ich, dass man erst ernsthaft in Gefahr geraten muss, bis die Beamten einschreiten.“

„Auch wieder wahr. Trotzdem solltest du Augen und Ohren offen halten.“

„Ich werde nach einer Lösung suchen, versprochen.“

Am nächsten Morgen erwachte sie durch ein zaghaftes Klopfen an die Schlafzimmertür. Schlaftrunken richtete sie sich auf und blinzelte ins helle Tageslicht. Nur wenige Sekunden später erinnerte sie sich daran, dass Jan unten auf der Couch genächtigt hatte.

„Ich komme gleich“, rief sie ihm zu und schlug hastig die Bettdecke zurück, um sich anzuziehen. Das Aroma von frisch gebrühtem Kaffee zog durch das Haus, als sie die Treppe hinunterlief und sich zu ihm an den Tisch setzte.

„Guten Morgen“, begrüßte Jan sie mit einem scheuen Lächeln. „Der Kaffee ist inzwischen Mocca. Du hast sehr lange geschlafen und ich wollte nur nach dem Rechten sehen.“

„Dir auch einen guten Morgen. Musst du denn gar nicht arbeiten?“ Fragend blickte sie ihn an.

„Ich war so frei und habe ausnahmsweise zwei Tage Urlaub genommen. Dafür verzichte ich nächste Woche auf meinen freien Tag. Wir lichten die Schonung im hinteren Bereich von Kirchberg, damit das Jungholz besser nachwachsen kann. Im Spätsommer gibt es immer viel zu tun.“

„Das ist wirklich sehr nett von dir. Ich weiß gar nicht, wie ich dir danken soll …“ Sie senkte den Blick und spürte, wie sich ihre Wangen röteten.

„Nichts für ungut. Wenn wir jemanden zum Schleppen der Baumstämme benötigen und du wieder fit bist, dann rufe ich dich an, damit unser Willi einen freien Tag bekommt.“

„Wer ist Willi?“

Jan lachte. „Unser Kaltblutwallach, der die Stämme an den Waldrand transportiert.“

„Na, vielen Dank auch für die Blumen.“ Sie gab sich gespielt entrüstet.

„So, wie verbringen wir den heutigen Tag? Hast du ein

paar Aufgaben für mich? Ich kann nämlich nicht gut stillsitzen."

„Mit der Renovierung im Haus bin ich bis auf ein paar Kleinigkeiten so gut wie fertig."

Hanna beobachtete ihn verstohlen. Wenn er lächelte, bildeten sich kleine Grübchen. Nichts an seinem Verhalten wirkte aufgesetzt und sie fand ihn unglaublich sympathisch.

„Der Staketenzaun vor deinem kleinen Gärtchen neigt sich ein wenig zur Seite. Sag mir einfach, wo das Werkzeug steht, und ich repariere den Zaun. Deinen Liegestuhl werde ich gleich daneben platzieren und du kannst von dort aus sämtliche Anweisungen geben."

„Das Werkzeug befindet sich im Keller und ein Spaten im Schuppen."

„Na, dann wollen wir keine Zeit verlieren."

Jan suchte sich das passende Werkzeug zusammen und stellte den Liegestuhl tatsächlich neben den Staketenzaun.

„Bitte sehr, Madame." Er machte eine einladende Geste und in seinen Augen tanzten helle Fünkchen.

„Danke."

Sie setzte sich in den Liegestuhl, reckte das Gesicht der Sonne entgegen und schloss für einen kurzen Moment die Augen. Es war viel zu lange her, dass sich jemand so rührend um sie gekümmert hatte. Am Anfang ihrer Ehe hatte sich Alexander sehr um sie bemüht, später drehte sich jedoch alles nur noch um ihn und seine Karriere.

Genieße einfach diesen Augenblick, dachte sie wehmütig. Sie hörte Jan hämmern und werkeln und das vermittelte ihr ein Gefühl von Geborgenheit. Zum ersten Mal seit langer Zeit konnte sie wieder abschalten.

~

„Auftrag erledigt", flüsterte ihr jemand leise ins Ohr. Jan hockte neben der Liege und musterte sie aufmerksam.

„Ich muss wohl eingenickt sein", murmelte sie unangenehm berührt.

„Also von einem bloßen Einnicken kann hier nicht mehr die Rede sein. Du hast mit deinem Schnarchen sogar mein Hämmern übertönt."

„Ich habe tatsächlich geschnarcht?" Sie spürte, wie ihre Wangen glühten.

„Sogar die Rehe hast du verschreckt." Er lachte.

Ihr gefiel seine humorvolle Art und sie konnte sich nicht erinnern, wann sie sich zum letzten Mal so unbeschwert gefühlt hatte. Sie stand auf und klappte den Liegestuhl zusammen.

„Was hältst du davon, wenn ich kurz ins Dorf fahre, Würstchen und Steaks besorge und wir ganz holzfällermäßig grillen? Ich habe einen Bärenhunger und in deinem Schuppen den perfekten Grill entdeckt." Er schien bester Laune und sie hatte nicht viel im Haus, um ihn zu verköstigen.

„Gute Idee. Ich werfe in der Zwischenzeit den Grill an und bis die Holzkohle durchgebrannt ist, bist du sicher wieder zurück."

„Ich werde mich beeilen, versprochen."

Jan stieg in seinen Jeep und fuhr ins Dorf. Hanna zerrte währenddessen den Grill aus dem Schuppen, entflammte ein Stückchen Grillanzünder und schüttete die Holzkohle auf das Blech. Jetzt brauchte es eine Weile, bis sich die heiße Glut entwickelte, und sie konnte den Grill sich selbst überlassen.

Gemächlich schlenderte sie mit den Hunden zum Haus und freute sich, wie gut die zwei sich vertrugen. Ophelia gestattete Duke inzwischen sogar, in ihrem Körbchen zu schlafen. Sie reichte den Hunden jeweils ein Leckerchen und ging in die Küche, um das Essen vorzubereiten. Ophelia knurrte drohend, anscheinend verteidigte sie ihre Beute. Das Geschirr klapperte leise, als Hanna es auf das Tablett stellte. Anschließend richtete sie einen Salat an und warf einen Blick aus dem Fenster. Die Holzkohle glühte bereits und schien die richtige Temperatur zu haben. In einem Moment der Stille hörte sie den Kies leise knirschen. Wann war Jan zurückgekehrt? Sie hatte seinen Wagen gar nicht kommen hören.

Und plötzlich begriff sie, warum Ophelia geknurrt hatte. Jemand schlich unbehelligt ums Haus.

Sie eilte in den Flur und drehte mit zitternden Händen den Schlüssel im Schloss herum. Dann setzte sie sich auf einen Küchenstuhl und schlang die Arme fröstelnd um ihren Oberkörper. Zum ersten Mal war sie dankbar, dass Sarah Jan geschickt hatte.

Kurz darauf hörte sie das Geräusch eines herannahenden Wagens. Jan hatte sich wirklich beeilt, dachte sie dankbar und öffnete ihm die Tür.

„Da bin ich wieder!“, strahlte er. „He, was ist los mit dir?“ Sein Blick wurde ernst. „Du siehst aus, als hättest du ein Gespenst gesehen.“

„Ich habe mir doch tatsächlich eingebildet, Schritte gehört zu haben.“

„Bist du dir sicher?“

„Ich sagte doch, ich habe überreagiert.“

„Nein, so meinte ich das nicht. Ich will wissen, ob du dir die Schritte wirklich nur eingebildet hast.“

„Ehrlich gesagt, nein. Auch Ophelia hat sich merkwürdig verhalten.“

„Als ich auf den Hof gefahren bin, habe ich niemanden gesehen. Anscheinend hat sich derjenige wieder aus dem Staub gemacht.“

„Wahrscheinlich.“ Hanna wandte sich ab. „Ich glaube, wir

können uns jetzt um die Steaks kümmern, die Glut hat genau die richtige Temperatur."

„Nichts lieber, als das."

Jan übernahm das Zepter, während die Hunde in einem respektvollen Abstand vor dem Grill saßen und darauf warteten, dass wenigstens ein Stück Fleisch herunterfallen möge.

Nachdem Hanna den winzigen Tisch auf der Veranda gedeckt hatte, setzte sie sich auf einen Klapphocker und beobachtete Jan, der das Grillgut wendete. Und auch diesmal überkam sie das Gefühl, dass sie nicht allein waren. Noch vor ein paar Minuten hatte sie gedacht, sich in Jans Nähe entspannen zu können, und plötzlich kippte ihre Stimmung. Sie versuchte ihre Anspannung zu verbergen, als er mit den Steaks zum Tisch kam.

„Alles in Ordnung?" Sein fragender Blick ruhte auf ihr.

„Ich weiß nicht genau, wie ich es beschreiben soll, aber ich fühle mich wie auf dem Präsentierteller." Ratlos zuckte sie mit den Schultern.

Jan ließ seinen Blick über das Grundstück und den Waldrand schweifen. „Nach dem Essen gehen wir ins Haus und gönnen uns einen entspannten Fernsehabend, irgendetwas Langweiliges läuft schließlich immer", versuchte er sie aufzumuntern.

Hanna war der Appetit vergangen, nur Jan langte ordentlich zu. Die Reste auf ihrem Teller verteilte sie großzügig an die Hunde. Anschließend räumten sie gemeinsam den Tisch ab und ließen sich auf die Couch fallen.

„Welche Sendung willst du sehen?"

„Ist mir eigentlich egal, such du etwas aus."

Jan entschied sich für eine Quizsendung und beide brachten immer wieder ihr Wissen ein. Gemeinsam schimpften sie über unmögliche Fragen, die kaum ein Kandidat richtig beantworten konnte. Während einer

Werbepause schaute Hanna aus dem Fenster und ihr Blick wanderte über den Hof.

„Das gibt es doch nicht!“, rief sie aufgebracht. „Sieh dir das an, dort steht jemand am Stall und beobachtet uns!“

Jan war hastig aufgesprungen. Der Couchtisch drohte zu kippen und die Getränke schwappten über. Schwungvoll riss er die Gardine zur Seite und erkannte gerade noch, wie sich jemand aus dem Staub machte. Er hastete zur Tür hinaus und verschwand ebenfalls in Richtung Wald.

„Jan, komm zurück“, schrie Hanna entsetzt, „lass mich um Gottes willen nicht allein!“

Sie geriet regelrecht in Panik bei dem Gedanken, dass Jan sie allein zurückgelassen hatte. Nicht auszudenken, wenn er niedergeschlagen wurde und sie dem Fremden schutzlos ausgeliefert wäre! Sekunden summierten sich zu endlosen Minuten und Hanna brach der Angstschweiß aus allen Poren.

„Bitte Jan, komm wieder zurück ...“, hauchte sie und war zur Salzsäule erstarrt.

Plötzlich vernahm sie hastige Schritte. Panisch schlug sie die Haustür zu und verriegelte das Sicherheitsschloss. Beinahe zeitgleich polterte es an die Tür. Ihr Atem ging stoßweise und sie befürchtete, gleich in Ohnmacht zu fallen.

„Hanna, ich bin es! Mach bitte auf.“

Mit zitternden Händen öffnete sie die Tür. Sie fiel Jan um den Hals und weinte vor Erleichterung. „Bitte, lass mich nie wieder allein …“, stammelte sie verstört.

Tröstend strich er über ihr Haar. „Ich habe den Kerl nicht einholen können, sein Vorsprung war einfach zu groß. Hast du erkennen können, ob es Mark gewesen ist?“

„Da war nur ein dunkler Schatten, es ging alles so furchtbar schnell ...“

Jan führte Hanna zum Sessel und wickelte sie behutsam in eine Decke.

„Ich werde die Hunde noch einmal vor die Tür lassen und bleibe auf der Veranda, falls etwas ist."

Sie nickte und sank tiefer in den Sessel. Das musste sie erst einmal verdauen, dass sich trotz Jans Anwesenheit jemand auf dem Grundstück herumgetrieben hatte. Sie wickelte die Decke fester um ihre Schultern und starrte abwesend an die gegenüberliegende Wand.

Nach einer Weile kehrte Jan mit den Hunden ins Haus zurück und setzte sich zu ihr.

„Das ist auf Dauer kein Zustand", sagte er knapp.

„Ich weiß", stimmte Hanna ihm zu. „Wahrscheinlich werde ich das Forsthaus doch verkaufen müssen."

KAPITEL 18

Seit ein paar Tagen war Hanna wieder auf sich allein gestellt. Sie vermisste Jan, und mit ihm das Gefühl von Geborgenheit. Noch immer war sie keinen Schritt weitergekommen. Grübelnd saß sie bei einer Tasse Tee in der Küche und ging sämtliche Optionen durch. Plötzlich fiel ihr die Tasche wieder ein, die Mark ihr aus der Hand gerissen hatte. Seine Reaktion auf Ophelias Fund war ziemlich übertrieben gewesen und auch wenn sich Hanna nicht allzu viel davon versprach, so würde sie der Sache nachgehen.

Sie setzte sich an den Schreibtisch, klappte den Laptop auf und suchte mit einem Programm die Strecke, die Mark gefahren sein könnte. Die Erinnerung war nur bruchstückhaft, denn sie hatte damals kaum auf die Umgebung geachtet. Ihr blieb also nichts anderes übrig, als im Internet nach der Waldgaststätte zu suchen. Nach nur wenigen Klicks hatte sie diese gefunden und notierte sich die Anschrift.

Obwohl es in Strömen regnete, packte Hanna den Rucksack und zog sich die Regenjacke über. Ophelia bemerkte die Aufbruchsstimmung und tänzelte freudig um Hanna herum.

„Auf geht's, Spürnase. Mal schauen, was wir finden."

Hanna lief mit schnellen Schritten zum Wagen, warf den Rucksack auf den Beifahrersitz und öffnete für Ophelia den Kofferraum. Dann glitt sie hinter das Steuer und tippte die Adresse in das Navi, bevor sie den Motor startete. Die Scheibenwischer hatten während der Fahrt ordentlich zu tun und der Himmel dachte nicht daran, seine Schleusen zu schließen.

Nachdem sie endlich den Abzweig zur Waldgaststätte erreicht hatte, fuhr sie weiter und entdeckte tatsächlich die Zufahrt zum Parkplatz, auf dem Mark seinen Wagen abgestellt hatte. Bei diesem Wetter erschien er Hanna noch einsamer und verlassener. Nur ein schwarzer Mercedes älteren Baujahres stand unter den Bäumen. Er musste kurz vor ihr angekommen sein, denn der Regen, welcher auf die Motorhaube tropfte, verdampfte.

Sie stieg aus und musterte aufmerksam die Umgebung. Bei dieser Witterung wirkte alles unheimlich und das unablässige Prasseln des Regens verschluckte die Stimmen des Waldes. Vielleicht hätte sie diesen Ausflug lieber verschieben sollen? Wiederum, sie hatte Lara schon seit Wochen nicht mehr gesehen. Die Angst war einfach zu groß, dass ihrer Tochter im Forsthaus etwas zustoßen könnte. Dabei zerriss es ihr das Herz, so lange von Lara getrennt zu sein.

Sie schulterte den Rucksack und forderte Ophelia auf, ihr zu folgen. Im Wald war es ziemlich windstill, trotzdem bot das Blätterdach der Bäume nur wenig Schutz. Der schmale Pfad war aufgeweicht und rutschig und Hanna musste jeden Schritt mit Bedacht wählen. Sie war so in Gedanken versunken, dass sie erschrocken zusammenzuckte, als hinter ihr ein Ast knackte. Auch Ophelia hob den Kopf und spitzte die Ohren.

„Wahrscheinlich ein Reh“, mutmaßte Hanna und umrundete die Pfützen, die sich inzwischen gebildet hatten. Dennoch erhöhte sie das Tempo und lief in ihrer Anspannung am Fundort vorbei. Glücklicherweise bemerkte sie ihren Irrtum rechtzeitig und kehrte um. Nachdem sie den Stamm der mächtigen Buche ausgemacht hatte, bahnte sie sich einen Weg durch das dichte Brombeergestrüpp. Die Dornen der Sträucher drangen durch die Hose und zerkratzten ihre Beine, aber sie scherte sich nicht darum.

Erneut hörte sie das Knacken eines morschen Zweiges und sah sich beunruhigt um. Sie vermeinte eine dunkle Gestalt hinter einem Gebüsch auszumachen und trampelte hektisch das widerspenstige Gestrüpp nieder. Anschließend versuchte sie mit den Händen durch die dornigen Zweige zu fassen, um nach der Tasche zu greifen. Das Knacken ertönte ein weiteres Mal, diesmal um einiges näher. Ophelia stellte die Nackenhaare auf und knurrte drohend.

Hannas Hände waren bereits völlig zerkratzt und bluteten, aber sie hatte die Tasche immer noch nicht gefunden. Erneut griff sie das in dichte Brombeergestrüpp und spürte einen weichen Widerstand. Endlich!

Sie bekam eine Öse zu fassen und zerrte die Tasche blindlings aus dem Gestrüpp, während die Hündin drohend knurrte.

„Jetzt komm schon Ophelia, nichts wie weg", rief sie ihr zu und stopfte die vor Nässe triefende Tasche in den Rucksack. Dann bahnte sie sich einen Weg durch das Gestrüpp. Ihre schnellen Schritte wurden von einem schmatzenden Ton begleitet, als sie in Richtung Parkplatz lief. Durch den warmen Sommerregen hatten sich erste Nebelschwaden gebildet und Hanna sah sich immer wieder suchend um. Plötzlich machte Ophelia einen Satz nach vorn und war innerhalb weniger Sekunden im Dickicht verschwunden.

„Ophelia, sofort zurück!", rief Hanna außer sich.

Sie bückte sich nach einem Ast, der ziemlich stabil aussah, um sich im Notfall verteidigen zu können. Das laute Kläffen der Hündin entfernte sich zusehends und Hanna eilte ihr hinterher. Als es hinter ihr raschelte, fuhr sie erschrocken zusammen und entschied, in der Schonung Deckung zu suchen. Tannennadeln und Moos dämpften ihre Schritte. Obwohl sich mittlerweile ihr schlechtes Gewissen regte, Ophelia in dieser Situation alleingelassen zu haben, versuchte sie, ihren Vorsprung weiter auszubauen.

So lautlos wie möglich lief sie in Richtung Parkplatz und achtete immer darauf, sich nicht allzu weit von Ophelia zu entfernen. Inzwischen musste sie sich auf gleicher Höhe wie die Hündin befinden. Auch wenn es ihr unglaublich schwerfiel, sie durfte Ophelia nicht zu sich rufen. Mit ihrer rechten Hand umklammerte sie den Ast und mit der linken suchte sie in der Hosentasche nach dem Autoschlüssel. War es wirklich sinnvoll, den weiten Weg ohne die Hündin zum Wagen zurückzulaufen? Ihre Kondition ließ sehr zu wünschen übrig, bereits jetzt war sie völlig verschwitzt und ihr Atem ging stoßweise.

Plötzlich fiel ihr die Hundepfeife im Rucksack wieder ein. Sie drang noch ein paar Meter tiefer in die Schonung ein, um einen ersten Versuch zu wagen. Vorsichtig legte sie den Rucksack ab und wühlte in der Seitentasche. So sehr sie ihre eigene Vergesslichkeit auch manchmal nervte, so glücklich war sie darüber in diesem Augenblick.

Schätzungsweise zweihundert Meter lagen zwischen ihr und Ophelia, deren Bellen teilweise vom Regen verschluckt wurde. Hanna holte tief Luft und blies in die Pfeife. Sie entlockte ihr einen hohen Ton, kaum hörbar für das menschliche Ohr.

Die Hündin reagierte jedoch nicht und Hanna pfiff ein weiteres Mal. Endlich verstummte Ophelia und schien dem hohen Ton zu lauschen. Für Hanna gab es jetzt kein Halten mehr, sie wollte nur noch weg. Sie hetzte, soweit das bei den tiefhängenden Ästen möglich war, durch die Schonung. Immer wieder versperrte dichter Bewuchs den Weg und sie musste diese Stelle großflächig umrunden. Dabei vergaß sie nicht, ein ständiges Signal zu geben, damit Ophelia ihr folgen konnte.

Sie erhöhte ihr Tempo und hörte, wie es im Unterholz knackte. Ihr Griff um den Ast wurde fester und sie warf einen ängstlichen Blick zurück. Ophelia stürmte aus dem Dickicht und stupste sie mit ihrer zerschrammten Nase an.

„Gott sei Dank, dass du endlich da bist", flüsterte Hanna erleichtert und strich der Hündin durch das feuchte Fell.

Jetzt, wo Ophelia wieder bei ihr war, schlug sie den Weg zur Straße ein. Der war bedeutend kürzer und vor allen Dingen sicherer als die Strecke, die zum Parkplatz führte. Schon nach wenigen Metern wurde der Baumbestand lichter und in der Ferne hörte sie das Rauschen der vorbeifahrenden Fahrzeuge. Sie hatten es geschafft.

Sie leinte Ophelia an und folgte der Straße. Es würde ein weiter Weg werden und inzwischen war sie durchnässt bis auf die Haut. Sie hörte das Motorengeräusch eines herannahenden Traktors und drehte sich überrascht um, als dieser seine Geschwindigkeit drosselte. Ein junger Bursche beugte sich aus dem Fahrerhaus.

„He, wissen Sie denn nicht, wie gefährlich das Trampen heutzutage ist?"

„Allein im Wald ist es noch gefährlicher", rief sie ihm zu und ging einfach weiter.

„Wollen Sie vielleicht mitfahren?" Fragend musterte er sie. „Ich kann Sie bei dem Wetter unmöglich zurücklassen."

„Okay, das ist sehr nett von Ihnen", antwortete sie und musste sich eingestehen, dass dieser junge Mann ihr Retter in der Not war.

Zuerst hievten sie Ophelia in das Führerhaus, dann kletterte Hanna hinterher. Sie zitterte vor Kälte und war dankbar für die Mitfahrgelegenheit. Sie beschrieb den Weg zum Parkplatz und der junge Mann wusste sofort, wo es hingehen sollte.

„Warum sind Sie denn nicht gleich zum Auto zurückgelaufen?“, hakte er nach.

„Ich habe leider die Orientierung verloren“, sagte sie und ansatzweise stimmte das ja auch.

Nach einer Viertelstunde hatten sie den Parkplatz erreicht. Der schwarze Mercedes stand immer noch dort und bei seinem Anblick jagte Hanna ein weiterer Schauer über den Rücken.

„Wären Sie so freundlich zu warten, bis ich weggefahren bin?“, bat sie den jungen Mann. „Manchmal springt mein Wagen nicht an.“

„Kein Problem. Ich fahre erst, wenn ich sehe, dass mit Ihrem Fahrzeug alles in Ordnung ist“, erwiderte er gutmütig.

„Das ist wirklich nett von Ihnen und vielen Dank fürs Mitnehmen.“

„Ach, nicht der Rede wert.“ Er winkte lächelnd ab.

Sie sprang aus dem Fahrerhaus des Traktors und Ophelia folgte ihr. Hastig schloss sie den Wagen auf und warf den Rucksack auf den Beifahrersitz. Dann verfrachtete sie Ophelia in den Kofferraum und startete den Motor. Wie vereinbart fuhr sie zügig vor dem Traktor auf die Straße und winkte dem jungen Mann zum Abschied noch einmal zu. Dann trat sie das Gaspedal durch, um so viele Kilometer wie möglich zwischen ihrem Wagen und diesem Ort zu bringen.

Sie drehte die Heizung auf und öffnete das Seitenfenster, denn die Scheiben waren innerhalb weniger Sekunden beschlagen. Jetzt musste sie nur noch entscheiden, wohin die Reise ging, denn wer wusste schon, wer oder was im Forsthaus auf sie wartete? Die Szene im Wald war sicherlich keine harmlose Begegnung mit einem Wanderer gewesen, auch Ophelias Verhalten hatte eine deutliche Sprache gesprochen.

Hanna beschloss, die Tasche im Fundbüro abzugeben,

und fuhr auf den Parkplatz eines Möbelhauses, um vorher noch einen Blick in das Innere zu werfen. Sie öffnete den Rucksack und zog die modrig feuchte Tasche heraus. Der Reißverschluss war von einer rostigen Patina überzogen und klemmte. Hanna zerrte so lange daran, bis eine Seitennaht nachgab und aufplatzte. Was soll's, Hauptsache, sie konnte endlich einen Blick auf den Inhalt werfen. Sie kramte zwei Lippenstifte heraus, einen Schlüsselbund, Eyeliner und eine Geldbörse, die aus dem gleichen braunen Leder wie die Handtasche gefertigt war.

Voller Neugier öffnete sie die Geldbörse und zog den Personalausweis aus einem der Fächer. Das Foto zeigte eine bildhübsche junge Frau mit langen blonden Haaren. Als sie die persönlichen Daten las, entfuhr ihr ein überraschter Schrei und sie konnte kaum glauben, wessen Name dort stand - Katharina Wehner - die vermisste Tochter des Arztes.

Hatte Mark davon gewusst und deshalb die Tasche zurück in das Dickicht geschleudert? Was verband ihn mit dieser jungen Frau? Man brannte doch nicht mit einem Liebhaber durch, wenn die Tasche samt Ausweis im Wald vor sich hin rottete.

Hanna atmete noch einmal tief durch, startete den Motor und fuhr direkt zur nächsten Polizeiwache. Mit der Tasche in den Händen eilte sie die Stufen hinauf und öffnete die Glastür zum Revier. Im Eingangsbereich meldete sie sich an und erklärte, dass die Tasche von einer vermissten Person stammte. Sie wurde sofort in das Büro des zuständigen Beamten begleitet.

„Ich bin Kriminalhauptkommissar Larsen." Der behäbige Kommissar reichte ihr mit einem freundlichen Lächeln seine Pranke. „Setzen Sie sich doch", fordert er sie auf und deutete auf den Stuhl vor seinem Schreibtisch.

Ein weiterer Beamter betrat den Raum, bevor Hanna ihr Anliegen vortragen konnte. Er streifte sich Handschuhe über, griff nach der Tasche und steckte sie in einen durchsichtigen Asservatenbeutel. Dann verließ er grußlos das Zimmer.

„Er wird gleich noch einmal wiederkommen, um Ihre Fingerabdrücke zu scannen", kommentierte ihr Gegenüber das Geschehen.

„Das ist nicht nötig", warf Hanna ein. „Meine Fingerabdrücke wurden bereits genommen, als bei mir vor kurzem eingebrochen wurde."

„Ach ja?" Fragend lupfte Larsen eine Augenbraue. „Nun gut. Das können wir im Anschluss klären."

Der Kommissar wirkte eher wie ein gemütlicher Bierbrauer und sein üppiger Körperumfang unterstrich noch einmal sehr unvorteilhaft diesen Bezug. Hanna konnte sich nur schwer vorstellen, wie er mit gezogener Waffe keuchend den Übeltätern hinterherjagte.

„Ich nehme jetzt ihre Personalien auf", unterbrach er ihre Gedankengänge, „und möchte Sie bitten, mir anschließend ganz genau zu beschreiben, wo und wann Sie diese Tasche gefunden haben. Nachdem wir Ihre Angaben protokolliert haben, müssen Sie diese unterschreiben."

Hanna nickte zum Einverständnis.

„Gut." Larsen nickte ihr zufrieden zu. „Sie werden uns morgen zur Fundstelle begleiten, bitte erscheinen Sie pünktlich um zehn Uhr in meinem Büro."

„Muss das wirklich sein?", stammelte Hanna.

„Tut mir leid, aber auf persönliche Befindlichkeiten können wir keine Rücksicht nehmen. Der Fundort wird großräumig abgesperrt und wir werden mit Leichenspürhunden das Gebiet absuchen."

Hanna schluckte, zum ersten Mal wurde ihr der Ernst der Lage bewusst. Schwebte auch sie in Lebensgefahr und was hatte Mark mit der ganzen Sache zu tun? Wann immer sie dachte, sie würde das Knäuel entwirren, tauchten weitere Fragen auf, die zu beantworten sie nicht imstande war.

Sie verabschiedete sich hastig und lief nach draußen, um Ophelia zu erlösen. Fahrig steuerte sie den Wagen durch die Innenstadt und konnte sich kaum auf den Verkehr konzentrieren. Sie ahnte ja bereits, dass man es auf sie abgesehen hatte, aber warum?

Nachdem sie die Stadt verlassen hatte, trat sie das Gaspedal durch. Sie wollte nur noch ins Forsthaus zurück und von all dem nichts mehr hören und sehen.

Hanna stellte ihren Wagen in einer Nebenstraße ab und näherte sich mit schnellen Schritten der Polizeidirektion. Bereits am Eingang wurde sie von Larsen in Empfang genommen. Er begrüßte sie mit einem kräftigen Handschlag und drängte zum Aufbruch. Ein Streifenwagen mit integrierten Hundeboxen stand vor der Tür bereit und die zwei Deutschen Schäferhunde hechelten vor Aufregung. Der Fahrer des Wagens und die Hundeführer schienen nur noch auf Hanna und den Kommissar zu warten.

Larsen und seine beiden Kollegen schritten zu einem silbergrauen BMW. Hanna folgte ihnen und quetschte sich neben dem fülligen Kommissar auf die Rückbank. Still schaute sie aus dem Seitenfenster und sah die Landschaft vorüberziehen. Der Kommissar hüstelte leise, um ihre Aufmerksamkeit zu erhalten.

„Der Fundort ist ein stark frequentierter Wanderweg und ich frage mich natürlich, warum die Tasche nicht schon längst gefunden wurde. Möchten Sie mir vielleicht den Rest Ihrer Geschichte erzählen?“

Hanna spürte, wie ihre Wangen glühten. „Ich bin mir nicht sicher, ob das alles miteinander zusammenhängt.“

„Unsere Aufgabe ist es, genau das herauszufinden, und das können wir nur, wenn Sie die Fakten offenlegen."

„Also gut."

Hanno holte tief Luft und berichtete stockend von ihrer Affäre, der daraus resultierenden Scheidung und den Erlebnissen bis zum Fund der Tasche. Larsen nickte ihr zu.

„Das nenne ich mal ein brauchbares Paket an Informationen. Trotzdem müssen wir Ihre Aussage noch protokollieren."

„Kein Problem."

Sie fühlte sich von einer schweren Last befreit, die Dinge hatten sich gerade grundlegend geändert. Wenn ihr jetzt etwas zustieß, würde das unweigerlich Folgen haben.

Der Fahrer des BMWs hatte einen zügigen Fahrstil und so waren sie innerhalb kürzester Zeit am Waldparkplatz angekommen. Voller Elan sprangen die Hunde aus den Transportboxen, schüttelten sich und bekamen die Gelegenheit, sich zu orientieren und zu lösen. Erst jetzt legten die Hundeführer den Tieren die Suchgeschirre mit den Laufleinen an. Kommissar Larsen bat Hanna, ihnen den Weg zu zeigen.

Obwohl es nicht mehr regnete, war die Luft kühl und feucht und Hanna knöpfte ihre Jacke zu. Die Männer unterhielten sich über belanglose Dinge, die nicht zum Fall gehörten, während sie mit forschen Schritten voranstrebten. Nach einer halben Stunde hatte der Tross die Fundstelle erreicht. Jeder bekam seinen Aufgabenbereich zugeteilt und die Hunde begannen mit der Spurensuche. Hanna beobachtete die Szenen voller Spannung und wurde jäh enttäuscht, als Kommissar Larsen sich zu ihr umdrehte.

„Mein Kollege wird Sie jetzt zurückfahren, vielen Dank für Ihre Hilfe."

Er streckte ihr die Hand entgegen, um sich zu verabschiedete. Dann stapfte er davon und erteilte seinen Männern letzte Anweisungen. Hanna zog fröstelnd die Schultern hoch und folgte dem Beamten zum Wagen.

Die Stille im Forsthaus war unerträglich und Hanna beschloss, eine kurze Runde mit Ophelia zu laufen. Die Hündin nahm rastlos zwischen den Gräsern Witterung auf und strebte zum Wald. Nur wenige Meter vom Haus entfernt entdeckte Hanna auch den Grund für Ophelias Nervosität – frische Fußabdrücke. War es Mark gewesen, der sich während ihrer Abwesenheit auf dem Grundstück herumgetrieben hatte?

Missgelaunt lief sie zurück, umrundete das Haus und rechnete fast schon damit, im Erdgeschoss eine eingeschlagene Fensterscheibe zu entdecken. Doch alles schien unversehrt. Hanna verschob den Spaziergang und verbarrikadierte sich stattdessen im Inneren des Hauses. Wie ein Tiger in seinem Käfig lief sie nervös auf und ab. Plötzlich hatte sie eine zündende Idee, die sie sofort in die Tat umsetzte. Sie klappte den Laptop auf und nachdem sie auf der gewünschten Website gelandet war, erstand sie paar Mausklicks später eine Videokamera.

Eine Kamera sollte unauffällig aus dem Wohnzimmerfenster heraus filmen. Das Gerät war leicht zu installieren und besaß eine Infrarotaufnahme für die Nacht. Bei dem Preis hatte sie mächtig geschluckt, hoffte aber, dass sich diese Investition lohnte. Ihr Laptop würde dauerhaft mit der Kamera verbunden sein und alles aufzeichnen.

Hanna wollte so viele Beweise wie möglich sammeln, damit die Sache endlich Fahrt aufnahm. Sie vermisste Lara und befürchtete sogar, dass das Mädchen annehmen könnte, nicht mehr willkommen zu sein.

Sie hörte, wie sich ein Fahrzeug dem Hof näherte, und

schob vorsichtig die Gardine zur Seite. Jan sprang aus dem Jeep und trug eines seiner für ihn typisch karierten Hemden. Die Ärmel hatte er locker hochgekrempelt und Hanna musste zugeben, dass er ziemlich gut aussah. Auf dem Weg in den Flur warf sie einen prüfenden Blick in den Spiegel und öffnete die Tür, um ihn hereinzubitten.

„Hallo Jan, schön dich zu sehen. Was führt dich her?"

„Ich wollte nur mal schauen, wie es dir geht." Verlegen schob er seine Hände in die Hosentaschen.

„Alles im grünen Bereich. Möchtest du vielleicht einen Kaffee?" Hanna machte eine einladende Geste.

„Klar, für eine Tasse Kaffee habe ich immer Zeit."

Jan folgte ihr in die Küche, setzte sich an den Tisch und tätschelte den Kopf von Ophelia. Duke, sein Deutsch Drahthaarrüde, schob sich immer wieder eifersüchtig dazwischen.

„Sie ist groß geworden", stellte er fest.

„Stimmt, und sie ist meine Heldin des Tages."

„Wie kommt's?"

„Sie hat die Tasche von Sabine Wehner gefunden."

„Das ist nicht wahr, oder? Mit Ausweis und allem Drum und Dran?"

„Ja, ich habe die Tasche gestern der Polizei übergeben."

„Das ist vollkommen verrückt." Jan musterte Hanna nachdenklich. „Aber das bedeutet auch, dass sie wahrscheinlich nicht mit ihrem Liebhaber durchgebrannt ist."

„Diesen Gedanken hatte ich auch schon. Es wird nicht leicht für die Familie werden."

„Nein, mit Sicherheit nicht."

Die Hunde rannten kläffend zur Tür, als der Paketbote auf die Klingel drückte. Hanna nahm das Päckchen entgegen und kehrte damit in die Küche zurück. Sie stellte es auf dem Küchentisch ab und lächelte wissend.

„Ein Hoch auf die Expresszustellung."

„Was hast du denn Schönes bestellt?"

„Eine Videokamera. Nach alledem, was passiert ist, halte ich das für unumgänglich."

„Alle Achtung, selbst ist die Frau. Hast du vielleicht ein Messer."

Hanna öffnete die Schublade und reichte ihm die Schere.

„Okay, damit geht es auch." Jan zog das Päckchen zu sich heran, um es zu öffnen. „Sorry, dass ich deinen Kram auspacke", murmelte er schuldbewusst, „Wo willst du die Kamera überhaupt anbringen?"

„Im Wohnzimmer, damit sie den Hof zu jeder Tages- und Nachtzeit filmen kann."

Nachdem er das Equipment ausgepackt hatte, studierte er die Gebrauchsanleitung. Zwischendurch warf er Hanna einen entschuldigenden Blick zu.

„Ich kann von der Technik einfach nicht die Finger lassen. Das stört dich doch nicht, oder?"

„Keine Problem, dann habe ich eine Sorge weniger, wenn sich ein Fachmann daran wagt."

„Wenn du magst, dann helfe ich dir auch beim Anbringen der Kamera und heut Nacht kannst du die ersten Probeaufnahmen starten."

„Gerne", freute sie sich über das unerwartete Hilfsangebot.

Hanna stellte die leeren Tassen in die Spüle, während Jan fachmännisch die Löcher in die Wand bohrte und die Kamera befestigte. Es dauerte fast den gesamten Abend, bis die ersten Aufnahmen gemacht werden konnten. Ständig lief Hanna auf den Hof, damit Jan den passenden Aufnahmeradius einstellen konnte.

Mit einem erleichterten Seufzen ließen sich beide anschließend auf die Couch fallen. Jans Magen meldete sich lautstark zu Wort und entlockte Hanna ein Lachen.

„Was hältst du davon, wenn ich dich zum Dank für deine Hilfe zum Essen einlade?"

„Was? Du willst mich in diesem Aufzug in ein Restaurant schleppen?“ Er sah entsetzt an sich herunter.

„Ich kann uns auch eine Pizza ordern, wenn dir das recht ist.“

Sie durchwühlte einen Stapel mit Zeitschriften, zog eine bunte Menükarte heraus und gab telefonisch die Bestellungen auf. Um die Wartezeit zu überbrücken, gingen sie mit den Hunden noch ein Stückchen am Waldrand spazieren. Während sie nebeneinander herliefen, bemerkte Hanna, dass Jan sie immer wieder verstohlen von der Seite musterte, und es fiel ihr schwer, seinen Blick richtig zu deuten.

Auf dem Rückweg kam ihnen der Pizzabote bereits entgegen und Hanna nahm die warmen Kartons in Empfang. Hanna und Jan setzten sich auf die Veranda und ließen sich die Pizzen mit einem Glas Wein schmecken. Die Sonne verabschiedete sich mit einem purpurfarbenen Feuerwerk und die Grillen zirpten.

„Es ist fast schon paradiesisch hier“, murmelte Jan mit vollem Mund, „aber leider auch sehr abgelegen für eine alleinstehende Frau.“

„Ich denke auch, dass es ein großer Fehler war, mich ausgerechnet hier niederzulassen.“

„Hast du schon eine Entscheidung getroffen? Wirst du das Forsthaus verkaufen?“

„Nein, noch ist alles offen. Ich habe dem zuständigen Hauptkommissar alles erzählt, was bisher geschehen ist. Wenn mir jetzt etwas zustößt, glaubt niemand mehr an einen Unfall.“

„Das war ziemlich clever und ich bin sehr erleichtert, wenn ich dich gleich allein zurücklasse.“

„Danke, für deine lieben Worte.“ Hanna spürte die Röte auf ihren Wangen. „Aber ich habe ja noch Ophelia, die auf mich aufpassen wird.“

„Stimmt, einen besseren Personenschützer wie einen Malinois wirst du nicht finden."

Noch ein letztes Mal starteten sie einen Probedurchlauf der Kamera und überprüften die Aufnahmen. Die Einstellungen waren perfekt und Jan verabschiedete sich. Hanna begleitete ihn bis zu seinem Wagen und dankte ihm für seine Hilfe. Hoffentlich spürte er nicht ihre Verlegenheit, doch Jan hatte andere Pläne. Er umarmte sie zum Abschied und ehe sie sich versah, presste er seine Lippen auf ihre. Völlig überrumpelt stieß sie ihn weg.

„Entschuldige", stammelte sie verwirrt. „Aber ich kann nicht, ich kann wirklich nicht ..."

Peinlich berührt blickte er sie an. Dann löste er sich aus seiner Starre, rief Duke zu sich und stieg mit hochrotem Kopf in seinen Jeep. Der Motor heulte gequält auf, als Jan vom Hof fuhr.

„Warum? Warum ausgerechnet jetzt?", fragte Hanna in die Stille hinein.

Ja, sie empfand auch etwas für ihn. Aber nach all dem Stress, nach all den Sorgen konnte sie sich unmöglich in eine Beziehung stürzen. Ein neuer Mann in ihrem Leben war undenkbar. Der Kampf um das Sorgerecht hatte oberste Priorität. Warum hatte Jan nicht noch ein wenig warten können?

Enttäuscht lief sie ins Haus zurück und kümmerte sich um die Kamera. Den Laptop samt Kabellage stellte sie auf den Couchtisch und starrte eine halbe Stunde gebannt auf den Monitor. Nichts rührte sich, nur der Wind zupfte hier und da an den Bäumen. Da die Aufnahmen automatisch abgespeichert wurden, konnte sie diese auch am nächsten Vormittag auswerten. Sie fühlte sich müde und ausgelaugt und ging hinauf ins Schlafzimmer.

Am nächsten Morgen setzte sie sich mit einer Tasse Kaffee vor den Laptop, um die Aufnahmen der Nacht zu sichten. Sie war sehr gespannt, wünschte sich jedoch tief in ihrem Inneren, dass es nichts zu sehen gab. Es war sehr ermüdend, ständig auf den Bildschirm zu starren. Der Kater stiefelte mehrmals durch das Bild und schien des Nachts sein Unwesen auf dem Grundstück zu treiben. Das war aber auch schon alles.

Hanna hörte das Klappen einer Autotür und lief zum Fenster. Sarah stieg aus dem Wagen und winkte ihr zu.

„He, was machst du denn hier?“, fragte Hanna und umarmte die Freundin.

„Ich brauchte dringend eine Auszeit von meiner Familie“, antwortete Sarah.

„Komm rein. Möchtest du einen Kaffee?“

„Unbedingt.“ Sarah folgte ihr lachend ins Haus.

„Also, was gibt es Neues?“, fragte Hanna, nachdem sie sich am Tisch gegenübersaßen.

Behutsam lenkte Sarah von sich aus das Thema auf Jan und Hanna seufzte.

„Musst du mich ausgerechnet jetzt darauf ansprechen?“

„Jan hat mir gebeichtet, dass er über das Ziel hinausgeschossen ist, aber ich will es dir erklären“, sagte Sarah. „Jan und seine damalige Partnerin kannten sich noch aus Kindertagen und haben zehn gemeinsame Jahre in einer festen Beziehung verbracht. Beide hatten sich eine große Familie gewünscht und so einiges probiert, aber es wollte mit dem Kinderwunsch einfach nicht klappen. Sie haben sich untersuchen lassen und dabei stellte sich heraus, dass Jan keine Kinder zeugen kann. Eine Kinderkrankheit war für dieses Problem verantwortlich.“

Sarah nippte an ihrer Tasse, bevor sie weitersprach. „Jan hat genau wie du um eine Familie gekämpft. Seine Freundin ist schlussendlich fremdgegangen, wurde schwanger und hat ihn verlassen. Über diesen Schicksalsschlag ist er nie so richtig hinweggekommen. Du bedeutest ihm etwas, da bin ich mir ziemlich sicher. Er ist ein wirklich netter Kerl und wenn du Hilfe brauchst, wird er für dich da sein. Verhalte dich ihm gegenüber einfach so, als hätte es diesen Kuss nie gegeben."

„Ich weiß nicht, ob ich das kann", erwiderte Hanna unsicher.

„Nimm dir die Zeit, die du brauchst, es gibt wichtigere Dinge als ihn."

„Danke für dein Verständnis."

„So, jetzt muss ich aber wieder. Pass auf dich auf und halt die Ohren steif, das wird schon wieder."

Hanna winkte Sarahs Wagen solange hinterher, bis er hinter der nächsten Kurve verschwunden war. Sie warf einen Blick in den Briefkasten und zwischen all der Werbung steckte ein Schreiben von Alexander. Der Brief war förmlich an sie adressiert ohne eine persönliche Note und das zeugte von keinen guten Neuigkeiten. Neugierig fetzte sie den Umschlag auf und las die Zeilen. *Sehr geehrte Frau Jahnke ...* begann der Brief, geradeso als hätte niemals eine Beziehung zwischen beiden Parteien bestanden. Trotz des Scheidungsantrages waren sie noch immer verheiratet und Eltern einer wunderbaren Tochter.

Alexander teilte ihr lapidar mit, dass er das Besuchsrecht bis auf Weiteres auf Eis gelegt hatte. Er sorge sich um das Wohlergehen der gemeinsamen Tochter, da Hanna in ein Verfahren der Kriminalpolizei involviert sei.

Sie schnappte empört nach Luft. Was dachte er sich nur dabei? Und wie war er überhaupt an die Informationen gelangt?

Sie griff zum Telefon und wählte die Nummer des Pharmakonzerns, in welchem Alexander arbeitete. Sie wurde höflich aufgefordert, sich einen Moment zu gedulden, bevor man sie zu Alexander durchstellte.

„Was nimmst du dir eigentlich heraus?", fuhr sie ihn an. „Du kannst mir doch Lara nicht vorenthalten, nur weil es im Moment etwas schwieriger ist."

„Ist es bei dir nicht immer etwas ... schwieriger?" Die Arroganz in seiner Stimme war nicht zu überhören.

Mit einem Schlag war es mit Hannas Selbstbeherrschung vorbei.

„Ich habe dich mit Mark in einem Bistro gesehen und ich will wissen, woher ihr euch kennt."

Völlig unerwartet erklang das Besetztzeichen. Alexander hatte aufgelegt und war ihr eine Antwort schuldig geblieben.

„Verdammt!" Hanna war außer sich, und nicht nur, weil Alexander sie so herablassend behandelt hatte. Nein, hatte sie auch noch ihr Geheimnis preisgegeben.

Sie musste etwas unternehmen, und zwar jetzt auf der Stelle. Nervös lief sie auf und ab und ihre Gedanken wanderten immer wieder in Richtung Psychiatrie. Machte es Sinn, das leerstehende Gebäude noch einmal aufzusuchen? Noch war ihr der Grund nicht bekannt, warum Mark ausgerechnet dort zwei Rosen abgelegt hatte. Was trieb dieser kranke Mann für Spielchen?

Die Lethargie der letzten Tage war mit einem Schlag verschwunden. Sie würde den Kampf wieder aufnehmen und traf die ersten Vorbereitungen für einen weiteren Besuch. Nachdem sie den Rucksack gepackt hatte, suchte sie im Internet nach weiteren Berichten und Fotos, die im Zusammenhang mit Mark stehen könnten. Wenn es ihr gelang, dem zuständigen Richter glaubhaft zu versichern, dass Mark und Alexander sich gegen sie verbündet hatten, dann würde sich das Blatt wieder wenden.

KAPITEL 19

Der Wecker riss Hanna unbarmherzig aus dem Schlaf. Es war erst kurz nach vier und sie dachte einen Moment lang darüber nach, wieder zurück in das warme Bett zu schlüpfen. Aber sie verwarf diesen Gedanken wieder und schlug gähnend die Bettdecke zurück. Hastig streifte sie sich die Kleidung über, schaltete in der Küche die Kaffeemaschine an und machte sich eine kleine Portion Rührei. Nachdenklich saß sie am Küchentisch. Ein wenig mulmig war ihr schon zumute, aber sie hoffte, dass alles reibungslos vonstattengehen würde.

Nach dem Frühstück warf sie Rucksack und Jacke auf den Beifahrersitz, verfrachtete Ophelia in den Kofferraum und brach in Richtung Hannover auf. Trotz der zwiespältigen Gefühle, versuchte sie einen kühlen Kopf zu bewahren und sich auf den Verkehr zu konzentrieren. Als sie ihr Ziel erreicht hatte, bog sie wieder auf den schmalen Weg, um den Wagen geschützt vor fremden Blicken abzustellen. Sie ließ einige Minuten verstreichen, bevor sie die Autotür öffnete und ausstieg. Falls jemand sie verfolgt hatte, so würde sie es spätestens jetzt bemerken.

Vorsichtig spähte sie zur Straße hinüber, aber es tauchte kein weiteres Fahrzeug auf. Gut so. Inzwischen hatte sie Übung darin, den Bauzaun aufzuhebeln. Zuerst durfte Ophelia hindurchschlüpfen und anschließend zwängte sich Hanna durch den schmalen Spalt. Auch diesmal umrundete sie das Gebäude, um in den Innenhof zu gelangen. Mehrmals warf sie einen verstohlenen Blick über die Schulter, weil sie sich unwohl fühlte. Plötzlich flog im Wäldchen ein kleiner Schwarm Kolkraben auf und beschwerte sich lauthals über die Störung. Hanna stoppte ihre Schritte und fragte sich, warum die Rabenvögel ihr Kommen erst jetzt bemerkt hatten. Wie ein unheilvolles Omen schwebten sie durch die Luft, um sich dann erneut in den Baumkronen niederzulassen.

Hanna atmete noch einmal tief durch und näherte sich dem Eingang, durch den sie sich schon beim letzten Besuch Zugang verschafft hatte. Alles schien unverändert, niemand hatte die Öffnung verschlossen. Sie betrat mit Ophelia das Gebäude und suchte nach einer Treppe, die in den Keller führte. Nachdem sie in einen anderen Flügel abgebogen war, hatte sie Glück. Muffig feuchte Luft schlug ihr entgegen, als sie die Stufen nach unten stieg. Umständlich kramte sie die Taschenlampe aus dem Rucksack und begab sich auf die Suche.

Alte, dem Verfall preisgegebene Häuser besaßen ein unheimliches Eigenleben. Von überall her drangen Geräusche, obwohl das Gebäude nicht mehr bewohnt war. Hanna blieb immer wieder verunsichert stehen, um zu lauschen. Im Keller herrschte eine düstere Atmosphäre und ohne Ophelia hätte sie sich kein weiteres Mal in den Keller gewagt. Die Hündin verlieh Hanna auch diesmal die nötige Sicherheit.

Endlich hatte sie die Stelle erreicht, an der die Kellergänge sich kreuzten. Ophelia lief leichtfüßig voraus und Hanna vertraute den Instinkten ihrer Hündin. Sie liefen den

Kellergang mehrmals auf und ab, ohne die Rosen, die Mark damals abgelegt hatte, zu entdecken. Hatte sie sich doch verlaufen?

Hanna hastete wieder zurück, um sich neu zu orientieren. Nochmals schritt sie den Gang entlang und leuchtete mit der Taschenlampe in jeden Winkel. Doch die Rosen blieben unauffindbar. Stattdessen fand sie eine Stelle, die erst kürzlich sauber gemacht worden war. Kein Schutt, kein herabgerieselter Putz, keine Rosen. Schlagartig wurde ihr klar, dass Mark alles beseitigt haben musste. Die Hinweise existierten nicht mehr und eine nie gekannte Enttäuschung machte sich in ihr breit.

Ophelia spitzte nervös die Ohren und die Leine spannte sich.

„Sitz", flüsterte Hanna und die Hündin befolgte brav das Kommando.

Hanna löschte das Licht der Taschenlampe und verharrte minutenlang regungslos. Als Ihre Augen sich an das Dämmerlicht gewöhnt hatten, tastete sie sich behutsam voran. Der Schutt knirschte leise unter ihren Füßen und sie befürchtete, sich damit zu verraten. Als sie endlich die Stelle erreicht hatte, an der sich die Gänge kreuzten, atmete sie erleichtert auf. Gleich hätten sie es geschafft.

Plötzlich gebärdete sich Ophelia wie wild. Sie riss sich los und schoss laut kläffend nach vorn. Bevor Hanna die Situation überhaupt erfassen konnte, wurde sie durch einen gezielten Faustschlag niedergestreckt. Ihr Rucksack dämpfte den Sturz zwar ein wenig ab, aber sofort sprang eine vermummte Gestalt auf sie zu und drückte ihren Oberkörper mit aller Gewalt zu Boden. Sie hatte nicht den Hauch einer Chance. Mit geübten Handgriffen zog der Angreifer ihr eine Drahtschlinge über den Kopf und begann sie zu würgen.

Hanna wusste nicht, wie ihr geschah. Sie schlug blindlings um sich und strampelte mit den Beinen. Dabei zog sich die Schlinge immer fester um ihren Hals, sodass sie vom Angreifer abließ. Panisch versuchte sie, ihre Fingerspitzen durch die Schlinge zu schieben, aber diese saß bereits zu fest. Sie würgte und keuchte und wehrte sich noch einmal mit aller Kraft, doch mit jeder Bewegung grub sich die Schlinge nur noch tiefer in die Haut. Immer wieder wurde ihr schwarz vor Augen und die Lungen brannten. Das Bild von Lara schob sich in den Vordergrund. Nein, sie wollte nicht sterben, nicht hier und schon gar nicht auf diese Weise. Voller Verzweiflung bäumte sie sich auf.

Plötzlich verlor die vermummte Gestalt das Gleichgewicht und rutschte nach links. Die Hand, die Hannas Oberkörper soeben noch auf den Boden gedrückt und fixiert hatte, lockerte sich. Ophelia hatte sich im Arm des Angreifers festgebissen und zerrte wie besessen an seiner Jacke. Der Mann versuchte, die Hündin abzuschütteln, was ihm nicht gelang.

Hanna nutzte die Ablenkung und tastete zielstrebig den Boden ab. Es bedurfte einiger Anstrengungen, bis sie einen Ziegelstein mit einer scharfen Kante zu fassen bekam. Jetzt galt es, die letzten Kraftreserven zu mobilisieren, und sie hob mühsam ihren Kopf. Die scharfe Kante richtete sie nach vorn und hoffte, damit das Gesicht des Mannes zu treffen. Keuchend umklammerte sie den Stein und holte aus.

Doch der Schlag ging daneben und sie traf nur seinen Hals. Der Mann stöhnte schmerzerfüllt und griff sich an die blutende Wunde. Hanna nutzte diese Chance und schleuderte den Stein diesmal mitten in sein Gesicht. Ein widerliches Knacken ertönte, sie musste seine Nase getroffen haben. Ophelia hatte sich noch immer in seinem Arm verbissen und zerrte den Kerl nach hinten.

Hanna krabbelte unbeholfen unter ihm hervor und richtete sich wankend auf. In einem der Schutthaufen entdeckte sie eine Alustange und zerrte diese blitzschnell hervor. Sie holte Schwung und ließ die Stange mehrfach auf ihn niedersausen. Erst als der Mann regungslos am Boden liegen blieb, hörte sie damit auf.

Sie stolperte durch den Kellergang und rüttelte an den Türen, bis endlich eine von ihnen aufsprang. Sie stürzte mit Ophelia in den Raum hinein und schlug die Tür zu. Anschließend schob sie ein altes Brett unter den Schlitz der Tür, damit sich diese verkeilte und nicht mehr öffnen ließ. Keuchend versuchte Hanna, die Drahtschlinge von ihrem Hals zu lösen. Doch der Draht war zu tief in die Haut eingedrungen und hatte das Gewebe regelrecht zerschnitten. Kleine, warme Rinnsale perlten langsam an ihrem Hals herunter und färbten das Shirt dunkelrot.

In ihrer Not zog sie hastig das Smartphone aus der Seitentasche des Rucksacks und starrte entsetzt auf das Display. Der Empfang war gleich null, Hoffnungslosigkeit und Todesangst nahmen überhand. Sie suchte fieberhaft nach einer Lösung, wagte aber nicht, den sicheren Raum zu verlassen. Was, wenn der Kerl wieder zu sich kam? Oder noch schlimmer, wenn sie ihn gar getötet hatte?

Alles schien blockiert – ihre Gedanken, ihr Bewusstsein, ihre Atmung. Aber aufgeben war keine Option, sie musste dieser qualvollen Situation entkommen. Hektisch sah sie sich um. Das Kellerfenster war von außen mit Brettern verschlossen und nur durch ein paar Ritzen drang das Licht in den düsteren Kellerraum.

Einer plötzlichen Eingebung folgend, taumelte sie zum Fenster. Zum Glück ließ sich der sperrige Fensterflügel nach einigem Zerren öffnen und sie zwängte ihre schmale Hand nach draußen. Anschließend zog sie blitzschnell das Handy zurück. Tatsächlich, draußen im Lichtschacht hatte sie Empfang.

Mit zitternden Händen tippte sie die Notrufnummer ein

und ließ das Smartphone nach draußen in den Lichtschacht gleiten. Hoffentlich konnte sie, dank dem GPS-Signal, welches ihr Handy sendete, rechtzeitig gefunden werden. Kraftlos sank sie auf den Kellerboden, wo sie erschöpft liegen blieb. Ophelias raue Zunge fuhr über das Gesicht ihres Frauchens, doch Hanna rührte sich nicht mehr.

KAPITEL 20

Blinzelnd schlug Hanna die Augen auf. Der Kellerboden unter ihr wankte bedrohlich und ein greller Lichtschein blendete sie. Um sie herum herrschte ein murmelndes Stimmengewirr. Eine in Weiß gekleidete Person saß neben ihr und flüsterte: „Sie kommt wieder zu Bewusstsein." Nur unter starken Schmerzen konnte Hanna ihren Kopf zur Seite neigen und bemerkte den Tropf in ihrer rechten Armbeuge.

„Wo bin ich?", fragte sie verwirrt „Und wo ist meine Hündin?" Bestürzt stellte sie fest, dass nur unverständliches Krächzen ihre Lippen verließ.

„Bitte nicht sprechen, bleiben Sie einfach ruhig liegen."

Hanna befolgte die Anweisungen und ihr dämmerte allmählich, dass sie in einem Rettungswagen transportiert wurde. Man hatte sie also noch rechtzeitig gefunden. Die Schmerzen am Hals waren unerträglich und sie konnte kaum schlucken.

Nachdem das Fahrzeug angehalten hatte, wurde sie sofort in die Notaufnahme gebracht. Der behandelnde Arzt informierte sie darüber, dass die Tour gleich weiter in den OP-Bereich gehen würde, und bat sie, ein Schriftstück zu unterzeichnen. Die Drahtschlinge musste operativ entfernt werden, damit sie wieder beschwerdefrei atmen konnte.

Die Sanitäter hievten sie von der Trage auf ein fahrbares Bett. Zwei Krankenschwestern entkleideten sie behutsam und streiften ihr das OP-Hemdchen über. Dann wurde das Bett umgehend in die Chirurgie geschoben, wo die OP-Schwestern bereits Vorbereitungen trafen und emsig mit den Bestecken klapperten. Kurz darauf betrat die Ärztecrew den Operationssaal. Hanna wurde aufgefordert, bis sechzig zu zählen, während ihr die *Anästhesistin* die Maske überstülpte. Kaum war sie bei der zwanzig angekommen, versank sie auch schon in einem tiefen Narkoseschlaf …

~

Hanna saß gedankenverloren am Fenster, den Blick in die Ferne gerichtet. Obwohl sie sich noch sehr schwach fühlte, hatte sie um sofortige Entlassung gebeten. Ein Kollege von Larsen hatte sich zwar während ihrer Abwesenheit um Ophelia gekümmert, aber sie konnte Benjamin schließlich nicht unversorgt im Forsthaus zurücklassen. Nach einer zehnminütigen Diskussion mit dem Arzt hatte dieser schließlich frustriert nachgegeben.

Ein silberner BMW fuhr auf den Hof und parkte direkt vor der Veranda. Larsen quetschte sich aus dem Wageninneren und stapfte zum Haus. Noch bevor er den Klingelknopf drücken konnte, öffnete Hanna ihm die Tür.

„Kommen Sie doch herein." Sie lief ins Wohnzimmer und zeigte auf die Sessel. „Bitte setzen Sie sich. Möchten Sie vielleicht einen Kaffee?"

Larsen verneinte. Das Sprechen strengte Hanna ungemein an und sie war froh darüber, nicht auch noch eine Kanne Kaffee kochen zu müssen.

„So, Frau Jahnke, wie geht es Ihnen denn?" Er musterte

sie durchdringend. „Sie haben wirklich ein Händchen dafür, sich in schwierige Situationen zu manövrieren. Ich kann beim besten Willen nicht nachvollziehen, warum Sie erneut im Alleingang das Gebäude aufgesucht haben. Trauen Sie unserer Polizeiarbeit so wenig zu? Wir haben übrigens zwei Stunden gebraucht, um ihren Aufenthaltsort zu lokalisieren. Sie sind nicht gerade in bester Verfassung, aber wenn wir den Täter fassen wollen, müssen wir schon jetzt mit der Suche beginnen und benötigen dafür Ihre Aussage."

„Ich habe Ihnen ja bereits einiges von Mark Clement erzählt. Anfangs dachte ich noch, es wäre nicht wichtig, dass er zwei Rosen im Keller abgelegt hat."

„Sie haben ihn also heimlich beobachtet?"

„Ja, ich bin ihm hinterhergefahren. Allerdings fand ich das Ganze so verrückt, dass ich ... nun ja, ich habe mich für die Affäre mit ihm geschämt."

„Es wäre besser gewesen, wenn Sie uns gleich darüber informiert hätten. Wir verfügen über das nötige Equipment und auch die entsprechenden Genehmigungen, um die Klinik betreten zu können."

Hanna errötete und hoffte, dass Larsen von einer Anzeige wegen Hausfriedensbruch absah.

„Ihr leichtsinniges Verhalten hätte Sie fast das Leben gekostet", brummte er nicht ohne einer gewissen Schärfe in seiner Stimme.

„In Zukunft bleibe ich dem Gebäude fern, das können Sie mir glauben."

„Gut, dann sind wir uns ja einig. Kommen wir jetzt zum eigentlichen Grund meines Besuches." Larsen klappte seinen Laptop auf. „Bitte schauen Sie sich die Bilder, die ich Ihnen gleich zeigen werde, ganz genau an. Ist das die Stelle im Keller, an der Clement die Rosen abgelegt hat?"

Hanna warf einen aufmerksamen Blick auf den Bildschirm. „Ja, das ist die Stelle."

Larsen scrollte weiter und ein zweites Bild erschien. Darauf war ein Mauerdurchbruch zu erkennen und im Kellergang häufte sich der Schutt. Hanna blickte irritiert über den Bildschirmrand zu Larsen.

„Jetzt kommt der unschöne Teil des Ganzen." Er hüstelte unangenehm berührt. „Wir haben mit Leichenspürhunden das komplette Areal des ehemaligen Klinikgeländes absuchen lassen und sind tatsächlich fündig geworden. Hinter dieser aufgestemmten Wand befindet sich eine Art Schacht, in dem wir zwei weibliche Leichen entdeckt haben, und so wie es ausschaut, sind sie dort eingemauert worden. Die genaue Todesursache und die Identität der Opfer werden wir erst nach erfolgter Obduktion erfahren. Die Vermutung liegt aber nahe, dass es sich bei einer der Toten um Katharina Wehner handeln könnte."

Hanna hielt sich die Hand vor den Mund und verließ fluchtartig das Wohnzimmer. Im Bad kniete sie würgend vor der Keramik und rang keuchend nach Luft. Das war zu viel des Guten und ihre Gefühle fuhren Achterbahn. War Mark tatsächlich der Mörder dieser Frauen? Und war er auch derjenige, der sie in der Klinik hatte umbringen wollen?

Larsen klopfte an die Badezimmertür. „Kann ich Ihnen helfen?"

„Es geht schon, einen Moment noch", antwortete sie.

Sie spülte den Mund aus und trank einige Schlucke kühles Leitungswasser. Dann trocknete sie mit dem Handtuch ihr Gesicht und warf einen prüfenden Blick in den Spiegel. Glücklicherweise verdeckte ein dicker Verband die Wunden am Hals, welche die Drahtschlinge hinterlassen hatte.

„Da bin ich wieder." Sie setzte sich zu Larsen und sah ihn an. „Bitte ersparen Sie mir weitere Fotos, ich fühle mich nicht mehr dazu in der Lage."

„Keine Sorge, damit sind wir durch."

„Und wie geht es jetzt weiter? Wird Mark Clement verhaftet?“

„Erst einmal müssen wir die Untersuchungen abschließen und die Identität der Frauen klären. Es ist wie ein Puzzle, dessen Teile wir Stück für Stück zusammenfügen müssen.“

„Ich verstehe.“

„Und jetzt möchte ich Sie bitten, mir ganz genau zu erzählen, was sich in diesem Kellertrakt zugetragen hat. Jedes noch so kleine Detail könnte wichtig sein.“

„Ich werde mein Bestes geben.“

Obwohl es Hanna ungemein schwerfiel, begann sie stockend das Erlebte wiederzugeben.

Ein leises Geräusch hatte Hanna geweckt und sie öffnete schlaftrunken die Augen. Der Mond schickte sein silbernes Licht durch einen Spalt in den Vorhängen und malte ein helles Quadrat auf den Boden. Erst jetzt bemerkte Hanna die Gestalt am Fußende des Bettes und richtete sich panisch auf. Noch bevor auch nur ein einziges Wort gefallen war, wusste sie, dass Mark ihr gegenüberstand. Er hielt etwas in seiner Hand, und als er sich ihr näherte, erkannte sie die Drahtschlinge. Sie wollte vor lauter Entsetzen schreien, aber kein einziger Laut verließ ihre Kehle.

„Wenn du meinst, du kannst mir entkommen, dann hast du dich getäuscht. Jede von euch wird ihren gerechten Lohn erhalten - die eine früher, die andere später, verlass dich drauf“, sagte er zynisch.

Hanna wand sich aus dem Bett und huschte in Richtung Tür, doch Mark war schneller. Er kippte den Hocker um und versperrte ihr den Weg. Sie drehte sich und lief zum Fenster, um es zu öffnen. Doch Mark umklammerte ihren Oberarm und riss sie zurück. Sie wehrte sich nach Kräften, schlug und trat nach ihm, während er versuchte, ihr die Schlinge über den Kopf zu ziehen.

Hanna blieb nichts anderes übrig, als den Überraschungsmoment auszunutzen. Sie zog ihr Knie scharf nach oben und traf ihn völlig unerwartet in seine Weichteile. Die Schlinge glitt Mark aus der Hand, doch es gelang ihm im letzten Moment, sie bei den Schultern zu packen und nach hinten zu stoßen. Hanna hatte das Gefühl, endlos zu fallen ... und schreckte aus dem Schlaf.

Das Herz hämmerte gegen ihre Brust und sie rang nach Luft, während ihre Finger hektisch nach dem Schalter der Nachttischlampe tasteten. Das warme Licht flutete den Raum und sie schaute sich ängstlich um. Ophelia schnarchte leise und nur der Wind spielte sacht mit den geblümten Vorhängen. Er bauschte das hauchdünne Gewebe auf und ließ es Sekunden später wieder in sich zusammenfallen.

Hanna schlug die Bettdecke zurück und tappte barfuß zum Fenster, um es zu schließen. Sie warf einen Blick nach draußen, doch der Himmel war bewölkt und sie konnte so gut wie nichts erkennen. Dieser Traum hatte sich unglaublich realistisch angefühlt und sie spürte die Angst, die ihr im Nacken saß. Zweimal war sie dem Täter schon entkommen, und dass die Polizei inzwischen ein wachsames Auge auf sie warf, schien ihn nicht abzuschrecken. Sie war hier nicht mehr sicher und es zerriss ihr das Herz, dass sie auch weiterhin auf Lara verzichten musste.

Mit einem Seufzen wandte sich Hanna ab und lief nach unten ins Badezimmer. Auf dem Weg dorthin kontrollierte sie alle Fenster im Untergeschoss und rüttelte auch an der Haustür. Alles fest verschlossen. Dennoch, die düsteren Gedanken ließen sich nicht so leicht abschütteln.

Es war kurz nach fünf und es lohnte sich nicht mehr, zurück ins Bett zu schlüpfen. Nachdem sie sich einen Kaffee gekocht hatte, setzte sie sich an den Schreibtisch, um die Videoaufzeichnungen zu sichten. Sie startete das Programm und schaute gebannt auf den Bildschirm. Am Tag, wenn die Sonne schien, wirkte das Forsthaus unglaublich heimelig, während die Aufnahmen bei Nacht für einen gespenstischen Touch sorgten.

Gelangweilt nippte sie am Kaffee, denn es gab absolut nichts zu sehen. Gerade als sie die Aufnahme löschen wollte, entdeckte sie eine Gestalt, die sich im Schatten des Stallgebäudes verbarg. Sie zoomte die Stelle näher heran, aber damit legte auch der Bildausschnitt an Unschärfe zu. Sie konnte einfach nicht unterscheiden, ob es sich um eine optische Täuschung handelte oder ob tatsächlich jemand dort stand.

Sie legte das Programm auf die Taskleiste und lief zum Fenster. Draußen war es noch dunkel, aber sie konnte deutlich den Schatten in Form einer menschlichen Gestalt ausmachen. Nervös lief sie auf und ab. Ja, der Fliederstrauch konnte durchaus für diesen Schatten verantwortlich sein, aber was, wenn nicht? Sie musste der Sache einfach auf den Grund gehen, sonst würde sie keine Ruhe finden.

Sie schnappte sich die Taschenlampe, die immer griffbereit auf der Flurgarderobe lag, streifte sich die Schuhe über und öffnete die Haustür. Es waren ja nur ein paar Schritte, sprach sie sich Mut zu und schob sicherheitshalber das Handy in die Tasche ihrer ausgebeulten Jogginghose.

Der Kies knirschte leise unter ihren Sohlen, als sie mit schnellen Schritten zum Stallgebäude lief.

„Hallo, ist da jemand?"

Die Frage war genauso überflüssig wie in jedem Horrorfilm und sie ahnte bereits, dass eine Antwort ausbleiben würde. Gleich würde sie die Stelle erreicht haben und es sah tatsächlich so aus, als ob da nur ein ganz banaler Schatten wäre. Der helle Lichtkegel der Taschenlampe huschte über das Mauerwerk und streifte eine breite Schulterpartie, die sich eng an die Wand des Stallgebäudes schmiegte.

Hanna schrie entsetzt auf und wich zurück. Der Mann machte einen Schritt auf sie zu, doch sie war unfähig, sich zu rühren. Er hatte die Kapuze tief in die Stirn gezogen, sodass sie sein Gesicht nicht erkennen konnte. Es schien eine halbe Ewigkeit zu dauern, bis sich ein Schalter in ihrem Kopf umlegte und sie sich aus ihrer Starre löste. Der Kies stob in alle Richtungen davon, als sie zurückjagte. Sie spürte die Schwäche in ihren Beinen und rang verzweifelt nach Luft. Die kurze Distanz bis zum Haus schien unüberwindbar. Schwer atmend stolperte sie die Stufen zur Veranda hinauf, stürzte durch die Tür in den Flur und betätigte das Querriegelschloss.

Sie zitterte am ganzen Körper und war nicht fähig, eine vernünftige Entscheidung zu treffen. Warum hatte sie die Fensterläden im Untergeschoss offen gelassen, wo sie doch wusste, dass sie hier nicht sicher war? Der Kerl brauchte doch nur einen Stein zu werfen und schon konnte er sich ungehindert Zutritt verschaffen.

Ophelia kam angetrottet und setzte sich neben sie.

„Alles wird gut, mein Mädchen", murmelte Hanna abwesend und streichelte durch das dichte Fell, während sie fieberhaft nach einer Lösung suchte. Sie zog das Handy aus der Hosentasche und lief zum Schreibtisch, wo sie Jans Visitenkarte aufbewahrte.

„Hallo Jan, hier ist Hanna. Du hattest mir für den Notfall deine Hilfe angeboten und ich glaube, jetzt ist dieser Moment gekommen."

~

Hanna öffnete Jan die Tür und wäre ihm am liebsten vor lauter Dankbarkeit um den Hals gefallen. Er wirkte müde und abgespannt und sie schämte sich, ihn aus dem Schlaf gerissen zu haben.

„Entschuldige bitte, aber ich wusste mir nicht anders zu helfen."

„Kein Problem, ich habe dir schließlich meine Hilfe angeboten."

„Möchtest du einen Kaffee und vielleicht Rührei und Schinken dazu?"

„Gerne, wenn es dir nicht zu viele Umstände bereitet."

„Nein, nein, ich bin ja dankbar, dass du da bist." Hanna hantierte am Herd, froh darüber, auf diese Weise ihre Nervosität verbergen zu können.

„Spätestens um acht muss ich aber wieder los, die Pflicht ruft. Wie wäre es, wenn wir bis dahin gemeinsam die Aufnahmen checken?"

„Guter Punkt. Ich will endlich wissen, wer hinter all dem steckt."

„Hast du denn einen Verdacht?"

Hanna bemerkte, wie Jan verstohlen ihren Hals musterte, aber auch die Frage war ihr sehr unangenehm. Sie hatte mit Mark eine intime Beziehung gepflegt und bei dem Gedanken, dass seine Hände auch die toten Frauen berührt haben könnten, spürte sie bittere Galle aufsteigen.

„Alles in Ordnung?" Jan musterte sie besorgt.

„Nein, gar nichts ist in Ordnung. Ich will nicht wahrhaben, dass Mark für all das verantwortlich ist." Sie verteilte das Rührei auf den Tellern und schenkte den Kaffee ein. Dann ließ sie sich kraftlos auf den Stuhl fallen. „Ich war mit einem Mörder zusammen und habe nichts gemerkt. Ich frage mich die ganze Zeit, was mich so blind werden ließ, was ich übersehen habe."

„Jetzt komm schon, beruhige dich." Er legte tröstend seine Hand auf ihre, was ihn eine Menge Überwindung gekostet haben musste. „Man sieht einem Menschen doch nicht an, ob er ein Mörder ist, das wäre ja auch zu einfach. Sämtliche Staffeln CSI müssten eingestampft werden."

Es war ihm gelungen, sie aufzumuntern, und ein flüchtiges Lächeln huschte ihr übers Gesicht.

„Ich möchte endlich wieder normal leben können und meine Tochter bei mir haben. Diese ständigen Ängste fressen mich auf."

„Hast du das Forsthaus schon zum Verkauf angeboten?"

Sie schüttelte den Kopf. „Nein, die Ereignisse haben sich quasi überschlagen."

„Stimmt, Sarah hat mir davon erzählt." Er räusperte sich. „Sie macht sich große Sorgen um dich und hat mich schon vorgewarnt."

„Ach ja?" Hanna legte die Gabel neben den Teller.

„Sie hat mich gebeten, bei dir öfter vorbeizuschauen, um nach dem Rechten zu sehen."

„Das ist ... nett von ihr." Hanna war peinlich berührt. Es hatte keinen Zweck zu leugnen, dass sie mit der Situation heillos überfordert war. „Wollen wir uns jetzt das Video anschauen?"

„Klar, ich bin mindestens genauso gespannt."

Sie setzten sich zu zweit an den Schreibtisch und Hanna öffnete das Programm. Gebannt blickten sie auf den Bildschirm und Hanna spielte die Stelle immer wieder ab.

„Es wäre ja auch zu schön gewesen." Frustriert schloss sie das Programm.

„Er hat die Kapuze zu weit in sein Gesicht gezogen, man kann überhaupt nichts erkennen. Könnte es von der Statur Mark gewesen sein?"

Ratlos zuckte Hanna mit den Schultern. „Er hat sich mit nach vorn gebeugtem Oberkörper davongestohlen, das lässt zu viel Raum für Spekulationen."

„Schicke doch das Video den Beamten", sagte Jan bestimmt. „Die müssen endlich etwas unternehmen, so kann es doch nicht weitergehen. Haben die bei ihrer Suche im Wald überhaupt etwas gefunden?“

„Ich glaube nicht. Und wenn ja, dann hätte es mit Sicherheit in irgendeiner Zeitung gestanden.“

„Auch wieder wahr. Ich würde schon gern wissen, was mit Katharina Wehner passiert ist.“

„Der Kommissar vermutet, dass sie eine von den Frauen ist, die im Schacht gefunden wurden.“

„Oh ...“

„Ja, du sagst es.“

Jan warf einen nervösen Blick auf die Uhr. „Ich lass dich nur ungern allein, aber ich kann im Moment keinen Urlaub nehmen.“

„Mach dir keine Sorgen, ich komme schon klar ... und danke, dass du gekommen bist.“

„Kein Problem und pass auf dich auf.“

Er winkte ihr noch einmal zu, schwang sich in seinen Jeep und fuhr vom Hof. Hanna lief wieder nach oben und ließ sich aufs Bett fallen, um in Ruhe über alles nachzudenken.

Hanna öffnete die Tür und zog irritiert die Brauen hoch. „Was machst du denn hier?“

Jan stand mit einer gepackten Reisetasche und leicht geröteten Wangen vor der Tür. „Ich kann dich hier draußen unmöglich allein lassen. Wenn dir etwas zustoßen würde, könnte ich mir das nie verzeihen.“ Er räusperte sich verlegen. „Ich werde auf der Couch schlafen, du musst dir also keine Umstände machen.“

Sein Deutsch Drahthaar zwängte sich an ihm vorbei und lief schwanzwedelnd in den Flur, wo er freudig um Ophelia herumscharwenzelte. Hanna machte einen Schritt zur Seite, um Jan eintreten zu lassen.

„Ich habe aber nur Tiefkühlpizza und Ravioli aus der Dose im Angebot. Für einen Großeinkauf fühle ich mich noch zu schwach."

„Zerbrich dir darüber mal nicht den Kopf. Ich kann auch morgen ein paar Lebensmittel nach dem Feierabend besorgen." Sein Blick wanderte zu ihrer Jacke. „Wolltest du gerade weg?"

„Ja. Ophelia sprüht vor lauter Energie und ich hatte noch vor, eine kurze Runde zu drehen."

„Was hältst du davon, wenn wir euch begleiten?"

„Liebend gern." Sie lächelte.

Hanna und Jan nahmen ihre Hunde an die Leine und spazierten gemeinsam am Waldrand entlang. Es war ein lauer Sommerabend und kein Wölkchen am Himmel zu sehen. Es roch würzig nach Wald und Heu und die Grillen zirpten. Hin und wieder deutete Jan auf einen Bussard oder die tiefen Furchen, die Wildschweine im weichen Waldboden hinterlassen hatten. Bereitwillig ließ sich Hanna von ihm das Waldleben erklären und es entstand kein unangenehmes Schweigen. Obwohl sie die Natur liebte, war ihr als Städterin vieles fremd.

„Mir fehlt die Passion zum Jäger", gestand Jan. „Ich bin einfach nicht dafür geschaffen, Tiere zu töten, obwohl es mein Vater gerne gesehen hätte, wenn ich in seine Fußstapfen getreten wäre. Ich konnte es nicht ausstehen, wenn er das geschossene Wild mit nach Hause gebracht hatte, um es zu häuten, zu zerlegen und dann portionsweise zu verkaufen." Er lachte „Wahrscheinlich bin ich viel zu weich für diese Welt."

Zum Glück bist du so und nicht anders, dachte Hanna mit einem warmen Gefühl. Aussprechen wollte sie diese

Worte natürlich nicht, auch wenn sie mit Bestimmtheit wusste, dass er sie nur zu gern hören würde.

Den restlichen Abend verbrachten sie gemeinsam im Wohnzimmer. Jan lümmelte auf der Couch, während sie sich in einen neuen Roman vertieft hatte. Sie saßen friedlich beieinander und Hanna genoss diese in sich ruhende Atmosphäre. Die Hunde lagen entspannt zu ihren Füßen und nur ab und zu ertönte ein wohliges Knurren, wenn sie sich ausstreckten.

Kurz vor zehn erhob sich Hanna, wünschte Jan eine gute Nacht und zog sich ins Schlafzimmer zurück. Im Nachhinein war sie ausgesprochen froh über seine Anwesenheit, diesmal würde es sicher eine ruhige Nacht werden.

KAPITEL 21

Am Samstagmorgen saßen sich Hanna und Jan am Frühstückstisch gegenüber. Durch die gemeinsam verbrachte Zeit näherten sie sich langsam wieder an und Hanna hatte das Gefühl, dass er trotz allem gern mit ihr unter einem Dach wohnte.

Heut war sie besonders nervös, denn nach dieser endlos langen Zeit würde sie endlich Lara wiedersehen. Es war ein schwerer Kampf mit Alexander gewesen, aber nachdem sie mit dem zuständigen Richter gedroht hatte, willigte er zähneknirschend ein. Hanna hatte eine schlaflose Nacht hinter sich und war voller Unruhe durch das Haus gegeistert. Würde es ihr gelingen, die Sorgen vor Lara zu verbergen und ihr unbeschwert gegenüberzutreten? Ein Tuch um den Hals sollte die frischen Narben verdecken. Aber am meisten fürchtete sie sich davor, dass ihre Tochter denken könnte, sie wäre ihr nicht mehr wichtig.

„Alles okay?" Jan legte seine Hand flüchtig auf ihre. „Du wirkst so abwesend."

„Es ist wegen Lara. Wie soll ich ihr nur die ganze Situation erklären?" Sie machte eine ausholende Bewegung.

„Wie wäre es mit einer kleinen Notlüge?“

„Was schlägst du vor?“ Sie legte das Messer zur Seite und schaute fragend zu ihm auf.

„Deine Tochter wird sich bestimmt wundern, warum ich bei dir vorübergehend eingezogen bin. Wenn wir ihr erklären, dass ich Förster bin und es in meinem Haus einen Rohrbruch samt Wasserschaden gegeben hat, wird sie deine Entscheidung sicher verstehen.“ Er lächelte sanft. „Sie hat mit Sicherheit dein großes Herz geerbt und würde genauso handeln.“

„Ich danke dir. Dann wäre die erste Hürde also geschafft.“

„Mach dir nicht so viele Gedanken, es wird sich alles finden. Ich bin jedenfalls schon sehr gespannt auf die kleine Lady.“

Jan war der verständnisvollste Mann, den sie je kennengelernt hatte, und sie bedauerte ein wenig, nicht über ihren Schatten springen zu können. Aber ihr Leben war auch ohne eine Beziehung schon kompliziert genug.

Sie räumte den Tisch ab und zog sich dann im Flur Jacke und Schuhe über.

„Ich fahre dann mal ...“

„Kopf hoch, Hanna, das wird schon.“

Jan hielt ihr die Tür auf und sie lief zum Wagen. Bevor sie einstieg, drehte sie sich noch einmal um und winkte ihm zu. Mit gemischten Gefühlen legte sie die Strecke zurück und parkte den Wagen vor ihrem ehemaligen Zuhause. Lara rannte ihr nicht wie sonst entgegen und Hanna spürte, wie die Beklemmung wuchs. Zaghaft drückte sie auf die Klingel. Die Tür öffnete sich und eine junge, sehr attraktive Frau musterte sie abschätzend. Das musste die Nanny sein, die Alexander eingestellt hatte.

„Ich möchte meine Tochter abholen“, sagte Hanna freiheraus.

„Einen Moment." Sie drehte sich um und rief ins Innere des Hauses: „Lara, kommst du bitte."

Schüchtern bog das Mädchen um die Ecke und zögerte.

„Hallo mein Schatz, ich habe dich so sehr vermisst."

Hanna öffnete ihre Arme und hoffte, dass Lara zu ihr kommen würde, doch das Mädchen rührte sich nicht von der Stelle.

„Mäuschen, alles in Ordnung?", fragte sie verzweifelt.

Die Nanny beugte sich zu Lara hinunter: „Möchtest du deine Mutter nicht begrüßen?"

Lara schüttelte den Kopf, dass die blonden Locken flogen. „Papa hat gesagt, dass du mich nicht mehr sehen willst."

Hanna funkelte die Nanny zornig an. „Ich möchte auf der Stelle Alexander sprechen."

„Das tut mir ausgesprochen leid, aber er ist geschäftlich unterwegs. Ich soll Ihnen Lara lediglich übergeben. Wenn Ihre Tochter nicht mit Ihnen fahren möchte, so ist das ihr gutes Recht."

Hanna war wütend und bevor ihr etwas herausrutschte, was sie hinterher bereute, hob sie Lara hoch und eilte mit schnellen Schritten zum Wagen.

„Aber Mami, ich habe doch gar keine Schuhe an", protestierte Lara und wand sich in Hannas Armen.

„Dann kaufe ich dir eben neue", murmelte Hanna, die das Gewicht ihrer Tochter völlig unterschätzt hatte. Sie atmete erleichtert auf, als das Mädchen endlich im Auto saß.

„Möchtest du wirklich nicht mehr zu mir?", fragte Hanna unter Tränen.

„Doch. Schon. Aber Papa hat gesagt, dass du mich nicht mehr abholen kommst."

„Ach Spätzchen, ich würde dich niemals im Stich lassen, ich will immer nur dein Bestes. Papa hat mir zeitweise das Besuchsrecht entzogen und es war mir erst jetzt möglich, dich wiedersehen. Ich habe dich schrecklich vermisst, das kannst du mir glauben."

Hanna startete den Motor, wendete den Wagen und trat aufs Gas. Unterwegs hielt sie noch an einem Schuhgeschäft, damit Lara sich ein neues Paar Schuhe aussuchen konnte. Sie war immer noch misstrauisch und distanziert, aber Hanna setzte darauf, dass Lara schon bald zu ihrer alten Vertrautheit zurückfinden würde.

Jan stand bereits mit den Hunden auf der Veranda, als Hanna den Wagen vor dem Forsthaus abstellte.

„Hallo, junge Dame", begrüßte er Lara und streckte ihr lächelnd seine Hand entgegen. „Ich bin Jan und wohne zurzeit hier."

„Wirklich?" Sie musterte ihn mit großen Augen.

„Ja. Ich bin der zuständige Förster und weil es bei mir einen Wasserrohrbruch gab, war deine Mama so nett, mir Obdach zu gewähren."

„Und wo schläfst du?" Die Frage schien sie sehr zu beschäftigen.

„Auf der Couch." Er zwinkerte ihr zu und flüsterte: „Aber nicht verraten, das Sofa ist total unbequem."

Ein scheues Lächeln huschte über Laras Gesicht, bevor sie sich abwandte und zu Ophelia lief. Die Hündin war ganz aus dem Häuschen und hüpfte wie ein Flummi um das Mädchen herum. Lara strahlte übers ganze Gesicht, als sie sich zu Ophelia hinunterbeugte, um sie zu streicheln.

„Ist Kater Benjamin auch hier?", fragte sie und sah sich suchend um.

„Der stromert bestimmt durch die Felder. Vielleicht rufst du ihn später noch einmal", antwortete Hanna.

Jan bemerkte, wie befangen Lara auf seine Anwesenheit

reagierte. „Was haltet ihr davon, wenn ich beim Italiener im Nachbarort Pizza besorge?"

„Oh ja", rief Lara begeistert. „Ich möchte bitte ganz viel Käse."

Jan salutierte. „Was immer Sie wünschen, Prinzessin."

Während Jan mit seinem Jeep vom Hof fuhr, gingen Hanna und Lara ins Haus.

„Mama, aber ich darf doch trotzdem in deinem Bett schlafen?" Bittend sah Lara ihre Mutter an.

„Aber sicher, mein Mäuschen. Ich möchte dich unbedingt in meiner Nähe haben."

Hanna trug das rosa geblümte Bettzeug sofort ins Schlafzimmer und erntete dafür einen glücklichen Blick von Lara.

„Wir bekommen nachher Besuch von Sarahs Familie und ich muss noch einen Kuchen backen. Magst du mir helfen?"

Lara nickte begeistert und folgte Hanna in die Küche. Es wurde gerührt, gekleckert und genascht, bis der fertige Kuchen in den Ofen geschoben wurde. Lara blühte auf und das Verhältnis zueinander war annähernd so innig wie früher.

Kurz darauf hörten sie den Jeep vorfahren und Jan traf fast der Schlag, als er die Küche zu Gesicht bekam.

„Welcher Wirbelsturm ist denn hier durchgefegt?", fragte er lachend. „Aber es riecht köstlich und mir läuft schon jetzt das Wasser im Munde zusammen. Aber zuerst gibt es Pizza für alle."

Sie saßen zu dritt am Tisch und Lara wurde mit Jan allmählich vertrauter. Er hielt sich weiterhin diskret zurück, gab sich freundlich und rücksichtsvoll. Hanna genoss diesen Augenblick, in dem sie wie eine kleine Familie fröhlich beisammensaßen. Später räumte das Trio gemeinsam die Küche auf, bis es Hanna zu eng wurde und sie Jan und Lara nach draußen schob.

„Habt ihr nicht Lust auf eine Runde Badminton? Für drei Personen ist die Küche definitiv zu klein."

Lange musste sie Jan und Lara nicht bitten. Die beiden machten auf dem Absatz kehrt, holten das Spiel aus dem Schuppen und kurze Zeit später hallte Laras fröhliches Lachen über den Hof.

Mit einem glücklichen Lächeln auf den Lippen brachte Hanna die Küche wieder auf Vordermann und gesellte sich dann zu Jan und Lara, die inzwischen fleißig Tennisbälle warfen, die die Hunde eifrig apportierten.

„Lara, möchtest du die Lampions aufhängen?", fragte Hanna.

„Ja, unbedingt." Das Mädchen klatschte freudig in die Hände.

Hanna spannte die Wäscheleine im Hof und Lara kletterte auf die Leiter, um die Lampions aufzuhängen. Jan stellte währenddessen die Getränke im Keller kühl und schüttete die Kohle auf den Grill. Hanna freute sich auf die kleine Feier und auch Lara wirkte sehr gelöst.

Nur wenig später wurden Sarah, Carsten und die Kinder mit einem großen Hallo begrüßt. Das Grundstück war innerhalb von Sekunden voller Leben, genauso wie Hanna es sich gewünscht hatte. Die Kinder spielten lachend Fangen und die Hunde ließen sich davon anstecken. Carsten und Jan fachsimpelten am Grill, während sich Sarah und Hanna in der Küche zu schaffen machten. Nur Kater Benjamin wurde der Trubel zu viel und er zog sich auf die angrenzenden Felder zurück, um seiner Jagdleidenschaft zu frönen.

„Und Hanna, alles gut bei dir?" Sarah musterte sie fragend.

„Ich bin überglücklich, dass Lara endlich wieder bei mir ist, und all die negativen Gedanken blende ich einfach aus."

„Genauso soll es sein. Du bist zwar noch ein wenig blass um die Nase, aber deine Augen strahlen."

„Danke Sarah."

„Wie klappt das Zusammenleben mit Jan? Ist es ihm unangenehm, auf Dauer den Bodyguard zu spielen?"

„Ich denke schon, dass es in Ordnung für ihn ist. Natürlich kann ich nicht in ihn hineinschauen, aber ich habe das Gefühl, dass er sich mit der Situation ganz gut arrangiert. Aber jetzt lass uns den Tisch decken."

Fröhliches Stimmengewirr hallte bis zum Waldrand, als Hanna den Kuchen anschnitt. Es herrschte eine heitere Stimmung und die Sonne schien mild und warm vom Himmel. Nach dem gemeinsamen Kaffeetrinken kümmerten sich Carsten und Jan um den Grill, bis eine duftende Rauchsäule zum Himmel stieg und nicht nur die Hunde anlockte. Die Teller wurden reich beladen und das Festmahl konnte beginnen. Die Kinder beschmierten sich mit Ketchup, sehr zur Freude ihrer Mütter, die wohl nachher vergeblich versuchen würden, die hartnäckigen Flecken aus den Shirts zu waschen.

Zufrieden blickte Hanna in die Runde. Ja, sie war einfacher gestrickt als Alexander. Mit seinen steifen Dinnerpartys, auf denen vornehme Distanz zelebriert wurde, hatte sie sich nie anfreunden können. Die Menschen jedoch, die sie hier und jetzt umgaben, strahlten eine ehrliche Herzlichkeit aus und waren Freunde fürs Leben. Wann immer Probleme auftauchten, sie würden ihr zur Seite stehen.

Obwohl sie sich frei und losgelöst fühlte, konnte sie dennoch spüren, dass sie beobachtet wurden. Immer wieder drehte sie sich suchend um, ohne jemanden zu entdecken. Auch die Hunde verhielten sich ruhig und dösten zufrieden im Halbschatten.

Nach dem Essen gönnten sich die Erwachsenen ein Gläschen Wein. Nur Carsten, der seine Familie wieder nach Hause chauffieren musste, nippte an einem alkoholfreien Bier. Für die Kids hatte Hanna eine Kinderbowle mit

Früchten angesetzt. Allmählich zog die Dämmerung auf und die Lampions warfen ihr goldenes Licht auf das fröhliche Treiben. Schneller als gedacht neigten sich die schönen Stunden ihrem Ende entgegen. Sarah drängte zum Aufbruch, denn die Kinder waren ziemlich überdreht und sollten in ihre Betten.

„Es war ein wunderschöner Abend, das müssen wir unbedingt wiederholen“, sagte Sarah.

„Ich freue mich, dass es euch gefallen hat.“ Hanna umarmte die Freundin. „Und danke, dass es euch gibt.“

„Ach was, nicht der Rede wert. Ich drücke dir die Daumen, dass die Polizei den Täter endlich findet und wieder Ruhe einkehrt, damit du dich um die wirklich wichtigen Dinge im Leben kümmern kannst – deine Tochter.“

Es dauerte noch einen Moment, bis Sarah und Carsten ihre drei Kids ins Auto verfrachtet hatten. Wehmütig blickte Hanna dem Fahrzeug hinterher, bis es hinter der nächsten Kurve verschwunden war. Der Hof des Forsthauses lag nun still und einsam vor ihr. Die Lampions schaukelten im Wind und warfen gespenstische Schatten auf den Boden.

„Hanna, wenn du möchtest, kannst du Lara ins Bett bringen. Ich räume in der Zwischenzeit die Tische ab“, bot Jan seine Hilfe an.

„Danke für dein Angebot, ich werde mich beeilen.“

Sie nickte ihm dankbar zu und ging mit Lara gemeinsam ins Haus. Nach einer flüchtigen Katzenwäsche begleitete sie das Mädchen ins Schlafzimmer. Zärtlich küsste sie Lara auf die Stirn und deckte sie zu.

„Mäuschen, ich lass sicherheitshalber die Nachttischlampe brennen. Wenn du etwas möchtest, dann brauchst du nur zu rufen und ich komme sofort. Schlaf schön, mein Schatz.“

„Alles klar, Mami“, murmelte Lara schlaftrunken und

rollte sich mit einem zufriedenen Seufzer auf die andere Seite.

Der Wind hatte inzwischen aufgefrischt und zerrte an Hannas Jacke, die sie sich fröstelnd um die Schultern gelegt hatte. Hastig stapelte sie die Teller auf das Tablett und warf den Hunden jeweils ein übrig gebliebenes Würstchen zu. Mit dem voll beladenen Tablett balancierte sie in die Küche, lud es in der Spüle ab und eilte wieder nach draußen.

„Es ist schon etwas seltsam", flüsterte Jan. „aber ich habe schon seit geraumer Zeit das Gefühl, dass wir unter Beobachtung stehen."

„Damit bist du nicht allein", antwortete sie leise. „Ich konnte die Blicke förmlich in meinem Rücken spüren."

„Wir sollten heut Nacht die Kamera laufen lassen. Wenn du damit einverstanden bist, schließe ich sie nachher an."

„Gute Idee. Es wird langsam Zeit, dass das hier endlich ein Ende findet."

Gemeinsam klappten sie die Tische und Bänke zusammen und trugen sie in den Schuppen. Anschließend riefen sie die Hunde ins Haus, die noch immer den Grill bewachten.

Während Jan im Wohnzimmer die Kabel am Laptop anschloss, um die Kamera zum Laufen zu bringen, schlich Hanna nach oben und öffnete leise die Schlafzimmertür. Lara schlief inzwischen tief und fest und ihr Atem ging gleichmäßig. Hanna beugte sich zu ihr hinunter, strich ihr zärtlich eine widerspenstige Locke aus der Stirn und hauchte ihr einen Kuss auf die Wange. Liebevoll betrachtete sie ihr kleines Mädchen und dachte mit Wehmut an Laras Geburt zurück. Nach zweiundzwanzig Stunden schmerzhafter Wehen hatte sie endlich ihr Kind in den Armen gehalten. Lara würde zeitlebens ihr kleines Wunder bleiben und nichts hatte sich an diesen Gefühlen geändert. Die Liebe zu ihrer Tochter war endlos und Hanna würde für sie sogar ihr eigenes Leben geben. Lautlos erhob sie sich und löschte das Licht.

Jan stand inzwischen unter der Dusche. Da sie sich für seine Hilfe bedanken wollte, blieb sie wach und begann, das schmutzige Geschirr in die Maschine zu räumen. Wenn sie sich in den Sessel gesetzt hätte, um auf ihn zu warten, wäre sie mit Sicherheit auf der Stelle eingeschlafen.

Endlich verließ Jan das Badezimmer, begleitetet vom Wasserdampf und dem Duft eines verführerischen Aftershaves. Er hatte das Handtuch locker um die Hüften geschlungen und dieser Anblick verschlug ihr fast den Atem. Er schien ihren Blick im Rücken zu spüren und drehte sich langsam um.

„Oh, du bist noch wach?", sagte er verwundert. „Ich dachte, du befindest dich schon längst im Reich der Träume."

„Nein", murmelte sie und spürte die glühende Röte auf ihren Wangen „Ich wollte mich nur noch einmal bei dir bedanken, dass du diesen wunderbaren Tag erst möglich gemacht hast."

„Kein Problem, es war mir eine Freude. Du hast eine wundervolle Tochter und ich wünsche mir, dass ihr bald wieder Zusammensein könnt ... für immer natürlich", fügte er hinzu.

„Danke, das hoffe ich auch. Wenn ich an den morgigen Abschied denke, wird mir wieder schwer ums Herz."

„Wenn es dir recht ist, bleibe ich solange hier, bis die Polizei den Täter gefunden hat. Dann kannst du Lara wieder jedes zweite Wochenende sehen."

„Das würdest wirklich machen?"

„Warum nicht. Momentan habe ich keine anderen Verpflichtungen." Er lächelte scheu.

„Danke, das werde ich dir nie vergessen."

„Ach was, wir werden das Kind schon schaukeln. Gute Nacht, Hanna."

„Gute Nacht, Jan."

Hanna durchströmte ein Glücksgefühl und sie schwebte förmlich die Stufen hinauf. Sie würde Lara auch in nächster Zeit sehen können, ein größeres Geschenk hätte Jan ihr nicht machen können.

Ganz sacht hob sie die Bettdecke an und schlüpfte ins Bett. Sie betrachtete noch einige Minuten lang das schlafende Kind, bevor sie sich auf die andere Seite drehte. Inzwischen heulte der Wind ums Haus, was Hanna dazu veranlasste, das Fenster zu schließen. Ein entferntes Gewitter kündigte sich durch Wetterleuchten an und sie musste nicht allzu lange warten, bis die ersten schweren Regentropfen gegen die Fensterscheiben trommelten.

Sie kuschelte sich dicht an Lara und lauschte dem immer stärker werdenden Regen. Das monotone Plätschern ließ sie sanft in den Schlaf gleiten.

~

Der lange Abend sorgte für ein spätes morgendliches Erwachen. Kurz vor zehn machte sich Ophelia bemerkbar und kratzte ungeduldig an der Tür. Fast gleichzeitig räkelten sich Hanna und Lara im großen Doppelbett.

„Guten Morgen, mein Mäuschen. Ich werde jetzt die Hunde kurz rauslassen und Frühstück machen. Du kannst so lange liegenbleiben, bis ich dich hole."

Hanna zog sich legere Kleidung über und lief nach unten. Jans dunkelblonder Wuschelkopf lugte zwischen den Kissen hervor, er schlief noch tief und fest. Sie rief Duke und ließ ihn gemeinsam mit Ophelia vor die Tür. Die Luft hatte sich merklich abgekühlt und roch würzig nach feuchter Erde. Der Wind fegte ruppig über die Landschaft und das Wasser tropfte von den Bäumen. Kein Vergleich zum gestrigen Tag, der sonnig und freundlich das Grillfest begleitet hatte. Heute war alles Grau in Grau und der nahende Abschied ließ Hanna fast verzweifeln.

Die Hunde schüttelten die feuchten Tropfen aus dem Fell und trotteten ins Haus zurück. Auch ihnen fehlte die Lust, sich bei diesem trüben Wetter länger draußen aufzuhalten. Hanna schloss leise die Wohnzimmertür, um Jan nicht mit dem Klappern des Geschirrs aufzuwecken. Sie bereitete das Frühstück zu und lief anschließend nach oben. Lara saß im Bett und schmuste ausgiebig mit Benjamin. Der Kater war vorhin zur Tür hineingehuscht und hatte es sich auf dem Kopfkissen bequem gemacht.

„Aufstehen Spätzchen, das Frühstück ist fertig und deine Lieblingstasse mit Kakao steht auch schon auf dem Tisch."

Sie half Lara beim Anziehen und dann setzten sie sich gemeinsam an den Frühstückstisch. Aus dem Wohnzimmer erklang ein leises Rascheln, dann öffnete sich die Tür.

„Einen wunderschönen guten Morgen." Jan steckte seinen blonden Schopf zur Tür herein. „Sind die Mädels etwa schon wach und frühstücken ohne mich? Warum habt ihr mich nicht geweckt?" Er lachte. „Ich verschwinde fix im Bad, bin gleich wieder bei euch." Sagte er, machte auf dem Absatz kehrt und saß kurze Zeit später frisch rasiert am Tisch.

Hanna bekam kaum einen Bissen hinunter, so sehr machte ihr der nahende Abschied zu schaffen. Tapfer kämpfte sie gegen die Tränen an, doch Lara bemerkte ihren Kummer.

„Mami, kann ich nicht bei dir bleiben? Ich bin immer so allein, Papa ist nie da und die Nanny kann mich nicht leiden. Sie telefoniert die ganze Zeit und dabei darf ich sie nicht stören. Du musst doch Papa nur Bescheid sagen."

Jan beobachtete mit traurigem Blick die Szene. Ihm zerriss es das Herz, wie Lara ihre Mutter anflehte, nicht zurück zum Vater zu müssen.

„Schätzchen, wenn ich dich nicht pünktlich zurückbringe, werde ich dich lange Zeit nicht sehen dürfen. Sobald du zehn Jahre alt geworden bist, kannst du vor Gericht selbst entscheiden, bei wem du wohnen möchtest, und bis dahin haben wir keine andere Wahl. Aber ich werde nicht aufgeben und um dich kämpfen, das verspreche ich dir!"

Hanna tupfte die Tränen von Laras Wangen und wiegte sie tröstend in ihren Armen. „Es wird sich alles finden, wir müssen nur ein wenig Geduld haben."

Jan begann den Tisch abzuräumen und nickte Hanna aufmunternd zu. „Ihr schafft das schon." Dann verließ er diskret die Küche.

„Mama, ich habe heute Nacht etwas Schlimmes geträumt." Lara sah ihre Mutter an und erneut schimmerten Tränen in ihren Augen.

„Möchtest du darüber reden?"

„Ich weiß nicht." Lara zuckte unentschlossen mit ihren Schultern.

„War es so schlimm?", hakte Hanna nach.

„Ja."

„Nun komm schon, mein Mäuschen, erzähl mir, was dich bedrückt."

„Da war so ein komischer Mann bei dir. Er hat dich weggebracht und dann ist der Himmel über dir eingestürzt."

„Und was ist danach geschehen?" Hanna strich Lara liebevoll eine widerspenstige Locke aus der Stirn, während das Mädchen die Lippen fest zusammenpresste. „Nun sag schon, was ist passiert?"

„Du bist gestorben."

„Ach Lara."

Hanna zog ihre Tochter zu sich heran, um sie zu umarmen. „Du musst keine Angst haben, Träume sind nur Schäume."

„Aber ich habe dich schreien gehört und es hat so echt geklungen."

„Sieh mal, jetzt wohnt doch Jan bei mir und der kann auf mich aufpassen. Dann traut sich der böse Mann bestimmt nicht in unsere Nähe." Hanna wurde schwer ums Herz. „So, mein Mäuschen, du kannst Ophelia jetzt noch ein wenig Gesellschaft leisten, während ich mich um das schmutzige Geschirr kümmere. Einverstanden?"

Lara nickte und lief nach nebenan. Hanna füllte mit mechanischen Bewegungen den Geschirrspüler und Jan gesellte sich zu ihr.

„Das war vorhin ganz schön heftig, tut mir sehr leid für euch. Lara wäre bei dir eindeutig besser aufgehoben und wenn sich an dieser Situation nicht bald etwas ändert, könnte ihre kleine Seele ernsthaften Schaden davontragen. Ich hoffe, dein zukünftiger Exmann hat ein Einsehen und kommt endlich zur Vernunft."

„Danke für deine lieben Worte." Hanna setzte sich auf einen Küchenstuhl und stützte den Kopf nachdenklich auf ihre Hände. „Weißt du, ich hätte mich niemals in diese Affäre stürzen dürfen", gab sie offen zu. „Aber so schlimm die Situation auch sein mag, ich kenne jetzt das wahre Gesicht von Alexander und irgendwann wäre mit Sicherheit auch der Zeitpunkt gekommen, wo ich mich von ihm getrennt hätte."

Sie konnte Jan ansehen, wie gern er sie jetzt in den Arm genommen hätte, sich aber ihretwegen zurückhielt.

„Auch wenn deine Welt momentan völlig aus den Fugen geraten ist, musst du positiv denken, schon Lara zuliebe. Was hältst du davon, wenn ich euch zu Alexander fahre? Dann habt ihr noch bisschen Zeit für euch."

„Danke, das ist nett von dir. Vielleicht hält sich Alexander ja in deiner Gegenwart zurück, denn ich habe momentan einfach keine Kraft mehr für Auseinandersetzungen."

„Kein Problem, ich bin für dich da." Jan nickte ihr aufmunternd zu.

Die letzten gemeinsamen Stunden waren wie im Flug vergangen. Entgegen ihrer inneren Stimmung gab sich Hanna fröhlich und schmiedete mit Lara Pläne für den nächsten Besuch. Während der Fahrt hielt sie die zarte Kinderhand fest umschlossen und lächelte ihrer Tochter liebevoll zu.

„Mama, ich will wirklich nicht zurück", versuchte Lara ihre Mutter in letztes Mal umzustimmen.

„Bitte Schatz, ich weiß, wie schwer das für dich ist, aber du musst jetzt ganz tapfer sein." Hanna hasste sich dafür, dass Lara so leiden musste.

Inzwischen hatten sie das Haus erreicht und Jan parkte seinen Jeep in der Einfahrt. „Wir sind da", seufzte er und drehte sich zu Lara um. „Die zwei Wochen werden ganz schnell vergehen und ich freue mich schon sehr, dich wiederzusehen", sprach er dem Mädchen Mut zu.

Zögerlich stieg Lara aus und Hanna umarmte sie ein letztes Mal. „Ich rufe dich jeden Abend an, fest versprochen. Und vergiss niemals: Ich liebe dich so sehr, wie man sein Kind überhaupt nur lieben kann!"

Sie küsste Lara auf den Scheitel und schob sie sanft in Alexanders Richtung, der bereits wartend in der Tür stand. Das Mädchen kämpfte mit den Tränen und Hanna zerriss es das Herz. Sie winkte ihrer Tochter noch einmal zu, bevor Alexander sie ins Haus schob.

„Wir sollten fahren", sagte sie zu Jan und wandte sich ab.

Der Trennungsschmerz drohte ihre Brust zu sprengen. Wenn ihr als Mutter schon die nötige Stärke für einen Abschied fehlte, was musste dann erst ihre Tochter empfinden?

Gequält stöhnte sie auf. Nein, sie war dieser Situation nicht mehr gewachsen. Ihr fehlte die Kraft, sich noch einmal umzudrehen, denn sie hätte es nicht ertragen, Lara so unglücklich zu sehen. Was bin ich nur für eine entsetzliche Mutter, dachte sie voller Scham. Wie konnte ich das meinem Kind nur antun?

Sie ließ sich auf den Beifahrersitz fallen und spürte Jans Betroffenheit. Er startete den Motor und schien es für das Beste zu halten, wenn er schwieg.

KAPITEL 22

Fast dankbar stand Hanna auf, als der Wecker klingelte und sie aus ihren Träumen erlöste. Kalter Schweiß bedeckte ihre Haut und ihr Puls raste. Nacht für Nacht suchten sie die immer gleichen Albträume heim und zogen sie in die tiefen Abgründe ihres Unterbewusstseins.

Gähnend schlug sie die Bettdecke zurück und tappte barfuß ins Badezimmer, um sich den Schweiß und die düsteren Träume von ihrer Haut zu spülen. Anschließend warf sie einen flüchtigen Blick in das Wohnzimmer, Jan schlief noch tief und fest. In der Küche setzte sie Kaffee auf und bereitete das Frühstück zu, um ihn pünktlich um sieben zu wecken. Inzwischen waren sie ein eingespieltes Team und sie spürte, wie Jan es genoss, von ihr umsorgt zu werden.

„Guten Morgen, der Kaffee ist fertig“, weckte sie ihn.

„Hey, du musst wegen mir wirklich nicht so zeitig aufstehen.“

„Kein Problem, ich mache es gern.“

Jan setzte sich zu ihr an den Tisch, nahm ein Brötchen aus dem Korb und bestrich es mit Honig.

„Und, wie wirst du deinen Tag verbringen? Ich habe immer noch Probleme damit, dich allein zu lassen."

„Tagsüber ist es nicht so schlimm, da fühle ich mich sicher. Außerdem habe ich ja noch die Wachhunde." Hanna tätschelte liebevoll Ophelias Kopf. „Am Vormittag wollte ich einkaufen fahren, um den Kühlschrank aufzufüllen und am Nachmittag wartet ein Berg Wäsche auf mich."

„Gut. Aber du weißt, dass du mich jederzeit anrufen kannst?" Jan musterte sie eindringlich.

„Danke, aber es wird schon nichts passieren."

„Ach, was ich dir noch unbedingt sagen wollte, Katharina Wehner wird immer noch vermisst."

„Wie bitte, sie war nicht unter den toten Frauen? Und woher weißt du das überhaupt."

„Meine Mutter war gestern Abend in der Praxis. Du weißt ja, wie der Buschfunk funktioniert."

„Vielleicht ist sie doch noch am Leben?", sinnierte Hanna.

„Für die Eltern wünsche ich es mir, aber ich kann nicht so recht daran glauben."

„Es ist zermürbend, dass Larsen und sein Team auf der Stelle treten. Der Täter muss doch einiges an Blut verloren haben, als ich ihm den Ziegel ... na du weißt schon."

„Du hast wie eine Löwin gekämpft." Jan nickte anerkennend. „Aber tu mir bitte den Gefallen und geh nie wieder so ein Risiko ein."

„Ich habe wirklich nicht das Bedürfnis, das kannst du mir glauben", versicherte sie rasch.

Sein Blick streifte die Uhr. „Ich muss dann mal wieder ..." Er stellte seine Tasse in die Spüle und ging ins Wohnzimmer, um sich umzuziehen.

Nur wenig später verabschiedete er sich von Hanna und fuhr vom Hof.

Nachdem Hanna eine lange Einkaufsliste zusammengestellt hatte, rief sie die Hunde, um zum üblichen Morgenspaziergang aufzubrechen. Ein strahlendblauer Himmel wölbte sich über ihr und sie beschloss, am Waldrand entlangzugehen.

Die Hunde tollten voraus, während der Schrei eines aufgescheuchten Bussards über die Felder hallte. Hanna musterte aufmerksam die Umgebung und die Beklemmung wuchs, mit jedem Meter, den sie zurücklegte. Ausgerechnet heute fühlte sie sich unwohl und beschloss, die Hunde sicherheitshalber an die Leine zu nehmen. Plötzlich tauchten zwei junge Rehböcke vor ihnen auf und hetzten geradewegs in den Wald. Duke schoss nach vorn, um dem Wild folgen.

„Komm sofort zurück", schrie Hanna aufgebracht und folgte ihm. Ophelia war glücklicherweise bei ihr geblieben und wich ihr nicht von der Seite.

„Duke?"

Sie war stehen geblieben und lauschte den Geräuschen der flüchtenden Tiere, um sich wieder zu orientieren. „Ophelia, wir müssen hier entlang."

Sie leinte die Hündin an und preschte durch das Dickicht. Zu ihrem Leidwesen entfernten sich die Rehe schneller, als sie ihnen folgen konnte. Sie stolperte über Wurzeln, hörte den Stoff ihres Shirts reißen und trug blutige Kratzer davon. Das Geräusch der hetzenden Tiere wurde immer leiser und allmählich spürte sie die Panik aufsteigen. Wie würde Jan reagieren, wenn sein geliebter Deutsch Drahthaar nicht im Forsthaus auf ihn wartete?

Kurze Zeit später war es still, beinahe zu still. Der Wind brachte die Wipfel nicht mehr zum Rauschen und selbst die Vögel blieben stumm. Als ganz in der Nähe ein trockener Ast knackte, schrie Hanna leise auf. Bitte nicht schon wieder, dachte sie voller Entsetzen.

„Ophelia, such!", gab Hanna das Kommando und die Hündin setzte sich langsam in Bewegung. Die Nase fest auf den Boden geheftet, drehte sie sich mehrmals im Kreis und schaute dann zu Hanna auf.

„So wie es aussieht, haben wir Duke verloren. Verdammt, was machen wir denn nun?“

Hanna rief ununterbrochen den Namen des Hundes, während sie einen schmalen Pfad einschlug, von dem sie glaubte, dass er sie in die richtige Richtung führte. Nach einer halben Stunde musste sie sich eingestehen, völlig die Orientierung verloren zu haben. Sie machte kehrt und hastete an die Stelle zurück, an der sie den Rüden aus den Augen verloren hatte.

„Duke?“, rief sie noch einmal verzweifelt.

Doch da war kein einziges Geräusch, das die Anwesenheit eines Hundes verraten hätte. Bestürzt machte sie sich auf den Heimweg und fürchtete sich vor dem Augenblick, an dem Jan das Forsthaus wieder betreten würde.

Mit schleppenden Schritten näherte sich Hanna dem Forsthaus. Insgeheim hatte sie gehofft, dass Duke mit klopfender Rute auf der Veranda saß und ungeduldig auf ihre Rückkehr wartete. Stattdessen jagte ihr ein Schauer über den Rücken, als sie sein Halsband am Knauf der Eingangstür baumeln sah.

Sie schloss die Eingangstür auf, stürzte ins Haus und griff zum Telefon.

„Jan, du musst sofort kommen“, sprudelten die Worte aus ihr heraus.

„Stopp, und jetzt noch einmal der Reihe nach: Was genau ist passiert?“

In knappen Sätzen berichtete sie, wie sie Duke verloren hatte.

„Ich werde einen Kollegen anrufen und fragen, ob er

mich vertritt. Wenn alles klappt, bin ich in zwanzig Minuten bei dir."

Hanna kühlte ihr erhitztes Gesicht mit kaltem Leitungswasser. Dann schenkte sie sich in der Küche ein Glas Orangensaft ein und leerte gierig Zug um Zug. Ruhelos tigerte sie im Wohnzimmer auf und ab, ohne die Uhr aus den Augen zu lassen. Bereits nach einer Viertelstunde hörte sie das Motorengeräusch von Jans Jeep. Mit klopfendem Herzen öffnete sie die Tür und wagte nicht, seinen Blick zu erwidern.

„Es tut mir so unglaublich leid, bitte, das musst du mir glauben", beschwor sie ihn und ihre Hand zitterte stark, als sie Jan das Halsband reichte. „Ich habe alles nach ihm abgesucht und konnte doch nicht ahnen, dass er absichtlich mitgenommen wurde."

Jan starrte auf das Halsband und drehte es gedankenverloren zwischen seinen Händen.

„Ich kann mich noch ganz genau an den Tag erinnern, als Duke als Welpe bei uns eingezogen war. Mein Vater hatte ihn für mich ausgesucht, das war kurz vor seinem Tod. Mit Duke verbinde ich so viele Erinnerungen ..." Seine Stimme brach.

Hanna trat dicht an Jan heran und legte tröstend ihre Hand auf seine Schulter.

„Du musst nicht hierbleiben, Jan. Ich werde noch heute in ein Hotel ziehen, dort bin ich vorübergehend in Sicherheit. Es sind zu viele Opfer, die du bringen musst, das kann ich nie wiedergutmachen."

Jan hob seinen Blick und schaute ihr fest in die Augen. „Es ist *dein* Haus und du *wirst* bleiben. Wir lassen uns nicht drohen, nicht jetzt und zu keinem anderen Zeitpunkt."

„Aber Duke ...", versuchte sie zu widersprechen.

„Ich werde jetzt nach ihm suchen. Egal, ob tot oder lebendig, ich hole ihn zurück."

Er legte das Halsband behutsam auf den Tisch, schnappte sich seine Jacke und verließ wortlos das Haus. Sie sah ihm durch das Küchenfenster so lange hinterher, bis seine Gestalt zwischen den Stämmen verschwunden war.

~

Hanna schickte Jan eine kurze Nachricht. Er war seit Stunden unterwegs, um Duke zu suchen, und allmählich wurde es dunkel. Ein Käuzchen schrie in der Ferne, und weil sie das für ein schlechtes Omen hielt, verschloss sie hastig das Fenster. Das Smartphone summte leise, Jan hatte ihr eine Antwort geschickt. Er wollte weitersuchen und das restliche Tageslicht ausnutzen.

Mit einem unguten Gefühl ließ sie Ophelia ein letztes Mal vor die Tür. Am Waldrand glaubte sie eine schemenhafte Gestalt zu erkennen, das musste Jan sein. Sie lief ihm entgegen, weil sie hoffte, dass er entgegen allen Befürchtungen Duke doch gefunden hatte. Warum sonst sollte er trotz Nachricht zurückgekommen sein?

„Jan, hast du Duke gefunden?“, rief sie ihm zu und stellte verwundert fest, dass Ophelia nicht mehr an ihrer Seite war. Sie drehte sich um und entdeckte die Hündin vor dem Haus. Irgendetwas stimmte hier nicht.

Der Schlag traf sie wie aus dem Nichts und sie strauchelte. Verdammt, das war nicht Jan!

Orientierungslos rappelte sie sich auf und vergeudete kostbare Sekunden, bevor sie zum Forsthaus zurückhetzte. In ihrer Schulter explodierte ein Feuerwerk von Schmerzen und sie rang keuchend nach Luft. Es waren nur wenige Schritte bis zum rettenden Eingang, aber sie hatte das Gefühl, auf der Stelle zu treten.

Ein erneuter Schlag in die Seite ließ sie wimmernd zu Boden gehen. Jetzt gab es für Ophelia kein Halten mehr. Sie preschte nach vorn und attackierte den Angreifer. Doch dieser war schneller und der nächste Schlag traf Ophelia auf den Rücken. Die Hündin stieß ein herzerweichendes Jaulen aus.

„Ophelia, hierher!“, schrie Hanna verzweifelt.

Die Hündin ließ von dem Fremden ab und schoss an ihr vorbei in Richtung Veranda. Auch Hanna hatte inzwischen das Haus erreicht und stürzte in den Flur. Mit beiden Händen versuchte sie die Tür zu schließen, doch der Mann war schneller. Er stellte seinen Fuß in den Spalt und drückte die Tür zentimeterweise wieder auf. Hanna stemmte sich mit aller Kraft dagegen, aber das reichte bei Weitem nicht aus. Sie überlegte, sich im Badezimmer zu verschanzen, verwarf diesen Gedanken aber wieder.

Ein letztes Mal versuchte sie die Tür ins Schloss zu drücken, bevor sie hastig einen Schritt zur Seite machte. Durch den fehlenden Widerstand flog die Tür auf und der Fremde stolperte in den Flur. Hanna nutzte die Gunst der Stunde, bog in die Küche und riss das Fenster auf. In Windeseile kletterte sie über die Brüstung und sprang nach draußen. Atemlos rappelte sie sich auf und flüchtete in Richtung Wald. Doch der Verfolger war ihr dicht auf den Fersen und hatte sie innerhalb kürzester Zeit eingeholt. Er krallte sich in ihr Shirt und riss sie erbarmungslos zurück. Dann drehte er ihr den Arm auf den Rücken und stieß sie vor sich her.

Plötzlich hörte sie das Geräusch eines dumpfen Schlages und der feste Griff um ihren Arm lockerte sich. Ein weiterer Hieb folgte und Hanna war frei. Sie drehte sich um und sah Jan, wie er mit seinen Fäusten auf den Angreifer einprügelte. Doch dieser wehrte sich und schien einige Judogriffe zu beherrschen. Jan ging unbeholfen zu Boden, konnte aber im letzten Moment die Kapuze vom Kopf des Gegners reißen.

„Es ist Mark!“

Hannas entsetzter Schrei hallte über die Felder, während Mark den am Boden liegenden Jan mit Fußtritten traktierte.

„Hör auf, hör sofort auf damit!“

Sie ging mit Fäusten auf Mark los, doch er stieß sie grob zur Seite. Sie strauchelte einen Augenblick, den Mark für sich ausnutzte und mit weit ausholenden Schritten im angrenzenden Wald verschwand.

Hanna kniete sich neben Jan und tupft ihm mit einem Taschentuch das Blut von seiner Lippe.

„Es tut mir so leid“, murmelte sie und wiederholte die Worte wie ein Mantra.

Mit einem leisen Stöhnen richtete sich Jan auf. „Dieser kranke Typ hat meinen Duke auf dem Gewissen, den mache ich fertig.“ Er wischte sich mit seinem Ärmel das Blut aus dem Gesicht und stand auf. „Warum lassen wir die Kamera eigentlich nie tagsüber laufen?“, fluchte er und humpelte resigniert zum Haus zurück.

Hanna folgte ihm und konnte nicht fassen, was soeben geschehen war. Der Gedanke an Duke trieb ihr die Tränen in die Augen. Das Opfer, das Jan unfreiwillig gebracht hatte, war definitiv zu groß.

Er saß am Küchentisch, als sie das Haus betrat, und hatte seinen Blick starr an die gegenüberliegende Wand gerichtet.

„Ich werde noch heute in ein Hotel ziehen“, erklärte sie mit fester Stimme.

„Das hatten wir doch schon“, seufzte Jan. Er stand auf und schnappte sich seinen Autoschlüssel. „Wir fahren jetzt in diesem Aufzug zur Polizei und erstatten Anzeige. Ich will, dass dieser niederträchtige Mistkerl für seine Taten bezahlt.“

KAPITEL 23

Der Herbst zog über das Land und färbte die Blätter der Bäume in warme Rot- und Gelbtöne. Die Nächte wurden kälter, der Wind wehte rauer und brachte den einen oder anderen Regenschauer mit sich. Kahl und trostlos zeigten sich die Felder rings um das Forsthaus. Der goldene Oktober, so schien es, ließ in diesem Jahr besonders lange auf sich warten.

Hanna und Jan wohnten weiterhin zusammen. Er hielt an seinem Versprechen fest, auch wenn ihn der Verlust von Duke tief getroffen hatte. Lara war jedes zweite Wochenende bei ihnen und füllte das Forsthaus während dieser Zeit mit Leben.

Mark blieb weiterhin unauffindbar und die polizeilichen Ermittlungen waren ins Stocken geraten. Die Fahndung durch Interpol lief, doch selbst die Kontrollen an Flughäfen und Grenzen hatten nichts ergeben. Auch Hannas Bemühungen, das Sorgerecht zu erstreiten, wurden nicht von Erfolg gekrönt. Diese ausweglose Situation bereitete ihr manch schlaflose Nacht und sie drohte daran zu zerbrechen. Es war wie ein Kampf gegen Windmühlen.

Der heutige Tag versprach noch einmal warm und sonnig zu werden. Jan hatte bereits das Haus verlassen und Hanna wollte das herrliche Wetter nutzen, um im Garten die Stauden zu teilen und umzupflanzen. Sie lockerte gerade mit dem Spaten das Erdreich, als Ophelia plötzlich anschlug und in Richtung Wald hetzte.

„Komm sofort zurück", rief sie der Hündin panisch hinterher.

„Hallo Hanna, schön dich zu sehen."

Ein überraschter Schrei verließ ihre Lippen. Mark stand direkt hinter ihr und sie drehte sich langsam zu ihm um.

„Was willst du hier?" Ihre Stimme vibrierte.

„Was ich will? Das müsstest du doch wissen."

Hanna nahm all ihren Mut zusammen. „Verschwinde von meinem Grundstück, bevor ich mich vergesse", fuhr sie ihn an und versuchte die zitternden Hände hinter dem Rücken zu verbergen.

„Du bist ziemlich forsch heute und scheinst den Ernst der Lage nicht zu erkennen."

Hanna holte tief Luft. „Ophelia, sofort hierher!", rief sie mit fester Stimme, sie wollte auf keinen Fall Schwäche zeigen. Es knackte mehrmals im Unterholz und nur wenige Sekunden später kam Ophelia aus dem Wald geschossen. Sie stützte in Marks Richtung und begann ihn mit lautem Gekläffe zu umkreisen.

„Sperr sie weg oder ich mache sie kalt!" Sein Blick war voller Hass und Hanna erschauderte.

„Warum sollte ich?"

„Weil ich dich in der Hand habe, so einfach ist das."

„Mark, du machst mir keine Angst mehr." Sie musste sich zusammenreißen, damit er nicht die Panik bemerkte.

„Das werden wir ja noch sehen."

Er griff in die Innentasche seiner Lederjacke und holte eine kleine Kette hervor. Mit einem überlegenen Gesichtsausdruck ließ er das zarte Geschmeide zwischen seinen Fingern pendeln und das silberne Kreuz funkelte im Sonnenlicht.

„Wo hast du die Kette her?"

„Dreimal darfst du raten."

Ihr Atem stockte, denn sie hatte schon längst die Taufkette ihrer Tochter erkannt. Aber es war ausgeschlossen, dass er Lara in seiner Gewalt hatte. Alexander würde das niemals zulassen.

„Für Ratespiele bin ich heute leider nicht in Stimmung." Es kostete sie eine Menge Überwindung, nach außen hin völlig kühl und distanziert zu wirken. Dabei hatte sie noch nie so viel Angst verspürt wie in diesem Augenblick.

„Du brauchst noch weitere Beweise? Bitteschön!"

Ein weiteres Mal griff er in die Innentasche und zog das rosa Lieblingsshirt ihrer Tochter hervor, dessen Vorderseite ein weißes Einhorn zierte. Hanna wich entsetzt zurück.

„Das ist nicht wahr ...", stammelte sie und konnte sich noch genau an den Tag erinnern, an dem sie Lara das Shirt gekauft hatte.

„Sperr endlich diesen gottverdammten Köter weg!", zischte Mark ungehalten.

Hanna blieb nichts anderes übrig, als seiner Aufforderung nachzukommen. Sie ergriff Ophelias Halsband und zerrte die Hündin ins Haus, wo sie hinter der Tür lautstark rebellierte. Für einen kurzen Moment dachte sie darüber nach, sich im Haus zu verbarrikadieren und die Polizei zu rufen. Aber letztlich verwarf sie diesen Gedanken wieder und kehrte zu Mark zurück.

„Was willst du?"

„Das sagte ich bereits, dich im Austausch gegen deine Tochter. Oder denkst du, Lara hätte mir diese Kette freiwillig überlassen?"

Ein Gefühl der Ohnmacht überrollte Hanna. Das konnte

nicht sein, das durfte nicht sein! Die Gedanken wirbelten hinter ihrer Stirn und sie suchte fieberhaft nach einer Lösung.

„Was soll ich tun?"

„Was du tun sollst? Du wirst mir folgen und sobald du dort bist, wo ich dich haben will, lasse ich deine Tochter gehen. So einfach ist das."

Pokerte er nur oder hatte er Lara tatsächlich in seiner Gewalt?

„Ich will einen Beweis, dass Lara bei dir ist!"

„Dein Wunsch ist mir Befehl, liebe Hanna. Aber ich sage dir eines, so langsam wird deine Zeit knapp."

Wiederholt langte er in seine Jackentasche und zog sein Handy heraus. Er wischte über das Display und plötzlich hörte sie Laras Stimmchen, welches leise flehend bat: „Bitte Mami, lass mich nicht im Stich und hilf mir!"

„Du verdammter Mistkerl!"

Sie war völlig außer sich und rammte Mark ihre Schulter in seinen Brustkorb. Er geriet ins Straucheln, fing sich aber wieder und stieß Hanna mit großer Wucht nach hinten. Sie stolperte, schlug rückwärts auf den Boden und spürte die unzähligen Kieselsteine, die sich schmerzhaft durch die empfindliche Kopfhaut bohrten. Für einen kurzen Moment wurde ihr schwarz vor Augen und sie rang nach Luft. Benommen rappelte sie sich auf und tastete mit der linken Hand den Hinterkopf ab. Ihre Fingerspitzen hatten sich rot verfärbt.

„Hanna, deine Zeit läuft ab und ich würde mich an deiner Stelle etwas beeilen. Solltest du nicht mitkommen, werde ich Lara sich selbst überlassen. Mal schauen, wie lange sie durchhält."

„Lass sofort meine Tochter frei!", fauchte sie wie eine Löwin.

Sie spuckte ihm die Worte förmlich ins Gesicht und in

ihren Augen spiegelte sich der blanke Hass. Sie suchte noch immer nach einer Lösung, aber es gab keine. Mark hatte Lara gekidnappt und sie rechnete mit dem Schlimmsten. Was, wenn er nicht Wort hielt?

„Ich werde Ophelia mitnehmen", sagte sie und ballte die Hände zu Fäusten.

„Du weißt doch ganz genau, wie sehr ich Viehzeug hasse. Es war mir eine Freude, deinen Hühnern die Köpfe zu kürzen."

Sie schluckte. Mark war völlig durchgeknallt und sie hätte sofort die Polizei rufen müssen. Doch jetzt war es dafür zu spät.

„Hier, leg die an."

Mark hielt plötzlich ein Paar Handschellen in seiner Hand und warf sie ihr vor die Füße.

„Warum diese Umstände, ich komme freiwillig mit."

„Ich verlasse mich nicht auf das Wort einer Ehebrecherin. Heb sie auf."

Hanna bückte sich und hob die Handschellen widerwillig auf.

„Mache die erste Schelle um dein rechtes Handgelenk."

Es klickte leise und sie sah ihn fragend an.

„Beide Arme hinter den Rücken", befahl er mit frostiger Stimme.

Ihr entwich ein leises Stöhnen, als er die Arme auf dem Rücken fixierte. Das Metall schnitt schmerzhaft in die Haut und sie war ihm jetzt hilflos ausgeliefert.

„Auf geht's, immer der Nase lang."

Er packte sie grob am Arm und zerrte sie vom Hof. „Benutze gefälligst deine Beine", fuhr er sie an. Doch Hanna stemmte sich mit aller Kraft dagegen. Schließlich hielt er ihr ein Messer an die Kehle und als sie sich weiterhin weigerte, ritzte er tief in ihre Haut. Sie spürte, wie ein warmes Rinnsal an ihrem Hals herunterrann.

„Hast du jetzt endlich verstanden, was ich von dir will?"

Sie nickte unter Tränen und allmählich wurde ihr bewusst, dass ihr Leben sprichwörtlich am seidenen Faden hing. Mark stieß sie vorwärts und sie setzte sich mit schleppenden Schritten in Bewegung. Wenn sie Jan doch nur eine Nachricht hinterlassen könnte …

Sie versuchte unauffällig ein Haargummi aus der Gesäßtasche hervorzuziehen, doch Mark bemerkte sofort, was sie vorhatte. Der Schlag traf sie völlig unvorbereitet und sie geriet ins Straucheln. Blut perlte von ihrer aufgeplatzten Lippe.

„Noch so einen Versuch, und ich ramme dir das Messer in den Bauch", zischte er.

Er trieb Hanna unbarmherzig vor sich her, während sie voller Verzweiflung nach Wanderern oder Pilzsuchern Ausschau hielt. Mit der Zeit wurden die Baumkronen lichter und die Wege breiter. In der Nähe einer stark befahrenen Straße stand ein Fahrzeug, auf das sie geradewegs zuliefen. Mark zerrte sie zur Motorhaube und befahl ihr, sich vornüberzubeugen.

Panik, Entsetzen und Ekel machten sich breit, als sie begriff, was er vorhatte. Sie versuchte sich zu wehren und trat um sich, doch Mark drückte sie nach unten.

„Dir werde ich's noch zeigen, du Miststück!"

Er nestelte an seiner Jeans herum und sie versuchte, die Situation für sich auszunutzen. Kraftvoll bäumte sie sich auf und warf sich gegen seinen Oberkörper, was er mit einem schmerzhaften Tritt in ihre Kniekehle quittierte. Keuchend sackte sie zusammen, doch Mark riss sie am Arm wieder nach oben.

„Du scheinst nicht zu begreifen, dass das Leben deiner Tochter auf dem Spiel steht", raunte er ihr zynisch ins Ohr. „Beug dich über die Motorhaube und keinen Mucks."

Mit einem leisen Wimmern kam sie seiner Aufforderung

nach und spürte seine Hände überall auf ihrem Köper. Sie konnte nur unter großen Anstrengungen den Würgereiz unterdrücken, als sie hörte, wie Mark den Gürtel seiner Hose lockerte.

„Wenn ich mehr Zeit hätte, würde ich es dir ein letztes Mal so richtig besorgen."

Sein widerwärtiger Atem streifte ihre Haut und sie erschauderte. Er öffnete seine Hose und masturbierte, während seine freie Hand derb ihre Brust knetete. Hanna verharrte völlig bewegungslos und hoffte, dass es bald vorbei wäre. Nur wenige Augenblicke später stöhnte er erleichtert auf.

„Eine wahre Verschwendung, dich zu töten, aber du hast nun einmal dein Leben verspielt."

Zufrieden zog er den Reißverschluss hoch und befahl ihr, ins Auto zu steigen. Hanna richtete sich auf, drehte sich zu ihm um und spuckte ihm voller Abscheu vor die Füße. „Du bist ein krankes Schwein!", keuchte sie voller Widerwillen.

Ihre Wange brannte höllisch von einem weiteren Schlag. Die Hände auf dem Rücken verschnürt, fiel es ihr schwer in den Wagen zu steigen.

„Doch nicht hier vorn", fuhr Mark sie an, als sie auf dem Beifahrersitz Platz nehmen wollte. Er packte sie an den Haaren und stieß sie auf die Rückbank. „Bleib da liegen und wage ja nicht, dich während der Fahrt zu rühren."

Sie zog die Knie an, damit Mark die Tür schließen konnte. Verdammt, sie wollte nicht sterben, nicht jetzt und zu keinem anderen Zeitpunkt. Aber solange er Lara in seiner Gewalt hatte, konnte sie nichts gegen ihn unternehmen. Sobald sie sich mit eigenen Augen davon überzeugen konnte, dass er ihr kleines Mädchen freigelassen hatte, würde sie um ihr eigenes Leben kämpfen.

Die Fahrt zog sich quälend in die Länge und Hannas Arme schmerzten höllisch in dieser unbequemen Position.

Mehrmals drehte sie behutsam den Kopf zur Seite und riskierte einen Blick nach oben. Zeitweise sah sie nur den Himmel und manchmal tauchten einzelne Baumwipfel auf. Jegliches Zeitgefühl war ihr verlorengegangen. Ihre Gedanken waren ständig bei Lara, die Todesängste ausstehen musste. Dem Mädchen nicht helfen zu können, brachte sie fast um den Verstand.

Über ihr wurde es zusehends dunkler, wahrscheinlich fuhren sie durch ein Waldstück. Erneut versuchte sie, den Kopf zu heben, aber Mark hatte die sachte Bewegung im Rückspiegel wahrgenommen.

„Bleib gefälligst unten und denk an dein Kind."

Er nahm den Fuß vom Gas und lenkte scharf nach links. Sie wurde zur Seite geschleudert und die Handschellen schnitten ins Fleisch. Qualvoll stöhnte sie auf.

„Die bist empfindlicher geworden in letzter Zeit", stellte er nüchtern fest.

Das Fahrzeug kam zum Stehen und Mark drehte sich zu ihr um.

„So, mein Täubchen, wir sind am Ziel angekommen." Er stieg aus und zerrte sie aus dem Wagen. „Halt gefälligst still, damit ich die Handschellen lösen kann."

Durch die Fixierung der Handschellen hatten sich ihre Arme völlig versteift. Jede Bewegung war eine Qual und Hanna strich sanft über ihre wunden Handgelenke. Die oberste Hautschicht war durch die Reibung des Metalls aufgeschürft, aber das war sicher das geringste Übel. Sie hob ihren Blick und in ihren Augen loderte der blanke Hass. Wenn sie schon sterben musste, dann mit hoch erhobenem Haupt. Mark hielt dem Augenkontakt stand und seine Mundwinkel verzogen sich zu einem hämischen Grinsen.

„Dreh dich um und dass du mir ja nicht auf dumme Gedanken kommst."

Kühles Metall streifte ihre Wange und entsetzt schnappte sie nach Luft. Mark trug eine Waffe bei sich!

Vor ihr tauchten die abstrusesten Bilder auf - wie sie durchlöchert wie ein Sieb, sich sterbend auf dem blutdurchtränkten Boden wand. Die nackte Angst schnürte ihr die Kehle zu und ihr Puls raste.

„Ich warne dich, Gegenwehr ist zwecklos."

„Wo ist Lara?", fauchte sie und in ihren Augen funkelte Verachtung.

Er entsicherte die Waffe und richtete sie auf Hanna. Das metallische Klicken löste bei ihr einen Schockzustand aus und Teile des Lebens glitten an ihr vorüber.

„Jetzt bleib bei der Sache. Weißt du eigentlich, wie schwer du es uns gemacht hast, dich zu erwischen?"

„Uns?" Sie verstand überhaupt nichts mehr.

„Willst du es nicht begreifen oder kannst du es nicht begreifen?"

„Wo ist mein Kind? Bevor du mich abknallst, will ich Lara in Sicherheit wissen!"

„Ich glaube nicht, dass du momentan in der Lage bist, Forderungen zu stellen. Aber bevor du mich weiter löcherst, Lara sitzt ganz brav zu Hause bei ihrem Daddy, wo sie auch hingehört."

„Was soll das? Warum lügst du mich an?"

„Ich lüge dich an?" Mark stieß geräuschvoll die Luft aus. „Soweit ich mich erinnern kann, warst du diejenige, die ihren Mann von hinten bis vorne belogen hat."

„Das geht dich einen Dreck an", zischte sie.

„Das sehe ich anders, denn sonst wäre ich nicht hier."

„Was willst du von mir und wie bist du überhaupt an Laras Kette und das Shirt gekommen?"

„Dein Mann war so freundlich, mir die Sachen zu überlassen."

„Ich verstehe nicht ganz?" Irritiert sah sie ihn an.

„Tja, dein Mann und ich, wir kennen uns schon seit Ewigkeiten."

„Du lügst!" Ihre Stimme hatte einen hysterischen Ton angenommen.

„Na, wer wird denn so vorschnell urteilen. Alexander wollte damals deine Treue testen, und er hatte gute Gründe dafür. Er hat mich auf dich angesetzt und deine Erbschaft war ein zusätzlicher Ansporn. Ich muss sagen, ich hatte bei dir wirklich leichtes Spiel und dein Tod war beschlossene Sache. Allerdings hast du dich als ziemlich zäh erwiesen. Den anderen Ladys fehlte der Biss, dieses gewisse Etwas, sie haben einfach zu schnell aufgegeben. Du hingegen bist eine Kämpferin und das imponierte mir sogar. Trotzdem ist heut dein Tag gekommen …"

„Was soll das? Willst du damit andeuten, dass Alexander und du, dass ihr gemeinsame Sache gemacht habt?"

„Was hattest du denn angenommen?"

Sämtlich Farbe war aus ihrem Gesicht gewichen. Alexander sollte ein Mörder sein? Er war ein egoistischer, rachsüchtiger Mensch, aber Mord?

„Ich muss also sterben, weil ich fremdgegangen bin? Das ist der Grund für all das, was mir widerfahren ist?"

Mark musterte sie mit einem triumphierenden Lächeln und schien die Situation regelrecht auszukosten. „Schlaues Mädchen."

„Ich glaube dir kein einziges Wort."

Hektisch sah sie sich um, ob sich nicht doch eine Fluchtmöglichkeit bot.

„Denk nicht einmal daran!" Mark richtete die Waffe wieder auf ihren Oberkörper. „Alexander wollte einen schnellen und schmerzlosen Tod, immerhin hast du sein Kind geboren. Aber wie man so schön sagt, die Katze lässt das Mausen nicht. Ich mache dir folgenden Vorschlag: Auf mein Kommando rennst du los, und glaube mir, du rennst um dein Leben. Wenn du entkommen kannst, hast du dir deinen Sieg redlich verdient und wirst am Leben bleiben."

„Woher soll ich wissen, dass du es ernst meinst?"

„Du hast mein Wort."

Hanna konnte keinen klaren Gedanken fassen. Sagte Mark die Wahrheit oder war das alles nur ein mieses Spiel, um sie in den Wahnsinn zu treiben? Würde er sie erschießen, sobald sie ihm den Rücken zukehrte, und dann wie einen räudigen Hund im Wald verscharren?

„Hanna? Dürfte ich um deine Aufmerksamkeit bitten?"

Er fixierte sie mit starrem Blick und Hanna ahnte, dass sie die Unterlegene sein würde. Sie fühlte sich schwach und ausgelaugt und überhaupt nicht in der Lage, vor ihrem Tod davonzulaufen.

„Jetzt wird es allmählich ernst. Wenn ich sage *lauf*, dann du rennst gefälligst um dein beschissenes Leben. Haben wir uns verstanden?"

Sie nickte und ballte die Hände zu Fäusten. Ihre Beine fühlten sich an wie Blei, sie würde in diesem Zustand keinen Meter schaffen.

„Los jetzt, lauf!", brüllte er.

Hanna zuckte zusammen und rührte sich keine Zentimeter.

„Renn endlich, du Miststück, sonst knalle ich dich ab", schrie Mark, um sie aus ihrer Lethargie zu reißen.

In ihrem Kopf legte sich ein Schalter um und sie stürzte nach vorn. Warum hatte sie ihre gesamte Konzentration nur auf ihn gerichtet? Jetzt war es zu spät, um das Gelände mit Blicken zu scannen. Sie hetzte den Waldweg entlang, auf dem sie soeben noch gestanden hatten. Mark heftete sich sofort an ihre Fersen, sie konnte deutlich seine Schritte vernehmen.

„Das ist doch ein Kindergeburtstag, was du hier veranstaltest. Ist dir dein Leben so wenig wert?"

Sie irrte ziellos umher, bis sie einen schmalen Trampelpfad entdeckte und sich durch das Gestrüpp kämpfte. Zweige peitschten ihr ins Gesicht, trafen das Auge. Sie blinzelte die Tränen weg, stolperte und schlug der Länge nach hin.

„Das ging ja schneller als gedacht, dass du am Boden liegst", höhnte Mark und schloss immer dichter zu ihr auf.

Hanna rappelte sich keuchend wieder auf und rannte weiter. Pures Adrenalin schoss durch ihre Adern und half ihr, die Geschwindigkeit beizubehalten. Die Orientierung hatte sie völlig verloren und folgte blindlings dem Pfad. Hin und wieder versperrten umgestürzte Bäume oder dichtes Gestrüpp den Weg. Ihre Lungen brannten und sie spürte, wie allmählich die Kräfte schwanden.

Inzwischen konnte sie Marks schweren Atem deutlich hören und hielt nach einem geeigneten Versteck Ausschau, um sich darin zu verbergen. Plötzlich tauchte vor ihr überraschend ein Abhang auf und sie rannte ungebremst darauf zu.

Verzweifelt streckte sie ihre Hände nach Zweigen aus, um sich daran festzuhalten, doch es war bereits zu spät. Sie rutschte auf dem feuchten Laub nach unten und überschlug sich mehrmals. Ein harter Aufprall folgte, als ein Baum ihren Sturz stoppte. Der Schmerz raubte ihr für einen kurzen Moment die Sinne und sie stöhne leise auf. Von ihrer linken Augenbraue tropfte Blut, das sie mit dem Handrücken wegwischte. Mark trottete siegessicher den Abhang herunter, ihr Vorsprung war bis auf wenige Meter geschrumpft.

„War das schon alles, was du zu bieten hast? Du enttäuschst mich."

Mit gehetzten Blicken tastete sie die Umgebung ab. Vor ihren Augen türmte sich felsiger Hang auf. Nicht hoch, aber unmöglich, ihn ohne Hilfsmittel zu überwinden. Ihr blieb nur eine einzige Richtung und diese schlug sie ein. Noch einmal mobilisierte sie ihre Kräfte und jagte davon. Mark schien es nicht sehr eilig zu haben, denn sie konnte seine Schritte nicht mehr wahrnehmen.

Vor ihr lag eine scharfe Rechtskurve. Vielleicht ergab sich ja die Möglichkeit, an einer Stelle abzubiegen, die er nicht einsehen konnte. Dann wüsste er nicht, in welche Richtung sie geflüchtet war. Ein Funke Hoffnung keimte auf und trieb sie zu Höchstleistungen an. Verdammt, sie musste es einfach schaffen!

Voller Hoffnung nahm sie die Biegung, und nur Sekunden später war sie aus seinem Blickfeld verschwunden. Durch einen erneuten Adrenalinschub konnte sie ihre Geschwindigkeit verdoppeln, doch ihre Hoffnungen wurden bitter enttäuscht. Gequält schrie sie auf. Nein! Nein, das durfte nicht sein!

Hinter ihr ertönte Marks zynisches Lachen. „Na, schon am Ziel?"

Er hatte sie vor sich hergetrieben wie ein Stück wehrloses Vieh und geradewegs in eine Sackgasse gehetzt. Und all das diente nur einem einzigen Zweck - sie ein letztes Mal zu quälen.

Er richtete seine Waffe wieder auf ihren Oberkörper. Ringsum versperrte eine Felswand, in deren Ritzen Farne und Moose siedelten, jede Fluchtmöglichkeit. Obwohl nur wenige Meter hoch, wurde sie von diesem grauen Gestein unbarmherzig eingeschlossen. Schritt für Schritt wich sie zurück, den Blick immer auf die Waffe gerichtet. Gleich würde sie das Ende der Sackgasse erreicht haben. Hektisch sah sie sich um und entdeckte eine zugewachsene Nische im Gestein.

Sie zählte die Schritte und konzentrierte sich, bevor sie mit einem gewagten Sprung in die Nische hechtete und sich in die dahinterliegende Öffnung fallen ließ. Feucht modriger Geruch schlug ihr entgegen und sie richtete sich auf. Im dämmrigen Zwielicht konnte sie erkennen, dass es sich um einen alten Stollen handelte. Dieser endete jedoch nach wenigen Metern und der Weg in das Innere wurde durch ein Eisengitter versperrt. Erst im letzten Moment bemerkte sie einen weiteren Tunnel.

Der Eingang war halb verschüttet und sie zwängte sich mühsam durch den schmalen Spalt, bevor der Stollen wieder an Höhe gewann. Aber auch dieser Fluchtweg endete nach wenigen Metern. Verdammt! Ihr Herz drohte zu zerspringen und sie lehnte sich an die kühle Steinwand. Würde Mark durch diese enge Öffnung passen?

Sekunden später hörte sie seine knirschenden Schritte auf dem steinigen Untergrund.

„Na also, endlich habe ich dich dort, wo ich dich die ganze Zeit über schon haben wollte. Ab jetzt bist du in bester Gesellschaft, vereint bis in den Tod."

Hanna wurde nicht so recht schlau aus seinen Worten und ihr Blick wanderte durch den höhlenartigen Stollen, um nach der zweiten Person zu suchen. Es brauchte einen Moment, bis sich ihre Augen an das diffuse Dämmerlicht gewöhnt hatten. Und tatsächlich, genau gegenüber hockte eine Gestalt auf dem Boden. Hoffnung keimte in Hanna auf, dass sie zu zweit Mark vielleicht überwältigen könnten.

„Hallo?", fragte sie mit leiser Stimme. „Wer bist du?"

Mark brach in schallendes Gelächter aus. „Ich glaube das einfach nicht, sie hat tatsächlich Hallo gesagt."

Hanna bereitete es Schwierigkeiten, die Situation genau zu erfassen, und nur das Display ihrer Uhr versprach etwas Helligkeit. Sie hielt die Taste gedrückt und näherte sich zögerlich der Gestalt. Erst jetzt bemerkte sie den fauligen, ekelhaften Geruch, der ihr entgegenströmte, und konnte nur mit Mühe den Würgereiz unterdrücken. Nur wenige Augenblicke später löste sich ein animalischer Schrei von ihren Lippen und die Welt schien einfach stillzustehen.

KAPITEL 24

Hanna schrie sich die Seele und das Entsetzen aus dem Leib. Ihre Stimme schwoll orkanartig an, um dann abrupt zu verstummen. Ein hässlicher Totenschädel grinste ihr entgegen, überzogen von einer braunen Lederhaut. Vereinzelte struppige Haarsträhnen hingen herunter und tote schwarze Augenhöhlen starrten stumpf an die gegenüberliegende Wand.

Nachdem sich der erste Schock gelegt hatte, wollte sie nur noch weg und kroch in Marks Richtung. Nur das leise Klicken der entsicherten Waffe hinderte sie daran, durch die Öffnung zu fliehen.

„Bleib wo du bist, sonst knalle ich dich ab wie einen räudigen Hund“, drohte Mark mit eiskalter Stimme. „Hier drinnen ist der Schuss kaum zu hören und ich habe keinerlei Skrupel.“

„Lass mich raus, bitte ...“, flehte Hanna mit tränenerstickter Stimme.

„Du müsstest doch genau wissen, dass für dich hier Endstation ist. Sieh es als deine Bestimmung an, Katharina Wehner Gesellschaft zu leisten.“

Sie schrie erschrocken auf. War das die sterbliche Hülle von Katharina Wehner? Und stand ihr dieses grausame Schicksal etwa auch bevor?

„Ich will nicht hier unten zugrunden gehen“, rief sie verzweifelt. „Mark, ich verkaufe das Forsthaus und überschreibe dir alles, was ich besitze. Aber bitte lass mich nicht in dieser dunklen Gruft zugrunde gehen!“

„Ich bin auf deine Almosen nicht angewiesen. Dank Alexander habe ich ausgesorgt.“

„Dann appelliere ich an deine Vernunft. Du musst doch wenigstens einen Funken Menschlichkeit in dir tragen.“

„Ach, auf einmal?“

„Ich werde dir alles geben, was ich besitze, aber ich will verdammt noch einmal nicht hier unten sterben!“

„Ich will das Kostbarste, was du besitzt.“

„Nicht einmal Alexander würde dir Lara überlassen.“

„Ich meinte eigentlich dein Leben.“

„Was soll ich dir darauf antworten?“

Ihre Stimme war in ein resigniertes Flüstern übergegangen. Sie konnte nicht begreifen, dass Alexander in diese Sache verwickelt war und ihren Tod wünschte.

„Hallo, bist du noch da?“

„Was soll diese dumme Frage?“, fauchte sie.

„Tja, dann wird es Zeit für den Abschied. Es war nett, dich und Katharina kennengelernt zu haben.“

Mark begann einen der Balken, der die Decke abstützte, zu bearbeiten. Dumpfe Stöße erschütterten den Stollen und plötzlich folgte ein heftiger Knall. Staub wirbelte auf und Gesteinsbrocken fielen von der Decke herab.

Hanna verkroch sich in die hinterste Ecke und hielt schützend die Arme über ihren Kopf. Ein heftiger Hustenanfall schüttelte sie und sie hatte das Gefühl zu ersticken. Zwischen ihren Zähnen knirschte es. Noch immer war der Gedanke völlig abwegig, dass dieser

Stollen das Letzte sein würde, was sie in ihrem Leben zu sehen bekam.

Jetzt umgab sie die totale Finsternis. Kühl und feucht war es an diesem Ort, wie in einer Gruft. Nun ja, das mit der Gruft stimmte immerhin. Noch immer hallte Marks höhnisches Lachen in ihren Ohren wider und sie biss sich in ihrer Verzweiflung auf die Unterlippe, bis diese blutete. Sie beugte sich nach vorn und konnte deutlich den Geruch des mumifizierten Leichnams wahrnehmen. Ekel machte sich breit und nur wenige Sekunden später übergab sie sich geräuschvoll.

Sie fuhr sich mit den Handrücken über den Mund und rang keuchend nach Luft. Sollte das hier wirklich das Ende sein? Sie spürte, wie sich eine Panikattacke ankündigte, und wusste nicht wohin mit all der aufgestauten Energie. Sie schrie, tobte, trat mit dem Fuß gegen die felsigen Wände, während sich die pure Verzweiflung nicht stoppen ließ.

Wie würde sie hier unten zugrunde gehen? Ersticken, verdursten, verhungern? Oder kehrte Mark zurück, um ihr den Gnadenschuss zu setzen?

Die Chance, dass sie rechtzeitig gefunden wurde, war gleich null. Sie wusste ja nicht einmal, wo sie sich überhaupt befand. Mark hatte sie heimtückisch in eine Falle gelockt und sie war, ohne zu hinterfragen, hineingetappt.

Die Kälte, die vom Steinboden ausging, übertrug sich allmählich auf ihren Körper und sie begann zu frösteln. Wie lange würde sie durchhalten, bei diesen niedrigen Temperaturen? Auch die Dunkelheit und die Anwesenheit des Leichnams machten ihr zu schaffen. Zeitweise hatte sie sogar das Gefühl, jemand hauche ihr kalten Atem ins Gesicht, und sie schlug wild mit den Händen um sich. Das hier musste die Hölle sein und sie zweifelte an der Gerechtigkeit des Lebens. Warum musste sie in dieser Finsternis ausharren und nicht Mark, der etliche Menschenleben auf dem Gewissen hatte? Wie hatte er mit all dem durchkommen können?

Die hohe Luftfeuchtigkeit ließ Hanna erschaudern und sie schlang schützend die Arme um ihren Oberkörper. Aber es half nichts, sie fror erbärmlich in dem dünnen Shirt. Erschöpft kauerte sie sich wieder in die hinterste Ecke. Hauptsache, nur weit weg von Katharina Wehner. Sie fürchtete sich vor diesem entstellten Körper, es war ein Albtraum ohnegleichen.

Immer wieder schaute sie auf die Uhr, doch es waren erst zwei Stunden vergangen. Jan müsste schon vor einer halben Stunde von der Arbeit zurückgekehrt sein. Ob er wohl schon die Polizei verständigt hatte? Gab es vielleicht doch eine minimale Chance, diesen Ort lebend zu verlassen?

Sie zermarterte sich das Hirn, jedoch ohne Erfolg. Erneut schaute sie auf die Uhr und nutzte die Helligkeit dazu, um sich zu orientieren. Doch sie war von grauem Gestein eingeschlossen und die schmale Öffnung verschüttet. Also löschte sie wieder das Licht, um die Batterie zu schonen. Nicht auszudenken, wenn ihre einzige Lichtquelle versiegte.

Erneut schrie sie sich ihren Schmerz von der Seele und hoffte auf Rettung. Doch die Wände schluckten ihre Schreie und der Leichnam grinste stumm vor sich hin. Die feuchte Kälte kroch ihr in die Glieder und sie wollte sich gar nicht erst ausmalen, wie es in ein paar Stunden sein würde. Obwohl tagsüber noch milde Temperaturen herrschten, gab es in den Nächten bereits die ersten Bodenfröste.

Um sich zu wärmen, begann Hanna auf der Stelle zu hüpfen, stieß aber sofort mit dem Kopf an die niedrige Decke des Stollens. Wieder eine blutige Wunde mehr …

Ihr blieb nur die Möglichkeit, ein paar Schritte zu gehen, aber das reichte bei Weitem nicht aus, um sich langfristig warm zu halten. Ihr Shirt war zerrissen und in den Turnschuhen trug sie keine Socken. Wenn sie die Unterkühlung hinauszögern wollte, musste sie sich die Kleidung der Toten überziehen.

Behutsam näherte sie sich der Leiche, die Arme tastend vor ihrem Körper ausgestreckt. Erneut stieß sie mit dem Kopf gegen die Wand, denn sie konnte sich in völliger Dunkelheit nicht orientieren. In ihrer Angst drückte sie auf das Knöpfchen an der Uhr und das winzige Licht flammte auf. Sie hielt den Arm ausgestreckt in die Richtung der Leiche und erschrak abermals über den schrecklichen Anblick. Angeekelt zog sie sich zurück.

Sie konnte sich einfach nicht dazu überwinden, die Kleidung von Katharina Wehner an sich zu nehmen, geschweige denn, die tote Frau überhaupt zu berühren. Hastig riskierte sie noch einen Blick auf die Uhrzeit. Jan war seit einer Stunde im Forsthaus und sie hoffte inständig, dass er bereits die Polizei informiert hatte.

„Bitte Jan, hilf mir noch ein allerletztes Mal! Ich kann Lara nicht im Stich lassen, ich liebe sie doch so sehr ...", flüsterte sie mit tränenerstickter Stimme.

Der Gedanke an Lara erweckte den Kampfgeist in ihr. Nur sie allein konnte dafür sorgen, dass Mark und Alexander zur Rechenschaft gezogen wurden. Es waren keine drei Stunden vergangen und noch verfügte sie über genügend Kräfte, um sich zu befreien. Es gab immer einen Weg, sie musste ihn nur rechtzeitig finden.

Leise stöhnend rappelte sie sich auf und begann, die herabgefallenen Steine auf die hintere Seite zu schaffen. Vielleicht konnte sie auf diese Weise den Eingang wieder freilegen und auch der Kälte ein Schnippchen schlagen. Sie war immer darauf bedacht, einen großen Bogen um die Leiche zu machen, deren ekelhafter Geruch in ihre Richtung strömte. Mit der körperlichen Bewegung kehrte auch die Hoffnung zurück, sich aus dieser qualvollen Situation befreien zu können.

Immer wieder musste sie eine Pause einlegen, weil ihr die völlige Dunkelheit zusetzte. Sie prallte orientierungslos gegen die Wände, egal wie oft sie die Schritte auch abzählte. Fast schon zwanghaft wollte sie auf die Uhr schauen und den Raum mit ein wenig Helligkeit füllen, denn immer öfter überkam sie das untrügliche Gefühl, dass sich der Leichnam leise raschelnd bewegte.

Ihre Handinnenflächen waren inzwischen wund von den scharfkantigen Gesteinsbrocken und bluteten leicht. Kraftlos hockte sich Hanna auf den Boden und gab sich ihrer Erschöpfung hin. Die Kälte kroch ihr binnen weniger Minuten wieder in die Knochen und sie hatte Durst. Sie leckte sich über die spröden Lippen und erinnerte sich an einen Film, wo der Held das Wasser von der Decke einer Höhle aufgefangen hatte, um zu überleben.

Sie tat es ihm gleich und tastete mit ihren Fingerspitzen blindlings am Gestein entlang. Es war ein sehr mühseliges Unterfangen, aber sie fand tatsächlich eine Stelle, an der sich Tropfen bildeten. Gierig leckte sie am Stein, aber es reichte kaum aus, um diesen quälenden Durst zu stillen. Außerdem war dieser metallische Geschmack einfach widerlich. Da ihr Magen wegen des Verwesungsgeruchs noch rebellierte, blieb das Hungergefühl glücklicherweise aus.

Leise stöhnend lehnte sie sich an die Wand und dachte darüber nach, wie lange man diese Strapazen wohl aushalten könnte. Irgendwann, so dämmerte ihr, würde mit Sicherheit auch der Sauerstoff knapp werden. Wenn sie wenigstens ein Feuerzeug hätte, um einen Luftzug ausfindig zu machen …

Erneut schaute sie auf die Uhr, weil sie die Dunkelheit nicht länger ertragen konnte. Bald würde es Nacht sein und sie fragte sich, wie sie auf dem harten und kalten Steinboden zur Ruhe finden sollte. Außerdem war sie besessen von dem Gedanken, dass sich der Leichnam bewegen oder sie sogar beim Schlafen beobachten könnte. Natürlich war das total abwegig, aber sie fürchtete sich entgegen aller naturwissenschaftlichen Regeln. Als die Kälte für sie unerträglich wurde, begann sie erneut, die Gesteinsbrocken umzuschichten.

KAPITEL 25

Jan hatte endlich Feierabend und fuhr auf den Hof des Forsthauses. Kaum war er aus dem Wagen gestiegen, hörte er das langgezogene Jaulen von Ophelia. Da stimmte etwas nicht, schoss es ihm durch den Kopf und er eilte zum Haus. Kaum hatte er die Eingangstür geöffnet, stürmte die Hündin an ihm vorbei in den Wald. Jan jagte Ophelia hinterher und versuchte sie einzuholen, doch er konnte mit ihrem Tempo nicht Schritt halten. Ihm blieb nichts anderes übrig, als zum Haus zurückzukehren und sich im Inneren genauer umzuschauen.

Ruhelos lief er durch die Räume und rief nach Hanna, ohne eine Antwort zu erhalten. Schuhe, Jacke und Handtasche befanden sich noch an ihrem angestammten Platz und auch der Kleinwagen stand einsam und verlassen im Hof. Gehetzt rannte Jan wieder nach draußen und schlug dieselbe Richtung ein, in die auch Ophelia verschwunden war. Abwechselnd rief er beide Namen, doch nur die Wipfel rauschten wissend.

Während seiner Suche tippte er die Rufnummer der nächsten Polizeiwache in sein Handy, um sofort eine

Vermisstenanzeige aufzugeben. Er wurde umständlich weiterverbunden und letzten Endes abgewiesen. Für eine Vermisstenanzeige wäre es noch viel zu früh.

Jan fluchte lautstark und sprintete zum Forsthaus zurück. Er fischte aus Hannas Handtasche das Smartphone. Unglücklicherweise hatte sie es ausgeschaltet und er kannte den PIN-Code nicht. Ungeduldig kramte er weiter und entdeckte durch Zufall die Visitenkarte von Kommissar Larsen, die in einer Stofffalte klemmte. Hastig wählte er die Nummer und atmete erleichtert auf, als sich Larsen endlich meldete.

„Ich muss Sie dringend darüber informieren, dass Hanna Jahnke spurlos verschwunden ist."

„Vielleicht ist sie nur im Wald spazieren gegangen", warf Larsen ein.

„Ohne Jacke und in ihren alten Turnschuhen?" Jan wurde allmählich ungeduldig.

„Nun ja, es ist ein warmer Tag mit beinahe sommerlichen Temperaturen."

„Bitte, Sie müssen der Sache unbedingt nachgehen", bat Jan eindringlich. „Der Wagen und ihre persönlichen Dinge befinden sich noch an Ort und Stelle. Als ich von der Arbeit gekommen bin, war die Hündin völlig aufgelöst und ist weggelaufen. Es muss mit Sicherheit etwas Schwerwiegendes vorgefallen sein."

Larsen seufzte kaum hörbar. „In Ordnung, ich werde Frau Jahnke sofort zur Fahndung ausschreiben lassen. Bitte melden Sie sich umgehend, falls sie doch überraschend wieder auftaucht."

Nach dem Gespräch machte sich Jan erneut auf den Weg, um die Gegend abzusuchen. Ihm blieb nur die vage Hoffnung, wenigstens die Hündin wiederzufinden.

Ophelia war inzwischen an der Stelle angekommen, an der Mark ihr Frauchen brutal in den Wagen gestoßen hatte. Die Gerüche lösten sich allmählich auf und nachdem sie mehrmals im Kreis gelaufen war, folgte sie dem Waldweg, bis dieser eine Straße kreuzte. Unschlüssig rannte sie mehrfach auf die stark befahrene Straße, bis ein entgegenkommendes Fahrzeug sie an der Hinterhand erfasste. Obwohl der Fahrer eine Vollbremsung hinlegte, konnte er ihr nicht mehr ausweichen.

Ophelia wurde mit einem heftigen Stoß zur Seite geschleudert und blieb im Straßengraben liegen. Man hätte schon genau hinschauen müssen, um sie zu entdecken. Ihr Fell verschmolz geradezu mit dem bräunlich verfärbten Gras. Der Fahrer hingegen trat wieder aufs Gas, ohne sich um das verletzte Tier zu kümmern.

Eine halbe Stunde später stand Jan ebenfalls an der stark frequentierten Straße und hielt nach Hanna und Ophelia Ausschau. Er hatte einen anderen Weg eingeschlagen und kam nicht einmal ansatzweise in die Nähe der verletzten Hündin.

Enttäuscht wandte er sich ab und verbrachte den gesamten Abend im Wald. Erst weit nach Mitternacht kehrte er frustriert zum Forsthaus zurück. Zwischendurch hatte er Sarah angerufen und den Stand der Dinge übermittelt. Insgeheim wünschte er sich, dass Hanna unversehrt wieder auftauchte und sich alles nur als ein großer Irrtum herausstellte.

Die restlichen Stunden starrte er auf das Telefon und hoffte auf einen erlösenden Rückruf. Vergebens.

Am nächsten Morgen fuhr er zur Arbeit und versuchte sich am Vormittag mit den üblichen Aufgaben abzulenken.

Lange hielt er nicht durch, ihm fehlte die nötige Konzentration und er nahm sich für den Rest des Tages frei.

Doch die Ungewissheit ließ ihn nicht zur Ruhe kommen. Nachdem er eine Kleinigkeit gegessen hatte, begab sich sofort wieder in den Wald, um nach Hanna zu suchen. Vielleicht lag sie irgendwo schwer verletzt und brauchte dringend seine Hilfe. Auch Ophelias Verschwinden bereitete ihm große Sorgen. Ziellos irrte er umher, aber das war ihm immer noch lieber, als tatenlos im Forsthaus zu sitzen. Allmählich machte sich der fehlende Schlaf bemerkbar und mit seinem Gemützustand ging es rapide bergab.

KAPITEL 26

Hanna gönnte sich einen weiteren Blick auf die Uhr. Es war schon spät und vor der kommenden Nacht graute ihr, denn die durchdringende Kälte ergriff immer mehr von ihr Besitz. Sobald sie sich auf den kalten Boden hockte, fror sie wie ein junger Hund. Zeitweise döste sie ein, aber die Kälte raubte ihr den erholsamen Schlaf. Wenn sie doch nur eine Unterlage hätte, um sich zu schützen.

Immer wieder schleppte sie Steine, um sich aufzuwärmen. Aber je mehr sie sich bewegte, desto mehr Sauerstoff verbrauchte sie auch. Sie war gefangen in einem Teufelskreis, ständig hin- und hergerissen zwischen Hoffnung und Resignation, egal welche Entscheidung sie auch traf. Noch war die Hoffnung stärker, aber wie lange noch?

Erneut raffte sich Hanna auf, um die Steine vor dem Eingang in die hintere Ecke zu schaffen. Sie wollte überleben, um jeden Preis. Der Radius, mit dem sie den Leichnam umrundete, wurde mit der Zeit immer kleiner und obwohl ihre Handflächen bereits aufgeschürft waren und höllisch brannten, arbeitete sie wie besessen. Allerdings litt ihr Gleichgewichtssinn stark unter der Dunkelheit und sie stieß immer wieder mit dem Kopf gegen die Wände. Als das warme Blut an ihrer Schläfe heruntertropfte, legte sie eine Pause ein. Geduldig wartete sie darauf, dass der Schmerz verebbte, damit sie weiterarbeiten konnte.

Sie riskierte einen weiteren Blick auf die Uhr - es waren gerade einmal vierzig Minuten vergangen. Die Panik schnürte ihr die Kehle zu und sie befürchtete, es nicht zu schaffen. Würde sie mit Katharina Wehner nicht nur das Schicksal teilen, sondern auch den Tod?

Ihre Gedanken wanderten zu Lara. Jeden Abend hatte sie mit ihrer Tochter telefoniert, ohne dass Alexander davon wusste. Heut würde Lara vergeblich auf ihren Anruf warten und sicher enttäuscht reagieren. Hanna sandte ihre Gedanken hinaus in die lichtdurchflutete Welt und hoffte, dass ihre Tochter spürte, wie sehr sie sie liebte.

Ein kaum hörbares Knacken drang an ihr Ohr und es schien direkt vom Eingang zu kommen, wo der Leichnam hockte. Hatte der sich etwa bewegt? Oder war Mark zurückgekehrt?

„Hallo?", rief sie zaghaft und presste sich mit dem Rücken an die Wand. Das Blut rauschte in ihren Ohren und das Herz raste.

Erneut knackte es und Hanna drückte in ihrer Panik auf die Uhr. Das Licht flammte auf und sie konnte gerade noch erkennen, wie die oberen Steine nach unten rutschten. Schlagartig wurde ihr bewusst, dass sie einen großen Fehler gemacht und sich völlig umsonst verausgabt hatte. Der Steinhaufen, welcher den Eingang verschloss, hatte die Form eines Kegels und wenn sie von Anfang an die oberen Steine zur Seite geräumt hätte, wäre ihr diese Lektion erspart geblieben.

Resigniert hockte sie sich in eine Ecke und schlang zitternd die Arme um ihren Oberkörper. Machte es überhaupt noch Sinn, die schweren Steine beiseite zu räumen?

Doch die Kälte setzte ihr so stark zu, dass sie, wann immer es ihre Kräfte zuließen, Steine schleppte. Zwischendurch fing sie mit ihrer Zunge einzelne Tropfen auf, um den quälenden Durst zu löschen. Die gesamte Nacht hatte sie schlaflos zugebracht und sie spürte die körperliche Schwäche deutlicher denn je.

Ob Jan die Polizei inzwischen verständigt hatte?

Hin und wieder gab sie sich der Illusion hin, Schritte und Stimmen zu hören, doch letztlich blieb es still. Selbst die vage Hoffnung, dass sich am nächsten Morgen ein paar Lichtstrahlen in den Stollen verirren würden, erfüllte sich nicht. Angestrengt starrte sie in die Richtung des Eingangs und meinte sogar einen schwachen Schimmer zu erkennen. Aber als sie sich erhob und ihre Hände nach der vermeintlichen Helligkeit ausstreckte, umgab sie nichts als undurchdringliche Finsternis.

Ab und zu flackerte ein helles Licht oder Blitze zuckten und sie rieb sich in ihrer Verzweiflung die Augen, bis diese tränten. Es dauerte eine Weile, bis ihr dämmerte, dass die Sinne ihr einen Streich spielten. Das Gehirn wollte arbeiten, aber aus Ermangelung der äußeren Reize schaffte es sich selbst welche.

Die kühlen Temperaturen im Stollen zwangen Hanna erneut in die Knie und sie bemerkte die ersten Anzeichen einer lebensbedrohlichen Unterkühlung. Wenn sie durchhalten wollte, dann musste sie sich dazu überwinden, der Toten die Kleidungsstücke auszuziehen. Sie beschloss, sich im Dunkeln voranzutasten, ohne das Licht einzuschalten. Auf keinen Fall wollte sie den grinsenden Totenschädel sehen, während sie der Leiche die Klamotten vom Leib riss.

Hanna steuerte auf einen gleichgültigen Gemütszustand zu und für eine wärmende Jacke hätte sie alles gegeben. Behutsam tastete sie sich voran, bis sie die Beine des Leichnams erreicht hatte. Ihre Fingerspitzen fühlten den Stoff der

Jacke, der aus Polyester bestand und im Gegensatz zu Katharina Wehner nicht einmal ansatzweise verrottet war.

So behutsam wie möglich zog sie den Ärmel nach oben und wich bestürzt zurück, als sie spürte, dass sie dabei den Arm von Katharinas Körper abgetrennt hatte. Dieser baumelte nun lose im Jackenärmel. Hanna schrie angeekelt auf und schüttelte wie eine Wahnsinnige die Jacke, bis der abgetrennte Arm auf den Boden rutschte.

Zu allem Übel kippte die Leiche auch noch mit dem Oberkörper nach vorn. Hanna zerrte so heftig am Stoff, dass sich auch der zweite Arm vom Körper löste und durch ihre Bewegungen in den engen Stollen geschleudert wurde. Für sie ein nicht enden wollender Albtraum.

Sie wirbelte die Jacke noch eine Weile angewidert durch die Luft, um ganz sicher zu gehen, dass sich keine weiteren Leichenteile mehr darin befanden. Dann tastete sie mit der Schuhspitze den Bereich des Bodens ab, auf dem der abgetrennte Arm gelandet sein müsste. Als sie ihn unter ihrer Sohle spürte, kickte sie ihn zum Leichnam zurück.

Mit der Jacke verzog sie sich wieder in die hinterste Ecke. Wenn diese doch nur nicht so erbärmlich stinken würde! Schon des widerwärtigen Geruches wegen müsste man sie doch in diesem Loch aufspüren, dachte sie zynisch und streifte sich tapfer die Jacke über.

Himmel, war das ein wonniges Gefühl, als die Wärme wieder zurück an ihre Haut strömte. Den penetranten Geruch nahm Hanna schon gar nicht mehr wahr. Sie murmelte eine Art Dank in Richtung Katharina Wehner und rollte sich auf dem Boden zusammen, wo sie innerhalb weniger Minuten erschöpft eingeschlafen war.

~

Jans Suche gestaltete sich genauso erfolglos wie am Abend

zuvor und irgendwann musste er aufgeben. Hanna konnte sonst wo stecken. Er und Sarah blieben ständig in Kontakt, hofften und bangten gemeinsam und sprachen einander Trost zu. Besonders jetzt wurde ihm bewusst, wie sehr er Hanna tatsächlich liebte, und er hasste sich dafür, sie ausgerechnet an diesem Tag allein gelassen zu haben.

Er fasste sich ein Herz und rief sogar Alexander an, um mit Lara zu sprechen. Doch dieser wimmelte ihn ab und räumte ihm keine Chance ein, dem Mädchen die Situation zu erklären. Auch Ophelia blieb verschwunden, obwohl Jan sämtliche Jäger und Förster in der näheren Umgebung über den Verlust des Tieres informiert hatte. Mehr konnte er nicht tun. Die Zeit des Wartens und der Ungewissheit raubten ihm seine Ausgeglichenheit und den Schlaf. Er wusste überhaupt nichts mit sich anzufangen, bekam kaum einen Bissen herunter. Eine nie gekannte Unruhe breitete sich aus und die Angst des Versagens. Immer wieder spann er das Mantra: Hätte ich Hanna nie allein gelassen, dann wäre das alles nie passiert …

Nur wenige Stunden Schlaf waren Hanna vergönnt. Ihre Glieder schmerzten und hatten sich durch die Kälte versteift. Mühsam richtete sie sich auf und es dauerte eine Weile, bis ihr allmählich dämmerte, wo sie sich befand und was mit ihr geschehen war. Gequält stöhnte sie auf, als sie begriff, dass sich die Dunkelheit nicht lichten würde.

Sie fror erbärmlich. Ihre Hände waren geschwollen und fühlten sich wie unförmige Klumpen an. Aber damit nicht genug, zu allem Überfluss tanzten ständig Lichtpunkte vor ihren Augen auf und ab. Mit einem leisen Stöhnen zog sie sich an einem Sims hoch und tastete mit ihren Fingerspitzen an der Wand entlang. Nach einigem Suchen hatte sie die

Stelle gefunden, an der die Tropfen herunterperlten. Sie streckte ihre Zunge aus, um diese aufzufangen. Doch das kärgliche Rinnsal reichte nicht aus, um ihren quälenden Durst zu stillen. Auch ihr Magen rumorte inzwischen geräuschvoll. Durch die fehlende Nahrung hatte er sich mit Luftbläschen gefüllt und aufgebläht. Die Krämpfe waren unerträglich.

Doch es musste irgendwie weitergehen, aufgeben war keine Option. Kraftlos taumelte sie durch die Finsternis und begann wieder damit, die Steine umzuschichten. Immer öfter ließ sie das schwache Licht der Uhr aufleuchten, um sich zu orientieren. Die Dunkelheit hatte Hanna fest im Griff.

~

Im Forsthaus war endlich die lang ersehnte Unterstützung eingetroffen. Mit Personenspürhunden, sogenannten Mantrailern, hatte man begonnen, systematisch den Wald rund um das Haus abzusuchen. Jan ärgerte sich maßlos über diese Zeitverzögerung und konnte nicht verstehen, warum man erst jetzt mit der Suche begonnen hatte.

Der Grund wurde ihm rasch mitgeteilt. Eine ältere Dame war aus einem Seniorenheim entlaufen und man hatte Prioritäten gesetzt. Sie litt unter fortgeschrittener Demenz und konnte nicht allein zurückfinden. Leider kamen die Helfer zu spät, die Frau war bereits im Wald verstorben. Nach dem anstrengenden Auftrag benötigten die Personenspürhunde erst eine angemessene Ruhezeit, um sich anschließend erneut der Suche nach vermissten Personen widmen zu können.

Jetzt führten die Spürhunde das Team zu der Stelle, an der auch Ophelia gescheitert war, weil die Spuren endeten. Die Abdrücke der Reifen bestätigten, dass Hanna sich nicht mehr in diesem Waldstück befand, sondern weggebracht worden war. Man beschloss, die Suche nach ihr einzustellen und stattdessen anderweitigen Hinweisen nachzugehen. Jan stand die Enttäuschung ins Gesicht geschrieben, als das Team mit den Hunden wieder abrückte.

Hanna hielt inne und ließ vor Schreck beinahe einen Steinbrocken fallen. Sie traute ihren Augen kaum, als sich vor ihr auf dem Boden eine Natter schlängelte. Völlig verwirrt fragte sie sich, wie es möglich war, dass sie die Schlange in völliger Dunkelheit erkennen konnte. Sie kniete sich auf den Boden, um das Tier zu berühren, griff aber ins Leere.

Hinter ihr raschelte es und plötzlich schlängelten sich unzählige Nattern über den steinigen Boden. Abwechselnd hob Hanna die Füße, um nicht auf die Tiere zu treten, und drehte sich panisch mehrmals um die eigene Achse. Was zum Teufel ging hier vor sich?

Der Klang einer fremden, weiblichen Stimme ließ sie erschrocken zusammenfahren.

„Mach dir doch nicht diese Mühe, diese kleinen Biester sind viel zu schnell. Hier, nimm lieber dieses Glas frisches Quellwasser zur Stärkung. Du kannst es sicher brauchen."

Zögerlich drehte Hanna sich um. Katharina Wehner streckte ihr die knochige Hand mit einem Glas Wasser entgegen. Kleine Tropfen perlten am beschlagenen Glas herunter und Hanna leckte sich über ihre rissigen Lippen. Voller Vorfreude taumelte sie zum Eingang, um nach dem Glas zu greifen, doch löste Katharina Wehner sich augenblicklich in Nichts auf.

Hanna stolperte über einen Gesteinsbrocken und schlug der Länge nach hin. War sie tatsächlich ihren eigenen Halluzinationen auf den Leim gegangen? Seit achtundvierzig

Stunden saß sie hier in der Dunkelheit fest und Rettung war keine in Sicht.

Lass es gut sein und bleib einfach liegen, flüsterte die schmeichelnde Stimme in ihrem Kopf. Hanna gab diesem verführerischen Impuls nach und schob nur ihren Arm unter das Kinn, um bequemer zu liegen.

Benommen wachte sie auf und erneut bereitete es ihr Schwierigkeiten, sich zu orientieren. Ihre Beine fühlten sich seltsam schwer an und sie stellte erstaunt fest, dass sich Ophelia darübergelegt hatte.

„Wie bist du denn hierhergekommen?", fragte sie die Hündin.

Ophelia wedelte entspannt mit der Rute, neigte den Kopf leicht zur Seite und blickte sie treu ergeben aus ihren rehbraunen Augen an.

„Wie schön, dass du da bist, ich habe dich schrecklich vermisst. Kannst du mir vielleicht den Ausgang zeigen?"

Ophelia sprang auf, schüttelte sich und das vertraute Klimpern des Halsbandes erklang. Sie lief in die Richtung des Steinhaufens, wo tatsächlich ein schmales Loch klaffte, durch welches das Tageslicht hereinschimmerte.

„Du bist ein wahrer Engel!" Hanna konnte ihr Glück kaum fassen. „Und jetzt komm und wärme mich noch ein wenig, bevor wir gemeinsam diese Gruft verlassen."

Ophelia legte sich dicht neben ihr Frauchen und Hanna spürte sofort die Körperwärme ihrer Hündin, die sich auf sie übertrug. Was für ein wunderbares Gefühl! Aber jetzt sollte sie noch ein wenig Kraft tanken, bevor sie sich auf den Weg machten, auf den Weg zurück ins Leben.

KAPITEL 27

Nach einiger Zeit wachte Hanna wieder auf. Sie fror erbärmlich und konnte die einzelnen Gliedmaßen kaum noch spüren. Sie tastete nach Ophelia, doch ihre Hand griff ins Leere. Blinzelnd öffnete sie die Augen und fragte sich, warum sie nichts erkennen konnte? Natürlich, es musste mitten in der Nacht sein. Mit klammen Fingern drückte sie auf die Uhr, die den frühen Vormittag anzeigte. Irgendetwas stimmte hier nicht.

„Ophelia", rief sie panisch, „Ophelia, wo steckst du?"

Sie kroch auf dem Boden herum, während ihre ausgestreckte Hand verzweifelt nach dem weichen Fell der Hündin tastete. War Ophelia nur ein weiteres Trugbild ihrer Fantasie gewesen?

„Mir ist es ähnlich ergangen", ertönte die klare Stimme von Katharina Wehner. „Aber ich habe bedeutend schneller aufgegeben und mich zum Sterben direkt neben den Eingang gesetzt. Komm doch zu mir, dann bist du nicht so allein."

„Ich kann nicht, ich habe eine Tochter", flüsterte Hanna. Kraftlos zog sie sich an einem Felsvorsprung hoch. „Ich muss für Lara kämpfen, verstehst du? Kämpfen!"

Es entstand ein Singsang hinter ihrer Stirn, der ihre letzten Kräfte mobilisierte. Taumelnd schleppte sie die Steine durch die Dunkelheit. Hin und wieder wurde sie von einem heftigen Weinkrampf geschüttelt, denn nicht nur ihr körperlicher, auch ihr geistiger Zustand verschlechterte sich zusehends. Mit der Zeit wurde der Sauerstoff knapp und sie rang verzweifelt nach Luft. Manchmal überkam sie sogar das Gefühl, von oben herab auf ihren Körper schauen zu können. Durch die andauernde Kälte sank ihre Körpertemperatur und selbst die ständigen Bewegungen hielten sie nicht warm.

Als sie nach dem nächsten Stein griff, lösten sich einige Brocken und fielen nach unten. Sollte sie endlich den Durchbruch geschafft haben? Oder spielten ihre Sinne wieder verrückt? Sie zwängte eine Hand durch die entstandene schmale Öffnung und fühlte die um nur wenige Grad wärmere Luft.

„Nur eine kurze Pause", stöhnte sie leise und schloss erschöpft die Augen. Sie sah Lara vor sich, die ihr zu rief: „Mami, ich habe dich ganz doll lieb!"

„Ich liebe dich auch, mein Engel, mehr als mein Leben!", flüsterte Hanna und war kurz davor, das Bewusstsein zu verlieren. Alle lebensnotwendigen Funktionen liefen auf Sparflamme, doch schon sehr bald würde ihr Körper auch dafür keine Kraft mehr aufbringen.

Die Unterkühlung ließ sich nicht mehr aufhalten und verzweifelt streckte Hanna ihre Hand der Freiheit entgegen - ein heller Fleck in einem dunklen Steinhaufen. Noch bevor sich der Tag dem Ende neigte, würde ihr geschundener Körper kapitulieren und die Seele freigeben.

~

Sarah saß lethargisch an ihrem Schreibtisch in der Redaktion. Die vergangenen zwei Tage hatte sie sehr unkonzentriert gearbeitet und sie ertappte sich immer wieder dabei, wie sie gedankenverloren an die gegenüberliegende Wand starrte.

„Hallo Sarah, aufwachen bitte! Hier, diesen Artikel sollst du noch mit reinnehmen. Der Chef meint, es wäre noch Platz auf Seite fünf und das Tierheim ist garantiert froh, wenn es einen Fresser weniger betreut."

Sarah fühlte sich ertappt, als die Kollegin ihr das Blatt unter die Nase hielt. Das Layout für die Anzeigen musste bis zum Mittag fertigwerden, doch sie konnte Hanna nicht aus dem Gedächtnis verbannen. Geistesabwesend schnappte sie sich das Blatt und legte es auf den Stapel, ohne einen Blick auf den Inhalt zu werfen.

Verbissen begann sie damit, die Anzeigen zu sortieren, um die Gestaltung der Seiten vorzunehmen. Sie wollte die bedrückenden Gedanken einfach nicht zulassen, dass etwas Schreckliches passiert sein musste, obwohl sie fast körperlich spüren konnte, dass Hanna in Lebensgefahr schwebte. Die eigene Ruhelosigkeit machte sie fast wahnsinnig und am liebsten wäre sie sofort nach Hause gefahren. Leider konnte sie sich nicht so einfach freinehmen, denn sie hatte schon etliche Fehltage angehäuft. Immer wieder einmal kränkelte eines ihrer drei Kinder und sie blieb deshalb öfter zu Hause, als einer berufstätigen Mutter lieb sein konnte.

Die stickige Luft im Büro raubte ihr die Energie und sie lief genervt zum Fenster, um es zu öffnen. Die Sauerstoffzufuhr würde sie hoffentlich wieder auf Vordermann bringen. Sie sog die kühle Luft tief in ihre Lungen und schloss für einen Moment die Augen. Genau in diesem Moment stieß ihr Chef die Tür auf und der entstandene Luftzug fegte die losen Blätter von den Schreibtischen herunter.

„Mensch Sarah, mach gefälligst das Fenster zu", hagelte es Beschwerden von allen Seiten.

Die Kollegen bückten sich und sammelten unter leisen

Protesten die Papiere wieder ein. Auch Sarahs Anzeigenstapel war nicht verschont geblieben und sie krabbelte unter den Tisch, um die einzelnen Blätter aufzulesen. Nachdem sie das letzte Blatt aufgehoben hatte, entfachte ein Blick auf die Vorderseite ihre Neugier. Diesmal sah sie sich den Artikel des Tierheimes genauer an und las den kurzen Text.

Fundhund

Junge Malinoishündin verletzt im Tierheim abgegeben. Leider war es uns bisher nicht möglich, den oder die Besitzer des Tieres ausfindig zu machen. Wer kennt diese Hündin oder leitet entsprechende Angaben an uns weiter? Das Tier fühlt sich unwohl und verweigert jegliche Futteraufnahme, dringende Hilfe ist erforderlich. Sollte sich der Besitzer nicht melden, müssen wir davon ausgehen, dass die Hündin absichtlich ausgesetzt wurde. Es dürfen sich dann zukünftige Herrchen oder Frauchen melden, um die Hündin zu adoptieren.

Sarahs Herzschlag setzte einen Moment aus, als sie das Foto betrachtete. Ophelia!

Das traurige Bild sprach für sich. Die Hündin hatte die Rute unter den Bauch geklemmt und hielt den Kopf gesenkt. Das Fell stand verfilzt vom Körper ab und die Flanken wirkten eingefallen. Warum nur hatte sie nicht gleich einen Blick auf den Text geworfen? Hastig tippte sie Jans Nummer ins Telefon und hoffte, dass er sein Handy eingeschaltet hatte. Leider sprang nur die Mailbox an und sie hinterließ ihm folgende Nachricht:

„Verdammt Jan, ich brauche dich dringend. Ruf mich bitte sofort zurück."

Dann tippte sie in rascher Folge die Anzeigen ein. Den Ausdruck vom Tierheim ließ sie jedoch in ihrer Tasche verschwinden. Noch nie hatte sie den Feierabend so herbeigesehnt wie in diesem Augenblick.

Unaufhörlich kreisten die Gedanken hinter ihrer Stirn. Sie benötigten dringend Ophelias Papiere, um sich als Besitzer ausgeben zu können. Sarah erinnerte sich, dass im Forsthaus noch Fotos von Lara und Ophelia an der Pinnwand hingen. Jan müsste diese an sich nehmen und behaupten, dass es sein Hund wäre. In irgendeiner Schublade würde sich mit Sicherheit auch der Impfpass und die Ahnentafel finden. Und wenn Ophelia lebte, dann hatte vielleicht auch Hanna eine Chance?

Sarah arbeitete wie besessen, um eher Feierabend machen zu können. Das Handy summte und ein Blick auf das Display ließ sie erleichtert aufatmen – Jan, Gott sei Dank.

„Endlich rufst du zurück", bestürmte Sarah ihn und redete ohne Punkt und Komma. „Folgendes, Ophelia befindet sich im Tierheim. Wann kannst du dorthin fahren? Wie … du bist krankgeschrieben? Also fährst du jetzt gleich? Na wunderbar! Fotos hängen an der Pinnwand und du musst unbedingt den Impfpass oder die Papiere suchen wegen der Chipnummer, damit du dich als Besitzer ausgeben kannst. Ich werde jetzt gleich das Tierheim informieren, dass du Ophelia abholst. Melde dich bitte, sobald du sie übernommen hast. Und Jan ... Danke!"

Sarah hinterließ eine ausführliche Nachricht auf dem Anrufbeantworter des Tierheims. Anschließend widmete sie ihre ganze Aufmerksamkeit wieder dem Layout und ihre Finger flogen förmlich über die Tastatur. Innerhalb einer Stunde hatte sie die Anzeigenseite fertiggestellt. Ihr Chef erwies sich als gnädig und hatte nur zwei kleinere Änderungen zu vermerken. Diese erledigte sie fix, schnappte sich ihre Tasche und hetzte zum Ausgang.

~

Jan riss einige Fotos von der Pinnwand und stopfte sie in seine Jackentasche. Dann durchsuchte er sämtliche Schränke nach den Unterlagen und wurde erst in Hannas Schreibtischschublade fündig. Als er von Sarah erfahren hatte, dass die Hündin noch lebte, war ihm eine Idee durch den Kopf geschossen. Er wollte die Stelle im Wald noch einmal genauer abzusuchen, an der Ophelia die Tasche von Katharina Weber gefunden hatte.

Er packte zwei Wasserflaschen und etwas Proviant in den Jeep, denn er würde eine Weile unterwegs sein, bis er sein Ziel, das Tierheim in Langenhagen, erreicht hätte. Ihm gelang es nicht, seine Nervosität zu bändigen, denn jede Sekunde zählte. Gerade als er den Motor starten wollte, fiel ihm siedend heiß ein, dass er Ophelias Halsband und Leine vergessen hatte. Leise fluchtend eilte er zum Haus zurück und riss die Sachen von Haken, die glücklicherweise griffbereit im Flur hingen.

Der Kies wirbelte im hohen Bogen auf, als er mit durchdrehenden Reifen vom Grundstück fuhr. Hoffentlich geriet er bei seinem Fahrstil in keine Radarkontrolle. Ständig überschritt er die vorgegebene Geschwindigkeitsbegrenzung und telefonierte am Steuer mit Sarah.

„Ich wollte dir nur Bescheid geben, dass ich auf dem Weg ins Tierheim bin. Was hältst du eigentlich davon, wenn ich mit Ophelia noch einmal die Stelle im Wald absuche, an der sie die Tasche gefunden hat? Als letzter Versuch quasi?"

„Weißt du denn überhaupt, wo das war?", fragte Sarah zweifelnd.

„Hanna hat mir den Weg einmal beschrieben."

„Gute Idee. Allerdings hätte ich noch eine Bitte an dich, ich will unbedingt mitkommen. Vier Augen sehen schließlich mehr als zwei. Ich versorge schnell meine Kids, warte auf Carsten und dann holst du mich ab. Einverstanden?“

„Einverstanden. Ich melde mich, sobald Ophelia wieder bei mir ist.“

„Alles klar.“

Jan trat erneut aufs Gas und sein Jeep schoss über die Landstraße. Nach einer rasanten Fahrt, parkte er vor dem Tierheim. Im Eingangsbereich bat er eine Mitarbeiterin darum, ihm so schnell wie möglich die Hündin zu übergeben.

„Tut mir leid“, erwiderte die junge Frau, die in einem dunkelgrünen Overall samt Gummistiefeln steckte, „aber so geht das nicht. Sie müssen sich schon einen Moment gedulden, bis ich jemanden von der Tierheimleitung geholt habe.“

Zähneknirschend wartete Jan im Foyer und schaute sich die Fotos der vermittelten Tiere an. Bereits zehn Minuten kostbarer Zeit waren verstrichen, als endlich eine resolute Dame auf ihn zueilte.

„Guten Tag, wie kann ich Ihnen helfen?“

„Ich vermisse meine belgische Schäferhündin, sie wurde zu Ihnen ins Tierheim gebracht.“

„Warum haben Sie uns denn nicht gleich kontaktiert? Die Hündin hätte schon vor zwei Tagen zurück in Ihre Obhut gegeben werden können“, erwiderte sie vorwurfsvoll.

„Ich habe sämtliche Jäger und Förster in der näheren Umgebung informiert und nicht daran gedacht, mich auch bei Ihnen zu melden. Darf ich Ophelia jetzt mitnehmen?“

„Bevor die Hündin zu Ihnen zurück darf, müssen zuerst einmal alle Formalitäten erledigt und auch die angefallenen Kosten beglichen werden. Folgen Sie mir bitte in das Büro. “

Jan atmete tief durch. Wenn die Frau so weitermachte, dann würde ihm in Kürze der Geduldsfaden reißen, denn die

Zeit lief ihnen davon. Zähneknirschend folgte er der Tierheimleiterin. Wie Sarah schon vermutet hatte, wollte die Frau die Chipnummer zum Abgleich. Intensiv beäugte sie die Fotos und studierte die Papiere.

„Jetzt haben wir es aber gleich, oder?", fragte er verdrossen und wippte nervös mit seinem Fuß. Natürlich war er unendlich froh darüber, dass man die Hündin ins Tierheim gebracht und sich liebevoll um das Tier gekümmert hatte. Aber musste die Tierheimleiterin mit ihrer Bürokratie alles so verkomplizieren?

Inzwischen tippte sie im Einfingersuchsystem auf den Tasten ihres veralteten PCs herum, dann ratterte der Drucker. Sekunden später bekam Jan die Rechnung präsentiert.

„Wenn Sie diesen Betrag jetzt sofort begleichen, können Sie im Anschluss daran die Hündin mitnehmen. Die Rechnung vom Tierarzt wird Ihnen gesondert zugeschickt."

Er schluckte. Hier und jetzt sollte er die Unterbringungskosten für zwei Tage bezahlen - über einhundertfünfzig Euro!

„So viel habe ich nicht dabei", sagte er und wischte sich unauffällig den Schweiß von der Stirn.

Die Tierheimleiterin beschrieb ihm umständlich den Weg zum nächsten Geldautomaten. Ohne Geld gab es keinen Hund, das fand er geradezu unverschämt.

„Wenn ich zurückkomme, möchte ich die Hündin mitnehmen, und zwar *sofort*!"

Ihn traf ein missbilligender Blick, aber das kümmerte ihn wenig. Verdammt, er musste Hanna retten.

Er scherte aus der Parklücke, fuhr zum nächsten Automaten, hob das Geld ab und jagte anschließend zum Tierheim zurück. Inzwischen hatte Ophelia die Krankenstation verlassen. Als sie Jan erblickte, gebärdete sie sich wie wild und winselte vor Freude. Dabei knickte ihre Hinterhand immer wieder weg.

Noch einmal bat die Tierheimleiterin ihn in das Büro und drückte ihm einen Streifen Tabletten in die Hand. Mit erhobenem Zeigefinger ermahnte sie ihn, Ophelia gleich morgen seinem Tierarzt vorzustellen. Die Hündin hatte eine starke Prellung durch den Aufprall im Bereich des Beckens erlitten und sollte geschont werden. Weite Stecken waren tabu.

Das hatte ihm gerade noch gefehlt. Hastig unterschrieb er die Übergabeformulare und stürmte zur Tür. Viel zu viel kostbare Zeit hatte er bereits verloren. Er trug die Hündin zum Wagen, bettete sie in die Transportbox im Kofferraum und trat aufs Gas. Während der Fahrt drückte er die Wahlwiederholung seines Handys, um sich wie vereinbart bei Sarah zu melden.

„Jan, wo bleibst du denn?“, sagte sie vorwurfsvoll. „Ich sitze hier wie auf glühenden Kohlen.“

„Ich musste einen Haufen Papierkram erledigen, bevor ich Ophelia endlich mitnehmen durfte. Allerdings wurde sie angefahren und humpelt stark. Was meinst du, sollten wir es dennoch wagen?“

„Hanna ist bereits seit drei Tagen verschwunden und ich wage kaum zu hoffen, dass wir sie finden. Aber ich will mir auf keinen Fall später vorwerfen müssen, es nicht wenigsten versucht zu haben. Hol mich ab und dann suchen wir gemeinsam.“

Jan fuhr auf dem schnellsten Weg zu Sarah. Sie wartete schon an der Straße, öffnete die Autotür und kletterte auf den Sitz.

„Worauf wartest du, fahr los!“, drängte sie, als sie den Gurt festzurrte.

Jan trat aufs Gaspedal und jagte mit überhöhter Geschwindigkeit davon.

„Weißt du überhaupt, wo wir abbiegen müssen? Ich habe

solche Angst, dass wir die Abfahrt zu diesem Waldparkplatz übersehen."

„Keine Sorge, der Parkplatz soll ausgeschildert sein", sagte Jan zuversichtlich. „Zum Glück hat es nicht geregnet, sonst wären sämtliche Spuren verwaschen. Ich weiß, meine Idee ist ziemlich weit hergeholt, aber ich wüsste nicht, wo ich sonst noch suchen sollte."

„Mach dich nicht verrückt, wir haben alles versucht, was möglich ist", antwortete Sarah und blickte aus dem Seitenfenster. Die Landschaft flog an ihr vorüber und sie spürte wieder diese Unruhe tief in ihrem Inneren. Nur wenige Minuten später hatten sie den Abzweig zur rustikalen Waldgaststätte hinter sich gelassen. Immerhin, sie waren auf dem richtigen Weg.

„Fahr bitte langsamer", ermahnte sie ihn. „Du, ich glaube, wir haben die Abfahrt bereits verpasst. Kannst du irgendwo wenden?"

„So ein Mist", fluchte Jan, „heute läuft einfach alles schief."

Es dauerte eine Weile, bis er eine übersichtliche Stelle gefunden hatte, an der er wenden konnte. Mit angepasster Geschwindigkeit fuhren sie die Straße entlang, als sie aus der Transportbox ein würgendes Geräusch hörten.

„Oh nein, bitte nicht ...", stöhnte Jan und genau in diesem Augenblick übergab sich Ophelia geräuschvoll. Er hatte die Kurven wohl zu eng geschnitten und der Hündin war dadurch übel geworden.

„Lass uns da vorn auf dem Waldweg anhalten", bat Sarah. „Ich habe immer eine Familienpackung Tempotaschentücher dabei und putze die Box rasch sauber. Ophelia kann sich ja für den Moment die Beine vertreten."

Der Jeep fuhr holpernd über den Waldweg und zur Begeisterung aller würgte Ophelia noch ein weiteres Mal.

„Endlich frische Luft", stöhnte Sarah, als Jan angehalten hatte und sie die Autotür öffnete.

Jan schritt zum Heck und entriegelte die Transportbox. Vorsichtig hob er Ophelia heraus und stellte sie auf den Boden. Sie schüttelte sich und schnüffelte am Boden, bevor sie ein Stückchen tiefer in den Wald humpelte. Sarah reinigte in Windeseile die Box, während Jan aufmerksam die Umgebung musterte.

„Denkst du, wir erreichen überhaupt noch etwas?", fragte er sorgenvoll.

„Ich bin mir nicht sicher, alles scheint sich gegen uns verschworen zu haben. Wahrscheinlich hatten wir nie wirklich eine Chance, aber ich möchte es trotzdem versuchen. Was meinst du?"

„Ich bin ganz deiner Meinung, packen wir's an. Was haben wir schon zu verlieren?" Jan pfiff nach der Hündin, die aus seinem Blickfeld verschwunden war. „Ophelia, komm sofort zurück!", rief er ungehalten, doch sie zeigte sich nicht. „Das darf doch wohl nicht wahr sein, jetzt ist sie mir schon wieder entwischt. Sarah schnell, hilf mir beim Suchen!"

Sarah schnappte sich die Leine, schlug die Autotür zu und rannte Jan hinterher. Zu zweit folgten sie einem schmalen Pfad, den Ophelia wahrscheinlich eingeschlagen hatte. Sie bahnten sich einen Weg durch das Dickicht und hatten die Hündin bereits nach wenigen Metern eingeholt.

Jan befestigte die Leine am Halsband und wollte Ophelia zur Umkehr bewegen. Doch die Hündin zog beharrlich in die entgegengesetzte Richtung und verweigerte vehement den Gehorsam.

„Nun komm schon, Ophelia, wir müssen zurück", redete er sanft auf die Hündin ein, die allerdings nicht mit sich reden ließ. Er sah Sarah ratlos an. „Ich weiß wirklich nicht mehr, was ich machen soll. Wenn sie nicht freiwillig mitkommt, dann muss ich sie eben tragen." Jan bückte sich, um Ophelia hochzuheben.

„Warte bitte einen Moment." Sarah legte ihre Hand beruhigend auf seinen Arm. „Warum lassen wir Ophelia nicht einfach laufen?“

„Wie soll ich das verstehen?“

„So, wie ich es sage. Lass die Leine locker und wir schauen, wohin sie uns führt. Sie war schon einmal an diesem Ort, sie kennt sich mit Sicherheit besser aus als wir.“

„Du hast recht, wir probieren es aus“, willigte er ein und lockerte die Leine.

Ophelia lief voraus wie von einem unsichtbaren Magneten angezogen. Obwohl man ihr deutlich ansehen konnte, dass sie sich unter großen Schmerzen fortbewegte, erhöhte sie das Tempo. Ab und zu stieß sie ein kaum hörbares Winseln aus, trabte aber weiter.

Sie folgten dem unwegsamen Pfad, der rechts und links von einer dicht bewachsenen Schonung umsäumt wurde. Das gesamte Terrain wirkte unübersichtlich und Sarah befürchtete schon, dass sie den Rückweg zum Jeep nicht mehr finden würden, weil sie ihre ganze Aufmerksamkeit Ophelia gewidmet hatten.

Inzwischen waren sie eine gute halbe Stunde zu Fuß unterwegs und Ophelia wurde allmählich langsamer. Sie war am Ende ihrer Kräfte angelangt. Ein paar Meter trottete sie noch, dann blieb sie stehen und traute sich nicht, einen Abhang hinabzulaufen. Ihre Schmerzen mussten unerträglich sein.

„Ich werde Ophelia jetzt hinuntertragen und dann sehen wir weiter“, schlug Jan vor.

„Natürlich, sie wird schon wissen, wo es lang geht“, stimmte Sarah ihm zu.

Er hob Ophelia hoch und stöhnte leise auf. So ein Malinois war eben kein Chihuahua, die Hündin wog locker über zwanzig Kilo. Mehrmals geriet er ins Straucheln und konnte den Sturz erst im letzten Moment abfangen. Immer wieder musste er Ophelia absetzen, wenn diese vor Schmerzen jaulte. Es war ein beschwerliches Unterfangen und Jan hatte das Gefühl, als wolle dieser steile Abhang einfach kein Ende nehmen.

Unten angekommen lief Ophelia wieder voraus und die Leine spannte sich. Vor ihnen lag eine scharfe Kurve und nachdem sie diese hinter sich gelassen hatten, waren sie zu ihrem Entsetzen in einer Sackgasse gelandet. Meterhohes Felsgestein versperrte ihnen den Weg.

„Tja, das war wohl nichts. Wir hätten der Hündin niemals folgen sollen", sagte Jan resigniert. „Durch den Unfall und den anschließenden Tierheimaufenthalt ist sie mit Sicherheit verstört."

„Wir haben es versucht, und nur das zählt." Sarah legte tröstend ihre Hand auf seine Schulter.

Ophelia setzte sich wieder in Bewegung und verschwand im dichten Gestrüpp.

„Wo will sie denn nun schon wieder hin?", stöhnte Jan.

„Finden wir es heraus", antwortete Sarah. Mit schnellen Schritten lief sie Ophelia hinterher und staunte nicht schlecht. „Jan, komm schnell, hier ist eine Art Tunnel."

Jan folgte ihnen und es dauerte einige Sekunden, bis sich seine Augen an die Dunkelheit gewöhnt hatten.

„Mist, ich kann überhaupt nichts erkennen", rief Sarah frustriert.

„Warte einen Moment, ich muss erst die Taschenlampenfunktion aktivieren."

Plötzlich begann Ophelia wie ein Wolf zu heulen. Wieder und wieder stieß sie hohe Klagetöne aus, die Sarah und Jan einen die Schauer über den Rücken jagten. Mit den Vorderpfoten kratzte die Hündin auf irgendetwas herum und kleinere Steine fielen klackernd zu Boden.

Jan leuchtete in diese Richtung und machte zwei Schritte auf Ophelia zu. Jetzt sah er es auch. Eine bleiche Hand ragte aus dem Steinhaufen heraus und sein entsetzter Schrei hallte durch den Stollen: „Oh nein … bitte nicht!“

Er umfasste Hannas eiskalte Hand und begann sofort, nach ihrem Puls zu tasten. Schwach und unregelmäßig konnte er das leichte Pulsieren ihres Blutes fühlen.

„Wir müssen sofort einen Arzt verständigen!“ Jan wischte hektisch über das Display seines Handys. „Verdammt, ich habe keinen Empfang. Bleib du bitte bei Hanna und ich laufe nach draußen, um den Notruf abzusetzen.“

Er stürmte aus dem Stollen, während Sarah versuchte, die Hand von Hanna zu wärmen. Es vergingen einige Augenblicke, bis sie begriff, wie sinnlos dieses Unterfangen war. Sie raffte sich auf und begann im Steinhaufen zu wühlen. Innerhalb kürzester Zeit waren ihre Fingerkuppen blutig und die Handinnenflächen aufgerissen. Doch Sarah achtete nicht darauf, der hohe Stresspegel schaltete das Schmerzempfinden aus.

Jan suchte indes vergebens ein Empfangssignal und entfernte sich immer weiter vom Stollen. Er rannte, was seine Lungen hergaben, und verfluchte diese vertrackte Situation. Er hatte bereits eine längere Strecke zurückgelegt, als er endlich das Signal bemerkte. Mit zitternden Fingern wählte er den Notruf und gab seine Position durch.

Am liebsten hätte er vor Erleichterung laut geschrien, als die Person am anderen Ende der Leitung ihm mitteilte, dass sie inzwischen den alten Schacht ermittelt und den Notruf weitergeleitet hatte. Jan sollte am Stolleneingang warten und sich gedulden, denn die Rettungskräfte würden eine gewisse Zeit brauchen, um sich einen Weg durch das Gelände zu bahnen.

Jan beendete das Gespräch und jagte zum Stollen zurück. Völlig außer Atem erreichte er den Eingang.

„Gott sei Dank, endlich bist du da“, rief Sarah erleichtert. „Hattest du Erfolg?“

„Ja. Allerdings wird es eine Weile dauern, bis die Rettungskräfte vor Ort sind, weil das Gelände schwer zugänglich ist. Hoffentlich hält Hanna so lange durch", antwortete er.

„Ich habe schon damit angefangen, sie zu befreien", erklärte Sarah und deutete auf Hannas Schulter, die bereits schemenhaft zu erkennen waren.

„Sie atmet nur noch ganz flach und ihr Körper ist so steif und kalt. Ich habe solche Angst, dass sie es nicht schafft."

Sarah wischte sich die Tränen mit dem Handrücken aus dem Gesicht und zog dabei einen Schmutzstreifen quer über ihre Wange. „Fast drei Tage in Kälte und Dunkelheit, das muss die Hölle sein. Was, wenn wir zu spät gekommen sind?" Voller Verzweiflung ergriff sie Jans Hand, um Trost zu suchen.

„Daran darfst du nicht einmal denken, Sarah. Wir holen sie da raus!"

Nachdem Jan die Stollendecke provisorisch abgestützt hatte, arbeiteten sie Hand in Hand, um Hanna zu retten. Ophelia lag hechelnd abseits und knabberte hin und wieder am Fell ihrer schmerzenden Hüfte.

Endlich war die Öffnung groß genug, um mit Hannas Bergung zu beginnen. Jan umfasste ihre Schultern und er spürte, wie schlaff und leblos ihr Körper bereits war. Behutsam versuchte er sie in seine Richtungen zu ziehen, doch irgendwo schien sich die Kleidung verhakt zu haben. Notgedrungen entfernten Jan und Sarah weitere Gesteinsbrocken, bis ihnen mehr Spielraum zur Verfügung stand.

„Sarah, du umfasst Hannas linken Arm und ich den rechten und bei drei ziehen wir sie gemeinsam heraus. Ein, zwei, drei und go!"

Sie hörten Stoff auf der anderen Seite reißen und gaben alles. Es war Millimeterarbeit, Hannas leblosen Körper so vorsichtig wie möglich durch die schmale Öffnung zu manövrieren und immer wieder blieb die Kleidung an den scharfen Kanten der Steine hängen, was die Bergung erschwerte. Nach mehreren Anläufen hatten sie Hanna endlich durch den Durchbruch gezwängt. Sarah kniete sich sofort neben sie und schüttelte sie sanft. „Hanna bitte, wach auf ..."

Jan hockte sich neben Sarah und tastete vorsichtig Hannas Köper ab. „Es ist kaum noch Leben in ihr", flüsterte er verzweifelt. „Wir müssen sie unbedingt wärmen, sonst verlieren wir sie. Verdammt, die Rettungsfahrzeuge müssten doch schon längst hier sein."

Sie setzten sich auf den steinigen Boden und legten Hanna über ihre Beine. Jan hielt ihren Oberkörper fest umschlugen, während Sarah Hannas Oberschenkel rubbelte, um den Kreislauf in Schwung zu bringen.

Vor dem Stolleneingang knackten Zweige und kurz darauf glitt ein Lichtkegel über die Wände des Schachtes.

„Wir sind hier", rief Sarah aufgeregt, „bitte, kommen Sie schnell!"

Endlich betraten die Rettungskräfte den Stollen und hektische Rufe zerrissen die Stille.

„Wir haben sie gefunden, bringt sofort die Trage!"

Von einem grellen Licht begleitet, stürzten die Sanitäter ins Innere, allen voran ein Arzt mit seinem Köfferchen. Umgehend prüfte er die Vitalfunktionen, zog stirnrunzelnd eine Spritze auf und setzte sie Hanna in die Vene.

„Wird sie durchkommen?" Von der einst so taffen Sarah war nur noch ein Häuflein Elend übrig geblieben.

„Ich habe ihr bereits ein kreislaufstabilisierendes Mittel gespritzt und werde sofort einen Venenzugang für den Tropf legen. Sobald wir die Verletzte in eine Rettungsdecke gewickelt haben, können wir mit dem Abtransport beginnen", erläuterte der Arzt seine routinierten Handgriffe.

Vorsichtig wurde Hanna umgebettet, während ein Sanitäter den Tropf hielt. Vier Feuerwehrmänner hoben die Trage an und brachten sie ins Freie. Der Arzt folgte ihnen. Die restlichen Sanitäter kümmerten sich anschließend um die beiden Retter. Einer betupfte Sarahs Handflächen mit Jod, während sie tapfer die Zähne zusammenbiss. Nach der Prozedur reichten sie ihnen heißen Tee, den sie dankbar annahmen.

„Hanna ist in Sicherheit", murmelte Sarah überglücklich.

„Ja, das ist sie", bestätigte Jan.

„Stell dir doch nur einmal vor, Ophelia wäre nicht dieses Malheur passiert. Wir hätten Hanna niemals gefunden."

„Stimmt, sie hatte wohl mehrere Schutzengel. Ich will nur hoffen, dass sie es schafft." Die Sorge stand ihm deutlich ins Gesicht geschrieben.

Inzwischen waren auch die Polizeibeamten eingetroffen. Sie nahmen umgehend die Personalien auf und begannen mit der Befragung. Stockend berichtete Jan, wie sie Hanna gefunden hatten.

„Fühlen Sie sich überhaupt dazu in der Lage, allein den Heimweg anzutreten?", fragte der Beamte.

Jan nickte. „Ich denke schon. Nur beim Transport des verletzten Hundes müsste mir jemand helfen."

„Das können wir mit Sicherheit organisieren."

Zwei Feuerwehrmänner besorgten eine Stoffdecke, betteten Ophelia darauf und verknoteten die Enden, um das Tragen zu erleichtern. Die Polizeibeamten begannen unterdes mit der Absperrung des Stollens.

Sarah und Jan ließen den Ort des Grauens hinter sich und schleppten sich erschöpft zum Auto. Sie hoben Ophelia vorsichtig in die Transportbox und bedankten sich bei den Helfern, bevor sie in den Jeep stiegen.

Jan steckte den Zündschlüssel ins Schloss. „Ich bringe dich jetzt schnell nach Hause", sagte er und rieb sich müde über die Augen. „Du kannst dir gar nicht vorstellen, wie froh ich bin, dass wir Hanna gefunden haben."

Sarah brachte nur noch ein müdes Nicken zustande. Jan startete den Motor und wendete. Inzwischen war es dunkel geworden und die Bäume warfen gespenstische Schatten auf die Straße. Dieser Tag würde ihnen mit Gewissheit noch lange in Erinnerung bleiben.

KAPITEL 28

Der Rückweg zog sich quälend in die Länge, bis endlich das hell erleuchtete Haus von Sarah vor ihnen auftauchte. Die Kinder tobten durchs Haus, obwohl sie um diese Uhrzeit schon längst in die Betten gehörten. Sarah umarmte Jan zum Abschied.

„Danke für deine Hilfe, aber ich will jetzt nur noch ins Bett. Lass uns morgen ausführlich miteinander telefonieren. Gute Nacht." Sie kletterte kraftlos aus dem Jeep, winkte ihm noch einmal zu und eilte mit schnellen Schritten zum Haus.

Bevor Jan zum Forsthaus zurückfuhr, wählte er die Nummer seines Tierarztes. Dieser hatte seine Praxis glücklicherweise im Haus und war für dringende Notfälle stets erreichbar. Der ältere Herr betreute schon seit Jahrzehnten die Jagdhunde seiner Familie und würde trotz der späten Uhrzeit sicher eine Ausnahme machen. Ophelia brauchte dringend ein starkes Schmerzmittel und sollte sicherheitshalber noch einmal durchgecheckt werden.

Und tatsächlich, Jan hatte Glück. Der Tierarzt war gerade von einer schwierigen Pferdegeburt zurückgekehrt und noch wach. Als Jan vorfuhr, brannte bereits das Licht in den

Praxisräumen und die Tür stand offen. Dr. Reuter kramte in den Akten und zog die Schubladen geräuschvoll auf und zu.

„Ah, da sind Sie ja schon“, begrüßte er Jan, als dieser die Hündin in die Praxis trug. Er setzte sie auf dem Behandlungstisch ab, wo Dr. Reuter sofort mit der Untersuchung begann und sie behutsam abtastete. Sobald er die Hinterhand berührte, winselte Ophelia. Der Arzt diagnostizierte eine Überanstrengung des geprellten Beckenbereiches.

„Gönnen Sie Ihrer Hündin ein paar Tage Ruhe, dann wird das schon wieder. Heute zumindest hat sie die Grenzen ihrer Belastbarkeit erreicht.“

Dr. Reuter injizierte Ophelia ein schnellwirkendes, entkrampfendes Schmerzmittel. Die Rechnung brauchte Jan erst bei der Nachsorgeuntersuchung in zwei Tagen bezahlen. Auf dem Weg nach draußen streifte sein Blick das schwarze Brett und er glaubte zu träumen. Jemand hatte Duke gefunden und eine Anzeige aufgehängt.

Jan setzte Ophelia wieder vorsichtig in der Transportbox ab und eilte zurück, um den Zettel vom Brett zu reißen. Sollte sich tatsächlich alles zum Guten wenden?

Sein Herz klopfte vor Aufregung, als er den Heimweg antrat. Nach und nach fiel die gesamte Anspannung von ihm ab und seine Hände begannen leicht zu zittern.

Als Ophelia erkannte, welchem Ziel sie sich näherten, begann sie leise zu fiepen. Jan parkte den Jeep direkt vor dem Eingang und bevor er es verhindern konnte, sprang die Hündin mit letzter Kraft aus der Box. Winselnd humpelte sie zum Haus, setzte sich vor die Tür und klopfte mit ihrer Rute glückselig auf den Holzboden der Veranda.

Nachdem er die Eingangstür aufgeschlossen hatte, stürzte Ophelia ins Innere und machte sich über den Wassernapf her. Jan füllte auch ihren Futternapf, den sie dankbar leerte. Satt und zufrieden zog sie sich in ihr Körbchen zurück, wo sie auf der Stelle einschlief. Hin und wieder stieß sie ein leises Jaulen aus und ihre Pfötchen zuckten unruhig im Schlaf.

Jan nutzte die Gelegenheit, griff zum Telefon und rief die Leute an, die sich so rührend um Duke gekümmerten hatten. Sie waren noch wach und schlugen ihm vor, sofort vorbeizukommen, um ihm den Rüden zu übergeben. Jan konnte sein Glück kaum fassen, er bekam seinen geliebten Deutsch Drahthaar zurück.

~

Das grelle Licht der Scheinwerfer zerschnitt die Dunkelheit, als der Wagen das Forsthaus erreichte. Jan hatte nicht einmal zwanzig Minuten warten müssen und lief voller Vorfreude nach draußen. Duke gebärdete sich wie wild und konnte es kaum erwarten, mit seinem Herrchen wieder vereint zu sein.

Ein älteres Ehepaar stieg aus dem Wagen und mit ihnen Duke. Der Rüde sprang immer wieder an Jan hoch, um seiner unbändigen Freude Ausdruck zu verleihen.

„Danke, dass Sie sich so gut um ihn gekümmert haben." Jan wischte sich verstohlen eine Träne aus dem Augenwinkel.

„Ja, wir haben ihn sehr ins Herz geschlossen, er ist wirklich ein Prachtbursche."

„Kommen Sie doch kurz mit rein", bat Jan und winkte die Leute ins Haus. „Möchten Sie etwas trinken?"

„Ein Glas Wasser wäre nett", antwortete der Mann und setzte sich zu Jan an den Küchentisch.

„Könnten Sie mir vielleicht sagen, wie Sie den Hund gefunden haben?"

„Wir haben ihn beim Beerensammeln im Wald entdeckt. Er war mit einem Strick an einen Baum gebunden worden und wir dachten, dass der Besitzer ihn auf diese Weise loswerden wollte. Wir haben sicherheitshalber beim Tierarzt einen Zettel aufgehängt, um auf Nummer sicher zu gehen." Die Frau knetete nervös ihre Hände. „Na ja, insgeheim hatten wir gehofft, dass sich niemand meldet, denn wir haben ihn schon nach ein paar Tagen in unser Herz geschlossen."

„Das tut mir wirklich leid, aber ich möchte meinen Duke gern behalten", erklärte Jan. „Für die Unkosten komme ich selbstverständlich auf."

Der Mann winkte ab. „Lassen Sie es gut sein. Wir hatten eine Menge Freude mit dem Burschen, das wertet alles wieder auf."

„Vielen Dank."

Die Frau tätschelte Duke liebevoll den Kopf und kämpfte tapfer mit den Tränen. Der Mann legte seinen Arm um ihre Schultern und zog sie tröstend zu sich heran.

„Ich habe gestern in der Zeitung eine Annonce gesehen, da gibt jemand einen Wurf Welpen ab. Was hältst du davon, wenn wir uns morgen einen anschauen? Wir sind doch jetzt bestens ausgerüstet." Er zwinkerte ihr liebevoll zu.

„Das würdest du wirklich tun?", fragte sie zaghaft.

„Ja, warum denn nicht? Ich will auf keinen Fall in ein leeres Haus zurückkehren, nicht, nachdem wir so nette Gesellschaft bei uns hatten."

„Danke." Sie hauchte ihm einen Kuss auf seine stoppelige Wange und strahlte ihn an, bevor sie sich wieder Jan zuwandte. „Dann wollen wir Sie nicht länger aufhalten. Aber es wäre schön, wenn wir Duke ab und zu besuchen dürften."

„Kein Problem, er wäre mir eine Freude." Jan begleitete das Ehepaar nach draußen und verabschiedete sich. „Nochmals vielen Dank. Ich weiß wirklich sehr zu schätzen, was Sie getan haben."

Jan sah dem Wagen noch kurz hinterher, dann schloss er leise die Tür. Duke lag bereits neben Ophelia und hatte den Kopf auf seine Pfoten gebettet.

Obwohl Jans Magen rumorte, war er viel zu erschöpft, um sich noch etwas zuzubereiten. Er warf das Bettzeug auf die Couch, hängte Jeans und Shirt über die Sessellehne und kroch gähnend unter die Decke. Doch immer, wenn er gerade eingedöst war, riss ihn ein Gedankenfetzen wieder aus dem Schlaf. Er musste ununterbrochen an Hanna denken und die Angst, dass sie es nicht schaffen würde, lag schwer wie ein Mühlstein auf seiner Brust.

~

Auch für Sarah begann eine recht durchwachsene Nacht. Es dauerte eine Weile, bis sie ihre aufgekratzten Kinder in die Betten verfrachtet hatte und endlich Ruhe herrschte. Danach aß sie eine Kleinigkeit und sprang unter die Dusche, um sich den Angstschweiß von der Haut zu waschen. Während der Nacht schreckte sie mehrmals aus dem Schlaf und Carsten sprach beruhigend auf sie ein, wenn sie im Traum wiederholt nach Hanna gerufen hatte.

Nach dem gemeinsamen Frühstück brachte Carsten die Kinder zum Schulbus und fuhr weiter in die Firma. Sarah packte völlig übermüdet ihre Tasche, sie wäre heute liebend gern zu Hause geblieben, um sich von den Strapazen des gestrigen Tages zu erholen. Auf dem Weg zur Tür klingelte auch noch das Telefon. Frustriert hob sie ab.

„Guten Morgen, hier ist Kriminalhauptkommissar Larsen. Ich störe nur ungern zu dieser Zeit, aber ich habe ein dringendes Anliegen.“ Er räusperte sich. „Folgendes: Alexander Jahnke hat sich dem Haftbefehl entzogen und befindet sich momentan auf der Flucht. Meine Kollegen haben ihn weder in seinem Haus, noch in seinem Büro angetroffen und stattdessen eine völlig aufgelöste Kinderfrau vorgefunden. Sie hat uns bestätigt, dass er seit dem Abend untergetaucht ist. Pass, Ausweis und sämtliche Wertpapiere sind mit ihm verschwunden, der Safe stand offen. Die junge Frau möchte nicht länger in diesem Haus wohnen bleiben und jetzt kommen wir zum eigentlichen Problem, der gemeinsamen Tochter der Jahnkes. Wir haben zwar kurzfristig einen Platz in einer Pflegefamilie für das Mädchen gefunden, wollten aber erst bei Ihnen anfragen, ob Sie das traumatisierte Kind vorübergehend betreuen könnten, bis sich der Gesundheitszustand von Frau Jahnke gebessert hat."

„Das ist überhaupt kein Problem, wir kümmern uns um Lara", willigte Sarah sofort ein.

„Gut, dann werde ich mich mit der Schule in Verbindung setzen, damit Sie das Mädchen von dort aus abholen können. Und erwähnen Sie bitte mit keinem Wort den Aufenthaltsort des Kindes. Nicht dass der Vater noch auf den Gedanken kommt, mit seiner Tochter zu flüchten. Ach ja, bevor ich es vergesse, im Schacht hat sich eine Frauenleiche befunden. Haben Sie davon gewusst?"

„Um Gottes willen, nein", rief sie entsetzt. „Wir haben Hanna Jahnke nur aus dem verschütteten Stollen befreit und auf das Rettungsteam gewartet."

„Gut, das wär's fürs Erste. Wir klären alles Weitere, wenn Sie Ihre Aussage zu Protokoll geben."

Der Kommissar verabschiedete sich und Sarah registrierte erstaunt, dass Alexander tatsächlich vor der Justiz geflüchtet war. Hannas Sorgen hatten sich demnach mit einem Schlag in Luft aufgelöst.

Aber jetzt war Eile angesagt, sie war ohnehin schon viel zu spät dran. Trotz Handyverbot am Steuer rief sie während der Fahrt Carsten an und informierte ihn über den Stand der Dinge. Für ihn stand außer Frage, dass Lara solange bei ihnen wohnen durfte, bis sich Hanna auf dem Weg der Besserung befand. Das Kind hatte sich bei ihnen stets wohlgefühlt.

Im Büro stellte Sarah ihre Tasche achtlos auf den Boden

und wählte sofort die Nummer des Krankenhauses. Sie wollte unbedingt wissen, wie Hanna die Nacht überstanden hatte. Geistesgegenwärtig hatte sie am gestrigen Abend die Sanitäter nach dem Krankenhaus gefragt, in welches Hanna eingeliefert werden sollte.

Es dauerte eine Weile, bis sie den behandelnden Arzt sprechen konnte. Die überbrachten Nachrichten waren keine guten, Hannas Vitalfunktionen und Blutwerte gaben Grund zur Besorgnis. Trotzdem schien der Arzt zuversichtlich, auch wenn er sich zu keinerlei Versprechungen hinreißen ließ.

„Vielen Dank für die Informationen, ich hoffe, sie schafft es", lautete Sarahs knapper Kommentar.

Die Arbeit wollte ihr nicht so recht von der Hand gehen und ständig kreiste der Gedanke hinter ihrer Stirn, dass sie Hannas Rettung nur einem dummen Zufall zu verdanken hatten.

Als die Uhr endlich den Feierabend ankündigte, atmete sie erleichtert auf. Flink wie ein Wiesel packte sie ihre sieben Sachen zusammen und machte sich auf den Weg in die Großstadt, um Lara abzuholen. Sie hoffte, dass sich der Verkehr um diese Uhrzeit noch in Grenzen hielt. Das Glück war auch noch auf ihrer Seite, als sie ganz in der Nähe der Schule einen Parkplatz ergatterte. Dann fragte sie sich bis zum Klassenzimmer durch und besprach mit der Lehrerin den anstehenden Schulwechsel.

Nachdem Lara ihr zögerlich nach draußen gefolgt war, brachte sie dem Mädchen schonend bei, dass ihre Mutter einen Unfall gehabt hatte.

„Tut mir leid mein Mäuschen, aber du wirst einige Zeit bei uns wohnen. Aber ich habe mir gedacht, dass wir jetzt zum Krankenhaus fahren, um deine Mama zu besuchen. Bist du damit einverstanden?"

Das zaghafte Nicken wertete Sarah als Einverständnis.

Während der Fahrt blickte Lara still aus dem Seitenfenster und antwortete auf ihre Fragen einsilbig. Besorgt runzelte Sarah die Stirn und hoffte, dass sich das Mädchen im vertrauten Umfeld etwas entspannen würde.

~

Verloren saß Lara mit Häubchen, Mundschutz und grüner Schutzkleidung am Krankenbett ihrer Mutter. Eigentlich war es Minderjährigen nicht gestattet, die Intensivstation zu betreten. Aber das Ärzteteam vertraute darauf, dass sich bei Hanna durch die Anwesenheit ihres Kindes der Heilungsprozess beschleunigte.

Es war ein herzerweichendes Bild, als Lara schüchtern nach der bleichen Hand ihrer Mutter griff und diese gedankenverloren streichelte. Die anwesende Krankenschwester ermunterte das Mädchen, mit ihrer Mutter zu sprechen. Doch Lara starrte nur mit weit aufgerissenen Augen auf die Lippen der Krankenschwester und brachte keinen Ton hervor. Das Piepsen der Monitore und die vielen Schläuche wirkten befremdlich auf das Kind.

Sarah stand hinter der Scheibe und beobachtete das ergreifende Szenario. In Gedanken flehte sie Hanna an, schnell wieder gesund zu werden, denn Lara hatte sonst niemanden mehr auf dieser Welt. Auf keinen Fall sollte das Mädchen in einer Pflegefamilie aufwachsen.

Lara war inzwischen aufgestanden, legte ihr Köpfchen auf die Brust ihrer Mutter und versuchte, diese trotz der vielen Schläuche zu umarmen. Ein letztes Mal strich sie über die kühle, leblose Hand ihrer Mutter. Dann begleitete die Krankenschwester sie wieder nach draußen, wo Sarah sie in Empfang nahm. Mit tränenerstickter Stimme flüsterte Sarah: „Alles wird wieder gut meine Kleine, wir müssen nur ganz fest daran glauben.

Sie drückte Lara fest an sich und streichelte über die blonden Locken. Dann ergriff sie die schmale Kinderhand und gemeinsam liefen sie zum Ausgang. Sarah konnte den Schmerz des Mädchens deutlich wahrnehmen und ihr sehnlichster Wunsch war, dass Hanna endlich aus dem Koma erwachte und wieder genesen würde.

~

Auf dem Rückweg hatte Sarah einen Abstecher zum Forsthaus geplant, denn sie brauchte für Lara dringend frische Wäsche zum Wechseln. Die Stimmung während der Fahrt war bedrückend, egal wie sehr sie sich auch anstrengte, das Mädchen aufzumuntern.

Kaum waren sie ausgestiegen, schoss Ophelia aus der Tür und konnte nicht damit aufhören, Laras Hand abzuschlecken. Jan hatte die zwei bereits erwartet und hoffte auf positive Neuigkeiten.

„Sie liegt noch immer im Koma, aber der Arzt ist zuversichtlich, dass sie es schafft“, unterrichtete sie ihn.

Enttäuscht schüttelte er den Kopf. „Ich hätte mir gewünscht, sie wäre schon wieder bei Bewusstsein. Nicht zu wissen, was mit ihr passiert ist, macht mich fast verrückt.“

„Wir müssen einfach Geduld haben“, sprach Sarah tröstend. Duke kam ebenfalls aus dem Haus getrottet und schob seine Nase in ihre Hand. „Duke, du bist wieder da?“, rief sie erstaunt und sah Jan fragend an. „Seit wann ist er denn wieder bei dir?“

„Als ich mit Ophelia beim Tierarzt war, habe ich den Aushang gesehen. Die Finder haben ihn gestern noch vorbeigebracht und ich kann dir gar nicht sagen, wie froh ich darüber bin.“

„Das ist bestimmt ein gutes Zeichen.“ Sie strahlte ihn an.

„Alles wird gut, ich kann es deutlich fühlen. Aber jetzt sollten wir uns um das Wesentliche kümmern."

Sie lief die Treppe nach oben ins Kinderzimmer und packte mit Laras Hilfe die nötigsten Dinge in die Reisetasche. Dann verabschiedeten sie sich und traten den Heimweg an. Kaum waren sie bei Sarah angekommen, bestürmten die drei Kinder den Gast. Lautstark wurde diskutiert, in welchem Zimmer Lara nächtigen sollte. Erleichtert stellte Sarah fest, dass Lara allmählich auftaute. Der Trubel um sie herum schien ihr gutzutun und vielleicht heilte die Zeit ja doch alle Wunden.

~

Der Besuch von Lara schien ein kleines Wunder bewirkt zu haben, noch in derselben Nacht erwachte Hanna aus dem Koma. Nach zwei weiteren Tagen und einem erneuten Besuch ihrer Tochter besserte sich ihr Gesundheitszustand rapide. Sie konnte die Intensivstation verlassen und wurde in ein normales Krankenzimmer verlegt. Nach und nach kehrten auch bruchstückhaft die Erinnerungen zurück.

Es fiel ihr unglaublich schwer, sich mit dem Erlebten auseinanderzusetzen, und nur die täglichen Besuche von Lara und die Aussicht auf eine gemeinsame Zukunft verliehen ihr die nötige Kraft.

Das Klopfen an der Tür riss sie aus ihren Gedanken. Kommissar Larsen steckte den Kopf zur Tür herein.

„Hallo, Frau Jahnke, der Arzt hat grünes Licht für einen Besuch gegeben." Er trat ein und stellte einen Stuhl neben das Bett. „Wie geht es Ihnen?"

„Ich fühle mich noch etwas schwach, aber ich bin auf dem Weg der Besserung."

„Das freut mich wirklich für Sie, aber auch ich habe gute Neuigkeiten im Gepäck. Wir konnten Herrn Clement endlich verhaften und auch bereits vernehmen. Jetzt würde ich Sie gern dazu befragen. Fühlen Sie sich stark genug, um mit mir darüber zu reden?"

„Eigentlich nicht, aber ich will unbedingt wissen, was Mark zu diesen Taten getrieben hat", erwiderte Hanna matt.

„Das, was ich Ihnen zu sagen habe, ist schwer zu verdauen, und ich würde Ihnen empfehlen, psychologische Hilfe in Anspruch zu nehmen. Es muss mehr kriminelle Energie hinter der Geschichte stecken, als wir anfangs vermutet hatten." Er räusperte sich und suchte Blickkontakt.

„Sagen Sie, was Sie zu sagen haben", forderte Hanna, „ich will es endlich hinter mich bringen." Sie atmete tief durch und hoffte auf all die Antworten, nach denen sie die ganze Zeit so verzweifelt gesucht hatte.

„Gut, widmen wir uns zuerst Mark Clement. Er hat sich durch einen Medikamentencocktail selbst gerichtet und sich somit einer Verurteilung entzogen. Er wurde morgens tot in seiner Zelle gefunden. Höchstwahrscheinlich hat Ihr Ehemann die Pillen besorgt, aber so ganz werden wir diesen Punkt momentan nicht klären können."

Hanna schluckte „Das ist heftig."

„Sie sagen es. Clement hielt sich übrigens die ganze Zeit über in der Klinik versteckt. Das weitläufige Areal bot ihm unzählige Versteckmöglichkeiten und er war klug genug, um zu wissen, dass wir ihn dort nicht vermuten würden. Erst später ist uns klar geworden, wo wir suchen müssen. Nachdem Sie entführt wurden, haben wir das Gelände kontinuierlich observiert und er ist uns tatsächlich in die Falle getappt." Larsen räusperte sich. „Und nun kommen wir zu seiner persönlichen Geschichte, die nicht weniger tragisch anmutet. Clement wurde als kleiner Junge von seiner Mutter und dem Stiefvater gemeinsam missbraucht, das geht aus den Akten des Jugendamtes hervor. Als Kleinkind war er in eine winzige Abstellkammer gesperrt worden und die Chancen, sich normal zu entwickeln, standen gleich null. Deshalb werden wir auch nie sein komplexes, selbstzerstörerisches Wesen ganz begreifen. Die Schwangerschaft war damals unbemerkt geblieben und der zu erwartende Nachwuchs unerwünscht. Seine Mutter konnte oder wollte sich nicht daran erinnern, wer der leibliche Vater war. Sie hatte ihren Sohn heimlich entbunden und ihn von Anfang an in die dunkle Kammer gesperrt, aus der es kein Entrinnen gab. Für die Welt da draußen existierte dieser Junge nicht. Erst durch einen Zufall wurde das abgemagerte und völlig verwahrloste Kind entdeckt. Ein unbedarfter Handwerker wollte einen Besen aus der Abstellkammer holen und traute seinen Augen kaum, als er das Kind in seinen Exkrementen hocken sah. Jahrelang musste der Junge auf diese Weise dahinvegetieren, kaum der Sprache fähig. Seine Notdurft verrichtete er auf einem Eimer. Das Jugendamt befreite Clement sofort aus diesen Missständen, aber die Hilfe kam für ihn zu spät. Seine Seele hatte bereits schweren Schaden genommen."

„Ich brauche dringend einen Schluck", unterbrach sie Larsen und schenkte sich ein Glas Wasser ein. Sie trank gierig Zug um Zug und blickte ihn fragend an. „Aber warum hat er gemordet? Was steckte dahinter?"

„Clement und Ihr Ehemann lernten sich in einem Kinderheim kennen und haben sich geschworen, niemals so zu enden wie ihre Eltern. Besonders Alexander Jahnke liebte den Luxus und das Geld, doch er ließ sich das selten anmerken. Die Männer hielten jahrelang den Kontakt aufrecht und verloren sich nie aus den Augen. Während sich Ihr Ehemann vornehmlich positiv entwickelte und studierte, hielt sich Mark Clement mit Gelegenheitsjobs über Wasser. Man hätte meinen können, dass ihr Leben in geregelten Bahnen verlief, aber das war weit gefehlt. Schließlich kam für Alexander Jahnke die große Chance - die Pharmagruppe MediTech. Das

Unternehmen entwickelt unter anderem auch bewusstseinsverändernde Drogen, ähnlich dem LSD. Diese neuartigen Drogen werden speziell im Ausland getestet, manchmal sogar ohne das Wissen der Probanden und sie dienen nur dem einen Zweck - nämlich der Spionage. Mit der Verabreichung dieser Mittel zwingt man Agenten oder andere Geheimnisträger, die Wahrheit zu sagen, ohne sich später an diesen Verrat zu erinnern. Die manipulierenden Medikamente sind ein Vermögen wert und sie werden größtenteils für Kriegszwecke genutzt. Aber nun zurück zu dem Thema, welches uns ausschließlich beschäftigt."

Kommissar Larsen gönnte sich eine kurze Pause, bevor er weitersprach.

„Alexander Jahnke hat diese Droge heimlich entwendet, um seine perfiden Pläne zu verwirklichen. Er wollte die Testamente vermögender Frauen als beratender Notar zu seinen Gunsten ändern. Ihr Ehemann wusste ganz genau, welcher der Damen ein größeres Erbe zu Verfügung stand. Er hatte leichtes Spiel, denn Clement spionierte die Frauen aus, indem er als seriöser Anlageberater auftrat. Meist fing er auch gleichzeitig ein Techtelmechtel mit den Frauen an und verabreichte ihnen bei einem romantischen Dinner die Droge. Sobald diese wirkte, fuhr er umgehend in die Kanzlei. Alexander Jahnke ließ die Erbschaft auf sich überschreiben oder setzte ein Testament zu seinen Gunsten auf. Die Frauen sollten die Manipulation wie willenlose Marionetten über sich ergehen lassen und sich später an nichts erinnern. Das Problem, die Testphase dieser Droge war noch nicht ausgereift und die Erinnerungen kehrten irgendwann zurück. So kam es zum Äußersten. Vielleicht erinnern Sie sich noch an die Tote aus dem Bärengehege? Die Geschichte wurde zuhauf in den Medien breitgetreten. Bei dieser jungen Frau wurden die unbekannten Substanzen zum ersten Mal durch die Obduktion nachgewiesen. Ihr Ehemann, Frau Jahnke, war gierig, zu gierig. Er wollte nicht so armselig enden wie seine Eltern und ging dafür über Leichen. Mark Clement war sein Handlanger und hat die Frauen kaltblütig ermordet."

Kommissar Larsen lehnte sich zurück und gab Hanna Zeit, das Gesagte zu verarbeiten.

„Ich bin tatsächlich mit einem Mörder verheiratet", stammelte sie entsetzt. „Und welche Rolle wurde dabei mir zugedacht? Warum sollte ich sterben?"

„Nun ja, Ihr Ehemann wollte Sie einer Art Treuetest unterziehen. Er vermutete, dass sie ihn, genauso wie seine Eltern, irgendwann im Stich lassen würden. Ihm war es wichtig zu wissen, ob Sie ebenso käuflich und leicht zu haben sind wie all die anderen Frauen, mit denen Clement intim geworden war. Ihr Mann hat anscheinend nie begriffen, dass seine emotionalen Spielchen Sie erst in diese verhängnisvolle Affäre getrieben haben. Wahrscheinlich sollte Ihnen nur ein Denkzettel verpasst werden. Erst im Nachhinein ist den Männern aufgefallen, dass Sie dabei waren, umfangreiche Nachforschungen anzustellen. Clement hat mehrfach versucht, Sie mit subtilen Drohungen einzuschüchtern, doch Ihre Hartnäckigkeit wurde zu einem unkalkulierbaren Risiko."

„Das ist wirklich unfassbar. Weil ich nicht so funktioniert habe, wie er es sich vorgestellt hatte, sollte ich sterben?"

„Ich weiß, das ist nur schwer zu verstehen."

„Und was geschieht jetzt? Wo steckt Alexander überhaupt?"

„Er hat sich wahrscheinlich ins Ausland abgesetzt. Aber es ist sicher nur eine Frage der Zeit, bis er den Fahndern ins Netz gerät."

Kraftlos wie ein Häufchen Elend hockte Hanna auf dem Stuhl. Wie hatte sie sich nur so täuschen können? Mark hatte vier Frauen brutal ermordet und sie hätte sein fünftes Opfer werden sollen. Ein Teil ihrer Seele war zerbrochen, sie fühlte sich elend und zutiefst verletzt. Würde sie je wieder vertrauen können? So viele Menschen schlugen sich da draußen mit einem schweren Schicksal herum, aber musste man deshalb gleich morden? Alexander hatte es doch aus eigener Kraft geschafft, er führte ein luxuriöses Leben. Hätte er beruflich nicht zu MediTech gewechselt, wäre ihm garantiert mehr Zeit für die Familie geblieben, und von dieser zerstörerischen Versuchung ganz zu schweigen.

Der Kommissar unterbrach ihre Gedankengänge und hob erneut die Stimme.

„Die Obduktion von Katharina Wehner ist im gerichtsmedizinischen Institut von Hannover erfolgt und ihre sterblichen Überreste wurden zur Bestattung freigegeben. Frau Wehner soll schon morgen im Familiengrab beigesetzt werden, die Familie ist Ihnen zu großem Dank verpflichtet. Falls weitere Fragen auftauchen oder Ihnen zum Aufenthalt Ihres Mannes noch etwas einfällt, dann rufen Sie mich bitte an. Ich wünsche Ihnen alles Gute und einen erfolgreichen Start in ein neues Leben." Mit einem festen Händedruck verabschiedete sich Larsen und eilte schnellen Schrittes zur Tür.

Hanna fiel es unglaublich schwer, das Gesagte an sich heranzulassen. Sobald sie rechtskräftig geschieden war, würde sie sofort ihren Mädchennamen wieder annehmen, und auch Lara sollte den Namen ihres Vaters nicht mehr tragen.

Doch wie brachte sie dem Mädchen schonend bei, dass Alexander Morde in Auftrag gegeben hatte? Vielleicht wäre es das Beste, erst einmal alles zu verschweigen. Sie würde ja nicht lügen, wenn sie Lara erzählte, dass der Papa für längere Zeit im Ausland weilte.

Die Tür öffnete sich und eine Krankenschwester betrat mit einem riesigen Bukett das Krankenzimmer. „Die Blumen wurden soeben für Sie abgegeben. Möchten Sie die Karte lesen?“

Verwundert griff Hanna nach der Karte und las die Zeilen. Das Ehepaar Wehner dankte ihr und schickte herzlichste Genesungswünsche. Endlich hatten sie Gewissheit und konnten sich mit dem Verlust ihrer Tochter auseinandersetzen. Hanna legte die Karte beiseite. Trotz der gutgemeinten Worte fühlte sie sich leer und ausgebrannt.

Ein leises Klopfen riss sie aus ihren Gedanken. Jan steckte seinen Kopf ins Zimmer und strahlte sie an.

„Darf ich reinkommen?“

„Was für eine Frage. Wie soll ich meinem Lebensretter sonst danken?“

Verlegen hielt er einen bunten Strauß Blumen in der Hand und blickte sich suchend um. „Ich hole wohl erst einmal eine Vase“, murmelte er und verschwand wieder zur Tür hinaus. Kurz darauf betrat er erneut das Zimmer und stellte die Vase auf den Tisch. Dann schob er einen Stuhl an Hannas Bett.

„Wie geht es dir?“

„Momentan fühle ich mich noch etwas schwach. Aber ich bin am Leben, und nur das zählt.“

„Ich soll dich von allen herzlich grüßen, sie wollen dich morgen wieder besuchen kommen.“

„Das ist schön. Ich kann noch gar nicht glauben, dass Lara für immer bei mir wohnen wird.“

„Doch, so ist es. Das Gute hat gesiegt.“

Er griff nach ihrer Hand und sein Daumen streichelte zärtlich über ihren Handrücken. Sie suchte seinen Blick und ihre Augen glänzten feucht.

„Ich danke dir“, flüsterte sie mit tränenerstickter Stimme. „Ich danke dir von Herzen, dass du mein Leben gerettet hast, und ich stehe ewig in deiner Schuld.“

„He, nicht so pathetisch. Ich bin einfach nur glücklich, dass es dich noch gibt", antwortete er.

„Alles wird wieder gut und ich bin so froh, dass ihr nicht aufgegeben habt."

„Deine eigentliche Rettung hattest du Ophelia zu verdanken. Sarah und ich, wir wollten eigentlich an einer ganz anderen Stelle suchen. Jemand muss dir einen phänomenalen Schutzengel gesandt haben." Er lächelte sanft. „Wenn es dir nichts ausmacht, würde ich noch eine Weile bei euch wohnen bleiben, bis du wieder zu Kräften gekommen bist."

„Danke, das käme mir sehr entgegen." Sie erwiderte sein Lächeln. „Ich bin leider meilenweit davon entfernt, allein zu wohnen. Die Angst ist einfach noch zu groß."

„Mach dir keinen Sorgen, wir schaffen auch noch den Rest des Weges."

„Alles was ich jetzt brauchen kann ist ein wenig Zuversicht."

„Na, dann habe ich noch mehr gute Nachrichten im Gepäck, Duke ist zurück."

„Nein, das kann nicht sein ..." Sie musterte ihn fragend.

„Doch, aber das erzähle ich dir ein anderes Mal." Ihm war Hannas Erschöpfung nicht entgangen. „Ich sollte dich jetzt alleinlassen und komme übermorgen wieder, wenn es dir recht ist."

„Ja, ich würde mich sehr freuen." Hanna sank auf das Kissen zurück und schloss erschöpft die Augen. „Danke ...", murmelte sie und war kurz darauf eingeschlafen.

Jan deckte sie fürsorglich zu, strich zärtlich über ihre Wange und stahl sich auf Zehenspitzen aus dem Krankenzimmer.

KAPITEL 29

Hanna saß auf gepackten Koffern. Nachdem sie am Vormittag gründlich durchgecheckt worden war, hatte sie beschlossen, nicht länger zu warten und ins Forsthaus zurückzukehren. Die Aussicht, mit Lara endlich wieder vereint zu sein, war zu verlockend gewesen und sie hatte um vorzeitige Entlassung gebeten. Das Klingeln des Telefons riss sie aus ihren Gedanken.

„Jahnke", meldete sie sich knapp. Die Presse hatte von ihrem Fall erfahren und drängte auf ein Exklusivinterview. Ein weiterer Grund, dem Krankenhaus so rasch wie möglich den Rücken zu kehren.

„Frau Jahnke, ich habe tolle Neuigkeiten." Ihre Anwältin holte tief Luft. „In einem Schnellverfahren wurde Ihnen vom zuständigen Richter das alleinige Sorge- und Aufenthaltsbestimmungsrecht für das gemeinsame Kind zugesprochen. Ich habe natürlich sofort ein Schreiben aufgesetzt, was nur noch Ihrer Unterschrift bedarf, um dem Jugendamt Befangenheit vorzuwerfen. Dort werden einige Köpfe rollen, dafür sorge ich persönlich. Wir sollten uns, sobald Sie aus dem Krankenhaus entlassen worden sind, so schnell wie möglich treffen."

„Selbstverständlich, ich bin bereit.“

„Gut. Dann will ich Sie auch nicht länger aufhalten und wünsche Ihnen eine baldige Genesung.“

Bevor Hanna überhaupt etwas darauf antworten konnte, hatte Frau Dr. Fehringer das Gespräch beendet.

Kurz darauf betrat Sarah das Krankenzimmer, um sie abzuholen.

„Hallo Hanna, schön, dich zu sehen.“

Die Freundinnen umarmten sich.

„Hältst du es für die richtige Entscheidung, vorzeitig das Krankenhaus zu verlassen?“

„Ich weiß, dass Lara bei euch in guten Händen ist, aber ich will endlich wieder mit ihr zusammen sein.“

„Das kann ich gut verstehen. Na dann, auf geht's.“

Sarah schnappte sich Hannas Tasche und gemeinsam verließen sie das Krankenhaus. Die Fahrt zum Forsthaus zog sich quälend in die Länge und am liebsten wäre Hanna geflogen. Nervös wippte sie mit dem Fuß und schaute ununterbrochen auf die Uhr.

Kaum hatte Sarah den Wagen zum Stehen gebracht, stieg Hanna aus. Die Eingangstür öffnete sich und Ophelia schoss wie ein geölter Blitz heraus. Von einem riesigen Freudentaumel gepackt, umrundete die Hündin überglücklich ihr geliebtes Frauchen. Nur wenige Augenblicke später lagen sich Mutter und Tochter in den Armen.

„Mami, ich habe dich so vermisst“, schluchzte das Mädchen.

„Ich dich auch, mein Spätzchen.“

Hanna bedeckte Laras Gesicht mit unzähligen Küssen und konnte nicht aufhören, ihr Kind an sich zu drücken. Hand in Hand schritten Mutter und Tochter zum Haus. Über der Tür hing ein Willkommensplakat, das die Kinder liebevoll mit Blumen und Herzen gestaltet hatten. Im Esszimmer erwartete sie ein festlich gedeckter Tisch mit einem frisch gebackenen Kuchen und zutiefst gerührt brach Hanna in Tränen aus. Sarah strich der Freundin tröstend über den Rücken.

„Den Kuchen habe ich ganz allein gebacken“, erklärte Lara stolz. Sie führte Hanna zum Tisch und forderte sie auf, sich zu setzen. Nachdem Sarah den Kaffee eingeschenkt hatte, langten alle zu und ließen sich den Kuchen in fröhlicher Runde schmecken.

Hanna spürte ein tiefes Glücksgefühl. Sie hatte ihren Platz im Leben gefunden, wurde geliebt, geachtet und respektiert. Niemand stellte ihre Werte in Frage, man akzeptierte sie so, wie sie war.

Wenig später brachen Sarah, Carsten und die Kinder auf. „Melde dich, wenn du etwas brauchst“, bot Sarah an.

„Das werde ich machen. Ich bin so froh, dass es euch gibt, und danke euch für alles, was ihr für mich getan habt. Kommt gut nach Hause.“ Sie winkte so lange dem Fahrzeug hinterher, bis es hinter der nächsten Kurve verschwunden war.

„Endlich bist du wieder“, flüsterte Jan leise, damit es Lara nicht hören konnte. „Im Forsthaus war es schrecklich einsam ohne dich.“

Sie griff nach seiner Hand und drückte sie sacht. „Alles wird wieder gut ... und danke, dass du mein Leben gerettet hast.“

„Ich kann ein ziemlicher Egoist sein“, antwortete er lächelnd, „und habe es nur aus reinem Eigennutz getan.“

„Der Grund ist mir ziemlich egal. Ich bin einfach nur glücklich, wieder hier zu sein“, seufzte sie.

„Ich mache dir folgenden Vorschlag: Du setzt dich mit Lara vor den Fernseher, während ich die Spülmaschine einräume und euch mit Chips versorge.“

„Das ist ein Angebot, dass ich unmöglich ausschlagen kann.“

Sie zwinkerte ihm zu und ließ sich auf die Couch fallen. Liebevoll zog sie Lara in ihre Arme und schwor sich, ihr kleines Mädchen nie wieder loszulassen.

~

Zwei Tage später fuhr Jan Hanna zum Friedhof. Sie hatte ihn darum gebeten und ließ sich vor dem schmiedeeisernen Eingangstor absetzen. Dichte Wolken hatten sich vor die Sonne geschoben und tauchten die Umgebung in ein düsteres Licht. Der Wind zerrte an ihrer Jacke und fegte die bunten Blätter über die Wege. Wie würde sie den Anblick des frischen Grabes wohl verkraften?

Hanna war es wichtig, diesen Gang allein zu bewältigen, und schon von Weitem erkannte sie das mit unzähligen Kränzen und Blumenbuketts geschmückte Grab. Sie hoffte, dass diese junge Frau, die so grausam aus dem Leben gerissen wurde, endlich ihren Frieden gefunden hatte.

Tief in ihre Gedanken versunken verabschiedete sie sich von Katharina Wehner und spürte plötzlich eine zarte Berührung auf ihrer Haut. Doch anstatt sich ängstlich umzuschauen, durchflutete sie nur ein warmes Glücksgefühl.

Genau in diesem Moment riss die Wolkendecke auf und die Sonne tauchte die Umgebung in ein goldenes Licht. Hanna war zutiefst berührt und glaubte fest daran, dass Katharina Wehner ihr Schicksal angenommen hatte.

~

Der Herbst hatte von der Landschaft Besitz ergriffen und die Bäume in bunte Farben getaucht. Mit gepackten Koffern waren Hanna, Lara und Jan in Richtung Bahnhof aufgebrochen, um die Herbstferien auf Langeoog zu verbringen. Hanna war voller Vorfreude, das Meer und die Abgeschiedenheit der kleinen Insel würden ihr mit Sicherheit guttun. Außerdem hatte Jan ihr fest versprochen, sie mit den Hunden am Wochenende zu besuchen.

Der Wind strich kühl über die Gleise. Hanna rieb sich fröstelnd über die Arme, während Jan den Fahrplan studierte und Lara aufgeregt am Bahnsteig auf und ab lief. Kurz darauf kündigte der Lautsprecher die Einfahrt des Zuges an. Die Gleise vibrierten und der IC nach Norddeich kam langsam zum Stehen. Jan half Hanna und Lara beim Einsteigen und reichte ihnen die Koffer. Nachdem sie ihre Sitzplätze erreicht hatten, legte er seine Hand von außen an die Fensterscheibe und Hanna erwiderte diese Geste. Die Scheibe trennte ihre Handflächen, doch Hanna fühlte sich mit Jan stark verbunden. Dieser innige Moment sagte mehr als tausend Worte.

Der Zug setzte sich mit einem Ruck in Bewegung. Verloren stand Jan auf dem Bahnsteig und winkte ihnen mit traurigem Blick. Seine Silhouette wurde immer kleiner, bis sie gänzlich neben den Gleisen verschwunden war.

Wehmütig lehnte sich Hanna in den Sitz zurück, während Lara ungeduldig in ihrem Rucksack kramte. Ausgerechnet jetzt hatte sie Heißhunger auf einen Schokoriegel. Zärtlich strich Hanna ihr über die blonden Locken, *niemand* würde sie je wieder trennen.

Nachdenklich betrachtete sie die vorübereilende Landschaft und fasste einen Entschluss. Sobald sie ins Forsthaus zurückkehren würde, wollte sie mit Jan einen Neuanfang wagen. Er hatte ihr Leben gerettet und mehr Vertrauen brauchte es nicht. Die Freundschaft zu ihm hatte sich mit der Zeit in eine tiefe Zuneigung verwandelt. Für einen kurzen Moment schloss Hanna die Augen und freute sich auf gemeinsame Zeit am Meer.

SOMMER VOLLER ANGST

ZWEITER TEIL

KAPITEL 1

Hanna stand gedankenverloren am Fenster, stemmte die Hände in die Hüften und drückte ihren Rücken durch. Das tat richtig gut und sie stieß einen erleichterten Seufzer aus. Draußen war es bereits dunkel geworden, und so wie auch an den Tagen zuvor wirkte der Wald bedrohlich. Sie musste mit Ophelia noch einmal vor die Tür und dieser letzte Gang würde garantiert kurz ausfallen.

„Ophelia, komm", rief sie in Richtung Wohnzimmer.

Die Hündin erhob und schüttelte sich und das Halsband klimperte vertraut. Mit wedelnder Rute trabte sie heran und schob ihre Nase in Hannas Hand. Diese Geste hatte noch immer etwas Berührendes und Hanna war glücklich, Ophelia an ihrer Seite zu haben.

Sie warf sich die Jacke über die Schultern und öffnete die Tür. Es war Mitte März und die Nächte noch recht kühl. Ophelia war mit einem Satz im Hof, schnüffelte hier und da, drehte ihre Runde und kehrte schon nach fünf Minuten zu Hanna zurück.

„Braves Mädchen", lobte sie die Hündin und ging ins Haus zurück.

Das Querriegelschloss, das Herr Pieper damals eingebaut hatte, leistete noch immer gute Dienste und vermittelte Hanna das Gefühl von Sicherheit. Alexander war seit seiner Flucht untergetaucht und dieser Umstand ließ sie selten zur Ruhe finden. Dabei hatte sie so gehofft, dass sich alles zum Guten wenden würde. Ein Irrglaube.

Erschöpft ließ sie sich in den Sessel fallen und strich sich über den gewölbten Bauch. Schon den ganzen Tag lang war ihr übel gewesen und sie hatte Sarah gefragt, ob Lara nicht das Wochenende bei ihnen verbringen könnte. Und auch diesmal hatte sich die Freundin bereit erklärt zu helfen.

Erneut spürte Hanna, wie sich ihr Bauch verhärtete und das Kind nach unten drückte. Irgendwann wollte es sicher geboren werden, aber bitte nicht heute. Der errechnete Geburtstermin war bereits seit fünf Tagen überschritten und außer den üblichen Senkwehen hatte sich nichts bei ihr getan. Sarah würde Hanna dieses Wochenende leider nicht in die Klinik begleiten können, denn sie musste die Kinder beaufsichtigen, weil sich Carsten, ihr Mann, auf einer zweiwöchigen Dienstreise befand. Aber sich unter Wehenschmerzen windend in einem Taxi chauffieren zu lassen, kam für Hanna ebenfalls nicht in Frage.

Tee. Ja, ein Beruhigungstee war immer gut. Hanna stand auf und tappte in die Küche, um den Wasserkocher anzustellen. Sie musste nicht lange warten und schenkte das heiße Wasser in die Tasse. Jetzt noch etwas Honig dazu und sie würde schlafen wie ein Engel.

Plötzlich spürte sie einen dumpfen Schlag in ihrem Bauch. Die Fruchtblase war geplatzt und die warme Flüssigkeit bahnte sich einen Weg an ihren Beinen herab. Erschrocken sah Hanna an sich herunter und stellte die Tasse zur Seite. Die heftige Wehe, die darauf folgte, nahm ihr die Luft zum Atmen. Himmel, wie hatte sie nur vergessen können, welch heftigen Schmerz eine Geburt mit sich brachte.

Wimmernd ging sie in die Knie, klammerte sich an den Stuhl und versuchte diese Wehe mit einer Atemübung zu überstehen. Aber das alberne Hecheln half nichts. Ein Schweißfilm bildete sich auf ihrer Stirn und sie keuchte, als sich eine weitere Wehe ankündigte.

Hanna krümmte sich unter Schmerzen und schaute auf die Uhr. Die Wehen lagen nur wenige Minuten auseinander, jetzt wurde es tatsächlich ernst. Sie kämpfte sich nach oben ins Schlafzimmer, um sich umzuziehen und die Tasche zu holen. Außerdem lag ihr Telefon noch auf dem Nachtschränkchen. Mit zitternden Händen wählte sie die Nummer von Jan und betete, dass er zu Hause war.

„Ja bitte", meldete sich die harsche Stimme seiner Mutter.

Es hätte ja einmal in ihrem Leben etwas glatt laufen können, dachte Hanna frustriert.

„Könnte ich Jan sprechen? Bitte, es ist sehr wichtig ...", presste sie die Worte mühsam zwischen zwei Wehen hervor.

„Was wollen Sie von meinem Sohn?" Eiseskälte lag in ihrer Stimme.

„Hören Sie, ich muss wirklich dringend mit ihm reden."

Eine erneute Wehe kündigte sich an.

„Bitte ... holen Sie ihn ans Telefon", stöhnte Hanna.

„Ich denke, es wurde alles gesagt. Verschonen Sie meinen Sohn mit weiteren Anrufen." Dann legte Jans Mutter auf.

Wimmernd wälzte sich Hanna im Bett. Seit der letzten Wehe waren keine zwei Minuten vergangen. Die Geburt musste schon weiter vorangeschritten sein, als sie angenommen hatte, und ihre Gedanken kreisten wild hinter ihrer Stirn.

Im virtuellen Adressbuch suchte sie nach Jans Handynummer, glücklicherweise hatte sie diese nicht gelöscht. Ein Taxi konnte sie nicht mehr in Erwägung ziehen, dafür war es bereits zu spät. Entweder fuhr Jan sie ins Krankenhaus oder sie musste dort anrufen, damit man einen Krankenwagen schickte.

Aufgewühlt drückte sie auf die grüne Taste und schickte ein stilles Stoßgebet zum Himmel, dass er sich meldete. Aber alles blieb stumm. Nur der eintönige Signalton verkündete, dass der Besitzer des Handys wohl keine Lust verspürte, an selbiges zu gehen.

Kostbare Minuten verstrichen und Hanna ließ ihren Tränen freien Lauf. Dabei war ihr nicht einmal bewusst, ob sie wegen Jan oder der höllischen Wehenschmerzen weinte. Die Tasche fürs Krankenhaus stand bereit, sie musste sich nur noch umziehen und den Notruf wählen.

Doch die heftigen Wehen drückten sie ständig zurück aufs Bett und Hanna hielt sich laut klagend den Bauch. Während einer kurzen Wehenpause griff sie erneut zum Telefon. Gerade als sie den Notruf wählen wollte, erhellten Scheinwerfer die Zimmerdecke. Kurz darauf rüttelte jemand energisch an der Tür und Ophelia führte einen Freudentanz auf.

„Hanna? Bist du da? Öffne bitte die Tür!“

Jan! Es war tatsächlich Jan.

Sie klammerte sich am Geländer fest und stieg die Treppe hinunter. Noch bevor sie die Haustür erreicht hatte, rollte die nächste Wehe über sie hinweg und zwang sie in die Knie. Jan klopfte erneut.

„Alles okay bei dir?“

„Moment ...“, japste sie.

Zitternd schloss sie die Haustür auf und fiel Jan direkt in die Arme.

„Um Gottes willen, was ist mit dir?“, stammelte er verstört.

„Das Baby ... es will ... ausgerechnet jetzt ... geboren werden.“ Sie klammerte sich hilfesuchend an seinen Oberarm und wartete, bis die Wehe vorüber war. „Die

Tasche ist ... im Schlafzimmer ... du musst mir ... beim Umziehen helfen."

Das Sprechen strengte sie unglaublich an, aber Jan hatte auch so verstanden. Er eilte nach oben, schnappte sich die Tasche, raffte die über dem Stuhl hängende Kleidung zusammen und hastete wieder nach unten. Es war gar nicht so einfach, Hanna zwischen den Wehen eine Jeans überzuziehen, und sei der Gummizug auch noch so weit. Er bemerkte die Schweißperlen auf Hannas Stirn und ihre Klagelaute machten ihm Angst. Was, wenn mit dem Kind etwas nicht in Ordnung war und ein Kaiserschnitt drohte? Panik stieg in ihm auf. Er kannte Hanna nur als Kämpferin und hatte jetzt ein völlig anderes Bild vor Augen, wie sie wimmernd auf dem Boden hockte und nicht mehr sie selbst war.

„Wir schaffen das, du bist nicht mehr allein. Reich mir deine Hand", forderte er sie auf.

Er zog sie hoch und begleitete sie nach draußen. Behutsam bugsierte er sie auf den Beifahrersitz und zurrte umständlich den Gurt über ihren Bauch. Dann gab er Gas, bis die Reifen durchdrehten. Hannas leises Stöhnen schwoll weiter an. Meine Güte, es hörte sich tatsächlich so an, als würde man ihr ein Bein amputieren.

Er hatte im Fernsehen eine Livegeburt mitverfolgt und sich gedacht, dass die Frau vor laufender Kamera maßlos übertreiben würde. Und wie sie währenddessen ihren Mann beschimpft hatte, einfach unzumutbar. Aber das, was ihm Hanna jetzt bot, brachte ihn völlig aus der Fassung. Er fürchtete tatsächlich um beider Leben. Mit überhöhter Geschwindigkeit raste er dem Klinikum entgegen und hoffte inständig, dass ihn unterwegs kein Streifenwagen anhielt.

Hanna betete unterdes ihr Mantra herunter: „Ich halte das nicht mehr aus ... ich will einen Kaiserschnitt ... holt es raus ... fahr doch schneller ..."

Jan fuhr, was sein Wagen hergab, und endlich tauchte das Klinikum vor ihnen auf. Er raste auf einen Eingang zu und wollte direkt davor parken. Doch eine Krankenschwester forderte ihn unmissverständlich dazu auf, den angrenzenden Parkplatz zu benutzen.

„Das ist doch Schwachsinn", protestierte Jan, „sie bekommt ein Kind und hat starke Schmerzen."

„Ich bitte Sie trotzdem, Ihren Wagen auf dem Parkplatz für Patienten abzustellen."

Es folgte eine unerbittliche Diskussion, wobei Jan letztlich den Kürzeren zog und auf den angrenzenden Parkplatz fuhr. Er hievte Hanna aus dem Jeep und stützte sie.

„So schlimm hatte ich es wirklich nicht in Erinnerung", murmelte sie, während ihr die rundliche Hebamme beim Ausziehen half und das CT anschloss. Die Herztöne des Kindes waren schnell und stark.

„Sind Sie der Vater des Kindes?", wandte sie sich an Jan.

„Ja", antwortete er.

„Nein", widersprach Hanna.

„Was denn nun?", fragte die Hebamme verärgert und ihr Blick wanderte irritiert von einem zum anderen. „Wollen Sie bei der Geburt dabei sein oder nicht? Sie haben nur diese eine Chance, ein zweites Mal wird das Kind nicht geboren werden."

Jan rang mit seinen Gefühlen, während Hanna in den Kreißsaal geschoben wurde. Verloren stand er auf dem Flur und hörte ihr gedämpftes Stöhnen. Konnte er sie jetzt tatsächlich allein lassen?

„Wir werden Ihre Frau jetzt erst einmal untersuchen und schauen, ob eine PDA noch möglich ist. Bis dahin sollten Sie eine Entscheidung getroffen oder diese Station verlassen haben."

Die Hebamme blickte streng über den Rand ihrer Brille

in sein unentschlossenes Gesicht und folgte dann der kleinen Crew in den Kreißsaal.

Hanna ließ die Untersuchungen wie eine Marionette über sich ergehen. Der Schmerz fraß sich durch ihren Bauch und sie nahm kaum noch wahr, was um sie herum passierte. Jan war nicht mehr an ihrer Seite, aber darüber konnte sie sich später den Kopf zerbrechen. Sie wollte das Kind endlich in den Armen halten.

„Ihr Muttermund hat sich bereits auf gute fünf Zentimeter geweitet, das sieht alles vielversprechend aus. Für eine PDA ist es allerdings schon zu spät."

„Bitte", Hanna ergriff die Hand der Ärztin und sah sie flehend an, „ich steh das nicht ohne durch."

Ärztin und Hebamme zogen sich leise flüsternd zurück, aber letztlich wurde Hanna doch der Katheder angelegt. Die schmerzhafte Prozedur war ihr egal und als dieser wahnsinnige Schmerz endlich verebbte, ließ sie sich kraftlos auf das Kopfkissen sinken. Ihr Blick wanderte über die orangefarbenen Wände, die Bilder und das restliche Interieur. Man gab sich hier wirklich viel Mühe, die Geburt so angenehm wie möglich zu gestalten.

Mit den Worten „Ich bin gleich wieder da" entschwand die Hebamme nach draußen. Keine fünf Sekunden später öffnete sich die Tür und Jan trat verlegen an ihr Bett.

„Möchtest du mich dabeihaben?"

„Es ist dein Kind, Jan. Diese Entscheidung kannst nur du allein treffen."

„In Ordnung, ich bleibe."

Er zog den Stuhl an das Bett und griff behutsam nach ihrer Hand, in der die Kanüle des Wehentropfes steckte. Wahrscheinlich würde er das Wunder der Geburt niemals erleben, und was vergab er sich schon, wenn er blieb?

„Ist es erträglicher?", fragte er mit besorgter Miene.

Hanna nickte. Sie wirkte schon jetzt völlig erschöpft und

hatte das Schwerste noch vor sich. Er fragte sie belanglose Dinge, um die unangenehmen Gesprächspausen zu überbrücken. Mehrmals wurde von der Hebamme das Fortschreiten der Geburt überprüft und dann war es endlich so weit, das Köpfchen trat in den Geburtskanal.

Die Dosierung der Schmerzmittel wurde heruntergefahren, so dass Hanna mit den Presswehen arbeiten konnte. Die Hebamme verständigte die Ärztin und dann wurde Hanna in die Gebärposition gebracht. Links neben dem Bett stand Jan, rechts eine Schwesternschülerin und vorn kontrollierte die Hebamme die Abläufe. Hanna presste mit all ihrer Kraft und nur wenige Wehen später wurde das Kind geboren. Staunend betrachtete Jan den winzigen Jungen, der greinend die kleinen Fäustchen schwang. Geübt klemmte die Hebamme die Nabelschnur ab und legte das Neugeborene in Hannas Arme.

Hanna drückte das nackte Bündel zärtlich an ihr Herz und die Freudentränen tropften auf das Kissen. Eine heiße Welle des Glücks durchflutete ihren Körper, sie hatte es geschafft.

„Na, möchte der frischgebackene Vater die Nabelschnur durchtrennen?“, wandte sich die Hebamme an Jan.

Hanna nickte ihm aufmunternd zu und er hatte etwas Mühe, diese zähe Schnur zu teilen. Verzückt blickte er auf Hanna und das Neugeborene und wischte sich verstohlen eine Träne aus dem Augenwinkel.

„Wir wiegen erst einmal den neuen Erdenbürger und kontrollieren seine Reflexe. Später machen wir ein Foto und lassen das junge Glück für einen Moment allein.“

Der kleine Junge protestierte laut, aber es half nichts, er wurde vermessen, gewogen und fotografiert. Nachdem die Hebamme ihm Strampler, Windel und Mützchen angezogen hatte, legte sie ihn zurück in Hannas Arme, die einen ersten

Stillversuch wagte. Verlegen drehte sich Jan zur Seite, während die Hebamme das Zimmer verließ.

Nach einer Weile erklang ein zufriedenes Schmatzen. Der Säugling hatte angedockt und genoss seine erste Mahlzeit. Jan betrachtete das friedliche Bild und war zutiefst gerührt. Neugierig betrachtete er das zarte Neugeborene. Der kleine Junge schien ein Abbild Hannas zu sein, hatte ihre dunklen Haare und ihre Augen geerbt. Enttäuscht stellte er fest, dass es so gar keine Ähnlichkeiten zwischen diesem Kind und ihm gab.

Hanna fing seinen Blick ein. „Ab heute wirst du zahlen müssen, Jan. Jetzt ist ein Vaterschaftstest möglich und ich bitte dich, diesen so schnell wie möglich hinter dich zu bringen." Wie ein Peitschenhieb trafen ihn diese Worte.

„Hanna, wir wissen doch beide, dass ich nicht der Vater sein kann. Warum musst du mich so quälen."

„Gut, wie du meinst, ich mag jetzt nicht streiten. Möchtest du ihn wenigstens einmal halten?"

Er nickte und hob ganz behutsam das kleine Bündel hoch. Noch nie hatte er so ein winziges Menschlein gehalten und wiegte es unbeholfen in seinen Armen. Das Baby verströmte einen intensiven Geruch, und dieser war so betörend, dass er nicht aufhören konnte, an dem kleinen Kerl zu schnuppern. Was sich die Natur doch alles einfallen ließ, um einem ein Kind schmackhaft zu machen, dachte er.

Mit großen Augen blickte ihm der Säugling entgegen. Der Zwerg konnte schließlich nichts dafür, unter welchen Umständen er gezeugt wurde. Zärtlich streichelte er dem Jungen die Wange und war erstaunt, als das kleine Händchen seinen Zeigefinger fest umschloss. Jan konnte nicht umhin, diesen Moment als magisch zu bezeichnen.

Es irritierte ihn, mit welch zwiespältigen Gefühlen er dem Neugeborenen gegenüberstand. Das Kind erschien ihm unglaublich wichtig, obwohl es nicht das seine war. Dieser besondere Augenblick wurde jäh unterbrochen, als die Hebamme wieder das Zimmer betrat.

„Und? Wie soll der neue Erdenbürger heißen?"

„Maximilian."

Diese Antwort versetzte ihm einen Stich. Hatte er wirklich geglaubt, Hanna würde ihn bei der Namenswahl mit einbeziehen? Und warum überhaupt war der Wunsch tief in ihm verwurzelt, diesem Kind einen Namen - seinen Namen - zu geben?

„Ein wirklich schöner Name", bestätigte die Hebamme Hannas Wahl. „Die Apgar-Werte sind bestens, neun von zehn Punkten hat das kleine Kerlchen erreicht. Maximilian ist gesund und munter, Größe und Gewicht sind perfekt. Sie können das Elternglück jetzt in vollen Zügen genießen", gratulierte sie ihnen. Dann wandte sie sich an Jan. „Aber jetzt sollten Mutter und Kind erst einmal zur Ruhe kommen. Morgen zu den Besuchszeiten können Sie Ihre Lieben wiedersehen."

Nur sehr zögerlich löste sich Jan von dem Neugeborenen und legte den Jungen an Hannas Seite. So ein wunderbares zerbrechliches Geschöpf - Jan war noch immer hin und weg. Unschlüssig stand er neben dem Bett und forschte in Hannas Blick.

„Darf ich euch morgen besuchen kommen?", fragte er verhalten.

„Ich weiß es nicht ...", gestand sie ehrlich.

Resigniert ließ er die Schultern hängen. „Wie soll es mit uns weitergehen?"

„Ein Uns gibt es erst nach dem Vaterschaftstest."

„Gönnen Sie der Mutter Ihres Sohnes ein wenig Erholung nach der anstrengenden Geburt", mischte sich die Hebamme ein und schob Jan in Richtung Tür.

Verloren stand er auf dem Gang und verfluchte sich dafür, Hanna während der gesamten Schwangerschaft allein gelassen zu haben. Verdammt, er liebte sie immer noch, und das würde sich auch nicht ändern.

Was sich jedoch geändert hatte, waren die Gefühle zu diesem Kind. Seine ganze Wut, die er all die Monate gespürt hatte, war mit einem Mal verflogen. Tief in ihm regte sich etwas und beinahe liebevoll dachte er an das zarte Geschöpf, das mit verrutschtem Mützchen in Hannas Armen schlief. Am liebsten wäre er umgekehrt, um Hanna und das Neugeborene stundenlang anzuschauen. Von seinen eigenen Gefühlen total überwältigt trat er einsam den Heimweg an.

KAPITEL 2

Leise klopfte es an die Tür des Krankenzimmers und Sarah und Lara traten ein. Auf Zehenspitzen umrundeten sie das Bett und bestaunten das schlafende Neugeborene.

„Das ist mein Bruder?", fragte Lara im Flüsterton.

Hanna nickte.

„Er ist noch viel zu klein, um mit ihm zu spielen", stellte Lara ernüchtert fest.

Sarah lachte. „Bei uns war es genauso. Die beiden Großen waren ziemlich enttäuscht, als sie das winzige Brüderchen zum ersten Mal gesehen haben. Du musst dich in Geduld üben, Lara, er wächst von ganz allein."

„Hm", seufzte Lara und blickte skeptisch auf ihren Bruder hinab.

„Er ist wirklich zuckersüß, der Kleine, und sieht dir unheimlich ähnlich", sagte Sarah.

Hanna nahm das Kompliment ihrer Freundin voller Stolz entgegen. „Danke Sarah, ich freue mich schon wahnsinnig auf das Leben zu dritt. Auf geht's."

Maximilian war gar nicht angetan davon, im Kindersitz

festgeschnallt zu werden, und greinte. Gemeinsam verließen sie das Krankenhaus und steuerten den Parkplatz an. Sarah öffnete die Autotür, befestigte in Sekundenschnelle den Kindersitz und startete den Motor. Schlagartig herrschte Ruhe.

„Gewusst wie", grinste sie siegessicher. „So etwas verlernt man nie. Mit unserem Jüngsten ist Carsten sogar mehrmals um den Häuserblock gefahren."

„Gut zu wissen, was mich erwartet", antwortete Hanna lachend.

Nach einer kurzen Fahrt tauchte das Forsthaus vor ihnen auf.

„Sarah, magst du noch auf einen Tee oder Kaffee bleiben?"

„Danke für dein Angebot, aber ich muss dringend zurück. Sobald Carsten von seiner Dienstreise zurück ist, habe ich wieder Zeit und Muße für einen längeren Besuch."

Die Freundinnen umarmten zum Abschied einander, dann war Hanna mit ihren Kindern wieder allein. Sie versorgte Maximilian, setzte Lara mit einem Kinderbuch auf die Couch und lief in die Küche, um sich einen Tee zu kochen.

Erschöpft ließ sie sich auf den Stuhl fallen und nippte gedankenverloren an der Tasse. Sie hatte eine bewegte Zeit hinter sich und nicht alles war so verlaufen, wie sie es sich gewünscht hätte. Ihre Ängste waren geblieben, besonders nachdem Jan sich von ihr getrennt hatte. Angefangen hatte alles mit einem hartnäckigen Unwohlsein - sie kränkelte, fühlte sich schlapp und das Essen wollte nicht so recht schmecken. Blass und müde hatte sie sich durch den Tag gekämpft und die immer wärmer werdenden Sonnenstrahlen herbeigesehnt.

Jan war zu dieser Zeit voller Sorge gewesen. Er hatte eine psychische Erkrankung vermutet und Hanna dazu überredet, eine Therapeutin aufzusuchen. Leider waren die Sitzungen erfolglos geblieben. Hannas seelischer Zustand war kaum besorgniserregend erschienen, ihr körperlicher hingegen schon. Blass und zerbrechlich hatte sie jeden Abend vor ihm gestanden, wenn er von der Arbeit nach Hause gekommen war. Er hatte sie zum Arzt begleitet, aber auch dieser hatte keinerlei Anzeichen für eine ernsthafte Erkrankung feststellen können. Sämtliche Blutwerte befanden sich im grünen Bereich, doch ihr Gesundheitszustand war weiterhin besorgniserregend. Der Anfang vom Ende.

Sieben Monate zuvor ...

Jan hatte auch heute wieder nach der Arbeit den Haushalt geschmissen, was Hannas schlechtes Gewissen keineswegs minderte. So wie jeden Abend ließ sie sich total erschöpft neben ihm ins Bett fallen und schmiegte sich an ihn. Sie teilten sich zwar ein Bett, aber Hanna fühlte sich viel zu schwach, um seinen Avancen nachzugeben. Sie spürte seine keimende Ungeduld, aber er bedrängte sie nicht. Dennoch fiel es ihm zunehmend schwerer, sich zurückzuhalten. Wieder konnte er seine Liebe zu ihr nicht ausleben.

„Tut mir leid, dass ich mich so erschöpft fühle“, hauchte sie und zeichnete mit ihrem Finger die Konturen seines Gesichtes nach.

„Mach dir nicht so viele Gedanken“, antwortete er. „Du hast eine schlimme Zeit hinter dir, vielleicht sind das die Nachwirkungen.“

„Aber bis vor Kurzem ging es mir doch ausgesprochen gut. Ich verstehe das einfach nicht.“

„Vielleicht müssen wir etwas mehr Geduld aufbringen."

Hanna presste die Lippen fest aufeinander, um ja nichts Falsches zu sagen. Sie strengte sich an, wo es nur ging, kaschierte die blassen Wangen und die Augenringe mit einer dicken Schicht Make-up, gab sich bewusst fröhlich und gut gelaunt. Doch innerlich sah es ganz anders aus und sie hoffte nur, nicht so verkrampft zu wirken.

„Wir sollten jetzt schlafen. Gute Nacht, Hanna", sagte Jan und drehte sich auf die andere Seite.

„Gute Nacht, Jan."

Auch Hanna hatte mit ihrer Müdigkeit zu kämpfen und gab letztlich diesem Gefühl nach. Innerhalb weniger Sekunden war sie eingeschlafen.

Hanna hatte sich für den heutigen Tag einiges vorgenommen. Sie wollte endlich wieder durchstarten und fuhr nach Hannover, um einige Besorgungen zu erledigen. Nachdem sie den Wagen im Parkhaus abgestellt hatte, ging sie zu Fuß in die Innenstadt. Schon nach den ersten Metern, die sie zurückgelegt hatte, spürte sie ein unerklärliches Schwindelgefühl. Sie konnte sich gerade noch an einer Hauswand abstützen, bevor sie zu Boden ging.

„Ist Ihnen nicht gut?", fragte ein junger Mann besorgt und half ihr wieder auf die Beine.

„Es geht schon", wehrte sie ab.

„Sind Sie sicher?" Er musterte sie skeptisch.

Hanna versuchte aufrecht zu stehen, doch ihre Beine knickten immer wieder ein.

„Ich rufe jetzt einen Krankenwagen", sagte der Mann entschieden und gab die Nummer ein.

Innerhalb weniger Minuten hielt der Rettungswagen neben ihnen. Die Sanitäter schnallten Hanna auf der Trage fest und fuhren ins nächstgelegene Krankenhaus, wo sie gründlich auf den Kopf gestellt wurde. Anschließend wurde sie auf das Zimmer gebracht. Nur wenig später stand die Ärztin mit den Untersuchungsergebnissen neben ihrem Bett.

„Mit Ihnen ist alles in bester Ordnung, Sie brauchen sich keine Sorgen zu machen", sagte sie und lächelte milde.

„Das höre ich schon seit Wochen und mein Zustand scheint sich dennoch zu verschlimmern", erwiderte Hanna frustriert.

„Ach ja?" Verwundert blickte die Ärztin von ihren Unterlagen auf. „Sie sind nicht ernsthaft erkrankt und ich wollte Ihnen gerade mitteilen, dass Ihr HCG-Wert erhöht ist und wir nachher das Ultraschallgerät einsetzen, um ganz sicher zu sein."

„Ich verstehe nicht ganz?"

Irritiert erwiderte sie den Blick der Ärztin. HCG, was war das noch einmal für ein Wert? Das Kürzel kam ihr bekannt vor, aber sie konnte es nicht so recht einordnen.

„Frau Jahnke, ich möchte Ihnen schonend beibringen, dass Sie schwanger sind."

„Wie bitte? Schwanger?" Hanna glaubte, jeden Moment zu hyperventilieren. Sie rang verzweifelt nach Luft und spürte ein unangenehmes Kribbeln im Bauch. „Das ist ein Ding der Unmöglichkeit, mein Lebensgefährte kann keine Kinder zeugen." Betroffen schlug sie die Hände vor das Gesicht.

„Jede Frau reagiert anders, wenn wir Ihnen von der Schwangerschaft berichten. Deshalb versuchen wir auch so schonend wie möglich, die Patientinnen darauf vorzubereiten."

„Aber das kann nicht sein, wir haben kaum miteinander geschlafen", brach es aus ihr heraus.

„Bitte beruhigen Sie sich. Wir führen jetzt eine Ultraschalluntersuchung durch und danach sehen wir weiter. Es kann sich auch um eine sogenannte Scheinschwangerschaft handeln, alles ist möglich. Wir sollten uns auf alle Fälle Klarheit verschaffen."

Folgsam hatte Hanna die Untersuchungen im Anschluss über sich ergehen lassen.

„Sie sind schon recht weit mit der Schwangerschaft fortgeschritten und haben das erste Drittel bereits hinter sich", erklärte die Ärztin, während Hanna fassungslos auf den Monitor starrte.

„Das kleine Kerlchen ist wohl noch ein wenig kamerascheu", kommentierte die Ärztin, „aber jetzt haben wir ihn. Schauen Sie nur, wie lebhaft er sich bewegt."

Das war ein winziges Herz, das unglaublich schnell schlug, während der kleine Winzling beinahe fröhlich auf und ab hüpfte.

„Wie ein kleines Fröschlein", murmelte Hanna ergriffen und eine Freudenträne verirrte sich auf ihre Wange.

„Ich vermesse jetzt den Embryo, bitte einen Moment lang nicht bewegen ... Prima, alles im grünen Bereich. Ich hoffe, ich kann Ihnen jetzt gratulieren?" Fragend neigte die junge Ärztin ihren Kopf.

„Ja. Aber wie ist das nur möglich?"

„Manchmal gibt es keine Erklärung dafür. Vielleicht sind Sie schlichtweg die richtige Partnerin für Ihren Mann. Bei kinderlosen Paaren kommt es sehr häufig vor, dass die Partnerin ausgerechnet dann schwanger wird, sobald sie den gemeinsamen Kinderwunsch begraben haben. Sagen wir es mit einfachen Worten: Wenn Ihnen das Kind willkommen ist, dann nehmen Sie das kleine Wunder an."

Hanna wollte aufstehen, aber ihre Beine gaben wieder nach.

„Kein Problem, wir bringen Sie mit dem Rollstuhl auf das Zimmer. Das war wohl doch etwas zu viel Aufregung für Sie." Verständnisvoll legte die Ärztin ihre Hand auf Hannas

Schulter, bevor sie sich verabschiedete und ihr das Ultraschallbild in die Hand drückte. „Alles Gute für Sie und das Kleine."

Nachdem Hanna auf das Zimmer gebracht worden war, griff sie zum Telefon. Ihr graute davor, Jan die Schwangerschaft zu beichten, und sie fragte sich, wie Lara wohl auf diese überraschenden Neuigkeiten reagieren würde. Erneut wurde ihr übel und sie trat auf die Terrasse hinaus. Die kühle Luft tat ihr gut und sie tippte entschlossen Jans Nummer ein. Noch bevor sie sich ein paar Sätze zurechtlegen konnte, erklang seine Stimme.

„Hallo mein Schatz, wie geht es dir?"

„Alles prima", log sie. „Ich habe eine Bitte an dich. Ich bin momentan im Krankenhaus und würde mich freuen, wenn du ohne Lara kommen könntest."

„Um Himmels willen, was ist passiert?" Jan klang überaus besorgt.

„Es gibt keinen Anlass zur Sorge. Allerdings muss ich dir etwas Wichtiges mitteilen und es wäre schön, wenn du Sarah bitten könntest, in der Zwischenzeit auf Lara aufzupassen."

„Kannst du mir nicht am Telefon sagen, was los ist? Ich komme um vor Sorge."

„Hab ein wenig Geduld, ich kann es dir nur unter vier Augen sagen", bat sie sanft.

„Warum musst du mich so auf die Folter spannen?"

Sie hörte ihn am anderen Ende der Leitung atmen.

„Jan, bitte mach es mir doch nicht so schwer."

„Gut, wie du meinst. Ich werde mich beeilen." Jan fügte sich seinem Schicksal und legte auf.

Anschließend wählte Hanna Sarahs Nummer, die Freundin nahm das Gespräch sofort an.

„Ich bin gerade im Krankenhaus und warte auf Jan. Macht es dir etwas aus, dich derweil um Lara zu kümmern?"

„Nein, absolut nicht. Nun sag schon, ist etwas passiert?"

„Die Ärzte haben endlich herausgefunden, warum es mir in letzter Zeit so schlecht ging. Ich bin schwanger! Ist das denn zu fassen?“ Die Stille am anderen Ende der Leitung machte sie betroffen. „Sarah? Bist du noch da?“

Die Freundin räusperte sich. „Bist du dir ganz sicher?“

„Aber ja“, antwortete Hanna verunsichert. „Ich habe das Ultraschallbild in meiner Tasche und bin komplett aus dem Häuschen.“

„Und? Ist es wirklich von Jan?“

Hanna schnappte hörbar nach Luft.

„Willst du mir etwa unterstellen, das Kind sei nicht von ihm? Hatten wir das alles nicht schon einmal? Dieses Misstrauen, diese Verdächtigungen?“

„Bitte beruhige dich, ich glaube dir ja. Es ist nur so ... überraschend.“

Eine richtige Freude über das Kind wollte sich auf keiner der Seiten einstellen. Hanna hatte es einen Stich versetzt, dass die Freundin ihr misstraute, nach all dem, was sie gemeinsam durchgestanden hatten. Ja, sie hatte damals ihren Ehemann betrogen, aber diesen Fehler würde sie kein zweites Mal wiederholen. Warum konnte das denn niemand verstehen? Dieses Kapitel in ihrem Leben würde sie am liebsten auslöschen.

Frustriert beendete Hanna das Gespräch. Würde Jans Reaktion genauso unterkühlt ausfallen wie die ihrer besten Freundin? Insgeheim hoffte sie auf einen Freudentaumel, denn sein größter Lebenswunsch würde sich mit ihr und dem gemeinsamen Baby erfüllen. Fröstelnd ging sie ins Zimmer zurück und setzte sich auf das Bett. Nervös blickte sie auf die Uhr und wartete darauf, dass sich endlich die Zimmertür öffnete.

Dann war es so weit. Sie hakte sich bei Jan unter, als sie durch den Park spazierten.

„Also Hanna, was ist los? Du hast mir einen ordentlichen Schrecken eingejagt."

Zärtlich hauchte er ihr einen Kuss auf die Wange. Ihre Wangen glühten, als sie stehenblieb und ihn anschaute.

„Was ich dir sagen will, ist ...", sie rang verzweifelt nach den richtigen Worten. „Ich ... ich bin schwanger!"

Endlich war es heraus, zwar unbeholfen und plump, aber die Worte waren gesagt. Erleichtert suchte sie seinen Blick. Was sie dort entdeckte, gefiel ihr ganz und gar nicht. Seine Gesichtszüge entgleisten und das liebevolle Lächeln erstarb auf seinen Lippen. Eine steile Zornesfalte bildete sich auf der Stirn und seine Augen funkelten.

„Sag das bitte noch einmal?"

Hanna schluckte, ihre Kehle war wie ausgedörrt. Mühsam wiederholte sie die Worte.

„Ich bin schwanger, ich erwarte ein Kind von dir."

„Sicher?"

Er sog geräuschvoll die Luft durch die Nase und atmete aus. Seine Hände begannen zu zittern und er ballte sie zu Fäusten.

„Ich frage dich noch einmal, Hanna. Bist du dir sicher?"

Langsam dämmerte ihr, worauf Jan hinauswollte.

„Du glaubst doch nicht allen Ernstes, dass ich dich betrogen habe?"

„Hanna, ich weiß nicht mehr, was ich denken soll. Ich kann nun einmal keine Kinder zeugen. Aber dass du versuchst, es mir auf diese Art und Weise unterzujubeln, das hätte ich nie von dir gedacht. Sei bitte einmal ehrlich zu mir, wer ist der Vater?"

„Das darf doch wohl nicht wahr sein! Denkst du allen Ernstes, dass ich fremdgegangen bin?"

„Nach was sieht es denn aus?", presste er die Worte mühsam hervor.

„Verschwinde!“, schrie Hanna. „Verschwinde aus meinem Leben!“

„Weißt du eigentlich, was mich am meisten ärgert? Dass meine Mutter am Ende Recht behalten hat. Man kann dir nicht vertrauen.“

„Dann geh doch, geh zu deiner Mutter zurück. Packe deine Sachen und lass dich nie wieder bei mir blicken. Ich bekomme das Kind auch ohne dich groß.“

„Hast du nur mit mir geschlafen, weil du ein Alibi brauchtest? Eine Frau muss doch merken, ob sie schwanger ist. Wie lange wollest du es noch vor mir verheimlichen? Hast du deshalb nie freiwillig einen Arzt aufgesucht?“

„Geh endlich ...“, fauchte sie und kämpfte mit den Tränen.

Wortlos drehte er sich um und verschwand hinter einer Gruppe von Bäumen. Mit letzter Kraft raffte sich Hanna auf und wankte zurück.

Noch am selben Tag hatte er sie verlassen und war ohne ein Wort des Abschieds gegangen. Das hatte sie schwer getroffen.

KAPITEL 3

Hanna war inzwischen aus dem Krankenhaus entlassen worden und die erste Woche mit einem Neugeborenen im Forsthaus hatte es in sich. Nachts quälte sie sich fast stündlich aus dem Bett, sobald Maximilian nach seiner Stillmahlzeit verlangte. Lara beschwerte sich oft über die Lautstärke, mit der ihr Brüderchen auf sich aufmerksam machte, und war froh über das eigene Zimmer, in welches sie sich zurückziehen konnte.

Noch immer spürte Hanna die Anstrengungen der Geburt, ihr Körper brauchte seine Zeit, um sich zu regenerieren, und immer wieder ertappte sie sich dabei, dass sie sich Jan an ihrer Seite wünschte. Oft überkam sie eine grenzenlose Erschöpfung und sie wäre dankbar gewesen, Maximilian für ein oder zwei Stunden einfach abgeben zu können. Sarah hatte mit ihrer eigenen Familie genug um die Ohren und der koffeinhaltige Kaffee, der sie normalerweise wachhielt, war tabu, solange sie stillte.

Jan hatte sich zwar hin und wieder gemeldet, aber so konnte es keinesfalls weitergehen. Die Windeln für Maximilian verschlangen Unsummen und sie war auf finanzielle

Unterstützung angewiesen. Heute nun hatte sie ihn ins Forsthaus bestellt und er schien zu ahnen, was sie von ihm wollte. Nur sehr widerstrebend hatte er dem Treffen zugestimmt.

Sie sah dem Gespräch mit gemischten Gefühlen entgegen, denn sie beschlich das merkwürdige Gefühl, dass Jan kneifen wollte. Aber warum? Es käme ihm doch sicher entgegen, wenn er beweisen konnte, dass er nicht der Vater war. Natürlich würde sie im Nachhinein auftrumpfen, sobald sie das Schriftstück in den Händen hielt, und sie hatte sich geschworen, diesen Triumph bis zur Neige auszukosten.

Kurz darauf war es so weit, Jans Jeep rollte auf den Hof. Zögerlich stieg er aus. Für Maximilian hatte er einen hellblauen Plüschteddy dabei, den er nervös zwischen seinen Händen drehte. Er sträubte sich also noch immer. Mit gestrafften Schultern öffnete sie ihm die Tür.

„Hallo Jan."

„Hallo Hanna." Mit einer fahrigen Geste reichte er ihr den Teddybären. „Hier, für Maximilian."

„Danke." Sie legte den Bären achtlos auf die Flurgarderobe. „Komm rein. Möchtest du einen Kaffee?"

„Nein danke."

Er folgte ihr ins Wohnzimmer und Hanna sah ihm deutlich an, wie unwohl er sich fühlte.

„Es geht um den Vaterschaftstest, nehme ich an."

„Ja, wir sollten es endlich hinter uns bringen. Ich habe mich für den sogenannten Express-Service entschieden. Die Proben werden vom Labor bevorzugt und schneller bearbeitet."

Sie reichte ihm ein Stäbchen und mit zitternden Händen entnahm er eine Speichelprobe.

„Du bringst die Proben anschließend zur Post", schlug sie vor. „Dann bist du auf der sicheren Seite."

Nachdem sie das Prozedere hinter sich gebracht hatten, betrachtete Jan Maximilian.

„Kaum zu glauben, wie er gewachsen ist."

„Möchtest du ihn einmal halten?"

„Gern."

Etwas unbeholfen trug Jan das Neugeborene durch das Wohnzimmer. Große blaue Augen musterten ihn aufmerksam. Voller Stolz berichtete Lara, dass Maximilian bereits nach ihrer Hand gegriffen und sie mehrmals angelächelt hatte. „Aber seine Windeln stinken schrecklich", fügte sie hinzu und zog dabei eine Grimasse.

Jan hörte ihr zu und bedauerte zutiefst, dass der Vaterschaftstest nun jeden Grund für einen weiteren Besuch zunichtemachen würde. Heute würde er wohl zum letzten Mal mit Lara plaudern und diesen hübschen kleinen Jungen in seinen Armen halten.

Nebenbei fiel ihm die Erschöpfung auf, die Hannas Gesicht zeichnete, und er empfand Mitleid. Seit dieses eigentlich für ihn fremde Kind geboren wurde fühlte er sich ihr so stark verbunden, wie nie zuvor. Was soll's, durch ihren Ausrutscher hätte er wenigstens ein Kind aufwachsen sehen und an einer kompletten Vaterschaft teilhaben können. Warum hatte er sich in seiner verletzten Eitelkeit nur abgewandt? Wer wusste schon, ob sich ihm jemals wieder so eine Chance bot?

Behutsam legte er Maximilian zurück in den Stubenwagen. Der Junge war in seinen Armen wie ein kleines Engelchen eingeschlummert.

Die Verabschiedung fiel ziemlich unterkühlt aus. Auf dem kurzen Weg zum Jeep griff er ständig an seine Jackentasche, um zu fühlen, ob die Proben noch da waren. Er fuhr auf dem schnellsten Wege zum Labor, um das gepolsterte Kuvert persönlich abzugeben. Jetzt lag das Schicksal nicht mehr in seinen Händen.

~

Am Tag der Entscheidung zeigte sich der Himmel trist und wolkenverhangen, Jan hielt das für ein schlechtes Omen. Ab heute wäre alles vorbei - endgültig und unwiderruflich.

Schon am frühen Morgen war der Bote gekommen und hatte ihm den Brief persönlich ausgehändigt. Versonnen drehte er das Kuvert zwischen seinen Händen. Niemals hätte er gedacht, dass das Leben mit so vielen Hürden auf ihn warten würde. Zweifel stiegen in ihm auf. Was, wenn er sich insgeheim doch Hoffnungen gemacht hatte? Und wie sollte er mit der Niederlage umgehen, wenn das Ergebnis schwarz auf weiß feststand, dass er nicht der leibliche Vater war? Dieser Test würde seine heimlichen Hoffnungen zunichtemachen, wieder ein Teil dieser Familie zu sein.

Jan hörte seine Mutter im Hintergrund rumoren. „Ich fahre jetzt", rief er ihr zu und zog sich die Jacke über. Sie kam zu ihm in den Flur und richtete den Kragen seines Hemdes.

„Lass dich bloß nicht wieder um den Finger wickeln und dir ein fremdes Kind unterschieben", warnte sie.

„Ach was, so schlimm wird es schon nicht werden."

Er schob seine Mutter sanft zur Seite und verließ das Haus. Der Berufsverkehr auf den Straßen bremste ihn aus, immer musste er wieder das Tempo drosseln. Aber er hatte es sowieso nicht eilig und wenn es nach ihm ginge, würde er den Brief ungelesen zerreißen und Hanna um einen Neuanfang bitten.

Dann stand er vor der Tür und drückte auf die Klingel.

„Tja, da wäre ich", sagte er und drückte Hanna das Kuvert in die Hand.

Sie machte einen Schritt zur Seite, damit er eintreten konnte.

„Lara ist bei einer Freundin und Maximilian schläft, wir können also in Ruhe darüber reden." Sie ließ sich in den

Sessel fallen und öffnete das Kuvert. „Die Stunde der Wahrheit ist gekommen." Langsam faltete sie das Blatt Papier auseinander und nachdem sie den Inhalt durchgelesen hatte, reichte sie das Schriftstück an ihn weiter.

Seine Hände zitterten und die Buchstaben tanzten vor seinen Augen. Dann warf er einen flüchtigen Blick auf die Zahlen - die Vaterschaft war zu neunundneunzig Prozent bestätigt worden. Wieder und wieder starrte er auf diese Zeile und wirkte völlig ratlos.

„Ich brauche noch eine Kopie für das Jugendamt", sagte sie triumphierend.

Jan antwortete nicht. Weitere Minuten verstrichen, bis er sich endlich dazu aufraffen konnte, überhaupt einen Ton von sich zu geben. „Hier steht, dass ich der Vater bin, nicht wahr?"

„Was hattest du erwartet?", erwiderte sie kühl.

Wie ein Häufchen Elend sank er in sich zusammen, als er sich der gesamten Tragweite seines Handelns bewusst wurde. Er hatte sie zutiefst verletzt und die schönsten Momente einer Schwangerschaft verpasst.

„Ich habe mich wie ein richtiges Charakterschwein verhalten", flüsterte er voller Scham.

„Ach, sag bloß ..."

„Hanna, wenn ich das Rad der Zeit noch einmal zurückdrehen könnte ..."

„Kannst du aber nicht", unterbrach sie ihn.

Wie sehr hatte sie diesen Moment herbeigesehnt. Trotzdem blockte sie ihre Gefühle ab und bezweifelte ernsthaft, Jan jemals vergeben zu können. Wie ein bösartiges Geschwür wucherte der Zorn, von ihm verlassen worden zu sein.

„Bitte, du musst mir glauben, ich habe immerzu an dich und das Kind gedacht. Ihr wart mir nie egal", rechtfertigte er sich.

„Oh ja, das habe ich gemerkt. Kein einziger Anruf, kein einziges Wort. Ich denke, es ist besser, wenn du jetzt gehst."

Jan erhob sich schwerfällig. Noch immer stand ihm die Fassungslosigkeit ins Gesicht geschrieben. Zärtlich strich er über die rosige Wange seines Sohnes, der im Stubenwagen schlief, dann ging er mit gesenktem Kopf zur Tür.

„Passt auf euch auf", sagte er und lief zu seinem Wagen.

Jan erschien überpünktlich an seinem ersten offiziellen Besuchstermin im Forsthaus. Gern hätte er Blumen mitgebracht oder eine Kleinigkeit für Maximilian, aber er traute sich nicht. Also hatte er die Finger davongelassen und hoffte, einen wunderschönen Nachmittag mit seinem Sohn verbringen zu können. Alle Formalitäten waren erledigt, es stand nichts mehr zwischen ihnen - er hatte die Vaterschaft anerkannt.

„Tut mir leid, Jan. Aber wie du siehst, schläft Max gerade. Nachts weckt er mich jede Stunde und tagsüber schläft er dann drei Stunden am Stück."

„Macht nichts, dann bleibe ich einfach neben ihm sitzen und schaue ihm beim Schlafen zu."

Liebevoll betrachtete er Maximilian und fühlte sich verzaubert. Sein Sohn zuckte im Schlaf mit den winzigen Fäustchen, verzog eine Grimasse und lächelte sogar zweimal.

„Kaum zu glauben, wie niedlich er ist", sagte Jan. „Schade, ich hätte ihn gern auf dem Arm gehalten."

Lara, die am Schreibtisch ein Bild malte, blickte auf. „Kannst du nicht mit mir etwas spielen?"

Vorsichtig schielte er zu Hanna, die am Türrahmen lehnte. Sie sah völlig übermüdet aus. Dunkle Augenringe, ungewaschenes Haar, blasser Teint, ausgebeulte Jogginghosen und ein fleckiges Shirt. Sein schlechtes Gewissen meldete sich augenblicklich zu Wort. Warum hatte er diese Frau nur allein gelassen? Konnte sein Ego nicht verkraften, wozu er tatsächlich in der Lage gewesen war? Sie hatte ihn ja nicht einmal betrogen, es war *sein* Kind.

Er kratzte das bisschen Mut zusammen und machte ihr ein Angebot.

„Hanna, ich schlage dir Folgendes vor: Du gehst jetzt nach oben und ruhst dich aus. Ich werde mich in der Zwischenzeit um Lara und um Maximilian kümmern. Wenn wir wirklich nicht mehr weiterwissen, dann wird Lara dich wecken. Einverstanden?"

Hanna zögerte. Sollte sie dieses verführerische Angebot einfach so ausschlagen, nur weil sie noch immer wütend auf ihn war? Sie schlief ja schon beinahe im Stehen ein.

„Okay, ich nehme dein Angebot an".

Nach einer ausgiebigen Dusche ging sie nach oben und ließ sich aufs Bett fallen. Sie schaffte es gerade noch, die Bettdecke bis zum Kinn zu ziehen, dann war sie auch schon eingeschlafen.

Der sogenannte Ammenschlaf ließ Hanna auffahren. Es dauerte einige Sekunden, bis sie die Situation erfasst hatte, und lauschte den gedämpften Stimmen. Lara und Jan waren damit beschäftigt, Maximilian zu beruhigen. Ein Blick auf die Uhr bestätigte, was sie bereits ahnte - Maximilians nächste Mahlzeit war längst überfällig. Sie hatte mehr als zwei Stunden tief und fest geschlafen. Hastig stieg sie die Stufen hinunter und übernahm den lautstark protestierenden Maximilian. Mit gierigen Zügen leerte er sein Fläschchen und ließ sich anschließend zufrieden wickeln.

Jan blieb noch eine Weile und nahm Hanna den Spaziergang mit Ophelia ab. Während er mit der Hündin am Waldrand entlanglief, kreisten seine Gedanken. Im Badezimmer war er über einen Berg Schmutzwäsche gestolpert und im Kühlschrank herrschte gähnende Leere. Allmählich dämmerte ihm, dass Hanna am Limit lebte, und er beschloss kurzerhand, mehr Verantwortung zu übernehmen.

Er machte auf dem Absatz kehrt und bemerkte dabei die dunkel gekleidete Gestalt, die hastig zwischen den Bäumen verschwand. Sein Puls raste und er hatte das Gefühl, ein Déjà-vu zu erleben. Unweigerlich musste er an seinen Sohn denken, und beschleunigte seine Schritte. Es wurde Zeit, dass er Nägel mit Köpfen machte.

Voller Elan öffnete er die Eingangstür, hängte die Hundeleine an die Garderobe und setzte sich zu Hanna an den Küchentisch. Er fasste all seinen Mut zusammen und griff nach ihrer Hand.

„Hanna, wir müssen reden“, sagte er mit fester Stimme.

„Worüber denn? Ich bin heut wirklich nicht in Stimmung.“

„Ich sehe doch, wie erschöpft du bist, und ich wollte dir den Vorschlag machen, wieder bei euch einzuziehen.“ So, jetzt war es raus.

„Ich muss mich gerade verhört haben.“ Ihr Blick verfinsterte sich.

„Ich weiß, dass ich dich damit regelrecht überfalle, aber ich kann euch unmöglich allein lassen.“

„Und woher kommt dein plötzlicher Sinneswandel?“

Jan schluckte, er konnte Hanna unmöglich die Wahrheit sagen. Da war diese diffuse Angst in seinem Inneren, die ihn zu diesem Vorschlag veranlasst hatte. Außerdem wollte er sein schreckliches Versäumnis wiedergutmachen.

„Du musst deine Erschöpfung nicht vor mir verbergen. Zwei Kinder, Haus, Hof und Hund verlangen dir sicher einiges ab.“

„Aha. Du denkst also, dass ich überfordert bin?“

„Das wollte ich damit nicht sagen. Ich möchte für euch da sein, euch beschützen ...“

„Mama, ich würde mich freuen, wenn Jan wieder hier bei uns wohnt“, mischte sich unvermittelt Lara ein.

„Du hast mich ziemlich überrumpelt und ich erbitte mir ein paar Tage Bedenkzeit.“

Hanna war noch immer tief verletzt und es würde seine Zeit brauchen, bis sie Jan vergeben könnte, wenn überhaupt. Aber Maximilian brauchte seinen Vater und auch für Lara wäre ein intaktes Familienleben das Beste.

„Danke Hanna, dass du darüber nachdenkst. Gib mir Bescheid, wenn du dich entschieden hast.“

Er verabschiedete sich und lief zu seinem Jeep. Immer wieder schaute er sich suchend um und fuhr mit einem unguten Gefühl vom Hof.

~

Jan war tatsächlich wieder im Forsthaus eingezogen, und zwar nur einen Tag später, nachdem Hanna ihre Zustimmung gegeben hatte. Anfangs war es für Hanna nicht leicht gewesen, aber inzwischen gestaltete sich das Miteinander weniger frostig.

Nach einem anstrengenden, aber auch sehr erfolgreichen Tag kehrte sie nach Hause zurück. Sie parkte den Wagen neben der Veranda und stieg aus. Jan hatte sich viel Mühe gegeben, das sah sie auf den ersten Blick. Der Kies in der Hofeinfahrt war sogar sorgsam geharkt und der Rasen gemäht. Alles wirkte heimelig und gepflegt. Zufrieden schloss Hanna die Haustür auf und wurde überschwänglich von den Hunden begrüßt.

„Schluss jetzt!“, sagte sie lachend. „Himmel, ich war doch nur wenige Stunden fort.“

„Nun sag schon, wie ist es gelaufen?“

Jan sah sie erwartungsvoll an, während Hanna übers ganze Gesicht strahlte.

„Ich habe den Vertrag tatsächlich unterschrieben."

„Ich gratuliere dir", sagte er und umarmte sie stürmisch. Er konnte sofort spüren, wie sie sich augenblicklich versteifte. „Tut mir leid, meine Pferde sind wohl mit mir durchgegangen."

„Ist schon in Ordnung", erwiderte sie und zupfte ihre Bluse wieder in Form.

„Hier Mama, ich habe extra eine Karte für dich gemalt", sagte Lara stolz.

„Danke, mein Schatz."

Hanna beugte sich zu ihr hinunter und küsste sie auf die Stirn. Jan stand lächelnd daneben und räusperte sich.

„Ich habe zur Feier des Tages eigenhändig einen Kuchen gekauft. Möchtest du?" Fragend musterte er sie. „Und den Kaffee gibt's gratis dazu."

„Zu diesem Angebot kann man schlecht Nein sagen."

Sie lächelte verhalten und folgte ihm in die Küche. Der Tisch war liebevoll gedeckt und ein Strauß Blumen stand in der Mitte. Ja, sie konnte es nicht leugnen, es war ein wunderbares Gefühl, auf diese Weise empfangen zu werden.

„Schläft Maximilian noch?", fragte sie.

„Ja, tief und fest. Er ist erst vor ein paar Minuten eingeschlafen. Und nun erzähl, was haben sie gesagt?"

„Das Buch soll im Sommer erscheinen und bis auf ein paar kleine Änderungen wäre es druckreif. Ich habe sogar einen Vorschuss zugesagt bekommen."

„Na, das ist doch fantastisch."

Jan schien sich aufrichtig zu freuen, während sie der Veröffentlichung mit gemischten Gefühlen entgegensah. Sie hatte sich das Erlebte von der Seele geschrieben und bereits das erste Verlagshaus hatte bei ihrem Angebot zugegriffen.

„Hallo? Jemand da?" Jan suchte ihren Blick.

„Entschuldige, ich war nur in Gedanken."

„Kein Problem. Ich ahne, dass es nicht leicht für dich ist. Aber dieses Buch kann auch eine Art Therapie für dich sein."

„Stimmt. Genau aus diesem Grund habe ich damals angefangen, all meine Gedanken zu notieren."

„Vielleicht ist die Schriftstellerei ja genau dein Ding."

„Ich möchte nicht zu euphorisch an die Sache herangehen, aber der Gedanke hat was."

Jan räusperte sich. „Ich habe noch ein Attentat auf dich vor", sagte er und ein entschuldigendes Lächeln huschte über sein Gesicht.

„Ach ja?" Hanna sah ihn fragend an. „Worum geht es?"

Er hüstelte. „Meine Mutter hat uns zum Abendessen eingeladen."

„Was? Ausgerechnet heute?"

„Tut mir leid, die Einladung steht schon seit ein paar Tagen. Ich habe mich einfach nicht getraut, es dir zu sagen. Sie möchte Maximilian so gern kennenlernen."

Hanna stöhnte leise. „Perfektes Timing."

„Du sagst es." Seine Augen sahen sie flehend an und es fiel ihr schwer, Nein zu sagen.

„Aber wir haben gar kein Gastgeschenk", fiel ihr ein.

„Kein Problem, ich besorge unterwegs einen Strauß Blumen."

„Na dann, auf in den Kampf."

Es herrschte Aufbruchsstimmung im Forsthaus. Hanna putzte die Kinder heraus, während Jan eine letzte Runde mit den Hunden drehte. Nachdem sich alle in Schale geworfen hatten, liefen sie zum Jeep. Plötzlich stoppte Hanna ihre Schritte und schaute zum Waldrand. Jan, der gerade den Kindersitz von Maximilian festzurrte, sah sie an.

„Was ist?", fragte er.

„Ich habe einen Kamerablitz gesehen."

„Bist du dir sicher?"

Sie nickte und Jan drückte ihr den Autoschlüssel in die Hand.

„Bleibt im Wagen, ich schaue mich nur kurz um", sagte er und machte auf dem Absatz kehrt.

Hanna wollte ihn zurückhalten, brachte aber keinen Ton heraus. Ihr Herz klopfte wie nach einem Marathon und die Angst schnürte ihr die Kehle zu. Lara riss sie aus ihrer Starre.

„Mami, wir sollen doch im Wagen warten."

„Stimmt, mein Mäuschen."

Sie ließ Lara auf den Rücksitz klettern und blieb unschlüssig vor der Beifahrertür stehen.

„Mami?"

„Ist ja schon gut, ich komme."

Hanna verriegelte die Autotür von innen und rutschte umständlich auf den Fahrersitz. Dann steckte sie den Schlüssel ins Zündschloss. Sobald sie etwas Verdächtiges hören oder sehen würde, wäre sie zur Flucht bereit. Ihre Gedanken schossen kreuz und quer, denn sie befürchtete schon seit Längerem, dass Alexander zurückgekommen war, um seine Tochter zu holen.

Genau in diesem Augenblick trat Jan aus dem Wald heraus und winkte ihr zu.

„Ich habe nichts Verdächtiges bemerkt", sagte er und stieg in den Jeep, nachdem Hanna auf den Beifahrersitz gewechselt war.

„Diese Angst ist so tief in mir verwurzelt, ich kann einfach nicht anders", flüsterte sie.

„Wenn ich ehrlich bin, dann geht es mir nicht anders", antwortete er leise, startete den Motor und trat aufs Gaspedal.

Abwesend starrte sie auf die vorüberziehende Landschaft. Sie war sich sicher gewesen, einen Kamerablitz gesehen zu haben. Solange sich Alexander auf freiem Fuß befand, würde keine Ruhe einkehren.

Die Fahrt währte nur kurz. Jan hielt vor einem weiß getünchten Haus, welches in den sechziger Jahren erbaut worden war und am Ende einer Sackgasse stand. Ein dunkelbrauner Jägerzaun umsäumte das Grundstück und alles wirkte sehr geordnet und aufgeräumt.

„Ja dann ...", seufzte Hanna und öffnete das Gartentor.

Jans Mutter stand bereits in der Tür und trocknete sich die feuchten Hände eifrig an ihrer bunten Schürze ab.

„Da seid ihr ja endlich. Ich dachte schon, ihr wollt kneifen."

„Ach Mutter, warum sollten wir?"

Im Vorbeigehen gab er ihr einen Kuss auf die Wange, während sie ihn mit strengem Blick musterte.

„Müde siehst du aus, Junge."

„Lass uns doch erst einmal eintreten", wehrte er ab.

Na, das konnte ja noch heiter werden, dachte Hanna und folgte Jan ins Haus. Er bemerkte, dass sie sich unwohl fühlte, als sie auf dem bunt geblümten Sofa Platz genommen hatten.

„Alles nur halb so schlimm", raunte er ihr zu. „Sie wird dich bestimmt nicht mit Haut und Haaren verschlingen."

„Du musst es ja wissen", antwortete sie im Flüsterton.

„Ich muss wieder in die Küche und mich um das Essen kümmern", sagte seine Mutter und entschwand durch die Tür.

„Na Lara, alles okay?", erkundigte sich Jan.

Das Mädchen nickte brav und man konnte ihr deutlich ansehen, dass sie sich langweilte. Nur Maximilian war rundum zufrieden und schlummerte selig.

Endlich wurden sie erlöst und zu Tisch gebeten. Ein Hackbraten mit Klößen stand auf dem Tisch und Jan langte ordentlich zu, sehr zur Freude seiner Mutter. Hanna verspürte keinen Appetit. Immer wieder musste sie an das Aufblitzen der Kamera denken. Jemand hatte ein Foto von ihnen geschossen, da war sie sich sicher. Inzwischen war sie dankbar, dass Jan wieder eingezogen war.

„Schmeckt es Ihnen etwa nicht?“ Seine Mutter musterte sie mit ernstem Blick.

„Doch, doch“, versicherte Hanna rasch. „Ich bin nur ziemlich aufgeregt.“

Ein schmales Lächeln umspielte die Lippen der hageren Frau. „Mir ergeht es ähnlich, obwohl ich meistens die Ruhe selbst bin.“

Das Eis schien gebrochen. Immerhin. Lara hatte weniger Berührungsängste und plapperte munter drauflos.

„Na, wer möchte ein Eis zum Nachtisch?“, fragte seine Mutter in die Runde und Lara strahlte.

Nach dem Essen saßen sie noch eine Weile zusammen und Jans Mutter wandte sich erneut an Lara.

„Ich mache dir einen Vorschlag, meine Kleine: Ab heute darfst du mich Oma Helga nennen, dann hast du eine richtige Oma. Würde dir das gefallen?“ Mit einer hochgezogenen Augenbraue blickte sie Lara prüfend an.

„Eine richtige Oma? Ich habe nämlich keine und das wäre wirklich toll. Würdest du mich dann auch so verwöhnen und liebhaben, wie andere Großmütter es tun?“

Jans Mutter schien plötzlich sehr rührselig. Sie nahm Lara in den Arm und versicherte ihr: „Selbstverständlich, mein Liebes, wie eine richtige Großmutter.“

Nachdem sie sich den Nachtisch einverleibt hatten, brachen die vier wieder auf.

„Na siehst du, sie hat dich nicht gefressen, war doch alles nur halb so schlimm“, sagte Jan auf dem Rückweg.

„Ich weiß nicht so recht, ob wir einen Draht zueinanderfinden“, erwiderte Hanna.

„Keine Sorge, das wird schon. Ich kenne diese Frau nämlich schon mein ganzes Leben lang.“

Jan parkte den Jeep direkt neben der Veranda. Beim

Aussteigen irrte Hannas Blick suchend in alle Richtungen und Jan entging nicht, wie unbehaglich sie sich fühlte.

„Mach dir nicht so viele Gedanken, das war vielleicht nur ein neugieriger Dorfbewohner", versuchte er sie zu beruhigen. Doch tief in seinem Inneren wusste er es besser.

KAPITEL 4

Hanna, Jan und Lara saßen gemeinsam am Tisch und sagten der Pizza den Kampf an, die der Bote ein paar Minuten zuvor geliefert hatte.

„Ich habe heute Post bekommen", sagte Hanna und wedelte mit dem Umschlag.

„Zeig her." Jan riss ihr das Kuvert aus der Hand und faltete den Brief auseinander. „Wow, du bist zu einer dreitägigen Lesereise eingeladen."

„Ich fühle mich unglaublich geschmeichelt, aber ich werde natürlich nicht fahren."

„Warum nicht?" Jan zog fragend die Brauen zusammen.

„Ich möchte Lara und Maximilian nur ungern allein lassen."

„Wieso, Mama? Jan ist doch da und bringt mich wie immer zur Schule. Er kann auch prima Spagetti kochen."

Ein Lächeln huschte über Hannas Gesicht.

„Dessen bin ich mir bewusst, trotzdem ..."

„Hanna, du solltest diese Chance unbedingt nutzen", mischte sich Jan ein. „Ich werde Urlaub nehmen und wenn alle Stricke reißen, sind Sarah und meine Mutter auch noch da."

Sie seufzte. „Es geht nicht nur darum."

„Sondern?"

„Lara, könntest du uns einen Moment allein lassen?"

„Klar. Kann ich noch Schokolade haben?"

Lara war pfiffig und nutzte die Gunst der Stunde. Hanna reichte ihr die Tafel und setzte eine ernste Miene auf.

„Zwei Riegel, dann ist Schluss. Haben wir uns verstanden?"

Doch das Mädchen war schon längst zur Tür hinaus.

„Ach Jan, ich weiß auch nicht, wie ich es sagen soll. In letzter Zeit ist mir mehrmals ein dunkler Wagen am Feldrand aufgefallen, allerdings war weit und breit kein Mensch zu sehen."

„Seltsam. Vielleicht sind die Leute ja nur am Waldrand spazieren gegangen."

„So oft." Sie schluckte. „Ich muss immerzu an Alexander denken und wo er sich wohl gerade herumtreibt."

„Lass nicht zu, dass er dein Leben beherrscht, Hanna. Er wird noch immer per Haftbefehl gesucht und wagt sich garantiert nicht in deine Nähe."

„Und warum beruhigt mich das nicht?"

„Wenn du erfolgreich bist und sich das Buch gut verkauft, dann kannst du durchstarten. Es sind doch nur drei Tage und ich werde die Kinder keine Sekunde aus den Augen lassen. Das verspreche ich dir."

„Ich weiß, wie sehr du dich um alles kümmerst, und daran liegt es auch nicht. Ich kann mir diese Angst einfach nicht erklären."

„Wir bleiben wachsam, aber du solltest darüber nicht dein berufliches Ziel aus den Augen verlieren."

„Ich denke darüber nach", antwortete sie und war nicht wirklich erleichtert.

Der hartnäckige Weckton riss Hanna aus dem Schlaf. Sie schlug die Bettdecke zurück und streckte sich. Der Blick aus dem Fenster sorgte sofort für gute Laune - die Sonne strahlte von einem azurblauen Himmel. Jan und sie hatten alles exakt durchgeplant, es konnte während ihrer Lesereise eigentlich nichts schiefgehen.

Leise summend lief sie hinunter und bereitete in der Küche das Frühstück zu. Sie schenkte den Kaffee und den Kakao in die Tassen und weckte anschließend Lara und Jan.

„So langsam werde ich nervös", sagte sie. „Was, wenn ich mich verspreche oder einen falschen Absatz erwische?"

„Du schaffst das schon. Ich kenne dich, unter Stress läufst du zur Höchstform auf." Jan nickte ihr aufmunternd zu.

„Das sagst du so leicht. Ich werde immerzu an euch denken und mich kaum konzentrieren können."

„Wir bekommen das hin, stimmt's Lara?"

Das Mädchen nickte, dass die Zöpfe wippten.

„Na gut, dann werde ich mich jetzt fertigmachen", sagte Hanna und räumte das Geschirr in die Spüle.

Sie waren pünktlich am Bahnhof eingetroffen und warteten auf den Zug. Hanna würde zum ersten Mal für längere Zeit von Maximilian getrennt sein und das bereitete ihr Unbehagen. Sie konnte einfach nicht loslassen.

Nur wenige Minuten später fuhr der Zug ein und sie umarmte Lara zum Abschied.

„Und du versprichst mir hoch und heilig, dass du Jan eine große Hilfe sein wirst."

„Ja, Mama, wir kriegen das schon hin."

„Sie klingt wie eine Große", lachte Jan. „Hals- und Beinbruch, du wirst dein Publikum schon überzeugen."

„Danke."

Er trug Hanna den Trolley ins Abteil und küsste sie flüchtig auf die Wange. „Du machst das schon", raunte er, dann verließ er den Wagon. Der Zug setzte sich mit einem Ruck in Bewegung und Hanna winkte ihnen ein letztes Mal zu. Sie würde drei Kreuze machen, wenn sie wieder im Forsthaus wäre. Sie lehnte sich ins Polster zurück, schlug das Buch auf und kontrollierte die markierten Absätze. Mehrmals überflog sie den Inhalt, um für die Lesung gewappnet zu sein.

Fast zeitgleich startete Jan seinen Jeep. Maximilian quengelte im Kindersitz und Lara verspürte plötzlich Heißhunger auf einen Burger. Na, das konnte ja noch heiter werden. Ein Blick auf die Tankanzeige ließ ihn allerdings staunen, die Nadel stand kurz vor dem roten Bereich. Dabei hatte er gestern noch vollgetankt. Wahrscheinlich war die Anzeige kaputt, aber es schadete sicher nichts, die nächste Tankstelle anzufahren.

Seltsamerweise war der Tank tatsächlich leer und bei dem Gedanken an einen Werkstattbesuch stöhnte er leise auf. Ausgerechnet jetzt, wo er alle Hände voll zu tun hatte.

„Lara, ich gehe rasch zur Kasse, um die Tankfüllung zu bezahlen. Sei so lieb und pass auf deinen Bruder auf."

„Klar. Bringst du mir bitte ein Eis mit?"

Ein Schmunzeln huschte über sein Gesicht. Lara versuchte eindeutig die Grenzen auszuloten.

„Welche Sorte soll es denn sein?"

„Erdbeere natürlich."

Die Glastüren glitten geräuschlos auf, als Jan den Kassenbereich betrat. Er stellte sich hinter einem Brummifahrer an, der sich nicht entscheiden konnte, welche belegte Brötchenhälfte ihm mehr zusagte - Käse oder Salami. Jan räusperte sich ungeduldig und schaute ständig durch die Scheibe zum Wagen.

Dann war er endlich an der Reihe. Er zog seine Kreditkarte aus dem Portemonnaie und tippte sorgsam die Geheimnummer in die Tastatur, während vor der Tür ein Motor aufheulte. Klingt fast wie meiner, dachte er ahnungslos. Erst als der Wagen mit quietschenden Reifen davonrauschte, unterbrach er das Prozedere und warf einen Blick nach draußen.

„Verdammt, jemand hat meinen Jeep gestohlen", schrie er fassungslos. Er rannte vor die Tür und sah nur noch die Rücklichter seines Wagens. „So helfen Sie mir doch, halten Sie sofort den Wagen auf!"

Wie ein Wahnsinniger sprintete er dem Fahrzeug hinterher und konnte nicht begreifen, was sich direkt vor seinen Augen abgespielt hatte. Wer kam nur auf die hirnrissige Idee, einen Wagen mit zwei Kindern auf der Rückbank zu stehlen?

Irgendwann musste er einsehen, dass die Verfolgung per pedes keinen Sinn mehr machte. Erschöpft stützte er seine Hände auf die Oberschenkel und rang keuchend nach Luft. Er musste auf der Stelle die Polizei informieren.

Sein Atem ging stoßweise, als er sein Handy aus der Hosentasche fischte und den Notruf wählte. In kurzen abgehackten Sätzen schilderte er, was er immer noch nicht wahrhaben wollte - die Kinder waren entführt worden!

Mit schnellen Schritten hastete er zur Tankstelle zurück. Dort erwartete ihn schon ein verärgerter Tankwart, der um seine Rechnung bangte. Jan schluckte seinen Zorn hinunter, zahlte und im selben Moment hielt auch schon der Einsatzwagen neben dem Eingang. Den beiden Beamten schilderte er das für ihn unfassbare Geschehen, gab Kennzeichen, Fahrzeugtyp und die Beschreibung der Kinder an. Eine tiefe Verzweiflung machte sich breit. Er stand unter Schock und musste sich an der Wand abstützen, weil sonst seine Knie nachgegeben hätten.

Wie sollte er diese Tragödie Hanna nur beibringen?

Ein Beamter folgte dem Tankwart nach hinten und ließ sich das Videomaterial aushändigen. Er hielt einen Stick in der Hand, als er zu seinem Kollegen zurückkehrte. „Daten gesichert", verkündete er.

„Was geschieht jetzt?" Jans Blick wanderte rastlos von einem zum anderen.

„Steigen Sie ein, wir erklären Ihnen alles während der Fahrt zum Revier."

Die Autotüren schlugen zu und mit einem rasanten Tempo entfernte sich der Einsatzwagen von der Tankstelle. Der Beifahrer drehte sich zu ihm um.

„Ab sofort werden Straßensperren errichtet und eine Ringfahndung eingeleitet und wenn wir Glück haben, erwischen wir ihn. Ein großer Nachteil ist allerdings, dass es sich bei Ihrem Fahrzeug um einen Jeep handelt. Diese Voraussetzung bietet dem Fahrer weitaus bessere Möglichkeiten, sich auf unebenem Gelände fortzubewegen als mit einem normalen PKW."

Der Beamte hüstelte und strich sich die Uniform glatt, bevor er weitersprach.

„Aber malen wir den Teufel nicht an die Wand, wir erzielen meist gute Erfolge mit dieser Methode. Vielleicht hat der Dieb die Kinder anfangs gar nicht bemerkt und wird den Wagen später an einem Ort abstellen, wo er gleich gefunden wird. Allerdings haben Sie auch grob fahrlässig gehandelt. Die Türen des Fahrzeugs waren nicht verriegelt und der Täter hatte leichtes Spiel."

Der Beamte drehte sich wieder nach vorn und ließ Jan

mit seinen Gedanken allein. Wie konnte das nur passieren? Und warum hatte er ausgerechnet an dieser Tankstelle angehalten?

Stopp!

Jan spulte die Gedankengänge wieder zurück. Natürlich hatte er dort anhalten müssen, weil sich die Tankanzeige seines Jeeps im roten Bereich befand und ihm gar keine andere Wahl geblieben war.

„Mir ist gerade noch etwas Wichtiges eingefallen. Ich hatte gestern Abend den Wagen vollgetankt, aber heut Morgen war der Tank plötzlich leer, so als hätte ihn jemand manipuliert." Er fischte den Kassenbon umständlich aus seiner Geldbörse und reichte dem Beamten die zerknitterte Quittung. „Hier, sehen Sie, gestern vollgetankt. Da unten stehen noch Datum und Uhrzeit."

Der Beamte warf einen Blick darauf. Angesichts der aufgeführten und abgebuchten Summe entfuhr es ihm: „Meine Güte, Ihr Wagen schluckt aber eine ganze Menge."

„Ich bin Förster von Beruf."

„Alles klar, verstehe."

Inzwischen war der Wagen vor der Polizeiwache zum Stehen gekommen. Jan und die Beamten stiegen aus und betraten das Gebäude. In einem winzigen, mit Akten vollgestopftem Büro wurde Jans Aussage umgehend protokolliert.

Er fühlte sich hilflos der Situation ausgeliefert und die Ohnmacht, nichts tun zu können, brachte ihn fast um den Verstand. Maximilian musste sein Fläschchen bekommen und gewickelt werden. Außerdem hatte sich Lara am Nachmittag mit einer Freundin zum Spielen verabredet. Jan wurde abwechselnd heiß und kalt, denn sein Leben stand kopf.

Warum hatte er Hannas Ängste nicht ernst genommen? Sie schien das bessere Gespür und eine feinere Antenne für Gefahren zu haben. Steckte Alexander hinter dieser Aktion oder handelte es sich nur um einen großen Irrtum, der sich innerhalb weniger Stunden von allein auflösen würde?

Verloren stand Jan vor dem Gebäude. Wie sollte er jetzt nach Hause kommen? Resigniert setzte er sich auf die von der Sonne aufgewärmten Stufen und tippte Carstens Nummer ins Display seines Smartphones.

„Jan hier", meldete er mit gequälter Stimme.

„Was ist los?", fragte Carsten.

„Ich weiß gar nicht, wo ich anfangen soll ..." Jan atmete tief durch, bevor er fortfuhr. „Als ich die Rechnung an der Tankstelle bezahlt habe, wurde mein Wagen samt Kinder geklaut."

„Du willst mich auf den Arm nehmen?" Carsten reagierte völlig entgeistert.

„Schön wär's. Ich habe nicht abgeschlossen, weil nur ein einziger Kunde vor mir an der Kasse stand. Ich dachte mir, schnell rein und schnell wieder raus, und dann war der Wagen auch schon weg."

„Das gibt es doch nicht ...", sagte Carsten fassungslos.

„Kannst du mich zurück zum Forsthaus bringen?", bat Jan.

„Klar, ich bin sofort bei dir."

Während der Rückfahrt ging Jan noch einmal Schritt für Schritt die Tragödie durch. Carsten reagierte bestürzt und versuchte seinem Freund Mut zu zusprechen.

„Sie werden die Kinder finden", sagte er mit fester Stimme.

„Ich frage mich die ganze Zeit, wie ich Hanna die schlechten Nachrichten überbringen soll." Jan fiel es schwer Mühe, die Tränen zurückzuhalten. Seine Gefühle fuhren Achterbahn und er rechnete mit dem Schlimmsten.

„Es tut mir so leid für euch. Wenn wir irgendwie helfen können, dann gib uns Bescheid. Sarah und ich werden alles in unserer Macht Stehende tun."

„Danke, ich weiß dein Angebot sehr zu schätzen."

Carsten bog auf den Hof und die Männer stiegen aus. Duke und Ophelia begrüßten Jan voller Freude, doch er schob die Hunde achtlos zur Seite. „Jetzt nicht", brummte er, fuhr sich erschöpft übers Gesicht und ließ sich auf einen Küchenstuhl fallen.

„Ich braue uns erst einmal einen starken Kaffee", erklärte Carsten und suchte sich alles in der Küche zusammen. Nachdem er den Kaffee eingeschenkt hatte, saßen sie sich eine Weile schweigend gegenüber.

„Warum meldet sich denn niemand? Ich meine, der Wagen müsste doch schon längst gestoppt worden sein", sagte Jan.

„Du wirst ein wenig mehr Geduld aufbringen müssen", versuchte Carsten ihn zu beruhigen. „Ich bin mir sicher, dass du in ein paar Stunden den erlösenden Anruf erhältst."

„Und was, wenn nicht?" Jan lachte verbittert auf. „Wie soll ich Hanna das alles nur erklären?"

„Ich weiß es nicht", antwortete Carsten resigniert.

„Ein einziges Mal lief in meinem Leben alles glatt. Ich habe einen Sohn, auch wenn ich mich Hanna gegenüber wie der größte Depp aller Zeiten benommen habe. Und dann, mit einem lässigen Fingerschnippen, wird mir alles wieder weggenommen."

~

Nachdem Carsten wieder gefahren war, schritt Jan mit dem Telefon in der Hand nervös auf und ab. Ihm graute vor diesem Anruf und am liebsten hätte er ihn hinausgezögert.

Aber Hanna hatte ein Recht darauf, zu erfahren, was geschehen war.

Fahrig wählte er die Nummer und presste das Telefon an sein Ohr.

„Hallo Jan“, meldete sie sich fröhlich, „findest du die Windeln nicht?“

„Nein, deshalb rufe ich nicht an“, sagte er mit tonloser Stimme.

„Jan, du machst mir Angst ...“

„Es tut mir so leid, Hanna, es tut mir so unglaublich leid. Bitte, das musst du mir glauben“, stammelte er.

„Jan, um Gottes willen, was ist passiert?“, fragte sie schrill.

„Der Jeep, er wurde gestohlen.“

„Himmel, ich dachte schon, den Kindern wäre etwas passiert.“

Er hörte die Erleichterung in ihrer Stimme, und das machte es noch schwerer.

„Lara und Maximilian saßen noch im Wagen.“

„Bitte sag, dass das nicht wahr ist“, schrie sie in den Hörer.

„Hanna, beruhige dich ...“

„Ich will mich aber nicht beruhigen“, unterbrach sie ihn. „Ich will auf der Stelle wissen, wo meine Kinder sind!“

„Darauf kann ich dir keine Antwort geben.“

„Wie konnte das überhaupt passieren?“

Mittlerweile war sie in einen hysterischen Ton übergegangen.

„Ich bin zur Tankstelle gefahren und als ich bezahlen wollte, ist das Unglück passiert.“

„Aber du hast doch am Abend getankt.“

„Ja, das hat mich auch gewundert“, stimmte er ihr zu.

„Aber wie konnte der Dieb überhaupt in den Wagen gelangen? Ich meine, du hast doch abgeschlossen.“

„Nein, ich wollte doch nur auf einen Sprung an die Kasse ..."

„Du hast allen Ernstes die Türen offen gelassen?", rief sie aufgewühlt.

„Der Jeep stand doch direkt vor der Scheibe", rechtfertigte er sich.

„Hast du den Mann wenigstens gesehen?", bohrte sie weiter.

„Nein, es ging alles so schnell."

„Jan, das kann doch alles nicht wahr sein ..."

Ihr Atem ging stoßweise und im Hintergrund hörte er eine Frauenstimme nach einem Arzt rufen. Nur Sekunden später wurde das Gespräch unterbrochen.

Kraftlos ließ er sich auf den Küchenstuhl sinken, legte seine Stirn auf die Tischplatte und begann hemmungslos zu schluchzen.

KAPITEL 5

Ein Taxi fuhr vor, das musste Hanna sein. Jan öffnete die Tür und sein Puls raste. Er sah, wie Hanna mit einem vom vielen Weinen verquollenem Gesicht ausstieg und zum Haus wankte. Sie zerrte den Trolley hinter sich her und tupfte unablässig die Tränen von den Wangen.

„Sind die Kinder schon zurück?", fragte sie hoffnungsvoll, als sie vor ihm stand.

„Nein, die Polizei hat sich noch nicht gemeldet."

Sie ließ den Trolley los und stieß ihn mit ihrer freien Hand vor die Brust. „Warum? Warum, verdammt noch einmal, hast du nicht besser auf sie aufgepasst?" Mit bebenden Schultern brach sie auf der Veranda zusammen.

„Es tut mir so leid", stammelte Jan hilflos und half Hanna wieder auf die Beine.

Behutsam führte er sie ins Haus, setzte sie auf die Couch und reichte ihr ein Glas eisgekühltes Mineralwasser. Anschließend setzte er sich neben sie und hielt ihre Hand.

„Ja, ich hätte die Autotüren sichern müssen. Aber es war nur dieser eine Brummifahrer vor mir und ich dachte, ich wäre ruckzuck wieder draußen."

Sie entzog ihm ihre Hand. „Das macht es auch nicht ungeschehen."

Das Telefon zerriss die Stille. Hanna sprang auf und griff zum Hörer, doch es war nur Jans Mutter.

„Hier, für dich", sagte sie mit tonloser Stimme.

Sie schnappte sich ihren Trolley und schleppte ihn nach oben ins Schlafzimmer, um ihn auszupacken. Sie musste etwas tun, musste sich ablenken, sonst würde sie noch durchdrehen. Doch bereits nach wenigen Minuten war sie damit fertig und ging wieder nach unten. Jan hockte noch immer auf der Couch, den Blick starr an die gegenüberliegende Wand gerichtet. Er litt wie ein Hund und man konnte ihm ansehen, wie ihn die Schuldgefühle innerlich zerfraßen.

Hanna stand eine Weile am Fenster und als sie den Ball von Lara im Garten entdeckte, schlug eine Welle der Verzweiflung über ihr zusammen. Die Umgebung verschwamm hinter einem Schleier aus Tränen.

„Ich. Will. Meine. Kinder. Zurück."

Jan zuckte unwillkürlich zusammen, als es aus Hanna herausbrach.

„Bitte, beruhige dich." Er war aufgesprungen und nahm sie fürsorglich in den Arm.

„Lass mich sofort los", fauchte sie und löste sich aus der Umarmung.

„Es ist niemandem geholfen, wenn wir streiten. Wir sollten uns gegenseitig den Rücken stärken, uns Mut machen …"

„Du hast gut reden", unterbrach sie ihn und ging zum Schreibtisch.

Sie ließ sich auf den Bürostuhl fallen und klappte den Laptop auf. Die Informationen im World Wide Web brachten Erschreckendes zutage. Jährlich verschwanden hunderttausend Kinder, von denen über tausend Kinder unauffindbar blieben. Eine katastrophal hohe Zahl und die

Erwartungen an die Polizei sanken gegen null. Sie musste an jene Fernsehberichte denken, in denen Eltern so verzweifelt in die Kamera geblickt und vergeblich gehofft hatten, ihr Kind lebend wiederzusehen. Früher oder später wurden dann doch die Leichen der Kinder gefunden und es gab selten ein Happy End. Hinter diesem Background einer niederschmetternden Statistik fiel es ihr schwer, überhaupt die Hoffnung zuzulassen.

Resigniert klappte sie den Laptop zu und verharrte in einer Art Starre. Ihr Körper bebte noch, aber zum Weinen fehlte ihr die Kraft. Die Zeit schien stillzustehen und kein Laut war zu hören. In die Stille hinein räusperte sich Jan.

„Könnte es vielleicht sein, dass Alexander die Kinder entführt hat?"

„Wenn er Lara allein entführt hätte, um mich zu strafen, dann ja. Aber beide Kinder? Das ist doch völlig absurd."

„Du bist also der festen Überzeugung, dass es sich um einen Fahrzeugdiebstahl handelt?"

„Ich weiß es nicht. Ich bin viel zu durcheinander, um überhaupt einen klaren Gedanken zu fassen." Sie drehte den Stuhl zum Fenster und sah abwesend hinaus.

„Ich konnte meiner Mutter nicht die Wahrheit sagen", gestand er ihr.

„Im Moment interessiert mich deine Mutter herzlich wenig. Ich will meine Kinder zurück."

Er konnte ihre Wut spüren. Hanna war noch immer zutiefst verletzt, weil er sie während der Schwangerschaft hatte sitzenlassen. Mitten in den sich anbahnenden Streit hinein klingelte erneut das Telefon. Jan reichte es ihr.

„Hallo Frau Jahnke, hier Kriminalhauptkommissar Larsen. Leider hat die Ringfahndung noch nicht den erwünschten Erfolg gebracht und die Suche wird ausgeweitet. Außerdem wurde eine Sonderkommission vom LKA eingerichtet und wir arbeiten seit Stunden fieberhaft am Wiederauffinden Ihrer Kinder. Um Sie auf dem Laufenden zu halten, werden wir Sie in regelmäßigen Abständen kontaktieren. Eine Psychologin ist bereits zu Ihnen auf dem Weg und wird Sie betreuen. Rund um die Uhr, wenn nötig."

Der Kommissar versuchte, ihr so viel Mut wie möglich auszusprechen, aber seine Worte erreichten sie nicht. Kurz nachdem sie das Gespräch beendet hatte, schlugen die Hunde an und die Türklingel ertönte. Hanna stürmte zur Tür und riss sie schwungvoll auf.

„Ich bin die Elena Nikolay, die Polizeipsychologin", stellte sich die Frau mittleren Alters vor und streckte ihr die Hand entgegen.

Hanna wandte sich jedoch wortlos ab und ließ die Psychologin vor der Tür stehen. Jan übernahm sofort und entschuldigte sich.

„Entschuldigen Sie, wir sind ziemlich aufgewühlt." Er machte einen Schritt zur Seite. „Kommen Sie doch bitte herein."

Er lotste sie ins Wohnzimmer und bot ihr etwas zu trinken an. Hanna nahm von alledem keine Notiz und ignorierte die Psychologin.

„Gibt es etwas, worüber Sie mit mir reden möchten?", fragte sie Hanna mit sanfter Stimme.

„Können Sie mir meine Kinder zurückbringen?"

„Nein, das kann ich leider nicht." Elena Nikolay ließ sich nicht aus der Ruhe bringen.

„Und was wollen Sie dann hier?"

„Sie unterstützen."

„Wobei? Beim Warten, Hoffen und Verzweifeln?" Hanna war aufgesprungen.

„Warum nicht? Wenn es Ihnen hilft."

„Mir kann nur jemand helfen, der mir meine Kinder

zurückbringt. Ich brauche Sie nicht, Sie können wieder fahren."

„Hanna, bitte ...", versuchte Jan zu schlichten.

„Sei bloß still", zischte sie. „Warum hast du die Autotüren nicht abgeschlossen? Dann wäre das alles nicht passiert. Ich hatte von Anfang an so ein komisches Gefühl."

„Bitte beruhigen Sie sich, Schuldzuweisungen führen doch zu nichts", mischte sich die Psychologin in das Gespräch.

„Ich will mich aber nicht beruhigen. Ich will meine Kinder zurück!"

Erneut brach Hanna schluchzend zusammen. Jan nahm sie in den Arm und streichelte ihr übers Haar.

„Hanna, alles wird wieder gut. Die Polizei wird uns helfen." Er zog sie fester an sich.

Elena Nikolay erhob sich und legte ihre Karte auf den Tisch. Sie nickte Jan flüchtig zu und ging zur Tür.

„Du solltest dich ein wenig ausruhen, Hanna", schlug er vor und begleitete sie nach oben.

Doch sie fand keine Ruhe, wälzte sich von einer Seite auf die andere und kämpfte gegen die unzähligen Tränen an. Schließlich stand sie wieder auf und setzte sich neben Jan auf die Couch. Auch er hatte geweint, seine rotgeränderten Augen verrieten ihn.

„Ich verstehe das alles nicht", sagte er, „warum macht uns dein Ex-Mann das Leben so schwer?"

„Du weißt doch noch gar nicht, ob die Kinder bei ihm sind. Was, wenn irgendein Perverser sie gekidnappt hat?"

„Ach komm, Hanna. Wie groß ist die Wahrscheinlichkeit, dass dieser Fall eintritt?"

„Natürlich, es ist alles wieder meine Schuld."

„Ich gehe kurz an die Luft, ich habe das Gefühl zu ersticken", antwortete Jan und stand auf.

„Dann geh doch, das bin ich ja von dir gewohnt“, rief sie ihm zornig hinterher.

„Jetzt werd nicht unfair ...“

„Das musst du gerade sagen“, höhnte sie, den Tränen nahe. Sie brauchte dringend ein Ventil für ihre Emotionen und Jan kam da gerade recht.

Jan rief Duke und Ophelia zu sich und verschwand zur Tür hinaus in die Dunkelheit. Die plötzlich eintretende Stille schien die Geister der Vergangenheit zu beschwören. Die kleine Lampe auf dem Schreibtisch flackerte und reptilienartige Schatten krochen die Wände empor. Hanna schlang die Arme um ihren Oberkörper und wiegte sich vor und zurück. Der fehlende Schlaf machte sich bemerkbar, sie fror. Ein Blick auf die Uhr verriet, dass es schon weit nach Mitternacht war.

Wann kam Jan endlich zurück?

Sie spürte die Angst, die ihr die Kehle zuschnürte, und lauschte angestrengt. Hin und wieder glaubte sie sogar Schritte zu hören. Wollte Alexander jetzt vollenden, was ihm damals misslungen war? Hatte er aus der Ferne ihren Tod geplant?

Ein Ruck ging durch ihren Körper. Raus hier, bloß raus hier! Hektisch streifte sie ihre Turnschuhe über, zerrte die Jacke vom Haken, öffnete die Haustür und stürzte in die Dunkelheit.

„Jan, wo bist du? Bitte komm zurück!“, schrie sie aus Leibeskräften.

Am Waldrand knackte ein trockener Ast und Hanna begann hysterisch zu schreien, als etwas aus dem Unterholz auf sie zugeschossen kam.

~

Ophelia und Duke stupsten mit ihren feuchten Schnauzen

die Hände ihres Frauchens an und Hannas Herzschlag beruhigte sich allmählich.

„Hanna, was um Gottes willen ist passiert?", fragte Jan.

„Ich habe geglaubt, Schritte in der Einfahrt zu hören, und mit einem Mal war diese schreckliche Angst wieder da, dass Alexander sein Werk vollenden könnte."

„Tut mir leid, dass ich einfach so gegangen bin. Es ist einfach so unfassbar viel passiert", entschuldigte er sich. „Wir brauchen Hilfe, Hanna, allein schaffen wir das nicht."

Er griff nach ihrer Hand und zog sie sanft mit sich. Behutsam schob er sie die Treppe hinauf ins Schlafzimmer, half ihr beim Ausziehen und deckte sie zu. Dann lief er wieder nach unten und rief Elena Nikolay an. Anschließend kochte er eine Kanne Tee und brachte das Tablett ins Schlafzimmer. Er schenkte Hanna eine Tasse ein und reichte sie ihr.

„Wir müssen unseren Streit begraben und zusammenhalten, schon der Kinder zuliebe", sagte er.

„Und wenn die Polizei sie nicht findet?"

„Das werden sie, wir müssen nur etwas mehr Geduld haben." Zärtlich strich er ihr eine widerspenstige Strähne hinters Ohr.

„Maximilian ist noch so klein, er braucht mich und ich habe Angst, dass er es nicht überlebt."

Ein Schluchzen schüttelte ihren Körper. Jan drückte tröstend ihre Hand, verschwieg aber, dass er ihre Ängste teilte. Scheinwerfer streiften die Zimmerdecke und eine Autotür schlug zu.

„Ich gehe jetzt nach unten, bin gleich wieder da."

Jan öffnete Elena Nikolay die Tür und führte sie zu Hanna. Anschließend zog er sich diskret zurück und ließ die beiden Frauen allein.

Hanna benötigte dringend Seelsorge und er brachte nicht die nötige Kraft auf, um ihr so beizustehen, wie er es für angemessen hielt. Der Morgen graute bereits, als Hanna erschöpft die Augen schloss und in einen erholsamen Schlaf hinüberglitt. Elena Nikolay wachte noch eine Weile an ihrem Bett, bis sie sich sicher war, dass sie Hanna allein lassen konnte.

KAPITEL 6

Die Ringfahndung hatte sich als großer Misserfolg herausgestellt, von Lara und Maximilian fehlte jede Spur. Das LKA hielt sich bedeckt und Jans Fragen nach den Videoaufzeichnungen blieben unbeantwortet.

Sarah hatte sich für den späten Vormittag angekündigt und betrat mit einem Arm voller Unterlagen das Forsthaus.

„Hanna, schön dich zu sehen", sagte Sarah und umarmte sie. „Gibt es Neuigkeiten?"

Hanna blinzelte, um die Tränen zurückzuhalten. „Leider nein. Die Kinder werden weiterhin vermisst."

„Ob Alexander wohl dahintersteckt?", fragte Sarah.

„Ich weiß es nicht. Warum hat er Maximilian mitgenommen, wenn es ihm doch nur um seine Tochter geht?"

„Vielleicht will er mehr Druck auf euch ausüben."

„Aber warum? Was will er von uns?" Hanna sah sie fragend an.

„Ich bin der Meinung, dass wir dieser Sache auf den Grund gehen sollten, und habe etwas mitgebracht." Geschäftig breitete Sarah die Unterlagen auf dem Tisch aus.

„Folgendes: Vor circa einem Jahr hat eine Kollegin von mir einen Privatdetektiv interviewt."

„Ach Sarah, so ein windiger Schnüffler, was kann der schon erreichen? Das sind doch alles nur Gauner und aalglatte Typen", warf Jan ein.

„Jetzt schieb doch bitte für einen Moment deine Vorurteile beiseite und höre mir zu. Dieser Mann ist ein Aussteiger. Er hat früher fürs BKA gearbeitet und soll wegen unüberbrückbarer Differenzen zu seinem Vorgesetzten aufgehört haben. Und jetzt kommt der Hammer: Er hat sich darauf spezialisiert, entführte Kinder aus dem Ausland zurückzuholen. Na, was meint ihr?"

„Und wie soll er uns helfen? Wir wissen doch gar nicht, wo Lara und Max stecken." Ratlos zuckte Jan mit den Schultern.

„Warum erzählt ihr ihm nicht erst einmal eure Geschichte? Danach wird er beurteilen können, ob er euch helfen kann."

Hanna zog einen schmalen Hefter zu sich heran und begann darin zu blättern.

„Er hat eine anständige Erfolgsquote und konnte in den meisten Fällen die Kinder ihren Eltern zurückbringen. Was meinst du, Jan?"

„Ich will mich ehrlich gesagt nicht damit anfreunden. Wollen wir nicht abwarten, bis die Polizei erste Ergebnisse vorlegt?"

„Welche Ergebnisse? Wie weit kommt man, wenn man vierundzwanzig Stunden am Stück durchfährt? Eure Kinder könnten sonst wo sein", warf Sarah ein.

„Sarah hat recht", erwiderte Hanna. „Ruf den Detektiv an, jede Stunde zählt. Je eher er mit der Suche beginnen kann, desto besser."

„Einen Versuch ist es wert", willigte Jan letztendlich ein.

„Na wunderbar, dann ist die Entscheidung also gefällt.

Ich wünschte euch ganz viel Kraft und alles Glück dieser Welt."

Sarah verabschiedete sich und drückte Hanna fest an sich.

Jan blätterte unterdes weitere Informationen durch. Hier und da runzelte er die Stirn und griff anschließend zum Telefon.

„Ich werde jetzt diesen Detektiv anrufen. Mal schauen, ob er uns überhaupt weiterhelfen kann."

Hanna sah ihn dankbar an. „Alles ist besser, als die Hände in den Schoss zu legen."

Jan hatte Glück. Der Detektiv Thomas Fields meldete sich sofort nach dem zweiten Klingeln.

„Wir hätten einen Auftrag für Sie", eröffnete Jan das Gespräch.

„Worum geht es?"

„Mein Wagen wurde gestohlen und die Kinder saßen noch darin."

Jan erzählte das gesamte Ausmaß der Tragödie und Fields war ein geduldiger Zuhörer.

„Wir sollten so schnell wie möglich ein Treffen vereinbaren", schlug er vor. „Jede Minute ist zu kostbar, um sie sinnlos verstreichen zu lassen."

„Wann passt es Ihnen?", fragte Jan.

„Ich könnte sofort losfahren", antwortete Fields.

„Das wäre fantastisch, vielen Dank."

Jan meinte das wörtlich und nannte ihm die Adresse.

~

Hanna saß auf dem Sessel und suchte großformatige Kinderfotos hervor. Ein Bild von Alexander legte sie ebenfalls zu den Unterlagen, die Thomas Fields erhalten sollte. Eine Wasserflasche mit drei Gläsern stand auf dem Tisch bereit und Hanna hatte in weiser Voraussicht auch eine Kanne

Kaffee gekocht. Sie wollte gewappnet sein und keinen einzigen Gesprächsfetzen verpassen. Ein zartes Pflänzchen der Hoffnung keimte in ihr auf, dass ausgerechnet dieser Mann ihnen helfen könnte.

Immer wieder wanderte ihr Blick nervös zur Uhr und mit den Händen bearbeitete sie ein Sofakissen. Fields schien sich zu verspäten und die Nervosität steigerte sich im Minutentakt.

„Diese Warterei macht mich noch wahnsinnig.", sagte sie.

„Es sind doch erst fünf Minuten vergangen, hab ein wenig Geduld", versuchte Jan sie zu beruhigen.

„Bei dem Gedanken, was Lara und Maximilian wohl gerade durchmachen, zerreißt es mir das Herz. Was, wenn sie schon nicht mehr am Leben sind?"

„Bitte Hanna, das darfst du nicht einmal denken."

Genau in diesem Moment glitt ein dunkler Audi auf den Hof. Jan sprang hektisch auf und lief zur Tür. Er bat den Detektiv höflich herein und bot ihm einen Platz an.

„Ich bin Thomas", stellte er sich locker vor, um Vertrauen zu schaffen und eventuelle Barrieren von Beginn an niederzureißen. Er reichte beiden die Hand und setzte sich.

Hanna schenkte den Kaffee in die Tasse und musterte ihn verstohlen. Fields wirkte autoritär. Seine Gesichtszüge waren sehr markant und dem dunklen Haar hatte er einen pflegeleichten Kurzhaarschnitt verpasst. Die Schläfen wurden bereits von feinen Silberfäden durchzogen. Mit einem wachen Blick musterte er aufmerksam die Umgebung und ihm schien nichts zu entgehen. Er war einen Kopf kleiner als Jan und unter seinem anthrazitfarbenen Jackett steckte ein drahtiger Körper. Hanna schätzte ihn auf Anfang vierzig.

Fields wandte sich direkt an Jan. „Wäre es möglich, zuerst allein mit Hanna zu sprechen? Sie soll die Dinge aus ihrer Sicht schildern, damit ich einen unverfälschten Eindruck erhalte. Anschließend würde ich dir gern ein paar Fragen stellen."

Jan nickte zustimmend. „Ich gehe derweil mit den Hunden raus, dann habt ihr Ruhe und Zeit."

Fields dankte ihm und widmete Hanna seine ganze Aufmerksamkeit.

Stockend, immer wieder den Tränen nahe, erzählte sie ihm ihre Geschichte. Fields notierte sich sehr viel. Zwischendurch hob er immer wieder seinen Blick, um Interesse zu bekunden. Hanna fühlte sich in seiner Gegenwart befangen. Er hatte einen durchdringenden Blick und schien bis auf den Grund ihrer Seele blicken zu können.

Er stellte gezielt die Fragen und dabei interessierte ihn besonders Alexanders Anstellung bei MediTech. Für Hanna machte das wenig Sinn. Wenn er sich darauf versteifte, würde sie ihre Kinder nie wiedersehen. Immerhin saß das LKA am längeren Hebel und verfügte über die besseren Mittel. Diese Leute waren geschult und der Detektiv nur ein eigensinniger Aussteiger.

Nach einer halben Stunde kehrte Jan zurück und Hanna war sehr erleichtert darüber. Während Jan die Dinge aus seiner Sicht schilderte, suchte sie die Küche auf, um sich einen Beruhigungstee zu kochen. Anschließend ging sie nach oben ins Kinderzimmer. Sie nahm ein getragenes Shirt ihrer Tochter vom Stuhl und vergrub das Gesicht darin. Es roch so wunderbar und Hannas Tränen der Verzweiflung hinterließen feuchte Flecken auf dem Baumwollstoff. Schluchzend sank sie auf Laras Bett und dachte darüber nach, ob Alexander tatsächlich Lara und Maximilian entführt haben könnte.

Aber dieser Gedanke fühlte sich falsch an. Hanna konnte sich beim besten Willen nicht vorstellen, dass ausgerechnet Alexander dafür verantwortlich sein sollte. Er war schon immer viel zu sehr mit sich selbst beschäftigt gewesen, um sich derart hineinzusteigern. Trotzdem konnte sie einen Zusammenhang nicht leugnen.

Aus dem unteren Stockwerk drangen Stimmen zu ihr herauf, dann fiel die Eingangstür ins Schloss. Der Motor des Audis sprang an und Fields fuhr vom Hof. Hanna war erleichtert darüber, sich nicht von ihm verabschieden zu müssen. Mit seinem Röntgenblick hätte er bestimmt bemerkt, dass sie ihn nicht für besonders fähig hielt.

„Hanna, bist du oben?“ Jan stand am Fuße der Treppe.

„Ja, in Laras Zimmer.“

Er stieg die Stufen hinauf und lehnte sich an den Türrahmen. „Darf ich mich zu dir setzen?“

Hanna klopfte mit der Hand auf die Bettdecke. „Komm.“ Das Kinderbett knarzte leise unter dem Gewicht zweier Erwachsener.

„Und, was hast du für eine Meinung von ihm?“ Sein Gesicht war ein einziges Fragezeichen.

„Wenn ich ehrlich bin, glaube ich nicht, dass er uns großartig weiterhelfen kann.“

„Er tendiert stark in Alexanders Richtung“, sinnierte Jan. „Hat er dich auch über ihn ausgequetscht?“

„Ja, und wie. Aber sein Spezialgebiet ist es, Kinder aus dem Ausland zurückzuholen.“

„Stimmt. Trotzdem musst du die Kinder im Ausland auch erst einmal finden.“

„Er mag sicher gut sein, bei dem, was er macht. Dennoch denke ich nicht, dass er in unserem speziellen Fall viel erreichen wird.“

„Warten wir es einfach ab, Hanna. Schließlich bin ich der größere Skeptiker von uns beiden.“

KAPITEL 7

Fields startete den Motor und trat aufs Gas. Er wählte den kürzesten Rückweg und fuhr am Tempolimit seinem Ziel entgegen. Unmengen an Informationen waren auf ihn eingeprasselt, die er erst einmal verarbeiten musste. Er erinnerte sich, irgendwo in den Akten von diesem Fall gelesen zu haben, aber in den Schlagzeilen war die Firma MediTech niemals aufgetaucht. Wieder so ein vertuschter Skandal, dachte er verstimmt.

MediTech schien Dreh- und Angelpunkt zu sein. Er vertraute darauf, denn sein Bauchgefühl hatte ihn selten getäuscht. Alexander Jahnke benötigte dringend Geld für seinen Auslandsaufenthalt. Von Hanna war kaum etwas zu holen und Jan bezog nur ein schmales Gehalt. Die Entführung der Kinder ergab auf den ersten Blick überhaupt keinen Sinn. Fields konnte sich nicht vorstellen, dass Alexander aus Rachegelüsten seine sichere Deckung aufgab. Ein Kind würde ihn nur behindern, von einem Neugeborenen ganz zu schweigen. Also wo sollte er ansetzen? Dieser Fall war in der Tat ziemlich ungewöhnlich.

Das Paar litt Höllenqualen und er konnte nachempfinden,

wie es sich anfühlte, Frau und Kind zu verlieren. Vor einigen Jahren hatte ihm das Schicksal seine große Liebe entrissen - Jaqueline. Sie war seine persönliche Jackie, genauso elegant, so klug und bezaubernd schön.

Er hatte sie beim Studium kennen und lieben gelernt. Vorher war er ein kleiner Schwerenöter gewesen, der selten Nein sagen konnte, wenn ihm die verführerischen Avancen bildhübscher Studentinnen nur so ins Haus flatterten. Doch seine Jackie lehrte ihn das Fürchten. Ja, die Furcht, sie zu verlieren. Auch wenn er hin und wieder einen Blick riskiert hatte, so war er ihr im Herzen treu ergeben.

Voller Elan begannen sie ihre beruflichen Karrieren - Jackie arbeitete fortan in der Forschung und er fand sich beim BKA wieder. Die Krönung ihrer Liebe war Sohn Joshua, der seiner Mutter wie aus dem Gesicht geschnitten war. Er ähnelte Jackie nicht nur in seinem Aussehen, er hatte auch ihre sanfte Art geerbt. Das Glück schien perfekt, zu perfekt.

An einem nebeligen Herbsttag fuhren Jackie und sein inzwischen neun Jahre alter Sohn zu den Schwiegereltern in den Taunus. Er konnte sich auf seine Frau verlassen, sie reagierte perfekt hinter dem Steuer. Doch das Schicksal ist nicht vorhersehbar.

Eine rutschige Schicht aus Blättern bedeckte an diesem Tag die nasse Straße. In einer unübersichtlichen Kurve fuhr ein angetrunkener Bauer mit einem Güllefass auf die Fahrbahn. Er hatte in seinem alkoholisierten Zustand das sich nähernde Fahrzeug schlichtweg übersehen. Jackie und sein Sohn rasten mit dem Wagen auf das Hindernis zu und rutschten unter den Anhänger. Seiner Frau war nicht einmal mehr Zeit geblieben, das Steuer herumzureißen, der Wagen hatte sich regelrecht unter dem Anhänger verkeilt. Jackie war auf der Stelle tot und Joshua wurde in der Klinik in ein künstliches Koma versetzt. Zwei Wochen kämpfte das Ärzteteam vergeblich um den Jungen, der letztlich in den Armen seines Vaters verstarb.

Fields erlebte die Zeit danach wie in Trance. Mehr als einmal hatte er in seiner grenzenlosen Verzweiflung überlegt, seinem Leben einfach ein Ende zu setzen. Den einzigen Halt hatten ihm seine Eltern gegeben, der Vater ein Brite, die Mutter Deutsche. Der Vater war seiner großen Liebe nach Deutschland gefolgt und hatte bis zur Rente eine kleine Tischlerei betrieben. Seine Eltern waren geradeso über die Runden gekommen und von ihnen hatte er gelernt, dass ein stabiles Familienleben durch nichts zu ersetzen war.

Und dann hatte er dagestanden mit einer großen Leere in seinem Herzen und dem beruflichen Stillstand. Immer wieder war er bei seinen Vorgesetzten angeeckt, die ihm ständig das Gefühl gegeben hatten, beim BKA völlig fehl am Platz zu sein. Irgendwann war ihm der sichere Beamtenstatus egal und er hatte gekündigt, ohne einen einzigen Gedanken daran zu verschwenden, wie es für ihn weitergehen sollte.

Eine gute Freundin von Jackie hatte ihn eines Tages um Hilfe gebeten. Sie war mit einem Ägypter verheiratet gewesen, der mit den zwei gemeinsamen Kindern in seine Heimat flog, ohne das Wissen seiner Frau. Und er war nie zurückgekehrt. Es hatte Monate gedauert, diesen Mann ausfindig zu machen, aber schließlich war es ihm gelungen, die Kinder wohlbehalten der verzweifelten Mutter zu übergeben.

Seinen Lebensinhalt hatte er zwar verloren, aber er beschloss, sich dieser Aufgabe zu widmen. Wenn er anderen Eltern die Kinder zurückbrachte, dann konnte er auf diese Weise seine Trauer verarbeiten. Er wurde gebraucht, das Dasein ergab wieder einen Sinn. Die Kontakte aus seiner Zeit beim BKA halfen ihm dabei. Die Kollegen unterstützten seine Arbeit, gaben bereitwillig den einen oder anderen Tipp. Deshalb konnte er auch Erfolge verbuchen.

Er stellte seinen Audi in der Einfahrt ab und gelangte über eine Außentreppe hinauf in seine kleine Zweizimmerwohnung. Nach dem Tod von Jackie und Joshua hatte er Hannover hinter sich gelassen und war aufs Land gezogen. Zu vieles erinnerte ihn an Frau und Sohn und der Schmerz war allgegenwärtig. Deshalb hatte er die Eigentumswohnung verkauft und sich in einem Einfamilienhaus eingemietet.

Eine ältere Dame bewohnte das Erdgeschoss und er hatte die obere Etage für sich. Da er sich die meiste Zeit sowieso auf Reisen aufhielt, reichte ihm das winzige Apartment. Hin und wieder erledigte er für Frau Wegner Einkäufe und Botengänge und wurde im Gegenzug für seine Hilfe kulinarisch verwöhnt.

Fields schloss die Haustür auf, warf sein Jackett auf den Sessel und fuhr den Laptop hoch. Während die Kaffeemaschine lief, begann er, sich mit dem Fall auseinanderzusetzen. Es würde mit Sicherheit eine lange Nacht werden, denn er musste die bisherigen Spuren weiterverfolgen, solange sie noch frisch waren. Auf seinem Schreibtisch breitete er die Notizen aus, um sich einzuarbeiten.

Anschließend zog er sich die wichtigsten Informationen über MediTech aus dem Internet. Produktpaletten, Herstellung von Medikamenten, geplante Fusionen. Natürlich stand nirgends eine Zeile über die Erforschung von Kampfstoffen, denn in den seltensten Fällen wurde die Öffentlichkeit darüber informiert. Deutschland war immerhin der viertgrößte Waffenexporteur weltweit. Da brodelte es hier und da gewaltig hinter verschlossenen Türen.

Nach drei Stunden vergeblicher Suche wurde ihm bewusst, dass er ohne seinen verrückten Freund und Helfershelfer nicht weiterkam. Chris war der geborene Computerfreak und hätte in jedem Hollywoodstreifen eine gute Figur abgegeben. Er lebte vor dem Rechner am Limit und ernährte sich hauptsächlich von Chips und Red Bull. Als Kind waren seine Talente ignoriert und dementsprechend nicht gefördert worden. Hyperaktiv wie er war, bekam er von Ärzten und Eltern Ritalin verpasst, um ihn ruhigzustellen.

Niemand erkannte, dass der Junge nicht überfordert, sondern schlichtweg unterfordert war. Und so kam es, wie es kommen musste, Chris landete auf der schiefen Bahn. Dabei hätte er mit links das Abitur geschafft. Stattdessen nutzte er seine Energie, um mit geklauten Daten sein Taschengeld aufzubessern. Noch heute beteiligte sich Chris an krummen Geschäften und Fields boxte ihn immer wieder aus dem zwielichtigen Milieu heraus.

Obwohl er wusste, dass bei dem Jungen Hopfen und Malz verloren waren, behandelte er ihn wie einen Ziehsohn. Er mochte Chris und hielt zu ihm, getreu dem Motto: Die Hoffnung stirbt zuletzt.

Bevor er Chris jedoch in seinen aktuellen Fall einweihte, beschloss er, einen früheren Kollegen anzurufen, der ihm noch einen Gefallen schuldete. Er brauchte dringend eine Kopie der Videoaufzeichnung der Tankstelle.

„Hallo Breuer, wie geht's?", begrüßte Fields seinen ehemaligen Kollegen.

„Hallo Thomas, wieder im Land?"

„Ja, Auftrag wie immer erledigt."

„Und, wo drückt der Schuh? Du rufst doch nicht an, um zu fragen, wie es mir geht?"

„Wie gut du mich doch kennst. Ich brauche dringend die Kopie einer Videoaufzeichnung."

Er nannte ihm die Adresse der Tankstelle und den Grund, wofür er diese Auskunft benötigte.

„Kein Problem, ich lasse dir heute noch das Päckchen zukommen."

„Danke Breuer, und halte die Ohren steif."

Fields packte die wichtigsten Unterlagen zusammen und verstaute sie in seiner Ledertasche. Dann verließ er das Haus und jagte mit seinem Audi in Richtung Innenstadt. Die Parkplatzsuche ließ ihn fast verzweifeln, kostbare Zeit, die ihm verloren ging. Mit raschen Schritten strebte er zum Eingang eines heruntergekommenen Mietshauses und klingelte. Der Summer ertönte und Fields betrat das Treppenhaus. Obwohl er recht fit für sein Alter war, verfluchte er Chris, der eine preiswerte Dachgeschosswohnung sein Eigen nannte.

Grinsend stand der junge Mann in der Tür. Das braune Haar stand ihm wirr vom Kopf, es könnte in naher Zukunft eine Wäsche und einen Kamm vertragen.

„Na Fields, altes Haus, du wirst auch nicht jünger", spottete Chris.

Fields winkte ab. „Lass uns einfach reingehen, die Zeit drängt." Beim Anblick der Wohnung stockte ihm der Atem. „Wolltest du nicht nach meinem letzten Besuch aufräumen?"

„Schon, aber ich habe lieber mit einem Kumpel gezockt. Weißt ja, ich kann schlecht verlieren."

„Junge, Junge, ich hasse es, wenn du mir keinen sauberen Platz anbieten kannst. Schließlich wirst du von mir bezahlt, und das nicht zu knapp."

Mit einem mürrischen Gesichtsausdruck fegte Chris mit seinem Ärmel die leeren Tüten vom Tisch und strafte Fields mit einem schiefen Blick. „Besser?"

„Zum Glück habe ich Schuhe an", erwiderte er verkniffen. „So, kommen wir jetzt zu einer heiklen Angelegenheit, die diesmal eine Nummer größer ausfällt. Es geht um zwei entführte Kinder und ich befürchte, dass die Firma MediTech mit drinhängt."

Fields schob ein Blatt Papier über den Tisch in Chris' Richtung.

„Ich möchte, dass du dir Zugang zu diesen E-Mail-

Konten verschaffst. Der Ex-Mann der jungen Mutter hat als Anwalt für die Chefetage des Konzerns gearbeitet und ist im Ausland untergetaucht. Mich interessiert, ob seine ehemaligen Arbeitgeber noch Kontakt zu ihm pflegen."

„Das sollte ich hinkriegen. Was springt dabei heraus? Ein Extra-Boni?"

„Von wegen", schnaubte Fields. „Übliche Bezahlung bei erfolgter Lieferung. Wann kann ich mit den ersten Daten rechnen?"

„Wenn deine Kunden meine infizierten Mails noch heute öffnen, liefere ich spätestens nach Mitternacht."

„Das klingt vielversprechend. Aber bitte wie gehabt, keine Spuren, die zu mir führen." Fields klopfte Chris auf die Schulter. „Schick mir alles zu, sobald du erste Ergebnisse vorliegen hast."

„Wird umgehend erledigt."

Chris schnappte sich den Zettel, drehte den Bürostuhl zum Rechner und ließ seine Finger wild über die Tastatur tanzen.

KAPITEL 8

Jegliches Lachen, jegliche Freude waren einem Ort des Schreckens gewichen. Der Abend des zweiten Tages war inzwischen angebrochen und im Forsthaus herrschte eine gespenstische Stille.

Hanna fehlte mittlerweile die Kraft, um zu weinen. Nur hin und wieder zitterte sie unkontrolliert. Eine nie gekannte Teilnahmslosigkeit hatte von ihr Besitz ergriffen, so als wäre sie eine Außenstehende und nicht betroffen. Alles in ihr weigerte sich, die Wahrheit anzuerkennen, dass ihre Kinder gekidnappt worden waren. Warum in aller Welt wurde sie erneut so abgestraft, wo sie sich das Glück doch so verzweifelt erkämpft hatte?

Obwohl vor der Tür ein laues Sommerlüftchen wehte, stand Jan in der Küche und kochte Tee. Hanna fühlte sich krank und das heiße Getränk wärmte sie von innen. Es kam ihr vor, als wären Raum und Zeit festgefroren, genauso wie ihre Seele.

Auch Jan sah völlig übernächtigt aus. Mit einer unnatürlichen Blässe im Gesicht hockte er auf dem Küchenstuhl und hatte seinen Blick trübsinnig aus dem Fenster gerichtet. Im

Gegensatz zu Hanna kümmerte er sich um alles, trug Festnetztelefon und Handy ständig mit sich herum. Stunde für Stunde hoffte er auf den erlösenden Anruf, doch meist meldete sich nur die Presse.

Seit sich wie ein Lauffeuer herumgesprochen hatte, dass die Kinder verschwunden waren, meldeten sich die Leute aus dem Dorf, um ihr Mitgefühl auszudrücken. Andere wiederum brachten Essen oder boten spontan ihre Hilfe an. Aber es gab auch die Unverschämten, denen nichts heilig war, die sich im Leid anderer suhlten, weil endlich wieder etwas Aufregendes passierte.

Schweigend hingen Hanna und Jan ihren Gedanken nach, bis er aufsprang, um einen Zettel und einen Stift zu holen.

„Du schreibst jetzt auf, warum Alexander die Kinder entführt haben könnte."

Ihr erstaunter Blick traf ihn.

„Du weißt doch ganz genau, dass ich nicht glaube, dass er die Kinder bei sich hat", antwortete sie ihm.

„Lass uns doch wenigstens einige Möglichkeiten durchspielen. Vielleicht macht es Klick und wir stoßen auf eine Spur, die uns weiterhilft. Hanna, wir *müssen* etwas tun", bat er eindringlich, „jede Stunde, die ungenutzt verrinnt, ist eine Stunde zu viel."

„Ich halte nach wie vor nichts davon."

Jan ergriff ihre Hand.

„Jetzt komm schon, schreib einfach auf, welche Gründe er haben könnte."

Sie notierte zwei Sätze und schob ihm das Blatt wieder zu. „Bitteschön."

Jan las laut die Zeilen vor. „Er will sich rächen. Er braucht Geld." Verwundert schaute er auf. „Mehr nicht?"

„Nein. So dumm wird er nicht sein, um sich die Flucht mit zwei Kinder im Schlepptau zu erschweren. Wir verfügen über keine großen finanziellen Mittel und er ist clever genug, um sich allein zu versorgen. Wer einmal vermögend war, der wird es auch wieder schaffen und Alexander ist gerissen."

„Du hast ja Recht, jeder Gedanke führt ins Nichts." Resigniert ließ Jan seine Schultern hängen. „Aber ich kann nicht tatenlos herumsitzen, während Maximilian und Lara in Lebensgefahr schweben. Denn darauf läuft es schließlich hinaus. Erpresserbriefe sind ausgeblieben, also geht es doch nur noch ums nackte Leben unserer Kinder."

Wütend schlug er mit der Faust auf den Küchentisch, sodass die Tassen überschwappten. Hastig sprang Hanna auf und griff nach einem Lappen. Mit routinierten Bewegungen wischte sie den Tee auf.

„Ich gehe noch eine letzte Runde mit den Hunden. Schließ bitte die Tür hinter mir ab", sagte er.

„Mache ich."

Hanna sah Jan noch eine Weile hinterher, bis er zwischen den Bäumen verschwunden war. Dann ließ sie sich ein Wannenbad ein, um wenigstens etwas zu entspannen. Sie wusste, dass auch heute wieder eine lange und schlaflose Nacht vor ihr liegen würde. Weder Fields noch die Polizei hatten sich gemeldet und ihre Gefühle fuhren Achterbahn.

Sie stieg in das nach Lavendel duftende Badewasser, lehnte ihren Hinterkopf an den Wannenrand und schloss die Augen. Immer wieder blitzten furchterregende Gedanken wie ein Leuchtfeuer auf, dass Maximilian und Lara schlecht versorgt wurden und unter schrecklichem Heimweh litten. Fast körperlich konnte sie die pure Verzweiflung ihrer Kinder spüren.

Plötzlich ertönte ein blechernes Klappern und Hanna erstarrte. Es hatte sich so angehört, als ob jemand etwas in den Briefkasten geworfen hätte. In der Einfahrt knirschte der Kies wie unter Schritten, dann herrschte eine unheilvolle Stille.

„Jan, bist du da?", rief sie verhalten.

Keine Antwort.

Verstört griff sie nach dem Handtuch und schlang es um ihren Oberkörper. Dann verriegelte sie panisch die Badezimmertür und presste ihr Ohr an das glatte, weiß lackierte Holz, um minutenlang zu horchen. Als endlich das Trappeln von Hundepfoten das Haus mit Leben füllte, riss sie die Tür auf.

„Gott sei Dank, du bist zurück." Erleichtert fiel sie Jan um den Hals.

„Hey, was ist denn los?" Besorgt musterte er sie.

„Jemand hat etwas in den Briefkasten geworfen und ich bin vor lauter Angst bald wahnsinnig geworden."

Zögerlich löste sie sich aus der Umarmung.

„Ich schaue sofort nach, hoffentlich ist es kein Erpresserschreiben", sagte Jan und lief nach draußen. Seine Hände zitterten leicht, als er den Briefkasten öffnete. Nur wenige Augenblicke später stand er wieder in der Tür.

„Du hattest recht, es war jemand hier." Neugierig faltete er das Blatt Papier auseinander und stieß einen leisen Pfiff aus. „Na sieh einer an."

„Zeig mal her."

Hanna riss ihm das Blatt aus der Hand. Auf dem grobkörnigen Computerausdruck waren zwei Personen zu erkennen.

„Der Typ sieht wie Alexander aus", sagte Jan.

„Das ist er", stimmte Hanna ihm zu. „Und die zweite Person ist die Peters. Was für eine kompromittierende Situation."

Sie konnte nicht glauben, was auf diesem Ausdruck zu sehen war. Die Vorgesetzte von Alexander trieb es mit ihm auf seinem Schreibtisch.

„Das war also der Anlass für Alexanders Überstunden."

Blanker Hass spiegelte sich in ihren Augen. „Und er wollte mich wegen meiner Untreue aus dem Weg räumen."

„Das tut mir sehr leid für dich, Hanna. Aber viel wichtiger ist doch die Frage, warum wir dieses Foto ausgerechnet jetzt erhalten haben."

„Woher soll ich das denn wissen?" Sie ballte zornig ihre Fäuste. „Ich habe allmählich das Gefühl, den Boden unter den Füßen zu verlieren." Die angestaute Energie der letzten Tage brach aus ihr heraus und Hanna war nicht mehr zu bremsen. „Wenn ich wüsste, wo die Peters wohnt, ich würde sofort zu ihr fahren."

„Das ist keine gute Idee. Wir übergeben das Bild der Polizei, die wissen garantiert mehr damit anzufangen."

„Aber sicher doch. Genau aus diesem Grund haben wir bis jetzt noch kein Feedback von denen", rief sie zynisch.

Bevor die Situation in einem handfesten Streit eskalierte, lenkte Jan ein. „Lass uns versuchen, etwas Schlaf zu finden. Wir brauchen die Kraft."

Er schob Hanna ins Schlafzimmer und beide sanken erschöpft auf die Kissen. Stumm lagen sie nebeneinander, bis Jan durch seine regelmäßigen Atemzüge verriet, dass er eingeschlafen war. Hanna beneidete ihn darum. Obwohl sie völlig übermüdet war, kam sie nicht zur Ruhe. Das Bild von Alexander und der Peters spukte ihr unablässig im Kopf herum und sie wälzte sich ruhelos von einer Seite auf die andere.

Gleich morgen würde sie ins Auto steigen und in die Firmenzentrale von MediTech fahren, um diese arrogante Person zur Rede zu stellen. Warum war dieses kompromittierende Bild erst jetzt aufgetaucht? Und wie hing das Ganze überhaupt mit der Entführung der Kinder zusammen?

Trotz der quälenden Gedanken döste sie irgendwann in den frühen Morgenstunden ein.

Ein lautes Geräusch weckte Hanna und sie rieb sich schlaftrunken die Augen. Sekunden später prasselte die Wirklichkeit auf sie ein und die Tränen strömten unaufhörlich ihre Wangen herunter.

Warum hatte sie ausgerechnet jetzt aufwachen müssen? Dabei war der Traum unglaublich schön gewesen. Sie hatte mit weit ausgebreiteten Armen auf einer Blumenwiese gestanden, um ihre Kinder aufzufangen, die ihr lachend entgegengerannt kamen. Sie war berührt von der Tatsache gewesen, dass Max bereits laufen konnte, und genoss diesen glückseligen Augenblick.

Enttäuscht warf sie einen Blick auf den Wecker und trocknete die Tränen. Es war fast zehn und sie hatte die Peters schon längst zur Rede stellen wollen. Hastig schlug sie die Bettdecke zurück und sprang unter die Dusche. Mit nassen Haaren setzte sie sich zu Jan an den Frühstückstisch.

„Guten Morgen, Hanna. Ich bin froh, dass du etwas länger schlafen konntest." Er lächelte gequält.

„Warum hast du mich nicht geweckt? Du wusstest doch, dass ich der Peters heute auf den Zahn fühlen wollte?"

„Du brauchst dringend etwas Ruhe. Sieh dich doch an, wie erschöpft du bist. Außerdem bezweifle ich ernsthaft, dass dir diese Frau irgendetwas über ihre angebliche Affäre mit deinem Ex-Mann verraten wird", sagte er.

„Danke für deine aufbauenden Worte."

„Ich meine es doch nur gut. Immerhin habe ich der Polizei das Bild gefaxt."

„Hat Fields auch eine Kopie erhalten?", hakte sie nach.

„Mist, daran habe ich überhaupt nicht gedacht. Hat er denn eine Faxnummer hinterlassen?"

Hanna schaute die Unterlagen durch. „Nein, hat er nicht.

Ich werde es abfotografieren und ihm zuschicken. Vielleicht kann er damit etwas anfangen."

„Gute Idee. Larsen möchte übrigens das Original, wegen der Fingerabdrücke und so. Nach dem Frühstück mache ich mich sofort auf den Weg. Möchtest du vielleicht mitkommen?"

Hanna überlegte einen kurzen Moment und entschied sich dagegen. Sie wollte unbedingt die Gunst der Stunde nutzen, um zur Peters zu fahren und ihr gehörig die Meinung zu geigen. Jan würde sie mit Sicherheit davon abhalten, aber vielleicht wusste diese Peters mehr. Es musste doch einen Grund geben, warum ihnen ausgerechnet jetzt dieses Foto zugespielt worden war.

„Ich bin dann mal weg", verabschiedete sich Jan.

Er hauchte ihr einen Abschiedskuss auf die Wange, schnappte sich seine Jacke und lief zum Auto seiner Mutter, das er sich von ihr geliehen hatte, um mobil zu bleiben.

Kaum waren die Rücklichter verschwunden, huschte Hanna ins Badezimmer, föhnte sich die Haare, schminkte sich dezent und sprang in ihren Wagen. Der Motor heulte kurz auf, als sie das Gaspedal durchtrat und die Straße zum Dorf hinunterjagte.

Ihr Herz hämmerte ein wildes Stakkato, als das Konzerngebäude nach einer kurzen Fahrt vor ihr auftauchte. Hoffentlich ließ man sie überhaupt bis zur Peters vor. Auf dem überfüllten Parkplatz zwängte sie sich in eine Lücke. Dann schlug sie forsch die Autotür zu, atmete tief durch und lief mit schnellen Schritten auf das gläserne Gebäude zu. Im Eingangsbereich bat Hanna die Empfangsdame, sie bei der Peters anzukündigen.

„Haben Sie einen Termin?" Die junge Frau blickte sie fragend an.

„Selbstverständlich", log Hanna.

„Gut. Wie ist noch einmal Ihr Name?"

Hanna wiederholte ihren Namen und versuchte ihre Nervosität zu verbergen. Wenn die Peters jetzt abblockte, dann hatte sie verloren. Ob es ihr vielleicht gelingen würde, sich unauffällig in die oberen Etagen zu mogeln?

Ausgerechnet jetzt klingelte ihr Handy. Jan. Sie schaltete es kurzerhand ab und ließ es zurück in die Jackentasche gleiten. Seine Vorwürfe hatten ihr gerade noch gefehlt. Wahrscheinlich war er zurückgekehrt und hatte ihre Abwesenheit bemerkt.

„Frau Peters erwartet Sie. Soll Sie jemand nach oben begleiten?"

„Nein danke, ich kenne den Weg", erwiderte Hanna und wandte sich ab.

Auf dem Weg zum Büro legte sie sich die Fragen zurecht, die sie der Peters stellen wollte. Ihre Hand zitterte leicht, trotzdem klopfte sie kraftvoll an die Tür.

„Ja bitte ...", erklang eine schneidende Stimme aus dem Büro.

Hanna straffte ihre Schultern und trat ein. Die Peters trug wie üblich ein eng sitzendes Kostüm und ihre Körperhaltung strahlte eine gewisse Autorität aus. Sie beugte sich gerade über den Schreibtisch, um einige Unterlagen zu ordnen. Für einen Moment hob sie ihren Blick.

„Setzen Sie sich", erklang die unfreundliche Aufforderung.

„Danke, ich stehe lieber", erwiderte Hanna.

„Wie Sie wünschen ..."

Die Peters setzte sich auf eine Ecke des Schreibtisches und verschränkte die Arme.

„Also Frau Jahnke, wo drückt der Schuh?" Herablassend musterte die Peters Hannas Outfit.

„Ich denke, Sie wissen bereits, dass meine Kinder entführt wurden."

„Hm", lautete die knappe Antwort, weder Zustimmung noch Ablehnung.

Hanna dachte fieberhaft über den nächsten Schritt nach, ihr durfte auf gar keinen Fall ein Fehler unterlaufen.

„Gestern wurde ein Foto von Ihnen und meinem Ex-Mann in den Briefkasten geworfen."

„Ja und?" Fragend zog die Peters eine Augenbraue in die Höhe und wartete darauf, dass Hanna fortfuhr. Ihr unterkühltes Auftreten zeugte von Desinteresse.

„Gut, kommen wir auf den Punkt: Seit wann hatten Sie eine Affäre mit meinem Mann?"

„Sehe ich so aus, als ob ich das nötig hätte?"

„Ja", rutschte es Hanna heraus.

„Ich nehme mir, was ich brauche, und Ihr Mann war zur richtigen Zeit am richtigen Ort", erwiderte sie ohne jegliches Feingefühl.

„Wie darf ich das verstehen?"

„Nun, er war alles andere als abgeneigt, wenn Sie verstehen, was ich meine." Erneut musterte sie Hanna abschätzend und ihre Mundwinkel umspielten ein spöttisches Lächeln. „Einige Männer fühlen sich von mir angezogen wie die Motten das Licht. So ist das eben."

Hanna kostete es eine Menge Selbstbeherrschung, nicht die Kontrolle zu verlieren.

„Ach ja? Und Ihnen ist dabei völlig egal, ob eine Familie daran zerbricht?"

„Diese Worte ausgerechnet aus Ihrem Mund." Ihr abfälliges Lachen füllte den Raum und die Peters glich eher einer gierigen Schlange als einer kompetenten Führungskraft. „Ich habe Männern einiges zu bieten, Aufstiegschancen hin oder her."

„Auf diesem Bild trägt Alexander einen Anzug, den ich ihm ausgesucht habe, noch bevor ich diese verhängnisvolle Affäre begonnen hatte."

„Ihm hat der Anzug nie gestanden, wenn Sie mich fragen."

Hanna machte einen Schritt nach vorn. „Jetzt hören Sie mir einmal zu! So eine überhebliche, rücksichtslose und arrogante Person wie Sie ist mir jedenfalls noch nie über den Weg gelaufen."

„Halten Sie sich gefälligst zurück", fauchte die Peters in ihre Richtung. „Es kann ganz schnell ungemütlich für Sie werden."

„Sie wollen mir drohen? Das ich nicht lache! Was habe ich denn noch zu verlieren? Meine Kinder vielleicht?", redete sich Hanna in Rage.

Die Peters schluckte.

„Raus mit der Sprache, was hat es mit dem Foto von Ihnen und Alexander auf sich? Und spielen Sie bloß nicht die Unschuld vom Lande."

„Das müssen ausgerechnet Sie sagen."

Das Maß war übervoll und Hanna holte aus. Schwungvoll traf sie die Peters an der Schläfe und die Designerbrille, garantiert *nicht* von Fielmann, flog im hohen Bogen hinter den Schreibtisch.

„Na, blind wie ein Maulwurf?" Hannas Zorn steigerte sich ins Grenzenlose. „Na prima, auch ein blindes Huhn findet manchmal ein Korn oder eben meinen Ex-Mann. Warum konnten Sie Ihre dreckigen Pfoten nicht von ihm lassen?"

Mit offenem Mund stand die Peters ihr gegenüber. Einige Haarsträhnen hatten sich aus der Hochsteckfrisur gelöst und hingen ihr wirr ins Gesicht. Dann straffte sie die Schultern, sog geräuschvoll die Luft ein und schob die Strähnen hinters Ohr. Ihr Arm schnellte nach vorn und die Hand mit den perfekt manikürten Nägeln krallte sich in Hannas Shirt.

„Hände weg!" Hanna riss sich los.

„Raus hier ...", keuchte die Peters wutentbrannt und stieß

Hanna in Richtung Tür. „Haben Sie sich auch nur ein einziges Mal die Frage gestellt, warum ihr Mann fremdgegangen ist, Sie Bauerntrampel?“

Hanna stemmte sich mit den Händen gegen den Türrahmen und weigerte sich, das Büro zu verlassen. Die unerwartete Gegenwehr ließ die Peters fester zupacken, doch Hanna wollte endlich Antworten.

„Ich hole sofort den Sicherheitsdienst“, schnaufte diese erbost.

„Wie denn, Sie Schlange? Dann müssten Sie mich ja loslassen.“

Das Gerangel nahm deutlich an Lautstärke zu. Hanna trat mit ihrem Fuß nach dem Knie der Peters, doch sie wich geschickt dem Tritt aus.

„Sie sollten öfter Sport treiben“, höhnte sie. „Und jetzt raus aus meinem Büro. Sofort!“

Hanna war zur Höchstform aufgelaufen und dachte nicht daran. Die Verzweiflung der letzten Tage hatte sich aufgestaut und sie machte einen Ausfallschritt zur Seite. Stoff riss, Nähte platzten und das Shirt hing ihr in Fetzen herunter.

„Das werden Sie büßen“, fauchte sie.

„Sie sind auch nicht viel besser als Alexander“, schoss es aus der Peters heraus. „Warum greifen Sie mich an?“, zischte sie. „Um Ihren kriminellen Ex-Mann in Schutz zu nehmen? Mord, Erpressung, was kommt noch?“

Ruckartig hielten die zwei Frauen inne. Ertappt schaute die Peters auf.

„Wie war das? Mord und Erpressung? Könnten Sie diesen Satz bitte noch einmal wiederholen?“

Verlegen zupfte die Peters an ihrem Kostüm, schob den Schreibtischstuhl wieder in seine vorherige Position und setzte sich. Elegant schlug sie ein Bein über das andere und blickte zu Hanna auf.

„Ich habe Ihnen eine Frage gestellt?“ Hanna stützte sich

mit beiden Händen auf dem Schreibtisch ab und beugte sich nach vorn. Aufgewirbelte Staubflöckchen tanzten im einfallenden Sonnenlicht, das durch die Schlitze der Jalousien ins Zimmer drang.

„Ich höre?“, drängte Hanna.

Stille.

„Gut, Sie wollen es ja nicht anders. Ich werde jetzt zur Polizei fahren und dort aussagen, dass Alexander in eine angebliche Erpressung verwickelt ist und höchstwahrscheinlich die Kinder in seiner Gewalt hat.“

Hanna wandte sich ab und versuchte vergeblich, das zerrissene Shirt in Form zu bringen.

„Warten Sie!“

Die Peters erhob sich, überholte Hanna und schloss die Bürotür. Hanna konnte es kaum erwarten, Antworten zu erhalten.

„Wie Sie vielleicht schon bemerkt haben, hat sich Ihr Ex-Mann ins Ausland abgesetzt. Wo genau er sich aufhält, ist uns leider noch nicht bekannt. Und damit er sich dort einen schönen Lebensabend machen kann, hat er wichtige Unterlagen gestohlen.“

„Alexander erpresst also MediTech, sehe ich das richtig?“

„Genauso ist es.“

„Dann sollten Sie einmal Ihre Sicherheitsvorkehrungen überdenken“, sagte Hanna. „Aber was hat diese Sache mit meinen Kindern zu schaffen?“

„Gar nichts.“ Die Antwort kam wie aus der Pistole geschossen.

„Ich glaube Ihnen kein einziges Wort“, erwiderte Hanna mit Nachdruck und das Blut rauschte in den Ohren. Da steckte mehr dahinter, als die Peters zugab. Wie paralysiert starrte Hanna auf ein grellbuntes Gemälde an der Wand und zählte eins und eins zusammen.

„Es wird wohl das Beste sein, wenn ich mit meinem Wissen zur Polizei gehe."

„Nein!", rief die Peters energisch aus. „Wir sind geliefert, verdammt nochmal, wenn Ihr Mann mit den Unterlagen an die Presse geht. Er hat uns in der Hand und wir sind gezwungen, ihm weiter Unterhalt zu zahlen, sonst wird der Laden dichtgemacht. Ich habe nicht so hoch gepokert und mein Vermögen investiert, um am Ende bei null dazustehen und die Handschellen klicken zu hören. Bringen Sie Alexander zur Vernunft, oder aber ..."

Die Peters ließ den Satz bewusst unausgesprochen.

„Sie drohen mir also?" Hanna glaubte den Boden unter den Füßen zu verlieren.

„Finden Sie Ihren Ex-Mann und sorgen Sie dafür, dass die Erpressungen aufhören."

„Und erst dann bekomme ich meine Kinder zurück, wollten Sie gerade sagen?" Hanna kochte vor Wut, das war zu viel für sie.

„Wenn Sie mich jetzt entschuldigen würden, ich habe zu tun." Geschäftig kramte die Peters in ihren Unterlagen. „Wo die Tür ist, wissen Sie ja bereits."

„Sie bleiben mir also die Antwort schuldig? Gut, dann weiß ich ja, was zu tun ist."

Spöttisch verzog die Peters ihre Mundwinkel. „Nur zu, es liegt in Ihrer Hand."

Hanna lief zur Tür, drückte die Klinke herunter und verließ das Büro. Auf dem Weg zum Ausgang war sie den neugierigen Blicken der Angestellten ausgesetzt, doch sie nahm nichts davon wahr. Wie fremdgesteuert stieg sie in den Wagen.

Hatte die Peters ihr etwa sagen wollen, dass Maximilian und Lara noch lebten, aber in Lebensgefahr schwebten, weil Alexander MediTech erpresste?

Erschöpft lehnte sie ihre Stirn gegen das Lenkrad und es

vergingen einige Minuten, bis sie sich gesammelt hatte. Wo sollte das alles nur enden?

Frustriert fuhr sie vom Parkplatz und es fiel ihr schwer, sich auf den Verkehr zu konzentrieren. Der Weg zurück erschien ihr endlos und am liebsten wäre sie in dieses leere Haus überhaupt nicht mehr zurückgekehrt. Immer weiterfahren, weiter und weiter, bis an das Ende dieser Welt. Oder am Abend einfach einschlafen und nie wieder aufwachen. Ohne ihre Kinder fühlte sie sich unvollständig, so als hätte man ihr bei lebendigem Leib das Herz herausgeschnitten. Die Gedanken an Lara und Maximilian zermürbten sie und sie fühlte sich elend.

Durch den Tränenschleier verschwamm die Straße vor ihren Augen und Hanna musste anhalten. Verdammt, warum hatte die Polizei Alexander damals nicht erwischt, dann wäre das alles niemals passiert. Der Schmerz in ihrem Innersten war überwältigend und sie gab schluchzend ihren Gefühlen nach.

„Hanna, wo hast du nur gesteckt?" Jan kam aus dem Haus gerannt. „Ich habe mir Sorgen gemacht und wollte schon die Polizei rufen. Du hättest wenigstens einen Zettel hinterlassen können."

„Tut mir leid, ich war bei MediTech."

„Wie siehst du überhaupt aus? Was ist passiert?"

„Ich hatte eine kleine Auseinandersetzung mit der Peters", antwortete sie.

„Wegen der Affäre?"

„Unter anderem auch."

„Dich kann man keine Sekunde aus den Augen lassen. Warum hast du mir nicht wenigstens Bescheid geben?"

„Du warst gegen diesen Besuch, also habe ich mich kurzfristig dafür entschieden. Ich musste der Sache einfach auf den Grund gehen."

„Bitte mach das nie wieder, versprichst du mir das? Hast du wenigstens etwas erreichen können?"

„Ich denke schon. Die Peters hat mir gedroht, dass ich Alexander zur Vernunft bringen soll."

„Was ist denn in diese Person gefahren?" Jan sah sie fragend an.

„Wenn ich ihre Worte richtig gedeutet habe, dann erpresst Alexander die MediTech und ..."

„Aber das ist doch nicht unser Problem", unterbrach er sie.

„Ich fürchte doch. Wahrscheinlich haben sie die Kinder entführt, um Druck auszuüben und Alexander in die Knie zu zwingen."

„Das kann ich nicht glauben." Jan setzte sich auf die Stufen der Veranda und fuhr sich mit beiden Händen nervös durchs Haar.

„Ich werde mich mit dem Detektiv in Verbindung setzen und fragen, was er davon hält, bevor wir die Polizei informieren."

„Hanna, ich bezweifle, dass das der richtige Weg ist."

„Lass es mich doch wenigstens versuchen."

Jan schien mit sich zu ringen. „Na gut, mach, was du für richtig hältst. Aber jetzt brauche ich dringend eine Dusche, mein Nacken ist total verspannt."

Er verschwand im Badezimmer und ein paar Sekunden später rauschte das Wasser. Unschlüssig stand Hanna im Flur. Sie entledigte sich des kaputten Shirts und warf es in den Müll. Dann stützte sie sich kurz an der Wand ab, weil ihr schwindelig wurde. Sie hatte in den letzten Tagen kaum etwas zu sich genommen, und das rächte sich jetzt. Nachdem sie sich wieder ein wenig besser fühlte, angelte sie zwei Pizzen aus der Tiefkühltruhe und schob sie in den Backofen.

Selbst die alltäglichsten Dinge wie das Einkaufen fielen ihr schwer, sie brachte einfach nicht die Kraft auf.

Nur wenige Minuten später zog der warme Duft des aufgehenden Teiges durch das Haus.

„Danke für die Pizza, ich bin schon am Verhungern", sagte Jan.

Schweigend saßen sie am Tisch, nur das Besteck klapperte leise. Hanna schaffte mit Mühe und Not eine halbe Pizza und schob den Teller in Jans Richtung.

„Ich bin satt. Magst du den Rest haben?"

„Gerne."

„Ich kann kaum erwarten, bis dieser Fields sich endlich meldet. Ob er schon etwas herausgefunden hat?" Hanna sah ihn fragend an.

„Das wird sich zeigen." Jan stand auf und stellte den Teller in die Spüle. „Was hältst du von einem kleinen Spaziergang? Diese Warterei macht mich auf Dauer mürbe, ich muss einfach hier raus."

„Steckst du auch dein Handy ein? Wir dürfen keinen Anruf verpassen."

Jan sah Hanna an, wie sehr sie unter Strom stand. Er machte sich schwere Vorwürfe und wusste nicht, wie er mit diesem Gefühlschaos umgehen sollte. Am liebsten wäre er an einen einsamen Ort gefahren, um sich all seine Sorgen von der Seele zu schreien.

Ophelia und Duke kamen sofort angeschossen, als sie das vertraute Klimpern der Hundeleinen hörten. Die Tiere spürten deutlich, dass etwas nicht stimmte, und genossen jede Art der Abwechslung. Voller Elan liefen sie voraus, denn lange Spaziergänge waren in den letzten Tagen selten geworden.

Schweigend liefen sie nebeneinander her und Hanna beneidete die Hunde um ihre Unwissenheit. Irgendwann griff Jan zaghaft nach ihrer Hand und hielt sie fest in seiner.

KAPITEL 9

Fields musste nicht lange auf das Ergebnis warten. Innerhalb weniger Minuten hatte Chris die Trojaner versendet. Während die gutgläubigen Empfänger ahnungslos ihre Mails öffneten, nisteten sich die Programme auf deren Rechner ein. Jetzt konnte er seelenruhig in den fremden Daten nach verschlüsselten Nachrichten suchen. Und tatsächlich, innerhalb weniger Minuten war er fündig geworden.

Für die Dechiffrierung benötigte er nur wenig Zeit, diese Dinge waren für ihn ein Kinderspiel. Wurde es doch einmal komplizierter, so verfügte er über einen großen Freundeskreis, der ihn gern bei kniffligen Fällen unterstützte. Aber das, was er gerade vor sich hatte, war reiner Firlefanz. Innerhalb kürzester Zeit konnte er die gewünschten Informationen an Fields weiterleiten.

„Junge, das ging ja richtig fix." Anerkennend nickte Fields seinem Schützling zu.

Chris ordnete die Ausdrucke und überreichte sie ihm mit den Worten: „Zahltag, Chef."

Fields zog seine Geldbörse aus dem Jackett und legte die

Scheine neben den Monitor. Dann griff er nach den Papieren und setzte sich in einen der zerschlissenen Sessel.

„Kannst du dir von dem Geld keine neuen Möbel anschaffen?", brummte er.

„Wohnst du hier oder ich?" Chris blickte missbilligend in seine Richtung.

„Ich meine ja nur ..." Fields zuckte mit den Schultern und widmete sich wieder den Ausdrucken. „Meine Intuition hat mich noch nie im Stich gelassen", sagte er und schaute triumphierend zu Chris.

„Aber klar doch", antwortete dieser gelangweilt und verstaute mit einer gewissen Genugtuung die Geldscheine in einer unscheinbaren Blechdose oben auf dem Regal. Anschließend öffnete er eine Tüte Chips und hockte sich auf den Sessel neben Fields. Seine dünnen Beine baumelten über der Lehne, während er geräuschvoll die Chips zerkaute.

„Hier, schau dir nur diesen Satz an: Erste Etappe bewältigt, erwarte weitere Instruktionen. Ich bin mir sicher, dass er eine wichtige Bedeutung hat. Chris, sei bitte so nett und behalte den kompletten Mailverkehr dieser Personen im Auge. Und bevor du die Mails an mich weiterleitest, filtere sie vorher, Unwichtiges kann weg."

„Das kostet aber extra", entgegnete Chris großspurig.

„Seit wann denn das?"

„Seit eben."

„Willst du meine jetzige Situation ausnutzen? Erst nach erfolgter Lieferung gibt es einen Extra-Bonus. Haben wir uns verstanden?"

Chris nickte zustimmend.

„Ich mache mich jetzt auf den Heimweg. Die Mutter der entführten Kinder hat noch ein paar Neuigkeiten für mich und die Zeit arbeitet gegen uns." Fields erhob sich und klopfte Chris auf die Schulter. „Wenn etwas Wichtiges reinkommt, melde dich sofort."

„Werde ich machen." Chris zerknüllte die Tüte und ließ sie achtlos auf den Boden fallen.

„Na dann, man sieht sich."

Fields lief leichtfüßig die Treppen hinunter und musste lächeln. Der Junge verbrachte den gesamten Tag vor dem Rechner, trieb keinen Sport und ernährte sich äußerst ungesund. Trotzdem war Chris spindeldürr, während er selbst allmählich in die Jahre kam. Die ergrauten Schläfen verliehen ihm einen Hauch von Eminenz und ein leichter Bauchansatz wölbte sich über den Gürtel seiner Jeans. Beim Joggen legte er des Öfteren eine kurze Verschnaufpause ein. Nichtsdestotrotz war er ein äußerst attraktiver Mittvierziger.

Im Prinzip war ihm sein Äußeres egal, für wen sollte er sich schon aufpeppen? Es gab keine Nachfolgerin für Jackie, würde es wahrscheinlich auch nie geben. Natürlich flogen ihm die Frauenherzen zu und er war auch das eine oder andere Mal schwach geworden. Aber viele Frauen erhofften sich mehr und dazu war er nicht bereit. Noch nicht.

Seine gesamte Energie steckte er in das regelmäßige Training, um fit zu bleiben. Dieser Umstand tat ihm ganz besonders an jenen Tagen gut, an denen die Aufträge ausblieben und ihn die Einsamkeit quälte. Während dieser Zeit powerte er sich aus, joggte und wanderte Kilometer um Kilometer.

Aber jetzt gab es eine Menge zu tun und er trat das Gaspedal seines Audis durch. Vor seiner Wohnungstür lag ein kleines Päckchen, das seine Vermieterin angenommen haben musste. Sein Kollege hatte also Wort gehalten und ihm den Stick mit dem Videomaterial zukommen lassen. Er schloss rasch die Tür, warf sein Jackett achtlos auf die Couch und startete den Rechner. Er schob den Stick in das Laufwerk und las sich die beiliegenden Notizen durch.

Dann richtete er seine volle Aufmerksamkeit auf den Monitor. Er beobachtete den Vater der Kinder beim Tanken und sah, wie er aus dem Bildausschnitt verschwand. Fields spürte die Anspannung. Wer würde gleich vor der Kamera auftauchen, um den Jeep samt Kindern zu kidnappen?

Während der nächsten Sekunden verschlug es ihm die Sprache. Alles hätte er vermutet, aber nicht das. Eine kleine rundliche Frau, die eine Tunika trug und deren Gesicht teilweise von einem Kopftuch verdeckt wurde, huschte zum Jeep. Unbemerkt stieg sie in das Fahrzeug und raste mit überhöhter Geschwindigkeit davon. Nur zwei Atemzüge später kam der Vater aus dem Gebäude gerannt und jagte wild gestikulierend dem Wagen hinterher.

Fields konnte sich überhaupt keinen Reim darauf machen. Er spielte die Aufnahme noch ein weiteres Mal ab und erhaschte einen Blick auf das seitliche Profil der Frau. Sie war mittleren Alters und vom Aussehen her eher der südländische Typ. Um eine Verkleidung konnte es sich nicht handeln, denn sie trug das Gewand wie selbstverständlich und verhedderte sich nicht beim Einsteigen.

Sollte etwa doch ein Kinderhändlerring hinter der Entführung stecken? Wieder und wieder schaute Fields sich diese Szene an, aber es ergab keinen Sinn. Es sei denn …?

Es sei denn, Alexander steckte hinter der Entführung. Im Prinzip war die Idee, eine Frau zu wählen, gar nicht so schlecht. Welcher Polizist würde schon genauer hinschauen, bei einer verhüllten Frau am Steuer?

Aber warum war das zweite Kind entführt worden? Alexander war schließlich nicht der leibliche Vater. Eine weitere Strafe für das Fehlverhalten seiner Ex-Frau? Die Puzzleteile passten einfach nicht zusammen.

Fields holte die Wasserflasche aus dem Kühlschrank und schenkte sich ein Glas ein. Meist kannte er den ungefähren Aufenthaltsort, an dem sich die entführten Kinder aufhielten, aber dieser Fall steckte voller Überraschungen. Er hatte fest damit gerechnet, einen Mann am Steuer vorzufinden, und griff zum Telefon, um seine Auftraggeber zu kontaktieren.

~

Kurz darauf saß er Jan und Hanna im Forsthaus gegenüber.

„Das, was wir jetzt besprechen, ist streng vertraulich, und ich bitte euch inständig, kein einziges Wort den Beamten gegenüber zu erwähnen."

Hanna erblasste. „Was ist passiert?"

„Ein ehemaliger Kollege hat mir das Videomaterial zukommen lassen und ich möchte euch bitten, einen Blick auf folgende Szene zu werfen."

Fields steckte den Datenstick in den USB-Port des Laptops und spielte die Videoaufzeichnung ab.

„Eine Frau hat den Jeep gestohlen?", rief Jan fassungslos.

„Ich habe ähnlich reagiert", gestand Fields. „Kommt euch diese Frau vielleicht bekannt vor?"

„Nein." Hanna schüttelte ihren Kopf. „Ich habe sie noch nie in meinem Leben gesehen."

„Sie muss aus dem Ausland stammen, die Kleidung sieht nicht gerade europäisch aus", sagte Jan.

„Ja, die Vermutung liegt nahe, ich tippe auf den arabischen Raum", pflichtete Fields ihm bei.

„Sind die Kinder etwa im Ausland?" Hannas Hände begannen leicht zu zittern.

„Darüber können wir zum jetzigen Zeitpunkt nur spekulieren."

„Ich habe allmählich genug, von diesen vagen Andeutungen." Hanna war zornig aufgesprungen. „Es kann doch nicht sein, dass jemand am helllichten Tag ein Fahrzeug mit zwei Kindern entführt und damit durchkommt."

„So einfach ist das aber nicht. Der Jeep könnte auch durch

unwegsames Gelände gefahren sein, dann waren die Straßensperren vergebens."

„Alles in allem bedeutet das also, dass wir schon seit geraumer Zeit ausspioniert wurden", sagte Jan. „Es wurde wirklich nichts dem Zufall überlassen."

„Das sehe ich genauso. Hier war jemand am Werk, der über das nötige Know-how und die Finanzen verfügte, um eine Entführung zu planen und diese letztlich auch durchzuführen."

„Dann scheidet Alexander aus", spann Jan den Faden weiter.

„Es ist unfassbar, dass MediTech hinter der Entführung steckt und die Peters mit ihren Behauptungen letzten Endes recht hatte. Sie wollen die Kinder als Druckmittel benutzten, damit Alexander die entwendeten Unterlagen herausrückt."

„Das wäre immerhin ein Motiv", antwortete Fields.

„Dann wurde mir das Bild also absichtlich untergeschoben, damit ich die Firmenzentrale aufsuche. Aber warum?"

„Du sollst zusätzlichen Druck auf deinen Ex-Mann ausüben. Wahrscheinlich nehmen diese Leute an, dass du weißt, wo er sich momentan aufhält", erklärte Fields.

„Aber das ist doch absoluter Blödsinn. Ich bin froh, dass er fort ist."

„Das mag schon sein, aber er stellt definitiv eine Gefahr für dich und die Kinder dar."

„Ich hätte Alexander sofort an die Polizei ausgeliefert, wenn mir sein Aufenthaltsort bekannt gewesen wäre", erwiderte Hanna.

„Aber er ist und bleibt der Vater deiner Tochter. Und vielleicht nehmen die Leute von MediTech sogar an, dass du ihn unterstützt." Fields lehnte sich zurück und sah Hanna an.

„Auf diese Gedanken wäre ich niemals gekommen", antwortete sie.

„Genau das ist es, was die Sache so schwierig macht. Wir

müssen in alle erdenklichen Richtungen ermitteln, genau wie die Polizei."

„Wie soll es jetzt weitergehen?" Sie sah ihn fragend an.

„Wir müssen unbedingt den Aufenthaltsort von Alexander herausfinden, denn ein Austausch der Kinder wird wohl nicht auf hiesigem Boden möglich sein."

„Ich habe so schreckliche Angst, dass wir Lara und Maximilian niemals wiedersehen", flüsterte sie unter Tränen.

„Du darfst die Hoffnung niemals verlieren", entgegnete Field. „Wir haben das Ende des Fadens bereits gefunden, jetzt müssen wir nur noch das Knäuel entwirren."

KAPITEL 10

Das Klingeln des Telefons zerriss am Abend die gespenstische Stille des Forsthauses. Jan sprang von seinem Sessel auf und griff zum Telefon. Ein Anruf zu dieser späten Stunde, das konnte nur die Polizei sein.

Und tatsächlich, ein Mitarbeiter vom LKA teilte ihm mit, dass man seinen Jeep in der Nähe von Wolken an der A48 gefunden hatte. Jan drückte auf die Lautsprecherfunktion des Telefons, damit Hanna mithören konnte.

„Das Fahrzeug stand versteckt in einem kleinen Waldstück. Bedauerlicherweise fehlt von den Kindern weiterhin jede Spur."

„Wann kann ich den Jeep abholen?"

„Gar nicht", lautete die knappe Antwort. „Das Fahrzeug wird auseinandergenommen und auf Spuren untersucht. Bis alle Proben analysiert und ausgewertet wurden, können einige Tage vergehen."

„Und wie verfahren Sie weiter?"

Jan lief nervös auf und ab, gefolgt von den Blicken der Hunde.

„Nun ja ...", ein Räuspern erklang, „wir werden zuerst mit

Mantrailern die Gegend absuchen und später Leichenspürhunde einsetzen."

Ein entsetzlicher Schmerz durchfuhr Hannas Brust und sie hatte das Gefühl zu ersticken. Während Jan weiter mit dem Beamten kommunizierte, lief sie nach draußen und rang nach Luft.

Leichenspürhunde.

Nein, diesen Gedanken wollte sie nicht zulassen. Sie sank zu Boden und schlug schluchzend die Hände vors Gesicht. Kurz darauf erschien Jan in der Tür. Er wollte sie behutsam hochziehen, doch sie sträubte sich und begann wild um sich zu schlagen.

„Ich will meine Kinder lebend zurück", schrie sie voller Verzweiflung.

Zum ersten Mal realisierten beide, dass die Leichenspürhunde durchaus Tatsachen ans Licht bringen konnten, von denen sie lieber nichts wissen wollten.

„Jan, ich halte das nicht mehr aus ..."

Ihr Körper bebte und Tränen strömten über ihr Gesicht. Jan hob sie kurzerhand hoch und trug sie ins Haus. Hanna so leiden zu sehen, brachte ihn fast um den Verstand.

Was Hanna jedoch als Realität annahm, schob er weit von sich. Er wollte nicht wahrhaben, dass Maximilian und Lara vielleicht nicht mehr am Leben sein könnten. Tief in seinem Inneren müsste er doch spüren, ob den Kindern etwas zugestoßen war. Aber als er in sich hineinhörte, nahm er nur eine gewaltige Stille und eine grenzenlose Hoffnungslosigkeit wahr.

Er wählte die Nummer von Fields und unterrichtete ihn über den neuesten Stand der Dinge. Dann ließ er noch ein letztes Mal die Hunde raus.

So geräuschlos wie möglich schlich er nach oben und öffnete die Schlafzimmertür. Er lauschte Hannas regelmäßigen Atemzügen und beschloss, auf der Couch zu schlafen, um sie nicht zu wecken. Sie hatte einen leichten Schlaf und brauchte dringend ein paar Stunden Ruhe.

Leise raffte er sein Bettzeug zusammen, stahl sich aus dem Zimmer und legte sich auf die Couch. Er verschränkte die Arme hinter seinem Kopf und starrte in die Dunkelheit. Wann würde dieser Albtraum endlich enden?

Hanna träumte wirres, völlig zusammenhangloses Zeug. Sie befand sich in einem fremden Bahnhof und Menschenmassen eilten an ihr vorüber. Verzweifelt suchte sie ihren verloren gegangenen Koffer und eilte bekümmert von Bahnsteig zu Bahnsteig, bis der Lautsprecher verkündete, dass ihr Zug bereits abgefahren sei. Sie ließ augenblicklich den Koffer Koffer sein und rannte zum letzten Gleis, um erschrocken festzustellen, dass sich Maximilian und Lara im letzten Abteil des davonfahrenden Zuges befanden. Die Kinder winkten ungestüm und riefen verzweifelt nach ihrer Mutter.

Hanna sprang in Panik auf die Gleise und wollte dem Zug hinterherjagen, doch der Schaffner hinderte sie daran. Grob zerrte er sie auf den Bahnsteig zurück. Erbost brüllte sie ihn an, dass kleine Kinder grundsätzlich nicht ohne Aufsicht Zug fahren sollten.

Irgendein fremdes Geräusch, das sie dem Traum nicht zuordnen konnte, holte sie in die Wirklichkeit zurück. Verschlafen setzte sie sich auf und strich mit einer fahrigen Bewegung die Haare aus der Stirn. Das erneute Klingeln des Telefons ließ sie zusammenzucken. In Windeseile hastete sie nach unten und nahm, ohne ihren Namen zu nennen, das Gespräch an. In letzter Zeit häuften sich die Anfragen dubioser Journalisten, die sie vor eine Kamera zerren wollten. Jan hatte schon angedacht, eine neue Telefonnummer zu beantragen, um diese lästigen Leute abwimmeln zu können.

Diesmal war es jedoch kein Reporter, sondern der Leiter des Teams des LKA. Er begrüßte sie höflich und setzte zum Sprechen an. Jetzt bekam sie es mit der Angst zu tun, hauptsächlich vor den Dingen, die er ihr gleich mitteilen könnte.

„Wir haben die Kleidung Ihrer Kinder in einer Mülltonne auf einem Parkplatz zwischen Neuwied und Koblenz gefunden. Ein paar Windeln waren auch dabei."

„Oh mein Gott ...", stammelte sie entsetzt und rechnete mit dem Schlimmsten. Ihre Hände zitterten und sie musste sich setzen, weil ihre Beine einknickten. „Haben die Hunde meine Kinder aufgespürt? Sind sie ... sind sie tot?"

„Nein, die Suche ist auch diesmal erfolglos verlaufen, von Ihren Kindern fehlt weiterhin jede Spur. Wir arbeiten unter Hochdruck rund um die Uhr und die angeforderte Verstärkung ist bereits im Einsatz."

„Ich soll das einfach hinnehmen?", rief sie mit schriller Stimme. „Verdammt, so funktioniert das aber nicht!"

„Es tut uns außerordentlich leid, wir geben wirklich unser Bestes. Mit jeder anbrechenden Stunde hoffen wir auf neue Erkenntnisse, die uns eine Richtung weisen. Jetzt müssen wir erst einmal abwarten, ob uns die Auswertungen der DNA-Spuren aus dem Fahrzeug weiterbringen."

„Schön, dass Sie abwarten. In dieser Zeit könnte meinen Kindern alles Mögliche zugestoßen sein." Ihre Geduld wurde allmählich überstrapaziert und die Verärgerung darüber brachte sie deutlich zum Ausdruck. „Aber es muss doch irgendeinen Hinweis geben? Jeder hinterlässt Spuren."

„Wie bereits erwähnt, wir bemühen uns. Auch wir können die Überstunden schon nicht mehr zählen."

Ungeduld schwang in der Stimme des Beamten mit. Auch er stand unter großem Druck, den ihm sein Vorgesetzter und die Presse machten. Nur zu gern hätte er die Kinder wohlbehalten den Eltern übergeben, aber er war nun einmal nicht Supermann.

„Wir möchten Sie bitten, aufs Präsidium zu kommen, um die Kleidung Ihrer Kinder zu identifizieren. Je eher, desto besser. Dann können die Sachen umgehend ins Labor zur kriminaltechnischen Untersuchung. Außerdem benötigen wir von Ihnen noch eine DNA-Probe, um diese mit den ermittelten Daten zu vergleichen. Wir dürfen keine Zeit verlieren."

Hanna schluckte. „Ich habe verstanden. Wir machen uns sofort auf dem Weg." Sie legte das Telefon auf den Tisch und rannte hinüber zum Schuppen.

„Jan, die Polizei hat die Sachen von Max und Lara gefunden. Wir sollen aufs Präsidium, um die Kleidungsstücke zu identifizieren. Bitte beeil dich, wir müssen sofort los."

„Was sagst du da? Sie haben die Sachen? Und wo sind unsere Kinder?"

„Von ihnen fehlt weiterhin jede Spur", antwortete sie resigniert.

„Dann besteht also noch Hoffnung, sie lebend zu finden?"

„Jan, bitte. Ich vermute nichts Gutes, wenn man den Kindern ihre Kleidung weggenommen hat. Lass uns jetzt fahren, ich möchte nicht darüber nachdenken müssen."

Mit überhöhter Geschwindigkeit raste Jan vom Hof. Die Sonne prallte auf das Autodach und erhitzte das Innere des Fahrzeugs. Nervös knetete Hanna ihre verschwitzten Hände auf dem Schoß und der Schweiß lief ihr in kleinen Rinnsalen den Rücken hinab. Sie fuhr die Scheibe des Seitenfensters herunter und hielt ihr Gesicht dem Windstrom entgegen. Ihre Haare wurden komplett zerzaust und der angenehme Duft des Sommers umnebelte ihre Sinne. Wie schön könnte das Leben sein, ohne diese qualvolle Tragödie?

Sie schloss die Augen und versuchte wie so oft, die Tränen zurückzuhalten. Es wunderte sie, dass sie überhaupt noch die Kraft zum Weinen besaß. Voller Angst dachte sie an die Dinge, die sie gleich zu sehen bekommen würde. Sollte es sich tatsächlich um die Kleidungsstücke handeln, die Max und Lara am Leib getragen hatten? Sie spürte, wie bittere Galle in ihr aufstieg.

„Jan, fahr bitte schnell rechts ran."

„Warum?"

„Bitte, halte da vorn", keuchte sie.

Er fuhr in die Parkbucht und stoppte sofort. Hanna sprang aus dem Wagen und beugte sich nach vorn. Alles, was sie am Morgen zu sich genommen hatte, landete im angrenzenden Weizenfeld. Jan war ebenfalls ausgestiegen und reichte ihr die Wasserflasche und ein Taschentuch. Dankbar spülte sie ihren Mund.

„Mir ist vor lauter Aufregung übel geworden", entschuldigte sie sich. „Hoffentlich überstehe ich den Termin einigermaßen unbeschadet. Ich habe schreckliche Angst davor, was mich erwartet."

„Ich bin genauso nervös wie du, glaube mir. Geht es wieder?"

„Ja. Wir können weiter."

Je näher sie dem Präsidium kamen, desto mulmiger wurde Hanna zumute und mit weichen Knien erklomm sie die Eingangsstufen. Jan stützte sie und strich sanft über ihren Rücken. Kurz darauf saßen sie verloren in einem Büro und hielten sich an den Händen. Ein hagerer Beamter betrat mit einigen Asservatenbeuteln das Zimmer und Hanna unterdrückte einen Aufschrei. Bereits aus der Ferne konnte sie Laras Shirt an den bunten Glitzersteinchen auf der Vorderseite erkennen.

Die Tüten wurden auf dem Schreibtisch ausgebreitet. Jan stöhnte entsetzt, als er das winzige Höschen von Maximilian entdeckte. Verstohlen wischte er sich über die Augen. Hanna spürte, wie er zu beben begann, und drückte zum Trost seine Hand.

„Sie konnten die Kleidung also identifizieren?"

Beide nickten stumm.

„Gut, dann geht das sofort in das Labor der KTU."

Die Tüten wurden wieder eingesammelt und der hagere Beamte verschwand mit ihnen. Nach ein paar Minuten kehrte er zurück, streifte sich gekonnt die Einweghandschuhe über und bat Hanna, ihren Mund zu öffnen. Mit einem Stäbchen strich er an ihren Schleimhäuten entlang, verschloss die Probe und verließ den Raum.

„Und was geschieht jetzt?" Mit bangem Blick schaute Hanna den vor ihr sitzenden Beamten an.

„Wie gesagt, die Fahndung läuft. Kleidung und Fahrzeug werden untersucht."

Die vagen Ausflüchte machten sie wütend. „Gibt es denn überhaupt einen Hoffnungsschimmer?", fragte sie und musterte den Beamten durchdringend.

„Solange nichts Gegenteiliges bewiesen wurde, rechnen wir fest damit, dass die Kinder noch am Leben sind."

Tja, was hätte der Beamte auch sonst sagen sollen, dachte sie frustriert und beugte sich nach vorn. „Die Ringfahndung, das Überwachungsvideo, nichts davon hat etwas gebracht. Wie können Sie da nur behaupten, dass die Kinder noch am Leben sind?" Zorn blitzte in ihren Augen.

„Glauben Sie mir, uns ist nicht fremd, wie Sie sich fühlen."

„Das bezweifle ich."

Jan erhob sich. „Komm Hanna, es ist besser, wenn wir jetzt gehen." Er nickte dem Beamten zu und führte Hanna nach draußen. Auf dem Gang legte er seine Hände auf ihre Schultern und zog sie fest an sich. Um sie herum ging das Leben weiter, Menschen eilten durch die Flure, ein jeder mit seinen eigenen Sorgen im Gepäck.

„Es wird Zeit, dass wir zurückfahren", raunte er ihr zu und löste sich sanft aus der Umarmung.

Die Sonne strahlte vom Himmel und erhellte jeden

Winkel, als wäre nie etwas Böses geschehen. Schulkinder kamen ihnen laut lachend entgegen und ein nie gekannter Schmerz fuhr durch Hannas Brust.

Jan öffnete den Wagen und hielt ihr die Tür auf. Dann glitt er auf den Fahrersitz und wischte über das Display seines Smartphones.

„Es kann nicht so weitergehen, schon viel zu viel kostbare Zeit ist sinnlos verstrichen", sagte er. „Am liebsten würde ich selbst nach Wolken fahren, um zu sehen, wo mein Jeep gestanden hat. Dann könnte ich jeden verdammten Stein umdrehen und die Gegend durchkämmen."

Er atmete tief durch und wählte die Nummer von Fields.

„Es gibt Neuigkeiten", sagte er. „Jetzt wurden auch einige Kleidungsstücke unserer Kinder in der Nähe von Wolken gefunden."

„Alles an einem Ort?", fragte Fields.

„Nein, der Wagen ist in einem Wäldchen abgestellt worden und Sachen stammen von einem Rastplatz."

„Ich werde mich sofort darum kümmern, solange die Spuren noch frisch sind."

„Wir können ein wenig Hoffnung vertragen", antwortete Jan. Er war sichtlich erleichtert und am Ende des Gespräches gab er noch die genauen Koordinaten durch. Dann startete er den Motor und scherte aus der Parklücke. Unterwegs hielten sie vor einem Discounter und erledigten den längst überfälligen Großeinkauf.

Während Jan die Einkaufstüten ins Haus schleppte, saß Hanna auf den Stufen der Veranda und sah den Hunden beim Toben zu. Die Luft war stickig und heiß, obwohl die Bäume viel Schatten spendeten. Mit zwei Tassen Kaffee in der Hand setzte sich Jan neben sie.

„Danke."

Hanna nahm die Tasse entgegen und pustete auf die Oberfläche, die sich leicht kräuselte.

„Warum musste das Schicksal erneut so erbarmungslos zuschlagen?", fragte sie. „Haben wir nicht schon genug gelitten?"

„Doch, das haben wir. Wir werden wohl nie erfahren, warum uns diese Prüfung auferlegt wurde", antwortete er.

„Die Prüfung müssen bedauerlicherweise auch unsere Kinder bestehen, nicht nur du und ich, und wir können sie dabei nicht einmal unterstützen. Kein Trost der Welt kann ihnen über das Geschehene hinweghelfen. Ich vermisse Lara und Maximilian so schrecklich!"

Resigniert lehnte sie ihren Kopf an seine Schulter, während ihr Blick hinüber zu dem kleinen Gärtchen wanderte. Das Unkraut hatte eine enorme Wuchshöhe erreicht. Die restlichen Pflanzen schrien förmlich nach Pflege und gingen im Lichtschatten unter. Ein wenig Ablenkung würde ihr guttun.

„Ich werde gleich mal rübergehen, um Unkraut zu jäten. Drinnen im Haus halte ich es sowieso nicht aus."

„Mach das. Ich kann ja derweil das Holz im Schuppen stapeln."

Hanna holte Hacke und Spaten und legte los. Die Erde war total ausgetrocknet und es strengte sie unglaublich an, den Boden zu lockern und vom Unkraut zu befreien. Ihr Körper schwächelte, denn sie hatte kaum Nahrung zu sich genommen. Das rächte sich jetzt.

Sie hockte sich auf die staubige Erde und wischte sich den Schweiß aus der Stirn. Im Schatten der Sträucher dösten die Hunde, Insekten schwirrten durch die flirrende Luft und ein leises Zwitschern drang vom Wald herüber. Alles wirkte so unglaublich friedlich und beinahe hätte Hanna das Klingeln des Telefons überhört. Mit schnellen Schritten lief sie ins Haus, um das Gespräch entgegenzunehmen.

„Jahnke", meldete sie sich atemlos.

„Hanna?"

„Alexander ..." Ihr wäre beinahe das Telefon aus der Hand gefallen.

„Wie geht es Lara?", fragte er. „Ist sie bei dir?"

„Willst du mich auf den Arm nehmen?", fauchte sie.

„Nein, ich möchte nur wissen, ob es ihr gut geht."

„Was ist los?"

Lautlos formte Jan seine Lippen, doch er wartete vergebens auf eine Antwort. Hanna wirkte völlig abwesend. Vor lauter Aufregung bekam er rote Flecken im Gesicht und malte sich die schlimmsten Szenarien aus.

„Jetzt sag schon, wer ruft gerade an?", fragte er diesmal in normalem Tonfall.

Hanna reagierte immer noch nicht und er war drauf und dran, ihr das Telefon aus der Hand zu reißen. Dann begann sie zu sprechen.

„Alexander, willst du allen Ernstes behaupten, dass du nicht weißt, dass ich einen Sohn geboren habe?"

Jan stutzte. Telefonierte sie tatsächlich mit ihrem Ex-Mann?

„Ich will verdammt noch einmal von dir wissen, wo sich Maximilian und Lara aufhalten?" Hanna holte tief Luft. „Wie, du weißt es nicht? Ich glaube dir kein einziges Wort und du sagst mir jetzt auf der Stelle, wo du dich aufhältst. Alexander? Hallo? ..." Hanna ließ sich auf den Küchenstuhl sinken. „Verflucht, er hat einfach aufgelegt."

„War das wirklich Alexander?"

„Ja. Er wollte wissen, ob es Lara gut geht."

„Dann steckt also doch MediTech dahinter?"

„Alexander schwört sogar, nichts von meinem zweiten Kind gewusst zu haben. Kannst du dir das vorstellen? Er behauptet steif und fest, überhaupt kein Interesse mehr an Lara zu haben. Er hätte ganz andere Sorgen und will sich von diesem ganzen Kinderkram nicht aufhalten lassen. Unfassbar, oder?"

„Das verstehe ich nicht? Will er uns absichtlich in die Irre führen?" Verunsichert schaute er sie an.

„Ich weiß es nicht. Als er sich gemeldet hat, habe ich für einen kurzen Augenblick sogar gedacht, dass alles wieder gut werden könnte. Verrückt, nicht wahr? Wenn er die Kinder nicht hat, dann fürchte ich um das Leben von Maximilian und Lara."

„Sag bitte so etwas nicht, das darfst du nicht einmal denken." Jan umfasste ihre Schultern und suchte ihren Blick. „Ich bin mir so sicher gewesen, dass er dich mit der Entführung erneut quälen oder Geld erpressen will. Aber inzwischen bin ich mit meinem Latein am Ende. Ich werde sofort Fields und das LKA informieren. Es muss doch möglich sein, einen Hinweis zu finden."

Der Wind frischte auf und in der Ferne grollte der erste Donner. Hanna zog fröstelnd die Schultern hoch und schloss das Fenster. Kater Benjamin schlüpfte durch die Katzenklappe ins Haus und ließ sich auf Hannas Schoß nieder. Gedankenverloren strich sie ihm durchs weiche Fell und fragte sich, ob es je wieder gut werden würde.

KAPITEL 11

Fields faltete die aktuelle Straßenkarte auseinander und heftete sie an eine übergroße Pinnwand. Mit einem roten Stift markierte er den Ort der Entführung und die Stellen, an denen der Jeep und die Kleidung gefunden wurden.

Jetzt war es ziemlich offensichtlich. Der oder die Täter hatten eine Route gewählt, die ins Ausland führte, so viel stand schon einmal fest. In die Schweiz würden sie nicht können, Luxemburg schied ebenfalls aus, also blieb nur noch Frankreich übrig. Fields folgte der Route mit dem Zeigefinger. Welchen Grenzübergang würden die Entführer nutzen? Luxemburg oder Saarbrücken-Metz?

Alexander Jahnke war angeblich nicht an seiner Tochter interessiert und dieser Umstand bereitete ihm das meiste Kopfzerbrechen. Eine Entführung machte demnach überhaupt keinen Sinn, denn es existierte nicht einmal ein explizites Erpresserschreiben.

Er hatte darauf vertraut, dass die Mitarbeiter von MediTech wussten, wo Alexander sich aufhielt. Aber bis jetzt hatte Chris keinen einzigen Hinweis gefunden. Alexander Jahnke würde seine Tarnung gefährden, wenn er sich auf diesen Deal einließ, und Fields verstand nicht, warum er MediTech weiterhin erpresste. Riskierte er für ein paar Euros tatsächlich das Leben der Kinder?

Frustriert griff er zum Telefon. Solange er nicht wusste, wo Jahnke sich aufhielt, konnte er nicht mit der Suche beginnen.

„Chris, hast du Neuigkeiten für mich?"

„Chef, ich kann nicht zaubern. Es ist absolut nichts dabei, was dich weiterbringt, wahrscheinlich müsste ich an die privaten Rechner ran. Die Organisation der Aufträge obliegt dir."

Fields zögerte. Wie weit durfte er gehen?

„Könntest du über die Mailadressen der Firma an die privaten Postfächer gelangen?"

„Klar kann ich das", bestätigte Chris.

Aber Fields blieb nur noch diese Möglichkeit und Chris verfügte über die entsprechenden Kontakte, die dazu bereit waren, einen Schritt weiterzugehen. Unwillkürlich musste er an die Kinder denken. Besonders für den kleinen Maximilian war es sicher qualvoll, so lange von seiner Mutter getrennt zu sein.

„Ich will, dass du das Postfach von der Peters auseinandernimmst."

„Kein Ding", erwiderte Chris großspurig.

Eigentlich wollte Fields den Jungen nicht noch weiter hineinreiten. Sie alle bewegten sich auf einem schmalen Grat der Legalität, den sie nun überschreiten würden.

„Wann kann ich mit ersten Ergebnissen rechnen?"

„Sobald ich etwas gefunden habe, melde ich mich bei dir."

„Alles klar."

Nachdem er das Gespräch beendet hatte, begann er, seine Reisetasche zu packen. Sicherheitshalber steckte er den Pass in eine der Seitentaschen und sagte Frau Wegner Bescheid, damit sie sich während seiner Abwesenheit um die Wohnung kümmerte. Er besaß eine kleine Sammlung verschiedener Kakteen auf der sonnigen Fensterbank, andere Pflanzenarten überlebten seine Pflege leider selten.

Fields verstaute die Reisetasche im Kofferraum, startete den Motor und fuhr in Richtung Autobahn. Er vertraute darauf, die richtigen Entscheidungen vor Ort zu treffen. Wie bei einem Puzzle fügte sich früher oder später alles harmonisch zusammen und sobald Chris mit seinen Nachforschungen Erfolg hätte, würde er umkehren und seine Kontakte aktivieren. Ohne die Hilfe seiner ehemaligen Kollegen im In- und Ausland wäre er verloren.

Der Verkehr floss zäh dahin und Fields fluchte mehrmals laut. In einigen Bundesländern hatte die Ferienzeit begonnen und ausgerechnet jetzt reihte sich eine Baustelle an die nächste. Er verlor fast zwei Stunden kostbare Zeit. Aber er konnte auch nicht Zuhause sitzen, während die Familie Ergebnisse von ihm erwartete.

Irgendwann hatte er die Nase voll und hielt an einer Raststätte. Er betankte seinen Audi und betrat das Restaurant. Zu einem lauwarmen Kaffee aß er ein trockenes Sandwich, das im Licht der Theke deutlich appetitlicher ausgesehen hatte. Während der kurzen Pause filterte er mit seinem Smartphone Tankstellen und Raststätten heraus, die sich in der Nähe der Fundstelle des Jeeps befanden.

Nach dem kurzen Zwischenstopp jagte Fields weiter über die Autobahn seinem Ziel entgegen. Neuwied hatte er mittlerweile hinter sich gelassen und fuhr direkt den Parkplatz an, auf dem die Beamten die Kinderkleidung gefunden hatten. Einige wenige Lastwagen standen am Randstreifen und ein älterer Herr führte seinen Hund aus, mehr gab es nicht zu entdecken.

Danach hielt Fields an jeder Tankstelle in der näheren Umgebung, um die Angestellten zu befragen. Er zeigte die

Fotos der Kinder und beschrieb die Frau. Doch keiner wollte etwas Auffälliges gesehen oder bemerkt haben, was ihn unglaublich frustrierte. Er sah sich bereits auf dem Rückweg, ohne einen wirklichen Hinweis gefunden zu haben.

Jetzt blieb ihm nur noch das Waldstück, wo der Jeep abgestellt worden war. Obwohl die Beamten mit den Hunden die nähere Umgebung bereits abgesucht hatten, legte er die einhundert Meter bis zum Waldrand zurück.

Eine Wiese tat sich vor ihm auf und eine Herde Kühe rupfte ganz gemächlich an den zarten Halmen. Mit ihren dunklen und sanften Augen blickten sie ihn neugierig an. Eine Buntgefleckte trat aus der Mitte hervor und trabte auf ihn zu. Mit respektvollem Abstand blieb sie vor dem Elektrozaun stehen, schnupperte an Fields Poloshirt und zupfte an seinem Kragen.

„Hey, friss mich nicht auf", lachte er und tätschelte ihr den Kopf. „Na, hat die Gnädige vielleicht auch ein paar Informationen für mich?"

Inzwischen inspizierte das Tier seine Haare und sabberte auf sein Ohr. „Jetzt ist's aber gut", sagte er und schob den großen Schädel der Kuh sanft beiseite. Er beschloss, eine kurze Pause einzulegen, um die eingegangenen Nachrichten zu checken. Seine buntgefleckte Freundin hatte sich inzwischen in den Schatten, den die hohen Bäume warfen, zurückgezogen und käute voller Inbrunst wieder. Aus der Ferne ertönte ein lauter Lockruf.

„Kommt, Mutsche, kommt!"

Ein Bauer, dessen mickrige Haarpracht von einer Schirmmütze bedeckt war, öffnete das Gatter. Sein beleibter Körper steckte in einer blauen Arbeitshose und über seinem Bauch spannte sich ein kariertes Hemd. Sobald die Kühe den Bauern erblickten, erhoben sie ihre mächtigen Körper. Fast schon stoisch lief die Herde zum Tor, nichts konnte diese Tiere aus ihrer Ruhe bringen.

Auch Fields stand auf und klopfte die Grashalme von seiner Jeans. Der Bauer bemerkte ihn und Fields erntete einen misstrauischen Blick. In weiser Voraussicht nahm er eine Visitenkarte aus seiner Geldbörse.

„Guten Tag", grüßte er den Bauern freundlich.

Noch immer starrte ihn dieser feindselig an. „Was gibt's?"

„Ich würde Ihnen gern ein paar Fragen stellen. Hier, meine Karte."

Der Bauer beäugte das kleine Kärtchen und gab es ihm sofort zurück. „Ja und?"

„Folgendes ... ich wurde damit beauftragt, zwei entführte Kinder ihren Eltern zurückzubringen. In diesem Waldstück", Fields deutete mit dem Arm nach hinten, „hat man das Fahrzeug des Vaters gefunden, mit dem die Entführer anfangs geflüchtet waren."

„Richtig, ich erinnere mich", warf der Bauer ein. „Die haben mit ihren Kötern den ganzen Wald umgegraben und damit meine Kühe aufgeschreckt. Die Tiere haben dadurch weniger Milch gegeben und ich hatte finanzielle Einbußen."

Fields heuchelte Verständnis und stimmte dem verärgerten Bauern zu. Er musste den Mann bei Laune halten, um das Gespräch in die entsprechende Richtung zu lenken.

„Haben Sie vielleicht eine Person gesehen, die den Jeep abgestellt haben könnte?"

„Nicht dass ich wüsste." Ratlos zuckte der Mann mit den Schultern und widmete seine ganze Aufmerksamkeit wieder seinen Rindviechern.

„Schade", äußerte sich Fields enttäuscht. Der Bauer stapfte bereits wieder in Richtung Tor und lockte die Kühe.

„Warten Sie!" Fields schlüpfte unter dem Elektrozaun hindurch und folgte dem Mann. „Sind Ihnen ungewöhnliche Fahrzeuge oder Spaziergänger mit Kindern aufgefallen?"

Wieder verneinte der Bauer. Er schien von diesem Frage-

Antwort-Spiel definitiv genug zu haben und brachte das mit seiner Körpersprache deutlich zum Ausdruck.

„Ab und zu kommen Radfahrer oder Jogger vorbei, aber das war es auch schon. Vor ein paar Tagen waren Urlauber hier, Franzosen. Sind wohl gewandert oder so. Die Frau kam mit zwei Kindern aus dem Wald und sie sind in einen Van mit einem französischen Kennzeichen gestiegen. Anschließend sind die vier in aller Seelenruhe davongefahren. Nach einem spektakulären Kidnapping sah das jedenfalls nicht aus."

Das hört sich schon mal vielversprechend an, dachte Fields.

„Erinnern Sie sich eventuell noch an das Datum und könnten Sie die Kinder etwas genauer beschreiben?"

„Herrgott noch mal! Nein, an das Datum erinnere ich mich nicht. Die Eltern hatten einen südländischen Touch, wenn ich das einmal so ausdrücken darf. Das Kleine auf dem Arm der Mutter hat wie am Spieß geschrien, da war ich echt froh, dass unsere schon erwachsen sind. Das Mädel könnte so zwischen neun und zwölf Jahre alt gewesen sein. Mit dem Schätzen des Alters hab ich's nicht so. War's das jetzt?"

„Nur noch eine Frage. Haben Sie vielleicht erkannt, welches Fabrikat das Ehepaar fuhr?"

„Hm. Ich glaube, das war ein Renault Espace. Dunkleres Blau, älteres Modell, mit der einen oder anderen Beule. Ziemlich hässlicher und unauffälliger Wagen, hat zu den Leuten gepasst."

„Wunderbar, das war es auch schon."

Fields bedankte sich überschwänglich und lief zum Parkplatz zurück. Manche Leute waren schon recht seltsam. Das ausländische Kennzeichen und die Automarke waren dem Mann sofort aufgefallen, aber nicht, ob die Kinder vom Aussehen her zu den angeblichen Eltern passten. Nah genug musste der Bauer also dran gewesen sein. Immerhin, das

Alter der Kinder passte haargenau und die Personenbeschreibung stimmte genau mit der Frau überein, die er auf dem Video gesehen hatte. Und gab es einen unauffälligeren Wagen für so ein Vorhaben als einen älteren verbeulten Van?

Das könnte der erste verwertbare Hinweis sein und die Kinder waren womöglich noch am Leben. Zügig trat er den Rückweg an und haderte noch damit, die Neuigkeiten seinen Auftraggebern mitzuteilen. Er wollte keine falschen Hoffnungen schüren.

Als er die Wagentür öffnete, schlug ihm Hitze entgegen. Sein Audi hatte zwar im Schatten gestanden, sich aber dennoch stark aufgeheizt. Die Klimaanlage würde es schon richten. Trotzdem riss er alle Türen auf, um die Temperatur im Innenraum zu senken. Sein Poloshirt klebte feucht am Rücken und er sehnte sich nach einer kühlen Dusche.

Er fischte sein Tablet aus der Reisetasche und tippte die aktuellen Daten ein. Dann verglich er die verschiedenen Routen. Sollte er umkehren oder auf gut Glück weiterfahren?

Er entschied sich fürs Weiterfahren. Die Nacht konnte er in Saarbrücken verbringen, denn auf eine erfrischende Dusche am Abend wollte er keinesfalls verzichten. Ein Zimmer in einem kleineren Hotel hatte er schnell gebucht. Er suchte sich immer die preisgünstigsten Alternativen heraus, denn seine Auftraggeber schwammen selten im Geld. Am nächsten Tag würde er der A4 bis Frankreich folgen und in der französischen Stadt Metz seinen nächsten Halt einplanen.

Der Himmel bewölkte sich innerhalb kürzester Zeit, es sah verdächtig nach Regen aus. Die Fahrt dauerte fast zweieinhalb Stunden, durch den Feierabendverkehr rollten die Blechlawinen träge dahin. Fields parkte seinen Audi vor dem Hotel, checkte ein und sprang sofort unter die Dusche. Dann bestellte er sich eine Pizza und während er auf den Lieferservice wartete, schaute er sich weitere Routen auf der Karte an.

Erst nach einer Stunde klopfte es an die Zimmertür und ein junger ungepflegter Mann überbrachte ihm sein Abendessen. Fields drückte dem Boten das Geld in die Hand und schlug die Tür zu. Fettig und kalt klebte die Pizza am Karton. Bei diesen gepfefferten Preisen hatte er mehr erwartet. Mit viel Überwindung schaffte er eine Hälfte, dann war ihm der Appetit vergangen. Mit einem gekühlten alkoholfreien Bier spülte er den faden Geschmack der Mahlzeit herunter.

Er warf einen Blick auf die Uhr. Allmählich wurde es Zeit, Philippe zu kontaktieren, der in Coincy, nahe von Metz, lebte. Fields war auf dessen Hilfe angewiesen. Er wollte seinen Freund einweihen und ihn um Unterstützung bitten, denn er war in Frankreich auf sich allein gestellt.

In rascher Folge tippte er die Nummer ein und wartete. Leider sprang nur die Mailbox an. Er hinterließ Philippe eine Nachricht auf Französisch. Ein paar Brocken beherrschte er immerhin. Nachdem er sein Bier ausgetrunken hatte, ließ er sich müde aufs Bett fallen. Sehr einladend waren diese Hotelbetten eigentlich nie, aber die Fahrt bis Saarbrücken hatte ihm einiges abverlangt. Eine Weile grübelte er noch über den Fall und lauschte den Geräuschen auf dem Flur, bis ihn der Schlaf übermannte.

Der Klingelton seines Handys zerriss die nächtliche Stille. Schlaftrunken schaltete Fields die altmodische Lampe ein und blinzelte vom Licht geblendet auf die Uhr. Kurz vor Mitternacht.

„Fields. Oh, Bonjour Philippe …“ Sein Freund hatte ihn aus dem Tiefschlaf gerissen und er brauchte ein paar Sekunden, um sich zu orientieren.

Die beiden Männer beschlossen kurzerhand, sich morgen bei einem gemeinsamen Essen zu treffen. Außerdem bot der Freund ihm an, in seinem Haus zu übernachten. Das kam Fields sehr gelegen, denn so konnten sie am Abend gemeinsam den Fall erörtern und nach neuen Ansätzen suchen.

Philippe besaß gute Kontakte und arbeitete als Brigadier Chef de Police. Ganz sicher hatte er den einen oder anderen Ratschlag parat, in welche Richtung Fields ermitteln musste.

Er wollte gerade das Handy auf den Nachttisch zurücklegen, als das Display den Eingang einer Nachricht anzeigte. Chris teilte ihm kurz mit, dass er an einer heißen Sache dran war. Es wurde auch wirklich Zeit, dass Bewegung in diesen Fall kam.

Fields wälzte sich stöhnend auf die andere Seite. Die Matratze des Hotelbettes war durchgelegen und ziemlich unbequem. Die stickige Luft wollte trotz des geöffneten Fensters nicht entweichen und aus der Ferne drang das unablässige Rauschen des Verkehrs herein. Auf der Straße krakeelten angeheiterte Jugendliche und der erholsame Schlaf ließ auf sich warten.

Am Morgen stand Fields zeitig auf und gönnte sich eine ausgiebige Dusche. Nach dem Frühstück packte er seine Sachen und checkte aus.

„Auf nach Frankreich", sagte er, trat das Gaspedal durch und fuhr in Richtung Metz. Auch heute hatte sich eine graue Wolkenfront am Himmel zusammengeballt. So trocken und heiß wie in diesem Sommer war es schon lange nicht mehr gewesen. Jeder sehnte den erlösenden Regen herbei.

Auf der Autobahn kam Fields erstaunlicherweise gut voran und traf sogar eine Stunde vor dem vereinbarten Zeitpunkt ein. Er setzte sich in ein Café und wartete auf Philippe. Als sein Handy klingelte, bedachten ihn die anderen Gäste mit missbilligenden Blicken.

„Je demande l'excuse", flüsterte er entschuldigend und lief nach draußen, um den Anruf entgegenzunehmen.

„Hey Fields, altes Haus."

„Hallo Chris, du hast aber auch immer ein perfektes Timing. Was gibt's Neues?"

„Ich habe den privaten Rechner der Peters auf den Kopf gestellt. Neben einem gesunden Vermögen hält sich die Frau auch noch den einen oder anderen Toyboy."

„Und deswegen rufst du an?", fragte Fields völlig entgeistert.

„Natürlich nicht", antwortete Chris entrüstet. „Es gibt einen regen Mailverkehr zwischen dem Jahnke und der Peters. Jahnke soll Zahlungen im Hunderttausenderbereich bekommen haben, er muss also ziemlich explosives Material gegen MediTech in der Hand haben. Die Peters hat ihm sogar angeboten, die Originalunterlagen für einen Millionenbetrag abzukaufen."

„Interessant. Kannst du aus diesen Mails auch herauslesen, was genau er für Unterlagen gestohlen hat?"

„Leider nicht. Aber wenn die so viel Geld springen lassen, müssen diese Papiere einen höchst brisanten Inhalt enthalten."

„Konntest du einen Trojaner auf Jahnkes Rechner unterbringen?", hakte Fields nach.

„Ach Chef, wie lange arbeiten wir jetzt schon zusammen?", fragte Chris belustigt. „Ich bin an der Sache dran und wollte dich nur vorab informieren. Sobald ich die IP und Jahnkes Adresse habe, rufe ich dich wieder an. In Ordnung?"

„Ja. Gib Gas, Junge."

„Aber sicher. Bye, Chef."

„Bye, Chris … und Danke."

Fields kehrte ins Café zurück, trank seinen inzwischen kalten Kaffee, zahlte und wartete auf Philippe. Eine weitere halbe Stunde verging, bis sein Freund endlich um die Ecke bog. Philippe hatte den Familienhund, die Clumber Spanielhündin Camille, im Schlepptau. Die Männer umarmten herzlich einander, denn sie hatten sich seit einer Ewigkeit nicht mehr gesehen. Begrüßung und Unterhaltung erfolgten in englischer Sprache, genau wie früher auf beruflicher Ebene.

In ihr Gespräch vertieft schlenderten Philippe und Fields zu einem kleinen Restaurant in einer Seitenstraße. Hier sollte typisch französisches Essen serviert werden. Philippe empfahl Fields Cailles en Sarcophage, gebackene Wachtel im Teigmantel, er selbst bestellte Brochettes D'abats, kleine Fleischspieße.

Fields war sich nicht im Klaren, worauf er sich da eingelassen hatte. Die französische Küche war nicht so seins und mit dem Gericht konnte er überhaupt nichts anfangen.

Als die Teller serviert wurden, beneidete er Philippe um die leckeren Fleischspieße. Seine kleine Wachtel lag in Teig gebettet auf dem Rücken und streckte ihm ihre zarten Füße entgegen. Wie konnte man nur die Beine eines Vogels am Körper belassen? So wurde einem ja noch bewusster, wen man da gerade zu verzehren gedachte.

Fields versuchte sich nichts anmerken lassen, um Philippe und seine Gastfreundschaft nicht zu enttäuschen. Den Namen sollte er sich unbedingt einprägen, damit er sich dieses Gericht in Zukunft nie wieder bestellte.

Zum Glück handelte es sich bei der Wachtel um ein eher mageres Exemplar und er hatte das Mahl recht schnell beendet. Erleichtert legte er das Besteck zur Seite und tupfte sich mit der Serviette den Mund ab. Am liebsten hätte er der Clumber Spanielhündin Camille die Wachtel heimlich unter den Tisch geschoben.

„Lecker?", fragte Philippe.

„Ja, sehr …", log Fields aus reiner Höflichkeit und sein Freund übernahm großzügig die Rechnung.

Nach dem Essen bestellten sie Espresso und widmeten sich wieder den beruflichen Themen. Philippe erzählte ihm, wie zwei Streifenbeamte eine Familie mit zwei Kindern aus den Bunkeranlagen vertrieben hatten. Ein Spaziergänger mit Hund hatte lautes Kinderweinen gehört und umgehend die Beamten informiert.

„Ob du es glaubst oder nicht, die Leute wollten mit den zwei Kindern in dem verfallenen Gebäude übernachten. Wie nachlässig muss man sein, um als Eltern so ein Risiko einzugehen?"

„Vielleicht waren es Obdachlose?", warf Fields ein.

„Nein, sie waren mit einem Fahrzeug da", widersprach Philippe.

Fields wurde hellhörig. „Weißt du zufällig, zu welcher Marke der Wagen gehörte?"

„Eine Moment." Philippe tippte eine Nummer ins Display seines Smartphones und eine Flut französischer Worte folgten. „Es war ein älterer Espace."

„Farbe?" Fields verspürte ein Kribbeln in der Magengegend.

Philippe fragte nochmals nach. „Dunkelblau."

„Wurden die Kinder mit der Fahndungsliste verglichen?", hakte Fields nach.

„Du glaubst doch nicht etwa ...?" Philippe sah ihn ungläubig an.

„Das Fahrzeug stimmt mit der Aussage eines Zeugen überein. Könntest du mir gleich im Anschluss den Ort zeigen, an dem die Familie übernachten wollte?"

„Aber sicher, kein Problem. Fahr am besten hinter mir her", schlug Philippe vor.

Die Männer durchquerten mit ihren Fahrzeugen die

Innenstadt von Metz. Nachdem sie ihren Zielort erreicht hatten, parkten sie die Autos hintereinander und stiegen aus. Die Gebäude waren dem Verfall preisgegeben und die Natur holte sich Stück für Stück zurück, was ihr gehörte. Bäume und Sträucher wuchsen in den Ritzen zwischen den Ziegeln und der Efeu schlängelte sich an Beton und Backsteinmauern empor.

Die Sonne hatte sich noch immer hinter einer dichten Wolkendecke verborgen. Es herrschte eine düster bedrückende Atmosphäre, besonders als Fields die Reste der Schartentürme und die danebenliegenden Geschützrohre frequentierte. Nur das lebendige Vogelgezwitscher nahm dem Ganzen das Gespenstische.

Die Wege waren dicht bewachsen und an manchen Stellen regelrecht zugewuchert. Philippe hatte die Führung übernommen und schritt durch einen verzierten Torbogen, der ebenfalls viel von seiner ehemaligen Pracht eingebüßt hatte.

An einigen Stellen waren die Geschütze mit einem Kran hinaufgezogen und anschließend auseinandergebaut worden. Ein Stück Geschichte wurde gnadenlos verschrottet. Philippe ebenso wie Fields bedauerten diesen Umstand. Einige Mahnmale sollten der Nachwelt erhalten bleiben, damit man das Grauen der Kriege nie vergaß.

Überall lagen Betonbrocken herum, die sich von eingestürzten Decken und Wänden gelöst hatten. Bäume wuchsen aus den Fensteröffnungen und strebten ins Licht. Etliche Eingänge waren zugemauert, andere standen offen. Die dunkle Wolkenfront schob sich vorwärts und in der Ferne grollten die ersten Donner. Philippe fragte Fields, ob er abbrechen wolle, doch er verneinte. Falls der Himmel seine Schleusen öffnen würde, so gab es verschiedene Möglichkeiten, um sich unterzustellen.

Spanielhündin Camille hatte ihre braune Nase stets auf

den Boden geheftet und verfolgte die interessantesten Gerüche. In ihrem cremefarbenen Fell hatten sich Blätter und kleine Zweige verfangen. Mit der Zeit frischte der Wind auf und die Baumkronen neigten sich mit jeder Bö.

„Wir sollten uns beeilen", sagte Philippe und deutete auf die dunklen Wolken.

Sie beschleunigten ihre Schritte, doch sie waren nicht schnell genug. Urplötzlich öffnete der Himmel seine Schleusen. Ein heftiger Platzregen begleitet von tiefem Donnergrollen und grellen Blitzen entlud sich über ihnen.

Die Männer flüchteten mit Camille im Schlepptau zu einem der Gebäude, um darin Schutz zu suchen. Philippe kletterte als Erster durch eine offene Fensterleibung. Fields reichte ihm die Hündin über den Sims und folgte ihnen ins Trockene.

Die Gewitterfront zog nur sehr langsam vorüber. Camille zitterte und schmiegte sich ängstlich an die Beine ihres Herrchens. Erst als eine Ratte über einen Schuttberg flitzte, erwachte der Jagdtrieb in ihr und sie folgte dem Nagetier. In einem der angrenzenden Räume schepperte ein metallischer Gegenstand und kurz darauf folgte ein Knurren, als ob die Hündin Beute gemacht hätte. Sie streunte kläffend durch das Gebäude, während Philippe und Fields darauf hofften, dass das Unwetter endlich weiterzog.

Irgendwann erschien Camille in der Türöffnung mit einem hellen Lumpen im Maul. Sie verdrückte sich in eine der Ecken und begann, ihre Beute zu zerpflücken.

„Oh non", rief Philippe laut und fügte angewidert „Porcelet" hinzu.

Camille hatte eine stinkende Windel angeschleppt und wollte an deren Inhalt. Ferkel war für sie durchaus das passende Schimpfwort. Fields beobachtete belustigt die Szene, bis er abrupt innehielt. Er gab seinem Freund unmissverständlich zu verstehen, dass er die Windel vor dem Hund in Sicherheit bringen sollte. Irritiert sah Philippe auf.

„Wozu?“

„Sie könnte von dem entführten Jungen stammen“, sagte Fields.

„Die Wahrscheinlichkeit ist größer, dass hier jemand illegal seinen Müll abgeladen hat.“

„Ich möchte sie trotzdem sichern“, beharrte Fields.

„Gut. Aber dir ist schon klar, dass die Gelder für derartige Dinge knapp sind?“

„Zur Not bezahle ich den Test selbst.“

„Ein Mann, ein Wort“, antwortete Philippe.

Er warf aber ein Stückchen Holz in den Nebenraum. Camille ließ sofort die Windel fallen und hetzte nach nebenan. Philippe folgte der Hündin, um sie anzuleinen. Gemeinsam durchstreiften sie die angrenzenden Räume, bis sich ruckartig die Leine spannte und Camille ihr Herrchen in eine bestimmte Richtung zerrte. In einem kleinen Raum ohne Fenster stoppte das Tier.

Philippes Augen mussten sich erst an das diffuse Dämmerlicht gewöhnen, bevor die Konturen von alten Matratzen hervorstachen.

„Thomas, komm her“, rief er Fields zu.

„Was gibt's?“

„Camille hat mich in diesen Raum geschleppt. Kannst du auch den kupferartigen Geruch von Blut wahrnehmen?“

„Ich bin mir nicht sicher“, antwortete Fields. „Aber ich kann die Taschenlampe aus dem Wagen holen.“

„Wenn dir der strömende Regen nichts ausmacht ...“

„Ach was, ich bin doch nicht aus Zucker.“ Fields winkte ab.

Er vollführte eine Kehrtwendung und erreichte nach einem kraftvollen Sprint völlig durchnässt den Wagen. Er öffnete den Kofferraum und entnahm die Taschenlampe, bevor er sich auf den Rückweg machte. Er war völlig durchnässt, als er sich atemlos wieder zu Philippe gesellte.

„Ich dachte schon, du hättest dich verlaufen", sagte sein Freund.

„Hey, dabei habe ich den Sprint meines Lebens hingelegt", erwiderte Fields lachend und fuhr sich mit der Hand durchs tropfnasse Haar.

Der schmale Lichtkegel seiner Taschenlampe fiel auf leere verbeulte Dosen, einen alten Campingkocher, alte Decken und Kleidung. Mit einem schmalen Ast hob Fields ein Kleidungsstück hoch und betrachtete es. Das Shirt hatte zweifelsohne einem Kleinkind gehört. Weitere Windeln steckten in einer Plastiktüte, die von einem großen Discounter aus Deutschland stammte. Fields Atemfrequenz erhöhte sich.

Ein Fetzen zerknülltes Papier, der direkt vor seinen Füßen lag, hatte es ihm besonders angetan. Vorsichtig, ohne das Blatt zu berühren, drehte er es auf die andere Seite. Er hatte tatsächlich den Fahrplan einer Fähre vor sich - Marseille-Tunis.

Seine Gedanken schossen kreuz und quer. Er dachte an das Gewand der Frau, die den Jeep entführt hatte. Ihr Kleidungsstil passte perfekt in das Bild, welches sich in seinem Kopf formte. Doch er durfte sich keinen falschen Hoffnungen hingeben. Auch Philippe könnte mit seiner Annahme recht behalten. Schließlich gab es genug bizarre Charaktere, die auf solche spleenigen Ideen kamen, mit ihren Kindern an so einem Ort zu übernachten.

„Jetzt wäre es an der Zeit, deine Kollegen zu informieren", bat Fields Philippe eindringlich darum.

Doch dieser kratzte sich verlegen am Kopf und zeigte sich von seiner Idee weniger begeistert. Wahrscheinlich fürchtete er den Spott seiner Kollegen.

„Dein Verdacht ist ein bisschen weit hergeholt, findest du

nicht auch? Wir sind sowieso ständig überlastet und ich sehe keinen Sinn darin."

„Aber denkt doch einmal nach. Würdest du mit deinen Kindern hier hausen wollen? Von der Gefahrenquelle eines maroden Gebäudes ganz zu schweigen. Auch wenn es mit meinem Fall nicht zusammenhängt, hier stimmt definitiv etwas nicht", beharrte Fields auf seinem Standpunkt.

Aber Philippe machte keinerlei Anstalten, mit seinen Kollegen zu telefonieren.

Fields ließ sich jedoch nicht beirren. „Okay, einer von uns muss die Initiative ergreifen", sagte er und zog sein Handy aus der Hosentasche. Angespannt suchte er unter seinen Kontakten nach der Nummer von Breuer. Endlich nach mehrmaligem Klingeln hatte er den gewünschten Gesprächspartner am Ohr.

„Grüß dich, Breuer. Wie du sicher weißt, bin ich noch an der Geschichte mit den zwei entführten Kindern dran. Folgendes, ich bin gerade in Metz. Ja, genau ... Frankreich. Wie es der Zufall so will, habe ich in den Bunkeranlagen der hiesigen Festung Kinderkleidung und Windeln gefunden. Bekommt ihr das irgendwie hin, die Kollegen in Metz darüber zu informieren, dass Sie im Labor einen Abgleich machen oder euch die Proben schicken? Wie, du hältst mich für verrückt? Mensch Breuer, du kennst doch meinen Riecher. Du schickst also die Unterlagen nach Metz? Nein? Aber du wirst es versuchen? Klasse! Danke, du hast etwas gut bei mir."

Wenigstens hatte er sich jetzt abgesichert. Er teilte Philippe mit, dass seine ehemaligen Kollegen vom BKA die Unterlagen des Falles in die Zentrale nach Metz schicken würden. Hoffentlich lehnte er sich damit nicht zu weit aus dem Fenster. Aber wenn er jetzt nichts riskierte, machte er sich später über die verpasste Chance sicher Vorwürfe. Seine Wahrnehmung hatte ihn nur sehr selten getäuscht.

Manchmal waren es die unbedeutendsten Hinweise, die einen Fall zu Ende brachten. Hin und wieder philosophierte Fields sogar darüber, ob jemand im Hintergrund die Fäden zog und komplizierte Fälle in die richtigen Bahnen lenkte. Seinen grundsätzlichen Glauben hatte er allerdings nach dem Tod seiner Frau und dem des gemeinsamen Kindes verloren.

Philippe schüttelte erneut den Kopf über die Hirngespinste seines Freundes, informierte aber letztlich dann doch seine Dienststelle. Notdürftig sperrte er die Fundstelle ab und setzte sich auf einen Fenstersims im Nebenraum. Hündin Camille legte sich auf die Füße ihres Herrchens und schloss die Augen. Der lange Spaziergang hatte das Tier ermüdet. Noch immer konnte man überdeutlich in Philippes Gesicht lesen, was er von der ganzen Sache hielt.

KAPITEL 12

Es dauerte fast eine Stunde, bis die Beamten endlich eintrafen. Fields fror inzwischen, denn seine feuchte Kleidung trocknete kaum. Außerdem hatte sich die Luft nach dem Gewitter stark abgekühlt. Durchnässt bis auf die Haut hatte er neben seinem Freund ausgeharrt.

Philippes Laune verschlechterte sich im Minutentakt. Er hatte extra einen Urlaubstag beantragt und anstatt entspannt bei einer guten Flasche Wein im eigenen Garten zu sitzen und über Fields' aktuellen Fall zu diskutieren, musste er nun auf seine Leute warten. Inzwischen zerrte auch Camille überdrüssig an ihrer Leine und wollte nach Hause.

Der Raum füllte sich mit den französischen Beamten und das Procedere begann. Diverse Fotos wurden geschossen und Proben genommen. Anschließend verpackten die Männer Windeln und Kinderkleidung fein säuberlich in Asservatenbeutel und beschrifteten diese.

Ein junger Beamter mit einem dünnen Oberlippenbärtchen hob vorsichtig eine der Matratzen an. Sein erstaunter Ausruf ließ die anderen Männer aufhorchen. „Sang!" Für die Übersetzung reichte Fields' Französisch gerade noch: Blut.

Der junge Mann drehte die vor Schmutz strotzende Matratze um. Ein riesiger blutiger Fleck breitete sich dunkel über den zerschlissenen Stoff aus und Fields' Anspannung wuchs. Auch Philippe war die Farbe aus seinem Gesicht gewichen und der genervte Blick verschwunden.

Falls das viele Blut tatsächlich von einem Kleinkind stammte, so hatte es diesen Verlust mit Sicherheit nicht überlebt. Alles sprach für ein Verbrechen, bei dem jemand sehr gelitten haben musste. Doch Fields wollte erst die Untersuchungen abwarten, bevor er die Familie informierte. Manchmal entdeckte man erst auf den zweiten Blick die Zusammenhänge.

Sofort wurde ein Rechtsmediziner verständigt, der einen Blick auf die Matratze werfen sollte. Er konnte am ehesten nachvollziehen, aus welchen Körperöffnungen oder Wunden das Blut geflossen war. Zusätzlich forderten die Beamten Leichenspürhunde an, um das gesamte Areal abzusuchen.

Philippe und Fields wurden gebeten, das abgesperrte Gelände zu verlassen. Während Philippe befreit aufatmete, wäre Fields nur zu gern geblieben. Ihm kamen nun doch gewaltige Zweifel, wer hinter der Entführung steckte.

Die Stimmung auf dem Rückweg war bedrückt. Fields setzte sich in seinen Audi und fuhr Philippe hinterher. Die Männer ließen Metz hinter sich und kurze Zeit später hielten sie vor einem Haus, welches um die Jahrhundertwende erbaut worden war.

Philippes Frau und seine zwei kleineren Kinder empfingen Fields herzlich. Er beneidete seinen Freund um dieses Glück, gönnte es ihm aber von Herzen. Dass er selbst einmal in der Mitte des Lebens allein vor sich hindümpeln würde, nein, das hätte er niemals vermutet.

KAPITEL 13

Schlaftrunken griff Hanna neben sich. Die andere Seite des Bettes war kalt und verlassen. Jan war also schon aufgestanden und hatte sie schlafen lassen. Die Sonne stand bereits hoch am Zenit und kühle Luft drang durch das Fenster in das Innere des Zimmers. Das Gewitter hatte sich kraftvoll entladen und die warme drückende Luft mit sich gerissen.

Schlagartig fiel ihr der Anruf von Alexander wieder ein und sie ließ sich niedergeschlagen zurück auf das Kissen sinken. Hatte er die Kinder tatsächlich nicht entführt oder wollte er nur die Spuren verwischen? Jeder neue Morgen war die Hölle für sie, wenn die Erinnerung wie ein Bumerang zurückkehrte und sie mit voller Wucht traf. Alles, wirklich alles war ihr mit einem Schlag genommen worden und dieses ständige Warten auf Neuigkeiten zermürbte sie. Täglich rechnete sie damit, dass ihr die Beamten die grausamsten Worte dieser Welt entgegenschleuderten: „Es tut uns aufrichtig leid, aber wir haben Ihre Kinder tot aufgefunden."

Momentan verharrte sie in einer Zwischenwelt, aus der

es kein Entrinnen gab. Würde sich dieser Zustand jemals wieder ändern, wenn die Kinder nie gefunden wurden? Wann zerbrach eine Seele an diesem unvorstellbaren Schmerz? Der Ausspruch, an gebrochenem Herzen sterben, würde sich letztlich doch bewahrheiten. Niemals könnte sie bis ans Lebensende so dahinvegetieren.

Resigniert richtete sie sich auf und schlug die Bettdecke zurück. Mit Unbehagen dachte sie an den liegengebliebenen Haushalt, der dringend erledigt werden musste. Schon jetzt fühlte sie sich geschwächt und ausgelaugt.

In der unten Etage fiel die Eingangstür ins Schloss und nur wenige Sekunden später hörte sie die Stufen der Holztreppe leise knarzen.

„Bist du schon wach?", flüsterte Jan vor der Schlafzimmertür.

Rücksichtsvoll wie immer, dachte Hanna. Er wollte sie nicht unnötig wecken, falls sie noch schlief.

„Du kannst reinkommen, ich bin wach."

Jan trat ein und schwenkte eine Tüte mit frischen Brötchen. Sofort breitete sich ein appetitlicher Duft im Schlafzimmer aus.

„Tut mir leid, aber ich habe keinen Hunger." Bekümmert drehte Hanna ihren Kopf zur Seite.

„Jetzt komm schon, gib dir einen Ruck. Wenn du nichts essen magst, dann leiste mir wenigstens Gesellschaft. Ich möchte in der Küche nicht alleine sitzen."

Sie seufzte widerstrebend, quälte sich aus dem Bett, zog ihren ausgeleierten Jogginganzug über und folgte ihm in die Küche. Ungekämmt, mit einem tieftraurigen Gesichtsausdruck saß sie ihm gegenüber. Zärtlich nahm Jan ihre Hand.

„Bitte Hanna, du musst etwas essen, so kann das doch nicht weitergehen."

Kurzerhand nahm er ein goldgelbes noch warmes Brötchen aus dem Korb, schnitt es auf und beträufelte es mit Honig. Dann schob er den Teller in ihre Richtung.

„Du stehst erst wieder auf, wenn du aufgegessen hast."

Angewidert starrte sie auf den Teller. „Dann bleibe ich hier eben bis in alle Ewigkeit sitzen. Ich habe sowieso nichts anderes vor."

„Hanna, jetzt werd nicht kindisch. Meinst du, mir fällt das leicht?"

„Immerhin scheinst du einen gesunden Appetit zu haben", sagte sie vorwurfsvoll.

„Ist das verboten? Man muss essen, um zu leben."

„Aber sicher. Wir schlagen uns die Bäuche voll, während Max und Lara vielleicht hungern müssen."

„Es reicht!" Seine Faust landete krachend auf dem Tisch. Das Geschirr klirrte und die Hunde sprangen erschrocken auf. „Du kannst wirklich alles kaputt machen. Heute Nacht habe ich von den Kindern geträumt. Lara hielt Max in ihrem Armen und hat ihn getröstet. Sie waren traurig, aber am Leben. Als ich aufgewacht bin, konnte ich wieder einen winzigen Funken Hoffnung schöpfen, denn die Situation war mir so real erschienen. Und du putzt mich herunter, nur weil ich frühstücken möchte. Mach doch denjenigen fertig, der die Kinder entführt hat. Dieses Arschloch hat es schließlich verdient." Er holte tief Luft. „Ich will die Hoffnung nicht aufgeben. Hast du mich verstanden?"

Jan sprang so heftig auf, dass die Lehne des Küchenstuhls gegen die Wand krachte. Dann nahm er den Autoschlüssel, rief Duke zu sich und knallte die Haustür hinter sich zu. Mit durchdrehenden Reifen fuhr er vom Hof.

Verdammt, das hatte sie so nicht gewollt. Jan war nicht ihr Fußabtreter, aber sie wusste einfach nicht mehr, wohin mit ihrem Frust und den angestauten Gefühlen. Weder Freundin Sarah noch der Psychologin wollte sie ständig etwas vorjammern. Von Schuldgefühlen geplagt würgte sie tatsächlich das Brötchen hinunter und kippte eine große Tasse Kaffee hinterher.

Dann stieg sie unter die Dusche. Salzige Tränen gesellten sich zu den Wassertropfen auf ihrem Gesicht. Sie zog sich saubere Kleidung über und begann das Geschirr zu spülen, bevor sie sich dem Staubsauger und dem Berg Schmutzwäsche widmete.

In diesem Zustand fielen ihr selbst die banalsten Dinge schwer, die sie früher mit links erledigt hatte. Als wären diese Tätigkeiten mit einem enormen Kraftaufwand verbunden, den man nur mit großer Anstrengung bewältigen konnte.

Während sie den Haushalt erledigte, kontrollierte sie ständig die Uhrzeit. Warum kam Jan nicht zurück? Ob sie ihn anrufen sollte? Lieber nicht, schließlich hatte sie ihn aus dem Haus getrieben. Doch als er nach Stunden immer noch nicht auftauchte, wurde sie unruhig. Um sich abzulenken, putzte sie die Fenster.

Erst am späten Nachmittag fuhr Jan auf den Hof und stieg aus dem Wagen. Hanna polierte übereifrig das Glas eines Fensterflügels und tat so, als würde sie ihn nicht bemerken. Sie war sich bewusst, dass sie ihn vergrämt hatte. Aber dass er sie so lange allein ließ, schürte ihren Zorn.

Jan hingegen schnappte sich die Hunde und marschierte in Richtung Wald. Knappe zwei Stunden blieb er fort, bevor er zurückkehrte. Er trat wortlos ein, wärmte sich in der Küche eine Dosensuppe auf und setzte sich mit dem Teller vor den Fernseher. Hanna würdigte er keines Blickes. Nach den Nachrichten stand er auf und stellte den Teller in die Spüle.

„Ach, bevor ich es vergesse, ab morgen bin ich wieder arbeiten“, erwähnte er nebenbei. „Die Kollegen brauchen mich, zwei sind im Urlaub und einer ist krank. Ich wünsche dir eine gute Nacht.“

Dann verschwand er wieder im Wohnzimmer und klappte die Couch aus, um sich schlafenzulegen.

Hanna schäumte vor Wut. Im Prinzip war es lächerlich, was sie hier trieben. Die Kinder hatten oberste Priorität und so ein alberner Kleinkrieg war völlig unnötig. Morgen würde sie sich bei ihm entschuldigen, auch wenn sie fuchsig darüber war, dass er sie in den nächsten Tagen allein lassen würde.

~

Nach einer mehr oder minder schlaflosen Nacht schwang Hanna die Beine aus dem Bett und tappte barfuß ins Badezimmer. Den Blick in den Spiegel ersparte sie sich, sie wusste auch so, wie hohlwangig und ausgezehrt sie momentan aussah.

Zum Frühstück kochte sie sich nur einen starken Kaffee und setzte sich auf die Veranda. Sie sah den Hunden zu, wie sie miteinander tobten und sich des Lebens freuten, als wäre nie etwas geschehen. Hanna beneidete die Tiere darum, sie hätte nur zu gern mit ihnen getauscht. Ihre Gedanken wanderten zu Jan. Ob er sie wohl vermisste?

Und als wäre es Gedankenübertragung, klingelte genau in diesem Moment das Telefon. Hanna erhob sich und lief ins Haus.

„Hallo?"

„Hey, ich bin's. Ich wollte nur kurz hören, ob bei dir alles in Ordnung ist", sagte Jan am anderen Ende der Leitung.

„Alles okay. Tut mir übrigens leid wegen gestern", murmelte sie entschuldigend. „Momentan verstehe ich einfach die Welt nicht mehr."

„Geht mir genauso", antwortete er. „Wir müssen aufhören, uns gegenseitig das Leben schwer zu machen. Stattdessen sollten wir füreinander da sein."

„Ich weiß.“ Sie klang beschämt.

„Ich liebe dich und die Kinder, das solltest du doch wissen.“

„Ach Jan ...“

„Hanna, ich muss wieder. Pass auf dich auf und wenn es Neuigkeiten gibt, dann rufe mich bitte an.“

Kaum hatte sie das Gespräch beendet, klingelte erneut das Telefon. Vor Schreck hätte sie es beinahe fallen lassen. Fields meldete sich. Endlich.

„Gibt es eine Spur von den Kindern?“ Hannas Herz raste.

„Ich habe einen Zeugen ausfindig gemacht, der die Kinder wahrscheinlich gesehen hat. Das Fahrzeug, mit dem die Täter geflüchtet sind, hatte ein französisches Kennzeichen.“

„Warum ausgerechnet Frankreich?“

„Darauf weiß ich leider noch keine Antwort. Hast du vielleicht eine Ahnung, wo sich dein Ex-Mann im Ausland aufhalten könnte? Hat er irgendwann einmal erwähnt, wohin er gern auswandern würde?“

„Nein, darüber haben wir nie gesprochen.“

„Schade. Ich bin übrigens in Frankreich und werde jeder Spur nachgehen.“

„Dass die Kinder im Ausland sind, zieht mir den Boden unter den Füßen weg“, sagte Hanna bestürzt.

„Ich bleibe dran, mehr kann ich nicht versprechen.“

„Wurde die Polizei schon mit den Neuigkeiten konfrontiert?“, fragte sie bang.

„Ja, ich habe dem leitenden Ermittler eine Nachricht zukommen lassen.“

„Danke.“ Sie schluckte.

„Ich melde mich wieder. Falls dir noch etwas einfällt, dann gib Bescheid.“

„Das werde ich machen ...“

Fields verabschiedete sich und Hanna brauchte ein paar

Minuten, um die Nachricht zu verdauen. Wenn sich die Kinder bereits im Ausland befanden, dann *musste* Alexander seine Finger mit im Spiel haben. Aber am Telefon hatte er einen eher gehetzten Eindruck hinterlassen.

Es überraschte sie, dass er seiner Tochter eine Entführung zumutete, so viel Kälte hätte sie ihm dann doch nicht zugetraut. Sie wusste, dass er Lara liebte, wenn auch nicht so, wie andere Väter.

Beunruhigt wählte sie Jans Nummer, um ihn über den Stand der Dinge zu informieren.

„Hallo Jan, der Detektiv hat eben angerufen. Du hattest Recht, ein Zeuge hat Lara und Max lebend gesehen, allerdings befinden sich die Entführer mit den Kindern höchstwahrscheinlich in Frankreich. Ich vermute, dass Alexander doch dahinterstecken könnte."

„Warum sollte einer, der vor Mord nicht zurückschreckt, nicht auch eine Entführung planen?", antwortete Jan ganz pragmatisch und dieser Gedanke versetzte ihr einen Stich. „Ganz sicher wollte er uns da treffen, wo es am meisten wehtut. Der Verlust der Kinder ist das Schlimmste, was uns je passieren konnte."

„Du bist also auch der Meinung, dass sein Anruf nur einer kurzfristigen Ablenkung diente?", hakte Hanna nach.

„Ich denke schon. Alexander weiß mehr, als er preisgibt, und ich bin mir immer noch nicht sicher, wer hier wen erpresst."

„Meine Nerven sind zum Zerreißen gespannt, nichts geht voran. Ich weiß wirklich nicht, wie lange ich diese ungewisse Situation noch ertragen kann."

„Soll ich lieber nach Hause kommen?", fragte Jan besorgt.

„Nein, ich komme schon klar", antwortete sie und beendete das Gespräch.

Sie lenkte sich mit Gartenarbeit ab und ging am Nachmittag mit den Hunden spazieren. Die Einsamkeit war nur schwer zu ertragen und Hanna atmete auf, als Jan endlich Feierabend hatte und über die Schwelle trat.

Am Abend lagen sie lange wach. Sie sprachen sich gegenseitig Mut zu, bis ihre Lippen zueinanderfanden und sie sich wie zwei Ertrinkende liebten. Erschöpft und leicht beschämt, sanken sie auf die Kissen zurück, überrascht, dass es in so einer Situation einfach über sie kommen konnte.

„Wir sind auch nur Menschen", flüsterte Jan und küsste sie zärtlich auf die Stirn.

„Ich weiß, vielleicht habe ich das gebraucht, dich so nah zu spüren, überhaupt etwas zu spüren ..."

Sie schmiegte sich an ihn, genoss seine Körperwärme und schöpfte daraus Trost und Hoffnung. Ja, sie musste an das Wunder glauben, dass Lara und Maximilian wohlbehalten zurückkehrten.

Der neue Tag begrüßte Hanna mit einem regenverhangenen Himmel. Mit einer Tasse Kaffee stand sie am Fenster und schaute wie so oft in letzter Zeit gedankenverloren nach draußen. Es kostete sie eine Menge Kraft, sich jeden Morgen aus dem Bett zu quälen, und sie wusste nicht, wie lange sie noch durchhalten würde.

Sie leerte die Tasse, stellte sie in die Spüle und schnappte sich den Autoschlüssel. Im Kühlschrank herrschte gähnende Leere und so war sie gezwungen, unter Menschen zu gehen. Dabei wäre sie lieber mit ihrem Schmerz allein gewesen.

Um nicht erkannt zu werden, fuhr sie ein paar Kilometer weiter, denn auf Mitleidsbekundungen konnte sie getrost verzichten. Im Supermarkt warf sie die Lebensmittel achtlos in den Wagen und wollte so schnell wie möglich ins Forsthaus zurück. Ausgerechnet an der Kasse, an der sie sich angestellt hatte, ging es nur sehr langsam voran. Der Handwerker, der mit einem Sixpack und belegten Brötchen hinter ihr stand, brummte missgelaunt. Als Hanna endlich an der Reihe war, legte sie die Einkäufe rasch aufs Band. Dabei blieb ihr Blick an einer Zeitung hängen.

Tote Kinder in Metz aufgefunden!

Handelt es sich dabei um die zwei in Deutschland vermissten Kinder?

Der Boden unter ihren Füßen schwankte und sie sank leise stöhnend zu Boden. Dem Handwerker gelang es erst im letzten Moment, sie aufzufangen.

Als Hanna wieder zu sich kam, schaute er besorgt auf sie herab. Die junge Kassiererin spielte nervös mit der Zunge an ihrem Lippenpiercing.

„Na? Geht's wieder?", fragte sie lispelnd.

„Ich glaube schon." Stöhnend griff sich Hanna an den Kopf.

Der stämmige Handwerker hatte die Zeitung inzwischen unter seinen Arm geklemmt und griff nach dem Sixpack. Beim Anblick des Boulevardblattes durchfuhr Hanna erneut ein glühend heißer Schmerz und sie rang nach Luft.

„Dürfte ich bitte einen Blick auf die Zeitung werfen?", bat sie leise.

„Okay ..." Verwunderte reichte der Mann ihr das Blatt.

Nein, es war kein Irrtum gewesen, hier stand es schwarz auf weiß. Mühsam richtete sich Hanna auf. Es kostete sie eine Menge Selbstbeherrschung, die Zeitung aufs Band zu legen, zu bezahlen und den Discounter wieder zu verlassen. Aufgewühlt verstaute sie die Einkäufe im Kofferraum und trat den Heimweg an. Mechanisch steuerte sie den Wagen über die Landstraße, während sie sich immer wieder fragte, warum Fields den Tod ihrer Kinder nicht erwähnt hatte?

Tränen verschleierten den Blick auf die Straße und Hanna nahm weder die hupenden Autos wahr noch die verärgerten Blicke der Fahrer, die sie ständig überholten. In ihrer Verzweiflung überlegte sie sogar, ob es nicht besser wäre, auf einen Baum zuzusteuern. Einfach aus und vorbei.

Irgendwann fand sie sich im Hof des Forsthauses wieder und wagte nicht, die Zeitung zu berühren. Wie in Trance trug sie die Einkäufe ins Haus, kochte sich einen Tee und setzte sich auf den Küchenstuhl, wo sie regungslos verharrte. Obwohl Handy und Telefon gleichzeitig klingelten, blieb sie einfach sitzen und starrte völlig abwesend auf die gegenüberliegende Wand.

Ophelia kratzte mit ihrer Pfote an der Eingangstür und wollte dringend nach draußen. Doch Hanna reagierte nicht. Kurze Zeit später kam Jan atemlos ins Haus gestürzt.

„Hanna!" Er berührte sie sacht. „Hanna? Du weißt es schon?"

Sie drehte den Kopf in seine Richtung und ihr bleiches verzerrtes Antlitz sprach Bände. Ausdruckslose Augen schauten durch ihn hindurch. Gott, ihm wäre lieber gewesen, sie hätte getobt oder gebrüllt.

„Ein Arbeitskollege hat in der Mittagspause den Artikel gelesen und mich umgehend informiert. Ich habe mich sofort ins Auto gesetzt und bin hierhergefahren. Wie soll es jetzt nur weitergehen?"

Völlig ratlos lief Jan auf und ab, während Hanna wie eine leblose Marionette am Tisch saß. Ruckartig hielt er inne, griff zum Telefon, wählte die Nummer vom LKA. Dann donnerte er mit lauter Stimme in den Hörer.

„Wie, Sie können noch nichts Genaues sagen? Was soll das heißen? Sie müssen doch wissen, ob die gefundenen Kinder das gleiche Geschlecht oder das gleiche Alter haben.

Wir sollen uns gedulden? Ich habe endgültig genug von Ihren Phrasen, denen keine Taten folgen. Was, Sie verbitten sich diesen Ton? Das ich nicht lache. Ich werde laut, wann ich es für richtig halte. Also, wann werden wir mit ersten Ergebnissen rechnen können? Aha, in ein paar Stunden. Na, vielen Dank auch."

Jan pfefferte das Telefon wutentbrannt in eine Ecke. „So ein arroganter Mistkerl. Hat der überhaupt eine Ahnung, wie uns diese Ungewissheit zerfrisst? Ich kann ohne die Kinder unmöglich weiterleben ..."

Er brach in ein leises Schluchzen aus, während Hanna die Tasse mit dem kalten Tee mechanisch zu ihren Lippen führte.

KAPITEL 14

Claire, die Frau von Philippe, hatte drei verschiedene Salate zubereitet und eine Pastete in den Ofen geschoben. Der Tisch war bereits gedeckt. Die Kinder tobten ausgelassen durch das Haus, während Camille in ihrem Körbchen lag und genüsslich an einem Schweineohr nagte. Das alte Haus versprühte viel von seinem französischen Charme und war mit einigen ausgewählten Antiquitäten bestückt.

Philippe entkorkte eine Flasche Rotwein und stieß mit Fields auf das Wiedersehen an. Dabei wäre Fields jetzt lieber allein gewesen, denn ihm stand überhaupt nicht der Sinn nach einem gemeinsamen Essen. Gereizt fragte er Philippe bereits zum vierten Mal, ob sie auch wirklich zeitnah darüber informiert würden, wenn sich Neuigkeiten ergaben.

„Thomas, entspanne dich bitte. Sollte dieser Fall tatsächlich eintreten, dann müsste ich sofort im Büro antanzen und der Abend wäre gelaufen."

Der köstliche Duft der Pastete zog durch das Haus, aber Fields verspürte keinen Appetit. Ihm dauerte die DNA-Analyse viel zu lange. Anstatt zum Mond zu fliegen, sollten die Wissenschaftler lieber an einer Verbesserung der Tests tüfteln, fluchte er im Stillen.

„Nun komm schon, Thomas. Setz dich an den Tisch."

Claire hatte sich dicke Handschuhe übergestreift und balancierte die Pastete im geschlossenen Keramiktopf zum Tisch. Sie war eine ausgezeichnete Köchin, trotzdem hatte Fields mit jedem Bissen zu kämpfen. Höflich wie er war, lobte er ihre Kochkünste und stöhnte innerlich auf, als sie ihm freudig einen Nachschlag auf dem Teller anrichtete.

Die Kinder alberten am Tisch herum und fütterten heimlich Camille. Fields hätte so gern die entspannte Atmosphäre in dieser Familie genossen, musste aber ständig an die blutdurchtränkte Matratze denken. In frühestens vierundzwanzig Stunden sollte das Ergebnis vorliegen. Eine unvorstellbare Ewigkeit.

Den restlichen Abend verbrachten die Männer vor dem Kamin. Claire und die Kinder zogen sich diskret zurück, um Fields und Philippe ungestört reden zu lassen. Die Männer diskutierten über den aktuellen Fall, erörterten neue Sichtweisen, während sich die Flasche Rotwein wie von Zauberhand leerte. Die Uhr zeigte schon weit nach Mitternacht, als sie ihre jeweiligen Zimmer aufsuchten.

Fields bereitete es Schwierigkeiten, in einen erholsamen Schlaf zu finden, die Federung des antiken Gästebettes war entsetzlich weich. Außerdem spukte ihm der Fund des Nachmittages unaufhörlich im Kopf herum. Es war geradezu lächerlich zu glauben, dass diese Geschichte etwas mit seinem jetzigen Fall zu tun haben könnte. Bis jetzt hatte er stets erfolgreich recherchiert und die meisten Kinder wohlbehalten ihre Müttern zurückgebracht. Und dort, wo ihm der Erfolg versagt blieb, hatte sich meist ein Richter quergestellt. Die Mehrzahl der entführten Kinder hatte seelisch gelitten und ihre Mütter sowie das gewohnte soziale Umfeld qualvoll vermisst.

Aber schlechte Nachrichten so wie in diesem Fall hatte er noch nie überbringen müssen.

Ein schriller Klingelton riss Fields aus seiner Grübelei und er hörte, wie Philippe zum Telefon ging. Die Stimmlage seines Freundes veränderte sich im Laufe des Gespräches, wurde hektischer und lauter. Es musste demnach etwas Wichtiges geschehen sein.

Fields stieg hastig in seine Jeans und lief in den Flur. Fragend blickte er zu Philippe, der ihm mit einem Handzeichen signalisierte, sich einen Moment zu gedulden.

„Und?"

„Die Leichenspürhunde haben zwei Kinderleichen unweit des Gebäudes gefunden. Sie waren in Plastikbahnen eingewickelt und notdürftig verscharrt."

Fields setzte sich auf das kleine Bänkchen neben dem Telefon und rang um Fassung. Damit hatte er nicht gerechnet. Aber es wäre nicht das erste Familiendrama, bei dem ein Vater seine eigenen Kinder tötete, um sich an der Ehefrau zu rächen. Dass dieser Fall so tragisch und schnell ein Ende finden würde, damit hatte er nicht gerechnet.

Fields bat Philippe um eine Kopfschmerztablette. Am liebsten hätte er einen Whisky in sich hineingeschüttet, aber er wollte am Morgen nach Deutschland zurückfahren. Die Suche war für ihn hiermit beendet.

„Hat man schon Alter und Geschlecht der Kinder feststellen können?"

Philippe verneinte. „Eine andere Dienststelle hat den Fall übernommen. Tut mir wirklich leid, Thomas." Tröstend klopfte er Fields auf die Schulter. Das Leben war selten fair.

Die Männer blieben wach, bis der Morgen graute. Nach dem gemeinsamen Frühstück verabschiedete sich Philippe von Fields.

„Sobald ich neue Informationen erhalte, melde ich mich."

„Ich danke dir für deine Unterstützung."

Fields umarmte ihn herzlich, schnappte sich seine Reisetasche und verstaute diese im Kofferraum. Er fuhr gerade in Richtung Autobahn, als sein Handy klingelte. Fields hielt in einer kleinen Parkbucht und nahm den Anruf entgegen. Glücklicherweise waren es nicht die Eltern, denn auf dieses Gespräch war er überhaupt nicht vorbereitet.

„Ich habe gute Nachrichten für meinen Arbeitgeber", posaunte Chris. „Dein lieber Jahnke hat versucht, seinen Aufenthaltsort über einen Proxyserver zu verschleiern. Aber über die IP habe ich die Adresse trotzdem ausfindig gemacht und es ist mir gelungen, die entsprechende Spyware auf seinen Rechner zu spielen. Seine Firewall ist ein Witz, aber was erwartet man auch schon in Marokko."

„Wie bitte? Kannst du das noch einmal wiederholen?"

„M a r o k k o."

„Hast du auch eine genaue Adresse."

„Aber sicher, Monsieur Fields, es ist die Rue Abi Dajjane in Marrakesch. Der Knabe macht sich dort anscheinend ein schönes Leben. Die Stadt soll ja ganz groß im Kommen sein."

„Das heißt, wir haben den Kerl? Fast ein bisschen zu schön, um wahr zu sein."

„Fields, das ist jetzt dein Aufgabenbereich, ich sage nur Zahltag."

„Sobald ich zurück bin, bekommst du dein Honorar."

„Ach, was ich dich noch fragen wollte, du bist doch gerade in Frankreich?"

„Ja, aber mittlerweile auf dem Rückweg."

„Das liebste Käseblatt der Deutschen hat heut Morgen auf der Titelseite verkündet, dass man zwei tote Kinder bei Metz gefunden hat, und vermutet, dass es sich dabei um die vermissten Kinder aus Deutschland handeln könnte."

„Das darf doch nicht wahr sein ..." Fields konnte nicht glauben, was Chris ihm da eben ungefiltert mitgeteilt hatte.

„Irgendein Journalist hat sich hinter diese Story geklemmt."

„Verdammt, dann wissen die Eltern also Bescheid. Ich werde jetzt Gas geben, um das Gespräch mit ihnen zu suchen, falls es dafür nicht schon zu spät ist. Dass diese renitenten Journalisten einem immer die Tour vermasseln. Wissen die eigentlich, was die damit anrichten? Chris, wir hören wieder voneinander."

Wutentbrannt trat Fields das Gaspedal seines Audis durch, bis der Motor gequält aufjaulte, und jagte über die Autobahn. Jeden Augenblick erwartete er einen Anruf der aufgelösten Eltern, die mit ihren Vorwürfen ihm gegenüber sicher nicht sparsam umgehen würden. Er hätte ihnen gern den Schmerz erspart, den er selbst schon seit Jahren qualvoll ertrug. Wie ein einsamer Wolf durchstreifte er sein Revier, immer auf der sinnlosen Suche nach einem passenden Rudel.

Der Drang nach einem doppelten Whisky verstärkte sich. Warum hatte er diesen aussichtslosen Fall überhaupt angenommen?

Fields konzentrierte sich auf den Verkehr, verzichtete auf Pausen und schaffte es in Rekordzeit nach Hannover. Die größten Staus hatte er umfahren. An einer Tankstelle kaufte er sich ein Exemplar der Zeitung. Nachdem er den Text gelesen hatte, stopfte er diese wütend in den Papierkorb. Das hätte auf keinen Fall passieren dürfen.

Hoffentlich ging den Fahndern endlich Jahnke ins Netz. Dieser Mann sollte sich einem gerechten Urteil stellen, denn er hatte den Kindern die Chance auf eine glückliche Zukunft genommen.

Mit Unbehagen dachte Fields an seine Zeit beim BKA zurück. Die Strafe, die manch ein Richter verhängte, war ihm oft zu milde erschienen. Er wusste nur zu gut, wie es sich anfühlte, wenn der Täter vor ihnen saß und die Beamten verhöhnte. Wenn sie ihn verzweifelt darum baten, ihnen zu verraten, wo er den Leichnam des Kindes versteckt hielt. Es kam nicht selten vor, dass der Angeklagte jegliche Zusammenarbeit verweigerte und stattdessen nur auf seine Rechte pochte.

Doch für Fields galt stets nur das eine: Kinder mussten geschützt werden!

Endlich hatte er sein Ziel erreicht und bog auf den Hof des Forsthauses. Er stieg aus dem Wagen und was ihm sofort auffiel, war diese unheilvolle Stille. Auch im Haus rührte sich nichts. Erst als er die Autotür zuschlug, begann einer der Hunde zu bellen. Jan erschien in der Tür und bat ihn herein.

„Wir haben es in der Zeitung gelesen", erklärte er mit brüchiger Stimme.

Hanna saß völlig apathisch am Küchentisch und war im wahrsten Sinne des Wortes kreidebleich. Mit einem Schock war nicht zu spaßen. Fields nahm behutsam ihr Handgelenk und kontrollierte den Puls.

„Wir müssen sofort den Notarzt rufen", sagte er.

Sie trugen Hanna zur Couch und legten ihre Beine erhöht auf zwei Kissen, damit das Blut zurück in die lebenswichtigen Organe fließen konnte. Jan streichelte immer wieder über Hannas Wange und flüsterte ihr tröstende Worte zu. Obwohl er selbst am Ende seiner Kräfte war, riss er sich zusammen, um die Situation zu meistern.

Fields hatte während der Fahrt an einer Erklärung gefeilt, die nun keiner mehr hören wollte. Warum war jetzt kein Reporter zur Stelle, um dieses Elend mit anzusehen und zu dokumentieren? Die Hölle war über Hanna und Jan hereingebrochen und hatte sie niedergerungen.

Endlich waren Notarzt und Krankenwagen eingetroffen. Hanna wurde nach einer kurzen Untersuchung zum Krankenwagen transportiert. Bevor Jan hinterherfuhr, wollte er von Fields genauere Informationen. Er forderte ihn auf, sich zu setzen.

„Was ist in Metz passiert?"

„Wir haben eine blutige Matratze in einem verlassenen Gebäude auf dem Areal der Bunkeranlage gefunden."

„Mehr nicht?"

„Wir mussten den Ort verlassen, die Untersuchungen haben ohne uns stattgefunden."

„Wann wurden die Kinder gefunden?"

„Darüber kann ich nichts sagen. Alles, was wir bis jetzt gehört oder gelesen haben, sind reine Spekulationen."

„Dann könnten die Kinder also noch am Leben sein?"

Hoffnung schwang in seiner Stimme mit und stellte Fields vor die Herausforderung, ihm ehrlich antworten zu müssen.

„Wir sollten keine voreiligen Schlüsse ziehen, solange es noch keine offizielle Bestätigung gegeben hatte."

Fields' Smartphone klingelte und eine Flut französischer Worte drang an sein Ohr. Es war Philippe.

„Entwarnung, Thomas, Entwarnung", sagte er. „Bei den Kinderleichen handelt es sich um ein neugeborenes Zwillingspärchen. Die viel zu junge Mutter hat dort allein ihre Kinder zur Welt gebracht, deshalb die blutdurchtränkte Matratze. Sie hat sich bereits den Behörden gestellt. Die Babys kamen zu viel früh und sind tot geboren worden. Aber du hattest den richtigen Riecher, du Fuchs. Die Windeln stammen tatsächlich von dem entführten Maximilian."

„Ich bin sprachlos, Philippe und danke für die guten Nachrichten. Du hast etwas gut bei mir", versprach Fields und beendete das Gespräch.

„Neuigkeiten?" Jan musterte ihn fragend.

„Bei den Kindern handelt es sich definitiv nicht um Lara und Maximilian."

Jan ließ sich mit einem Ächzen auf den Stuhl fallen. „Dann sind die Kinder also noch am Leben?“ Seine Stimme vibrierte.

„Ich denke schon. Die Presse hat wie üblich ein vorschnelles Urteil gefällt und damit unglaublichen Schaden angerichtet. Mir wäre wohler gewesen, wenn euch diese Erfahrung erspart geblieben wäre.“

„Gibt es noch Hoffnung?“, fragte Jan und seine Hände zitterten leicht.

„Ihr solltet die Hoffnung niemals aufgeben. Die Windeln stammen von deinem Sohn und es bedeutet, dass die Entführer sich um die Kinder kümmern.“

„Wie geht es jetzt weiter?“

„Ich werde mich erst einmal um Alexander Jahnke kümmern“, antwortete Fields.

„Du bist unsere letzte Rettung, du musst die Kinder finden ...“, flehte Jan.

„Ich gebe alles, versprochen.“

Fields verabschiedete sich von ihm und lief zu seinem Wagen. Er wollte direkt nach Hause zurückkehren, um sich auf die Reise nach Marokko vorzubereiten. Bevor er den Motor startete, informierte er Breuer über den jetzigen Aufenthaltsort von Alexander Jahnke. Die Fahndung auf internationaler Ebene konnte durchgeführt werden.

KAPITEL 15

Jan klopfte an die Tür des Krankenzimmers und trat ein. Hanna lag mit einer ungesunden Blässe im Bett und schaute in seine Richtung.

„Hallo Liebes“, begrüßte er sie und hauchte einen Kuss auf ihre Stirn. „Wie geht es dir?“

„Sie haben mir irgendein Mittel gespritzt und ich fühle mich wie in Watte gepackt“, nuschelte sie.

Er beugte sich nach vorn und griff nach ihrer Hand. „Ich habe Neuigkeiten im Gepäck.“

„Ich will sie nicht hören.“ Sie drehte brüsk ihren Kopf zur Seite.

„Jetzt komm schon, Hanna“, raunte Jan. „Bei den Kindern in Metz handelt es sich definitiv nicht um Lara und Maximilian. Ich habe fast schon ein schlechtes Gewissen den Zwillingen gegenüber, weil ich so erleichtert darüber bin, dass es nicht unsere Kinder waren.“

„Sie sind noch am Leben?“

Hanna versuchte sich aufzurichten, doch Jan drückte sie sanft aufs Kissen zurück.

„Du sollst dich doch schonen“, ermahnte er sie. „Fields

geht davon aus, dass sie noch am Leben sind und die Entführer sich um sie kümmern."

„Ich bin so unendlich erleichtert, dass doch noch Hoffnung besteht."

„Ich fühle ganz genauso. Allein die Vorstellung, sie für immer zu verlieren ..." Seine Stimme versagte. „Wann wirst du entlassen?"

„Morgen, schätze ich. Und jetzt wo ich weiß, dass die Kinder noch leben, will ich unbedingt hier raus."

„Das kann ich gut verstehen. Gib mir bitte rechtzeitig Bescheid, wann ich dich abholen kann."

„Das werde ich machen."

Jan sah ihr an, wie erschöpft sie war, und verabschiedete sich. „Du solltest jetzt etwas schlafen und morgen sehen wir uns wieder. Mach's gut, Hanna."

An der Tür drehte er sich noch einmal um und winkte ihr zu. Dann trat er hinaus in den Flur.

~

Jan fuhr am nächsten Morgen auf den Parkplatz des Krankenhauses, um Hanna abzuholen. Er staunte nicht schlecht, als sie vor dem Ausgang stand und ihn bereits erwartete. Die Begrüßung fiel herzlich aus und Hanna schien verändert.

„Und? Können wir?", fragte sie ihn beinahe enthusiastisch.

„Ja, natürlich." Ihre Verwandlung verwirrte ihn.

„Wo bleibst du denn?", riss sie ihn aus seinen Gedanken.

„Sorry."

Hanna war nicht wiederzuerkennen und er fragte sich, ob das alles mit rechten Dingen zuging. Spielte sie ihm vielleicht nur etwas vor?

„Was hat der Arzt gesagt?", fragte er und startete den

Motor. Die geröteten Wangen täuschten nicht über ihre Erschöpfung hinweg.

„Das Übliche. Ich soll mich schonen und regelmäßige Mahlzeiten zu mir nehmen."

Nachdem Jan die Stadt hinter sich gelassen hatte, musste er immer wieder abbremsen, wenn ein vollbeladener Traktor vor ihnen auftauchte. Die Erntezeit hatte begonnen und das Getreide wurde in die Silos gebracht. Hanna wippte ungeduldig mit ihrem Bein und das brachte ihn damit völlig aus dem Konzept. Sie schien energiegeladen zu sein und er konnte sich ihren Zustand nicht erklären.

„Alles gut bei dir?", fragte er besorgt.

„Doch. Ja", entgegnete sie knapp.

Jan missfiel ihre einsilbige Antwort, aber er beließ es dabei und konzentrierte sich wieder auf die Straße. Mit gemischten Gefühlen bog er zum Forsthaus ab.

Die Hunde tänzelten freudig um Hanna herum, als hätte sie durch jahrelange Abwesenheit geglänzt. Dabei war sie nur für vierundzwanzig Stunden außer Haus gewesen. Sie tätschelte kurz die Köpfe von Duke und Ophelia, bevor sie die Treppe hinauf ins Schlafzimmer lief. Oben angekommen, hievte sie schwungvoll den Koffer auf das Bett und warf wahllos Kleidung hinein. Jan war Hanna ins Schlafzimmer gefolgt und beobachtete erstaunt ihr Treiben.

„Was machst du da eigentlich? Willst du verreisen?"

„Ja, will ich." Sie drehte sich zu ihm um. „Ich kann so nicht weitermachen - untätig herumsitzen und auf das Ende warten. Warum soll ich mich nicht an der Suche nach den Kindern beteiligen?"

„Aber wir wissen doch gar nicht, wo wir suchen müssen", erwiderte er.

„Fields soll uns sagen, wo die Kinder stecken könnten. Dann fahren wir ebenfalls nach Frankreich und fragen uns durch."

„Wie du ja bekanntlich weißt, ist Frankreich recht groß. Sich mal eben so durchzufragen, wie soll das überhaupt funktionieren?“ Jan sah sie fragend an.

„Du kannst nicht von mir verlangen, diese sinnlose Warterei noch einen Tag länger zu ertragen.“ Sie stemmte die Hände in die Hüften und ihre Augen funkelten zornig.

„Hanna, es ist ja nicht so, dass ich dich nicht verstehe. Genau aus diesem Grund habe ich wieder angefangen zu arbeiten. Nur wie stellst du dir das vor? Was machen wir mit den Hunden und Kater Benjamin?“

„Kann deine Mutter nicht für ein paar Tage einspringen und die Hunde übernehmen? Den Kater könnte ich sicher Sarah aufschwatzen.“

„Ich weiß nicht. Mutter ist schließlich nicht mehr die Jüngste“, antwortete er skeptisch.

„Versuche es doch wenigstens und frage sie bitte.“

„Wenn wir das Problem mit den Vierbeinern gelöst haben, kommt das nächste. Den bezahlten Urlaub habe ich bereits aufgebraucht. Ich würde unbezahlten Urlaub einreichen müssen, auf unbestimmte Zeit, und im schlimmsten Falle kostet mich das meinen Job.“

„Dir ist der Job also wichtiger als dein Sohn?“

Jan schwankte zwischen Risiko und Vernunft. In Hannas Augen spiegelte sich eine große Entschlossenheit wider, er würde sie nicht umstimmen können.

„Wenn du nicht mitkommen willst, dann fahre ich eben allein. Ich hole jetzt meinen Pass und bitte Sarah darum, den Kater zu hüten. In der Zwischenzeit kannst du dir Gedanken darüber machen, wo deine Prioritäten liegen.“

„Stopp! Du willst die Strecke allein mit dem Auto fahren?“

„Natürlich, wie soll ich sonst nach Frankreich kommen? Etwa mit dem Zug?“

Wenn das Gespräch so weiterlief, steuerten sie beide erneut auf einen heftigen Streit zu.

„Was soll's, ich komme mit", lenkte Jan ein. „Zur Not mache ich später eine Umschulung zum Koch."

„Deinen Sarkasmus kannst du dir sparen."

„Ich weiß. Trotzdem sollten wir die Reise genauestens planen. Fields wird aus allen Wolken fallen, wenn wir ihm unsere Pläne mitteilen."

Hanna spürte, dass Jan die Situation unangenehm war, aber sie hatte nun einmal den Entschluss gefasst. Der Schock durch den Fund der toten Kinder in Metz hatte sie wachgerüttelt. Alexander war in diese Entführung verwickelt, daran gab es nicht den geringsten Zweifel. Alles passte haargenau ins Bild. Die Kinder befanden sich im Ausland und Alexander hatte für das nötige Ablenkungsmanöver gesorgt, indem er behauptete, nichts von der Entführung zu wissen.

„Folgendes, Hanna ..." Jan atmete tief durch. „Ich rufe jetzt meine Mutter an und werde anschließend Fields über unser Vorhaben informieren. Wenn du bitte einen weiteren Koffer packen würdest, diesmal mit meinen Klamotten, wäre ich dir sehr dankbar."

Er lief ins Wohnzimmer und griff zum Telefon. Seine Mutter war sofort damit einverstanden, während das Gespräch mit Fields etwas schwieriger verlief.

„Wir haben uns überlegt, in Frankreich selbst nach unseren Kindern zu suchen", erklärte Jan.

„Das wird nicht einfach werden", entgegnete Fields. „Außerdem haben wir Jahnke in Marokko aufgespürt."

„Wie bitte? Marokko?" Jan war völlig konsterniert.

„Ja. Ich bin mir ziemlich sicher, dass die Entführer Frankreich durchfahren haben, um später mit der Fähre von Marseille nach Tunis überzusetzen. Es gibt für alle nur dieses eine gemeinsame Ziel: Marokko. Wahrscheinlich ist es das Beste, wenn Sie einen Flug nach Tunis buchen."

„Vielen Dank für die Informationen. Wir werden darüber beratschlagen."

Jetzt hockten Hanna und Jan vor dem Schreibtisch und quälten sich durch Flugrouten und Hotelangebote. Glücklicherweise war kein Visum erforderlich, sie konnten sofort los. Hannas Unruhe wuchs von Minute zu Minute, sie hatte panische Flugangst. Aber die Aussicht, ihren Kindern nah zu sein und sie vielleicht retten zu können, hielt sie davon ab, die Koffer wieder auszupacken.

Vier Monate durfte sich ein Tourist in Tunesien aufhalten, das kam ihnen sehr entgegen. Die anfallenden Kosten verschlugen ihnen allerdings die Sprache. Glücklicherweise hatte Hanna das Geld vom Verkauf von Alexanders Villa fest angelegt und sie konnten sich davon bedienen.

Nur wenige Klicks später hatten sie für den nächsten Tag einen Flug gebucht und das Hotelzimmer reserviert. Es war ziemlich schwierig gewesen, mitten in der Hochsaison etwas Preiswertes zu finden. Das Hotel Le Pacha befand sich mitten im Zentrum von Tunis, ein ziemlich hässlicher Betonklotz. Auch die Ausstattung der Zimmer ließ für ihren Geschmack sehr zu wünschen übrig. Aber es sollte schließlich kein Erholungsurlaub werden. Falls sich der Aufenthalt verlängerte, wollten sie vor Ort nach einer erschwinglicheren Lösung suchen.

„Gut, dann packen wir's an", sagte Jan.

„Ja, das machen wir", antwortete Hanna. „Wir müssen Lara und Maximilian unbedingt finden."

~

Das Flugzeug setzte sanft zur Landung an und berührte den Boden von Tunis. Am liebsten wäre Hanna sofort nach draußen gestürzt, aber das war nicht möglich, denn sie mussten erst das übliche Prozedere durchlaufen. Nachdem

Jan und Hanna das Gepäck in Empfang genommen hatten, durchschritten sie den Flughafen Tunis Carthage International Airport.

Die Fahrt mit einem Taxi zum Hotel Le Pacha dauerte nur zehn Minuten und an der Rezeption wurden ihnen die Schlüsselkarten freundlich ausgehändigt. Hanna lechzte nach einer Dusche und nach einer anständigen Mahlzeit.

Das Zimmer war mit einer individuell regulierbaren Klimaanlage, einem Fernseher und einem eigenen Bad ausgestattet. Ansonsten fiel die Einrichtung eher spartanisch aus. Wer wohl alles schon in diesen Betten geschlafen hatte? Hanna seufzte, am liebsten hätte sie diesen Gedanken sofort wieder zurückgenommen. Sie wollte sich gar nicht erst vorstellen, unter welch widrigen Umständen Lara und Maximilian in Metz gehaust hatten. Sie hätte ihren Kindern so gerne dieses Leid erspart.

Tag und Nacht quälte sie der Gedanke, wie es Lara und Maximilian wohl gerade erging. Besonders Kleinkinder waren sehr empfänglich für Krankheiten und sie fragte sich, ob die Entführer in ihrer prekären Situation überhaupt einen Arzt aufsuchen würden. Gedankenverloren stand sie am Fenster und betrachte das bunte Treiben auf der Straße unter ihr.

Jan war auf dem Weg zur Rezeption, um sich zu erkundigen, wo man günstig ein Auto mieten konnte. Neben ihrer Unterkunft stand ihnen auch ein kostenfreier Parkplatz zur Verfügung. Hanna nutzte die Zeit und huschte unter die Dusche. Diese heiße und trockene Luft gab ihr den Rest.

Nach einer Viertelstunde tauchte Jan mit ein paar Prospekten wieder auf.

„Ich habe einen Bärenhunger“, stöhnte er. „Wollen wir uns erst einmal um eine gescheite Mahlzeit kümmern, bevor wir einen Wagen mieten?“

„Gute Idee.“

Das hoteleigene Restaurant Le Calife hatte rund um die Uhr geöffnet und servierte eine Mischung aus tunesischer und internationaler Küche. Jans Entscheidung war schnell gefällt, Hanna hingegen war mit der Speisekarte überfordert. Sie wählte schließlich ein Steak, damit konnte man nicht viel verkehrt machen.

Anschließend zogen sie los, verglichen die Preise und mieteten einen verbeulten Peugeot. Die Reifen waren abgefahren und auch sonst machte das Gefährt keinen besonders vertrauenerweckenden Eindruck. Aber sie waren auf einen fahrbaren Untersatz angewiesen und durften nicht allzu wählerisch sein.

Die vielen fremden Gerüche und Eindrücke verwirrten Hanna. In ihrem Kopf schwirrte es und schon nach kurzer Zeit bat sie Jan darum, in das Hotel zurückzukehren. Eine Kopfschmerztablette und etwas Ruhe schienen ihr die letzte Rettung. Erschöpft ließ sie sich aufs Bett fallen und keine zehn Minuten später war sie eingeschlafen.

Jan hatte sich unterdes einen Stadtplan besorgt und dachte ununterbrochen darüber nach, wie sie hier auf brauchbare Spuren stoßen könnten. Die Stadt erschien ihm riesig. Wo sollten sie mit der Suche beginnen und wo aufhören?

KAPITEL 16

Fields saß vor seinem Rechner und ging Schritt für Schritt die brauchbaren Informationen durch, um die Puzzleteile zusammenzufügen. Die Entführung war gut durchdacht worden. Auf der Fähre fanden selten strengere Kontrollen statt, ein ideales Schlupfloch. Er existierten keine Zeugen, die er hätte befragen können. Dank der EU gelangte man flugs über die Grenzen und dieser Zustand öffnete dem Menschenhandel Tür und Tor.

Noch stand für ihn nicht fest, ob er sich in Tunis mit Jan und Hanna treffen oder gleich mit dem Flieger in Richtung Marokko durchstarten würde. Wahrscheinlich hatten die Entführer die Grenze zu Marokko bereits überschritten und befanden sich auf direktem Weg nach Marrakesch. Um eventuelle Kontrollen zu umgehen, würden sie mit Sicherheit einen befahrbaren Weg durch die Wüste wählen. Bei dem Gedanken an die Strapazen der Kinder spürte Fields eine gewisse Unruhe. Aber seine Vermutung konnte er auf keinen Fall den Eltern mitteilen. Sie wären außer sich vor Sorge um Maximilian und Lara.

Immer wieder kontrollierte er sein Smartphone, damit

ihm keine Nachricht entging. Irgendwann musste doch endlich die Info eintrudeln, ob Jahnkes Festnahme geglückt war. Dessen Aufenthaltsort sollte doch inzwischen allen infrage kommenden Stellen bekannt sein. Fields war sich ziemlich sicher, dass Jahnke sich nicht offiziell in Marrakesch aufhielt. Für diese beiden Länder benötigte er kein Visum, ein Reisepass genügte vollkommen.

Nervös trommelte Fields mit den Fingern auf die Tischplatte. Verdammt, warum meldete sich Breuer nicht?

Nach einer Weile stand er auf und suchte sich die Kleidung für die Reise zusammen. Sorgfältig verstaute er seine Sachen im Koffer, damit er so viel wie möglich mitnehmen konnte. In solchen Fällen wusste er nie, wie lange er im Ausland bleiben würde.

Allmählich wurde er unruhig. Der Flug musste gebucht und das Hotelzimmer reserviert werden, egal für welche Stadt er sich letzten Endes auch entschied. Kaum stand er unter der Dusche, klingelte sein Handy. Er fluchte, als er sich notdürftig das Handtuch um seine Hüfte schlang und mit nassen Füßen über den Boden schlitterte.

„Fields“, meldete er sich knapp.

„Breuer hier. Lass mich raten, du hast sicherlich schon auf glühenden Kohlen gesessen?“

„Und wie. Habt ihr ihn?“, fragte Fields ungeduldig.

„Leider nein, dein Vögelchen war ausgeflogen. Er hatte am Balkon eine Videokamera angebracht und anscheinend gesehen, wie unsere Männer vor der Tür standen. Kann aber auch sein, dass uns ein korrupter Beamter die Tour vermasselt hat. Persönliche Sachen hat Jahnke nicht mitgenommen, er ist nur mit seinem Laptop und dem Pass geflüchtet. Es befand sich sogar noch Essen im Backofen. Die Bauweise der Häuser bietet sich ja geradezu an, über die Dächer zu entkommen. Aber jetzt hat der Kerl ein Problem: Wir sind ihm dicht auf den Fersen. Fragt sich bloß, wohin er mit den Kindern will?“

Fields stöhnte leise auf. „Warum kann nicht einmal etwas glattlaufen? Ich habe tatsächlich angenommen, dass er festgenommen wird und uns den Aufenthaltsort der Kinder verrät. Jetzt stehen wir wieder bei null. Keine Spuren, keine Anhaltspunkte, nichts.“

„Tut mir leid, Thomas, ich hatte ebenfalls mit einem positiven Verlauf gerechnet. Aber du hattest ja schon immer den besseren Riecher, du wirst auch diesmal überzeugen.“

Enttäuscht beendete Fields das Gespräch. Er würde in Tunis mit der Suche beginnen und buchte Flug und Hotel. Dann setzte er sich in seinen Audi und fuhr zum nächsten Geldautomaten. Den Großteil des Geldes steckte er in einen Umschlag und machte sich auf den Weg zu Chris. Die Uhrzeit spielte meist keine Rolle, der Junge verließ selten das Haus. Wie ein Vollzeitvampir scheute er das Licht und verbrachte sein komplettes Leben hinter dem Rechner. So öffnete ihm Chris auch heute die Tür.

„Zahltag, wie schön“, grinste Chris breit. Er schnappte sich den Umschlag und zählte fix die Scheine. „Hast du einen neuen Auftrag in petto?“, fragte er erwartungsvoll.

„Da muss ich dich leider enttäuschen. Jahnke konnte entkommen und wir müssen wiederholt herausfinden, wo er sich versteckt.“

„Na, wenn's weiter nichts ist, dann bleibe ich einfach an der Sache dran.“

„Sobald die Peters wieder Kontakt zu ihm aufnimmt, meldest du dich.“

„Du weißt doch genau, dass ich zuverlässig arbeite“, antwortete Chris gekränkt.

„Klar, tut mir leid. Ich bin sowieso nur auf dem Sprung, in Kürze geht mein Flieger nach Tunis.“

„Dann drücke ich dir die Daumen, dass du den Typen schnappst. Für die Kinder muss es die Hölle sein.“

„Du sagst es, Chris.“ Er klopfte ihm freundschaftlich auf die Schulter. „Halt die Ohren steif und sollte ich telefonisch nicht erreichbar sein, dann schicke mir eine Mail.“

„Yes Sir, wird gemacht.“

Fields eilte die Stufen hinunter und fuhr zu seinem Apartment zurück, um die letzten Reisevorbereitungen zu treffen. Anschließend ließ er sich mit dem Taxi zum Bahnhof chauffieren. Was würde ihn in Tunis erwarten?

Als Fields in Tunis aus dem Flughafengebäude trat, schlug ihm die afrikanische Hitze entgegen. Ein Schweißfilm bildete sich auf seiner Stirn und schon jetzt lechzte er nach einer erfrischenden Dusche. Nach einem kurzen Fußmarsch erreichte er die Pension, in der er sich schon seit Jahren ein Zimmer mietete.

Der Grund dafür war sehr einfach. Ab und zu verliebten sich Frauen während ihrer Urlaubsreise in einen gutaussehenden Tunesier und erlagen dem meist aufgesetztem Charme dieser Männer. Einige von ihnen verließen für ihre große Liebe sogar die Familie. Hier unter der Sonne Afrikas wollten sie neu beginnen und mit dem Mann ihrer Träume durchstarten. Doch das jähe Erwachen kam oft früher als gedacht. Kaum waren sie verheiratet, wurden sie nicht selten geschlagen, misshandelt und gedemütigt. Noch schlimmer gestaltete sich die Situation, sobald gemeinsame Kinder geboren wurden.

Die Männer erpressten ihre Frauen und behandelten sie wie Leibeigene, wenn es darum ging, den eigenen Nachwuchs zu schützen. Viele Touristinnen begriffen einfach nicht, dass hier eine andere Mentalität herrschte. Hin und wieder verhalf Fields den Frauen und ihren Kindern zur Flucht. Oder er brachte die Kinder ihren Müttern zurück, die von ihren leiblichen Vätern ins Ausland verschleppt worden waren.

Er konnte die Blindheit dieser Frauen selten nachvollziehen. Frauen im Allgemeinen hatten in diesen muslimisch geprägten Ländern nur wenige Rechte, aber viele Pflichten. Sicher, hier wirkte alles bunt, betörend, märchenhaft und viele Urlauberinnen wurden von dem orientalischen Flair regelrecht verzaubert. Der Tourismus blühte, neue Hotelanlagen entstanden. Aber Urlaub war eben Urlaub und das reale Leben blieb das reale Leben - mit seinem täglichen Müßiggang und den immer wiederkehrenden Aufgaben im Berufsleben oder als Elternteil.

Endlich hatte Fields die Pension erreicht. Er wurde sehr höflich begrüßt und bekam an der Rezeption seinen Zimmerschlüssel ausgehändigt. Verschwitzt und durstig bestellte er sich Wasser und frische Melonen auf sein Zimmer.

Dann klappte er den Laptop auf. Durch die fehlgeschlagene Verhaftung wusste er noch nicht genau, wo er mit der Suche beginnen sollte. Jahnke konnte schließlich überall untergetaucht sein. Auch dieses Mal würde er vor Ort auf Hilfe angewiesen sein und Djamir in seine Pläne einweihen.

Vor einigen Jahren hatten sie in einem Fall von Waffenschmuggel im großen Stil zusammengearbeitet und daraus war eine feste Freundschaft entstanden. Sein Freund schuldete ihm noch einen Gefallen, den er jetzt einfordern wollte. Damals hatte ein undurchsichtiger Informant Djamir und seine Männer mit einem falschen Tipp in einen Hinterhalt gelockt. Nur Fields war es zu verdanken gewesen, dass Schlimmeres verhindert werden konnte, weil er seine Kollegen rechtzeitig gewarnt hatte.

Djamir arbeitete beim marokkanischen Geheimdienst

DST und diese Tatsache war ein zweischneidiges Schwert. Der Geheimdienst hatte nicht gerade den besten Ruf, und schon gar nicht bei Amnesty International. Aber wenn er Jahnke und die Kinder finden wollte, war er auf die Connection von ihm angewiesen. Im Leben gab es nur selten Schwarz oder Weiß und dem allgegenwärtigen Grau konnte sich Fields kaum entziehen.

Er wählte voller Hoffnung die Nummer von Djamir, doch er wurde enttäuscht. Sein marokkanischer Kollege würde erst wieder in zwei Tagen erreichbar sein. Er konnte Djamir nur über seinen privaten Anschluss erreichen und darauf warten, dass dieser ihn zurückrief. Aus Sicherheitsgründen wurden die Handynummern beim DST ständig geändert.

Fields pfefferte verärgert das Telefon auf das Bett. Es würde viel zu viel kostbare Zeit verstreichen und er suchte frustriert das Badezimmer auf. Die Dusche erfrischte ihn und er zog ein sauberes Shirt über. Für späten Nachmittag war das Treffen mit Jan und Hanna geplant und bis dahin wollte er den Fährhafen aufsuchen, um das Personal zu befragen. Der Klingelton des Handys riss ihn jäh aus seinen Gedanken.

„Na Chef, wie geht's im Urlaubsparadies?", meldete sich Chris.

„Von Urlaub kann hier gar keine Rede sein. Schieß los, was gibt es Neues?"

„Eine Mail von Jahnke ist bei der Peters eingegangen. Sieht so aus, als ob er die Zeilen von einem Internetcafé aus geschrieben hat. Er will eine verdammt große Summe von der guten Dame und jetzt halt dich fest, was sie ihm geantwortet hat ..."

„Komm zur Sache, Chris", fiel er dem jungen Mann ins Wort.

„Jetzt lass mich doch ausreden, verdammt. Die Peters hat ihm ein Gegenangebot gemacht und bietet ihm quasi einen

Tauschhandel an. Jahnke erhält die Kinder und MediTech die gestohlenen Unterlagen zurück. Wie du siehst, steckt doch MediTech hinter der Entführung. Der Auftrag wurde wohl von der obersten Etage aus erteilt."

„Bist du dir da ganz sicher?"

„Natürlich. Jahnke hat sich allerdings noch nicht zu diesem Austausch geäußert."

„Gibt es denn einen Hinweis, was für Papiere Jahnke überhaupt entwendet hat? Wenn die Konzernleitung zu solch drastischen Mittel greift, dann müssen ziemlich brisante Dinge in den Unterlagen stehen."

„Tut mir leid Chef, darüber war nichts vermerkt."

„Chris, halte bitte die Augen offen. Ich will unbedingt wissen, wann und wo eine Übergabe stattfindet."

„Wird gemacht. Ich melde mich sofort, sobald ich weitere Infos habe."

„Danke Chris, ohne dich wäre ich aufgeschmissen."

„Ich weiß", antwortete der junge Mann selbstbewusst.

Diese Neuigkeiten warfen ein ganz anderes Licht auf den Fall. Mit Sicherheit waren die Kinder bereits in Marokko und dieser Fall näherte sich seinem Höhepunkt. Stellte sich nur die Frage, ob sich Jahnke überhaupt auf diesen Tauschhandel einlassen würde, denn die Kinder bedeuteten ihm nichts.

Aber bis es so weit war, wollte er weiter recherchieren und machte sich auf den Weg zum Fährhafen. Er winkte einem gelben Taxi, das prompt anhielt und ihn zum Zielort chauffierte. Mit den Kinderfotos in der Tasche begab er sich auf die Suche.

Der Bereich des Hafens war riesig, ein Gemisch aus Industrie und Tourismus. Für die Urlauber gab es eine extra Anlage mit kleineren Stegen, an denen Segelboote und Yachten ankerten. Hier konnte man mit einem Blick auf das Wasser in den Hafenrestaurants angenehm speisen. Aber er war schließlich nicht zum Essen hier und steuerte den Fähranleger an. Auf Anhieb fand er das weiß gestrichene Schiff mit der roten Aufschrift *Tunisia ferries* auf beiden Seiten.

Im geräumigen Rumpf der Fähre verschwanden Autos und Fahrgäste, es herrschte reges Gedränge. Menschen riefen sich französische oder arabische Wortfetzen zu. Fields reichte die Fotos einem Hafenarbeiter, der ihm am nächsten stand. Hier beherrschte fast jeder ein paar Brocken Französisch, die Verständigung war also kein Problem. Der Arbeiter warf einen Blick auf die Fotos und schüttelte verneinend den Kopf. Dann rief er freundlicherweise einen Kollegen heran und zeigte ihm das Bild. Aber auch dieser konnte ihm nicht weiterhelfen, und so ging es in einem fort.

Die Mitarbeiter und Angestellten verhielten sich Fields gegenüber sehr aufgeschlossen und standen Rede und Antwort, soweit es ihnen möglich war. Trotzdem konnte sich niemand an die Kinder und ihre Entführer erinnern. Bei der Masse an Fährgästen achteten sie selten darauf, wer in den Fahrzeugen saß. Ein älterer zahnloser Mann meinte, die vier gesehen zu haben. Doch die Frage, in welche Richtung sie gefahren sein könnten, kommentierte er nur mit einem ratlosen Schulterzucken.

Nach drei Stunden sinnloser Recherche brach Fields enttäuscht ab und trat zu Fuß den Rückweg an. Bis zum Treffen mit Hanna und Jan hatte er noch ein wenig Zeit und so schloss er sich dem Strom der Touristen an, die durch die Stadt liefen. Hin und wieder fing er den feurigen Blick einer braungebrannten Touristin ein und schaute rasch zur Seite. Bloß keine falschen Signale senden. Was früher bei ihm Lust und Begierde ausgelöst hatte, wurde ihm jetzt zum Verhängnis. Er konnte seine Frau und seinen Sohn unmöglich vergessen. Jede noch so kurze Affäre würde er als Verrat an ihnen empfinden. Er war ein gutaussehender kerniger Vierzigjähriger, aber er musste sich und seinen Hormonen nichts mehr beweisen.

Die restliche Strecke fuhr er mit der Straßenbahn durch das modern geprägte Tunis. Hip und westlich präsentierte sich hier die Stadt und Palmen säumten die vielbefahrenen Straßen.

Jan wartete bereits in der Eingangshalle des Hotels auf ihn und führte ihn zum Zimmer. Hanna wirkte erschöpft, aber ihre Augen blitzten. Ein gutes Zeichen. Zu dritt setzten sich an den kleinen Tisch.

„Ich habe ein paar wichtige Neuigkeiten für euch und bin mir nicht sicher, ob sie euch gefallen werden", eröffnete Fields das Gespräch. „Die Suche am Fährhafen ist leider ergebnislos verlaufen. Es ist Hochsaison und bei den Massen an Touristen, die ins Land fließen, ist es für die Hafenmitarbeiter fast unmöglich, sich an einzelne Personen zu erinnern. Der zweite Punkt, und der macht mir am meisten zu schaffen - Alexander hat nicht die Kinder entführt."

„Woher willst du das so genau wissen?" Hannas neigte skeptisch ihren Kopf.

„Meine Quellen möchte ich nicht preisgeben, ich hoffe da auf dein Verständnis. Kannst du dich noch an die Worte der Peters erinnern, als sie gedroht hat, du sollst Alexander zur Vernunft bringen? Das hatte sie ernst gemeint. Jemand von oberster Stelle hat die Kinder entführen lassen und der ganze Aufwand diente nur dem einen Zweck, dass die brisanten Unterlagen, die dein Ex-Mann gestohlen hat, wieder in den Besitz von MediTech übergehen."

„Was ist das nur für ein kriminelles Pack?" Jan war zornig aufgesprungen. „Mein Sohn hat doch mit dieser Sache überhaupt nichts zu schaffen."

„Wie bitte? Ich höre wohl nicht recht? Jetzt geht es also nur noch um *dein* Kind! Lara zählt wohl gar nicht mehr?" Hanna funkelte ihn wütend an.

„Bitte beruhigt euch, damit ist niemandem geholfen. Wir haben herausgefunden, dass Alexander in Marokko abgestiegen, genauer gesagt in Marrakesch. Bedauerlicherweise hat er sich dem Zugriff entzogen und befindet sich seitdem wieder auf der Flucht. Inzwischen vermute ich sogar, dass er überhaupt nicht weiß, wo genau sich die Entführer aufhalten."

„Wir waren also ganz nah dran?" Hanna war fassungslos.

„Ja, aber er konnte über die Dächer entkommen." Fields räusperte sich. „Ich denke, MediTech steckt hinter der Entführung, um mehr Druck aufzubauen."

„Was für ein abgekartetes Spiel." Hannas Augen füllten sich mit Tränen. „Ich wusste, dass Alexander keine so starke Bindung zu seiner Tochter hat wie andere Väter. Trotzdem habe ich gehofft, dass die Kinder bei ihm sind und er sich gut um sie kümmert. Alexander war Lara wenigstens vertraut, aber nun sind sie völlig fremden Menschen hilflos ausgeliefert. Was geschieht, wenn Alexander die Unterlagen nicht sofort herausrückt? Werden sie eines der Kinder opfern?"

„Ich vertraue darauf, dass eine Übergabe stattfinden und Alexander die Kinder auslösen wird. Bis dahin müssen wir uns in Geduld üben", antwortete Fields.

„Hanna und ich wollten mit den Fotos unserer Kinder sämtliche Hotels und Tankstellen abklappern. Ist das überhaupt noch sinnvoll?", fragte Jan.

„Wenn ihr noch die Kraft habt, nach weiteren Spuren und Hinweisen zu suchen, dann macht das."

Fields hielt das zwar für ein sinnloses Unterfangen, aber für die Eltern war das bestimmt eine hilfreiche Art der Therapie, am Geschehen teilzunehmen. Sie würden sich später nicht mit Vorwürfen quälen müssen, nichts unternommen zu haben.

„Danke, das gibt uns wieder Hoffnung", antwortete Jan zuversichtlich.

„Sie sollten trotzdem Ihre Kräfte schonen und sich bei der Suche nicht verausgaben. Solange wir nicht wissen, wo sich die Kinder befinden, müssen wir immer mit einem überstürzten Aufbruch rechnen."

„Danke für den Rat. Ich gehe einfach davon aus, dass das Glück diesmal auf unserer Seite ist." Hanna lächelte gequält.

Fields verabschiedete sich und trat den Rückweg an. Die untergehende Sonne verwandelte den Himmel in ein gewaltiges Flammenmeer, doch er konnte sich nicht daran erfreuen. Seine Gedanken kreisten unaufhörlich um den Fall. Den Sohn der Familie, Maximilian, ebenfalls zu entführen, war ein taktisch kluger Schachzug von MediTech gewesen und Fields hoffte inständig, dass es nicht zum Äußersten kam. Es wäre Wahnsinn, wenn der Junge einer kranken Firmenpolitik geopfert werden würde. In Tunesien und Marokko herrschten andere Gesetze und hier war es leichter, jemanden auf Nimmerwiedersehen verschwinden zu lassen. Es gab schon zu viele Verbrechen auf dieser Welt, die niemals aufgeklärt wurden.

Fields wusste, dass meist sehr skrupellose, emotional gestörte Menschen in den Chefetagen der Konzerne saßen. Ohne ihre ureigene Ellenbogentaktik wären diese Leute niemals so weit gekommen. Egal ob Wirtschaft oder Politik, Gelder wurden veruntreut und Bestechungsversuche waren an der Tagesordnung.

Und mittendrin, in diesem Schmelztiegel aus Betrug, Erpressung und Missbrauch der Macht befanden sich die Kinder von Hanna und Jan …

KAPITEL 17

Hanna sprach an diesem Abend kein einziges Wort mehr mit Jan, er hatte sie mit seiner unbedachten Äußerung zutiefst verletzt. Gekränkt ging sie ihm aus dem Weg, soweit das in diesem winzigen Hotelzimmer überhaupt möglich war. Ohne ihm eine gute Nacht zu wünschen, legte sie sich ins Bett und drehte sich von ihm weg.

Jan hingegen ärgerte sich maßlos darüber, dass Alexander den Ermittlern entkommen war. Aufgewühlt starrte er genau wie Hanna zum Fenster hinaus in den Nachthimmel. Die Stadt war voller Leben und ungewohnter Geräusche, kein Vergleich zu der Stille des einsam gelegenen Forsthauses.

„Kannst du mir verzeihen?"

Jan streichelte zärtlich ihren Nacken. Im Nachhinein tat es ihm leid, dass ihm diese Worte so unbedarft herausgerutscht waren.

„Kann ich", lautete Hannas knappe Antwort.

Sie schien noch immer verärgert zu sein und er zog seine Hand wieder zurück. Stumm lagen sie nebeneinander und es war schon weit nach Mitternacht, als beide endlich in den Schlaf fanden.

Als Hanna am Morgen erwachte, saß Jan bereits am Tisch und hatte den Stadtplan vor sich ausgebreitet.

„Du bist schon wach?", fragte sie.

„Ja, seit einer Weile. Es tut mir wirklich leid, was ich gestern gesagt habe. Kannst du mir vergeben?"

Sie nickte und unterdrückte ein Gähnen.

„Ich habe ein wenig den Stadtplan studiert. Im alten Teil von Tunis ist die Gegend total verwinkelt und unübersichtlich. Also wenn ich so eine Entführung planen würde, hätte ich genau dort einen Unterschlupf gesucht. Was meinst du?"

„Kann ich schlecht beurteilen. Wenn ich jemanden entführen wollte, würde ich höchstwahrscheinlich gleich weiterfahren und mich nirgendwo lange aufhalten."

„Aber in einer großen Stadt kann man doch viel besser untertauchen, findest du nicht auch?", hielt Jan dagegen.

„Ich glaube, dass beide Varianten infrage kommen. Wenn sich hier nichts ergibt, fahren wir eben weiter in Richtung Marokko und fragen uns dort durch."

„Du klingst sehr abenteuerlustig. Ist das dein voller Ernst, mit diesem klapprigen Peugeot durch dieses uns fremde Land zu dümpeln?"

„Wieso nicht? Ich will meine Kinder finden, basta. Lass uns frühstücken, der Tag wird mit Sicherheit lang", antwortete Hanna und verschwand im Badezimmer.

Ein gut bestücktes Frühstücksbuffet erwartete Hanna und Jan und sie beluden ihre Teller mit Rührei und Speckstreifen. Der Kaffee war heiß, bitter und stark.

Währenddessen besprachen sie den Tagesablauf und einigten sich darauf, noch heute der Altstadt von Tunis – der

Medina – einen Besuch abzustatten. Im Zimmer packten sie Stadtpläne, die Fotos der Kinder und Trinkflaschen in den Rucksack.

Kurze Zeit später liefen sie eine großzügig angelegte Einkaufsstraße entlang und passierten ein Bauwerk, das wie der Arc de Triomphe aussah. Sie bogen nach rechts und erreichten innerhalb weniger Minuten ihr Ziel. Die Medina versprühte einen völlig anderen Charme als der Rest der Stadt, der sich im französischen Kolonialstil präsentierte.

Die meisten Fassaden erstrahlten in einem weißen Gewand und neben Gelb und Grün dominierte ein kräftiges Blau die Farbgebung von Fenstern und Türen. Die Eingangsbereiche der Häuser präsentierten ihre ganze Pracht und ein buntes Treiben bestimmte das Bild der meisten Gassen. Die vielen Geschäfte waren gefüllt mit bunten Stoffen, Tonkrügen, Schalen und vielfältigem Allerlei.

Vor einigen Häusern saßen Männer auf kleinen Stühlen. Mehr oder weniger gelangweilt blickten sie den Touristen hinterher oder waren in ein Gespräch vertieft. Neben den Einheimischen durchstreiften unzähligen Touristen die gepflasterten Gassen, immer auf der Suche nach einem Schnäppchen oder einem Souvenir.

Hanna und Jan ließen die Eindrücke dieser fremdartigen und doch so eindrucksvollen Umgebung auf sich wirken. Sie vergaßen beinahe, warum sie eigentlich hergekommen waren. Staunend betrachteten sie die reich verzierten Säulen und die Gewölbe mit den aufwändigen Stuckarbeiten. Bei einem Händler kauften sie süße Köstlichkeiten, tranken Tee und beobachteten das geschäftige Treiben. Irgendwann kramte Jan in seinem Rucksack und holte die Fotos der Kinder hervor.

„Jetzt sollten wir aber so langsam loslegen", unterbrach er den Müßiggang.

Mit ein paar Brocken Englisch versuchten sie, an die

gewünschten Informationen zu gelangen. Fast immer ernteten sie ein verneinendes Kopfschütteln. Viel zu viele Menschen durchfluteten täglich die engen Gassen der Medina. Doch Hanna und Jan fragten sich unbeirrt durch die Altstadt.

Nach ein paar Stunden gaben sie erschöpft auf. Mit schmerzenden Beinen und Blasen an den Füßen kehrten sie in das Hotel zurück. Hanna ließ sich kraftlos aufs Bett fallen.

„Ich bin total erledigt und kann keinen einzigen Schritt mehr laufen", stöhnte sie.

„Geht mir genauso", erwiderte Jan, der gerade seine wundgescheuerten Fersen verarztete. „Hast du ein Pflaster in deinem Gepäck?"

„Hab ich, warte."

Seufzend richtete sie sich auf, wühlte in ihrer Kulturtasche und reichte ihm die Packung.

„Ich gehe duschen und danach pappe ich mir die Pflaster auf die Füße. Wir müssen uns morgen mehr nach dem Plan richten und nicht ziellos herumirren. Wir halten keine Woche durch, wenn wir uns weiter so verausgaben", sagte Jan.

„Ich bin ganz deiner Meinung", antwortete sie.

Anschließend speisten sie genau wie am Vortag im hoteleigenen Restaurant. Es wurde ein kurzer Abend, denn die Hitze und die Bewegung waren Hanna und Jan absolut nicht gewohnt.

~

Am darauffolgenden Morgen hörte keiner von ihnen den Weckruf der Uhr und sie mussten mit einem völlig abgegrasten Frühstücksbuffet vorliebnehmen. Lustlos bestrich Jan sein Toast mit Honig und schlürfte den lauwarmen Kaffee. Hanna nahm nur ein paar Früchte zu sich.

„Wie willst du damit über den Tag kommen?“, brummte er missbilligend.

„Ich bekomme keinen Bissen herunter“, erwiderte sie.

„Gut, wie du meinst. Dann sollten wir jetzt aufbrechen.“.

Was Hanna und Jan noch am ersten Tag fasziniert hatte, wirkte jetzt bedrückend und eng. Die schmalen verwinkelten Gassen der Medina machten ein rasches Vorwärtskommen unmöglich. An einem überfüllten Stand stieß Hanna versehentlich einige Wasserpfeifen um, die scheppernd auf dem Steinboden landeten. Eine davon war so verbeult, dass sie diese dem Händler beschämt abkaufte. Anschließend ärgerte sie sich darüber, dass sie das unhandliche Ding die ganze Zeit mit sich herumschleppen musste. Notgedrungen stellte sie es vor einem Hauseingang ab und ging einfach weiter.

Wieder und wieder zeigten Hanna und Jan den Einheimischen die Kinderfotos, aber die wollten oder konnten sie nicht verstehen. Dennoch hielten sie an ihrer Überzeugung fest, dass irgendwem doch auffallen müsste, wenn hellhäutige Kinder mit einem älteren dunkelhäutigen Paar unterwegs waren.

Irgendwann besannen sie sich jedoch eines Besseren. Vielleicht waren die Kinder niemals in der Medina gewesen und sie jagten einem Hirngespinst hinterher? Und wenn nicht, dann wäre es eine Leichtigkeit in dem Labyrinth dieser verwinkelten Gassen unterzutauchen.

„Ich halte den Flug und unseren Aufenthalt für eine reine Zeit- und Geldverschwendung“, gab Jan inzwischen offen zu. „Und ich habe eine verdammte Angst, meinen Job zu verlieren.“

Hanna teilte jedoch seine Gedanken nicht und spürte den Zorn in sich aufsteigen.

„Ich bin lieber hier in der Fremde und suche nach den Kindern, als tatenlos im Forsthaus herumzusitzen“, erwiderte sie frustriert.

In letzter Zeit dachte sie immer öfter darüber nach, ob ihre Beziehung überhaupt noch Bestand hatte. Früher hatte Jan ihr immer beigestanden und sie unterstützt. Jetzt stritten sie ununterbrochen und kamen selten auf einen gemeinsamen Nenner.

Jan faltete immer wieder den Stadtplan auseinander, um sich zu orientieren. Während er die Karte studierte, setzte sich Hanna auf einen Mauervorsprung und streckte die Beine aus. Jan und sie legten am Tag einige Kilometer zurück, das ging nicht spurlos an ihnen vorüber.

Drei männliche Jugendliche schlenderten an Hanna vorbei und musterten sie verstohlen. Die Teenager steckten in weiten Hosen und Shirts, wirkten noch recht ungeformt und schlaksig. Hanna sah ihnen nach, bis sie um die Ecke gebogen und hinter einer Häuserwand verschwunden waren. Unweigerlich musste sie an Lara denken. Das mittlerweile zehnjährige Mädchen näherte sich mit rasanten Schritten dem Teenageralter und Hanna schickte ein stilles Gebet zum Himmel, dass ihre Kinder dieses Alter erreichen würden ...

Und plötzlich ging alles ganz schnell. Jan wurde von einem jungen Mann angerempelt, driftete nach rechts und ehe Hanna sich's versah, griff der Typ beherzt nach dem Riemen ihrer Handtasche. Er zerrte verbissen daran und riss die Tasche schließlich mit sich.

„Hey, was soll das!", rief Hanna aufgebracht, sprang auf und jagte dem jungen Mann hinterher. „Haltet den Kerl, der hat meine Tasche geklaut!"

Jan ließ die Straßenkarte sinken und schaute Hanna hinterher, die einen verdammt flotten Sprint hinlegte und gerade hinter der nächsten Kurve verschwand.

Hanna kämpfte sich verbissen durch die Menschenmenge und sah, wie der junge Mann den männlichen Teenagern ihre Tasche zuwarf. Dann flohen die vier in verschiedene Richtungen.

„Sofort stehenbleiben!", schrie sie wütend, obwohl nicht einmal ein anwesender Dolmetscher die Diebe hätte aufhalten können. Schließlich konzentrierte sich Hanna auf den Jungen, der ihre Tasche in den Händen hielt. Er war ziemlich flink unterwegs und sie hatte Mühe, ihn nicht im Gedränge der verwinkelten Gassen zu verlieren. Aber aufgeben kam nicht infrage.

Mittlerweile hatte sie die Orientierung verloren und der Vorsprung zum Dieb vergrößerte sich. Ihre Beine schmerzten und die Lungen brannten. Vor ihr tauchten erneut Läden und Stände auf und der Durchgang wurde schmaler. Der junge Mann war nun gänzlich im Gewühl der Touristen verschwunden. Hanna hastete durch die Gasse, um dann frustriert festzustellen, dass sie sich an einer Weggabelung befand. Wohin war er wohl geflohen?

Sie stützte sich an einer Mauer ab und rang verzweifelt nach Luft. Mit ihren Blicken scannte sie die Umgebung und blieb an einem der Stände hängen. Wenn sie es nicht besser wüsste, dann würde sie das Mädchen, das vollbepackt wie ein Esel vor dem Laden wartete, für Lara halten.

Das konnte doch nicht sein, oder? Verdammt, das Mädchen war Lara!

„Lara!" Ein flehender Schrei verließ ihre Lippen. Sie winkte und sprang hoch, um die Aufmerksamkeit ihrer Tochter auf sich zu lenken. „Lara, ich bin hier! Komm lauf, schnell!"

Erschrocken schaute Lara auf und erkannte ihre Mutter. Stocksteif stand sie da, umklammerte die schweren Tüten und rührte sich nicht von der Stelle.

„Lara, ich rette dich!", schrie Hanna verzweifelt und sprintete los.

Noch immer schaute Lara wie ein scheues Reh zu ihrer Mutter. Ein älterer Mann trat aus dem Schatten heraus, riss Lara die Tüten aus der Hand und warf sie zurück auf den

Ladentisch. Er rief dem Verkäufer etwas zu und zerrte Lara anschließend wie eine willenlose Marionette hinter sich her. Mehrmals schaute Lara zu ihrer Mutter zurück, die sich verzweifelt durch den Strom der Urlauber kämpfte.

Der Mann beschleunigte sein Tempo und Lara fiel es schwer, mit ihm Schritt zu halten. Hanna war inzwischen völlig ausgepowert und schnappte qualvoll nach Luft. Diese grässliche Hitze war sie einfach nicht gewohnt. Kostbare Zeit ging verloren und der Abstand vergrößerte sich zusehends. Die Touristen glotzten nur neugierig, während sie wie eine Wahnsinnige um Hilfe schrie und darum bettelte, den Mann aufzuhalten, der soeben ihre Tochter entführte.

Von Panik und Verzweiflung angetrieben mobilisierte Hanna ihre letzten Kraftreserven und holte auf. Nur zu gern hätte sie Lara zugerufen, dass sie dem Kerl in die Hand beißen sollte, aber sie sparte sich jeden wertvollen Atemzug für die Verfolgung auf.

Lara erschien zum Greifen nah. Nur noch ein paar Schritte, dann hätte sie ihre Tochter erreicht. Schweißtropfen nahmen ihr die Sicht, während sie unaufhörlich ihr Mantra spann: Lauf, Hanna, lauf! Gib alles und rette dein Kind!

Plötzlich wirbelte Hanna durch die Luft und landete unsanft auf dem Boden. Grelle Funken blitzten, als ihr Kinn auf den Pflastersteinen aufschlug. Mühsam rappelte sie sich auf und sah in die feixende Visage eines dürren zahnlosen Mannes, der neben ihr auf einem verdreckten Plastikstuhl hockte. Noch immer hielt er sein Bein ausgestreckt, über welches sie gestolpert war. Mit schmerzverzerrtem Gesicht humpelte sie weiter. Blut tropfte von der Platzwunde auf das Shirt, aber das war ihr egal.

Der Himmel stürzte über ihr ein, Lara und der ältere Mann waren inzwischen aus ihrem Blickfeld verschwunden.

Sie konnte nicht fassen, was soeben geschehen war - niemand hatte eingegriffen oder seine Hilfe angeboten. Verzweifelt durchkämmte Hanna die Gassen, begleitet von einer Flut aus Tränen. Sie war ihrer Tochter so nah gewesen und hatte sie wiederholt verloren. Wutentbrannt schleppte sie sich zu diesem Kerl zurück und beschimpfte ihn wüst.

„Was fällt dir eigentlich ein, du elender Mistkerl, mir ein Bein zu stellen? Warum hast du das getan? “, machte sie sich Luft.

Hanna erntete nur süffisante Blicke. Zornig hob sie ihre Fäuste und stürzte nach vorn, als sie plötzlich einen Widerstand spürte. Ein junges deutsches Touristenpärchen in luftiger Kleidung und Flipflops an den Füßen stand neben ihr und versuchte sie sanft zu bändigen.

„Alles gut bei Ihnen?“, fragte der junge Mann besorgt.

„Nichts ist gut … dieser verdammte Kerl hat mich daran gehindert, meine Tochter zu retten“, antwortete sie aufgewühlt und riss sich los.

„Können wir Ihnen irgendwie helfen? Sie sehen ziemlich mitgenommen aus“, sagte die junge Frau. „Ich bin übrigens Sandra.“ Höflich reichte sie Hanna die Hand.

Sandra wühlte in ihrem Rucksack und reichte Hanna ein Taschentuch. Noch immer tropfte das Blut aus der Wunde auf ihr helles Shirt. Das Kinn brannte höllisch, als Hanna mit dem Tuch die Blutung stillte.

„Jetzt erzählen Sie doch einmal: Was genau ist passiert?“ Sandra schaute Hanna fragend an.

„Zuerst wurde meine Handtasche gestohlen und ich bin den Dieben hinterhergerannt. Plötzlich habe ich im Gewühl meine Tochter entdeckt und gesehen, wie ein Mann sie weggezerrt hat.“ Sandras fragender Blick verwandelte sich in einen ungläubigen.

„Wissen Sie was? Wir begleiten Sie jetzt zur nächsten

Polizeistation. Dort können Sie angeben, was gestohlen wurde. Ihre persönlichen Daten sind unglaublich wichtig, denn Sie müssen sofort die Konten sperren lassen, falls Kreditkarten in der Tasche waren. Verbringen Sie den Urlaub allein in Tunis?"

„Nein. Aber ich weiß momentan nicht, wo mein Mann abgeblieben ist."

Suchend schaute sich Hanna um, doch sie war mutterseelenallein.

„Na kommen Sie, wir bringen Sie hin."

Hanna humpelte und wurde von Sandra gestützt. Auch ihre Knie waren durch den Sturz in Mitleidenschaft gezogen worden. Die offenen Wunden durchtränkten den Stoff ihrer Jeans und bildeten kreisförmige rotbraune Verfärbungen. Alles in allem bot Hanna einen erbärmlichen Anblick. Ihre Haare waren völlig zerzaust, die Kleidung verschmutzt und mit Blutflecken übersät. Man hatte ihr sogar mehrmals hinterhergerufen, sie solle nicht so tief ins Glas schauen. Die momentane Situation war mehr als erniedrigend.

Endlich hatte das ungleiche Trio die Polizeistation erreicht.

„Sollen wir hier auf Sie warten, um Sie anschließend ins Hotel zu bringen?", fragte Sandra mitfühlend.

„Nein, nein, ich komme schon zurecht. Vielen Dank für Ihre Hilfe."

Hanna spürte, wie sich das junge Pärchen erleichtert abwandte und davoneilte. Sie sammelte sich einen kurzen Moment, bevor sie eintrat. Mit Hilfe eines Dolmetschers wurden ihre Personalien aufgenommen und sie beschrieb die involvierten Personen, so gut sie konnte. Der tunesische Beamte machte ihr wenig Hoffnung, dass man die Diebe fassen würde. Handtaschendiebstähle bei Touristen waren hier das Tagesgeschäft. Hanna wurde nahegelegt, in Zukunft besser auf ihre persönlichen Dinge zu achten. Am liebsten hätte sie den Beamten zornig angebrüllt, was wusste der denn schon!

Die Tasche interessierte sie momentan herzlich wenig. Sie wollte endlich die Angaben jenes Mannes zu Protokoll geben, der Lara vor ihren Augen weggezerrt hatte. Der Beamte stutzte kurz, als Hanna auf dieses Thema zu sprechen kam, tippte aber entschlossen seinen Bericht weiter. Auf die Frage, ob denn die Ausweispapiere ihrer Tochter ebenfalls gestohlen wurden, wusste sie keine Antwort. Lara besaß keinen aktuellen Reisepass. Allein mit Kindern und Hunden, wohin hätte sie auch schon reisen sollen?

„Befindet sich der Pass Ihres Kindes noch im Hotel?", fragte der Dolmetscher.

Vor Hanna tat sich ein Abgrund auf. Wiederholt verneinte sie.

„Und wie ist Ihre Tochter ohne Papiere eingereist?"

Auch darauf wusste sie keine Antwort.

„Könnte ich später mit meinem Mann vorbeikommen?", fragte sie verzagt. „Er wird die Missverständnisse aufklären."

„Ja, gar kein Problem."

Sie rang um Fassung, als sie ihre Aussage unterschrieb. Wenige Augenblicke später stand sie wieder auf der Straße und war erneut den neugierigen Blicken der Passanten ausgesetzt. Wenn sie doch nur wüsste, welche Richtung sie einschlagen musste, um zum Hotel zu gelangen?

Sie hatte weder Geld noch ein Telefon. Ihr blieb nichts anderes übrig, als sich mit Händen und Füßen durchzufragen. Sie fluchte im Stillen und fühlte sich gedemütigt. Wieso hatte ihr niemand geholfen und warum war Jan den Dieben nicht gefolgt? Er war doch viel kräftiger gebaut und bedeutend schneller als sie. Lara ein zweites Mal zu verlieren, trieb sie an den Rand der Verzweiflung.

Nach einer halben Ewigkeit stand sie endlich vor dem Hotel. Die Rezeptionistin händigte ihr den Zimmerschlüssel aus und war angestrengt darum bemüht, nicht auf Hannas Kleidung zu starren. Verwunderte Blicke und Kopfschütteln begleiteten sie bis zum Zimmer hinauf.

Hastig öffnete sie die Tür und schlüpfte hinein. Zuerst leerte sie eine halbe Wasserflasche, dann suchte sie das Badezimmer auf. Behutsam reinigte sie sich das Gesicht und stieg unter die Dusche. Das war alles andere als ein Vergnügen, denn die aufgeschürften Stellen brannten höllisch. Nachdem sie die Wunden verarztet hatte, schlang sie das Handtuch locker um ihren Körper und setzte sich aufs Bett. Genau in diesem Moment öffnete sich die Tür.

„Hanna, wo hast du nur gesteckt?“, rief Jan.

„Ich habe die Diebe verfolgt, das musst du doch gesehen haben“, antwortete sie schulterzuckend.

„Verdammt, ich suche dich seit Stunden und hatte solche Angst, dass dir etwas zugestoßen ist.“ Jan umrundete das Bett und setzte sich neben sie. „Bist du gestürzt?“

„Ja. So ein Typ hat mir ein Bein gestellt.“

„Warum bist du nicht zurückgekommen? Wir hätten gemeinsam zur Polizei gehen können.“

„Zurückkommen, das ich nicht lache. Wo warst du eigentlich, als ich den Dieb verfolgt habe?“, fragte sie vorwurfsvoll.

„Hanna, was ist los?“ Jan umfasste ihre Schultern und suchte ihren Blick.

„Ich habe Lara gesehen.“

„Was?“ Er wich irritiert zurück. „Aber das kann nicht sein, du musst dich irren.“

„Jetzt hör schon auf! Ich weiß genau, was ich gesehen habe“, erwiderte sie aufgebracht.

„In der Aufregung hast du sie mit Sicherheit verwechselt.“

„Denkst du etwa, dass ich lüge?“ Hanna war zornig aufgesprungen. „Lara stand vollgepackt wie ein Esel vor einem dieser Geschäfte. Ich habe sie gerufen, doch sie war wie erstarrt und hat sich nicht von der Stelle bewegt. Dann kam ein Mann und hat sie mit sich gezerrt. Ich habe sie verfolgt, bis mir dieser Kerl ein Bein gestellt hat."

„Hanna, kann es vielleicht sein, dass du dich da in etwas hineinsteigerst? Es grenzt schon an ein Wunder, wenn sich die Kinder nur ein paar Straßen von uns entfernt aufhalten würden."

„Ich werde doch wohl meine eigene Tochter erkennen. Es war Lara, verdammt noch einmal!", behauptete sie steif und fest.

„Bitte beruhige dich, das ist alles ein bisschen viel für dich. Erst wird dir die Tasche gestohlen und dann entdeckst du ein Mädchen, dem Lara ähnelt. Manchmal klaffen in Stresssituationen Wunschdenken und Realität weit auseinander."

„Jan, warum wehrst du dich so gegen diese Möglichkeit?" Hanna war fassungslos über seine Ignoranz.

„Weil ich nicht an Zufälle dieser Art glaube", sagte er.

„Womit wir wieder beim Thema wären. Ich schwöre, dass es Lara gewesen ist und falls du nichts dagegen hast, werde ich jetzt den Privatdetektiv informieren. Kannst du mir bitte dein Telefon geben?"

Hanna schilderte Fields kurz und knapp die Situation und wo sie Lara ungefähr gesehen hatte. Nach nur wenigen Minuten beendete sie das Gespräch.

„Und, wie sieht er die Sache?", fragte Jan skeptisch.

„Im Gegensatz zu dir hält er es immerhin für möglich, dass ich Lara gesehen habe. Er will seine Fühler ausstrecken und die Augen offen halten. Ich weiß nicht warum, Jan, aber ich habe das Gefühl, dass es mit uns beiden nicht mehr zum Besten steht. Anstatt froh darüber zu sein, dass sich endlich eine neue Spur aufgetan hat, zweifelst du an meiner Aussage. Warum bist du mir nicht gefolgt, vielleicht hätten wir gemeinsam die Kinder retten können? Aber nein, du musstest ja mit Abwesenheit glänzen."

„Hanna, das war doch keine Absicht. Du warst so schnell verschwunden und ich wusste einfach nicht, in welche Richtung du gelaufen bist. Es grenzt fast schon an ein Wunder, dass du Lara ausgerechnet in einer so merkwürdigen Situation begegnet bist. Wir stehen beide unter enormem Stress. Unsere Welt ist auseinandergebrochen und das hinterlässt Spuren. Trotzdem ändert es nichts daran, dass ich dich liebe."

Er nahm ihre Hand und strich tröstend mit dem Daumen über ihren Handrücken. „Zweifel doch nicht immer an uns, nur weil ich manche Dinge ausschließen möchte."

„Würdest du mich morgen zur Polizei begleiten? Ich möchte die Fotos zeigen und die Kinder als vermisst melden."

„Selbstverständlich begleite ich dich, wir lassen nichts unversucht. Ich bestelle uns jetzt einen Happen aufs Zimmer und dann will ich nur noch schlafen."

~

Am nächsten Morgen standen Hanna und Jan zeitig auf und brachen sofort nach dem Frühstück zur Polizeibehörde auf. Mit Händen und Füßen beschrieb Hanna dem Dolmetscher den ungefähren Weg bis zu jenem Geschäft, vor welchem sie Lara entdeckt hatte. Die Beamten kopierten die Fotos der Kinder und versprachen, sich mit den deutschen Behörden in Verbindung zu setzen. Dennoch hatten beide das Gefühl, dass man ihnen mit einer gehörigen Portion Misstrauen begegnete.

Nachdem sie das Gebäude verlassen hatten, folgten sie ziellos dem Strom der Touristen, bis sich Hanna ein Herz fasste.

„Jan, können wir bitte noch einmal die Gassen absuchen, in deren Nähe ich Lara entdeckt habe?“

„Hältst du das wirklich für sinnvoll? Die Entführer sind mit Sicherheit vorgewarnt.“

„Ich muss es einfach tun, verstehst du das?“

„Gut, einverstanden. Suchen wir nach ihnen“, willigte Jan ein.

Hanna spürte, dass er nur halbherzig zugestimmt hatte, aber sie schluckte ihren Ärger hinunter. Sie konnte unmöglich im Hotel sitzen und Däumchen drehen, schon gar nicht, nachdem sie Lara gesehen hatte. Bei dem Gedanken an ihre Kinder legte sich ein eiserner Ring um ihre Brust und nahm ihr die Luft zu Atmen.

„Alles okay?“, fragte Jan besorgt.

„Es geht schon wieder“, antwortete sie und eilte voraus.

Auch heute empfing die Medina Hanna und Jan wieder mit dem üblichen Geräuschpegel und den unterschiedlichsten Gerüchen. Stoisch suchten sie Gasse für Gasse ab, fanden aber weder den Laden noch den richtigen Weg. Trotz allem weigerte sich Hanna standhaft, ins Hotel zurückzukehren.

„Bitte Hanna, es macht doch keinen Sinn, noch stundenlang herumzuirren“, drängte Jan.

„Ich will aber nicht aufgeben“, antwortete sie mit tränenerstickter Stimme.

„Liebes, jetzt quäl dich doch nicht so. Fields wird sich um alles kümmern.“

„Jan, nie zuvor war ich Lara seit der Entführung so nahe gewesen. Ihr hilfloser Blick, diese vor Angst geweiteten Augen, wie soll ich das je vergessen? Lara stand wie ein vollbepackter Esel vor dem Geschäft und ich konnte mein Mädchen nicht beschützen. An Maximilian möchte ich gar nicht denken. So ein kleines Menschlein kann sich überhaupt nicht wehren."

Schluchzend schlug sie die Hände vors Gesicht. Jan nahm sie in den Arm und strich ihr sanft über den Rücken.

„Es tut mir so unendlich leid", flüsterte er und vergrub sein Gesicht in ihren Haaren.

Hanna löste sich aus der Umarmung. „Ich bleibe hier und suche weiter."

„Warum bist du nur so unvernünftig?"

Zärtlich strich er ihr eine Strähne hinter das Ohr, doch sie schlug seine Hand weg.

„Du willst mich nicht verstehen, oder?" In ihren Augen funkelte der Zorn. „Ich muss etwas tun, egal was. Du kannst gern ins Hotel zurückgehen, wenn dir das zu viel wird."

Sie machte auf dem Absatz kehrt und tauchte innerhalb von Sekunden in der Menschenmenge unter. Eine geschlagene Stunde hielt sie die Suche noch durch, dann gab sie auf. Doch sie ging nicht ins Hotel zurück, die Enttäuschung saß zu tief, dass Jan ihr nicht gefolgt war. Sollte er ruhig ein wenig schmoren und auf sie warten.

Nachdem sie die Medina hinter sich gelassen hatte, bestellte sie sich in einem der unzähligen Restaurants eine Kleinigkeit. Es tat gut, einfach nur dazusitzen und den heißen und würzigen Tee zu genießen. Sie beobachtete die Touristen und wünschte sich, mit ihnen zu tauschen. Immer wieder rief sie sich das Bild ins Gedächtnis, wie der Mann ihre Tochter weggezerrt hatte. Die Selbstvorwürfe fraßen sie innerlich auf und sie hätte am liebsten laut geschrien.

Ein attraktiver Tunesier setzte sich zu ihr an den Tisch. Er hatte ihre Silhouette anscheinend nur von hinten gesehen und hoffte wohl auf einen Flirt. Von wegen! Sein Lächeln erstarb abrupt, als Hanna aufschaute und ihm ihre Blessuren vom Vortag präsentierte. Er schaute verlegen zur Seite, dann erhob er sich.

„Excuse me“, stammelte er und tauchte in der Menge der Touristen unter.

„Ja, so sind's die Männer. Einer schlimmer als der andere“, amüsierte sich eine reifere Dame am Nebentisch, die lächelnd die Szene beobachtet hatte. „Darf ich mich zu Ihnen an den Tisch setzen?“, fragte sie.

„Selbstverständlich.“

Hanna nickte und wies auf den Stuhl neben sich. Die beiden Frauen kamen schnell ins Gespräch.

„Ich bin übrigens Elke und genieße hier meinen Urlaub, als Single versteht sich. Mein Mann ist mit einer Jüngeren durchgebrannt und ich möchte mir den Trennungsschmerz unter der Sonne Tunesiens versüßen“, lachte sie.

Hanna genoss es, die Zeit zu vergessen und Elkes Worten zu lauschen. Diese hatte eine humorvolle Art an sich und berichtete von ihrer Scheidung mit einem ordentlichen Portiönchen Sarkasmus. Die Frauen bestellten sich ein Glas Sekt nach dem anderen. Das billige Gesöff zeigte schnell seine Wirkung und als sich die sternenklare Nacht über Tunis senkte, schwankten beide ziemlich undamenhaft davon.

Das Hotel, in welchen Hanna wohnte, lag direkt auf dem Weg. Elke drückte ihr ein Visitenkärtchen in die Hand und bat sie darum, ihre noch junge Freundschaft in der alten Heimat neu aufleben zu lassen. Der Teutoburger Wald habe schließlich auch seine schönen Ecken, lallte sie und lud Hanna samt Familie zu sich ein.

Immerhin hatte der fremdgehende Herr Doktor ihr nach der Scheidung das Haus überlassen. Platz gäbe es zur Genüge und Schampus obendrauf. Kichernd umarmte sie Hanna zum Abschied und stöckelte torkelnd davon. Immer wieder drehte sich Elke zu ihr um und winkte, bis sie kurz darauf in einer Nebenstraße verschwunden war.

Was für ein Tag, dachte Hanna und wankte zu ihrem

Zimmer. Natürlich blieben auch dieses Mal kritische Blicke nicht aus. Die Leute hielten sie garantiert für eine Gewohnheitstrinkerin, das aufgeschlagene Kinn sprach für sich. Sie musste laut lachen, als ein älterer Herr zu ihr herüberschaute und sich echauffierte: „Die sollte lieber eine Entziehungskur machen, als sich im Urlaub ständig volllaufen zu lassen."

Hanna brauchte mehrere Anläufe, um mit der Karte die Tür zu öffnen. Kichernd stolperte sie ins Zimmer und ließ sich aufs Bett fallen. Jan war noch wach und musterte sie mit ernstem Blick.

„Ist was? Du guckst so komisch?"

„Hanna, was ist eigentlich los mit dir? Ich suche dich seit Stunden und mache mir Sorgen. Hast du etwa getrunken?"

„Was stört's dich", nuschelte sie. „Ich hatte einen echt netten Abend mit meiner Freundin Elke. Die versteht mich wenigstens."

„Schön, aber musst du dich deshalb besinnungslos betrinken? So kann das doch nicht weitergehen. Ich sitze hier im Hotel und warte auf dich, während du dich amüsierst."

„Dann weißt du ja, wie ich mich tagtäglich fühle."

„Hanna", schlug Jan einen sanfteren Ton an, „können wir nicht wieder wie zwei Erwachsene miteinander umgehen? Mir macht das alles sehr zu schaffen ... Hanna?"

Sie war inzwischen eingeschlafen und schnarchte leise. Der Alkohol und die Hitze Afrikas vertrugen sich in den seltensten Fällen.

Jan stand auf und zog ihr die Schuhe und Strümpfe aus. Behutsam drehte er sie auf die Seite und deckte sie zu. Er betrachtete sie noch eine Weile, wie sie da so vor ihm lag und ein liebevolles Lächeln huschte über sein Gesicht. Manchmal war Hanna echt ein harter Brocken. Aber sie tat wirklich alles für ihre Kinder.

Morgen würde sie mit einem dicken Brummschädel aufwachen, und das wäre Strafe genug. Er ärgerte sich ja selbst darüber, dass er die Diebe nicht verfolgt und Hanna damit unbewusst im Stich gelassen hatte. Erst nachdem er den Stadtplan ordentlich zusammengefaltet hatte, war er losgelaufen. Sollte das Mädchen tatsächlich Lara gewesen sein, dann hatte er eine riesengroße Chance zunichtegemacht.

KAPITEL 18

Als Fields erwachte, brauchte er ein paar Sekunden, um sich zu orientieren. Die Erkenntnis, dass alles nur ein Traum gewesen war, traf ihn mit voller Wucht. Er hatte die Körperwärme seines Sohnes gespürt und seinen unverwechselbaren Geruch eingeatmet, an einem Tag voller Sonnenschein, Helligkeit und Liebe. Warum gaukelte ihm sein Unterbewusstsein nur dieses unbeschwerte Leben vor? Jedes Erwachen war die Hölle für ihn und er wünschte sich, für immer zu träumen.

Stöhnend erhob er sich und während die Kaffeemaschine lief, nahm er eine kurze Dusche. Anschließend kippte er zwei Tassen Kaffee hinunter. Er hatte keinen Appetit, fühlte sich lustlos. Mühsam kämpfte er sich in den Tag zurück, während die Gedanken noch immer bei seinem Sohn und seiner Frau weilten. Der melodische Klingelton seines Smartphones riss ihn aus seiner Lethargie.

„Guten Morgen, Chris. Was gibt's Neues an der Front?"

„Hallo Chef. Die Peters hat eine Mail an ein unbekanntes Postfach verschickt, für die nächsten Tage ist eine Übergabe geplant. Allerdings erwähnt sie mit keinem Wort die Kinder.

Aber ich denke, wir beide wissen, wer gemeint ist. Leider hat sie von diesem Adressaten noch keine Antwort erhalten."

„Steht in der Mail, wann und wo die Übergabe stattfinden soll?"

„Ja. Douz ist der nächstgrößere Ort und die Peters hat GPS-Koordinaten in die Mail mit reingepackt: N 33°533784 / E 8°810599 ein Abzweig auf der Piste in der Nähe von Blidet. Viel zu nah an der Wüste für meinen Geschmack. Das Treffen soll übermorgen stattfinden, eine Zeitangabe fehlt gänzlich."

„Chris, du bist ein wahrer Goldjunge."

„Tja, wie wär's denn mit einer Gehaltserhöhung? Dein Goldjunge braucht dringend wieder ein paar Neuerungen in Sachen Hardware."

„Jetzt mal langsam, ich habe dir schon beim letzten Honorar einiges draufgepackt. Noch ist der Job nicht erledigt."

„Na ja, einen Versuch war es wert. Ich melde mich, sobald ich Näheres weiß."

„Ich danke dir."

Fields beendete das Gespräch, endlich ging es voran. Er öffnete Google-Maps, um nach Douz zu suchen. Dieser Ort lag tatsächlich verdammt nah an der Wüste. Er musste sofort an Maximilian denken. Hoffentlich wurde er gut mit Flüssigkeit versorgt, denn Sonne und Wind trockneten so ein kleines Menschlein innerhalb kürzester Zeit aus.

Jetzt galt es, geschickt im Voraus zu planen. Fields setzte seine ganzen Hoffnungen auf Djamir, der sich bedauerlicherweise immer noch nicht gemeldet hatte. Ansonsten würde ihn der Vater des Jungen begleiten müssen, allein hatte er bei der Übergabe keine Chance. Außerdem wollte er das deutsche Konsulat informieren, damit die Familie mit den Kindern später dort unterkommen konnte. Es existierten keine offiziellen Papiere für Lara und Maximilian und eine problemlose Ausreise musste gewährleistet sein. Die Kinder waren garantiert mit gefälschten Pässen eingereist. Ein Blick darauf und die tunesischen Beamten könnten die Entführer samt Kindern wieder laufen lassen. Fields hatte schon bittere Erfahrungen damit machen müssen. Die Behörden sahen es lieber, wenn die Kinder, die mit deutschen Frauen gezeugt wurden, aus rein finanziellen Gründen im Lande blieben. Egal ob rechtmäßig oder nicht.

Fields machte sich auf den Weg, um die Neuigkeiten persönlich zu überbringen. Als er das Restaurant betrat, saßen Jan und Hanna bereits am Tisch. Hanna sah sehr mitgenommen aus und Jan strahlte eine gewisse Resignation aus. Die Sorge um die Kinder zermürbte die Eltern. Beide hatten sich voneinander abgewandt und blickten ihn hoffnungsvoll an.

„Hallo, da wäre ich", begrüßte er sie und setzte sich. „Wie geht es dir?", wandte er sich direkt an Hanna.

„Nicht besonders gut. Ich fühle mich, als hätte ich Lara erneut im Stich gelassen."

„Du darfst diese Schuld nicht auf deine Schultern laden", widersprach Fields.

„Das sagt sich so leicht ...", seufzte sie.

„Glaube mir, ich verstehe sehr gut, was du gerade durchmachst." Fields räusperte sich. „Gut, ich komme gleich auf den Grund meines Besuches zu sprechen. Alexander ist dazu aufgefordert worden, die Kinder in der Nähe von Douz auszulösen. Zwar hatte ich auf Hilfe eines Freundes gehofft, aber ich konnte ihn bislang nicht erreichen und seine Zusage ist noch offen. Maximilian und Lara sind demnach am Leben, was uns hoffen lässt. Allerdings werden sich die Kinder wohl nicht mehr in Tunis aufhalten."

Er nickte Hanna zu, um ihr zu zeigen, dass er sie ernst nahm. Sie lächelte verkrampft und hing erwartungsvoll an seinen Lippen.

„Jan, du wirst mich nach Douz begleiten, während du, Hanna, vor Ort die Stellung hältst."

„Aber warum?", fiel sie ihm ins Wort. „Ich möchte unbedingt bei meinen Kindern sein."

„Ich kann beim besten Willen nicht voraussagen, was uns erwartet, und ich brauche eine vertrauensvolle Person, die uns den Rücken freihält."

„Auch mir wäre es lieber, wenn du im Hotel bleiben würdest", stärkte Jan Fields den Rücken.

„Wenn es unbedingt sein muss ...", willigte Hanna widerstrebend ein. „Steht denn schon fest, wann die Übergabe stattfinden soll?"

„Ja, in zwei Tagen."

„Erst in zwei Tagen? Wie sollen wir das nur durchhalten?", jammerte sie.

Jan griff nach ihrer Hand. „Wir schaffen das", sprach er ihr Mut zu.

„Was mir ganz und gar nicht gefällt", fuhr Fields fort, „ist der Umstand, dass die Übergabe so nah an der Wüste stattfinden wird, und ich fürchte, dass wir mit dem Schlimmsten rechnen müssen. Wir besitzen nichts, womit wir uns verteidigen könnten, außer einem Fotoapparat. Und der nützt uns nur etwas, wenn sich ein gutes Versteck findet, um die Übergabe zu dokumentieren. Sobald der Austausch der Kinder vollzogen wurde, verfolgen wir Alexander. Ich baue darauf, dass die Behörden anschließend eingreifen werden, um Alexander zu verhaften und euch die Kinder zu übergeben. Das wäre mein grober Plan. Inwieweit er ausführbar ist, hängt von verschiedenen Faktoren ab."

„Besteht tatsächlich die Hoffnung, dass wir Max und Lara in Kürze wieder bei uns haben?" Hanna wippte nervös mit ihrem Fuß.

„Ich kann für nichts garantieren. Wenn wir keinen geeigneten Platz finden, um das Treffen zu beobachten, fehlen uns die Beweise. Und planlos loszustürmen, kann gefährlich werden. Die Situation vor Ort ist ausschlaggebend."

„Wann werden wir aufbrechen? Und wie gelangen wir überhaupt dorthin?", sprudelten die Worte aus Jan heraus. „Auf so einen Schachzug bin ich überhaupt nicht vorbereitet." Er hatte große Angst, dass ihm ein Fehler unterlaufen könnte.

„Zerbrich dir darüber jetzt nicht den Kopf. Während der Fahrt nach Douz haben wir genügend Zeit, um alles besprechen. Es gibt noch ziemlich viel zu erledigen, wir brauchen eine detaillierte Karte und die Wasservorräte müssen aufgestockt werden. Aber zuerst sollten wir uns um einen entsprechenden Mietwagen kümmern."

„Und ihr wollt mich wirklich allein hier zurücklassen?" Hanna wirkte noch immer völlig verstört. „Das werden die längsten zwei Tage meines Lebens. Ich möchte mich sofort um meine Kinder kümmern, sobald sie wieder bei uns sind."

„Hanna, wir wissen doch noch gar nicht, wie unsere Chancen stehen. Was, wenn die Übergabe nicht stattfindet oder etwas Unvorhergesehenes geschieht? Dann bist du in der Stadt besser aufgehoben. Du hast erst vor kurzem einen schweren Schock erlitten und draußen in der Wüste kann dir niemand helfen. Ehe wir einen Arzt finden, ist es längst zu spät."

„Und wenn die Kinder medizinische Hilfe benötigen?", warf sie ein. „Wir wissen doch gar nicht, in welchem gesundheitlichen Zustand sie sind."

„Bitte gib uns die Chance, alles in Ruhe vorzubereiten. Wir müssen uns bedeckt und unauffällig verhalten, denn wir wissen nicht, wer alles vor Ort in die Übergabe eingeweiht wurde. Du musst mir vertrauen, ich werde die richtigen Entscheidungen vor Ort treffen."

Enttäuscht senkte sie den Kopf. Zwei Tage allein in diesem miefigen Hotelzimmer zu sitzen und mit niemandem reden zu dürfen, wäre die Hölle. Sicher, sie könnte mit Sarah telefonieren, aber was stellte sie mit dem Rest des Tages an?

„Hanna, ich werde die Kinder zurückbringen, das verspreche ich dir hoch und heilig “, sagte Jan mit fester Stimme und strich ihr zärtlich eine widerspenstige Strähne hinter das Ohr.

Sie erwiderte flüchtig seinen Blick und wandte sich wieder ab. Fields bemerkte, dass die Krise Spuren hinterlassen hatte. Erneut wurde Hannas Geduld auf eine harte Probe gestellt, aber es gab keinen anderen Weg. Frauen reagierten in solchen Situationen viel zu emotional und er sah Hanna bereits davonstürmen, noch bevor ein Austausch überhaupt stattgefunden hatte. Die Übergabe würde mit Sicherheit scheitern, und das musste er verhindern.

„Jan, ich gebe dir jetzt eine Stunde Zeit, um das Nötigste zusammenzupacken. Wir treffen uns dann vor dem Hotel. Rucksäcke und weiteres Equipment besorgen wir unterwegs. Ich kenne mich in Tunis recht gut aus und beherrsche das Feilschen aus dem Effeff.“

„Jetzt wird es ernst.“ Jan atmete tief durch. „Ich packe rasch meine sieben Sachen und wir sehen uns dann.“

„Gut, bis gleich.“

Fields nickte Jan zu und reichte Hanna zum Abschied die Hand. Sie wirkte noch blasser und zerbrechlicher als sonst. Leichtfüßig eilte er die Stufen hinunter und ließ sich mit einem Taxi zur Pension chauffieren. Während er seine Tasche packte, lud er zeitgleich sämtliche Akkus auf. Hoffentlich überlebten die empfindlichen Geräte die feindliche Umgebung aus Hitze und feinsten Sandkörnchen.

Anschließend trank er noch einen Kaffee und studierte nebenbei die Karte. Er entschied sich für die kürzere Route von circa fünfhundert Kilometern. Sie verlief mitten durch Tunesien und würde beschwerlich werden. Die andere Strecke führte zwar direkt am Wasser entlang, aber in den

Küstenorten wimmelte es um diese Jahreszeit nur so von Touristen und die Fahrt würde bedeutend länger dauern.

Fields plante sechs bis sieben Stunden ein, je nachdem, wie sie vorankommen würden. Ein günstiges Hotelzimmer hatte er bereits gebucht. Es wirkte auf der Onlineplattform ein wenig heruntergekommen, aber für zwei Nächte sollte es wohl reichen.

Ein Blick auf die Uhr drängte ihn zum Aufbruch. Er zahlte sein Zimmer und machte sich auf den Weg zum Hotel. Jan wartete bereits auf ihn und wirkte sehr nervös.

„Bereit?“, fragte Fields.

Jan schluckte schwer. „Ja. Ich will, dass dieser Albtraum endlich ein Ende hat.“

„Gut, dann auf zur nächsten Autovermietung.“

Nachdem sie in der Stadt sämtliche Händler abgeklappert hatten, wurden sie etwas außerhalb von Tunis fündig. Die Männer entschieden sich für einen Jeep der Marke Wrangler Polar. Der gepfefferte Mietpreis ließ beide kurz Luft holen, aber sie hatten keine andere Wahl. Die Zeit arbeitete gegen sie.

Sie fuhren mit dem Wagen zurück in die Stadt und erstanden in einem Sportgeschäft Schuhe und Rucksäcke.

„Was meinst du, sollen wir noch zwei Schlafsäcke mitnehmen? Die Nächte in der Wüste können verdammt kalt werden.“

„Aber wir haben doch das Hotelzimmer“, erwiderte Jan.

„Stimmt, aber wir wissen nicht genau, wann die Übergabe stattfindet. Wenn du nachts ein paar Minuten im kalten Sand liegst, wird dir ganz anders zumute. Sonne weg, Wärme weg - ganz einfach.“

„In Ordnung, dann nehmen wir Schlafsäcke mit. Du musst schon entschuldigen, für so eine Aktion fehlt mir das Grundwissen."

„Kein Problem, so haben wir für den Notfall vorgesorgt.“

In einem Supermarkt deckte sich Fields noch mit vier Kästen Wasser ein, was ihm einen verwunderten Blick von Jan einbrachte.

„Nur für den Fall, dass wir unterwegs eine Panne haben. Es kann dauern, bis uns jemand hilft", rechtfertigte er sich. „Die Uhren ticken hier anders."

„Stimmt, an solch ein Szenario habe ich überhaupt nicht gedacht. Hier gibt es nicht in jedem Ort eine Supermarktkette."

Sie beluden das Fahrzeug und packten die Lebensmittel in zwei Kühlboxen. Fields scherte aus der Parklücke und sie ließen die Stadt hinter sich. Die Männer wollten in längeren Etappen durchfahren, um bis Mitternacht Douz zu erreichen. Jan rief von unterwegs aus Hanna an und berichtete über den Fortschritt ihrer Reise.

Die Dämmerung senkte sich bereits über die Wüstenlandschaft herab, als sie eine längere Rast in der Nähe von Sidi Bouzid einlegten. Fields und Jan vertraten sich die Beine und aßen eine Kleinigkeit. Die Temperatur begannen zu sinken und Jan zog sich fröstelnd seine Jacke über.

„Gute Idee mit den Schlafsäcken. Ich hätte nie gedacht, dass es nachts so kalt werden kann."

„Falls wir sie nicht brauchen, dann sind sie mit Sicherheit für die Kinder nützlich. Aber jetzt sollten wir wieder in den Wagen steigen."

Weiter ging die Fahrt durch Gafsa und einige andere kleinere Orte. Das Navigationsgerät führte sie einige Male in die Irre, aber letztlich erreichten sie wohlbehalten Douz. Sie waren erschöpft von den Strapazen, als das Fahrzeug vor dem Hotel zum Stehen kam. Der kastenförmige Bau wirkte heruntergekommen und nachdem sie eingecheckt hatten, konnte auch die Innenausstattung nicht wirklich überzeugen. Die Betten im Doppelzimmer sahen wenig einladend aus und Fields warf die Schlafsäcke aufs Bett.

„Bloß gut, dass wir die gekauft haben. Ich mag mir die Matratzen ohne Laken gar nicht anschauen. Der Schlafsack ist eindeutig die bessere Wahl."

„Die Pisten haben mir so zugesetzt, dass ich einfach nur froh bin, wenn ich mich ausstrecken kann. Wahrscheinlich schlafe ich vor Erschöpfung gleich ein."

„Macht es dir etwas aus, wenn ich zuerst das Badezimmer aufsuche?", fragte Fields.

„Kein Ding. Ich werde noch einen Happen zu mir nehmen", antwortete Jan.

Das winzige Bad glich eher einem Verschlag und überall blühte schwarzer Schimmel auf den Fliesenfugen. Was soll's, dachte Fields, nach den zwei Nächten gehört diese Bruchbude der Vergangenheit an. Er stellte sich kurz unter die Dusche und kroch anschließend in seinen Schlafsack. Jan folgte ihm nur wenige Minuten später.

„Ehrlich, ich will mir gar nicht erst vorstellen, unter welchen Bedingungen die Kinder hausen müssen", murmelte er. „Das Immunsystem von Maximilian ist alles andere als ausgereift."

„Du musst immer positiv denken, Jan. Ich bin mir sicher, dass die Kinder spüren, wie oft und wie intensiv ihr an sie denkt."

„Ich habe so viel Schuld auf mich geladen", fuhr Jan fort. „Wenn ich die Türen des Jeeps ordnungsgemäß abgeschlossen hätte, dann wäre das alles nicht passiert."

„Das ist Ansichtssache. Ja, dir ist ein grober Fehler unterlaufen und du hast es den Entführern leicht gemacht. Aber du darfst niemals außer Acht lassen, dass diese Leute bereits auf einen günstigen Moment gewartet haben. Früher oder später hätten sie zugeschlagen und die Kinder gekidnappt."

„Von diesem Standpunkt aus, habe ich das noch gar nicht betrachtet", antwortete Jan.

„Es gibt immer zwei Seiten der Medaille", sagte Fields.

„Danke, deine Worte machen mir wieder Mut."

Fields konnte die Erleichterung in seiner Stimme hören.

„Aber jetzt sollten wir schlafen, wir brauchen unsere Kräfte. Gute Nacht, Jan."

„Gute Nacht."

Das Frühstücksbuffet am nächsten Morgen ließ sehr zu wünschen übrig.

„Wir sollten uns nach einer anderen Möglichkeit umsehen", schlug Fields vor. „Wenn wir mit Durchfall und Krämpfen im Hotelzimmer liegen, können wir unser Vorhaben vergessen. Die Einheimischen sind das Essen gewohnt, aber uns würde es wohl umhauen."

Sie kehrten in eine Teestube ein und ließen sich bewirten. Die Kleinigkeiten auf dem Teller waren lieblos arrangiert, schmeckten aber köstlich. Nach dieser Stärkung betankte Fields den Jeep und Jan beglich die Rechnung. Anschließend brachen sie in Richtung Blidet auf und suchten nach dem Abzweig, an dem die Übergabe stattfinden sollte. Jan hatte die Koordinaten in seinem Handy abgespeichert und navigierte Fields. Zügig näherten sie sich diesem Punkt.

Fields bemerkte Jans Nervosität und auch er konnte sich seiner inneren Unruhe nicht mehr entziehen. Begierig wartete er auf neue Nachrichten von Chris, denn ohne einen planbaren Zeitrahmen konnte die Aktion schnell nach hinten losgehen.

„Da vorn muss es sein."

Jan wies mit seiner Hand auf eine Kurve und tatsächlich zweigte dort die Straße ab. Nur ockerfarbene Einöde, wohin das Auge auch blickte. Die karge Landschaft wirkte unwirtlich, geradezu feindlich. Der Wind blies eine große Staubwolke über die Straße und peitschte den Sand gegen die Karosserie.

Fields scannte mit Blicken die Umgebung ab und suchte nach einem geeigneten Versteck, wo sie sich verbergen konnten, ohne von den Kidnappern entdeckt zu werden. Zwei passende Stellen fielen ihm sofort ins Auge. Er fuhr den Jeep an den Straßenrand, um ihn zu parken.

„Dann wollen wir mal ...“, sagte er und sprang aus dem Wagen.

Beide Männer neigten ihren Kopf zur Seite, als eine heftige Windbö die feinen Sandkörnchen in ihre Richtung wehte. Jan war jedoch nicht schnell genug gewesen und zwischen seinen Zähnen knirschte es unangenehm. Hastig lief er zum Jeep zurück und spülte seinen Mund mit Wasser aus.

„Immerhin weiß ich jetzt, warum die Beduinen ihr Gesicht vermummen.“

„Du sagst es“, antwortete Fields und erklomm die erste Sanddüne. Kurz vor dem Kamm robbte er hinauf und spähte über den Rand. Dann stand er auf, klopfte sich den Sand aus der Hose und lief zur nächsten Erhebung.

„Was meinst du, Jan? War der erste Hügel besser geeignet?“

Jan nickte zustimmend. „Wollen wir hoffen, dass die Entführer ihre Fahrzeuge so günstig abstellen, dass wir sie genau im Blickfeld haben. Ein Fernglas wäre das Nonplusultra.“

„Schon richtig. Aber wenn sich die Sonne in den Gläsern spiegelt, dann verraten wir unsere Deckung“, entgegnete Fields.

„Okay, dieser Punkt geht an dich.“

Noch einmal begutachteten die Männer die Dünen, wägten das Für und Wider ab, schauten die Straße rauf und runter. Kurz darauf hatten sie eine endgültige Entscheidung gefällt und traten den Rückweg an. Schweigend fuhren sie nach Douz zurück und im Jeep herrschte eine angespannte Atmosphäre. Morgen war also der große Tag - der Tag der Übergabe.

„Ich habe wahnsinnige Angst, dass der Plan scheitern könnte", vertraute Jan ihm an. „Es erscheint mir fast zu einfach und ich mag kaum glauben, dass ich schon morgen Lara und Maximilian wiedersehen werde."

„Wir lassen alles auf uns zukommen und entscheiden vor Ort. Du musst schon deinen Kindern zuliebe darauf vertrauen, dass wir es schaffen."

Fields fuhr in die Innenstadt von Douz. Gemächlich schlenderten sie über einen kleinen Markt und erstanden für das Abendessen Melonen, Fladenbrot und Käse. Den restlichen Tag verbrachten sie auf dem winzigen Balkon ihres Hotelzimmers und planten den morgigen Tag. In regelmäßigen Abständen meldete sich Jan bei Hanna. Er musste ihr immer wieder gut zureden und Trost spenden. Für sie war die Situation aus der Ferne noch schwerer zu ertragen.

Gegen Abend erhielt Fields den langersehnten Anruf von Chris. Auf seiner Stirn bildeten sich Sorgenfalten, während er mit dem Jungen sprach. Hin und wieder nickte er zustimmend und notierte sich die Uhrzeit der Übergabe.

„Schlechte Nachrichten?", fragte Jan.

„Könnte man so sagen", antwortete Fields. „Es soll nur pro forma ein Tausch vonstattengehen, die Leute von Medi-Tech planen, Jahnke und die Kinder in der Wüste zu lassen. Es soll so aussehen, als wäre er mit den Kindern geflüchtet und dann mit einem Motorschaden liegen geblieben. Auf diese Weise könnte man sich drei Zeugen vom Halse geschaffen und ich bin momentan ziemlich schockiert."

„Das darf doch wohl nicht wahr sein." Jan war hektisch aufgesprungen. „Die wollen die Kinder tatsächlich für so einen Mist opfern?" Seine Stimme bebte.

„Die Papiere, die Jahnke hat mitgehen lassen, müssen unglaublich wichtige Informationen enthalten. Die Polizei soll später annehmen, dass er die Kinder aus niederen Beweggründen entführt hat. Die Untersuchungen würden anschließend im Sande verlaufen und die Leute von Medi-Tech wären fein raus. Ich werde jetzt noch ein paar wichtige Telefonate mit meinen Kollegen in Deutschland führen."

Jan verzog sich in das stickige Zimmer, um ihn in Ruhe telefonieren zu lassen. Nach einer geschlagenen Stunde kehrte Fields wieder zurück.

„Wie üblich steckt der Teufel im Detail. Ich hatte so große Stücke auf Djamir gesetzt, erreiche ihn aber nicht. Er bleibt einen Tag länger fort als erwartet und wir werden die Sache allein durchziehen müssen, ohne Hilfe von außen."

Stöhnend ließ Fields sich aufs Bett sinken und fuhr fort: „Die Übergabe soll morgen sehr zeitig vonstattengehen und wir müssen um fünf Uhr bereits auf der Lauer liegen. Sobald wir den Austausch dokumentiert haben, heften wir uns an Alexanders Fersen, um die Kinder zu retten."

„Ich darf gar nicht daran denken", murmelte Jan und alle Farbe war aus seinem Gesicht gewichen. „Hoffentlich geht nichts schief."

„Wir müssen einen klaren Kopf behalten, alles andere wird sich finden", antwortete Fields.

„Schon klar. Aber die Angst, dass den Kindern etwas zustoßen könnte, schnürt mir die Kehle zu."

„Versuche einfach, an das Gute zu glauben, Jan."

Langsam senkte sich die Nacht über Douz und die Männer krochen angespannt in ihre Schlafsäcke. Jan wälzte sich von einer Seite auf die andere, während Fields versuchte, ihn moralisch aufzubauen.

„Ich hätte mir auch einen anderen Verlauf der Dinge gewünscht. Ruhe dich aus, du brauchst deinen Schlaf."

Der nervtötende Weckalarm von Fields' Smartphone riss die Männer aus dem Schlaf. Jan streckte sich und gähnte hinter vorgehaltener Hand.

„Ich hätte schwören können, die ganze Nacht wachgelegen zu haben", sagte er.

„Dein leises Schnarchen hat dich verraten", erwiderte Fields mit einem Grinsen. „Während du im Badezimmer bist, werde ich uns Frühstück machen. Wer weiß, wann wir wieder etwas zwischen die Zähne bekommen."

„Ich habe absolut keinen Appetit", entgegnete Jan. „Ich will nur Lara und Maximilian retten und dann ab in den nächsten Flieger nach Deutschland. Und ich schwöre, ich werde die Kinder nie wieder aus den Augen verlieren."

„Jan, du musst etwas essen, um klar denken zu können. Nervosität durch einen sinkenden Blutzuckerspiegel können wir uns nicht leisten."

„Okay, ich bin dann mal im Bad."

Fields hatte einen starken Kaffee gebraut und sie saßen stumm am Tisch, um zu frühstücken. Jeder hing seinen Gedanken nach und besonders Jan war die Anspannung anzusehen. Das schmutzige Geschirr ließen sie auf dem Tisch stehen.

„Packen wir's an", brummte Fields. „Die Schlafsäcke sollten wir mitnehmen, ist noch ziemlich frisch um diese Uhrzeit."

Nachdem sie den Geländewagen beladen hatten, fuhren sie los. Die Straßen waren menschenleer bis auf ein paar halbverhungerte struppige Katzen, die umherstreunten. Von den Lichtern der Scheinwerfer aufgeschreckt flüchteten sie in alle Richtungen davon. Um diese Uhrzeit begegnete ihnen kaum ein Fahrzeug und sie kamen zügig voran.

„So, da wären wir", sagte Fields knapp.

Er stellte den Mietwagen einige Meter entfernt hinter dornigem Buschwerk ab und zu Fuß liefen die Männer zurück zum Abzweig. In ihren Rucksäcken befanden sich mehrere Wasserflaschen, damit die Kinder sofort nach der Übergabe mit Flüssigkeit versorgt werden konnten. Wer wusste schon, in welchem Zustand Maximilian und Lara waren, wenn die Entführer sowieso nicht vorhatten, sie am Leben zu lassen.

Fields und Jan bezogen Stellung und die Kamera lag für den Einsatz griffbereit. Jetzt mussten sie nur geduldig abwarten. Das Licht am Horizont veränderte sich und die Männer wurden Zeugen eines atemberaubenden Sonnenaufganges. Purpurne Töne wechselten in ein kräftiges Orange, bis sie in das leuchtende Gelb der Sonne übergingen.

„Ich hoffe, das ist ein gutes Omen", murmelte Jan.

„Das hoffe ich auch", erwiderte Fields.

Mittlerweile waren zwei Stunden vergangen, ohne dass ein Fahrzeug erschienen wäre.

„Was machen wir nun? Die Übergabe hätte schon vor einer halben Stunde erfolgen sollen." Jan wirkte ratlos.

„Wir müssen Geduld haben. Ich bin mir sicher, dass sie noch auftauchen."

Weitere zehn Minuten verstrichen, bis sie in der Ferne endlich ein Motorengeräusch hörten. Ein uralter klappriger Lastwagen quälte sich durch die morgendliche Landschaft. Fields schaute auf die Uhr und allmählich kamen Zweifel auf, ob Chris sich eventuell in der Zeitangabe getäuscht haben könnte.

Die Geschäftigkeit des anbrechenden Tages belebte die Straße, sehr zum Unwillen von Fields und Jan, deren Nerven zum Zerreißen gespannt waren.

Genau in diesem Augenblick bog ein alter Jeep, der seine besten Tage schon hinter sich hatte, am Abzweig ab und parkte nur wenige Meter von der Düne entfernt. Kaum erstarb der Motor des Wagens, hörte Jan das Weinen eines Kleinkindes. Unter Millionen von Kindern hätte er die Stimme seines Sohnes wiedererkannt. Eine Weile rang er mit sich, aber keiner der Wageninsassen wollte den kleinen Jungen beruhigen.

Er spannte seine Muskeln an, um aufzuspringen, doch Fields konnte ihn im letzten Moment zurückhalten. Der Stoff von Jans Shirt riss und er ließ sich wieder fallen. Hoffentlich flog ihre Tarnung durch sein unbedachtes Handeln nicht auf.

Sie warteten angespannt, aber nichts geschah. Maximilian greinte noch immer. Fields legte den Zeigefinger auf seine Lippen und deutete damit an, dass Jan sich weiterhin ruhig verhalten sollte. Er sah, wie schwer es ihm fiel, so nah bei seinen Kindern zu sein und doch nicht helfen zu können.

„Wir wissen nicht, ob sie bewaffnet sind", raunte Fields. „Mit so einer Aktion ist niemandem geholfen."

Kurz darauf tauchte ein weiterer Geländewagen auf und hielt neben dem Jeep. Alexander sprang aus dem Wagen, ging auf das andere Fahrzeug zu und öffnete die Beifahrertür. Unverständliche Wortfetzen wehten zu ihnen herüber.

Fields bemerkte, wie sich Jans Atmung beschleunigte und er legte die Hand auf dessen Oberarm, damit er sich beruhigte. Dabei ließ er Jahnke nicht eine Sekunde aus den Augen.

Dieser gestikulierte mit seinen Händen und stapfte anschließend zu seinem Geländewagen zurück. Fast gleichzeitig starteten die Fahrzeuge die Motoren und fuhren in Richtung Wüste davon. Eine dichte Staubwolke behinderte die Sicht und Fields sprang auf.

„Verdammt!", fluchte er und zerrte Jan hoch. „Komm schon, wir müssen hinterher."

Schlafsäcke und Wasserflaschen ließen sie zurück und sprinteten zum Wagen, um den Fahrzeugen zu folgen. Fields achtete gewissenhaft darauf, dass sie immer einen gleichbleibenden Abstand einhielten. Es war gar nicht so einfach, den Geländewagen über die Sandpiste zu lenken. Nach einiger Zeit hatte sich die Staubwolke aufgelöst und Fields brachte den Wagen zum Stehen. Er wollte aus der Ferne die Übergabe beobachten, doch kurz darauf kam ihnen eines der Fahrzeuge wieder entgegen.

Fields war völlig perplex, als er Jahnke erkannte. Damit hatte er nicht gerechnet. Hatte der Plan nicht aus zwei wichtigen Details bestanden - dem Austausch und einem manipulierten Fahrzeug? Jetzt fuhr Jahnke direkt an Ihnen vorbei und würdigte sie keines Blickes.

„Hast du das gesehen?", rief Jan völlig außer sich. „Der hatte die Kinder nicht dabei!"

In seiner Stimme schwang nackte Panik.

Bevor sie eine vernünftige Entscheidung treffen konnten, setzte sich der Jeep mit den Kindern an Bord ebenfalls in Bewegung und zu ihrem Entsetzen nahm das Fahrzeug eine völlig andere Route. Fields bereitete es Schwierigkeiten, dem Jeep in einem angemessenen Abstand zu folgen, ohne aufzufallen. Er hoffte inständig, dass ihn die Männer nicht entdeckten. Mit einem Mal erhöhte sich die Geschwindigkeit des vorausfahrenden Wagens und Fields gab Gas, um den Vorsprung wieder aufzuholen. Doch der Wind hatte sich gedreht und der Sand, den die Räder aufwirbelten, erschwerte ihnen die Sicht.

Der Geländewagen holperte über die Sandpiste und Jan wurde übel davon. Die Sonne knallte inzwischen unbarmherzig auf das Autodach und heizte das Innere des Fahrzeugs auf. Die Klimaanlage funktionierte nur halbherzig.

Fields hatte das Lenkrad mit festem Griff umklammert und sein Fuß klebte am Gaspedal. Der vormals große Abstand zwischen dem Geländewagen verringerte sich glücklicherweise wieder. Momentan hatte Fields die Orientierung verloren, er wusste nicht mehr, wo sie sich befanden. Aber der Stand der Sonne würde ihm später weiterhelfen.

Plötzlich schlingerte der Jeep. Fields driftete an den Rand der Piste und stellte sich quer. Er gab mehrmals behutsam Gas, aber die Räder drehten immer wieder durch. Das Fahrzeug hatte sich im Sand festgefahren.

„Warum ausgerechnet jetzt?“, fluchte Jan und stieg aus, um sich das Übel anzusehen. „Das kann dauern, bis wir den Wagen freibekommen“, sagte er, nachdem er den Jeep umrundet hatte, und trat wütend gegen den Reifen.

„Jan, setz dich hinters Steuer und gib ganz behutsam Gas. Ich werde anschieben und mit etwas Glück entkommen wir diesem Desaster.“

Doch diese Methode war aussichtslos, der Geländewagen hatte sich im Sand regelrecht festgefressen.

„Ich helfe dir rasch beim Steinesammeln. Unsere Fahrzeuge fahren sich im Wald des Öfteren fest, das müssten wir packen.“

Jan zerrte verbissen an den verdorrten Zweigen eines Dornenbusches, doch dieser gab nur widerwillig seine Äste her. Obwohl seine Hände mittlerweile bluteten, gab er nicht auf. Fields musterte ihn kurz, die Angst um seine Kinder verlieh ihm die nötige Kraft. Dann grub er weiter mit bloßen Händen kleinere Steine aus und warf sie hinter die Räder.

Immer wieder starteten sie den Motor und arrangierten die Steine neu, doch der Geländewagen rührte sich nicht von der Stelle. Nach über einer Stunde gaben sie auf. Staub und Schweiß hatten dunkle Masken auf ihre Gesichter gezeichnet, die schweißnassen Shirts klebten am Körper.

„Wir müssen eine Pause einlegen, so kommen wir nicht weiter“, stöhnte Fields.

Jan gab nur widerwillig nach und hockte sich neben Fields, der sich in einem schmalen Schattenstreifen niedergelassen hatte, den das Fahrzeug warf. Fields reichte ihm eine Flasche.

„Hier, trink, sonst hältst du die Strapazen nicht durch", forderte er ihn auf, doch Jan weigerte sich.

„Ich muss immerzu an die Kinder denken. Wenn sie sowieso vorhaben, sie zu töten, dann werden sie ihnen kein Wasser geben."

„Lass dich nicht so gehen, du musst einen kühlen Kopf bewahren", fuhr Fields ihn an.

„Ja klar", schnaubte Jan. „Bei fünfzig Grad im Schatten."

„Wir werden weiter nach den Kindern suchen und jetzt trink die verdammte Flasche leer. Es ist niemandem geholfen, wenn du eine Stunde später schlapp machst."

„Wir waren so verdammt nah dran und ich weiß wirklich nicht, wie ich das Hanna beibringen soll, dass wir die Kinder erneut verloren haben." Jan setzte die Wasserflasche an und nahm einen kräftigen Zug.

„Für Selbstmitleid haben wir jetzt keine Zeit. Steh auf und lass uns weitermachen."

Diesmal gruben die Männer jedes einzelne Rad aus und platzierten gezielt die Steine darunter. Dennoch es brauchte vier weitere Anläufe, bis sich das Fahrzeug endlich aus seiner misslichen Lage bewegte. Jan, der Kräftigere von beiden, schob diesmal am Heck und nach zehn Minuten stand der Geländewagen wieder in Fahrtrichtung auf der Sandpiste. Schweißüberströmt ließen sich die Männer auf die Sitze sinken.

„Haben wir überhaupt noch eine Chance?", fragte Jan. „Vielleicht wäre es doch besser gewesen, wenn du mich nicht zurückgehalten hättest."

„Diese Leute hätten uns mit Leichtigkeit überwältigt. Sie waren in der Überzahl und wahrscheinlich auch bewaffnet. Wenn sie uns erwischt hätten, dann wären sie mit uns bestimmt nicht zimperlich umgesprungen. Höchstwahrscheinlich hätten deine Kinder schon jetzt keinen Vater mehr."

Zerknirscht gab Jan klein bei.

„Ich kann verstehen, was du in diesem Moment durchlitten hast. Sein Kind so verzweifelt weinen zu hören und ihm nicht helfen zu können, das geht einem unter die Haut. Aber das Risiko wäre für uns alle einfach zu groß gewesen."

„Hier ist alles so fremd und dass wir die Behörden nicht einschalten können, macht mich total verrückt. Ich will doch nur aus diesem Albtraum erwachen."

„Wir werden sie finden und retten, vertrau darauf", antwortete Fields.

Mittlerweile hatten sie den Abzweig erreicht und Fields parkte den Wagen neben der Düne, um die Schlafsäcke einzusammeln. Der Sand war schon dabei, sich die Ausrüstungsgegenstände einzuverleiben.

„Wie geht es jetzt weiter?" Jan sah ihn fragend an.

„Sobald wir im Hotel angekommen sind, werde ich meine Fühler ausstrecken, was heute schiefgelaufen ist."

„Du hältst also für möglich, dass eine zweite Übergabe arrangiert wird?"

„Mit Sicherheit. MediTech will die Unterlagen zurück, egal um welchen Preis."

Nachdem sie die restliche Strecke schweigend zurückgelegt hatten, stellte Fields den Geländewagen auf dem Parkplatz ab.

„Ich brauche dringend eine Dusche und ein Schmerzmittel. Dieser Druck im Kopf bringt mich noch um", stöhnte Jan und folgte Fields ins Hotel.

„Kein Problem, ich habe immer etwas dabei."

Während nebenan das Wasser im Badezimmer rauschte, ging Fields die eingegangenen Nachrichten durch. Djamir hatte sich endlich gemeldet und Fields gab sofort die Kennzeichen der Geländewagen durch, die er in seinem Smartphone abgespeichert hatte. Jetzt waren sie erneut zum Warten verdammt.

Die Badezimmertür öffnete sich und Jan trat mit tropfnassen Haaren heraus.

„Es wird Zeit, dass ich Hanna informiere", sagte er.

„Ja, wir können es nicht ewig aufschieben. Vielleicht ist es das Beste, wenn du dein Telefon auf Lautsprecher stellst, damit ich mithören kann."

Der Signalton erklang und nur einen Atemzug später nahm Hanna das Gespräch an.

„Wie ist es gelaufen", fragte sie mit bebender Stimme. „Sind die Kinder wohlauf? Jan? So sag doch etwas?"

„Hanna, Liebes, es tut mir leid, aber wir ..."

„Sie sind nicht bei euch?", schrie sie entsetzt.

„Hanna, bitte beruhige dich und lass es mich erklären."

„Ich will mich aber nicht beruhigen", erwiderte sie aufgebracht. „Du sagst mir jetzt auf der Stelle, wo die Kinder sind!"

„Die Übergabe hat nicht stattgefunden, Alexander ist ohne die Kinder zurückgefahren", antwortete er mit brüchiger Stimme.

„Das darf doch wohl nicht wahr sein!"

Die Männer hörten ein Poltern.

„Und warum seid ihr dem anderen Fahrzeug nicht gefolgt?", fragte sie anklagend.

„Darauf sind wir nicht vorbereitet gewesen, dass deinem Ex-Mann die Kinder egal sind. Außerdem hatte sich unser Wagen im Wüstensand festgefahren."

„Ich halte das alles nicht mehr aus, verstehst du? Ich kann einfach nicht mehr."

Jan vernahm ihr Schluchzen.

„Es tut mir so leid ...", flüsterte er, doch sie hatte inzwischen aufgelegt. „Allmählich sind meine Kräfte aufgebraucht", brummte er und ließ sich aufs Bett fallen.

„Halte durch, denk immer an die Kinder."

„Ich weiß, ich sollte mich nicht so gehen lassen." Jan fuhr sich mit den Händen nervös durchs Haar. „Hast du schon etwas erreicht?", fragte er Fields.

„Djamir ist endlich zurück, dem Himmel sei Dank, und die beiden Geländewagen sind inzwischen zur Fahndung ausgeschrieben." Genau in diesem Moment klingelte sein Handy. „Fields", meldete er sich knapp.

„Hallo Chef, ich habe Neuigkeiten", sagte Chris am anderen Ende der Leitung. „Die Peters hat sich bei Jahnke gemeldet und wollte wissen, warum er den Austausch abgebrochen hat."

„Nun sag schon, ich bin ganz Ohr."

„Weil er dringend Geld für seine Flucht benötigt und die Kinder nur ein Klotz am Bein sind", antwortete Chris.

„Also gibt es keinen neuen Termin für ein Treffen?"

„Nope, aber ich melde mich."

„Danke Chris." Fields beendete das Gespräch und setzte sich neben Jan. „Wie ich schon vermutet hatte, will Jahnke Geld sehen. Er weigert sich, die Papiere gegen die Kinder zu tauschen."

„Das darf doch wohl nicht wahr sein!" Jan sprang zornig auf und tigerte durch das Zimmer. „Er opfert also die Kinder, um Geld für seine Flucht zu erpressen. Unfassbar!"

„Ich hätte ihm auch einen Funken mehr Menschlichkeit zugetraut, aber er scheint durch und durch ein gefühlskalter Egomane zu sein."

„Aber wie geht es jetzt weiter?" Jan rang um Fassung.

„Wir werden uns jetzt um eine anständige Mahlzeit kümmern", antwortete Fields.

„Das ist nicht dein Ernst?" Jan schüttelte verständnislos den Kopf. „Wie kannst du in so einer Situation ans Essen denken?"

„Tut mir leid, aber auf deine Befindlichkeiten kann ich

keine Rücksicht nehmen. Wir dürfen uns keine Schwäche erlauben, schon den Kindern zuliebe. Wir sind ihre einzige Chance."

„In Ordnung", lenkte Jan zähneknirschend ein, „du hast ja recht."

Nur wenige Minuten später brachen sie auf und kehrten in ein kleines Restaurant in einer Seitenstraße ein. Fields bestellte eine Tajine mit Paprika und Lamm, die sehr köstlich schmeckte. Jan saß vor einem Teller mit Couscous und Hühnerfleisch und stocherte lustlos im Essen herum. Dann schob er den halbvollen Teller von sich, sein gequälter Gesichtsausdruck sprach Bände.

„Wir haben bei dem Trip am Morgen ordentlich Kalorien verbraucht. Denke immer daran, dass wir fit bleiben müssen", schärfte Fields ihm ein.

„Das sagt sich so leicht", erwiderte Jan und zuckte kraftlos mit den Schultern. Seine gesamte Energie schien geschmolzen zu sein. Er hatte den Fehler gemacht, zu große Hoffnungen auf diesen Tag zu setzen.

„Wenn wir zweifeln, dann haben wir schon verloren. Ich brauche dich an meiner Seite, auch wenn ich weiß, wie emotional belastend diese Situation für dich ist."

„Ich weiß wirklich nicht mehr, was ich denken soll."

„Du musst stark sein für Maximilian und Lara."

Es gab immer einen, der den Durchschnitt versaute, dachte Fields grimmig und sah Jahnke vor sich. Sobald sich die Kinder in Sicherheit befanden, würde dieser Mann bei ihm ganz oben auf der Abschussliste stehen. Er atmete tief durch und winkte den Kellner zu sich heran.

Kaum hatte Fields die Rechnung beglichen, klingelte sein Smartphone. Djamir hatte Neuigkeiten und er hörte aufmerksam zu.

„Was ist?", fragte Jan, nachdem Fields das Gespräch beendet hatte.

„Wir haben Glück, Jahnkes gemieteter Geländewagen steht vor einem Haus in Blidet. Djamir hat mir die Adresse durchgegeben und wenn du nichts dagegen hast, machen wir uns sofort auf den Weg."

„Ja, aber die Kinder sind doch gar nicht bei ihm?", zögerte Jan. „Wie könnte er uns da von Nutzen sein? Und ist es nicht unsere Pflicht, zuerst nach Max und Lara zu suchen? "

„Mit wem sollen diese Leute verhandeln, wenn wir Jahnke dingfest gemacht haben? Die Kinder nützen ihnen dann nichts mehr, wir kämen ihnen praktisch zuvor. Djamir hat überall Kontakte, seine Leute spüren die Kinder auf."

„Okay, dann sollten wir fahren. Hauptsache, wir erwischen ihn diesmal."

Fields tankte vor der Fahrt den Wagen voll und tätigte noch ein paar wichtige Telefonate. Kurz darauf hatten sie Douz hinter sich gelassen. Die glühende Mittagshitze machte ihnen zu schaffen, als Fields den Jeep durch die Einöde quälte. Selten nahm er den Fuß vom Gaspedal. Die Kurven schnitt er eng und Jan klammerte sich am Armaturenbrett fest. Auf keinen Fall wollten sie Jahnke ein zweites Mal entkommen lassen. Nachdem sie Blidet erreicht hatten, gestaltete sich die Suche nach der Adresse äußerst schwierig. Kostbare Zeit verstrich, ehe sie das Haus gefunden hatten, vor dem das Fahrzeug parkte.

„Wir sollten unseren Wagen irgendwo in der Nähe abstellen und ihm zu Fuß einen Besuch abstatten. Jahnke soll auf keinen Fall vorgewarnt werden."

Es vergingen ein paar Minuten, bis sie einen geeigneten Stellplatz gefunden hatten. Betont langsam schlenderten sie den Weg zurück, Touristen eben. Fields spürte Jans Ungeduld, aber sie mussten besonnen vorgehen. Nur noch ein paar Meter, dann würden sie das Haus erreicht haben. Währenddessen scannte Fields aufmerksam die Umgebung und plötzlich ging alles ganz schnell.

Jahnke trat ahnungslos auf die Straße heraus und steuerte seinen Wagen an. Er trug eine Reisetasche in der rechten und einen Aktenkoffer in der linken Hand. Vor dem Fahrzeug stellte er die Tasche ab und fischte den Autoschlüssel aus seiner Hosentasche. Nachdem er die Tür aufgeschlossen hatte, legte er den Aktenkoffer auf den Beifahrersitz. Die Reisetasche warf er achtlos auf die Rückbank und schlug die Tür wieder zu. Genau in diesem Moment schien er die Anwesenheit von Fields und Jan zu spüren und drehte seinen Kopf in ihre Richtung. Er rang einen Moment um Fassung, besann sich aber schnell. Dann riss er die Autotür hektisch wieder auf, griff nach dem Aktenkoffer und stürmte in die entgegengesetzte Richtung davon.

Fields versetzte Jan einen Stoß, um ihn aus seiner Lethargie zu reißen.

„Jetzt komm schon, hilf mir, ihn einzuholen."

Für beide Männer gab es nun kein Halten mehr und sie sprinteten dem Flüchtenden hinterher. Jahnke schien in Topform zu sein, denn er konnte seinen geringen Vorsprung ausbauen, und kannte sich in dem kleinen Ort bestens aus. Er musste wohl schon vorher einen Fluchtplan ausgearbeitet haben, so gezielt, wie er um die Ecken der Straßen bog.

„Jan, lauf zum Haus zurück", rief Fields außer Atem. „Jahnke wird über Umwege zurückkehren, um mit dem Wagen zu flüchten. Wenn ihm das gelingt, haben wir verloren. Er hatte sowieso schon seine Sachen zusammengepackt."

„Alles klar", keuchte Jan und machte auf dem Absatz kehrt.

Fields erhöhte nochmals sein Tempo und der Vorsprung schmolz. Doch plötzlich schwang sich Jahnke über eine Mauer und verschwand in einem Innenhof. Fields hetzte ihm hinterher und sah gerade noch, wie dieser in einem Hausflur verschwand. Eine Frau kreischte erschrocken auf und nur Sekunden später folgten laute Beschimpfungen.

Fields wollte mit aller Macht verhindern, dass ihm Jahnke erneut durch die Lappen ging und scheuchte die Frau ein weiteres Mal auf. Auch er wurde mit nicht endenden Flüchen auf Arabisch bedacht.

Jahnke hatte inzwischen die Dachterrasse erreicht. Von dort sprang er wagemutig drei Meter in die Tiefe und landete in blattlosem Gestrüpp. Beim Aufprall stieß er einen Schmerzenslaut aus und hastete weiter. Keuchend stieß er das Tor zur Straße auf und rannte zurück.

Fields zögerte nicht lange und sprang hinterher. Ein knorriger Ast bohrte sich schmerzhaft in seine Rippenbögen und für einen Moment blieb ihm die Luft weg. Sobald er wieder auf den Beinen stand, hetzte er Jahnke hinterher.

Dieser konnte das hohe Tempo nicht halten und fiel immer weiter zurück. Wahrscheinlich hatte er sich den Knöchel verstaucht. Fields beschleunigte seine Schritte und kam ihm näher und näher. Genau in diesem Moment lief ein kleiner Junge mitten auf die Straße. Jahnke übersah den Jungen, als er sich zu Fields umdrehte, und riss ihn mit sich. Beide gerieten ins Straucheln und landeten auf dem harten Straßenpflaster. Der Aktenkoffer flog im hohen Bogen durch die Luft und landete ein paar Meter neben Fields.

Durch den Zusammenprall hatte der Junge eine größere Platzwunde am Kopf davongetragen und weinte bitterlich. Der Vater, aufgeschreckt durch die Klagelaute seines Sohnes, rannte nach draußen. Jahnke scherte sich einen Dreck um den Jungen, rappelte sich auf und stürzte in Fields' Richtung, um sich den Koffer zu schnappen. Doch Fields reagierte schneller und schoss nach vorn. Jahnke zögerte einen kurzen Moment, um seine Chancen abzuschätzen. Schließlich überlegte er es sich anders und jagte davon.

Der Vater des Jungen versuchte Jahnke aufzuhalten, was

ihm aber nicht gelang. Nur zu gern hätte Fields die Verfolgung aufgenommen, aber für derlei Überlegungen blieb ihm keine Zeit. Die Wunde des Jungen blutete noch immer und er kümmerte sich gemeinsam mit dem Vater um das weinende Kind.

In weiser Voraussicht hatte er Jan am Fahrzeug postiert. Falls Jahnke zu seinem Mietwagen lief, hätte er schlechte Karten. Jan war ihm kräftemäßig weit überlegen und würde ihn stellen. Trotzdem tätigte er rasch einen Anruf, um Jan vorzuwarnen. Außerdem bat er darum, dass Jan sich sofort bei ihm meldete, falls Jahnke auftauchte.

Dann wandte er sich wieder dem Jungen zu. Er hatte das ungefähre Alter wie einst sein Sohn Joshua und er wollte das Kind gut versorgt wissen. Jahnke würde ihnen früher oder später ins Netz gehen, denn ohne Fahrzeug kam man in dieser sandigen Einöde nicht sehr weit.

Während Fields die Wunde des Jungen notdürftig verarztete, dachte er darüber nach, ob sich die brisanten Unterlagen in diesem Aktenkoffer befanden. Er wollte unbedingt wissen, was den Geschäftsleuten so wichtig war, dass sie dafür den Tod zweier Kinder in Kauf nahmen.

In der Zwischenzeit war ein Wagen vorgefahren, der den verletzten Jungen zu einem Arzt bringen sollte. Fields hob ihn hoch und setzte ihn vorsichtig auf den Rücksitz. Anschließend hastete er den Weg zurück. Jan lehnte im Schatten an der Hauswand und bewachte den Jeep.

„Er ist leider nicht aufgetaucht“, sagte Jan schulterzuckend.

„Ich werde sofort Djamir verständigen, dass seine Leute den Wagen beschlagnahmen sollen. Das wird Jahnkes Flucht erschweren.“

In rascher Folge tippte Fields die Nummer in das Display seines Smartphones und Djamir versprach, umgehend zwei Männer zu schicken. Mit dieser Entscheidung waren Jahnke mögliche Fluchtwege verbaut. Fields erinnerte sich an die Reisetasche auf dem Rücksitz des Jeeps und schnappte sie sich. Ohne viel Federlesens durchsuchte er sie und zog einen Laptop heraus.

„Den bringe ich mal lieber in Sicherheit und verstaue ihn in unserem Fahrzeug. Auf dem Rückweg bringe ich Wasser mit, meine Kehle ist wie ausgedörrt. Magst du auch eine Kleinigkeit essen?“

„Etwas zu trinken wäre gut. Aber ich bin so nervös, dass ich keinen Bissen herunterbekomme.“

„Gut, dann bis gleich.“

Fields machte sich auf den Weg. Nachdem er am Fahrzeug angekommen war, lockerte er die Seitenverkleidung der Beifahrertür und schob den Laptop dahinter. Anschließend suchte er ein Geschäft, kaufte Melonen und Fladenbrot und lief zurück. Die Mittagshitze war kaum zu ertragen und der Schweiß rann ihm am Rücken hinab.

„Ich habe uns trotzdem eine Kleinigkeit besorgt“, sagte Fields und drückte Jan das belegte Fladenbrot in die Hand.

„Danke.“

Fields und Jan hockten sich in den Schatten und verzehrten ihre Mahlzeit. Jahnkes Jeep ließen sie dabei nicht aus den Augen. Geschlagene zwei Stunden mussten sie ausharren, bis endlich die Männer von Djamir auftauchten. Sie verständigten sich auf Englisch und durchsuchten gemeinsam die zwei kleinen Räume, die Jahnke angemietet hatte. Doch sie fanden nichts.

Im Anschluss daran nahmen Djamirs Männer noch Jahnkes Reisetasche mit sich und starteten den Motor des Mietwagens mit einem elektrischen Gerät, das einem Minicomputer ähnelte. Wenige Sekunden später waren die Fahrzeuge in einer dichten Staubwolke verschwunden.

„Wir sollten schleunigst ins Hotel zurückfahren, um den

Inhalt des Aktenkoffers zu sichten. Ich bin schon sehr gespannt, was wir finden werden."

Mit forschen Schritten liefen die Männer zum Geländewagen und Fields startete den Motor.

„Dieser Jahnke ist doch glatt wie ein Aal, nie zu fassen und immer auf der Flucht. Bei so einem Leben würde ich irgendwann durchdrehen und mich freiwillig stellen. Hier zu leben, verlangt selbst den Einheimischen einiges ab", sagte Jan.

„Dank der elektronischen Datenwelt werden die meisten Täter früher oder später doch erwischt. Fahndungsfotos im Internet, soziale Netzwerke, um nur einige Beispiele zu nennen. Jahnke ist auf sich allein gestellt, er kennt niemanden, der ihm Pässe ausstellt oder ihm Obdach bietet. Eigentlich ist es nur eine Frage der Zeit, bis er gefasst wird."

„Dein Wort in Gottes Ohr", pflichtete Jan ihm bei.

Inzwischen hatten sie das Hotel in Douz erreicht und hasteten die Stufen zum Zimmer hinauf. Fields legte den Aktenkoffer auf den Tisch.

„Jetzt mach das Ding schon auf", forderte Jan ihn ungeduldig auf.

Fields knackte innerhalb weniger Sekunden das Zahlenschloss und breitete die Unterlagen auf dem Tisch aus.

„Ich fürchte, wir müssen die Papiere sortieren."

„Was ist das überhaupt für Zeug?" Jan runzelte fragend die Stirn.

„Es handelt sich ausschließlich um Firmendaten, Überweisungen und Buchungen. Also nichts Spektakuläres in diesem Sinne", äußerte sich Fields. „Vielleicht wollte er die Unterschlagungen dokumentieren. Aber deshalb das Risiko einer Kindesentführung auf sich zu nehmen, ist in keiner Weise gerechtfertigt. Wir müssen alles genau unter die Lupe nehmen, damit wir nichts übersehen."

Nach zwei Stunden schoben die Männer resigniert die

Papiere zur Seite. Vor lauter Anstrengung tränten ihnen die Augen.

„Wir sollten eine Pause machen", schlug Fields vor.

Jan lehnte sich enttäuscht zurück und sein resignierter Blick sprach Bände. Er hatte auf eine fette Ausbeute gehofft.

„Okay, die Peters hat drei Millionen zweckentfremdet. Aber wir wissen immer noch nicht, wofür sie das Geld abgezwackt hatte."

„Wahrscheinlich sind die wirklich wichtigen Daten auf dem Laptop zu finden. Kann mir nicht vorstellen, dass Medi-Tech wegen veruntreuter Gelder so einen Wirbel veranstaltet", antwortete Fields. „Wie wär's, wenn du uns vom Stand gegenüber etwas zu essen besorgst? Ich werde mich in der Zwischenzeit um den Laptop kümmern."

„Kein Ding, bin schon unterwegs."

Jan tippte sich mit zwei Fingern an die Schläfe und verließ das Zimmer.

Währenddessen klappte Fields den Laptop auf und fuhr das Gerät hoch. Er konnte es kaum erwarten, den Inhalt zu sichten.

Nur wenige Minuten später schneite Jan mit dem Abendessen wieder ins Zimmer und reichte Fields seine Portion.

„Nimm es mir nicht übel, aber ich bin hundemüde. Es war ein anstrengender Tag. Bleibst du noch auf?"

„Ja. Ich will noch mit einem Freund reden und den Laptop von Jahnke checken. Vielleicht entdecke ich dort wichtige Daten, die uns weiterhelfen können. Ich ziehe mich auf den Balkon zurück, damit du in Ruhe schlafen kannst."

„Danke."

Kraftlos ließ sich Jan aufs Bett sinken. Fields schnappte sich Laptop und Handy und zog leise die Balkontür hinter sich zu. Er setzte sich auf einen Plastikstuhl und startete den Laptop. Wie zu erwarten, benötigte er ein Passwort, um an die Daten zu gelangen. Er probierte wahlweise einige Namen aus, die natürlich nicht zu dem gewünschten Ergebnis führten. Ein Anruf bei Chris war unumgänglich.

„Hallo Chris, ich brauche deine Hilfe. Der Laptop von Jahnke steht vor mir und ich scheitere am Passwort. Kannst du mir aus der Ferne weiterhelfen?"

„Wenn du in Deutschland wärst, könnte ich dir problemlos helfen. Ich würde den Scanner anschließen und das Programm solange durchlaufen lassen, bis es das Passwort geknackt hat. Aber so, mein Lieber, stehen wir allein auf weiter Flur."

„Schade, ich hatte mir mehr erhofft. Eines noch: Jahnke hat keine Möglichkeit mehr, mit der Peters über diesen Laptop zu kommunizieren. Deshalb bitte ich dich, jetzt besonders aufmerksam zu sein. Das Leben der Kinder hängt bedauerlicherweise am seidenen Faden."

„Wird erledigt, Chef. Leider hält sich die Peters im Moment sehr bedeckt."

„Ich habe verstanden. Halt trotzdem die Augen offen."

In ihrer gewohnt rauen Art und Weise verabschiedeten sie sich voneinander. Fields gähnte hinter vorgehaltener Hand und rieb sich die Augen. Es wäre wohl das Beste, wenn er Jans Beispiel folgte. Trotz ihres Engagements waren sie keinen Schritt vorangekommen. Und dieser Umstand deprimierte ihn.

~

Am nächsten Vormittag brüteten die Männer im stickigen Hotelzimmer erneut über den Unterlagen. Fields knobelte und experimentierte mit den Zahlenreihen herum in der Hoffnung, dass diese sich als Code erweisen würden. Leider Fehlanzeige. Wieder und wieder tastete er mit den Fingerspitzen den Aktenkoffer ab, in der Hoffnung auf ein geheimes Fach zu stoßen. Verärgert warf er den Koffer auf das Bett.

„Tja, so kann man sich täuschen, wir haben nicht den geringsten Hinweis gefunden. Und wegen der paar Millionen, die am Fiskus vorbeigeschleust oder in Scheingeschäfte investiert wurden, entführt man doch keine Kinder."

Fields bezweifelte, dass der Grund für dieses Verbrechen nur die unterschlagenen Gelder gewesen sein sollten. Doch egal wie oft er die Unterlagen auch durchsah, es blieb bei diesem ernüchternden Ergebnis. Selten hatte ihn sein Bauchgefühl getäuscht, er musste etwas übersehen haben, das war so sicher wie das Amen in der Kirche. Warum sonst war Jahnke der Aktenkoffer so wichtig gewesen?

Sein Handy klingelte und er warf einen Blick auf die Nummer. Djamir. Er nahm das Gespräch sofort an und spürte Jans Blick im Rücken.

„Nun sag schon, was ist los?", drängte Jan, nachdem Fields das Telefonat beendet hatte.

„Ob es gute oder schlechte Nachrichten sind, kann ich jetzt noch nicht beurteilen. Aber eine Gruppe von Touristen hat heut Morgen einen Toten in einer alten Ruine in der Nähe von Blidet entdeckt. Laut der Ausweispapiere handelt es sich um Jahnke. Djamir bittet uns, dorthin aufzubrechen, um die Leiche zu identifizieren. Immerhin wäre es möglich, dass Jahnke in seiner ausweglosen Situation eine völlig unbeteiligte Person umgebracht hat, um die Identitäten zu tauschen."

Bevor die Männer in den aufgeheizten Geländewagen stiegen, ließ Fields Jahnkes Aktenkoffer und den Laptop vorsorglich im Hoteltresor wegschließen. Dann startete er den Motor und sie fegten über die einsamen Straßen. Obwohl sie mit geöffneten Fenstern fuhren, die Klimaanlage arbeitete nur halbherzig, dauerte es eine Weile, bis der Fahrtwind das Innere des Wagens abgekühlt hatte. Selbst die

Wasserflaschen aus dem Kühlschrank verwandelten sich innerhalb kürzester Zeit in lauwarme Brühe.

Die Luft flirrte und die Hitze setzte ihnen zu. Der Jeep donnerte über die sandige Piste und zog einen staubigen Schweif hinter sich her.

„Du hast echt einen Fahrstil drauf, mein lieber Scholli", stöhnte Jan. „Zum Glück kommt uns kein Fahrzeug entgegen."

„Zeit ist Geld und wir müssen endlich vorankommen. Sollte Jahnke tatsächlich tot sein, schweben die Kinder in akuter Lebensgefahr."

Um seinen Worten den nötigen Nachdruck zu verleihen, trat Fields wiederholt das Gaspedal durch. Nur wenig später tauchte Blidet vor ihnen auf. Per Handy ließ sich Fields von Djamir zur Ruine navigieren. Dort warteten bereits fünf Männer samt Leichenwagen. Fields und Jan stiegen aus und stapften durch den trockenen Sand zur malerischen Ruine. Bevor sie diese erreicht hatten, blieb Jan unvermittelt stehen und zupfte Fields am Ärmel.

„Thomas, darf ich dir etwas beichten? Ich habe noch nie eine Leiche gesehen. Könntest du bitte vorgehen und mir Bescheid geben, ob der Anblick zu ertragen ist?"

„Kein Problem, wir können das Ganze auch abkürzen. Ich werde allein gehen und das regeln. Wir müssen nicht riskieren, dass du dich bei Jahnkes Anblick übergibst."

„Danke", sagte Jan und wischte sich erleichtert den Schweiß von der Stirn. Mit schnellen Schritten lief er zum Wagen zurück.

Fields begrüßte die Männer per Handschlag und umarmte Djamir freundschaftlich. Ohne zu zögern, setzte er sich in Bewegung und betrat die Ruine. Das Dach musste schon vor Jahrzehnten eingestürzt sein und das Mauerwerk bröckelte an vielen Stellen. Über den Boden verteilten sich Steine, die sich im Laufe der Jahre aus dem Mauerwerk gelöst hatten und mittendrin lag seltsam verrenkt der leblose Körper eines Mannes.

Entweder war Jahnke unglücklich gestürzt oder gestoßen worden. Fields tippte auf Letzteres. Niemals hätte jemand, der bei klarem Verstand gewesen wäre, seine Deckung freiwillig aufgegeben. Wahrscheinlich hatte Jahnke in der Ruine Schutz vor seinen Verfolgern gesucht und war dennoch aufgespürt worden.

Doch Fields wollte sich nicht in Spekulationen verlieren und trat vorsichtig an den Toten heran. Dessen Kopf befand sich in einer unnatürlichen Stellung zum Rumpf - Genickbruch, ein schneller Tod. Ehrlicherweise musste Fields sich eingestehen, dass er diesem Mann eine anständige Gerichtsverhandlung und eine langjährige Gefängnisstrafe gewünscht hätte. Er dachte an all die jungen Frauen, die für Jahnkes Habgier ihr Leben hatten lassen müssen und an die Kinder, deren Schicksal noch immer am seidenen Faden hing.

„Djamir, es handelt sich eindeutig um den gesuchten Mann", bestätigte er seinem Freund Jahnkes Identität.

Djamir rief seinen Männern einige Kommandos zu, die daraufhin einen Zinksarg herbeischafften, den Toten hineinbetteten und zum Leichenwagen abtransportierten. Jahnkes Leichnam sollte nach Deutschland überführt und dort obduziert werden. Fields schaute zu Jan, der ehrfürchtig dem Sarg hinterherblickte. Man sah ihm deutlich an, wie unwohl er sich in seiner Haut fühlte.

Die Tatortuntersuchung war mit der Identifizierung des Leichnams abgeschlossen und die weiteren Ermittlungen sollte die hiesige Polizei übernehmen. Djamir versicherte Fields, an der Sache dranzubleiben, die Fahndung nach den Kindern lief bereits auf Hochtouren. Er drückte ihm eine Visitenkarte in die Hand und bat darum, Jahnkes ehemalige Frau hierher zu bringen. Der einstweiligen Identifizierung sollte eine offizielle folgen. Die Adresse des Bestatters würde er auf dem Kärtchen finden.

„Ich melde mich, sobald ich weiß, wo sich die Kinder aufhalten. Wir werden alles in unserer Macht Stehende tun“, sagte Djamir.

„Ich danke dir“, antwortete Fields. Er sah dem Tross von Fahrzeugen hinterher, die innerhalb von Sekunden in einer Staubwolke verschwunden waren. „Ich will mich noch ein wenig umschauen“, sagte er zu Jan.

„Kein Problem, ich begleite dich.“

Gemeinsam durchstreiften sie die Ruine und stellten Theorien zum Tod von Jahnke auf. Als die Sprache auf die bevorstehende Identifizierung kam, atmete Jan tief durch.

„Wie um Gottes Willen soll ich Hanna bloß erklären, dass Alexander nicht mehr unter uns weilt und wir noch immer keine Spur zu den Kindern haben? Eine Übergabe wird nicht mehr stattfinden, alles scheint aussichtslos.“

„Ich bin felsenfest davon überzeugt, dass Djamir oder Chris sich in Kürze melden. Sie arbeiten schnell und souverän und für sie lege ich meine Hand ins Feuer.“

„Vielleicht hatte Jahnke die brisanten Unterlagen in Form eines Datensticks bei sich getragen“, sinnierte Jan, „und die Kinder sind schon längst nicht mehr am Leben.“

Obwohl Fields die gleichen Befürchtungen hegte, widersprach er ihm.

„Wenn du aufgibst, hast du schon verloren. Jeder hinterlässt Spuren und wir werden die Kinder finden“, erklärte er voller Zuversicht und hoffte, dass Jan ihm das abnahm.

„Allmählich sind meine Kräfte aufgebraucht.“ Jan atmete tief durch. „Ständig habe ich das Fahrzeug vor Augen, in dem die Kinder festgehalten wurden, und ich mache mir schwere Vorwürfe, nicht eingeschritten zu sein. Sicher, es war nur der Hauch einer Chance, aber ich habe sie nutzlos verstreichen lassen. Wenn mich die Entführer erschossen hätten, dann wäre das eben so. Ein Leben ohne die Kinder macht keinen Sinn, und von meiner Schuld will ich gar nicht erst sprechen."

„Ich kann verstehen, dass Jahnkes Tod ein Tiefpunkt für dich ist. Aber noch läuft die Suche nach den Kindern auf Hochtouren."

„Wenn du meinst ..." Jan schob resigniert seine Hände in die Hosentasche und folgte Fields, der aufmerksam das Gelände rund um die Ruine absuchte.

„Hier ist nichts mehr zu holen", sagte Fields. „Zeit für die Rückfahrt."

Sie stiegen in den Geländewagen und löschten ihren Durst, bevor Fields den Motor startete.

„Wie schaut's aus, hast du schon einen Plan, wann du Hanna holen möchtest?"

„Darüber habe ich mir noch gar nicht den Kopf zerbrochen? Fahren wir gemeinsam zurück?"

„Ich möchte für alle Fälle in Douz bleiben, falls die Kinder gefunden werden. Die Fahrt allein ist zwar anstrengend, aber das schaffst du locker."

„Ja, sicher, aber meine größte Sorge ist Hanna und ihre Reaktion auf die Nachricht."

„Jan, es lag nicht in unserer Hand. Wenn du jetzt losfährst, kannst du morgen am späten Nachmittag wieder hier sein. Außerdem verbringst du die Nacht in einem sauberen Bett und ihr könnt euch gemeinsam beistehen."

„Wirst du ohne ein Fahrzeug überhaupt klarkommen?", fragte Jan.

„Zur Not miete ich mir eines", antwortete Fields. „Es sind ja nur vierundzwanzig Stunden und ich will mir die Unterlagen noch einmal vorknöpfen. Vielleicht stoße ich auf einen Hinweis, den wir übersehen haben."

„Ich drücke dir die Daumen. Es ist schon verrückt, dass Lara jetzt keinen Vater mehr hat. Auch wenn Jahnke ein

Mistkerl war, so macht mich das doch betroffen.“ Er hielt kurz inne. „Eine Bitte hätte ich allerdings. Könntest du Hanna in der Zwischenzeit eine anständigere Unterkunft besorgen? Ich möchte nicht, dass sie in dieser Absteige haust, wo wir untergebracht sind.“

„Ich werde etwas Besseres finden, verlass dich drauf.“

„Danke.“

Im Hotel stopfte Jan achtlos ein paar Sachen in seine Tasche, tankte den Wagen und setzte sich hinters Steuer. Während er in Richtung Tunis aufbrach, breitete Fields erneut die Unterlagen auf dem wackeligen Holztisch aus.

KAPITEL 19

Jan jagte mit dem Jeep durch die karge Landschaft, die hin und wieder von kleinen Dörfern und Städten durchbrochen wurde. Er hatte Hanna über sein Kommen informiert, aber mit keinem Wort den Tod von Alexander erwähnt. Obwohl er sich vor ihrer Reaktion fürchtete, konnte und wollte er ihr diese Nachricht nur persönlich überbringen.

Die gesamte Fahrt über gellte das Weinen von Maximilian in seinen Ohren. Auch wenn Jahnke sie in den letzten Tagen auf Trab gehalten hatte, so dachte er jede Sekunde an die Kinder. Wer sorgte für Maximilian und Lara, wer tröstete sie, wer gab ihnen zu essen und zu trinken? Und wie groß wären die Narben auf den Seelen der Kinder, wenn sie heil aus der Sache herausfinden würden?

Eine Kamelkarawane mit Touristen trabte neben der Straße entlang. Er sah in die fröhlichen verschwitzten Gesichter und hätte alles dafür gegeben, um mit ihnen tauschen zu können. Betrübt ließ er die Karawane hinter sich und starrte wieder auf die vor ihm liegende eintönige Landstraße.

Innerhalb der nächsten Stunde würde er Tunis erreichen und bei diesem Gedanken schlug sein Herz schneller. Ihm hatte Hanna gefehlt und sein schlechtes Gewissen meldete sich zu Wort, auf ganzer Linie versagt zu haben. Im Geiste sah er sich schon wieder mit ihr streiten. Ihre einst so innige Liebe war komplett auf der Strecke geblieben, es war einfach zu viel passiert. Wahrscheinlich würden sie sich mit gegenseitigen Vorwürfen bombardieren, um ihrer Verzweiflung Luft zu machen. Wie es mit ihnen als Paar weitergehen sollte, wenn sie die Kinder nicht finden würden, daran wollte er gar nicht erst denken.

Er schickte ein stilles Gebet zum Himmel und hoffte, erhört zu werden. Der Gedankenkreis schloss sich und erneut quälte ihn das Weinen seines Sohnes, das er nicht aus seinem Kopf bekam.

Vor ihm bog im Schritttempo ein alter Lastwagen auf die Straße, der mit lebenden Ziegen beladen war. Jan musste abrupt bremsen und auf den Seitenstreifen ausweichen, um einen Unfall zu vermeiden. Er fluchte lautstark, was weder die Ziegen noch der Fahrer zur Kenntnis nahmen.

Nach einigen Kilometern tauchte am Horizont endlich die Silhouette von Tunis auf. Mühsam quälte sich Jan durch die belebten Straßen, bis er endlich den Wagen auf dem kostenlosen Parkplatz abstellen konnte. Er nahm zwei Stufen auf einmal, als er zum Zimmer hinaufeilte. Vor der Zimmertür zögerte er jedoch und atmete tief durch. Dann klopfte er an und trat ein.

„Hallo Hanna." Er lächelte gequält.

„Da bist du ja endlich", sagte sie und stand auf.

Er nahm sie in die Arme und bemerkte, wie elend sie aussah. Obwohl die Sonne einen bronzenen Schimmer auf ihre Haut gezaubert hatte, war ihr schönes Gesicht noch spitzer geworden. Dunkle Augenringe verrieten schlaflose Nächte und ein bitterer Zug lag um ihren Mund.

„Du hast mir so sehr gefehlt“, raunte er und vergrub sein Gesicht in ihren Haaren. Es war unglaublich beruhigend, ihr so nahe zu sein und ihre Körperwärme zu spüren. Warum nur hatte das Schicksal sie so auseinandergerissen?

Sie löste sich von ihm und sah ihm in die Augen. „Warum bist du hier? Gibt es eine neue Spur?“

Hoffnung lag in ihrem Blick und es schmerzte ihn, Hanna erneut zu enttäuschen.

„Tut mir leid, nach der gescheiterten Übergabe fehlt von den Kindern weiterhin jede Spur.“

Tränen schimmerten in ihren Augen. „Und warum bist du dann zurückgekommen?“

„Es geht um Alexander.“ Jan senkte seinen Blick. „Er wurde tot aufgefunden.“

„Oh mein Gott!“ Hanna sank aufs Bett und rang um Fassung. „Dann wird es also keine zweite Übergabe geben?“

„Nein. Er hat sämtliche Informationen mit ins Grab genommen.“

„Dieser verdammte Mistkerl“, schrie sie aufgebracht und traktierte das Kissen mit ihren Fäusten. „Ich hasse dich Alexander, ich hasse dich! Du sollst für immer in der Hölle schmoren!“ Schluchzend rollte sie sich wie ein Embryo zusammen.

Jan setzte sich neben sie und griff tröstend nach ihrer Hand. „Es tut mir so unendlich leid“, flüsterte er.

Sie entzog ihm ihre Hand und drehte ihm stumm den Rücken zu.

„Bitte Hanna, so sag doch etwas.“

„Was willst du von mir hören? Dass die Chance, die Kinder rechtzeitig zu retten, gegen null tendiert?“

Jan fehlte die nötige Kraft, um Hanna den Rücken zu stärken, so wie Fields es bei ihm getan hatte. Er musste ihr reinen Wein einschenken und jede Minute, die er zögerte, machte es umso schwerer.

„Es gibt da noch etwas, das ich dir sagen muss." Seine Stimme klang seltsam fremd.

„Egal was es ist, ich will es nicht wissen", erwiderte sie knapp.

Jan räusperte sich. „Die Sache ist die: Du musst mit mir nach Douz fahren, um Alexander zu identifizieren."

Sie richtete sich schwungvoll. „Ich soll bitte was?"

„Um deinen Ex-Mann offiziell für tot erklären zu lassen, musst du ihn als nahestehende Person vor Ort identifizieren. Danach wird sein Leichnam sofort nach Deutschland überführt und obduziert."

„Nein, ich will diesen Mistkerl nie wieder sehen, egal ob tot oder lebendig", erwiderte sie brüsk.

„Hanna, du hast gar keine andere Wahl."

„Und ob ich eine habe!" Zornig sprang sie auf. „Es ist vorbei und wir brauchen uns die Sache auch nicht mehr schönzureden. Mit Alexanders Tod sind die Kinder zu einem unkalkulierbaren Risiko geworden, und die Entführer werden nicht lange fackeln ... falls sie es nicht schon längst getan haben." Sie ballte ihre Hände zu Fäusten. „Ich werde dir das nie verzeihen", fügte sie mit leiser Stimme hinzu.

Jan fühlte sich, als hätte sie ihm eine schallende Ohrfeige verpasst. Seine Wangen glühten, doch er konnte sich beim besten Willen nicht ihrer Meinung anschließen. Aufgeben würde er erst, wenn ...

Nein, er würde niemals aufgeben! Er konnte und wollte sich nicht vorstellen, dass die Kinder kalt und leblos auf dem Tisch der Rechtsmedizin lagen. Dieser Gedanke war geradezu absurd. Energisch stand er auf.

„Ich bin erschöpft von der Fahrt und werde jetzt duschen."

Ohne ein weiteres Wort verschwand er im Badezimmer. Dieses Gespräch hatte ihm einiges abverlangt und er wollte sich von Hannas Gefühlsausbruch nicht herunterziehen lassen. Das alles war schon schwer genug.

Das warme Wasser löste einen Teil seiner Nackenverspannungen und der leichte Kopfschmerz ließ nach. Anschließend trocknete er sich ab und schlüpfte in frische Kleidung. Mit seinem Fuß schob er die verschwitzen Sachen in eine Ecke und genoss für einen Moment das behagliche Gefühl, bevor er die Tür öffnete. Hanna saß wieder auf dem Bett und starrte mit leerem Blick zum Fenster hinaus.

„Hanna, wir sollten einige Sachen zusammenpacken, damit wir morgen so zeitig wie möglich aufbrechen können. Alexander ist tot und ich weiß wirklich nicht, was dich erwartet. Du kannst dir sicher denken, was ich sagen möchte - je länger er liegt, desto ..." Jan stockte, er wollte auf keinen Fall die falschen Worte benutzen.

„Ich will ihn nicht sehen", murmelte sie abwesend.

Jan kniete sich vor ihr nieder und suchte ihren Blick.

„Bitte, wir haben keine andere Wahl. Du bist stark, du schaffst das. Ich kenne keine andere Frau, die so viel durchgestanden hat und trotzdem weiterkämpft. Wenn du ihn so siehst, dann kannst du endgültig mit diesem Kapitel abschließen. Er wird dich nie mehr verletzen."

„Ach ja? Und was ist mit Lara und Maximilian?"

„Ich weiß nicht, wie oft ich dir das noch sagen soll - wir werden sie finden! Tief in mir ist da dieses Gefühl der Hoffnung und ich will es nicht im Keim ersticken. Auch mich plagen Zweifel und die Schuldgefühle lasten schwer auf meinen Schultern, weil ich dir in der Medina nicht schnell genug gefolgt bin. Aber ich als Elternteil müsste doch spüren, wenn die Kinder nicht mehr am Leben sind. Verstehst du das denn nicht?"

Ein Hauch von Verständnis huschte über ihr Gesicht, dann blickten ihre Augen wieder wehmütig in die Ferne. Jan sah ihr an, dass in ihrem Inneren das totale Chaos herrschte.

Es dauerte eine quälende Ewigkeit, bis sie sich erhob und sagte: „Ich packe jetzt."

Achtlos warf sie einige Kleidungsstücke in die Reisetasche. Ein Schuh landete direkt neben ihrer Zahnbürste, aber sie achtete nicht darauf. Jan griff helfend ein und sortierte die Hygieneartikel. Anschließend ließen sie sich das Abendessen auf das Zimmer bringen. Hanna stocherte lustlos auf ihrem Teller herum, aber Jan lange ordentlich zu. Während der anstrengenden Fahrt hatte er kaum etwas zu sich genommen. Anschließend stellte er die Reisetasche neben die Tür und kontrollierte, ob die Pässe griffbereit in der Seitentasche steckten.

„Wenn es dir nichts ausmacht, würde ich gern schlafen gehen. Es war ein anstrengender Tag."

„Kein Problem, ich bin auch völlig erschöpft."

Stumm lagen sie nebeneinander, unfähig, über ihre Gefühle und Gedanken zu sprechen. Wie gern hätte er sein Gesicht wieder in ihren Haaren vergraben und ihre warme und weiche Haut auf seiner gespürt. Er sehnte sich so sehr nach Trost und Vergebung, aber er wusste, dass Hanna noch nicht bereit dazu war. Müde schloss er die Augen und driftete in einen tiefen Schlaf.

KAPITEL 20

Kurz nach sechs wurden Hanna und Jan vom Hotelpersonal geweckt und anschließend ging es im kleinen Hotelzimmer hektisch zu. Jan hatte einen starken Kaffee organisiert, den Hanna dankbar annahm. Sie half ihm beim Beladen des Geländewagens, dann checkten sie aus.

„Bist du bereit?", fragte er abwartend.

„Du kannst vielleicht Fragen stellen." Sie schüttelte verständnislos ihren Kopf.

Hanna graute davor, ihren Ex-Mann in diesem Zustand ansehen zu müssen. Sie machte sich Gedanken darüber, wie Alexander aussehen würde und befürchtete, dass er sie in ihren Albträumen verfolgte. Mit Unbehagen erinnerte sie sich an ihre Großmutter, die damals in einem offenen Sarg aufgebahrt worden war. Hanna hatte sie kaum wiedererkannt und wusste daher, wie schnell sich Menschen nach dem Tod verändern konnten. Noch heute bereute sie bitter, einen letzten Blick in den Sarg geworfen zu haben. Das Antlitz ihrer Großmutter hatte sich für immer in ihre Gedankenwelt gebrannt.

-MDie Fahrt nach Douz zog sich quälend in die Länge

und die Sonne strahlte mit all ihrer Kraft auf das Wagendach. Hanna litt unter der Hitze und der Schweiß bildete kleine Rinnsale auf ihrer Haut. Immer wieder griff sie zur Wasserflasche. Sie wollte sich gar nicht erst vorstellen, wie es ihren Kindern erging. Bestand noch Grund zur Hoffnung?

Mit der kargen Wüstenlandschaft konnte sie sich überhaupt nicht anfreunden. Sicher, die Palmen an den jeweiligen Oasen wirkten wie aus einem Märchen von Tausend und einer Nacht entsprungen, aber das war es auch schon. Bereits in Tunis hatten die ausgemergelten Pferde ihr Mitleid erregt. Zuhauf mussten sie die zahlreichen Touristen durch die Stadt kutschieren. Ein groteskes Bild des Jammers - hinten im Wagen die wohlgenährten Urlauber und vorn die mageren Tiere auf deren Rippen man hätte Xylophon spielen können.

Den grauen Eselchen auf dem Lande erging es auch nicht besser. Entweder zogen sie völlig überladene Karren oder wurden von kräftigen Männern samt Fracht geritten. An die überzähligen streuenden Hunde und Katzen mochte sie gar nicht erst denken. Im Hotel hatte sie aus purer Langeweile damit angefangen, die herrenlosen Tiere heimlich zu füttern. Mehrmals wurde sie dabei beobachtet, verjagt und beschimpft, doch sie konnte einfach nicht anders. Die Einsamkeit war kaum zu ertragen gewesen und wenn ihr die räudigen Katzen um die Beine gestrichen waren, dann hatte sie sich wieder lebendig gefühlt. Diese verlorenen Seelen hatten ihr den Trost gespendet, den sie so dringend benötigte. Eine beiderseitige Allianz.

Nach sieben Stunden anstrengender Fahrt hatten sie ihr Ziel erreicht und parkten vor dem Hotel.

„Und hier wohnt ihr?“, fragte Hanna entsetzt, als sie die bröckelnde Fassade betrachtete.

„Alles nur halb so schlimm“, entgegnete Jan. „Thomas

wollte sich um eine ansprechendere Übernachtungsmöglichkeit kümmern, auf ihn ist Verlass."

Fields brütete noch immer über den Unterlagen, als sie das Hotelzimmer betraten. Auf dem Tisch stand der Laptop und daneben lagen die sortierten Papiere, die Jahnke hinterlassen hatte.

„Du wirst es nicht glauben, was ich entdeckt habe", sagte Field, nachdem er Hanna und Jan begrüßt hatte. Stolz hielt er einen Daten-Stick in die Höhe. „Der war in einem Geheimfach im Aktenkoffer, da hätten wir lange suchen können. Ich wusste, dass wir etwas übersehen haben."

„Erzähl, was ist drauf auf dem Stick?", drängte Jan.

„Für eine kurze Erklärung reicht die Zeit leider nicht mehr aus, wir sollten nachher alles in Ruhe miteinander besprechen. MediTech hat jedenfalls unglaublich viel Dreck am Stecken." Er drehte sich zu ihr um. „Hanna, fühlst du dich dazu in der Lage, den Bestatter aufzusuchen? Die sterblichen Überreste deines Ex-Mannes sollen so schnell wie möglich nach Deutschland überführt werden."

„Muss das wirklich gleich sein?", fragte Jan.

„Ist schon okay. Je eher ich es hinter mich bringe, desto besser", antwortete Hanna.

„Gut, dann brechen wir auf. Ich werde fahren", erklärte Fields.

Im Schritttempo ging es durch den Ortskern von Douz, vorbei an Eselskarren, deren Fahrer sich selten an die Verkehrsregeln hielten. Hanna war inzwischen jede Farbnuance aus ihrem Gesicht gewichen und sie spürte die Übelkeit aufsteigen. Jan drehte sich immer wieder zu ihr um und sprach beruhigend auf sie ein. Doch das zeigte leider nicht den gewünschten Erfolg, in ihrem Inneren tobte ein erbitterter Kampf.

Endlich hatten sie ihr Ziel erreicht. Hanna sprang aus dem Jeep und folgte den Männern zögerlich zum Haus. Die drei wurden sehr zuvorkommend vom Hausherrn begrüßt und zum Kühlraum geführt. Der Geruch, der ihnen entgegenschlug, verursachte bei allen ein gewisses Unwohlsein. Es war eine Mischung aus Desinfektionsmitteln und verdorbenem Fleisch.

Die schwere Tür schloss sich hinter ihnen und Hanna stand verloren vor der Bahre. Ein nicht mehr ganz so weißes Tuch bedeckte die leblose Hülle von Alexander. Der Bestatter, ein rundlicher Mann, platzierte sich am Kopfende und blickte erwartungsvoll in Hannas Richtung. Er wirkte überhaupt nicht wie ein Bestatter, dachte sie entrückt, eher wie der nette Onkel von nebenan, der an einem Stand Gemüse verkaufte. Jan und Fields schauten sie erwartungsvoll an. Jetzt war es also so weit.

Der Bestatter lupfte das Tuch und Jahnkes geschundener Körper kam zum Vorschein. Die Haut war grünlich verfärbt und überall am Körper klebte schwarzes eingetrocknetes Blut. Die rechte Gesichtshälfte war durch den Aufprall komplett zerschmettert worden, Gehirnmasse und Knochensplitter bildeten eine unappetitliche Masse.

Hanna bemühte sich um Fassung. Vergebens. Erst im letzten Moment konnte sie sich wegdrehen und erbrach über einen der Nebentische. Dann sackte sie wie ein wimmerndes Häufchen Elend in sich zusammen.

Jan war sofort bei ihr, fing sie auf und trug sie nach draußen.

„Bringt mich hier weg, bringt mich sofort weg“, schluchzte sie.

Jan setzte sie vor der Tür auf eine Bank und hastete in den Kühlraum zurück. „Thomas, kannst du mir die Autoschlüssel geben? Ich will mit Hanna sofort zum Hotel fahren. Kommst du mit?“

Fields warf ihm die Autoschlüssel zu. „Bring sie bitte

allein zurück. Ich will noch mit dem Bestatter sprechen und komme später nach."

„Alles klar." Jan eilte wieder nach draußen.

Hanna wischte sich mit dem Handrücken über die Augen, sie sah schrecklich aus.

„Können wir fahren?", fragte Jan.

Sie nickte schwach.

Er legte behutsam den Arm um ihre Schultern und führte sie zum Fahrzeug. Dann startete er den Motor und irrte quer durch Douz, bis er endlich das Hotel gefunden hatte, in dem Hanna untergebracht werden sollte. Auf dem Hinweg war Fields gefahren und Jan hatte durch die angespannte Situation keine Augen für die Straßen gehabt.

Hanna suchte sofort das Badezimmer auf und stellte sich unter die Dusche. Sie verspürte das dringende Bedürfnis, sich alles vom Körper zu spülen und schrubbte sich ihre Haut, bis es schmerzte. Anschließend streifte sie sich frische Kleidung über.

„Geht's wieder?", fragte Jan besorgt, als sie von einem Schwall feuchter Luft begleitet das Zimmer betrat.

Noch immer war ihr unwohl und sie verbarg die zitternden Hände hinter dem Rücken.

„Ich bin wieder okay", log sie.

„Tut mir leid, dass du da durchmusstest. Aber jetzt haben wir es hinter uns und können uns voll und ganz auf die Suche nach den Kindern konzentrieren." Er umfasste ihre Schultern und zog sie sanft zu sich heran. „Fühlst du dich dazu imstande, mit mir zu Thomas zu fahren?"

„Ja, ich will unbedingt wissen, was er herausgefunden hat."

Sie legten die kurze Strecke mit dem Jeep zurück und stellten das Fahrzeug auf dem Parkplatz ab. Fast zeitgleich betraten sie mit Fields das Hotel.

„Das ging aber schnell", sagt Jan.

„Die Menschen hier sind sehr aufgeschlossen und ich habe sofort eine Mitfahrgelegenheit gefunden", erwiderte Fields und schloss das Hotelzimmer auf. „Und? Seid ihr für die Wahrheit bereit?"

„Ja", antworteten Jan und Hanna beinahe zeitgleich und lauschten seinen Ausführungen.

„Djamir war so freundlich und hat mich mit etlichen Sticks versorgt, um das Material zu kopieren. Am Abend kommt ein Kurier und holt die ersten drei Sicherungskopien ab, die ich nach Deutschland verschicken werde. Mit dem nächsten Flieger gehen sie in Richtung Heimat und das BKA dürfte dann einiges zu tun haben. Und nun setzt euch zu mir."

Erwartungsvoll blickten Hanna und Jan auf den Bildschirm. Es dauerte eine Weile, bis sich das Dokument geöffnet hatte und sie begannen begierig zu lesen. Fassungsloses Staunen und schockierte Ausrufe wechselten sich ab.

„Tja, jetzt fügt sich alles zusammen", sagte Fields und schaute in die Runde.

Jan fand zuerst die Sprache wieder.

„Ich bin fassungslos. Ehrlich, manchmal möchte ich gar nicht wissen, wer hinter den Kulissen alles die Strippen zieht. Du kannst mir doch nicht erzählen, dass die Politiker von alledem keinen blassen Schimmer haben. Da werden Leichen durch die Gegend gekarrt und niemandem will etwas aufgefallen sein?"

Auch Hanna meldete sich zu Wort.

„Wenn diese Leute über Leichen gehen, dann sind unsere Kinder verloren. Begreift ihr denn nicht, mit was für einem mächtigen Gegner wir uns anlegen? Glaubt ihr allen Ernstes, dass davon später irgendetwas an die Öffentlichkeit dringt?" Sie redete sich in Rage, ihre Stimme hallte schrill durch den Raum. „Das ist völliger Irrsinn, diese Hardliner sind komplett durchgedreht. Für die Forschung fließen Millionen und ich glaube nicht, dass sie uns die Kinder unversehrt und wohlbehalten zurückbringen. Ihr größter Widersacher ist tot, jetzt geht es nur noch um Schadensbegrenzung."

Jan schluckte. „Ich werde trotzdem die Hoffnung nicht aufgeben."

„Jetzt reibt euch nicht gegenseitig auf", mischte sich Fields in das Gespräch. „Nach den Kindern wird gefahndet und solange nichts Gegenteiliges bewiesen wurde, gehen wir davon aus, dass Lara und Maximilian noch am Leben sind."

Hanna blickte zu Fields. „Thomas, ich weiß sehr zu schätzen, dass du uns Mut machen möchtest, aber ich rechne mittlerweile mit dem Schlimmsten. Ich will mich keinen falschen Illusionen hingeben, dazu fehlt mir die Kraft."

Fields runzelte die Stirn. „Ich mache euch einen Vorschlag: Fahrt zurück in euer Hotel und ruht euch aus. Ich bleibe hier und setze alle Hebel in Bewegung, um an neue Informationen zu gelangen. Wir können uns zum Abendessen treffen, sagt Bescheid, wann es euch passt."

„Ich denke auch, das wird das Beste sein", antwortete Jan.

Hanna folgte ihm zur Tür und drehte sich noch einmal um.

„Danke für alles. Ich hoffe wirklich, dass es noch nicht zu spät ist."

„Das hoffen wir alle", antwortete Fields.

Kurz darauf hatten Hanna und Jan die kleine Hotelanlage erreicht. Obwohl draußen die heiße Luft flirrte, fror Hanna innerlich und sie ließ ein Bad ein. Das warme Wasser umhüllte ihren Körper und spülte einen großen Teil der Anspannung weg. Es hatte sie tief getroffen, Alexander leblos auf diesem Tisch liegen zu sehen. Den Mann, den sie einst sehr geliebt hatte, den Vater ihrer Tochter. Wie grausam und vor allen Dingen wie schnell ein Leben ausgelöscht werden konnte, erschreckte sie jedes Mal aufs Neue.

Das warme Wasser lullte sie ein und sie fühlte sich so

entsetzlich müde. Aber es nütze nichts, sie konnte nicht ewig in der Wanne liegen. Nachdem sie sich abgetrocknet hatte, zog sie sich ein bequemes Shirt über und krabbelte in das breite Doppelbett. Jan stand grübelnd am Fenster.

„Ich lege mich kurz hin, bin total erschöpft“, sagte sie, obwohl sie wusste, dass sie nicht zur Ruhe kommen würde. In ihrem Kopf schossen die Gedanken wie Pfeile kreuz und quer.

„Schlaf dich aus, du brauchst dringend Ruhe. Wir haben seelisch noch eine Menge zu verarbeiten.“

Er hauchte ihr einen Kuss auf die Stirn und stellte sich wieder gedankenverloren an das Fenster. Obwohl er auf eine belebte Straße hinunterschaute, nahm er kaum etwas von dieser Lebendigkeit wahr.

KAPITEL 21

Fields bestellte sich einen starken Kaffee auf das Zimmer und startete den Laptop. Das Flugzeug mit den brisanten Unterlagen in seinem Bauch befand sich bereits auf dem Weg nach Deutschland. In ein paar Stunden würden seine ehemaligen Kollegen den Feierabend verschieben müssen, um das Material zu sichten.

Er machte es sich auf dem Stuhl bequem und analysierte die Zeilen noch einmal Schritt für Schritt. MediTech hatte auf kriminelle Art und Weise obdachlose Bürger von der Straße aufgelesen und sie unter Vortäuschung falscher Tatsachen angeheuert. Und das nicht nur innerhalb Deutschlands.

Ein Forscherteam verabreichte den unfreiwilligen Probanden biologische Kampfstoffe. Verschiedene Anwendungsmöglichkeiten kamen dabei zum Einsatz. Viren- und Bakterienstämme wurden inhaliert oder den betreffenden Personen in die Venen gespritzt. Auch als Lebensmittel getarnt nahmen die menschlichen Versuchskaninchen unwissend ihr Todesurteil zu sich.

Die Ergebnisse wurden strengstens selektiert, um herauszufinden, welches Serum sich als das Wirksamste erwies.

Doch die wenigsten Antiseren hielten, was sie versprachen. Die Todesrate der Probanden war extrem hoch. Keiner vermisste diese von der Gesellschaft ausgegrenzten Personen und niemand stellte unangenehme Fragen. Ideale Voraussetzungen also für die komplette Verwertung des menschlichen Materials.

Deutschland war der viertgrößte Waffenexporteur weltweit und die Käufer waren nicht nur an den Waffen interessiert, sondern auch an der Erforschung von Kampfstoffen schlechthin. Das Know-how, das einige Firmen besaßen, hatte internationales Potenzial. Die Frage war nur, welcher Journalist hatte das Interesse und auch das entsprechende Rückgrat, um diesen Skandal publik zu machen?

Nach Abschluss der Versuche sind die getöteten Obdachlosen auf einfachste Weise entsorgt worden. Verplombt und gut gekühlt wurde das menschliche Abfallprodukt von eigens dafür angemieteten Speditionen in osteuropäische Länder transportiert und illegal in den Krematorien verbrannt.

Fields fragte sich, ob sich nicht der eine oder andere Mitarbeiter dieser Krematorien selbst infiziert hatte? Und wussten die Angestellten überhaupt, wen sie da einäscherten? Wurden Vorkehrungen zu deren Schutz getroffen? Er konnte nur den Kopf schütteln über dieses verantwortungslose Handeln und das Ausmaß dessen, was MediTech angerichtet hatte. Ja, dieser Konzern ging über Leichen.

Leider würde der Nachschub niemals ausgehen dank des ungerechten sozialen Systems der Bundesrepublik, der wachsenden Grundform des Kapitalismus. In Deutschland lebten schätzungsweise eine Million Menschen auf der Straße, Tendenz steigend. Da konnte man noch eine Menge erforschen ...

Nachdenklich blickte Fields aus dem Fenster. Kamen zu den unzähligen namenlosen Opfern zwei weitere hinzu?

Oder würde es ihnen gelingen, die Kinder rechtzeitig aufzuspüren? So viel kostbare Zeit verrann momentan ungenutzt. Der Klingelton seines Smartphones riss ihn aus der Grübelei. Chris, endlich.

„Grüß dich Fields, es gibt Neuigkeiten. Vor ein paar Minuten kam eine verschlüsselte Nachricht für die Peters rein. Der ungefähre Inhalt lautet so: Auftrag erledigt, alles clean. Ich glaube, die haben damit Jahnke und die Kids gemeint."

Fields stöhnte leise auf. „Ich will einfach nicht wahrhaben, dass sie die Kinder tatsächlich geopfert haben, um alle Spuren zu verwischen. Konntest du nicht mehr aus der Nachricht herausholen?"

„Das war wirklich alles. Nur diese eine verschlüsselte Zeile."

„Chris, ich danke dir. Du bekommst einen Extra-Bonus, wenn wir uns wiedersehen."

Erneut setzte sich Fields mit Djamir in Verbindung und bat ihn eindringlich, ihm zu helfen. Djamir versicherte, die Augen offen zu halten, aber bis jetzt hatte sich kein einziger Hinweis ergeben. Frustriert sagte er das vereinbarte Treffen mit Jan und Hanna ab, ließ Laptop und Mappe im Hotelsafe verstauen und schwang sich in den Jeep. Er wollte ein weiteres Mal Jahnkes ehemaligen Unterschlupf durchforsten und anschließend zur Ruine fahren.

Nachdem er mit rasanter Geschwindigkeit die Strecke zurückgelegt hatte, klopfte er an das hölzerne Tor. Kurz darauf hörte er schlurfende Schritte, die sich näherten. Neugierig öffnete eine ältere Frau das winzige vergitterte Fenster im Tor. Fields fragte auf Englisch, ob er noch einmal die Wohnung besichtigen dürfe.

Sie zuckte ratlos mit den Schultern und versuchte ihm begreiflich zu machen, dass sie ihn nicht verstand. Ein Teenager, der im Schatten der Mauer eine Zigarette rauchte, hatte die Szene beobachtet und schlenderte zum Tor. Lässig schnippte er den Stummel fort und vergrub seine Hände in den Hosentaschen.

Der heranwachsende junge Mann beherrschte immerhin ein paar Brocken Englisch und übersetzte Fields' Anliegen. Augenblicklich folgte ein lautes Zetern und Jammern. Die Frau entriegelte das Tor und bat Fields in den Innenhof. Mit leidvoller Miene zeigte sie auf die zwei kleinen Fenster im Obergeschoss und forderte ihn mit einem Wink auf, ihr zu folgen. Ächzend stapfte die füllige Frau die Treppe hinauf und klagte erneut ihr Leid. Dann öffnete sie die Tür.

Ein wüstes Durcheinander offenbarte sich Fields. Obwohl die Zimmer kärglich eingerichtet waren, war sämtliches Mobiliar auseinandergenommen und kein Stein auf dem anderen gelassen worden. Fields blickte sich im vorhandenen Chaos suchend um und kam zu dem nüchternen Ergebnis, dass hier definitiv nichts mehr zu holen war.

Der junge Mann erzählte ihm in gebrochenem Englisch, dass hier vor kurzem jemand eingedrungen war, während die Familie auf dem Wochenmarkt ihren Gemüsestand betreut hatte. Fields zeigte sein Bedauern und nickte mitfühlend, wann immer die füllige Frau ihren Klagegesang wieder anstimmte. Schließlich bedankte und verabschiedete er sich höflich.

MediTech hatte also ohne viel Zeit zu vergeuden nach den entwendeten Unterlagen suchen lassen. Er bedauerte die Familie, die nun auf dem Schaden sitzenblieb, aber die Kinder standen an erster Stelle.

Er startete den Geländewagen und jagte über die Straßen in Richtung Ruine. Diesmal wühlte er wie ein Maulwurf zwischen den Steinen, jedoch ohne Erfolg. Anschließend umrundete er auf einem Trampelpfad das Gemäuer. Plötzlich stoppte er seine Schritte. Ein winziger Kinderschuh lag etwas abseits, gerade so, als hätte man ihn dort absichtlich platziert.

Fields bückte sich und hob ihn auf. Er erinnerte sich, dass man bisher nur Windeln und die Kleidungsstücke der Kinder gefunden hatte. Sofort rief er Hanna an und beschrieb den Schuh. Unter Tränen bestätigte sie, dass sie diesen vor einem Monat gekauft hatte.

„Der Schuh ist mit Sicherheit nachträglich hierher geschafft worden. Wir haben vor zwei Tagen alles abgesucht, Djamir und seine Männer ebenfalls. Ich befürchte, MediTech will eine falsche Fährte legen und Alexander die komplette Entführung unterjubeln. Schließlich kann er nicht mehr für sich sprechen."

Jan riss Hanna das Handy aus der Hand und bearbeitete Fields, damit dieser ihn sofort abholte. Er wollte nicht untätig herumsitzen und bei der Suche helfen. „Bitte Thomas, ich *muss* etwas tun, egal was."

„Ich habe bereits alles abgesucht. Bleib bitte bei deiner Frau, um sie zu unterstützen, sie hatte einen schweren Tag. Wir sehen uns morgen und besprechen alles Weitere."

Er hörte Jans verärgertes Schnauben, bevor dieser auflegte. Dann trat er nachdenklich den Rückweg an. Die Hoffnung, die Kinder noch lebend zu finden, schwand mit jeder Stunde. Die Kidnapper würden sie irgendwo im Niemandsland entsorgen und wer wusste schon, ob man sie jemals entdeckte. Die Wüste war riesig und was sie einmal verschluckt hatte, gab sie selten wieder frei.

Fields fuhr resigniert zurück, nahm eine kurze Dusche und kroch in seinen Schlafsack. Bis in die späte Nacht hinein, dachte er darüber nach, was er übersehen haben könnte. Die Kinder mussten gefunden werden, egal mit welchen Mitteln.

Vor seinem geistigen Auge tauchte das Bild seines Sohnes Joshua auf. Bei dem Gedanken an dessen Tod begann sein

Herz zu rasen. Er wollte unbedingt verhindern, dass Hanna und Jan an diesem Schmerz zerbrachen. Aber ihm fiel verdammt noch einmal keine Lösung ein. Stöhnend wälzte er sich von einer Seite auf die andere, bis ihn ein unruhiger Schlaf übermannte.

Ein lautes Klopfen ließ ihn auffahren. Schlaftrunken rieb er sich die Augen und war mit einem Satz an der Tür. Verwirrt starrte er auf Djamir, der mit einem seiner Männer ins Zimmer stürmte. Während Djamir unablässig in einen Mix aus Englisch und Arabisch auf ihn einredete, warf ihm sein Kollege Jeans, Shirt und Schuhe auf das Bett. Überrascht streifte sich Fields die Kleidungsstücke über, griff nach einer Wasserflasche und folgte den Männern nach draußen.

Mit durchdrehenden Reifen setzte sich der Tross in Bewegung. Unterwegs sammelten sie Jan ein und rasten mit donnernden Motoren in die beginnende Morgendämmerung. Die Kolonne von fünf Fahrzeugen wälzte sich in Richtung Chott el Djerid, der großen Salzwüste Tunesiens.

„Was ist eigentlich passiert", fragte Jan irritiert. Sie hatten ihn aus dem Tiefschlaf gerissen und er wirkte noch immer ein wenig orientierungslos.

„Soweit ich Djamir verstanden habe, hat ihm ein Informant gesteckt, dass man mit den Kindern gestern am späten Nachmittag in Richtung Salzwüste gefahren ist. Nun ist die Wüste aber ein riesiges Gebiet und die Chancen, sie dort zu finden, stehen nicht besonders gut." Er räusperte sich. „Ich mache mir große Sorgen, weil die Kinder tagsüber schutzlos der brennenden Sonne ausgeliefert waren. Neben der Hitze birgt die Salzwüste aber noch andere Gefahren. Im Sommer trocknet sie fast aus, nur hin und wieder sind unter der Salzschicht kleine Wasserlöcher verborgen. Gerät man dort hinein, wird man unweigerlich nach unten gezogen. Ein Todesurteil."

„Ich weiß gar nicht mehr, was ich denken soll. Wie sollen wir mit nur fünf Fahrzeugen die Kinder aufspüren?" Jan war völlig verzweifelt.

„Djamir hat einen Helikopter angefordert und zwei weitere Kleinflugzeuge von Privatpersonen beteiligen sich an der Suche aus dem Luftraum. Es werden die üblichen Routen überflogen, soll heißen, wo die Piste mit Geländewagen befahrbar ist."

Jan stöhnte qualvoll auf. „Seit gestern sind sie schon da draußen und so viel kostbare Zeit ist sinnlos verstrichen. Bitte Thomas, sag mir die Wahrheit, wie schätzt du die Lage ein?"

„Ich würde dir gern Hoffnung machen, aber wir müssen der Realität ins Auge sehen. Manchmal werden vermisste Personen sehr schnell gefunden, für andere wiederum kommt jede Hilfe zu spät. Sie werden die Kinder mit Sicherheit an einer Stelle ausgesetzt haben, die nicht so leicht zugänglich ist. Wir geben unser Bestes, glaube mir."

In eine riesige Staubwolke gehüllt donnerten die vier Wagen durch das Randgebiet der Salzwüste. Nach kurzer Zeit wurde der Boden unter den Rädern heller und griffiger. Fields und Jan hörten über sich ein knatterndes Geräusch. Der Helikopter näherte sich der kleinen Kolonne. Vorn bremsten die ersten Wagen ab. Die Männer schienen sich über Funk zu verständigen, denn der Helikopter drehte wieder ab und kreiste über der Salzwüste, wobei er stetig seinen Radius vergrößerte.

Aus dem ersten Fahrzeug stieg Djamir und rief seine Männer zu sich, Fields und Jan folgten ihnen. Sie bekamen ein Funkgerät, eine Landkarte und ein Fernglas in die Hand gedrückt. Außerdem erhielt jeder Jeep einen großen Wasserkanister. Nach einer kurzen Lagebesprechung erfolgte die

Einweisung, in welchen Planquadraten die Männer zu suchen hatten.

Ab jetzt waren sie auf sich allein gestellt. Fields hielt sich kontinuierlich an die Instruktionen seines Freundes. An jeder noch so kleinen Senke oder Erhebung hielt er an und Jan suchte mit dem Fernglas die Umgebung ab.

Dem farbenprächtigen Sonnenaufgang konnten sie nichts abgewinnen. Schon bald würde die Sonne ihre Strahlen erbarmungslos auf die Kinder richten. In regelmäßigen Abständen hörten sie den Helikopter über ihren Köpfen, wie er emsig seine Kreise zog. Mit jedem Knacken des Funkgerätes flackerte die Hoffnung auf, dass die Kinder gefunden worden waren. Doch nichts dergleichen geschah.

Zwei Stunden waren mittlerweile vergangen und die Sonne näherte sich unaufhörlich ihrem Zenit. Jan klagte über starke Kopfschmerzen, die Hitze setzte ihm ordentlich zu. Fields warf ihm einen Streifen Tabletten zu, die Jan dankbar annahm. Dann griff er wieder zum Fernglas, um die Gegend abzuscannen. Hin und wieder sorgte ein dunkles Salzloch oder ein Schatten für eine Verwechslung und sein Frust wuchs.

„Ständig habe ich das Gefühl, dass ich etwas übersehen habe", murmelte Jan.

„Ja, dieses Starren ist äußerst anstrengend", antwortete Fields, „aber ich weiß, dass du dein Bestes gibst."

Sie hatten schon einige Kilometer zurückgelegt und die Nervosität stieg. Durch die weiße Salzkruste blendete die Sonne verstärkt, was die Suche enorm erschwerte. Ständig rieb Jan sich die tränenden Augen und auch Fields Konzentration ließ merklich nach.

„Wir sollten eine kurze Pause einlegen, dann fahren wir sofort weiter."

Fields reichte Jan eine Wasserflasche und sie hockten sich

in den schmalen Schattenstreifen, den das Fahrzeug auf den sandigen Boden warf.

„Ich kann nicht mit Worten beschreiben, was in mir vorgeht", sagte Jan und sein Blick flackerte panisch. „In mir wütet ein Inferno aus Angst, wenn ich nur daran denke, wie hilflos die Kinder der sengenden Sonne ausgeliefert sind. Immer wieder stelle ich mir die Frage, wie lange sie noch durchhalten können?"

„Schick ein stilles Gebet zum Himmel, dass wir erfolgreich sein werden." Fields klopfte ihm freundschaftlich auf die Schulter. „Aber jetzt sollten wir wieder durchstarten."

Jan scannte wieder aufmerksam die Umgebung. Plötzlich hielt er inne.

„Sieh nur, da vorn ist eine Gruppe von Menschen." Aufgeregt reichte er Fields das Fernglas.

„Tatsächlich, dort bewegt sich etwas", stimmte er ihm zu.

„Könnten das die Leute sein? Sie sind nicht allzu weit entfernt, wir müssten sie doch ruckzuck eingeholt haben."

Fields schaltete einen Gang höher und trat aufs Gas, bis die Salzkruste unter ihnen aufwirbelte. Der Geländewagen schoss mit einem irrsinnigen Tempo über die Piste. Fields erhöhte ständig die Geschwindigkeit und die Tachonadel kletterte aufwärts. Trotzdem kamen sie der kleinen Gruppe nicht näher. Über ihnen erscholl erneut das laute Rauschen der Rotorblätter.

„Müsste der Pilot die kleine Gruppe nicht schon längst geortet haben?", fragte Jan skeptisch.

„Im Prinzip schon. Ich befürchte, dass wir einer Luftspiegelung zum Opfer gefallen sind."

„Also eine typische Fata Morgana?"

„Bedauerlicherweise ja", antwortete Fields.

Nur einen Atemzug später gesellten sich zur Menschengruppe auch einige Häuser dazu.

„Ich werde wenden, damit wir die Strecke noch einmal abfahren können. Nicht, dass wir etwas übersehen haben."

Die Enttäuschung stand Jan ins Gesicht geschrieben und auch Fields war frustriert. In dieser unwirtlichen Umgebung schwanden die Überlebenschancen der Kinder von Minute zu Minute und der Druck, sie finden zu müssen, nahm stetig zu. Nach einigen Minuten hatten sie wieder den Ausgangspunkt erreicht.

„Ich fahre jetzt etwas langsamer als auf dem Rückweg", sagte Fields und das Fahrzeug setzte sich in wieder Bewegung.

Jan presste das Fernglas an seine Augen und suchte weiter die Gegend ab. Seine Gesichtszüge wirkten verkrampft und er atmete schwer. Jede noch so kleine Erhebung warf einen Schatten, der einem kleinen Körper ähnelte und immer wieder musste Fields den Wagen stoppen. Es war wie ein nicht enden wollender Höllentrip durch Hitze und Staub.

Jan wurde immer stiller, je höher die Sonne am Horizont emporkletterte. Inzwischen waren auch die Schatten verschwunden, was die Suche ein wenig vereinfachte. Dennoch war beiden Männern bitter bewusst, dass das Terrain der Salzwüste viel zu groß war, um mit so wenigen Personen Erfolg zu haben. Zwischendurch knackte immer wieder das Funkgerät, aber die ersehnte Nachricht blieb aus.

„Ich war so voller Hoffnung, dass wir Lara und Maximilian finden werden", sagte Jan. „Aber jetzt sind wir schon seit Stunden unterwegs und ich fühle mich, als hätte mir jemand das Herz bei lebendigem Leibe herausgerissen."

„Ich weiß genau, was du durchmachst", antwortete Fields. „Ich habe meinen Sohn bei einem Unfall verloren", gestand er Jan, der ihn verwundert von der Seite musterte.

„Jetzt kann ich allmählich nachvollziehen, warum du das hier mit uns durchziehst. Wie alt war dein Sohn?"

„Er war neun, meine Frau ist gefahren."

„Oh Mann …" Jan warf ihm einen traurigen Seitenblick zu. „Ich kann dir gar nicht sagen, wie leid es mir tut."

„Kein Problem, wir haben alle unser Päckchen zu tragen." Fields drosselte die Geschwindigkeit. „Wir sollten jetzt tauschen, es bringt niemandem etwas, wenn du deinen Augen überanstrengst."

Sie wechselten die Plätze und zapften den Wasserkanister an. Das Wasser rann durch ihre ausgedörrten Kehlen und anschließend setzten sie ihre Suche fort. Hin und wieder knatterten über ihnen die Rotorblätter und Jan stieß jedes Mal enttäuscht die Luft aus, wenn der Hubschrauber wieder abdrehte. Fields konnte spüren, wie Jans Motivation abnahm und er sich dem unausweichlichen Gedanken stellte.

Plötzlich entdeckte Fields einen dunklen Punkt, keine einhundert Meter von ihnen entfernt.

„Halt sofort an!", rief er und reichte Jan das Fernglas. „Was meinst du?"

„Ein Stein vielleicht?" Jan zuckte ratlos mit den Schultern.

Fields nahm ihm das Fernglas wieder ab und checkte die Stelle noch einmal genauer.

„Dort liegt irgendein Bündel. Gib Gas und fahr in diese Richtung!", forderte er Jan auf.

Die ersten Meter abseits der Piste kamen sie gut voran, doch dann musste Jan das Fahrzeug stoppen. Die Räder gruben sich zu tief in die salzige Oberschicht und der Jeep durfte keinesfalls stecken bleiben.

Fields sprang aus dem Wagen und stürmte davon. Jan folgte ihm und er hörte ihn hinter sich keuchen. Als er sah, dass dort tatsächlich ein Kind im Sand liegen könnte, zog er das Tempo an. Nach ein paar Metern hatte er endlich die Stelle erreicht.

„Es sind die Kinder!", brüllte Fields, „es sind tatsächlich die Kinder!"

Er kniete sich nieder und hob Maximilian hoch. Der Kopf

des kleinen Jungen fiel leblos zur Seite und die Sonne hatte seine Haut stark verbrannt.

„Wir dürfen keine Zeit verlieren“, rief Fields aufgebracht und gab über Funk die Koordinaten durch. Dann stand er auf. „Wir müssen die Kinder sofort zum Wagen bringen und die Vitalfunktionen kontrollieren. Schnapp dir Lara und leg sie im Schatten ab. Und jetzt go, go, go!“

Mit den bewusstlosen Kindern in ihren Armen hetzten die Männer keuchend zum Fahrzeug und selbst Fields war ein Weg noch nie so lang erschienen. Der Brustkorb von Maximilian hob und senkte sich nicht mehr und Fields befürchtete das Schlimmste.

„Atmet Lara noch?“, fragte er atemlos.

„Ja, sie hat sich kurz bewegt“, antwortete Jan und rang nach Luft. Sein Gesicht war schweißüberströmt.

Lara verlor immer wieder das Bewusstsein, während Jan zum Fahrzeug eilte. Sie atmete flach und ihre Gliedmaßen baumelten mit jedem Schritt. Die Strecke schien sich ewig hinzuziehen, bis endlich der Geländewagen vor ihnen auftauchte. Ein minimales Schattenband hatte sich neben dem Fahrzeug gebildet und Jan legte Lara behutsam auf den Boden.

Fields tastete nach der Halsschlagader von Maximilian. Kaum spürbar und in unregelmäßigen Abständen pulsierte das Blut. Hoffentlich stirbt der Junge nicht auf dem Weg ins Krankenhaus, dachte er besorgt. Jan lief nach hinten zum Kofferraum und zerrte den Kanister heraus. Er zerriss sein Shirt und benetzte die Stofffetzen, um sie über die Kinder auszubreiten und ihnen die Stirn zu kühlen.

„Könntest du Lara etwas einflößen?“

„Sie hat wieder das Bewusstsein verloren.“ Jan stand die nackte Angst ins Gesicht geschrieben. „Lebt Maximilian noch?“

„Ja, aber sein Puls flattert. Verdammt, wo bleibt der Helikopter?"

Auch Fields opferte sein Shirt und breitete es angefeuchtet über Maximilian aus. Dicke Blasen hatten sich auf seinen schmächtigen Ärmchen und Beinchen gebildet. Verbrennungen zweiten Grades, diagnostizierte Fields.

Endlich schwoll der Lärm der Rotorblätter an. Der Helikopter kreiste über ihnen und suchte eine passende Stelle zum Landen. Salz und Sand wurden aufgewirbelt und die Männer beugten sich schützend über die Kinder.

Der Pilot teilte Fields mit, dass man die Kinder im Krankenhaus von Douz bereits erwartete und alle Vorkehrungen getroffen wurden. Behutsam betteten die Männer Maximilian und Lara auf den Boden des Hubschraubers. Dann schoben sie die Türen zu und gingen auf Abstand. Lautstark setzten sich die Rotorblätter wieder in Bewegung und wirbelten erneut den Sand auf. Dann schwang sich der Helikopter in die Lüfte und entschwand ihren Blicken.

Die Männer umarmten einander. Jan hatte sich nicht mehr im Griff und Tränen strömten über sein Gesicht. Er zitterte am ganzen Körper und konnte sich nicht beruhigen.

„Oh mein Gott, die Kinder sahen furchtbar aus. Wird es Maximilian schaffen?"

„Die Ärzte werden sofort alles Notwendige in die Wege leiten. Gib die Hoffnung nicht auf, es grenzt ein an Wunder, dass wir sie überhaupt gefunden haben."

Fields konnte und wollte nicht ehrlich sein. Die Chancen standen denkbar schlecht und die Lebensflamme des Jungen war fast erloschen.

Inzwischen war ein weiterer Jeep eingetrudelt. Auch diesmal lagen sich die Männer in den Armen, freuten sich aufrichtig über den Erfolg und sprachen Jan Mut zu. Gemeinsam traten sie den Rückweg an. Jan wollte unbedingt ins Krankenhaus und jagte wie ein Wahnsinniger über die

Piste nach Douz. Über Funk wurde ihnen mitgeteilt, dass die Kinder inzwischen im Krankenhaus angekommen waren und sich in ärztlicher Obhut befanden. Auch Hanna war bereits auf dem Weg.

Der Geländewagen schlingerte in den Kurven und diesmal war es Fields, der sich verkrampft am Armaturenbrett festklammert.

„Bitte Jan, lass uns heil ankommen. Die Kinder brauchen dich noch."

Doch seine Worte stießen auf taube Ohren. Jans Fuß klebte förmlich am Gaspedal und in Rekordzeit hatten sie Douz erreicht. Gekonnt manövrierte Jan den Jeep durch die Innenstadt, bis er vor dem Krankenhaus hielt.

„Jetzt geh schon. Ich parke in der Zwischenzeit den Wagen und komme nach", sagte Fields und nickte ihm zu.

Jan ließ sich das nicht zweimal sagen. Mit einem Satz sprang er aus dem Fahrzeug, rannte über die Straße und verschwand im Eingangsbereich des Krankenhauses. Fields suchte nach einem passenden Parkplatz und meldete sich bei Djamir. Dieser war schon wieder auf der Rückreise nach Tunis. Noch einmal bedankte sich Fields bei seinem Freund für die erfolgreiche Unterstützung. Ein warmes Gefühl durchflutete ihn, wenn er an die Hilfe seiner ehemaligen Kollegen dachte. Ohne sie wäre er verloren gewesen.

Aber jetzt war das Können der Ärzte gefragt und hoffentlich kam deren Hilfe nicht zu spät. Fields fühlte und litt mit Hanna und Jan. An einem der bunten Stände kaufte er zwei Flaschen Cola, Zucker und Coffein waren jetzt genau das Richtige. Dann folgte er Jan.

Er fand die beiden engumschlungen im Flur des Krankenhauses und sah, wie sie einander Trost spendeten. Erst als Fields sich räusperte, lösten sie sich aus der Umarmung.

„Gibt es schon Neuigkeiten?", fragte Fields.

„Lara und Maximilian sind stark dehydriert, aber das war

auch nicht anders zu erwarten. An den Armen und Beinen haben sie Verbrennungen ersten und zweiten Grades erlitten und sie bekommen gerade Spezialbandagen. Lara ist wieder bei Bewusstsein und ansprechbar. Maximilian schwebt allerdings noch in Lebensgefahr. Sollte er die Nacht überstehen, hat er wohl das Schlimmste hinter sich", klärte Jan ihn mit leiser Stimme auf.

Hanna stand vor der Glasscheibe und blickte in das Zimmer der Intensivstation. Maximilian und Lara hingen am Tropf und ihre Gliedmaßen wurden mit einer speziellen Salbe behandelt, bevor ihnen die Krankenschwestern die Bandagen angelegten. Maximilian hatte zusätzlich eine Sauerstoffmaske auf seinem Gesicht.

Hanna drehte sich zu Fields um und ergriff seine Hände.

„Thomas, ich kann gar nicht in Worte fassen, wie unendlich dankbar ich dir bin, meine Kinder wieder bei mir zu haben. Ich hoffe und bete, dass Maximilian diese kritische Nacht übersteht. Ich möchte beide so gern umarmen, sie halten und trösten, aber noch dürfen wir nicht zu ihnen." Sie versuchte die Tränen, die in ihren Augen glitzerten, vor ihm zu verbergen.

„Hanna, wir haben es bis hierher geschafft und ich bin mir sicher, dass dein Sohn auch diese Nacht überstehen wird. Halte an deinem Glauben fest." Tröstend umarmte er sie.

Dann reichte er Jan eine der Flaschen, die er dankend annahm. Mit gierigen Zügen leerte er die Hälfte.

„Das tat verdammt gut ...", seufzte er.

Nur wenige Minuten später wollte der behandelnde Arzt Hanna und Jan sprechen. In gebrochenem Englisch unterrichtete er sie über die Untersuchungsergebnisse. Er gab offen zu, dass die Kinder in Deutschland besser aufgehoben wären, besonders was die Behandlung der Verbrennung betraf. Die Kinder benötigten dringend spezielle Bandagen, um der Narbenbildung entgegenzuwirken. Nach wie vor sei Maximilians Zustand weiterhin sehr kritisch. Sollte sich der Junge jedoch bis morgen stabilisieren, würde einem Transport in die Heimat nichts mehr im Wege stehen.

Nervös knetete Hanna die Hände und ihr Blick flackerte unruhig hin und her. Dann wurde ihr endlich gestattet, für einen Moment die Intensivstation zu betreten. Nachdem sie sich sterile Kleidung übergestreift hatte, betrat sie das Zimmer. Hanna umarmte ihre Tochter, die kurz die Augen aufschlug und ihre Mutter scheu anlächelte.

Am Krankenbett von Maximilian strauchelte Hanna. Der Zustand ihres kleinen Sohnes erschreckte sie zutiefst. Zärtlich küsste sie seine Stirn und streichelte die kleine bandagierte Hand. Kurze Zeit später schob eine resolute Krankenschwester Hanna wieder nach draußen.

„Die zwei sind so entsetzlich dünn und Maximilian atmet ganz flach. Ich mache mir so schreckliche Sorgen."

Jan nahm sie tröstend in den Arm und streichelte sanft über ihr Haar.

„Alles wird gut mein Schatz, du musst nur fest daran glauben. Maximilian und Lara sind stark, sie werden es schaffen. Und jetzt sollten wir beginnen, die Rückführung der Kinder zu planen. Ein entsprechendes Flugzeug muss organisiert werden und auch die Kostenübernahme sollten wir nicht außer Acht lassen."

Fields hatte sich im Vorfeld bereits erkundigt und eine Ausreisegenehmigung eingeholt. Er reichte Jan die Telefonnummern weiter und besorgte eine Kleinigkeit zu essen. Nach mehreren Telefonaten stand eine entsprechende Maschine zu Verfügung und Hanna und Jan bekamen sogar die Möglichkeit, ihre Kinder zu begleiten.

„Thomas, jetzt haben wir nur noch ein einziges Problem", wandte sich Hanna an ihn. „Unsere restlichen Sachen befinden sich noch in Tunis. Außerdem müssen das Hotelzimmer gekündigt und der Jeep der Autovermietung zurückgegeben werden."

„Zerbrich dir darüber nicht den Kopf, ich erledige das. Ich muss sowieso zurück nach Tunis, denn von dort geht mein Flieger. Wir bleiben ohnehin in Kontakt und für die Genesung der Kinder drücke ich ganz fest die Daumen."

Fields reichte ihr die Hand und verabschiedete sich. Erschöpft, aber zufrieden strebte er dem Ausgang entgegen. Diesen Tag würde er nicht so schnell vergessen.

KAPITEL 22

Hanna setzte sich auf einen der Stühle, die neben der Tür zum Krankenzimmer standen. Die Sorge um die Kinder stand ihr ins Gesicht geschrieben.

„Ob Maximilian die Nacht übersteht?", fragte sie bang.

„Think positiv. Max erholt sich, ganz bestimmt."

Jan war der festen Überzeugung, dass sie schon morgen mit den Kindern die Heimreise antreten konnten. Die Krankenschwester verließ das Zimmer und zog leise die Tür hinter sich zu. Ein kleines Lächeln umspielte ihre Lippen. Sie teilte ihnen mit, dass sich die Vitalwerte von Maximilian deutlich gebessert hätten. Die Infusionen, die in die Kinder hineingepumpt wurden, verfehlten ihre Wirkung nicht. Es ging tatsächlich bergauf.

„Endlich gute Nachrichten." Jan lächelte glücklich. „Hanna, ich marschiere jetzt zum Hotel, packe rasch unsere Sachen zusammen und checke aus. Ich will die Nacht hier bei den Kindern verbringen und sie keine Sekunde mehr aus den Augen lassen." Er strich ihr zärtlich eine widerspenstige Strähne aus der Stirn. „Ich beeile mich, versprochen."

Draußen vor dem Hotel atmete Jan kurz durch. Es

dämmerte bereits und die Lampen verströmten ein warmes Licht. Er hatte eigentlich vorgehabt mit einem strammen Fußmarsch die Strecke zurückzulegen. Aber jetzt, wo die gesamte Anspannung von ihm abfiel, fühlte er sich ausgelaugt. Auf wackeligen Beinen wankte er zu einem der Taxis, die neben dem Krankenhauseingang auf Fahrgäste warteten. Es dauerte ein Weilchen, bis er dem Fahrer begreiflich machen konnte, wohin dieser ihn chauffieren sollte.

Während der kurzen Fahrt nickte er mehrmals ein und schreckte auf, als das Fahrzeug vor der Unterkunft hielt. Er drückte dem Fahrer die gewünschten Dinare in die Hand, eilte nach oben und warf die Kleidungsstücke achtlos in die Tasche. Hauptsache, die Pässe und Ausweispapiere hatten sie schnell zur Hand.

Keine Viertelstunde später stand er wieder auf der Straße. Da sich kein Taxi in Sichtweite befand, trottete er zum Krankenhaus zurück. Hanna saß noch immer zusammengesunken auf dem Stuhl, hatte den Kopf an die Wand gelehnt und die Augen geschlossen.

„Gibt's was Neues?"

Sie verneinte. „Keine besonderen Vorkommnisse, Max und Lara schlafen."

Er setzte sich zu ihr. „Jetzt müssen wir nur noch diese Nacht überstehen, dann haben wir es geschafft. Ich kann immer noch nicht fassen, dass uns dieses Wunder zuteilwurde."

„Ich wünschte, wir hätten die Nacht schon hinter uns, denn ich will hier nur noch weg. Ich sehne mich nach dem Forsthaus und dem ganz normalen Leben."

„Geht mir ganz genauso. Wenn du eine Mütze Schlaf brauchst, dann lehn deinen Kopf an meine Schulter."

„Danke Jan."

Hanna spürte die Wärme, die von ihm ausging, und das

vermittelte ihr ein Gefühl von Sicherheit. Innerhalb weniger Minuten war sie tatsächlich eingeschlafen.

Völlig überrascht wurde Hanna aus dem Schlaf gerissen und schaute sich orientierungslos um. Über ihr blinkte ein rotes Licht. Sie sprang erschrocken auf und presste ihre Stirn an die Scheibe, um nach den Kindern zu sehen. Zwei Krankenschwestern und ein Arzt eilten mit schnellen Schritten zum Krankenbett von Maximilian.

„Was ist passiert?", rief sie panisch dem Arzt hinterher, der ihr eine Antwort schuldig blieb.

Die Vitalfunktionen des Jungen wurden kontrolliert und er bekam zwei Spritzen über die Kanüle verabreicht. Aufmerksam verfolgten Hanna und Jan das hektische Treiben und litten dabei Höllenqualen. Draußen im Flur warten zu müssen, strapazierte ihre Geduld.

Endlich beruhigte sich die Lage und der Arzt verließ das Zimmer. Jan war sofort neben ihm.

„Wie geht es Maximilian?", fragte er auf Englisch.

„Der Kreislauf des Jungen ist kollabiert und wir haben ihm ein stabilisierendes Mittel gespritzt. Jetzt sind seine Werte wieder im normalen Bereich."

Der Arzt bat Hanna, die sterile Kleidung wieder anzulegen, und neben dem Bett von Maximilian Platz zu nehmen. Der Junge würde die Nähe seiner Mutter spüren und positiv darauf reagieren. Maximilian war inzwischen mehrmals aus seiner Bewusstlosigkeit erwacht und der Arzt wertete dies als positives Zeichen.

Jan blieb allein auf dem Flur zurück. Erleichtert darüber, dass Hanna sich nun bei den Kindern befand, kam er ein wenig zur Ruhe.

Hanna saß zwischen den Betten und wachte über den Schlaf ihrer Kinder. Lara hob einmal kurz den Kopf und flüsterte leise „Mama“. Hanna wandte sich sofort ihrer Tochter zu und küsste sie liebevoll auf die Stirn. Freudentränen strömten über ihre Wangen und das Gefühl war überwältigend, mit ihren Kindern wieder vereint zu sein. Nach ein paar Minuten des Wachseins sank der Kopf des Mädchens erschöpft aufs Kissen zurück und nur wenige Augenblicke später schlief sie tief und fest.

Behutsam deckte Hanna ihre Tochter zu und berührte mit den Fingerspitzen sanft die Bandagen. Hoffentlich blieben keine Narben zurück - keine körperlichen und keine seelischen. Mit Sicherheit würden sie in Zukunft vieles aufarbeiten müssen.

Maximilian stöhnte leise im Schlaf und seine Augäpfel rollten unter den Lidern. Er schien lebhaft zu träumen. Zärtlich streichelte Hanna seine Wange und sprach leise auf ihn ein. Sein kleiner Körper entspannte sich zusehends, ihre Stimme schien beruhigend auf ihn zu wirken. Sie nahm seine kleine Hand und küsste seine Fingerchen. Noch nie hatte sie einen Morgen so herbeigesehnt, wie in diesem Augenblick. Bald würden sie wissen, ob Maximilian seinen kritischen Zustand überwunden hatte.

Am liebsten würde sie sofort ihre Kinder schnappen und das Krankenhaus verlassen. Weg aus diesem heißen Land mit seiner kargen Landschaft und zurück in das kleine, aber doch so behagliche Forsthaus, umgeben von hohen Bäumen, die sich sanft im Wind wiegten. Sie vermisste die Hunde und den Freigeist Benjamin, der sich in kalten Nächten an ihren Nacken schmiegte.

Sie stieß einen tiefen Seufzer aus. Ein letztes Mal schickte sie ein Gebet zum Himmel und hoffte, noch heut mit dem

Flieger Tunesien verlassen zu können. Sie war den hilfsbereiten Menschen unglaublich dankbar und bedauerte sehr, dieses Land unter solch traurigen Umständen kennengelernt zu haben.

Ein Blick auf die Uhr verriet, dass sich der Morgen nahte. Lara hatte mehrmals darum gebeten, etwas Tee trinken zu dürfen. Inzwischen saß sie wach und aufmerksam im Bett. Das Mädchen konnte den Blick von ihrer Mutter kaum abwenden, so glücklich war sie über die Rettung. Ständig fragte sie nach Maximilians Zustand und Hanna musste sie beruhigen.

Der Kreislauf des Jungen war in den letzten Stunden stabil geblieben. Die Gesichter der Kinder wirkten inzwischen weniger eingefallen, die Kochsalzlösung hatte für ein ausgewogenes Gleichgewicht der Körperflüssigkeiten gesorgt.

Hanna spürte eine bleierne Müdigkeit, die von ihr Besitz ergriff. Kaum hatte sie ihren Kopf auf Laras Decke gebettet, schlief sie unverzüglich ein.

Hanna erwachte benommen, als die Krankenschwester und eine Ärztin das Zimmer betraten, um den Kindern ein letztes Mal Blut abzunehmen. Erstaunt stellte sie fest, dass Maximilian sie mit offenen Augen fixierte.

„Spatz, du bist ja wach!", rief freudig und griff nach seiner Hand.

Ein überglücklich strahlender Jan stand hinter der Scheibe und beobachtete sie. Er warf Hanna eine Kusshand zu und formte ein Herz mit seinen Händen. Sie hatten diese kritische Nacht überstanden und warteten gespannt auf die Untersuchungsergebnisse.

Nach einer halben Stunde kehrte die Ärztin in das

Zimmer zurück und hielt das Klemmbrett mit den Befunden in ihrer Hand. Sie sprach fließend Englisch und Hanna musste sich anstrengen, um ihren Worten zu folgen. Immerhin wusste sie nun, dass sich Maximilians Zustand stabilisiert hatte. Der Heimreise stand nichts mehr im Wege und das Flugzeug befand sich bereits im Landeanflug. Hanna weinte vor Glück und deutete mit dem Daumen nach oben in Jans Richtung.

„Mein Mäuschen, es gibt gute Nachrichten, wir fliegen noch heute zurück. Ich freue mich wahnsinnig, wieder bei euch zu sein, und es tut mir so unglaublich leid, was ihr alles erdulden musstet."

„Ach Mama", seufzte Lara. „Ich dachte wirklich, dass uns niemand findet und wir in dieser Hölle sterben werden."

Tränen tropften auf Laras Nachthemd und das Mädchen zitterte am ganzen Körper. Hanna drückte ihre Tochter fest an sich und wollte sie am liebsten nie mehr loslassen. Mit ihrer Hand fuhr sie zärtlich durch Laras lockiges Haar.

„Alles wird gut und ihr werdet wieder gesund. Ich weiß, dass du starke Schmerzen hast, aber im Klinikum von Hannover wird man bestens für euch sorgen. Ich bleibe die ganze Zeit über in eurer Nähe, fest versprochen."

Nur kurze Zeit später befanden sich alle an Bord des Flugzeugs. Beim Start biss Hanna tapfer die Zähne zusammen, aber es nützte nichts. Innerhalb weniger Minuten hatte die Flugbegleitung eine dritte Patientin an Bord. Die kleinere Transportmaschine lag bedeutend unruhiger in der Luft als eine große Boeing und genau das wurde Hanna zum Verhängnis. Hilflos klammerte sie sich in ihren Sitz und konnte es kaum erwarten, in Hannover zu landen.

KAPITEL 23

Blinzelnd öffnete Hanna die Augen. Die Sonnenstrahlen kitzelten ihre Nase und tanzten verwegen über ihre Bettdecke. Der beginnende Morgen zauberte Hanna ein Lächeln aufs Gesicht, denn jeder neue Tag mit ihren Kindern war ein kostbares Geschenk. Mit einem seligen Lächeln schwang sie die Beine aus dem Bett und lief in die Kinderzimmer.

„Aufstehen, mein Schatz die Schule ruft", weckte sie ihre Tochter.

„Ach Mama, nur noch fünf Minuten", murmelte Lara und drehte sich auf die andere Seite.

„Nichts da!" Hanna blieb hart und zog Lara lachend die Decke weg. „Ab ins Badezimmer, bevor dir Jan die Ohren lang zieht."

Hanna ging nach nebenan, in das Zimmer von Maximilian. Er war schon wach und brabbelte fröhlich vor sich hin.

„Hallo, kleiner Mann", säuselte Hanna, „du bist ja schon wach."

Sie hob ihn aus seinem Kinderbettchen heraus und drückte fest ihn an ihre Brust. Dieses Gefühl der körperlichen Nähe war unbeschreiblich, wie sehr hatte sie das vermisst. Sie trug ihn auf dem Arm nach unten in die Küche, setzte ihn in den Kinderstuhl und bereitete das Frühstück zu.

Nur wenige Minuten später saßen sie zu viert am Tisch. Der Kaffee dampfte aus den Tassen und das Besteck klapperte. Hanna genoss den Alltag, der wieder im Forsthaus eingekehrt war. Lara besuchte die Schule und Jan fuhr täglich zur Arbeit, während sie sich tagsüber um Maximilian kümmerte. Alles hatte sich im wahrsten Sinne des Wortes zum Guten gewendet. Zwar trugen die Kinder an einigen Körperstellen noch immer Bandagen, aber der Heilungsprozess war gut vorangeschritten.

Die größte Sorge hatte ihr jedoch der Gang zum Psychologen bereitet. Sie fürchtete sich vor den nachträglichen Auswirkungen, die diese furchtbare Zeit auf die Kinder haben könnte. Mit dem empfohlenen Therapeuten hatten sie einen richtigen Glücksgriff gemacht. Einfühlsam klärte er auf, wie sich Kinder verhielten, die ein Trauma durchlebt hatten.

Lara hatte bereits eine Gesprächstherapie begonnen und die ersten Fortschritte machten sich bemerkbar. Maximilian hingegen würde das Erlebte verdrängen und tief in seinem Unterbewusstsein verschließen. Der Selbstschutz eines Kleinkindes funktionierte auf diese Weise und Hanna war sehr erleichtert darüber.

Trotzdem hatte die Zeit der Entführung ihre Spuren hinterlassen. Lara war immer noch sehr ängstlich und überprüfte jeden Abend, ob die Haustür auch tatsächlich abgeschlossen war. Auch Hanna fiel es schwer, ihre Kinder loszulassen, und die Angst, sie erneut zu verlieren, machte sie manchmal schier verrückt. Ob sie es jemals wieder lockerer angehen könnte, stand in den Sternen.

In den letzten Tagen hatte sie sämtliche Formalitäten erledigt, damit Alexander beerdigt werden konnte. Am liebsten hätte sie ihn in einem anonymen Grab verscharren lassen, entschied sich dann aber Lara zuliebe anders. Sie ließ ihn in einem Urnengrab beisetzen und wählte bewusst einen unauffälligen Stein aus Granit. Der Granit stand für Alexanders harten Kern, der ihm zum Verhängnis geworden war.

Lara hatte so die Möglichkeit, ihren Vater zu besuchen, wann immer sie später den Wunsch danach verspürte. Für die Pflege des Grabes hatte Hanna einen Vertrag mit einer Gärtnerei abgeschlossen und damit war die Sache für sie endgültig erledigt. Eine Straftat, die Alexanders Tod herbeigeführt hatte, konnte übrigens nicht nachgewiesen werden.

Sein Vermögen war von dem zuständigen Notar auf Hanna überschrieben worden. Davon hatte sie alle Unkosten und das Honorar für Fields bezahlt. Den Rest teilte sie unter ihren Kindern auf, um spätere Ausbildungen finanziell abzusichern. Vorher hatte sie etwas Geld beiseitegeschafft. Eine größere Summe spendete sie jeweils an ein Kinderhospiz und an eine Zuflucht für Obdachlose.

Mit Alexanders Tod hatte sich der Kreis geschlossen.

KAPITEL 24

Fields stieg in seinen Audi und fuhr in Richtung Hannover. Hannas Familie hatte ihn zu einem Treffen eingeladen, um die erfolgreiche Rückkehr gebührend zu feiern. Auch ihm war es enorm wichtig, alle Beteiligten noch einmal wiederzusehen. Sein Honorar hatte er bereits erhalten und Chris einen zusätzlichen Obolus gezahlt. Der Junge ging für ihn so manches Risiko ein, und das war er ihm schuldig.

Bis jetzt war immer noch kein einziger Laut über Machenschaften von MediTech an die Öffentlichkeit gedrungen. Er hatte tatsächlich einige Journalisten für sein Vorhaben gewinnen können, die sofort bereit waren, mit ihm zusammenzuarbeiten. Doch innerhalb weniger Tage hatten sie alle einen Rückzieher gemacht.

Politik und Wirtschaft waren so eng miteinander verwoben, dass man unliebsame Informationen im Keim erstickte. Die Öffentlichkeit sollte nichts davon erfahren. Gelder flossen von A nach B, es wurde geschmiert, betrogen, gelogen. Aber er schwor sich, an der Geschichte dranzubleiben und nicht aufzugeben. Bis dahin lagen die Papiere in mehrfacher Ausführung an sicheren Orten verwahrt.

Endlich hatte Fields sein Ziel erreicht und wurde herzlich in Empfang genommen. Er freute sich sehr, die Kinder zu sehen, und besonders Helga, Jans Mutter, war sehr von ihm angetan. Sie betitelte ihn als einen äußerst charmanten Mann und den Retter ihrer Enkelkinder. Dankbar las sie ihm jeden Wunsch von den Augen ab und wich keine Sekunde von seiner Seite.

„Sie können gar nicht erahnen, wie froh ich bin, dass Sie die Kinder gefunden haben", sagte Helga und schenkte ihm Kaffee nach. „Möchten Sie noch ein Stück Kuchen?"

„Nein danke, ich hatte schon drei", lachte er und schob den Kuchenteller von sich.

Obwohl sich alle um ihn bemühten, oder gerade deswegen, fühlte er sich nach einer gewissen Zeit unwohl in seiner Haut. Das Glück um ihn herum betrübte ihn zutiefst und er schämte sich sogar dafür.

Warum war es ihm nicht vergönnt, ein glückliches Leben zu führen, und warum erhielt er keine zweite Chance? Warum brachte ihm niemand Jackie und Josh zurück?

Resignation machte sich breit.

Nach zwei Stunden erhob und verabschiedete er sich, sehr zum Bedauern von Helga, die ihm noch schnell ein paar Stücke Kuchen eingepackt hatte. Er schob einen wichtigen Fall vor und stieg in seinen Wagen.

Es dämmerte bereits, als er abbog und in Richtung Friedhof fuhr. Am Grab von Jaqueline und Joshua ließ er seinen Tränen freien Lauf. So sehr er es liebte, andere Menschen glücklich zu machen – so sehr hasste er die Unfähigkeit, sein eigenes Leben in die richtigen Bahnen zu lenken …

NACHWORT

Als ich das Buch 2014 geschrieben habe, lebten auf deutschen Straßen dreihunderttausend Obdachlose, inzwischen ist die Zahl bedauerlicherweise auf fast eine Million angestiegen.

Und falls Sie meinen, eine Firma wie MediTech könnte nicht existieren, dann googeln Sie bitte Falun Gong im Zusammenhang mit Organspende und dem bewussten Ausschlachten eines lebendigen unversehrten menschlichen Körpers (nano-Magazin 3SAT). Weitere Quellenverzeichnisse können bei mir erfragt werden.

Bevor ich ein Buch schreibe, recherchiere ich sehr genau und es ist immer wieder erschreckend, wie viel von dem, was ich mir angeblich ausgedacht habe, dann letztlich der Wahrheit entspricht.

Ich hoffe dennoch, dass Ihnen das Buch gefallen hat.

Herzlichst

Ihre Ana Dee

WEITERE BÜCHER DER AUTORIN

- Das Böse in mir
- Kaltes Herz
- Soulless Places
- Vermächtnis der Schuld
- Verborgene Sünden
- Winterschatten
- Zwillingsschmerz
- Zwillingszorn
- Verschollen in den Bergen
- Tödliche Amnesie
- So still ruht der See

Erfahren Sie mehr über Ana Dee unter:
www.anadee.jimdo.com

IMPRESSUM

Autor: Ana Dee
Titel: Sommer voller Angst
© Text: Ana Dee
© Coverdesign: Sarah Buhr/covermanufaktur.com
© Teddy: lassedesignen/shutterstock.com
Korrektorat/Lektorat: Heidemarie Rabe
Ana Dee
Postfach 11 26,
33026 Brakel
autorinanadee@aol.com

www.epubli.de

Printed in Poland
by Amazon Fulfillment
Poland Sp. z o.o., Wrocław

49599771R00348